古典通變

1714~1954 전환기 우리 고전에서 발굴한
뜨겁고 매혹적인 역사의 현장

고전통변

노관범 지음

古典通變

김영사

고서는 언제 보아도 마음이 설렌다. 고서와 만난 첫 순간의 신비롭고 황홀한 느낌이 워낙 강렬해서 그랬을까? 중학교 시절 삼국지를 재미있게 읽었던 필자는 대학에 입학한 후 한때 일본 코에이KOEI사에서 개발한 PC 게임 삼국지에 흠뻑 취해 있었다. 삼국지를 중국 지도 위에 시각적으로 재현한 역사 시뮬레이션 게임에 도취한 나머지 국립중앙도서관에 가서 진수陳壽의 『삼국지三國志』 열전을 복사해서 실제 인물들의 행적을 읽었다. 뜻은 잘 몰랐지만 재미있었다. 그 후 대학교 2학년을 마치고 군 입대를 위해 휴학한 필자는 매일 국립중앙도서관에 다녔다. 전공 수업에서도 들어본 적이 없는 고서 목록에서 마음이 끌리는 책을 골라 노트 필기하고 복사하는 작업을 했다. 신기선申箕善의 『유학경위儒學經緯』를 발견하고 그것을 교재로 삼아 유학을 공부하고 싶다는 열망을 불태웠고, 송병선宋秉璿의 『동감강목東鑑綱目』을 발견하고 한국사 전체를 아우르는 이 초대형 강목체 역사책을 연구해야겠다고 굳건히 마음먹었다. 당시 즐겨 읽던 진단학회 편『한국고전심포지움』의 후속편으로 넣을 책이 굉장히 많다는 사실에 무한한 흥분을 느꼈다. 비록 군 입대와 더불어 백일천하로 끝났지만 소중한 체험이었다.

하지만 그때는 고서를 구경하는 재미만 알았지 공부하는 재미를 알았던 것은 아니다. 고서를 대하는 마음이 조금 달라지는 데 시간이 필요했다. 대학원 석사 과정 여름 방학 때의 일이다. 필자는 스스로 만든 19세기 문집 목록을 갖고 다시 매일 국립중앙도서관에 다녔다. 하루에 몇 종씩 문집을 열람해 역시 노트 필기하고 복사하는 작업을 했다. 논문 테마를 얻으려는 특별한 목적을 안고 진행되는 작업이었다. 그러다 보니 흥미로운 글은 제법 흥미 있었지만 지루한 글은 한없이 지루했다. 당시 고전운영실에 20대 청년은 거의 필자 혼자였고 수없이 많은 '선생님'들이 호명되는 틈바구니 속에서 언제나 외로운 단 한 사람의 '씨'였다. 다소 힘든 작업의 마지막 날, 그날만큼은 두 사람의 '씨'가 호명되었다. 마지막 작업을 마치고 나갈 준비를 하고 있는데, 같은 테이블에 어떤 처자가 앉아 있음을 발견하였다. 처자는 방송작가로 조선의 한양 천도에 관한 다큐를 준비하고 있었는데,『태조실록』기사와『오산설림초고五山說林草藁』기사를 찾아 달라고 도움을 청했다. 2년 후 처자는 아내가 되었다. 논문 테마는 정하지 못했지만 고서는 필자에게 행복을 안겨주었다.

결단의 순간이 임박하였다. 필자는「조선말기 세속화 문제에 대한 지식인의 대응과 양명학의 대두」라는 제목으로 석사 학위논문 초고를 제출하였다. 고통스런 나날들이었다. 전통과 근대의 이분법적 대립을 강요하는 냉전 시대의 낡은 사유를 극복하고 창조적인 학문을 하겠다고 다짐했지만, 막상 조선 말기 한문 문집의 세계와 근대 초기 신문, 잡지의 세계는 너무나 서로 이질적이었다. 오전에 성리학자의 비분강개한 글을 읽고 오후에 신지식인의 역시 비분강개한 글을 읽는 지적인 모험을 벌였지만, 양자의 통합적인 문제의식을 발견하는 길은 지난하였다. 성聖—속俗의 구도에서 구사상과 신사상을 조선 사회의 세속화라는 공통된 문제와 대결하는 상호 경쟁적 관계로 독해하였지만 실증된 것은 아니었다. 그러나 이 처절한 과정에서 공자 왈 맹자 왈 하는 경학과 음풍농월하는 문학으로 이루어진 상투적인 한문이 아니라, 웅변하고 통곡하고 환호하는 뜨거운 한문을 배울 수 있었다.

서설이 길었다. 하지만 이 책을 읽고 계실 독자를 위해 필자가 어떤 사람인지 정직하게 드러내고 싶었다. 필자는 한학자가 아니다. 필자의 옛글 공부는 어떻게 보면 게임에서 시작하였다. 이 책의 제목에 고전이란 단어가 들어 있지만 필자는 한 번도 옛글을 고전으로 읽은 적이 없다. 옛글에는 늘 인간과 역사의 아우성이 가득하였고 거기에는 틀에 박힌 사서삼경이나 당송팔가唐宋八家의 한문으로 환원될 수는 없는 우리나라 사람들의 온갖 희로애락이 담겨 있었다. 이 책에 수록된 50가지 소품들은 모두 그런 글이다. 결코 고전이라 부를 수는 없지만 시대의 기쁨과 시대의 슬픔이 담겨 있다. 우리나라 선인의 옛글에서 거룩한 말씀을 묵직하게 읽기를 원하는 독자께서는 실망감을 느낄지 모른다. 반대로 우리나라 선인의 옛글에서 펄럭이는 역사를 가뿐하게 읽기를 원하는 독자께서는 재미를 느낄지도 모르겠다. 19세기 사상사의 매력에 빠져 사상사를 전공한 필자가 선별한 우리나라 옛글이니, 여기에 퇴계나 율곡 같은 먼 시대 위대한 선현들의 철학적인 글이 담겨 있을 리는 만무하다. 그저 한 편 한 편이 가까운 시대를 살았던 다소 평범한 사람들의 역사적인 소품일 따름이다.

그럼에도 필자가 이 책의 제목으로 고전이란 단어를 빠뜨릴 수 없었던 데는 사정이 있다. 이 책은 2010년 2월부터 2012년 12월까지 3년 남짓 한국고전번역원으로부터 '고전의 향기'라는 이름으로 메일링 서비스가 이루어졌던 필자의 글들을 거의 모두 모은 것이다. 필자는 옛글을 고전으로 읽지 않았지만 필자의 글들은 이미 고전의 향기로 3년간이나 읽혔다. 더구나 '고전의 향기'는 필자의 인생에서 특별한 의미가 있다. 2010년 2월 22일 필자의 첫 번째 글 「서북 사람들도 기호 사람들이다」가 나왔을 때부터 2012년 12월 17일 필자의 마지막 글 「우리가 선택할 공화국의 미래는 무엇인가」가 나왔을 때까지 필자는 경제·인문사회연구회, 가톨릭대학교 교양교육원, 한국고전번역원 등 여러 기관에서 일했다. 주경야독의 세월이 흘러갔고 무상한 세월 속에서 변화하는 나는 누구인가 하는 실존적인 물음이 없을 수 없었다. 그렇지만 '고전의 향기'는 언제나 변함없이 필자의 곁에 있었다. 어려운 시절의 벗이었다.

그러나 '구슬이 서 말이어도 꿰어야 보배'라는 속담이 있듯 낱낱이 흩어져 있는 글들을 책으로 모아 보배를 만들기 위해서는 일관—貫의 철학이 필요했다. 필자에게 이 글은 지나간 삶의 편린이자 궤적이었기에 연재한 순서대로 읽는 것이 더 마음에 다가왔다. 하지만 곧바로 다른 물음과 부딪쳤다. 그것이 전부였을까? 나는 내 삶의 내면적 풍경을 보이기 위해 글을 썼던 것일까? 그렇지는 않았다. 실은 글을 쓰는 내내 전하고 싶은 메시지가 있었다. 그것은 조선 후기에서 시작해 근현대까지 아우르는 한국 지성사의 중요한 흐름을 역사적 맥락에서 거시적으로 이해하자는 것이었다. 이 거시적 시야에서 우리나라 지성사가 의외로 얼마나 재미있는지 보여주자는 다소 야심찬 기획이었다. 결국 연재한 모든 글을 역사적 흐름에 따라 앞뒤로 배치하는 작업을 새롭게 진행하였고, 마침내 1714년 조구명趙龜命의 글에서 시작하여 1954년 김석익金錫翼의 글에서 끝나는 240년간 한국 지성사의 이모저모를 18세기 지성사, 19세기 지성사, 전환기 지성사, 20세기 지성사의 네 가지 범주 안에 담는 데 성공하였다. 따라서 이 책은 한 편 한 편 눈길이 가는 것들을 단편적으로 골라 읽는 재미도 있고, 처음부터 끝까지 근 300년 우리나라 지성사의 대하大河를 통독하는 재미도 있다. 선택의 즐거움을 누리는 것은 독자 여러분의 몫이다.

책이 나오기까지 한국고전번역원의 많은 분들의 도움이 있었다. 서정문 선생님은 대중적인 글쓰기 경험이 전무한 필자를 믿고 '고전의 향기' 집필을 의뢰하였다. 노선영, 조경구, 안광호, 윤미숙 네 분께서는 필자가 보낸 글을 아름다운 '고전의 향기'로 만들어 독자들에게 전하였다. 김태년 선생님은 이 글들을 「한국경제신문」에 게재하여 더 많은 독자들이 감상하도록 하였고, 한문희 선생님은 책으로 출판하여 새로운 모습으로 독자들과 만나도록 권유하였다. 모두 감사 말씀을 드린다. 필자는 모교에서 오랫동안 우리나라 지성사 수업을 하였고 수업을 통해 지성사의 문맥에서 우리나라 한문 텍스트를 해석하는 작업에 보람을 느껴왔다. 우리나라 지성사에 관한 도서 출판의 중요성을 공감하고 이 책의 출판을 결정한 김영사의 박은주 사장께 감사 말씀을 드린다. 그러나 사실 필자가 용기를 내서 이 책을 낼 생각을 했던 것은 전적으로 '고전의 향기'를 읽어주신 많은 독자 여러분의 관심과 격려 덕분이다. 특히 대학 친구 춘부장께서 전해주신 따스한 격려 말씀에 감사드린다. 그렇지만 서문을 쓰는 이 순간에도 여전히 부족한 공부를 돌아보지 않고 가볍게 책을 엮었다는 부끄러운 마음이 남아 있다. 지금은 이것저것 아이디어를 산만하게 스케치한 연구 노트에 머물러 있지만 언젠가 우리나라 지성사를 체계적으로 연구하여 모교 은사이신 정옥자 선생님의 학은에 보답하고 싶다. 금년은 사랑하는 딸 영인이가 초등학교 2학년이 된 해이다. 집에서 함께 술래잡기 놀이를 하는 아빠의 모습도 있지만 때로 이렇게 어떤 책을 지은 아빠의 모습도 있음을 기억해주면 좋겠다.

2014년 4월 춘천 퇴계동에서
노관범 씀

차 례

서문 — 2

제1부: 18세기 지성사

역사는 늙고 병들었다 — 12
왕가의 전통 — 22
탕평정치의 어두운 그림자 — 29
기억의 역전 — 39
이 땅은 아름답다 — 49
거꾸로 읽는 문명사 — 58
바깥이 없는 사회의 슬픔 — 68
미안하오, 유구! — 76
정조에게 헌정한 조선 건국사 — 87
만년 성균관 유생의 삐딱한 역사의식 — 99
경포대의 관물법 — 113
아름다운 활래정 — 123
가깝고도 먼 일본의 고학 — 132

제2부: 19세기 지성사

바둑 잘 두는 법 — 146
미래를 향한 진정한 미덕 — 155
서울에 퍼진 가짜 도학의 소문 — 164
서울의 새로운 인간 군상 — 172
만학에서 초학으로 — 179
시대 전환기 새로운 독서 전략 — 188
함경도 유학자가 남긴 화려한 문집 — 197
서북 사람들도 기호 사람들이다 — 206
식견을 기르는 글쓰기 — 213
고전 대중화의 새로운 전략 — 220
나는 새로운 인문학을 꿈꾼다 — 228
고려는 조선의 타자인가? — 237

제3부: 전환기 지성사

임오군란, 그리고 한중 교류 ─ 250

조선은 부국강병을 해도 좋은가? ─ 261

단발령 전야 ─ 271

외국 유학은 불가하다 ─ 283

대한제국의 석고 ─ 292

우산국과 폴란드와 청나라의 공통점 ─ 299

자주의 마음, 자강의 기운 ─ 306

일본은 우리에게 무엇이었나? ─ 314

지나간 미래 ─ 323

꿈의 시대 ─ 334

구학이 신학에게 묻는다 ─ 344

자유란 무엇인가? ─ 352

제4부: 20세기 지성사

공화국의 미래 ─ 364

양명학의 전설 ─ 376

허생 이야기, 박씨 이야기 ─ 383

우리나라 최초의 중화민국 여행기 ─ 392

성리학을 향한 회한의 시선 ─ 400

영남 유학자의 만동묘 제향 투쟁 ─ 407

해외 한국학의 열기 ─ 419

개성상인의 대만 여행 ─ 427

제왕의 유교에서 인민의 유교로 ─ 439

신사학을 읽고 구사학을 논하다 ─ 450

8.15 해방, 그리고 새로운 『대학』 ─ 461

한글날을 앞두고 한글을 다시 생각한다 ─ 469

제주에서 보는 한국사 ─ 477

찾아보기 ─ 485

古典通變

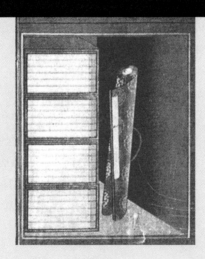

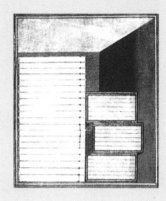

1

18세기 지성사

1

역사는
늙고 병들었다

십 년이면 강산도 변한다고 하지만 백 년을 살아도 사람 사는 세상은 그다지 다를 것이 없어 보인다. 그렇지만 세상을 보는 시야를 더 길게, 조금 더 길게 장구한 역사의 시야로 확장해서 본다면 일상의 눈에서는 보이지 않던 뜻밖의 깨달음과 만날지도 모른다. 역사가 속삭이는 소리를 듣고 역사의 흐름을 예언하는 신비로운 능력을 얻을지도 모른다. 여기 조선에 스물두 살 젊은 선비가 있다. 유가의 엄숙한 도덕주의적 사유에 갇혀 있지 않은 자유로운 영혼의 문학 청년 조구명趙龜命(1693~1737). 그는 어느 날 중국의 오랜 역사를 생각하다 역사가 진행되어 나간 어떤 대세를 깨닫는다. 그 대세는 이제 돌이킬 수 없는 단계에 접어들었고 끝내 종말을 향해 치닫고 있다. 그는 무엇을 본 것일까?

✎번역 —— 천하에 도가 있으면 천지의 기운은 북에서 남으로 가고 천하에 도가 없으면 천지의 기운은 남에서 북으로 간다. 그래서 소자邵子는 천진교天津橋에서 두견새의 울음을 듣고 천하가 장차 혼란해질 것임을 알았다.[1]

대개 듣건대 북은 수水이다. 양陽의 시작이다. 남은 화火이다. 음陰의 시작이다. 양은 음을 이기고 수는 화를 이긴다. 이것은 천하의 항상적인 이치이다. 하지만 천지의 운이 늘 왕성한 것은 아니라서 열림이 있으면 닫힘이 있다. 따라서 천지의 운이 쇠퇴하면 양은 음을 이기지 못하고 수는 화를 이기지 못한다. 비유하면 사람이 젊으면 기가 실하고 늙으면 기가 허한 것과 같다. 실하면 양이 이기는 것이고 허하면 음이 이기는 것이다. 하루에도 저녁과 밤은 서늘하고 한 해에도 가을과 겨울은 춥다. 음과 양이 일원一元에서 서로 이기는 것이 또한 하루와 한 해의 변화에 불과한 것이다.

사람에 있어서는 중국이 양이고 외이外夷가 음이다. 그래서 삼대三代 이전에는 외이가 중국을 침범하지 못했고 명나라 이전에는 남이 북을 이기지 못했다. 이적夷狄이 중국을 침범한 것은 주周나라 말기부터 시작한다. 더러 천왕天王을 쫓아내고 죽이기까지 하였지만 그 군장君長은 계

---

1 소자邵子는 … 알았다 : 소옹邵雍은 천진교天津橋에서 두견새의 울음소리를 듣고는 "2년이 되지 않아 남방의 선비가 재상이 되어 천하가 다사다난해질 것이다"라고 비통해하였다. 누군가 그 이유를 묻자 "천하가 장차 다스려질 때에는 지기地氣가 북에서 남으로 오고 장차 혼란에 빠질 때에는 남에서 북으로 온다. 지금 남방의 지기가 왔다. 새들이 지기를 먼저 받은 것이다"라고 하였다. 『송원학안宋元學案』 권9 「백원학안百源學案」 상上

곡에 흩어졌고 나라를 이루지는 못하였다. 한나라 때에는 모돈冒頓이 병탄하여 비로소 강대해졌지만 그래도 중국과 맞먹을 수는 없었고 주현州縣을 침략하는 데서 그쳤다. 이것은 사람이 젊어 기가 강하지만 가끔 감기에 걸리는 경우가 없지 않음과 같다.

전오대前五代와 후오대後五代[2]를 즈음해서는 중국이 한 구석에 치우쳐 이적이 중국에서 웅거한 적도 있었고, 명색은 중국이지만 실제로는 이적인 적도 있었다. 그러나 이것은 4, 50세 되는 사람이 음과 양이 서로 반반이고 왕성함과 쇠약함이 서로 번갈아 일어나 비록 질병이 많지만 늙음에 이르지는 않은 것과 같다. 그래서 곧 당나라 태종과 송나라 태조가 천하를 깨끗이 쓸고 각각 수백 년 터전을 건설하였는데, 이는 사람이 질병이 나아 건강해진 것과 같다.

저 진晉나라와 송宋나라가 남쪽으로 건너가 다시 떨치지 못한 것은 괴상한 일이 아니다. 외이가 비록 음이지만 중국에서 혼란을 일으켰던 것들은 반드시 북적北狄에서 왔으니 이것은 전적으로 음은 아니요 음 가운데 양이다. 중국이 만약 다시 남으로 물러나 있으면 중국은 전적으로 양이 아니요 다시 양 가운데 음이다. 이 때문에 끝내 중국이 외이를 이기지 못하는 것이다.

오랑캐 원나라가 천하를 통일하였는데 이는 천지의 변고이다. 천지의

---

2 전오대前五代와 후오대後五代 : 당나라는 앞 시기 양梁, 진陳, 제齊, 주周, 수隋를 오대라고 칭하였는데 이것이 전오대前五代이다. 송나라는 앞 시기 후량後梁, 후당後唐, 후진後晉, 후한後漢, 후주後周를 오대라고 칭하였는데 이것이 후오대後五代이다.

기가 이에 이르러 마침내 쇠퇴하였다. 때문에 명나라가 비록 백 년 뒤에 능히 쫓아내 제거했지만 오吳 · 회淮에서 일어나 남으로서 북을 이긴 것이다. 무릇 화이華夷가 음양이 되는 것은 정해진 자리가 없지만 남북이 음양이 되는 것은 정해진 자리가 있다. 이적이 중화를 이기는 것은 사람에게 질병이 있는 것과 같지만 남이 북을 이기는 것은 사람이 이미 늙어 쇠퇴한 것과 같다. 때문에 명나라가 원나라를 멸망시킨 것은 사람이 고질병을 얻어 거의 죽다 다시 살아났지만 나이가 이미 늙고 혈기가 더욱 쇠퇴한 것과 같다. 마치 밤에는 잠이 오지 않는데 낮에는 잠을 좋아하니 음양의 정해진 자리에서 어긋나기 시작함과 같은 것이다. 고황제高皇帝는 성덕으로 백왕의 으뜸이 되었으나 금릉金陵에 왕궁을 정하니 진나라와 송나라의 실패한 계책을 답습한 것이다. 이것은 이미 쇠퇴한데다 다시 쇠퇴함을 빨리 하는 것이다. 그래서 한번 전하여 건문建文의 난[3]이 있었다. 다행히 문황제文皇帝(영락제永樂帝)의 탁견으로 연경에 도읍을 옮겨 십수 세대 동안 편안히 다스리다 마침내 여기까지 왔다.

아아! 나이가 이미 늙었고 혈기가 더욱 쇠퇴하였으니 아침에 병들지 않아도 저녁에는 반드시 병들 것이요 어제 건강했어도 오늘부터 고통이 따를 것이다. 따라서 얼마 안 있어 천하가 다시 오랑캐의 세상이 된 것이다. 비록 그러하나 진한秦漢 이래 수천 년을 보면 이적의 변란이 지극

---

3 건문建文의 난 : 명나라 2대 황제 건문제 원년(1399) 연왕燕王이 황제에게 반란을 일으켜 발생한 명의 내전을 가리킨다. 건문제 4년(1402) 연왕의 군대가 황제의 수도를 함락함으로써 내전이 종결되었다.

했지만 남으로서 북을 이긴 것은 오직 우리 명나라뿐이었으니 명나라 또한 불과 양 가운데 음에 지나지 않았다. 하물며 명말明末에 남이 다시 북을 이기지 못하니 오늘의 천지가 비록 심히 병들었지만 완전히 늙은 것은 아니다. 내 생각에는 지금부터 설령 중화로서 이적을 이길 자가 반드시 다시 남방에서 나오더라도 천만년 뒤 중화와 이적이 번갈아 교대하다가 남만南蠻이 천하를 소유함에 이르러야 천지의 붕괴를 비로소 논의할 수 있을 것이다.

그러나 양생을 잘하는 자가 정신을 다스리고 정력을 축적하며 음식을 절제하고 탕약을 복용하면 영생하지는 못한다 해도 질병도 없고 쇠약하지도 않을 것이다. 이때를 이어서 천하를 다스리는 자가 능히 세세로 덕정德政을 닦고 백성을 보호하여 왕정을 펼친다면 비록 천지의 대운을 만회할 수는 없더라도 영원히 국가를 태산반석의 굳건한 토대 위에 놓아 천지와 더불어 함께 마칠 수는 있지 않을까?

출전_조구명, 『동계집東谿集』 권11 「남기와 북기를 논하다[南北氣論]」

🐚해설 —— 역사는 이제 어디까지 온 것일까? 또 어디로 가는 것일까? 역사가 끝나는 곳 너머에는 무엇이 있을까? 반드시 기독교적인 종말론이나 불교적인 말세관에 취해 있지 않아도 한번쯤은 떠올려볼 만한 생각이다. 그러나 사람의 태어남과 죽음이 그러하듯이 역사의 시작은 명백히 실재하건만 그 기억은 희미하기만 하고 역사의 끝은 필연적으로 도래하겠지만 그 예측은 공허하기만 하다. 희미한 기억의 지점에서 공허한 예측의 지점까지 진행되는 역사라는 이름의 복잡한 세상사

에서 어떤 질서를 통찰한다는 것은 참으로 매력적인 일이지만 과연 쉬운 일일까?

　서기 1714년, 스물둘의 나이에 조선의 문인 조구명은 예언자와 같은 분위기로 역사를 진단한다. 역사는 이제 늙었다고, 이제 병들었다고. 천지의 대운을 돌이킬 수는 없다고. 그가 본 것은 중국사이다. 중국사는 오늘날 중국이라는 국민국가의 역사로 이해되고 있지만, 단일한 국민국가가 없었던 시절 동아시아 문화권의 조선의 입장에서 볼 때, 그것은 중국의 강역에서 중화와 이적이 서로 일진일퇴하며 전개하는 일종의 세계사였다. 그리고 조선 역시 중국에서 전개되는 세계사로부터 결코 자유로울 수 없었기 때문에, 아니 사실을 말하자면 그 세계사에 깊이 연계되어 있었기 때문에 중국에서의 치란은 절대적인 관심사가 되지 않을 수 없었다.

　조구명은 중국에서 전개되는 세계사에서 무엇을 보고 늙음과 병듦을 직관한 것일까? 역사는 이제 병들었다는 것, 그것은 중국에서 중화와 이적의 승패 패턴을 읽어낸 결과 도출된 결론이다. 중국에서 이적의 번영을 마이너스적인 병세의 진행으로 중화의 번영을 플러스적인 회복의 진행으로 볼 때 세계사의 법칙은 마이너스적인 운동의 자기 확장 과정이었다는 비관적인 결론에 이른다. 중국 고대부터 차례로 역사를 훑어보면 서융西戎의 서주西周 침입, 흉노匈奴의 전한前漢 침입, 오호五胡의 북중국 석권, 요遼·금金의 북중국 석권, 이렇게 이적의 중국 잠식은 갈수록 확장되어갔고 급기야 원 제국의 성립, 다시 청 제국의 성립으로 마이너스 수치는 정점에 이른다. 그러나 일치일란一治一亂! 이적이 번영한 다음에는 어김없이 중화의 번영이 왔다. 이적의 마이너스 에너지는 언제든 중화의 플러스 에너지로 변하였다. 갈수록 심각한 질병이 찾아왔지만 그럼에도 병세는 회복되어왔다.

문제는 다른 데에 있었다. 역사는 이제 늙었다는 것, 그것은 중국에서 남녘과 북녘의 승패 패턴을 읽어낸 결과 도출된 결론이다. 중국에서 남녘의 승리를 노화 수치의 증가로, 북녘의 승리를 노화 수치의 보합으로 볼 때, 세계사의 법칙은 노화 수치의 증가 과정이었다는 더욱 비관적인 결론에 이른다. 중국 고대부터 차례로 역사를 훑어보면 중국에서 남녘이 북녘을 이긴 적은 없었다. 항상 북세가 남진하는 과정이었다. 그런 의미에서 남방에서 일어난 명이 북진하여 원을 축출한 것은 역사의 패턴을 뒤흔든 대이변이었다. 북세남진北勢南進의 익숙한 젊은 시대가 저물고 남세북진南勢北進의 새로운 늙은 시대가 개막된 것이다. 이런 의미에서 명이 끝내 청에 패망한 것은 남세북진의 기운이 고착되는 것을 막고 북세남진의 기운을 회복하는 역설적인 다행이었다. 그러나 장기적으로 보면 이적의 북세남진과 중화의 남세북진이 반복되는 가운데 종국적으로 남만南蠻에 의한 이적의 남세북진이 찾아올 것이다. 삼국지에 등장하는 남만왕 맹획孟獲이 중국을 정복하여 삼국 통일을 달성하는 것과 같은 장면? 그렇다면 그것으로 게임 오버, 역사는 종말이다.

화이華夷와 남북南北의 역사철학, 조선의 젊은 선비 조구명이 생각한 기발한 착상이다. 그는 왜 화이의 역사철학에 만족하지 못하고 남북의 역사철학을 추가적으로 구상한 것일까? 명청의 교체를 중화와 이적, 남기南氣와 북기北氣의 복합적인 운동으로 설명하는 것이 어떤 의미를 생성하는 것이었을까? 북세남진을 회복한 역설적인 다행의 시기로 청대를 응시하는 것이 병자호란 이후 조선 지식인의 억눌린 심리를 치유하는 돌파구로 기능하는 것이었을까? 청 정부와의 백두산 경계 문제, 일본 에도 막부와의 국서 문제로 중국과 일본의 양방향에서 닥쳐오는 대외적인 위기의식이 높아만 가던 1710년대 전반, 만약 조구명이 중국에서의 세계사가 아닌 조선에서의 세계사를 성찰하였다면 그는 번뜩이는 재기를 사용해 어떤 법칙을 발견할 수 있었을까?

원문　天下有道 則天地之氣自北而南 天下無道 則天地之氣自南而北 故邵子天津聞鵑而知天下之將亂 盖聞北 水也 陽之始也 南 火也 陰之始也 陽而勝陰 水而勝火 此天下之常理 而天地之運 不能常旺 有闢則有闔 故其衰也 陽不勝陰而水不勝火 譬諸人少則氣實 老則氣虛 實者陽勝 虛者陰勝也 一日之間 暮夜則凉 一歲之間 秋冬則寒 陰陽之相勝於一元者 亦不過爲一日一歲之推爾 其在人也 中國爲陽 外夷爲陰 故三代以上 外夷不能犯中國 而大明以前 南亦不能以勝北 夷狄之犯中國 盖自周季 或至於逐殺天王 而其君長散處谿谷 不成爲國 漢之時 冒頓幷吞始强大 而猶不能抗衡中國 止於侵掠州縣而已 此如人年少氣强而或不能無風寒之感傷 前後五代之際 則或中國偏於一隅而夷狄據於中國 或名爲中國而實則夷狄 然此如四五十歲人 陰陽相半 盛衰交互 雖多疾病 惟不至於老也 故旋有唐宗宋祖 掃淸天下 各建數百年基業 如人疾愈而康健 彼晉宋之南渡而不復振無怪也 夫外夷雖爲陰 而凡其爲亂於中國者 必自北狄 則是不全爲陰也 而爲陰中之陽 中國若又退處

於南 則中國不全爲陽 而又爲陽中之陰 此其所以終於不勝也 胡元之統一天
下 此天地之變也 天地之氣 於是而遂衰 故大明雖能驅除於百年之後 而起自
吳淮 以南而勝北 夫華夷之爲陰陽無定位 南北之爲陰陽有定位 夷之勝華 猶
人之有病 南之勝北 猶人之已老而衰也 故明之滅元也 猶人之得膏肓之疾 幾
死復生 而年旣已老矣 氣血益衰 如夜則無寐 晝反好睡 而始乖於陰陽之定位
者也 高皇帝聖明冠百王 而金陵定鼎 乃蹈晉宋之失計 是已衰而又速其衰也
故一傳而有建文之難 幸賴文皇帝之卓見 移建燕都 而十數世治安 遂階於此
矣 嗚呼 年旣已老 而氣血益衰 則朝雖未病 而暮則必病 昨雖康復 而今將添
苦 故未幾何而天下又腥羶矣 雖然 竊觀秦漢以來數千年 夷狄之變極矣 而以
南而勝北者 惟我大明而已 明又不過爲陽中之陰 況至於明季 南又不能勝北
則今之天地雖甚病矣 而不至於全老也 愚以爲自今 設有以華勝夷者 必復出
於南方 而千萬歲之後 華夷迭代 以至於南蠻有天下 而天地之壞 始可議矣
然善養生者 頤神蓄精 節食服藥 雖不能長生久視 而亦可以無病而不衰矣 繼
此而爲天下者 如能世修德政 保民而王 則雖不能以挽駐天地之大運 獨不可
以永措國家於泰山盤石之固而與天地俱終也歟

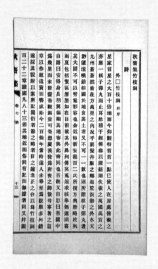

조수삼趙秀三, 『추재집秋齋集』 권7 「죽지사竹枝詞」

조수삼이 지은 죽지사에는 미얀마[緬甸]에 관한 한시가 있다.
미얀마가 맹획의 유종遺種이라서 지금도 맹씨가 많다고 소개하였다.
만약 미얀마가 중국에 침입하여 천하를 석권한다면
화이와 남북의 역사철학으로 보아 이것은 역사의 종말이라 해석해야 할까?

2

왕가의 전통

　어느 시대이든 전통이 있지만 그 빛깔은 시대마다 다르다. 조선 전기 자국의 전통을 『동문선東文選』과 『동국통감東國通鑑』에 담았을 때 그 '동東'에 담긴 전통에 조선왕조의 색채는 엷었다. 하지만 조선 후기에 들어와 그 색채가 강화되기 시작하였다. 이희조李喜朝의 『동현주의東賢奏議』나 황덕길黃德吉의 『동현학칙東賢學則』에 표상된 '동현東賢'은 이제 조선의 사대부가 전통이 되고 있음을 뜻하는 것이었다. 퇴계가 전통이 되고 율곡이 전통이 되며 서로 비슷한 성리학 전통들의 상호 경합이 진행되는 가운데 아직 전통화되지 않은 영역들에서도 전통화의 바람이 불기 시작하였다. 영조 대에 간행된 『조감祖鑑』은 말하자면 조선의 역대 국왕들을 조선의 전통으로 만들려는 특별한 노력이었다고 볼 수 있다. 그러한 전통화의 바람이 어떤 정치의식과 연결되어 있었는지 조문명趙文明

(1680~1732)이 지은 어제御製 서문을 살펴보자.

↪번역 ──『조감祖鑑』은 곧 우리 여러 선왕들의 넓고 큰 법도이다. 빈
객賓客이 아뢴 말로 인해 춘방春坊의 두 관원에게 명하여 항목 20개[1]를
뽑아 바치게 하였다. 우리 선왕들께서 힘들게 창업한 일, 그리고 간언을
좋아하고 정사를 부지런히 하고 백성을 사랑하고 농사에 힘쓰고 물자를
절약하고 형벌을 신중히 했던 성덕이 『조감』 두 권에 밝고 성대하다. 옛
말에 이르기를 요순을 본받고자 한다면 마땅히 선왕을 본받아야 하고,
삼대三代를 기필하고자 한다면 반드시 선왕의 뜻과 사업을 이어야 한다
고 하였다. 여러 선왕들의 덕을 거울삼지 않을 수 있겠는가. 그러나 나
라를 다스리는 근본은 집을 다스리는 데 있고 집을 다스리는 근본은 자
기를 수양하는 데 있다. 그래서 『시詩』 300편 중에서 〈관저關雎〉가 맨 처
음이다. 『대학』에서 이르기를 자기를 수양하지 않으면 집을 다스릴 수
없다고 하였다. 궁관宮官이 〈내치內治〉한 편을 지은 것이 바로 이런 생각
이다. 다시 그 요점은 마음에 있다. 그러나 쉽게 밖으로 치닫는 것이 마
음이다. 잡으면 보존되지만 놓으면 없어진다. 생각 하나가 갈려서 성인
이냐 광인이냐가 판가름 난다. 경계하지 않을 수 있겠는가. 두려워하지
않을 수 있겠는가. 지금 너는 선왕들의 이 가르침을 마치 내가 직접 가

---

1 항목 20개 : 『조감』 상편의 9개 항목, 곧 「세계世系」, 「부서符瑞」, 「창업刱業」, 「제작制作」, 「중흥中
興」, 「자질資質」, 「학문學問」, 「덕행德行」, 「호간好諫」, 그리고 『조감』 하편의 11개 항목 「내치內
治」, 「근정勤政」, 「용인用人」, 「애민愛民」, 「무농務農」, 「미재弭灾」, 「절약節約」, 「돈화敦化」, 「숭유
崇儒」, 「신형慎刑」, 「치병治兵」을 가리킨다.

르치는 것처럼 생각해 마음을 가라앉혀 자득自得하라. 아, 너 원량元良은 아침저녁으로 부지런히 공부해서 여러 선왕들의 아름다운 말이 아니면 감히 말하지 말고 여러 선왕들의 착한 행실이 아니면 감히 행하지 말라. 찰나의 순간에도 반드시 이를 행하고 황급한 순간에도 반드시 이를 행하라. 나만의 다행이 아니리라! 실로 우리 동방의 복이리라. 노력하거라, 노력하거라. 무신년(1728) 봄 2월 상순에 쓴다.

수충갈성결기분무공신輸忠竭誠決幾奮武功臣 자헌대부資憲大夫 병조판서兵曹判書 겸동지경연사兼同知經筵事 세자우빈객世子右賓客 풍릉군豐陵君 신臣 조문명은 하교를 받들어 쓴다.

출전_ 조현명趙顯命 등, 『조감』, 조문명, 「어제조감서御製祖鑑序」

◐해설── 조선 영조 4년(1728)에 일어난 무신란은 심각한 지방 반란이었다. 이전까지 중앙에 도전했던 지방 반란으로는 태종에게 맞선 조사의趙思義의 난, 수양대군에게 맞선 이징옥李澄玉의 난, 세조에게 맞선 이시애李施愛의 난이 있었지만 조선의 변방으로 간주된 함경도에서 일어난 일시적인 반란이었다. 반면 무신란은 숙종 대 후반부터 지속된 오랜 노소老少 대립의 산물이었으며 무엇보다 삼남 지역에서 터진 대형 사건이었다. 호서에서 이인좌李麟佐는 청주를 함락하였고 영남에서 정희량鄭希亮은 거창, 합천 등지를 석권하였으며 호남에서 박필현朴弼顯은 태인을 거사의 본거지로 삼았다. 집권 소론 세력으로 반란을 진압한 영조는 중흥을 위한 특단의 대책을 절감하였다.

그해 5월 2일 오전 10시 창덕궁 희정당熙政堂에서 영조와 정제두鄭齊斗의 만남이 성사되었다. "어떻게 하면 조정의 기상을 탕평케 할 것이며, 어떻게 하면 백성으로 하여금 생업을 편안하게 할 것인가? 오늘에 중흥할 수 없으면 반드시 쇠망할 것이니 방법을 말해달라." 영조의 마음은 비장했다. "『조감』의 서문을 보았는데 요순을 본받고자 한다면 마땅히 선왕을 본받아야 한다는 말씀이 좋았습니다. 세종대왕께서 예악을 만들어 동방의 성인이 되었는데 지금 이를 실행해야 합니다. 선왕의 법을 행하고 선왕의 예를 행해야 나라의 분열을 막을 수 있습니다." 정제두는 영조의 마음을 읽고 국가 통합의 원리를 『조감』의 서문에서 구하였다.

선왕을 본받는다는 것. 그렇다. 영조의 동궁인 효장세자를 교육하기 위해 만들어진 『조감』에는 조선 선왕들의 업적이 수록되어 있었다. 특히 세종의 업적, 곧 전분법과 연분법 시행, 오례의五禮儀 제정, 훈민정음 창제, 아악 정비, 칠정산七政算 및 흠경각欽敬閣과 보루각報漏閣의 설치, 『명황계감明皇戒鑑』, 『통감훈의通鑑訓義』, 『치평요람治平要覽』, 『경제육전經濟六典』 등의 편찬이 집중적으로 거론되었다. 사실 세종은 영조의 정치적 롤모델이었다. 영조는 후일 사도세자를 위해 스스로 지은 『어제상훈御製常訓』에서 조선왕조가 중화의 제도를 본받아 세종 대에 문물이 찬란하게 구비되었음을 밝히면서 정치의 요점으로 조선의 선왕을 본받을 것[法祖]을 강조하였다. 영조 대에 측우기가 제작되고 『속대전續大典』, 『속오례의續五禮儀』가 편찬된 것이 실로 우연이 아니었다. 조선 세종은 조국 근대화 시기에 앞서 이미 영조 대에 이렇게 이상화되고 있었던 것이다.

조선의 선왕들을 이상화하는 작업은 영조 대 이후 계속되었다. 영조

대에 효장세자를 위해 만들어진 『조감』이나, 그 후에 정항령鄭恒齡이 편찬한 『어제상훈집편御製常訓輯編』이나, 정조 대에 이복원李福源이 편찬한 『어제갱장록御製羹墻錄』이나, 순조 대에 효명세자를 위해 만들어진 『모훈집요謨訓輯要』 등은 모두 18세기 조선의 왕정이 추구했던 특별한 가치를 불어넣은 중요한 책자였다. 거기에는 조선의 중흥을 위해서는, 조선의 대통합을 위해서는 조선의 선왕을 본받는 정치를 해야 한다는 보수적 개혁론의 시각이 담겨 있었다. 그것은 탕평 정치와 짝을 이루는 중요한 정치의식이었다. 이와 같은 정치의식으로 왕세자를 의식화하는 전통이 영조 대에서 순조 대까지 지속되었다는 사실이 흥미롭다. 어느 의미에서 영조, 정조, 순조 3대는 한국사에서 광의의 18세기였다. 그렇게 볼 때 1724년 2월 24일 효장세자의 소대 석상에서 처음으로 『조감』이 읽힌 사실이 『진종동궁일기眞宗東宮日記』에 기록된 것은 18세기의 시작을 알리는 서곡으로 볼 수도 있지 않을까?

원문 祖鑑卽我列聖朝弘模大範也 因賓客之所達 令春坊兩官抄進其目二十也 我祖宗創業之艱難 與夫好諫勤政愛民務農節約愼刑之德 昭昭藹然於兩卷祖鑑之中 古語云欲法堯舜當法祖宗 欲期三代必當繼述 列聖至德可不鑑乎哉 然治國之本在於齊家 齊家之本在於修身 故詩三百篇關雎爲首 傳云身不修不可以齊其家 今宮官之以內治作一篇者 正此意也 又其要在於一心 而然易馳者心也 操則存 舍則亡 一念之分 聖狂斯判 可不戒哉 可不懼哉 今若潛心自得於此列聖敎訓如我親炙 恣爾元良 日夕孜孜 非祖宗朝嘉言不敢

道 非祖宗朝善行不敢行 頃刻必於是 造次必於是 非徒今予之幸歟 實吾東之
福也 其勉哉其勉哉夫 歲在戊申春二月上浣敬書
輸忠竭誠決幾奮武功臣 資憲大夫 兵曹判書 兼同知經筵事 世子右賓客 豐陵
君 臣趙文命 奉敎書

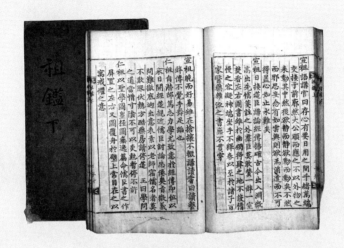

영조 대에 효장세자를 위해 간행된 『조감』

『조감』에는 조선의 중흥과 대통합을 위해서는
선왕을 본받는 정치를 해야 한다는
보수적 개혁론의 시각이 담겨 있다.

3

탕평 정치의
어두운 그림자

　"땡그랑 한 푼 땡그랑 두 푼 벙어리저금통이 어휴 무거워." 초등학교 음악 시간에 배웠던 노래의 한 소절이다. 그 시절 노래 가사는 그렇게 배웠지만 학교 문방구에서 본 벙어리저금통은 대개 붉은 빛깔의 플라스틱 돼지 저금통이었다. 하지만 옛날 안정복安鼎福(1712~1791)이 살던 시절 한양에는 엽전을 넣으면 땡그랑 소리가 나고 가득 찬 엽전을 꺼내려면 저금통을 부수어야 하는 진짜 벙어리저금통이 있었다. 안정복은 스물여섯 되던 해에 과거 시험 보러 상경해서 우연히 시장에서 벙어리저금통을 하나 얻었다. 얼마 후 벙어리저금통을 부수었다. 그 사이 모아 놓은 엽전을 세어보는 즐거움이 어떠했을까? 하지만 결연히 저금통을 부순 그의 심정은 그런 즐거움과 거리가 멀었다. 그는 조선 사회를 위해 벙어리저금통을 근심하고 있었다. 무슨 일이 있었던 것일까?

◟번역 —— 정사년(1737) 가을, 내가 과거 시험을 보러 서울에 들어갔을 때 시장에 어떤 그릇이 있었다. 위는 둥글고 아래는 평평하며 속은 비어 있고 꼭대기에 마치 일—자 모양의 가느다란 구멍이 뚫려 있었는데, 전에 못 보던 것이었다.

나는 하인을 돌아보며 말했다.

"이것이 무슨 그릇이냐?"

"벙어리입니다."

내가 그 말을 알아듣지 못하고 또 물었다.

"이것이 무슨 그릇이냐?"

"벙어리입니다."

그가 농담을 한다고 생각한 나는 화를 내며 물었다.

"내가 이 그릇을 물었는데 '벙어리입니다' 하고 대답하는 이유가 무엇이냐?"

"소인이 감히 농담을 하는 것이 아닙니다. 이 그릇의 이름이 벙어리이기 때문에 벙어리라고 대답한 것입니다."

이상해서 그 까닭을 물었더니 이렇게 대답했다.

"이 그릇으로 말하자면 입은 있지만 말을 못하기 때문에 사람들이 벙어리라고 이름을 붙인 것입니다. 여염집 쪼그만 계집애들이 이걸 사서는 돈이 생기면 그 속에 던져 넣었다가 가득 찬 뒤에 부수어서 꺼냅니다. 돈을 함부로 쓰지 않으려는 것입니다."

내가 말했다.

"허허. 입이 있지만 말을 못하는 게 어찌 이 그릇뿐이냐? 병, 옹기, 항아리는 입이 없단 말이냐? 병, 옹기, 항아리가 말을 못한다고 벙어리라고 부르는 것을 들어보지 못했다. 여기에는 반드시 까닭이 있을 것이다."

곁에 있던 여관 주인이 듣고 웃으면서 말했다.

"손님은 알지 못하십니까? 이것은 사람이 이름 붙인 것이 아니라 조물주의 희극戲劇입니다. 무릇 조물주가 사람에게 부드러운 말씨와 웃는 낯빛을 하고 보는 것은 아니지만, 때로 아이들의 입에 퍼져 노래가 되기도 하고 때로 물건으로 형상이 드러나 그릇이 되기도 하는 것은 모두가 사람이 보고 들어 깨닫게 하려는 것입니다. 이 그릇이 나온 지가 10년이 안 되는데 그 뜻이 두 가지가 있습니다. 하나는 사람이 벙어리 같다고 풍자하는 것이고 하나는 사람이 벙어리 같아야 한다고 경계하는 것입니다. 무엇을 풍자하는 것이냐고요? 사람이 말을 해야 하는데 말을 하지 않아 벙어리와 다름없음을 풍자하는 것입니다. 무엇을 경계하는 것이냐고요? 사람이 말을 하지 말아야 하는데 말을 하면 재앙만 취하게 되니 벙어리처럼 해야 함을 경계하는 것입니다.

순 임금에게 무슨 잘못이 있었겠습니까만 고요皐陶와 익益이 말하기를 그치지 않았고, 무왕武王에게 무슨 잘못이 있었겠습니까만 주공周公과 소공召公이 말하기를 그치지 않았습니다. 한漢 문제文帝와 당唐 태종이 모두 몸소 태평을 이룩했지만 가의賈誼는 한숨을 쉬다 못해 통곡을 하고[1] 위징魏徵은 십사十思의 상소를 올리다 못해 십점十漸의 상소를 올렸습니다.[2] 신하된 마음으로 '우리 임금은 이미 성군이야' 하지 않고 혹시라도 잘못이 있을까 염려하여 눈을 밝히고 대담하게 숨김없이 직언한 것이니, 임금에게 잘못이 있으면 임금에게 간쟁하느라 겨를이 없고 정치에 해악이 있으면 정치를 논하기를 그치지 않은 것입니다. 이 때문에 임금은 성군이 되는 데 실패하지 않았고 신하는 자기 직분을 저버리지 않았습니다.

지금 임금님(영조)께서는 요 임금처럼 어질고 순 임금처럼 공손하며 문왕文王처럼 경건하고 무왕처럼 의로우셔서 말씀드릴 만한 잘못이 아예 없습니다. 하지만 신하된 의리상 어찌 이것으로 충분타 하고 여기에서 그치기를 바라겠습니까? 어질더라도 영원토록 어질기를 바랄 일이고, 공손하더라도 영원토록 공손하기를 바랄 일이며, 경건함과 의로움에 대해서도 이렇게 하지 않으면 안 됩니다. 이것이 신하가 임금을 위하는 지성측달至誠惻怛의 생각이건만, 조정에 있는 신하들이 모두 '우리 임금은 이미 성군이시고 우리나라는 이미 치세治世가 되었다'고 하며, 한 달이 가도록 임금의 덕을 논하는 사람이 하나도 없고 한 해가 가도록 국정을 논하는 사람이 하나도 없으니, 벙어리와 무엇이 다르겠습니까? 이것이 이른바 풍자한다는 것입니다.

말 한 마디로 화호和好도 맺고 전쟁도 일어나는 법입니다. 자식 된 사람에게 말할 때에는 효도에 의해야 하고 신하 된 사람과 말할 때에는 충

---

1 가의賈誼는 … 하고 : 가의(B.C. 200~B.C. 168)는 한 문제에게 「치안책治安策」을 올려 당시 한漢의 국사에 통곡할 일이 한 가지, 눈물 흘릴 일이 두 가지, 길게 한숨 쉴 일이 여섯 가지가 있음을 지적하고 이를 개혁할 것을 주장하였다.

2 위징魏徵은 … 올렸습니다 : 위징(580~643)은 당 태종에게 「간태종십사소諫太宗十思疏」를 올려 수隋의 멸망을 거울삼아 사치를 경계할 것을 간언하였고, 다시 「불극종십점소不克終十漸疏」를 올려 정관貞觀 초기 태종의 바른 정치를 이어갈 것을 간언하였다.

성에 의해야 합니다. 지위도 없으면서 국정의 장단을 논하고 책임도 없으면서 조정의 득실을 말하며, 심한 경우 공론을 어기고 당을 위해 죽으며 눈을 부릅뜨고 논란하다가 결국에는 임금을 배반하는 죄를 저지르면서도 자기가 세상의 화변에 죽는 줄을 깨닫지 못합니다. 이것이 이른바 경계한다는 것입니다. 이제 그것이 풍자하는 바를 알아서 돌이킨다면 조정의 명신이 될 것이요, 그것이 경계하는 바를 알아서 본받는다면 처세의 달인이 될 것입니다. 손님께서는 이를 아시겠습니까?"

내가 그 말을 기특하게 여기고 이름을 물었더니 주인은 입을 가리키며 말을 하지 않았다. 나는 그 뜻을 알아채고는 물러나 이를 기록하여 스스로를 경계한다. 아울러 이 글을 당국에 바치고 싶다.

출전_ 안정복, 『순암집順菴集』 권19 「벙어리저금통啞器說」

무릇 입이 있으면 울고 입이 있으면 말을 하는 것이 천하의 바른 도리다. 그런데 입이 있으면서 울지도 않고 말하지도 않는다면 정상적인 것과 반대되는 것으로 요상한 것이다. 이 기물器物이 나오면서부터 조정에서는 말할 만한 일도 말하지 않게 되었고 이 기물이 나오면서부터 사람들은 모두 말하는 것을 서로 경계하게 되었다. 이는 온 천하를 벙어리로 만드는 것이다. 요사스러운 물건이니 성세聖世에 있어서는 안 될 것이다. 그래서 마침내 깨부수어버렸다.

출전_ 안정복, 『순암집』 권19 「벙어리저금통을 부수다破啞器說」

🖋해설 —— 침묵은 금이고 웅변은 은이라는 격언이 있다. 아마 이 격

언은 침묵하는 사회가 아니라 웅변하는 사회에서 태어났을 가능성이 높다. 웅변이 흔하다 보니 보다 차원 높은 호소력과 전달력을 가진 웅변의 일종으로 침묵의 새로운 가치를 발견한 것일 게다. 침묵하는 사회에서라면 굳이 침묵과 웅변을 비교하여 이런 격언을 짓지 않았으리라.

조선시대는 침묵하는 사회보다는 웅변하는 사회에 더 가까웠다. 특히 조선 중기 이래 붕당정치가 발달하면서 국정 현안에 각 붕당이 서로 다른 의리를 제시하여 옳고 그름을 명확히 따지는 정치 문화가 조성되었다. 위로는 국가의 최고 재상으로부터 아래로는 벼슬이 없는 유생들까지 모두 시비를 논하며 국론에 참여할 수 있었다. 그러나 과유불급! 붕당 간의 시비가 격화되자 붕당정치의 성격도 서서히 변모하기 시작하였다.

특히 숙종 대 후반 노론과 소론이 각각 왕세자(후일의 경종)와 그의 이복동생 연잉군延礽君(후일의 영조)에 대한 선택적인 지지를 하면서 사정이 악화되었다. 안정복이 열 살 되던 해에 일어난 신축환국辛丑換局은 경종 원년(1721) 연잉군이 왕세제가 되자 노론 측이 제기한 왕세제의 대리청정을 경종에 대한 불충으로 여긴 소론 측의 역공으로 일어난 정국의 대변동이었고, 안정복이 열한 살 되던 해에 일어난 임인옥사壬寅獄事(1722)는 노론 측의 자제들이 경종을 살해하려 한다는 목호룡睦虎龍(1684~1724)의 고변으로 일어난 정치적인 참사였다.

이로부터 2년 후 경종이 세상을 떠나고 영조가 즉위하였다. 영조의 충신을 자처했을지 모르나 소론에게 경종의 역신으로 간주되어 많은 가문이 희생된 노론은, 이제 자신들이 역신이 아니라 충신이었음을 입증하는 정치적인 반격에 들어섰다. 영조의 세상에서 소론은 이제 더 이상 경종의 충신이 아니라 영조의 역신으로 규정되어 보복당할 위험에 처하였다. 그러나 그것은 영조가 원하는 바가 아니었다. 1729년 영조는 중대 발표를 하였다. 신축년의 일은 노론의 잘못이 없고 임인년의 일은 노론의 잘못이 있는 것으로 확정지을 테니 더 이상 과거를 말하지 말라는 것이었다. 노론의 웅변도 옳지 않고 소론의 웅변도 옳지 않으니 다들 침묵하고 영조와 그를 돕는 탕평당이 제시하는 탕평의 질서에 동참하라는 주문이었다. 당론에 관한 한 벙어리가 되라는 요구였다.

안정복이 1737년 한양에서 벙어리저금통을 보았을 때 한양의 분위기는 그런 것이었다. 벙어리저금통을 구경하는 안정복에게 여관 주인이 웃으면서 벙어리저금통이 나온 지 10년이 안 되었다고 말한 것은 실제로 조선 사회에서 벙어리저금통이 이때에 처음으로 발명되었다는 뜻이 아니었다. 실은 1729년 영조의 위와 같은 기유처분己酉處分을 슬며시 벙어리저금통으로 은유한 것이었다. 시방 조선 사회는 "우리 임금은 성군이 되었고 우리나라는 치세가 되었다"며 벙어리로 사는 지혜를 터득하는 중이었다. 하지만 그것이 될 말인가? 천하를 근심하고 이념을 제시해야 하는 막중한 사명을 지닌 사대부가 얼마나 할 말이 많은데 어떻게 벙어리로 살란 말인가? 안정복은 마침내 벙어리저금통을 부수어버렸다. 비록 가난한 선비이지만 사대부로서의 자존감을 버릴 수는 없지 않은가? 노론도 아니고 소론도 아닌 남인이지만 새롭게 등장한 문외파門外派 남인으로서 할 말은 해야 하지 않겠는가?

丁巳秋 余赴試入京 市上有器 上圓下平 中空而頂穿細穴 如一字形 前所未
見也 余顧僕夫曰 是何器也 曰啞也 余未解其語 又問曰 是何器也 復曰啞也
余怒其言之戲也 詰之曰 余問是器而答曰啞何也 僕夫對曰 小人非敢戲也 是
器之名啞 故對以啞也 余怪而問其故 對曰 是器也有口而不能言 故人命之曰
啞 閭家小女兒 貿是而得錢則投其中 滿而後撲而取之 盖不欲其妄費也 余曰
噫嘻 凡有口而不能言者 奚獨是器也 瓶罌甕缸 獨無口乎 未聞瓶罌甕缸之以
不言而名以啞也 是必有以也 傍有逆旅主人聞而笑曰 子不知耶 是非人所命
也 乃造物之戲劇也 夫造物之於人 雖不以聲音笑貌視 而或播於兒童之口而
爲謠 或形諸什物之間而爲器 莫非欲人聞見而覺之也 是器之出未十年 其義
有二 一以譏人之如啞 一以戒人之當啞 譏者何 譏人之當言而不言 無異啞者
矣 戒者何 戒人之不當言而言 只足以取禍 是當如啞者矣 虞舜何嘗有過 而
皐益言之不已 武王何嘗有過 而周召言之不已 漢之文帝 唐之太宗 皆身致太
平 而賈誼大息之不已而痛哭 魏徵十思之不已而十漸 盖人臣之心 不以吾君
之已聖 而恐有遺失 明目張膽 直言不諱 過在于君 則爭君不暇 害在于政 則
論政不已 是以君不失爲聖而臣不負其職矣 今聖上堯仁舜恭 文敬武義 未嘗
有過之可言 而然而爲臣之義 豈欲以此爲足而止於是耶 雖仁而欲其仁之無
窮 雖恭而欲其恭之無窮 其敬其義 莫不如是 是其爲君至誠惻怛之意 而在廷
之臣皆曰 我君已聖矣 我國已治矣 浹月而不聞一人論君德 浹歲而不聞一人
論國政 是何異於啞者乎 是則所謂譏也 惟口出好興戎 與人子言 依於孝 與
人臣言 依於忠 若無其位而論國政之長短 非其責而言朝廷之得失 甚者背公
死黨 瞋目語難 末乃歸于反君之科 而不自覺殞身世禍 是則所謂戒也 今若知

其識而反之 則將爲朝廷之名臣 知其戒而法之 則當爲處世之通人 子知是耶
余奇其說 問其名 主人指其口而不言 余解其意 退而記之以自警 且欲以獻于
當路者

〈破啞器說〉
凡有口則鳴 有口則言 天下之正理也 有口而不鳴不言 則反常而妖矣 自是器
之出 而朝廷之上 可言而不言 自是器之出 而人皆以言相戒 是擧天下而啞之
也 物之妖也 非聖世所宜有也 遂撞而破之

영조대 성균관에 건립된 탕평비

영조는 성균관에 탕평비를 세워 성균관 유생들에게도 탕평 정신을 독려했다.
그러나 탕평 정치에 동참하라는 영조의 주문은
당론에 관한 한 벙어리가 되라는 요구이기도 했다.

4

기억의 역전

  역사의 원천은 기억의 힘이다. 행복하고 불행했던 우리의 모든 지난 시절은 망각과 기억의 여로를 타고 명멸해가는 삶의 불꽃이다. 행복한 과거는 기억의 길로, 불행한 과거는 망각의 길로, 하루하루는 그렇게 끊임없이 세워지는 망각과 기억의 이정표이며, 역사란 기억의 이정표를 따라가 만나는 과거의 삶이다. 역사는 항상 우리의 뒤에 있다. 하지만 우리의 앞에서 역사와 만날 수는 없는 것일까? 어쩌면 우리의 기억이 뒤를 돌아보고만 있었던 것은 아닐까? E. H. 카가 『역사란 무엇인가』에서 말했듯이 우리는 미래를 기억하고 과거를 상상할 수는 없는 것일까? 이 점에서 아래에 소개할 오광운吳光運(1689~1745)의 글은 과거를 기억하는 역사와 미래를 기억하는 역사의 차이를 보여주는 흥미로운 글이다. 조선 전기 기묘사화를 기록한 『기묘록己卯錄』. 오광운은 이 책에 다시 서문을 쓰면서 기묘사화를 어떻게 보아야 할지 거침없이 필치를 휘두른다.

🐚번역── 삼대 이전에는 이치[理]가 이겼으나 삼대 이후에는 기운[氣]이 이겼다. 요와 순이 있으면 고요皐陶와 우禹가 있고 이윤伊尹과 주공周公이 있으면 탕왕湯王과 무왕이 있었던 것은 이치가 마땅히 그러해서 기운이 순종한 것이다. 공자·맹자·정자程子·주자 같은 성현이 제 임금을 얻지 못해 천하에 도를 행하지 못한 것은 기운이 막아서 이치가 이기지 못한 것이다. 세상 사람들은 모두들 옛날과 오늘날은 바다에서 배를 타다가 육지에서 수레를 타는 것처럼 서로 다르기 때문에 삼대의 도는 행할 수 없다고 말한다. 이것은 형세[勢]로 말하는 것이다. 그 식견이 이미 기운에도 미치지 못했는데 하물며 이치랴!

정암靜菴 조선생(조광조趙光祖)은 왕자를 보좌할 재주를 갖고 성현의 학문에 종사해서 반드시 임금과 백성을 요순으로 만들고야 말 것을 원하였다. 이 이치를 독실하게 믿은 것이다. 중종대왕이 그가 현철함을 알고 발탁해서 쓰니 풍속이 변화하고 사방이 진동하여 삼대 이후 천수백 년 동안 하루라도 천하에 행해진 적이 없었던 왕도가 환히 다시 세상에 밝아졌다. 이는 정히 이치가 기운을 주관한 것이다. 남곤南袞과 홍경주洪景舟 등이 한번 손을 들어 선한 부류를 어육으로 만들자 고개를 들고 요순을 바라던 백성들이 낭패하여 서로 돌아보며 어찌할 바를 몰랐다. 이는 사악한 기운이 이치를 해친 것이다. 공자·맹자·정자·주자는 임금을 만나지 못해 곤궁했지만 정암은 임금을 만났기 때문에 화를 당했으니,

그렇다면 도는 끝내 행할 수 없는 것이고 이치는 끝내 기운을 이길 수 없는 것인가?

아! 기묘년(1519)도 요순시절이다. 다만 날의 얕고 깊음에 차이가 있는 것이다. 이 이치가 없었다면 그만이지만 과연 이 이치가 있었고 하루라도 이긴 적이 있었다면 그것이 반드시 천백 년 동안에도 이길 것임을 알 것이다. 요순의 도를 행하지 못했다면 그만이지만 과연 하루라도 행할 수 있었다면 천백 년 동안에도 행할 수 있을 것임을 알 것이다. 옛날과 오늘날이 다르다고 주장하는 자들에게 그 입을 막을 수 있게 되었고, 다시 후세에 뜻이 있는 임금과 신하로 하여금 단지 간사한 무리가 이간질함을 근심하도록 할 뿐 왕도를 행하기 어려움을 근심하지 않도록 할 수 있게 되었으니, 그것이 천하 후세에 얼마나 보탬이 되는 일인 것인가!

그러나 이것은 정암의 힘뿐만은 아니었다. 삼대 이후 천수백 년 동안 하루라도 능히 진유眞儒를 등용했던 사람은 오직 우리 중종이다. 비록 그 아름다운 만남이 끝마침을 보지는 못했고 지극한 다스림이 무궁하지는 못했지만 하루라도 등용한 것이 충분히 만세의 업적이 될 만했다. 세상에서는 정암이 자기가 끝내 해내지 못할 것임을 알지 못하고 억지로 했다고 생각하고는 정암이 이치에 정밀하지 못했다고 의심하는 사람들이 있지만, 그들이 어찌 정암을 알겠는가? 막 하옥되었을 때 정암은 남곤 등이 일을 꾸민 것이지 우리 임금은 모르고 있다고 생각하였다. 그 마음이 순수하게 천리天理였기 때문에 이와 같이 임금을 믿었던 것이다. 임금을 믿는 것이 천리를 믿는 소이所以이다.

우리 인종은 동방의 요순이다. 한번은 "덕을 감춘 선비가 있다면 내가 장차 파격적으로 조정에 두겠다"고 말한 적이 있었다. 사람들은 임금이 서경덕徐敬德에게 뜻을 두고 있음을 알았다. 화담花潭(서경덕)이 이를 듣고는 엉엉 눈물을 흘리니 곁에 있던 사람들이 이상하게 여겼다. 얼마 안 있어 인종이 승하하니 사람들이 비로소 화담의 선견지명을 깨달았다. 인종 같은 성군이 화담 같은 현인을 등용하고 다시 회재晦齋(이언적李彦迪)와 퇴계退溪(이황) 같은 현인들을 배치했다면 삼대와 비교하여 어느 쪽이 더 우월했을지 모를 일이다. 화담은 '삼대 이후 어찌 다시 이런 일이 있을까?'라고 생각한 것이니 그 마음이 허령虛靈해서 임금의 수가 오래지 않을 것을 자연히 먼저 느낀 것이다. 자질의 순수함과 문로門路의 올바름은 화담이 정암에게 의당 손색이 있지만, 그 식견은 도리어 정암도 미처 알지 못했던 것이 있었음은 어째서일까? 아! 이것이 화담이 정암에게 미치지 못하는 지점이었다. 정암은 이치에 순수했고 화담은 기수氣數에 통달했다. 정암은 불억불역不億不逆[1]의 경지를 지났고 화담은 지청지우知晴知雨[2]의 경지에 가까웠다. 두 현인은 학문은 달랐으나 그 지공혈성至公血誠을 임금과 신하의 지극한 윤리에 드러낸 것은 동일하였다.

아! 이치는 임금이다. 기운은 신하이다. 이치는 장수이다. 기운은 병졸이다. 군주가 신하에게 제어받고 병졸이 그 장수에게 이기는 것이 어

---

1 불억불역不億不逆 : 남이 나를 속일까 미리 짐작하지 않고 남이 나를 믿지 않을까 억측하지 않는다는 뜻이다. 『논어』 「헌문憲問」에 '子曰不逆詐, 不億不信, 抑亦先覺者是賢乎'라는 구절이 있다.
2 지청지우知晴知雨 : 날이 갤 것을 알고 비가 올 것을 안다는 뜻이다.

찌 항상 그렇겠는가! 세상에서 삼대는 회복할 수 없다고 하는 것은 여름벌레가 한漢·당唐·송宋이 이미 그랬음을 아는 것에 불과한 것일 뿐이다. 천지는 지극히 유구하고 이치와 기운은 시작도 끝도 천지와 함께하는데, 천지로부터 한·당·송을 본다면 참으로 순간일 뿐이니 어찌 이치가 순간에 이기지 못했다고 천만세 동안 이기지 못하리라 단정한단 말인가? 도道와 이치는 만세토록 공공公共으로 삼는 것이다. 참으로 만세 후에 실현될 수 있다면 만세 전에 태어난 자도 이와 더불어 다행함이 있을 것이다. 이것이 정암의 마음이었다. 이 기록을 읽으면서 이 마음을 자기 마음으로 삼는다면 반드시 이 마음을 이룰 수 있을 것이다. 그렇지 않고 책을 덮고 눈물만 흘린다면 정암의 마음이 아니다.

출전_오광운, 『약산만고藥山漫稿』 권15 「기묘록의 후서[己卯錄後序]」

🐚해설 —— 1519년 음력 11월 15일 한밤중, 경복궁은 소란스러웠다. 내전에서 왕명이 내려와 조광조 일파가 갑작스럽게 투옥되었다. 새벽녘에 긴급하게 소집된 의금부 당상 회의에서 중종은 전격적으로 조광조를 붕당죄朋黨罪로 몰아 처형하려고 하였다. 붕당죄란 신하가 사적으로 도당을 모아 임금의 뜻을 거역했을 때에 성립할 수 있는 법. 지난 4년간 중종과 조광조 사이의 군신관계에 비추어 붕당죄의 죄목은 너무나 생경한 것이었다. 더욱이 국왕이 한밤중에 입직 승지를 거치지 않고 사관도 배석시킴이 없이 비밀리에 왕명을 내려 조정의 공론을 주도하는 신하를 투옥시켜 처형을 명한 것은 상식적으로 납득하기 어려운 비정상적인 행동이었다. 조정 신하들과 성균관 유생들의 강력한 저항에 부딪친 중종

은 자신의 행동을 변명하지 않으면 안 되었다. 사실은 자신의 뜻이 아니라 조정 신하들의 뜻이었다고. 조광조를 몰아내지 않으면 무사들이 변란을 일으킬지 모른다는 소문을 알려주었다고. 한 달이 지난 12월 16일 결국 조광조에게 죽임이 내려졌다.

기묘사림은 화를 입었지만 그들에 대한 기억은 꺾이지 않았다. 기묘사화는 정의롭지 않은 사건이었고 조광조는 복권되어야 한다는 공론이 성장하였다. 중종 대의 정치사적 과제를 물려받은 인종은 재위 1년 만에 세상을 떠나며 조광조를 복권하라는 유언을 남겼고, 명종 대의 길고 긴 암흑의 터널을 빠져 나온 선조 원년(1567), 마침내 조광조에게 문정文正의 시호와 영의정의 관직이 내려졌다. 임진왜란이 지난 뒤 국가를 재건하는 과정에서 조광조는 동방오현東方五賢의 한 사람으로 문묘에 종사되는 영예를 입었다. 아울러 기묘사화를 기억하는 다양한 문헌들도 끊임없이 생산되었다. 김정국金正國의 『기묘당적己卯黨籍』, 안로安璐의 『기묘록보유己卯錄補遺』, 김육金堉의 『기묘록己卯錄』(별칭 『기묘팔현전己卯八賢傳』), 『기묘제현전己卯諸賢傳』, 기타 작자 미상의 『기묘록속집己卯錄續集』이나 『기묘록별집己卯錄別集』 등이 그것이다. 이제 조광조는 요순시절의 유토피아를 목표로 성리학 이념을 조선 사회에 정착시키려다 순교한 거룩한 성인으로 기억되었고 기묘사화에 관한 문헌들은 그 순교 과정을 자세하게 기록한 문헌으로 새겨졌다.

하지만 조광조에 대한 역사적 기억이 그의 생애 마지막 기묘사화를 중심으로 편성되는 것은 조광조를 온전하게 이해하는 데 걸림돌이 되는 측면도 있었다. 조광조는 단순히 기묘사화의 순교자였던 것이 아니라

요순시절의 구현을 목적으로 성리학적 개혁 정치를 추구한 젊은 정치인
이었다. 그는 세조와 연산군에 의해 비롯된 혼탁한 과거사를 청산하고
올곧은 도덕 정치를 실행하기 위해 정몽주를 문묘에 종사하고 소격서昭
格署를 혁파하고 현량과賢良科를 실행하며 오직 이상주의의 한 길을 걸었
다. 그는 순교자이기에 앞서 이상주의자였다. 이렇게 조광조를 그러한
각도에서 새롭게 볼 때 군주에 대한 기억도 달라질 수 있다. 군주는 조
광조를 저버린 군주이기에 앞서 조광조를 등용한 군주이기도 하였다.
그러나 군주가 사화士禍의 군주에서 왕정王政의 군주로 기억되기에는 선
조 대 이후 조선의 정치를 주도했던 사대부들의 역사적 기억이 너무나
기묘사화에 집중되어 있었다.

　오광운은 영조의 탕평 정치에 참여한 청남淸南 계열 사대부로 군주에
의한 능동적인 정치 운영을 희망하였다. 그랬기에 그는 기묘사화의 기
억이 증폭되면서 조광조를 추앙하는 마음이 군주를 비난하는 마음으로
연결될 위험성을 간파할 수 있었다. 더구나 그가 보기에 사화로부터 조
광조를 기억하는 행위는 사화의 핍박을 뚫고 성장한 사림의 자기 이야
기가 되는 반면 왕정으로부터 조광조를 기억하는 행위는 임금과 신하가
함께 도를 추구한 군신의 이야기가 되는 것이었다. 오광운이 『기묘록』
의 독자들에게 원한 것은 이와 같은 사화에서 왕정으로의 기억의 역전
이었다.

　오광운의 꿈은 1782년 홍양호洪良浩(1724~1802)에 의해 달성되었다.
홍양호는 정조의 탕평 정치에 참여한 소론 사대부였다. 그는 『중종보감
中宗寶鑑』 찬수를 위해 『중종실록』에 실린 '비사秘史'를 열람했던 경험을

바탕으로 조광조의 기억을 다시 창조하고자 하였다. 그는 성리학이 조선 사회에 정착하는 거시적인 안목에서 중종 대의 역사를 전환점으로서 '정릉중흥靖陵中興'으로 읽어냈고, 조광조가 등용된 1515년부터 조정의 정교政敎와 기묘사림의 협찬을 중심 내용으로 구성하여 『중흥가모中興嘉謨』를 편찬하였다. 이제 조광조와 중종은 기묘사화라는 과거의 구속에서 벗어났다. 이들은 성리학적 이상 사회 구현이라는 오래된 미래의 시야에서 조명받을 수 있었다. 카가 말한바 미래를 기억하고 과거를 상상한다는 미덕이 실현되는 순간이었다.

원문　三代以上理勝 三代以下氣勝 有堯舜則有皐禹 有伊周則有湯武 理當然而氣順之也 孔孟程朱之聖賢 而不得其君 不得行其道於天下 氣拂之而理不勝也 世皆曰古今有水陸舟車之異便 三代之道不可行 是以勢言也 其見固已不及於氣 況於理乎 靜菴趙先生以王佐之才從聖賢之學 必欲堯舜君民而後已 盖篤信斯理者也 中宗大王知其賢擢用之 移風易俗 聳動四方 使三代以下千數百年之間 曾不能一日行於天下之王道 煥然復明於世 是正理可以幹其氣也 袞景舟等一擧手而魚肉善類 使延頸望唐虞之民 狼顧而失圖 是沴氣足以賊其理也 孔孟程朱以不遇而窮 靜菴以際遇故禍 然則道終不可行而理終不可得以勝氣耶 噫 己卯亦唐虞也 特日淺深差殊爾 使無是理則已 果有是理而又有一日之勝 則其必有千百年之勝可知也 使唐虞之道不可行則已 果能行於一日 則其可行於千百年可知也 向爲古今舟車之說者 可以塞其口而又使後世君臣之有志者 只患奸壬之慝間 而不患王道之難行 其有補於天

下後世 爲如何哉 然此非獨靜菴之力也 三代以下千數百年之間 一日能用眞
儒者 惟我中廟也 雖其嘉遇不終 至治未究 而其一日之用 足爲萬世之功也
世或謂靜菴不知其終不可爲而强爲之 疑其不精於理 彼豈足以知靜菴哉 方
其下獄也 靜菴謂袞等所作用 吾君不知也 盖其心純然天理 故信君父如此 信
君父者 所以信天理也 我仁宗東方堯舜也 嘗有旨曰 苟有潛德之士 予將不次
置巖廊 人知其屬意於徐敬德也 花潭聞之 汪然泣下 傍人怪之 未幾仁廟昇遐
人始覺花潭之先知 夫以仁廟之聖 用花潭之賢 又布列晦齋退溪諸賢 則未知
與三代孰伯孰仲也 花潭之意 若曰三代以下 寧復有是哉 其心虛靈 自然先感
於聖籌之不長也 花潭資質之粹 門路之正 視靜菴宜若遜焉 而其見反有靜菴
之知之所不及者何哉 噫 此花潭之所以不及靜菴也 靜菴純於理 花潭通於氣
數 靜菴過於不億不逆 花潭近於知晴知雨 二賢之學不同 而其至公血誠 發於
君臣彝倫之至則一也 噫 理者君也 氣者臣也 理者帥也 氣者卒也 主制於臣
卒勝其將者 是豈常然者哉 世以爲三代不可復者 不過以夏虫之知 保漢唐宋
已然爾 天地至悠久也 理與氣與天地終始 自天地而視漢唐宋 眞頃刻爾 安足
以頃刻之不勝 而斷千萬世之不勝乎 道與理 萬世之所公共也 苟伸於萬世之
後 生於萬世之前者 與有幸焉 此靜菴之心也 覽是錄者 以此心爲心 終必有
成此心者 不然而掩卷流涕而已 非靜菴之心也

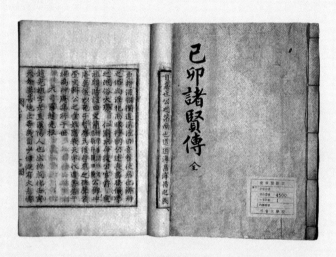

김육이 간행한 『기묘제현전』에서 조광조 기사

기묘사화를 다룬 전통적인 문헌들은 조광조의 역사적 기억을 기묘사화 위에서 구축하였다.
하지만 오광운은 조광조와 중종에 대한 역사적 기억을 사화에서 왕정으로 역전시키고자 하였고,
그 꿈은 홍양호의 『중흥가모』에 의해 이루어졌다.

5

이 땅은
아름답다

　이 땅은 아름답다. 봄꽃이 피고 여름 소낙비가 내리는 풍광이 아름답다. 가을 단풍이 물들고 겨울 눈발이 날리는 풍광이 아름답다. 대지의 축복이다. 풍광이 아름다운 데에 이유는 없다. 화려해서 그런 것도 아니고 위대해서 그런 것도 아니다. 어쩌면 누추할지 모르고 어쩌면 왜소할지 모른다. 하지만 풀 한 포기 흙 한 줌도 우리와 함께 살아 있음에 고마움을 느낀다. 그래서 아름답다. 먼 훗날에도 우리의 후손들과 함께 살아갈 것임에 소중함을 느낀다. 그래서 아름답다. 먼 옛날에도 우리의 선조들과 함께 살아왔을 것임에 애틋함을 느낀다. 그래서 아름답다. 세모를 앞두고 이 땅의 아름다움을 추억하며 소소한 상념에 잠겨 있다가 문득 누구보다 이 땅을 사랑했던 선비의 글이 하나 생각나 아래에 옮겨본다. 그의 이름은 이종휘李種徽(1731~1797), 『동사東史』를 지은 역사가이다.

🔖번역 —— 천하의 이름난 산과 큰 강을 말할 때 반드시 오악五岳[1]과 사독四瀆[2]을 꼽는다. 물론 안탕산鴈蕩山[3]과 나부산羅浮山[4]은 산세가 하늘에 닿고, 부강府江[5]과 혼동강混同江[6]은 바다와 가이없지만, 성명문물聲明文物과 예악도수禮樂度數가 전자에는 있고 후자에는 없으니, 크다고 해서 명산대천인 것은 아니기 때문이다. 요순의 도읍은 기冀였고, 하나라는 안읍安邑, 은나라는 박읍亳邑, 주나라는 호경鎬京이었지만 어진 마을을 말할 때 반드시 추로鄒魯를 일컫는 것은 또한 사방으로 통하는 큰 도읍이라고 해서 어진 마을인 것은 아니기 때문이다. 유현儒賢이 대대로 배출되어 점점 변해서 풍속이 되었으니, 이것을 아는 자는 명과 실이 어디에 있는지 변별할 수 있을 것이다.

　만주의 오랑캐가 중국에 들어가 주인 노릇을 하니 중국의 교화가 쓸려버려 다시 남은 것이 없어져 머리를 깎고 옷깃을 왼쪽으로 여미게 되

---

1 오악五岳 : 중국의 오대 명산. 역대로 국가에서 제사를 지냈다. 동으로 태산泰山, 서로 화산華山, 남으로 형산衡山, 북으로 항산恒山, 가운데 숭산崇山이 그것이다.

2 사독四瀆 : 중국의 사대 강. 역대로 국가에서 제사를 지냈다. 장강長江, 황하黃河, 제수濟水, 회수淮水가 그것이다.

3 안탕산鴈蕩山 : 중국 절강성浙江省 동남쪽에 있는 산으로 높은 절벽, 기이한 봉우리, 폭포가 많은 것으로 유명하다.

4 나부산羅浮山 : 중국 광동성廣東省 동강東江 북쪽에 위치한 산으로 진晉나라 갈홍葛洪이 도를 닦았던 곳이다.

5 부강府江 : 중국의 큰 강을 가리키는 듯한데 구체적으로 어떤 강인지는 미상이다.

6 혼동강混同江 : 중국에서 장강長江, 황하黃河와 더불어 큰 강으로 알려진 곳이다. 구체적인 위치에 대해서는 고금의 학설이 일치하지 않아 문헌에 따라 흑룡강黑龍江, 압록강鴨綠江, 송화강松花江을 혼동강이라 하였다.

었다. 이른바 중국이라는 것을 구하고자 해도 그럴 수 없을 것이다. 오악은 불룩하게 있고 사독은 우묵하게 있고 진秦과 한漢의 도읍과 개봉부開封府, 금릉성金陵城, 전당성錢塘城은 역대 황제가 차례로 살고 옮기며 법도를 경영한 곳이지만, 이제는 모두 영주永州의 철로보鐵爐步[7]가 되었기 때문이다. 이것으로 문물을 구한다면 보인步人에게 비웃음을 당하지 않는 일이 드물 것이다. 이는 명과 실이 어디에 있는지를 모르는 자인 것이다.

지금 온 천하가 오랑캐 땅이 되었는데 머리 깎고 옷깃을 왼쪽으로 여미는 사람들 사이에 의관조두衣冠俎豆와 문물예악文物禮樂을 지키는 나라가 있다. 그 나라는 기자箕子가 봉해진 곳이요 그 인민은 반만 명 은나라 사람의 후예요 그 이름이 천하에 알려진 것이 옛 군자국君子國이다. 지금 세상에서 공맹의 풍속으로 의관을 하고 있고 정주程朱의 풍속으로 예의를 지키고 있다. 저 불룩하고 우묵한 것이 다시 오악과 사독에 양보함이 없다. 그렇다면 지금 중국을 구하려는 자는 마땅히 여기에 있고 저기에 있지 않으니 다시 하필 종남산終南山과 위수渭水,[8] 또는 하河·숭嵩·제濟·대岱[9]에서 찾을 필요가 있을까?

---

7 철로보鐵爐步 : 당나라 유자후柳子厚가 「철로보지鐵爐步志」라는 글을 지었는데, "전에는 철공소鐵工所가 있었으므로 철로보鐵爐步라 하였지만 지금은 철로가 없는데도 그대로 철로보라 하니 이름만 있고 실제는 벌써 없어졌다" 하였다.

8 종남산終南山과 위수渭水 : 주나라 이래 한나라, 당나라에 이르기까지 중국의 오랜 역사적 중심지였던 장안의 산과 그 인근의 강이다.

9 하河·숭嵩·제濟·대岱 : 사독四瀆과 오악五岳을 가리킨다. 곧 강江, 하河, 회淮, 제濟가 사독이고 대岱, 화華, 숭崇, 항恒, 형衡이 오악이다.

천하의 중앙을 알고 싶다면 북쪽의 연燕도 좋고 남쪽의 월越도 좋다. 연에도 도읍이 있고 월에도 도읍이 있으니 이는 중앙에 정해진 곳이 없음이다. 진秦에는 오두막이 없고 호胡에는 활과 수레가 없음이니[10] 이는 사물에 정해진 것이 없음이다. 사람이 능히 이렇게 할 수 있기 때문이다. 사람이 능히 이렇게 할 수 있으니, 중국이 중국인 까닭도 사람에게 있는 것이지 땅에 있는 것이 아니다. 옛 말에 이르기를 "영郢 땅에도 천하가 있다"[11] 하니 어찌 그렇지 않으랴!

옛날 맹자는 등滕나라 임금에게 권하기를 "왕자王者가 일어나면 이를 취해 법으로 삼을 것이다" 하였으니, 압록강 동쪽을 들어 강한江漢의 풍속[12]을 기대해도 주周의 이남二南[13]에 부끄러움이 없을 것이다. 『논어』에서는 "나는 그 나라를 동주東周로 만들 것이다"[14]라고 하였다. 그렇다면

---

10 진秦에는 … 없음이니 : 『주례周禮』 「고공기考工記」에 '진무려호무궁거秦無廬胡無弓車'라는 구절이 있다. 진秦에 오두막이 없다는 것은 정말 오두막이 없다는 뜻이 아니라 사람들이 모두 오두막을 만들기 때문에 처음부터 오두막이라고 정해진 것이 없다는 뜻이고, 호胡에 활과 수레가 없다는 것도 정말 활과 수레가 없다는 뜻이 아니라 사람들이 모두 활과 수레를 만들기 때문에 처음부터 활과 수레라고 정해진 것이 없다는 뜻이다.

11 영郢 … 있다 : 『장자』 「천하天下」에 나오는 말이다. 초나라 도읍인 영郢은 천하의 작은 한 부분이지만 작은 부분 안에도 천하 전체를 모두 갖추고 있다는 논리이다.

12 강한江漢의 풍속 : 유교적인 교화를 이룬 풍속을 뜻한다. 『시경』 「한광漢廣」에 대한 해설을 보면, 여자들이 밖에서 놀기 좋아하는 강수江水와 한수漢水의 풍속이 주周나라 문왕文王의 교화로 인해 크게 바뀌었다고 하였다.

13 주周의 이남二南 : 『시경』의 주남周南과 소남召南을 가리킨다. '이남二南의 풍화風化'라는 말이 있듯 도덕적인 교화를 상징한다.

14 나는 … 것이다 : 『논어』 「양화陽貨」에 나오는 말이다. 공산불우公山弗擾가 비읍費邑을 점거해 반란을 일으키고 공자를 부르자 공자는 그곳에 가서 주나라 도를 일으키려 하였다.

이 책은 '동주직방지東周職方志'[15]라 불러도 좋다. '소중화광여기小中華廣興記'[16]라 일러도 좋다. '동국여지승람'이라고 한 것은 황조皇朝의 세상을 만난 배신陪臣의 말이었다.

출전_ 이종휘, 『수산집修山集』 권10 『동국여지승람』의 뒤에 부친다〔題東國輿地勝覽後〕

🐚해설 ── 역사와 지리는 국가 지식의 보고이다. 그 나라의 시간과 공간이 여기에 담겨 있다. 조선시대 국가 지식의 보고는 『동국통감東國通鑑』과 『동국여지승람東國輿地勝覽』이었다. 그런데 『동국통감』을 누가 읽느냐는 옛말에서 볼 수 있듯 이 책은 그다지 인기가 없었다. 『동국여지승람』의 경우 다행히도 그런 옛말은 보이지 않지만, 역시 후대로 갈수록 실용적인 가치는 낮아졌다. 황윤석黃胤錫(1729~1791)이 개탄했듯 성종대에 제작된 『동국여지승람』이 중종 대에 『신증동국여지승람新增東國輿地勝覽』으로 새 단장을 한 후 오랫동안 업그레이드되지 못했기 때문이다.

하지만 황윤석과 동시대를 살았던 이종휘는 『동국여지승람』에서 기쁨을 느꼈다. 아니, 가슴 벅찬 감동을 받았다. 그 고전적인 가치에 매료되었기 때문이다. 이종휘가 『동국여지승람』에 특별한 애착을 갖게 된 것은 그의 천부적인 산수벽山水癖 때문인 것 같다. 이 땅의 아름다움을

---

15 동주직방지東周職方志 : 직방지職方志는 『주례周禮』에 수록된 주周의 지지地志이다. 따라서 '동주직방지'라는 말은 곧 조선의 지지를 주의 지지로 보겠다는 의미를 함축한다.

16 소중화광여기小中華廣興記 : 광여기廣興記는 명明 만력萬曆 연간 육응양陸應陽이 편찬한 명明의 지지地志이다. 따라서 '소중화광여기'라는 말은 곧 조선의 지지를 명의 지지로 보겠다는 의미를 함축한다.

몹시도 사랑했던 그는 아무리 노력해도 이 땅 전체를 다 볼 수는 없다는 사실이 너무나 안타까웠다. 그래서 그는 조선의 국토를 흐르는 물줄기의 원위와 형세를 자세히 연구해서 『청구수경靑邱水經』을 지었다. 조선수朝鮮水 11개, 삼한수三韓水 18개, 예맥수濊貊水 7개, 옥저수沃沮水 5개로 구성된 것이다.

그런데 이종휘가 사랑한 이 땅이 단지 아름다운 산수에 그치는 것은 아니었다. 이 땅은 자연과 더불어 문화가 있는 곳이고, 오늘날의 사람과 더불어 옛날의 사람이 살았던 곳이다. 부여나 경주와 같은 고도古都에 가도 옛 역사를 까마득히 망각하고 단지 산수만을 볼 뿐이라면, 폐허로 남은 유적지를 보아도 아무런 사연을 생각지 않고 망설임 없이 획획 지나갈 뿐이라면, 그는 진정으로 이 땅을 사랑하는 사람이 아니다. 내가 태어난 이 땅이 곧 옛 사람이 태어난 동방의 나라이고, 내가 타고난 언어와 기품과 성정이 곧 옛 사람도 타고난 동방의 풍기라는 사실에 감동할 수 있는 사람! 내가 보는 수풀과 들판을 옛 사람도 보았던 것이고, 내가 입는 옷과 내가 먹는 음식도 곧 옛 사람이 입고 먹었던 것이라는 사실에 감동할 수 있는 사람! 이 땅을 사랑하는 사람은 그런 사람이다. 이종휘는 이런 마음으로 『청구고사靑邱古史』를 지었다.

지리와 역사가 어우러져 문화를 이룩한다. 이 땅을 사랑하는 마음은 근원적으로 이 땅의 역사를 사랑하는 마음으로 확대되고 이 땅의 역사를 사랑하는 마음은 과거에서 현재까지 전승된 이 땅의 문화를 사랑하는 마음으로 확대된다. 나의 순수한 양지良知가 이 땅과 만날 때, 그 땅은 역사가 되고 문화가 되어 찬란한 아름다움을 발산한다. 이종휘는 양명학에 공감한 인물이었다. 양명학의 정감으로 이 땅의 아름다움을 심득心得한 순간, 그것을 표현하고 싶은 열정을 견디지 못했다. 그것이 『청구수경』과 『청구고사』의 편찬으로 이어진 것이다. 그리고 그것이 그가 『동국여지승람』을 『동주직방지』나 『소중화광여기』라고 이름을 바꿀 것을 제안한 이유였다. 이 땅의 아름다움의 본질은 수천 년 정련된 도덕 문명이니, 그리고 지금은 세계 유일의 도덕 문명을 영위하고 있으니, 이제 이 땅의 이름을 '동국'에서 '동주'라고 또는 '소중화'라고 불러주자는 것이었다. 조선중화주의朝鮮中華主義의 표출이었다.

새해에는 이 땅의 아름다움을 사랑하는 사람이 많았으면 좋겠다. 산을 깎아버리고 강을 파헤쳐버리고 바다를 메워버렸던 이욕利慾의 세파가 맑게 정화되었으면 좋겠다. 이 땅이 곧 역사이고 이 땅이 곧 문화이고 이 땅이 곧 문명임을 생각하는 인문학적인 감성이 널리 퍼졌으면 좋겠다.

원문 天下名山大川 必稱五岳與四瀆也 鴈蕩羅浮勢極于天 府江混同與海無涯 而聲名文物禮樂度數者 出於彼而不出於此 則非以其大也 唐虞都冀夏居安邑 殷亳周鎬 而言仁里者 必稱鄒魯 則亦非以通都大邑也 儒賢世出而漸漬於成俗 知乎此者 可以卜名實之所在也 自滿藩入主中國 而中國之敎 蕩然無復存者 髡首左袒 欲求其所謂中國而不可得矣 五岳窪如 四瀆窪如 如秦京漢都 開封之府 金陵錢塘之城 皇王帝伯 所以更居迭遷 經營規度者 皆永州之鐵爐步也 以是而求其文物 其與爲步人之笑者幾希 此不知名實之所在

者也 今有擧天下甌脫 而衣冠俎豆文物禮樂於髡首左衽之間 而其國箕子所
封也 其人民半萬殷人之裔也 其號於天下者 古君子國也 其在今世 鄒魯而衣
冠也 伊洛而禮義也 彼窿如窪如者 又不讓於五岳而四瀆也 則今之求中國者
宜在此而不在彼 又何必終南渭水河嵩濟岱之間哉 欲知天下之中央 燕之北
越之南是也 燕亦有都 粵亦有都 是中無定處也 秦無廬胡無弓車 是物無定物
也 夫人而能爲此也 夫人而能爲此也 則中國所以爲中國 盖亦在人而不在地
也 語云郢有天下 豈不然哉 昔者孟子勸滕君以爲有王者作而取法焉 則擧鴨
綠以東 而庶幾江漢之俗 無媿於周之有二 論語曰 吾其爲東周乎 然則是書也
謂之東周職方志可也 謂之小中華廣輿記亦可也 其云東國輿地勝覽者 當皇
朝世陪臣等之言也

『신증동국여지승람』에 실린 팔도총도八道總圖
•
이종휘는 『동국여지승람』에 이 땅의 아름다움에 대한 감동을 적었다.
이 땅의 아름다움의 본질은 수천 년 정련된 고귀한 도덕 문명인데,
지금은 중국에서도 이를 찾아볼 수 없다는 조선 중화의 심리에서였다.

6

거꾸로 읽는
문명사

　역사는 진보하는 것일까? 소달구지의 시대보다 자동차의 시대가 더 나은 것이 사실인가? 하지만 자동차의 시대에 들어와 교통사고가 급증하여 더 많은 사람이 죽게 된 것은 어째서인가? 그럼에도 우리가 교통수단이 진화해온 역사는 잘 알면서도 교통사고가 진화해온 역사를 잘 모르는 것은 어째서인가? 왜 우리는 세계사의 진행을 인류 개체가 행복하게 증가해온 역사로만 기억하고 동물 개체가 불행하게 감소해온 역사로 기억하지는 못하는 것인가? 왜 우리는 세계사의 진행을 유럽 문명이 행복하게 건설되어온 역사로만 기억하고 비유럽 문명이 불행하게 파괴되어온 역사로 기억하지는 못하는 것인가? 왜 우리는 중국사의 진행을 도덕적인 이념이 전개되어온 역사로만 기억하고 부도덕한 욕망이 증대해온 역사로 기억하지는 못하는 것인가? 역사의 현실은 복잡하기만 한데 왜 우리의 역사 감각은 이다지도 일면적인가? 홍대용洪大容(1731~1783)이 전하는 거꾸로 보는 역사의 미덕은 여기에서 시작한다.

✍번역 —— 실 노인[實翁]이 말했다. "(중략) 기주冀州는 사방 천 리로 중국이라 일컫소. 산을 등지고 바다에 임하니 바람과 물이 넉넉하고, 해와 달이 맑게 비추니 춥고 더움이 알맞고, 강산에 영기靈氣가 모이니 태어난 사람이 선량하오. 대개 복희伏羲·신농神農·황제黃帝·요순堯舜이 일어나 초가집에 살면서 자기부터 먼저 검소한 덕을 닦아 백성의 생업을 마련하였고, 삼가고 공손한 모습으로 밝은 덕을 몸소 실천하여 백성의 인륜을 바로잡았소. 문명의 교화가 가득 차고 넘쳐서 천하가 화락하니 이것이 중국에서 이른바 성인의 공화功化요 지치至治의 세상이요. (중략)

하후夏后 우禹 임금이 임금의 자리를 자식에게 전하자 백성이 자기 집의 사욕을 구하기 시작하였고, 탕湯·무武가 임금을 내쫓아 죽이자 백성이 윗사람을 침범하기 시작하였소. 그러나 이것이 이 몇몇 임금의 허물은 아니오. 지치가 지난 후에 점차 쇠란이 일어나는 것은 시세가 절로 그러한 것이오. 하夏나라가 충忠을 숭상하고 상商나라가 질質을 숭상했으나 요순시절에 비한다면 이미 문文에 가까운 것이었소. 주周나라의 제도는 오로지 사치하고 화려함만 숭상하였소.[1] 소왕昭王과 목왕穆王부터

---

1 하夏나라가 … 숭상하였소 : 충忠, 질質, 문文 중에서 충과 질은 각각 하夏와 상商의 문명적 본질이고 문은 주周의 문명적 본질로 이해된다. 그러나 홍대용은 하와 상이 충과 질에서 멀어져버렸고, 주 역시 문의 긍정적 측면이 모두 변질된 것으로 보았다. 이는 삼대의 문명적 가치를 부정하는 파격적인 해석이었다.

는 임금의 기강이 이미 무너져 정치가 열후_{列侯}에게 있었고, 임금은 한 갓 허기_{虛器}만 안고 윗자리에 기생하였으니, 유왕_{幽王}·여왕_{厲王}이 망치기 전에 주나라는 천하에서 없어진 지 이미 오래였소. (중략)

주나라 이후로 왕도_{王道}가 날로 없어지고 패술_{霸術}이 횡행하여 인_仁을 빌린 자가 제_帝가 되고 무력이 강한 자가 왕_王이 되며, 지략을 쓰는 자가 귀하게 되고 아첨을 잘하는 자가 영화롭게 되었소. 임금이 신하를 부림에는 총애와 녹봉으로 꾀고 신하가 임금을 섬김에는 권모술수를 미끼로 하니, 낯이 반쯤 익은 사람과도 마음을 합하고 남다른 수읽기로 환난을 막아내어, 임금과 신하가 앞뒤에서 서로 도우며 함께 사욕을 이루었소. 아아! 슬프오. 천하가 소란스럽게 된 것은 이욕을 품고 서로 만났기 때문이오.(중략)

어떤 사람은 말하기를 '나무와 돌의 재앙은 유소씨_{有巢氏}[2]에게서 비롯했고 짐승의 재앙은 포희씨_{包羲氏}[3]에게서 비롯했고 흉년의 걱정은 수인씨_{燧人氏}[4]에서 유래하였고 교묘한 지혜와 화려한 풍습은 창힐_{蒼頡}[8]에게서 근본하였지. 중국인의 위엄 있는 예복보다 오랑캐의 간편한 평상복이 낫

---

2 유소씨_{有巢氏} : 중국의 아득한 태곳적 사람으로 나무를 얽어 집을 만들고 나무 열매를 먹었다고 한다.

3 포희씨_{包羲氏} : 복희씨_{伏羲氏}라고 한다. 천지의 변화에 근거하여 팔괘를 발명하였다고 하며, 그 밖에 물고기를 잡고 날짐승과 들짐승을 사냥하는 방법을 가르쳤다고 한다.

4 수인씨_{燧人氏} : 삼황_{三皇}의 첫 번째로 꼽히고 화하_{華夏} 문명을 개창한 것으로 평가받는 인물이다. 처음으로 불씨를 만들어 사람들에게 화식_{火食}을 가르쳤다고 한다.

5 창힐_{蒼頡} : 황제_{黃帝}의 사관으로 새의 발자국을 보고 처음으로 문자를 만들었다고 한다.

고 중국인이 허례허식으로 하는 읍양揖讓[6]보다 오랑캐의 진솔한 막배膜拜[7]가 낫고 빈말뿐인 문장보다 실제 쓸 수 있는 무예가 낫고 따뜻하게 입고 더운밥 먹다 약골이 되느니 천막 치고 연유 마시며 강건한 사람이 되는 것이 낫지'라고 하오. 이는 혹시 과장된 의론인지는 모르지만 중국이 떨치지 못한 것으로 말하자면 그 까닭이 점차 여기에서 시작한 것이오.

무위자연의 세상이 끝나니 질박한 대도가 흩어졌고 문치가 왕성하니 무력이 쇠퇴하였소. 처사들이 제멋대로 의논하니 주周나라 왕도가 날로 위축되었고 진시황이 책을 불사르니 한漢나라 왕업이 조금 편해졌소. 석거각石渠閣에서 경학 논쟁이 일어나니[8] 왕망王莽이 신新나라를 세워 제위를 찬탈하였고 정현鄭玄과 마융馬融이 경서를 해설하니[9] 한漢나라가 삼국으로 분열하였고 진晉나라에서 청담淸談이 유행하니 신주神州가 망하

---

6 읍양揖讓 : 중국에서 전통적으로 주인과 손님이 서로 만나 인사하는 예절이다.

7 막배膜拜 : 두 손을 머리에 얹고 무릎 꿇고 머리를 조아리며 절하는 예절이다.

8 석거각石渠閣에서 … 일어나니 : 석거각은 서한西漢 때 황실의 장서각으로 한초漢初 소하蕭何가 만들었다. 한漢 선제宣帝 감로甘露 3년(B.C. 51) 이곳에서 열린 회의가 한대 경학 논쟁의 시초이다. 석거각 회의는 『춘추』에 대한 올바른 해석을 둘러싸고 『공양전公羊傳』과 『곡량전穀梁傳』을 평의한 것인데, 이 결과 『곡량전』이 승리함으로써 이후 금문경학에서 고문경학으로 경학이 전환되는 계기가 되었다.

9 정현鄭玄과 … 해설하니 : 마융과 정현은 동한東漢의 저명한 경학가로 『춘추』에 대한 경학 논쟁을 해소하기 위해 경학 저술을 남겼다. 특히, 마융의 제자 정현은 금문경학에 맞선 고문경학의 대표적인 학자였는데, 하휴何休가 『공양묵수公羊墨守』, 『곡량폐질穀梁廢疾』, 『좌전고황左傳膏肓』을 지어 금문경학을 천명하자 이에 맞서 『발묵수發墨守』, 『기폐질起廢疾』, 『침고황鍼膏肓』을 지어 고문경학을 수호하였다. 그러나 마융과 정현의 경학 내용은 전체적으로 금문경학과 고문경학을 종합하는 성격이 강한 것으로 평가된다.

였소. 육조六朝는 강남에서 부용국에 불과한데 오호五胡는 중원에서 발호하였고 탁발씨拓跋氏의 북위北魏가 북조北朝에서 올바른 제위를 얻고 서량西涼에서 일어난 당唐나라가 중국에 일통을 가져왔소. 요遼나라와 금金나라가 번갈아 주인이 되니 중국은 송막松漠[10]에 합쳐진 셈이 되었고 명明나라가 왕통을 상실하니 천하가 모두 오랑캐가 되었소. 천자의 덕이 떨치지 못하고 오랑캐의 운수가 날로 자라나니 곧 인사人事의 감응이요 천시天時의 필연인 것이오."

허 선생[盧子]이 말했다. "공자가 『춘추』를 지어 중국은 안으로 사이四夷는 밖으로 하였습니다. 중국과 오랑캐의 분별이 이와 같이 엄격하거늘 지금 선생님께서는 '인사의 감응이요 천시의 필연이다'라고 하니, 옳지 못한 것이 아닙니까?"

실 노인이 말했다. "(중략) 하늘에서 본다면 어찌 안과 밖의 분별이 있겠소? (중략) 천지가 변함에 따라 인물이 많아지고 인물이 많아짐에 따라 나와 남이 나타나고 나와 남이 나타남에 따라 안과 밖이 분별되는 것이오. (중략) 공자는 주나라 사람이오. (중략) 『춘추』란 주나라 역사책이니, 안과 밖을 엄격히 분별하는 것이 또한 당연하지 않겠소? 그러나 가령 공자가 바다를 건너 구이九夷에서 살며 중국으로 구이를 변화시켜 주나라 도道를 중국 밖[域外]에서 일으켰다면, 안과 밖의 분별과 존화양이尊

---

10 송막松漠 : 거란의 발상지이다. 당나라 때에는 거란의 수장을 송막군왕松漠郡王이라 칭하기도 하였고 송나라 때에는 금나라에 억류된 송조 관리가 금나라 사적을 기록하여 『송막기문松漠記聞』을 짓기도 하였다. 요나라와 원나라의 황실 수렵지가 여기에 있었다.

華攘夷의 의리로 보아 자연히 중국 밖의 『춘추』[域外春秋]가 생겨나야 마땅하오. 이것이 공자가 성인인 까닭이오."

출전_ 홍대용, 「담헌서湛軒書」 내집 권4 「의무려산醫巫閭山에서 허 선생과 실 노인이 나눈 문답[醫山問答]」

🔖 해설 ── 이 세상에 절대적인 것은 없다. 모든 것은 상대적일 뿐이다. 절대적인 것이라고 생각해왔던 것이 실제로는 상대적인 것이었음을 알아가는 것, 그것이 실학實學이다. 상대적인 것들을 반드시 안과 밖의 절대적인 기준으로 구획하여 어느 한쪽에 배치해서 의미를 부여하는 것, 그것이 허학虛學이다. 사물은 그 자체로서 이해되지 않고 항상 어떤 주어진 의미로서 이해되기 마련인지라 보통 사람들은 수많은 안과 밖의 그물망에 의해 사물에 덧씌워진 의미를 곧 그 사물이라 착각하기 쉽다. 질서와 규범에 의해 존재에 부과된 의미를 존재 그 자체로 오해하기 쉽다. 허학을 하고 있는 까닭이다. 실학은 그러한 그물망을 벗겨낸다. 의미로부터 존재를 풀어준다. 의미는 비어 있지만 사물은 채워져 있다. 비어 있는 의미를 배우는 학문은 허학이지만 채워져 있는 사물을 배우는 학문은 실학이다. 질서 이전의 존재, 질서에 의해 의미가 부과되기 이전의 존재, 그런 존재를 꿈꿀 수는 없는 것일까? 참으로 이 세상에 대해 실학을 할 수는 없는 것일까?

홍대용이 지은 철학 소설 「의산문답醫山問答」은 조선 후기의 문제작이다. 중국의 안과 중국의 밖을 가르는 경계에 있는 의무려산醫巫閭山에서 실 노인[實翁]과 허 선생[虛子] 사이에 오고가는 철학적 대화는 그 전까지 조선 사회에서 시도해본 적이 없는 새로운 사유의 지평을 열어주고 있다. 예문으로 제시된 부분은 「의산문답」의 마지막 부분으로 고금古今의 변화와 화이華夷의 분별에 관해 허 선생이 가르침을 청하자 실 노인이 열변을 토하는 대목이다. 실 노인은 말한다. 역사는 절대적인 것이 아니라고. 역사는 상대적인 것이라고. 이제까지 역사라는 존재를 구획해왔던 '안과 밖'의 관념, 곧 문명과 야만의 관념에 근접하는 '중화와 오랑캐'의 관념은 실체가 있는 것[實]이 아니라 실체가 없는 것[虛]이었다고. 중국의 역사는 항상 실체적으로 문명의 역사, 중화의 역사, 안쪽의 역사로 생각되어왔고 거기에 합당한 의미를 갖춘 사실fact들이 제시되어왔지만, 실제로 그러한 사실들과 충돌하는 수많은 반사실counterfact들이 감추어져 있었다고. 사실과 달리 우禹 임금은 중국에서 세습 왕조를 처음 열어준 욕망의 임금이고, 탕湯 임금과 무武 임금은 윗사람에게 대항하여 역성혁명을 성취한 부도덕한 임금이었다는 것. 사실과 달리 진秦 시황제의 가공할 만한 분서갱유가 도리어 한漢나라의 행복을 열어주고, 전한前漢 시대의 치열한 경학 논쟁이 도리어 전한의 멸망을 초래하였다는 것. 실 노인은 중국의 역사와 유교 이념 사이의 모순적인 상황을 천천히 즐기며 이를 천시의 필연으로 본다.

그러나 허 선생은 실 노인의 설명에 동의할 수 없다. '중화와 오랑캐'는 공자가 『춘추』라고 하는 보편적인 고전을 통해서 제시해준 절대적인 가치가 아니던가? 가치라는 것은 인간 사회에 보편타당하게 적용되어야 하는 당위적인 것이 아니던가? 이 지점에서 실 노인은 공자를 주나라 시대에 중국에서 살았던 한 사람으로 역사화한다. 공자가 역사화되는 순간 '중화와 오랑캐'도 주나라 시대에 중국에서의 '중화와 오랑캐'

관념으로 상대화된다. 이어서 대체 역사alternative history의 상상력이 발동한다. 실제 그런 일은 없었지만 만약에what if라는 상상을 해보자. 공자가 조선에 와서 중화 문명을 전파했으면 어떻게 되는 것인가? 조선에서 『춘추』를 지었으면 어떻게 되는 것인가? 여기서 홍대용이 전하는 메시지가 자못 의미심장하다. 공자의 이념은 공자를 시간적으로 주나라로 끌어올려 역사화시켜 보고, 또 공간적으로 공자를 조선으로 데려와 대체 역사화시켜 보는 방법에 의해 매력적으로 그리고 창조적으로 해석될 수 있다! 역사로 한 번 돌리고 대체 역사로 또 한 번 돌리는 이 기막힌 사유 방식, 참으로 「의산문답」의 압권이라 이를 만하다. 거꾸로 읽는 역사의 유쾌한 시작이다.

원문 實翁曰 (중략) 冀方千里 號稱中國 負山臨海 風水渾厚 日月淸照 寒暑適宜 河嶽鍾靈 篤生善良 夫伏羲神農黃帝堯舜氏作 而茅茨土階 身先儉德 以制民産 欽文恭讓 躬行明德 以敷民彝 文敎洋溢 天下熙皥 此中國所謂聖人之功化至治之世也 (중략) 夏后傳子而民始私其家 湯武放殺而民始犯其上 非數君之過也 至治之餘 衰亂之漸 時勢然矣 夏忠商質 比唐虞則已文矣 成周之制 專尙夸華 降自昭穆 君綱已替 政在列侯 徒擁虛器 寄生於上 不待幽厲之傷而天下之無周久矣 (중략) 自周以來 王道日喪 霸術橫行 假仁者帝 兵彊者王 用智者貴 善媚者榮 君之御臣 啗以寵祿 臣之事君 餂以權謀 半面合契 隻眼防患 上下掎角 共成其私 嗟呼咄哉 天下穰穰 懷利以相接 (중략) 或曰 木石之災 肇於有巢 鳥獸之禍 創於包羲 飢饉之憂 由於燧人 巧僞之智

華靡之習 本於蒼頡 縫掖之偉容 不如左袵之便易 揖讓之虛禮 不如膜拜之眞率 文章之空言 不如騎射之實用 暖衣火食 體骨脆軟 不如毳幕潼酪 筋脈勁悍 此或是過甚之論 而中國之不振則所由來者漸矣 混沌鑿而大樸散 文治勝而武力衰 處士橫議 周道日蹙 秦皇焚書 漢業少康 石渠分爭 新莽簒位 鄭馬演經 三國分裂 晉氏淸談 神州陸沈 六朝附庸於江左 五胡跳盪於宛洛 拓跋正位於北朝 西凉一統於唐祚 遼金迭主 合於松漠 朱氏失統 天下薙髮 夫南風湯之不競 胡運之日長 乃人事之感召 天時之必然也

虛子曰 孔子作春秋 內中國而外四夷 夫華夷之分 如是其嚴 今夫子歸之於人事之感召 天時之必然 無乃不可乎

實翁曰 (중략) 自天視之 豈有內外之分哉 (중략) 夫天地變而人物繁 人物繁而物我形 物我形而內外分 (중략) 孔子周人也 (중략) 春秋者周書也 內外之嚴 不亦宜乎 雖然 使孔子浮于海 居九夷 用夏變夷 興周道於域外 則內外之分 尊攘之義 自當有域外春秋 此孔子之所以爲聖人也

洪處士大容

중국 선비 엄성嚴誠이 그린 홍대용의 초상
•
홍대용의 『의산문답』은 역사를 한 번 돌리고
대체 역사로 또 한 번 돌리는 기막힌 사유 방식의 결과물이다.
거꾸로 읽는 역사의 유쾌한 시작이다.

7

바깥이 없는
사회의 슬픔

요즈음 우리 사회에서 고전이 힘을 얻고 있다. 대학가에서는 고전 읽기를 강조하고, 출판계에서는 고전 다시 쓰기를 기획한다. 우리 사회에 만연한 얄팍한 인스턴트 지식들을 떨쳐내고 심신을 울리는 묵직한 고전의 쇳소리를 듣고 싶은 것일 게다. 하지만 큰 결심하고 동서양 고전 백선 목록에서 어렵사리 몇 권 골라 책을 읽어도 기대한 쇳소리가 잘 들리지 않는다면 원인은 어디에 있는 것일까? 사람들은 말하리라. 고전은 언제나 우리의 바깥에서만 맴돌고 있다고. 그래서 고전을 모르는 것이라고. 그러나 박제가朴齊家(1750~1805)는 반대로 말한다. 고전은 언제나 우리의 안에서만 맴돌고 있다고. 그래서 고전을 알기 어려운 것이라고. 과연 그러한가?

◐번역── 우리나라 시는 송宋, 금金, 원元, 명明을 배운 사람이 상류이다. 당唐을 배운 사람이 그 다음이다. 두보杜甫를 배운 사람이 최하이다. 배운 내용이 더욱 높을수록 그 재주가 더욱 낮은 것은 어째서일까? 두보를 배운 사람은 두보가 있음만 알 뿐이다. 그 나머지는 보지도 않고 먼저 업신여긴다. 그래서 작법이 더욱 졸렬하다. 당을 배운 사람의 폐단도 똑같이 그렇지만 그래도 조금 나은 것은 두보 외에도 오히려 왕유王維, 맹호연孟浩然, 위응물韋應物, 유종원柳宗元[1] 등 수십 명 시인의 이름이 가슴속에 있기 때문이다. 그래서 꼭 두보의 시보다 더 나은 시를 지으려 하지 않아도 절로 더 나은 시를 짓게 된다. 송, 금, 원, 명을 배운 사람은 그 식견이 다시 이보다 앞서 있을 것이다. 그러니 또 하물며 보다 더 많은 책을 널리 모두 읽고 참된 성정을 일으킨 사람이겠는가? 이렇게 볼 때 문장의 도는 심지心智를 열고 이목耳目을 넓혀 자신이 배운 작품의 시대에 얽매이지 않는 것에 달려 있다.

서예도 그렇다. 진인晉人을 배운 사람이 최하이다. 당송 이후 서첩을 배운 사람이 조금 아름답다. 지금 중국의 서법을 곧바로 익힌 사람이 가장 훌륭하다. 어찌 진인과 당송의 서예가 지금 중국만 못해서이겠는가? 세대가 멀어지니 모각摸刻이 전해지지 않고 외국에서 출생하니 진짜를

---

1 왕유王維 … 유종원柳宗元 : 자연시에 뛰어난 당나라의 대표적 시인들이다. 왕유는 이백李白이 시선詩仙, 두보杜甫가 시성詩聖의 칭호가 있었듯 시불詩佛의 칭호가 있었고, 맹호연과 더불어 왕맹王孟이라 불렸다. 후에 위응물과 유종원이 왕유와 맹호연을 계승하여 자연시를 잘 지었는데, 이 네 시인을 가리켜 '왕맹위류王孟韋柳'라고 하였다.

품정品定하지 못해 도리어 지금 중국 사람의 서예가 믿을 수 있고 친근하여 고서의 법을 이로부터 구할 수 있는 것만 못하기 때문이다. 탑본의 진짜와 가짜, 육서六書와 금석문의 근본과 유파, 그리고 필묵이 자연스럽게 변화하고 유동하는 필세筆勢를 알지 못한 채 부질없이 스스로를 진인晉人이라 하고 이왕二王[2]이라 하니, 천하의 시를 모두 폐하고 두보의 수십 편 시구를 묵수하여 자연히 고루해져버리는 문제점에 빠지는 것과 거의 가깝지 않은가? 무릇 군자의 입언立言은 시대를 아는 것을 귀하게 여긴다. 내가 중국에서 산다면 이런 논의를 하지도 않을 것이다. 우리나라에 있으니 어쩔 수 없이 그런 것은 학설이 달라져서가 아니라 시세가 그렇게 시키는 것이다.

누군가는 말하리라. 두보의 시와 진대晉代의 필적은 사람으로 비유하면 성인이다. 성인을 버리고 성인보다 못한 사람에게 배울 것인가?

그것과는 차이가 있으니 행동과 기예는 구별되기 때문이다. 그러나 땅을 구획해서 집을 짓고는 "이것이 공자의 집이다"라고 말하고 종신토록 문을 닫고 밖으로 나가지 않는다면 그것이 폐가가 되어 있음을 볼 뿐이다.

문장이 고금에 융성하고 쇠퇴한 대강이나 풍요風謠와 명물名物이 같고 달라 생긴 득실 같은 것은 정밀한 사람의 자득自得에 달려 있으니 사람들마다 더불어 말하기는 어렵겠다.

---

2 이왕二王 : 서예가로 이름높은 왕희지王羲之와 왕헌지王獻之를 일컫는다.

임금님(정조) 재위 5년 신축년(1781) 초겨울 위항도인葦杭道人은 겸사직
兼司直 중에 적는다.

출전_ 박제가, 『정유각문집貞蕤閣文集』 권1 「시학론詩學論」

&해설 —— 박제가는 조선 후기 지성사에서 샛별 같은 사람이다. 정조
연간 청의 학문을 수용하고 청의 선진 문물을 도입해야 한다고 생각한
사람들이 꽤 있었지만 박제가처럼 이를 북학北學이라 개념 규정하고 직
접 정조에게 북학을 해야 한다고 상소한 사람은 거의 아무도 없었다. 홍
대용도 박지원도 북학을 말하지는 않았다. 정조 연간 북학 담론이 실재
하지 않았음에도 불구하고 오늘날 북학 사상이라는 학술 용어가 자연스
럽게 사용되고 있는 것은 전적으로 박제가의 문제작 『북학의北學議』에
힘입은 것이다. 물론 『북학의』가 특별한 것은 북학의의 창발성 때문만은
아니다. 일본 메이지 시대의 문명개화론, 또는 한국 박정희 시대의 조국
근대화론이 아닌가 의심이 들 정도로 이 책에는 조선의 부국을 위한 파
격적인 제안들이 담겨 있다. 아니, 어쩌면 조선 후기 정조 시대가 일본
의 메이지 시대나 한국의 박정희 시대와 비슷했을지도 모를 일이다.

그렇다면 문제는 커진다. 박제가는 조선 사회에서 상상하기 어려운
파격적인 제안을 하면서 그것을 왜 북학이라는 개념으로 표상한 것일
까? 북학이란 『맹자』 「등문공상滕文公上」에서 보듯이 초楚의 진량陳良이
평소에 주공과 공자의 도를 좋아하여 북으로 중국에 유학을 가서 중국
현지 학자를 능가하는 큰 학자가 되었다는 이야기에 출처를 두고 있는
말이다. 이 말의 말뜻은 조금 섬세하게 이해할 필요가 있다. 아마 진량

은 중국에 가기 전에 충분히 초楚에서도 중국을 배울 수 있었을 것이다. 그러나 그가 원하는 참다운 중국, 곧 주공과 공자의 도는 초楚의 바깥에 있었고 그렇기에 그는 중국으로 떠나지 않을 수 없었다. 결과적으로 진량이 공부한 참다운 중국은 '초楚 안의 중국'이 아니라 '초楚 밖의 중국'이었다. '우리 안의 중국'이 아니라 '우리 밖의 중국'이었다. 박제가가 자신의 작품에 북학의 제목을 부여한 것은 곧 그가 구상한 것이 '조선 안의 중국'을 버리고 '조선 밖의 중국'을 취하자는 계몽의 기획이었음을 암시한다.

사태의 심각성은 바로 여기에 있다. 조선은 유사 이래 중국과 교류하며 항상 중국을 가장 잘 알고 있다고 자부하고 있었다. 하지만 언젠가부터 조선이 잘 알고 있는 것은 '중국'이 아니라 '조선 안의 중국'이 되었다. 그리고 '조선 안의 중국'을 붙들며 그들만의 리그를 하고 있었다. 바깥이 없는 사회의 슬픔이라고나 할까? 하지만 도대체 중국이 무엇이던가? '조선 안의 중국'은 조선에서 문화적으로 소비되는 중원과 강남일지 모르나 '조선 밖의 중국'은 중국의 현지 정세에서 조우하는 만주, 몽골, 티베트였다. 만주, 몽골, 티베트를 통해 중국을 본다는 것과 중원과 강남을 통해 중국을 본다는 것은 그 감각이 서로 얼마나 다른가? 홍대용의 「의산문답」에서 말하는 '의무려산', 박지원의 『열하일기』에서 말하는 '열하', 박제가의 『북학의』에서 말하는 '북학', 그것은 다같이 '조선 안의 중국'을 극복하고 '조선 밖의 중국'을 전망하는, 중국을 향한 문명사적인 새로운 시점視點이었다. 북학이란 북벌로부터 북학으로의 전환, 혹은 낙론으로부터 북학으로의 전환과 같이 북학에서 사태가 종료되는

'북학으로의 전환'이라는 시점에서 보아야 할 미지근한 현상이 아니라 북학으로부터 개화로의 전환, 혹은 북학으로부터 애국 계몽으로의 전환과 같이 북학에서 사태가 시작되는 '북학으로부터의 전환'이라는 시점에서 보아야 할 들끓는 현상이었을지도 모른다.

요컨대, 북학은 단순히 중국의 선진 문물을 배우자는 기술적인 차원의 문제가 아니라 본질적으로 '우리 안의 중국'을 극복하고 '우리 밖의 중국'을 자각하여 참다운 문명을 다시 수립하자는 사상적인 차원의 문제, 학문적인 차원의 문제였다. 이 점에 유의한다면 어쩌면 박제가의 진정한 문제작은 『북학의』보다 「시학론詩學論」일지 모르겠다. 「시학론」에서는 '우리 안의 중국'의 일그러진 학문적 모습을 흥미롭게 엿볼 수 있다. 시성詩聖으로 불리는 두보의 시를 전공해야 나도 시성이 될 수 있다는 기복신앙적 학문, 두시杜詩 이후의 시사詩史에 전혀 무관심한 비역사적 학문, 두시에 관한 과학적인 문헌 조사에 인색한 관념적인 학문, 내가 사는 시대를 향해 두시가 무엇을 말할 수 있는지 근본적 물음이 결여된 취미적인 학문. 박제가는 두시를 말했지만 이것은 주학朱學의 문제일 수도 있었으며, 오늘날의 현대 학문에서도 양심적인 학자라면 늘 고민하는 문제일 것이다. 아울러 '우리 안의 중국'을 극복하는 문제를 보편적인 차원에서 보자면 어쩌면 중국의 이택후李澤厚가 말하는 '서체중용西體中用'의 문제의식, 한국 중문학계에서 말하는 '제3의 동양학'과도 통할 수 있는 자기 성찰인지 모르겠다.

고전을 읽어도 고전이 잘 읽히지 않는다면 박제가의 북학을 생각해보라. 우리의 고전은 지금도 '우리 안의 중국', '우리 안의 서양'에 갇혀 있

지는 않은가? 우리는 진정 우리의 안을 벗어나 우리의 밖에서 고전과
만날 용기가 있는가?

吾邦之詩 學宋金元明者爲上 學唐者次之 學杜者冣下 所學彌高 其
才彌下者何也 學杜者知有杜而已 其他則不觀而先侮之 故術益拙也 學唐之
弊 同然而小勝焉者 以其杜之外 猶有王孟韋柳數十家之姓字存乎胸中 故不
期勝而自勝也 若夫學宋金元明者 其識又進乎此矣 又況博極羣書 發之以性
情之眞者哉 由是觀之 文章之道 在於開其心智 廣其耳目 不繫於所學之時代
也 其於書也亦然 學晉人者冣下 學唐宋以後帖者稍佳 直習今之中國之書者
冣勝 豈晉人唐宋之書 不及今之中國者耶 代遠則摸刻失傳 生乎外國則品定
未眞 反不如中國今人之書之可信而易近 古書之法 猶可自此而求也 夫不
知搨本之眞贗 六書金石之原委 與夫筆墨變化流動自然之體勢 而規規然自
以爲晉人也二王也 不幾近於盡廢天下之詩而膠守少陵數十篇之勾字 以自
陷於固陋之科者耶 夫君子立言 貴乎識時 使余而處中國則無所事於此論矣
在吾邦則不得不然者 非其說之遷也 抑勢之使然也 或曰杜詩晉筆 譬諸人則
聖也 棄聖人而曰學於下聖人者耶 曰有異焉 行與藝之分也 雖然畫地而爲宮
曰此孔子之居也 終身閉目 不出於斯 則亦見其廢而已矣 若夫文章古今升降
之槩風謠名物同異之得失 在精者自得之 殆難與人人說也
上之五年辛丑初冬 葦杭道人書于兼司直中

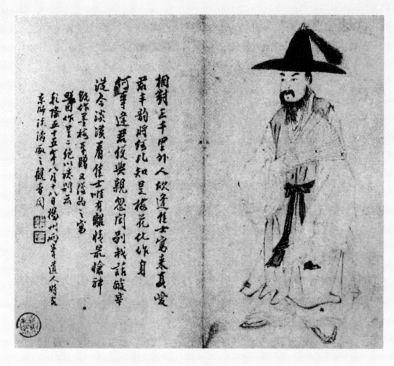

청나라 화가 나빙羅聘이 그린 박제가의 초상

북학은 '조선 안의 중국'을 극복하고 '조선 밖의 중국'을 전망하는
중국을 향한 새로운 문명사적인 시점이었다.

8

미안하오, 유구!

옛날 이 땅에는 삼국이 있었다. 고구려, 백제, 신라. 하지만 그렇다고 그 옛날을 삼국시대라고 부르는 것은 성급하다. 가야도 엄연히 옛날 이 땅에 있던 나라가 아니던가? 지금 동아시아에는 삼국이 있다. 한국, 중국, 일본. 하지만 그렇다고 그 옛날까지 동아시아 삼국이라고 부르는 것은 곤란하다. 유구琉球도 엄연히 동아시아에 있던 나라가 아니던가? 지금은 일본에 강제 병합되어 오키나와현으로 편입된 상태에 있지만 유구한 역사와 문화를 간직한 나라 유구. 그런데 조선 후기 지식인 김려金鑢 (1766~1822)는 이 유구에 대해 조선이 잘못한 일이 있다고 미안한 마음을 품고 있었다. 마치 오늘날 우리 사회에서 베트남에 대해 한국이 잘못한 일이 있다고 미안한 마음을 품고 있듯이. 그것은 무슨 일이었을까?

▷번역── 인조 때에 왜인이 유구를 침략해서 그 왕을 잡아갔다. 왕세자가 보물을 갖고 왜에 들어가 부왕을 풀어달라고 하려 하는데 배가 표류하다 제주 바닷가 구석에 정박하였다. 제주 목사 이란李灤이 사람을 보내 배 안을 정탐하게 하니 산을 덮는 휘장 2부, 술이 샘솟는 돌 1좌, 흰 앵무새 1쌍, 수정 알 2매 등의 보물이 있었다. 휘장은 거미줄로 짜서 약을 칠해 만들었다. 돌은 넓이 한 자, 길이 한 자 두 치, 높이 네 자 남짓으로 맑은 물을 담으면 술이 되었다. 앵무새는 왼발의 발톱으로 비파를 켤 수 있었다. 알은 거위 알과 비슷한데 밤에 방 안에 두면 햇살처럼 밝은 빛이 났다. 그 나머지는 매우 신비하고 알지 못하는 것들이었다.

　이란은 그것들을 갖고 싶어서 사자를 보내 통보하기를 "나에게 술이 샘솟는 돌을 달라. 너희들을 왜에 들어가도록 보내주겠다"라고 하였다. 세자는 "내가 보물을 아끼는 것은 아니지만 지금 부왕께서 힘없이 붙잡혀 갇혀 계셔서 보물이 없으면 부왕을 풀어달라고 할 수 없습니다. 우리 나라의 치욕은 이웃 나라의 치욕과 같으니, 원컨대 대부大夫께서는 이를 슬퍼하소서"라고 하였다. 사자가 세 번 갔으나 세자는 눈물을 흘리며 허락하지 않았다. 또, 귀국을 간청하고 중요한 보물을 바다에 띄워 보내주니 이란이 수군을 출동시켜 이를 포위하였다. 세자가 붙잡히자 종자 하나가 돌을 안고 물에 뛰어들어 죽었다. 이란은 배 안의 물건을 모두 약탈하고 마침내 세자를 죽였다. 따라 죽은 사람이 열 사람 남짓 되었다. 세자는 죽음에 임해 혈서로 시를 지었다.

　요堯의 말 알기 어려운데 걸桀의 옷차림이라

죽음에 임하여 하늘에 호소할 겨를도 없네

세 어진 이 순장殉葬[1]을 대속代贖할 이 누구인가

두 아들 배를 탈 때 도적이 불인不仁했도다[2]

모래벌판 해골에 잡초가 얽히리니

이내 혼 고국 간들 슬퍼할 친지 있을까

제주 앞 바닷물은 도도하게 흐르고

남은 원한 선명하여 만 년간 오열하리

앵무새도 세자 곁에서 죽었다. 이란이 세자를 죽이고 국경을 침범한 도적이라고 속여 조정에 아뢰었다가 뒤에 일이 탄로 나자 이란은 연좌되어 거의 죽을 뻔했다.

논한다. "슬프고 슬프구나. 유구 세자의 일이 슬프고 슬프구나. 세상에는 '세자가 작은 보물을 아껴 위로 임금을 맞이하지 못했고 아래로 자신을 보전하지 못했으니 족히 일컬을 데가 없다'고 말하는 사람들이 있는데 또한 지나친 말이다. 이란의 형세를 보건대 보물을 주었어도 죽었고 보물을 주지 않았어도 죽었다. 똑같이 죽는 것인데 하필 보물을 주겠는가? 그렇지 않으면 세자처럼 효성스럽고 인자하고 명철한 사람이 어찌 차마 보물을 중요하게 여기고 자신은 중요하게 여기지 않겠는가? 하물며 자신이 살면 임금을 맞이할 수 있고 나라를 보전할 수 있음에랴!

---

1 세 … 순장殉葬 : 진秦 목공穆公이 죽자 엄식奄息, 중행仲行, 겸호鍼虎가 순장된 일을 가리킨다.
2 두 … 불인不仁했도다 : 위衛 선공宣公의 두 아들 급伋과 수壽가 배에서 피살된 일을 가리킨다.

그러나 세자는 필시 여기를 벗어나지 못했으리라.

무릇 이란의 죄는 세 가지이다. 재물을 탐내 사람을 죽인 것이 첫 번째이다. 이웃 나라와의 외교를 망가뜨린 것이 두 번째이다. 임금을 속인 것이 세 번째이다. 신하가 이 가운데 한 가지 죄라도 있으면 마땅히 형을 받아 죽어야 하거늘 당시 군자가 그 죄를 성토하는 말을 한 마디도 내지 않아 포악한 난신亂臣이 편안히 복을 누리고 자손이 부귀영화를 누렸으니 어찌 슬프지 아니한가? 유구 사람이 군사를 일으켜 바다 건너 서쪽을 향해 두 임금의 원수를 갚겠다고 한다면 우리는 장차 어떤 말로 대답할 것인가? 이란의 인육을 먹는 것으로 충분한 일인가? 단지 다행히 유구가 나라가 작고 힘이 약하며 또 바야흐로 왜놈의 난리 때문에 여기에 미칠 겨를이 없었던 것뿐이다. 이로부터 유구의 통신사가 끊어졌으니, 아, 이웃 나라에 들려줄 이야기가 아니다.

지금 임금(정조) 을묘년(1795) 겨울 유구 사람이 제주에 왔다. 임금께서 특명으로 서울에 부르는데 연로沿路에서는 말을 주고 경기 감영에서는 음식을 주었다. 동지사冬至使 상국相國 김희金熹가 사행을 가서 청의 예부禮部에 자문咨文으로 갖추어 말하고 육로로 보내 자기 나라에 가도록 하였다. 아, 성인의 덕이 지극하고 크도다. 무릇 표류해온 사람이 세 사람이었는데 배가 모두 파손되고 소지한 물건이 없었다. 그중 공인公人은 성이 미정米政이고 두 사람은 사공 같았다. 그 나라 임금의 성씨를 물으니 성은 정正이라 하였는데 유구 세자 때에 이미 왕조가 바뀌었다 한다."

출전_ 김려, 「담정유고藫庭遺藁」 권9 「유구琉球 왕세자王世子 외전外傳」

ↄ해설── 서기 1609년, 동아시아에 바닷길이 세 개 열렸다. 하나는 조선과 일본의 바닷길. 이 해 조선은 일본과 기유약조를 맺고 임진왜란 이후 단절된 통상을 재개하기로 합의하였다. 다른 하나는 네덜란드와 일본의 바닷길. 일곱 해 전 동인도 종합상사(VOC)를 설립한 네덜란드는 이 해 일본과 무역 협정을 체결하고 히라도平戶에 무역관을 설치하였다. 이 무역관의 초대 관장 자크 스펙스Jacque Spex가 거느린 조선인 수종이 사실은 루벤스의 초상화 〈한복 입은 남자〉의 진짜 모델이라는 학설도 있다. 끝으로 나머지 하나는 유구와 일본의 바닷길. 이 해 일본 사츠마薩摩의 도진가구島津家久(시마즈 이에히사)는 유구를 침략해 서울인 수리首里를 함락하고 중산왕中山王 상령尙寧을 포로로 붙잡아 덕천가강德川家康에게 데리고 갔다. 유구를 복속시킨 일본은 유구를 이용해 명나라와의 조공 무역을 획책하였다. 이 세 바닷길은 전쟁과 평화의 차이는 있었지만 그 목적은 단 하나 교역의 욕망이었다.

제주도 해역이 소란스러워진 것이 이 무렵이었다. 네덜란드 우베르케르크 호의 선원 웰트후레이Jan. Janse. Weltevree(박연)가 1627년 제주도에 표착하였고 드 스페르버르 호의 선원 하멜Hendrik Hamel이 1653년 역시 제주도에 표착하였다. 하멜은 운이 좋아 13년 만에 극적으로 일본으로 탈출했지만 대개는 한번 조선에 표류되었다 하면 평생 동안 조선을 벗어날 수 없었고, 그런 의미에서는 서양인을 처음 만난 조선 사람들의 두려움도 컸겠지만 그 이상으로 제주도는 네덜란드 상인들에게 공포스러운 블랙홀이었다. 하지만 제주도 해역의 악명─예측할 수 없는 풍랑이 곧잘 일어나고 한번 풍랑을 만나 제주도에 표류했다 하면 평생을 나오지 못한다는 악명-이 그것으로 그치는 것은 아니었다. 1613년 유구 상선이 제주도에서 만난 재난은 그 이상으로 끔찍한 재앙이었다. 그것은 곧 제주 목사와 제주 판관이 제주도에 표류한 유구 상선을 습격하여 선원을 모두 몰살하고 재화를 모두 강탈한 사건이었다. 적어도 웰트후레이와 하멜은 제주도에 표류된 후 죽음을 당하지는 않았다. 표류민을 인도적으로 구호하고 송환하지는 못할 망정 이 어찌 동방예의지국을 자처하는 조선에 합당한 처사란 말인가?

물론 제주목사도 할 말은 있었다. 1613년 현재 동아시아는 임진왜란 이후 여전히 일종의 냉전 상태에 빠져 있었다. 풍신수길豊臣秀吉의 허황된 야망으로 인해 동아시아의 평화는 산산조각이 났고 일본은 임진왜란이 동아시아의 미래에 대해 어떤 재앙을 남겼는지, 그리고 차후 어떻게 이웃 나라에게 평화를 약속할지에 대해 충분한 믿음을 보여주지 못했다. 조선과는 통상 재개에 합의를 보았으나 아직 임진왜란 이전의 교린을 회복하지는 못했고, 명나라와는 외교 통상이 단절된 가운데 유구의 조공 무역에 일본 상인을 끼워 넣어 배후에서 명과 통상하려고 꼼수를 부리다가 유구의 조공 무역이 2년 1공에서 10년 1공으로 격하되는 철퇴를 맞기도 하였다. 이런 상태에서 제주도에 표류한 유구 상선에 상당수의 일본인 선원이 탑승하고 있었다는 사실은 가뜩이나 전란의 기억이 살아 있는 상태에서, 더구나 유구를 위장한 일본의 조공 무역 시도가 명나라에 발각되어 저지된 상태에서 조선에 매우 위험한 돌발적인 상황으로 인식될 수 있었다.

그렇다 하더라도 제주목사의 해적 행위가 정당화될 수 있는 것은 아니었다. 더구나 유구는 조선이 중국 북경에서 국서를 교환하는 교린 국가였고, 임진왜란 당시에는 명의 만력제萬曆帝가 유구와 섬라暹羅(시암)의 수군 20만을 동원하여 일본 본토를 공격할 것이라는 작전 계획이 선조에게 알려질 정도로 든든해 보이는 우방 국가였다. 조선시대 야담집 『동야휘집東野彙輯』에 수록된 바 유구국 공주와 결혼한 신희복愼希復 이야기에서 보듯 유구는 조선의 민간사회에서 신비롭고 풍요로운 낙토의 이미지로 상상되고 있었다. 따라서 유구 상선이 조선의 제주에서 제주목사에게 재난을 당한 것은 도저히 있을 수 없는 일이었다. 그렇기에 이 사건은 조선 후기 상당히 충격적인 일로 기억되었고, 『광해군일기』와 『인조실록』 같은 연대기는 물론 이중환의 『택리지』나 이긍익의 『연려실기술』, 박지원의 『열하일기』, 기타 야담집에서 곧잘 언급되었다.

김려가 전하는 앞 글 「유구 왕세자 외전」도 그러한 이야기의 하나인데 이 글이 얼마나 역사적으로 가치 있는 사료인지는 엄밀한 검증이 필요한 부분도 있다. 유구 상선에 탑승했던 나이 스물대여섯 된 젊은 유구 귀인이 『광해군일기』에서 말하듯 단순한 사신使臣인지 아니면 『인조실록』에서 말하듯 유구의 왕자인지는 논란거리라도 되겠지만, 김려가 문제의 제주목사를 이란이라고 한 것은 실제 인물 이기빈李箕賓을 잘못 기록한 명백한 오류이고 사건의 시기를 인조 대라고 한 것도 광해군 대의 일인데 잘못 전한 것이다. 그 밖에 산을 덮는 휘장, 술이 샘솟는 돌 등도 모두 문학적 윤색으로 보이는데 실제 정황은 『광해군일기』에서 말하듯 황견사黃繭絲와 명주明珠와 마노瑪瑙였을 것이다.

사실 김려의 글에서 주목할 부분은 후반부인 논論이라고 생각된다. '미안하오, 유구! 정말 미안하오.' 그는 거의 이런 마음으로 이 일을 슬퍼했다. 그렇기에 그는 정조 대에 제주도에 표류한 유구 사람을 중국으로 안전하게 보내준 것에 대해 진심으로 기뻐했다. 마치 과거사를 진심으로 사과하는 뜻에서 취해진 조처인 것처럼 보았다. 중요한 것은 바로 이 '미안함'이다. 그리고 이 미안함의 역사적 구조이다. 유구와 네덜란드만 재앙을 만난 것이 아니었다. 17세기 조선 제주도에 명나라 사람들이 표류하면 조선은 해외 반청 운동을 의심하는 청의 강압 때문에 돌아가면 그들이 죽을 줄을 알면서도 어쩔 수 없이 청에 보내야 했다. 효종 때도 그랬고 현종 때도 그랬다. 살기 위해서 미안한 일을 일삼았다. 하지만 춘추대의가 있었기에 의식을 배반한 존재의 부끄러움을 결코 잊지는 않았다. 역사에 희생된 부끄러운 주체의 윤리적인 재건, 그것이 곧 조선 후기 존화尊華의 역사적 함의였다. 조선에서 17세기와 18세기의 차이, 그것은 부끄러운 현재를 미안해할 겨를조차 없던 생존의 시대와 부끄러운 과거를 미안해하고 윤리적으로 치유해나가는 문화의 시대, 그런 차이가 아니었을까? 나는 그래서 유구 왕세자 사건을 한갓 전설로 치부해버리는 박지원의 냉소적인 눈길보다 이를 진심으로 미안해하며 선린을 추구한 김려의 따뜻한 마음을 소중히 여긴다. 지금 동아시아에 필요한 것은 이러한 '미안함'의 지성사적 전통들을 서로 공유하고 그 위에서 진정한 선린을 위한 새로운 문화를 창조하는 것이다. '미안함'의 역사학, 근사하지 않을까?

仁祖時 倭人侵琉球 執其王以歸 王世子齎珍寶入倭 將贖父王 舟漂

來泊于濟州洋曲中 濟州牧李灤 送人偵舟中 寶有漫山帳二浮 酒泉石一座 白

鸚鵡一雙 水晶卵二枚 帳以蜘蛛絲 塗淶藥造成 石廣一尺 長一尺有二寸 高

四尺餘 貯清水則爲酒 鸚鵡能以左指彈琵琶 卵似鵝卵 夜置室中 光明如日

其餘甚秘 不得識也 灤意欲之 遣使報曰 與我酒泉石 當送爾入倭也 世子辭

曰 吾非愛寶也 今父王頮然在拘幽中 無寶無以贖父王 吾國之恥 猶隣國之恥

也 願大夫哀之 使三往 世子涕泣不許 且乞歸國 以重寶浮海來餽 灤發舟師

圍之 世子被禽 有一從者 抱石投水死 灤因盡掠舟中諸物 遂殺世子 從死者

十餘人 世子臨死 咋血書詩 曰堯語難孚桀服身 臨刑何暇訴蒼旻 三良入穴人

誰贖 二子乘舟賊不仁 骨暴沙塲纒有草 魂歸古國吊無親 竹西樓下滔滔水

遺恨分明咽萬春 鸚鵡亦死于世子之傍 灤旣殺世子 誣以犯境賊啓于朝 後事

露 灤坐幾死

論曰 哀哉悲夫 琉球世子之事 悲夫哀哉 世之談者以爲世子愛尺寸之寶 上不

能迎其君 下不能全其身 無足稱者 亦過矣 觀灤之勢 與寶亦死 不與寶亦死

等死何必以寶與之也 不然 以世子之孝之仁之明 豈忍重其寶而不重其身者

也 而况乎身生則君可以迎 國可以保焉者乎 而世子必不出於此也 夫灤之罪

有三焉 貪財殺人一也 壞隣國交二也 欺君誣上三也 人臣有一於此 宜伏祥刑

而當時君子不能出一言以討其罪 使暴亂之臣 坐享爵祿 子孫榮貴 寧不悲乎

使琉球之人 興兵出師 浮海西指 以報二君之讐 則我將何辭以對 而灤之肉又

足食乎 只幸琉球國小力弱 又方有倭奴之亂而不暇於此爾 自是琉球之信使

遂絶 嗚乎 不足聞於隣國也 今上乙卯冬 琉球人來到濟州 上特命召至京師

沿路給馬 自畿營餽廩 冬至使相國金公熹之行 具咨禮部 以陸路送至其國 嗚

乎 聖人之德 其至矣大哉 凡漂來者 只有三人 而舟楫盡碎 無所持物 其中一
公人姓米政 二人似蒿工 問其國王姓 姓正 盖去琉球世子時 已革世云

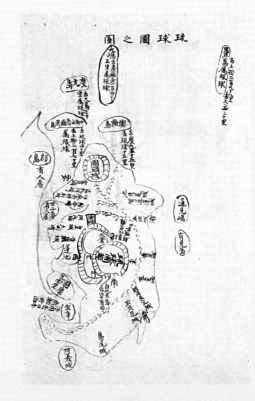

『해동제국기海東諸國紀』에 실린 유구국 지도
·
지금 동아시아에 필요한 것은
'미안함'의 지성사적 전통들을 서로 공유하고
그 위에서 진정한 선린을 위한 문화를 만드는 것이다.

9

정조에게 헌정한
조선 건국사

우리나라에는 건국 이야기가 많다. 역대로 많은 나라가 흥망을 거듭했기 때문이다. 고조선을 일으킨 단군을 필두로 고구려, 백제, 신라, 가야, 탐라 등 여러 나라에서 건국 영웅이 등장했다. 처음엔 건국 영웅의 신이新異한 사적을 드러낸 개인의 이야기였다. 그러다 건국 영웅의 선조들로부터 건국 영웅에 이르기까지 가문의 이야기가 나왔다. 고려와 조선의 경우가 그렇다. 그런데 우리나라에 건국 이야기는 많아도 건국사만 전문적으로 서술한 책자는 드문 것 같다. 고려 중기 『동명왕편東明王篇』이나 조선 전기 『용비어천가龍飛御天歌』가 건국사에 근접한 책이지만 역사가 아닌 시가詩歌에 머물러 있다. 그런데 조선 후기 홍양호洪良浩(1724~1802)가 정조에게 헌정한 『흥왕조승興王肇乘』은 글자 그대로 조선 건국사이다. 굳이 조선 건국의 당위성을 천명할 필요가 없어 보이는 홍양호와 정조의 시대에 과연 조선 건국의 의미는 무엇이었을까?

　ᘒ번역 —— 엎드려 생각건대 우리 동방에 나라가 있으니 아득한 태곳적에 단군이 처음 나오시고 기자가 동으로 오셨습니다. 이때 이후부터 삼한으로 나뉘고 구이九夷로 흩어졌는데, 신라와 고려에 이르러 비로소 통일이 되었지만 유교와 불교의 교화가 서로 반반이고 중화와 오랑캐의 풍속이 서로 섞여 있었습니다. 그렇지만 땅으로는 연燕과 제齊에 인접해 있고, 별자리로는 기성箕星과 두성斗星에 상응해 있었기 때문에, 단군의 일어남은 요 임금의 때와 나란하였고 기자의 봉해짐은 주 무왕의 때에 시작되었습니다. 풍기가 서로 근접하고 교화가 점차 진행되어 의관은 모두 중화 제도를 준용하였고 문자는 번문番文과 범문梵文을 쓰지 않았으며 '소중화'라 칭해지기도 하고 '군자국'이라 칭해지기도 하여 왜가리 소리를 내며 옷깃을 왼쪽으로 다는 오랑캐의 풍속과는 현격히 달랐습니다. 다만 왕씨王氏(고려) 세상이 된 뒤부터 말갈과 땅이 연접하고 몽골의 원나라와 혼인이 이어졌기 때문에 예교가 흥성하지 않고 윤리가 밝혀지지 않았고 폭력을 능사로 삼아 거의 해마다 반란이 일어났으며 단군과 기자의 유풍은 아득히 볼 수 없게 되었습니다.

　다행히도 천지가 개벽하고 운수가 밝아져 마침 명나라가 처음 나라를 만들 적에 우리 왕조가 일어나 국호를 하사받고 면류관을 하사받으며 내지와 똑같이 보는 영예를 입었고, 하늘과 땅이 더불어 덕을 합하고 신과 사람이 도와주었습니다. 이에 우리 태조대왕은 거룩하고 신령한 바탕으로 천 년에 한 번 있을 운세를 만나 남쪽을 치고 북쪽을 쳐서 대번에 삼한을 소유하였습니다. 창업하여 왕통을 전하고 제도와 기강을 세우며 불교와 노장 같은 이교를 물리치고 선왕의 큰 법을 펴니 빛나는 문화가 상商과 주周의 수준이었고 밝은 성교聲敎가 천하에 미쳤습니다. 유구가 조공을 바치고 섬라暹羅가 귀순하며[1] 오랑캐〔兀良哈〕[2]와 원료준源了浚[3]의 무리가 서로 이끌고 약속約束을 들었습니다. 서쪽으로는 발해渤海[4]에 이어지고 동쪽으로는 슬해瑟海[5]를 다하였으며, 귤과 유자 같은 과일이 남쪽에서 올라오고 담비와 표범 같은 가죽들이 북쪽에서 내려와 상자마다 늘어섰습니다. 어염魚鹽의 풍족함이 오吳·초楚와 겨룰 만하였고 견사繭絲의 이로움도 제齊·노魯에 뒤지지 않았습니다. 예악禮樂이 행해지고 교화가 화락하여 집집마다 제사를 지내고 아이들도 시서詩書를 암송하며 말몰이꾼이나 양치기도 삼년복을 입고 부엌데기나 아낙네도 재혼을 부끄럽게 여겼습니다. 이는 우리 동방에 사람이 살기 시작한 이래로 일

---

1 유구가 … 귀순하며 : 조선 태조 때에 유구와 섬라가 조선에 사신을 보낸 일을 가리킨다. 『태조실록』 1397년 8월 6일에 유구국 중산왕 찰도察度가 사신을 보내어 글을 바치고 방물方物을 바쳤으며 잡혀 있던 사람과 바람을 만나 표류한 사람 9명을 돌려보냈다는 기사가 있다. 1393년 6월 16일에는 섬라곡국暹羅斛國에서 그 신하 장사도張思道 등 20인을 보내어 소목蘇木 1천 근, 속향束香 1천 근과 토인土人 2명을 바쳤다는 기사가 있다.

2 오랑캐〔兀良哈〕: 한국 측 사서에서 두만강 이북 지역의 우디거〔兀狄哈〕, 여진과 더불어 통칭 야인野人이라 불렸던 종족의 하나이다. 중국 측 사서에 등장하는 몽골 지역에 거주한 동명의 부족과 어떤 관계인지는 미상이다.

3 원료준源了浚 : 일본 무로마치室町 막부 시대에 규슈절도사였던 금천료준今川了浚을 가리킨다.

4 발해渤海 : 요동반도와 산동반도 사이, 지금 중국의 요녕성遼寧省, 하북성河北省, 산동성山東省, 천진시天津市에 인접한 바다이다.

5 슬해瑟海 : 함경도 경흥부慶興府에서 동쪽으로 4,50리쯤 떨어져 있는 바닷가이다.

찍이 있지 않았던 일로 기자가 펼친 홍범구주洪範九疇의 교화가 오늘날에 와서야 비로소 행해지게 된 것입니다. 아, 성대합니다! 그러나 이것이 어찌 근본하는 바 없이 이루어진 것이겠습니까? (중략)

다만 이렇듯 위대한 사적事蹟이 혹 패관稗官이나 야승野乘에나 보일 뿐 미더운 책으로 간행됨이 없이 단지 구전에 의지하고 있었기 때문에 신은 가만히 한스럽게 생각했습니다. 그래서 지난해 북방 변경에서 근무하고 있을 때 산천을 두루 보면서 왕업을 일으킨 고적古蹟에 눈길을 주고 몸소 찾아갔는데, 마치 풍패豐沛 고을에 가서 대풍가大風歌⁶를 직접 든는 것처럼 하염없이 감회에 젖었지만 이를 표현하고 드날릴 수 없었습니다. 얼마 아니 있어 다시 외람되게 실록을 찬수하는 직임을 받아 금궤金櫃와 석실石室에 비장된 책을 엿보니, 전장과 제도의 성대함은 모두 『국조보감國朝寶鑑』에 실려 있었지만 오랑캐를 물리치고 영토를 개척한 공로는 모두 고려시대에 속하는 것이라 증거할 수 없었습니다. 『용비어천가』한 책은 즉위하기 전의 훌륭한 업적을 자세하게 기재하였지만, 이 책은 전적으로 공적을 노래하고 찬송하는 것으로 대요와 세목을 만들었습니다. 그래서 단마다 비유를 가설하고 멀리 고사를 인용하니 기사하는 문체와 차이가 있고 편년의 순서도 없으며 앞뒤의 순서가 잘못되고 세대를 자세히 살피기 어려워 후세에 전할 만한 미더운 역사책이라고 하기에는

---

6 대풍가大風歌 : 한 고조가 천자天子가 된 뒤에 고향인 풍패豐沛를 지나다가 부로父老들과 술을 마시면서 부른 노래를 가리킨다. "큰바람이 일어남이여 구름이 흩날리도다. 위엄이 사해四海를 덮음이여 고향에 돌아왔도다. 어쩌면 맹사猛士를 얻어 사방四方을 지킬꼬"라고 하였다.

부족하였습니다.

신은 이에 『고려사高麗史』 및 『용비어천가』의 내용을 스스로 발췌하고 편집하되 연도별로 나누어 사실들을 묶었고, 물러나 다시 『동국여지승람』 및 『북도능전지北道陵殿誌』[7], 『송경지松京誌』[8]와 국초國初의 문집들을 널리 상고하여 왕업을 일으킬 때의 사실을 언급한 부분들을 수집하고 채택하였습니다. 그리고 저것을 인용하여 이것을 증명하고 번잡함을 삭제하여 간략하게 다듬고 조목은 달라도 일관성 있게 엮었습니다. 그러나 오직 간행된 성서成書만을 따랐을 뿐 사사로이 보관된 어설픈 기록은 감히 섞어 넣지 않아 근엄하면서도 정밀한 결과가 나오게 하려고 노력하였습니다. 이는 사체事體를 중하게 하고 위대한 업적을 현창하기 위해서였습니다. 이윽고 세 편으로 완성한 다음에 분명하게 전해오는 북방의 고적을 덧붙이고 열조에서 공적을 기술하고 발휘한 말을 각각 기재하고 사신詞臣이 찬양하여 칭송한 말을 아래에 언급하였습니다. 총괄해서 네 편으로 만든 다음에 '흥왕조승興王肇乘'이라고 이름하였습니다. (중략)

---

7 『북도능전지北道陵殿誌』: 위창조魏昌祖가 영조의 명을 받아 1747년에 만든 『북로능전지北路陵殿誌』를 보충하여 1758년 함경 감영에서 간행한 함경도의 능전에 관한 책자이다. 함경도 함흥·영흥·안변·문천·덕원 등지에 산재해 있는 태조 내외 8고조의 능과 전殿·궁宮에 대하여 『용비어천가』, 『선원보략璿源譜略』, 『여지승람輿地勝覽』, 『열성지장列聖誌狀』 및 기타 자료를 근거로 상세히 서술하였다.

8 『송경지松京誌』: 정창순鄭昌順이 1782년 편찬한 『송도지松都誌』를 가리키는 것으로 보인다. 본래 개성의 읍지는 김육이 1648년 편찬한 『송도구지松都舊誌』와 오수채吳遂采가 편찬한 『송도속지松都續誌』가 있었는데, 정창순이 이 둘을 하나로 합하여 내용을 수정·증보한 것이 『송도지』이다.

삼가 생각건대 우리 임금께서는 선왕을 계술하는 효성에다 선조를 추모하는 정성이 돈독하여 적도赤島[9]에 비碑를 세우고 경흥慶興의 저택[10]을 기념하며 독서당讀書堂과 치마대馳馬臺[11]와 같은 고적들을 천명하여 선조의 공적을 선양하되 아무리 시대가 멀어도 현창하지 않음이 없었으니, 심지어 상산象山의 유지遺址[12]까지 모두 비석을 세워 표장하였습니다. 수백 년 동안 미처 행하지 못했던 전례가 이에 크게 갖추어졌으니, 아, 지극합니다. 지금 신이 올리는 책을 보고 마음에 느껴지는 것이 있거든 한가할 때에 특별히 살펴보고 내각에 보관하여 빠진 역사를 보충하소서. 우리 선왕들이 덕업을 얼마나 쌓았는지 창업이 얼마나 어려웠는지 후세에 밝게 전해질 것입니다. 또한 후왕들을 위한 수성의 계책을 언제나 생각하여 이를 어기지 않고 잊지 않으면 만세토록 태평한 세상에서 무궁한 복을 받을 것입니다. (후략)

출전_ 홍양호, 『이계집耳溪集』 권20 「흥왕조승」을 바치는 차자[進興王肇乘箚]」

---

9 적도赤島 : 함경도 경흥에 있다. 익조翼祖가 여진족의 추격을 피해 오동斡東을 떠나 이곳에 들어와 움집을 짓고 살았다. 익조가 백마를 타고 바다를 건너 적도에 들어오는 장면은 모세가 홍해를 건너는 장면을 방불케 한다.

10 경흥慶興의 저택 : 함경도 함흥 귀주동에 건립된 경흥전慶興殿을 말한다. 이곳은 환조桓祖와 태조太祖의 구거였고 정종定宗과 태종太宗이 태어난 곳이었다. 이곳에 처음 이주한 익조가 경흥댁이라 불렸던 사실을 기념해 숙종 대 경흥전慶興殿이라는 편액을 걸었다.

11 독서당讀書堂과 치마대馳馬臺 : 함경도 함흥에 있다. 태조가 왕위에 오르기 전에 살던 옛 터이다.

12 상산象山의 유지遺址 : 황해도 곡산에 있다. 태조의 두 번째 부인 신덕왕후神德王后의 생가 옛 터이다.

🔖해설 —— 우리나라 역사가 중에서 건국사 전문가는? 문제는 어렵지만 답은 쉽다. 한국 근대 역사학의 아버지 박은식朴殷植(1859~1925)이다. 그는 1907년 스위스의 건국 이야기를 담은 실러의 희곡『빌헬름 텔』을 개작한『서사건국지西土建國誌』를 번역하였다. 스위스의 건국, 그것은 합스부르크 왕국에서 파견된 외국인 관리에게 고통받는 스위스 백성이 스스로의 힘으로 외국인 지배자를 몰아내고 자유를 되찾은 장엄한 역사였다. 한국의 백성이여, 스위스의 백성이 되기를! 그는 여기서 그치지 않고 1911년『발해태조건국지渤海太祖建國誌』를 완성하였다. 발해의 건국, 그것은 멸망한 고구려 유민이 분발하여 조국을 회복하고 강국을 건설한 특별한 역사였다. 한국의 백성이여, 발해의 백성이 되기를!

하지만 발해의 건국사는 그 이상의 특별한 의미가 있었다. 발해는 고구려를 계승한 국가였고 발해사를 통해 두만강 이북 수천 리 산천이 한국의 강토임을 입증할 수 있을 것으로 기대되었다. 박은식이 발해의 건국사로 두만강 이북을 보았다면 장지연張志淵은 조선의 건국사로 두만강 이북을 보았다. 장지연은『대한강역고大韓疆域考』에서 두만강 이북을 대한 황실의 발상지로 중시하면서 대한제국이 간도를 영유해야 하는 당위성을 무엇보다 여기에서 구하였다. 사실 두만강 이북은 조선을 건국한 이성계 가문의 최초 기업基業이었다. 이성계의 고조인 목조穆祖 이안사李安社와 목조의 아들 익조翼祖 이행리李行里는 두만강 이북 오동斡東 지역에서 원 제국의 외관外官인 다루가치가 되어 여진족과 섞여 지내면서 유력한 세력으로 성장하였다. 세종 대 정인지鄭麟趾가 지은『용비어천가』에서 목조가 다루가치가 되어 동북의 인심이 모두 목조에게 돌아가 왕업의 흥기가 이로부터 시작되었다고 서술한 것은 조선 건국의 역사적 기원으로 1255년 두만강 이북의 오동을 적극적으로 기억할 필요가 있음을 일깨워주는 것이다.

조선 건국사 하면 세종 대에 나온 『용비어천가』를 떠올리기 쉽지만 엄밀히 말해 그것은 조선 건국을 찬송한 시가였을 뿐, 진정한 역사책은 정조 대에 홍양호가 편찬한 『흥왕조승興王肇乘』이었다. 스스로 '조선태사朝鮮太史'를 자처했던 홍양호, 그는 『흥왕조승』뿐만 아니라 『영종실록英宗實錄』, 『중종보감中宗寶鑑』, 『갱장록羹墻錄』, 『동문휘고同文彙考』, 『중흥가모中興嘉謨』, 『해동명장전海東名將傳』 등을 편찬한 정조 대의 일류 역사가였다. 그는 정조가 즉위한 후 홍국영洪國榮에게 밀려나 함경도 경흥에서 외관살이를 할 무렵 북관北關 지역의 풍토와 고적을 상세히 조사하였고, 20여 년이 지나 이를 토대로 조선 건국기의 사적을 종합적으로 정리한 역사책 『흥왕조승』을 편찬하여 정조에게 헌정하였다. 1799년 12월 21일, 일흔여섯 노신老臣 필생의 작품이었다.

『흥왕조승』을 정조에게 헌정한 홍양호의 마음은 어떠하였을까? 혹시 8년 전 황초령黃草嶺에서 진흥왕 순수비를 발견했던 기쁨의 순간을 떠올리지는 않았을까? 어릴 적에 야사를 읽다가 선조 때 신립申砬이 함경도에서 진흥왕 순수비를 발견하고 탁본까지 했다는 꿈같은 기록과 만났던 소년 홍양호. 그 후 매번 함경도에 부임하는 관리들에게 순수비의 행방을 물었던 집념의 세월들. 세월이 흘러 이제는 회갑을 훌쩍 넘긴 노인 홍양호. 함경도 지역 개발을 추진하는 정조의 의지. 장진부長津府의 개척과 함흥과 갑산 사이의 교통로 확보. 마침내 홍양호의 부탁을 경청하고 끝내 황초령에서 순수비를 발견한 함흥 판관 유한돈兪漢敦. 순수비 탁본을 전해받은 홍양호의 손길은 어쩌면 정복 군주 알렉산더 대왕의 잊혀진 유물을 발견한 고고학자의 떨리는 손길은 아니었을까?

그러나 정조 대의 역동적인 역사 한복판에 있었던 홍양호의 마음에서 순수비의 발견은 무엇보다 정조의 함경도 지역 개발을 축복하는 국가 문운文運의 계시였다. 그랬기에 그는 함경도에서 발견한 정조 치세의 조선 사회의 역동성을 가슴에 담아 함경도에 서려 있는 조선 건국의 현장들을 보듬고, 끝내 조선 건국사를 완성하여 정조에게 이를 헌정한 것이다. 이를 받은 정조의 마음도 뭉클했을 것이다. 인간 정조의 고난과 시련은 건국기의 제왕이 창업 과정에서 겪는 그것과 방불한 것이었다. 그는 고난과 시련을 이겨내고 우뚝 일어섰다. 만일 그가 계획한 대로 정말 1804년 세자에게 왕위를 물려주고 스스로 상왕이 되었다면, 그는 참으로 조선을 건국한 태조나 태종과 같은 임금이 되었을지 모를 일이다. 그랬다면 홍양호의 『흥왕조승』은 정조의 제2의 건국을 예고하는 책자로까지 해석되었을 수도 있다. 그러나 정조는 『흥왕조승』을 받은 후 여섯 달이 지나 세상을 떠났고, 결국 그는 조선 건국사를 헌정받은 세종과 같은 임금이 되었다.

원문   伏以洪惟我東方有國 粤自邃古 檀君首出 箕子東來 自玆以降 分爲三韓 散爲九夷 及至羅麗 始得混一 而其敎則儒釋相半 其俗則華戎交雜 然而地隣燕齊 星應箕斗 故檀氏之起 並於陶唐 箕聖之封 肇自周武 蓋其風氣

相近 聲敎攸漸 衣冠悉遵華制 文字不用番梵 或稱小中華 或稱君子之國 與
夫袪儴左袵之俗 迥然不同 而第自王氏之世 壤接靺鞨 媾連蒙元 故禮敎不
興 倫紀不明 擊刺以爲能事 叛亂殆無虛歲 檀箕之遺風 漠然不可見矣 何幸
天開鴻荒 運屆熙明 我朝之興 適會於皇明肇造區夏之時 錫號賜冕 視同內
服 乾坤與之合德 神人爲之夾助 於是乎我太祖大王 以聖神之姿 當千一之運
南征北伐 奄有三韓 創業垂統 立經陳紀 斥佛老之異敎 敷先王之大法 文章
煥乎商周 聲明耀于寰海 琉球入貢 暹羅獻猷 兀良哈源了浚之屬 相率而聽約
束 西連渤澥 東盡瑟海 橘柚之包 貂貀之皮 自南自北 筐篚相望 魚鹽之饒 可
埒於吳楚 繭絲之利 不讓於齊魯 禮樂興行 風化昭融 家習俎豆 童誦詩書 馬
廐羊豎 皆服三年之喪 竈婢醶婦 亦耻再醮之行 蓋自東方生民以來 所未嘗有
而箕聖九疇之敎 始行於今日 猗歟盛矣 此豈無所本而致哉 (중략) 惟此盛蹟
或見於稗官野乘 而未有刊行之信書 只憑口耳之相傳 臣竊恨之 迺於曩歲待
罪北塞 遍覽山川 興王古蹟 無不目寓而身履 如到豐沛之鄉 親聞大風之謠
緬焉興感 顧無以鋪張揚厲也 尋又叨承實錄纂修之任 得窺金櫃石渠之秘 則
憲章制度之盛 雖載於寶鑑 而攘夷拓地之功 皆屬於勝國 無可以徵據 惟龍飛
御天歌一書 備載龍潛勝蹟 而是書也專以歌頌功烈 發凡起目 故逐段設譬 遠
引古史 有異記事之體 亦無編年之序 先後失次 世代難詳 不足爲信史而傳後
也 臣於是竊就麗史及龍飛歌 私自鈔輯 分年繫事 退又博考輿覽及陵殿誌松
京誌國初文集 有及於興王時事者 蒐羅採摭 援彼證此 刪繁就簡 異條同貫
而只從刊行成書 不敢混及於私藏漫錄 務歸謹嚴而精 寔所以重事體也 彰鴻
烈也 旣以裒成三編 然後附以北方古蹟之昭著流傳者 各載列朝 記述發揮之
辭 下及詞臣揄揚贊頌之語 摠爲四編 名之曰興王肇乘 (중략) 伏惟我聖上以

繼述之孝 篤追遠之誠 建赤島之碑 紀慶興之宅 讀書之堂 馳馬之臺 闡古蹟
而揚先烈 無遠不顯 以至象山之遺址 亦皆立石而表章之 數百年未遑之典 於
是大備 於乎至矣 今臣所進有槪聖衷 則淸燕之暇 特賜澄省 藏諸內閣 以補
闕史 我列祖德業之積累 開創之艱難 庶可昭垂於來許 而亦於守成裕後之謨
念玆在玆 不愆不忘 太平萬世 惟無疆休矣 (후략)

홍양호가 정조에게 헌정한 『흥왕조승』

·

홍양호는 정조 치세의 조선 사회의 역동성을 가슴에 담아
함경도에 서려 있는 조선 건국의 현장들을 보듬고
끝내 조선 건국사를 완성하여 정조에게 헌정했다.

10

만년 성균관 유생의
삐딱한 역사의식

대학 캠퍼스는 자유롭다. 청춘의 뜨거움, 미래의 불안정, 그리고 시대의 열정까지 어우러진 문화적인 해방구가 여기에 있다. 삐딱하게 보든 엄숙하게 보든, 호언장담하든 의기소침하든, 무엇을 사고해도 좋고 무엇을 표현해도 좋다. 사고와 표현의 기름 바다에 한번 불만 확 붙여주면 누구나 광인이 되고 괴짜가 될 수 있다.

우리나라의 옛날 대학인 성균관에도 이런 문화가 있었을까? 소설『성균관 유생들의 나날』의 시대적 배경으로 그려진 정조 대의 성균관이 이와 근접했을지 모르겠다. 비밀리에 모여 서학 집회를 여는 유생들, 통속적인 패관소품에 흠뻑 빠져 있는 유생들. 정조가 문체반정을 감행하지 않을 수 없었던 것은 그 당시 유생들이 이를테면 요즈음 대학 기말고사에서 이모티콘을 넣은 문자체로 답안을 작성하듯 통속적인 글쓰기를 했기 때문이다.

그렇게 볼 때 윤기尹愭(1741~1826)는 경이로운 인물이다. 1773년 생원시에 합격한 이래 1792년 문과에 합격하기까지 20년 가까운 세월을 성균관 유생으로 지냈기 때문이다. 그것도 보통 성균관이 아니라 정조 대의 아주 특별한 성균관에서 오랜 세월을 보냈으니 말이다. 더욱이 윤기는 정조 대 성균관 유생의 생활상을 구체적으로 노래한 『반중잡영泮中雜詠』의 지은이로도 유명하지 않은가? 그렇다면 정조 대 성균관 유생의 감수성을 느끼는 기분으로 윤기의 글을 읽는 것도 흥미로운 독서 전략이 될 수 있을 것이다. 아래에 그의 삐딱한 역사의식을 한 토막 옮겨본다.

✑번역 ── 역사책을 짓는 법은 요컨대 진실을 기록함에 있을 뿐이다. 진실을 기록했다면 사람의 선악, 사건의 시비, 세상의 치란을 살펴서 알 수 있다. 그렇지 않다면 검은색과 흰색이 바뀌고 붉은색과 보라색이 섞일 것이니 후세 사람들이 무엇을 통해 당시의 진면목을 징험하겠는가? 공자가 『춘추』를 지었는데 글로 보면 역사책이지만 뜻으로 보면 포폄의 취지를 깃들인 것이다. 진실을 기록한 가운데 천하의 일을 행하였으니 참으로 노魯나라 역사책에 진실이 기록되어 있지 않았다면 어찌 능히 이와 같은 일을 할 수 있었을까? 그러니 불과 진실을 기록함으로써 필삭할 뿐이지 진실을 기록하는 이외에 달리 표준과 준칙이 있는 것이 아니다.

후세에 궁궐에서 사필史筆을 적신 사람이 설령 성인의 춘추필법을 배우지 못했다 해도 유독 노나라 역사책에서 진실을 기록한 것을 본받을 수는 없을까? 사마천司馬遷은 역사가의 재주가 훌륭하다고 이름났지만, 반표班彪는 그가 커다란 폐단으로 도를 해쳤다고 논하였고¹ 반고班固는 그가 성인을 속였다고 비난하였다.² 그러나 반표와 반고도 돈을 받았다는 악명을 면하지 못했고³ 또 사절死節을 배척하고 정직正直을 부인하였다는 비판이 있었다.⁴ 비록 '사마천과 동호董弧의 훌륭함에 비견되고 사마상여司馬相如와 양웅揚雄의 화려함을 겸하였다'는 말도 있지만⁵ 문중자文中子는 '역사책의 잘못은 사마천과 반고에서 비롯한다'고 하였으니⁶ 이 사람들 이하는 또 필주해서 무엇할까?

양웅揚雄이 『법언法言』을 지었는데 촉蜀의 부자가 수천만 냥의 돈을 가져와 책에 기재해주기를 원하였지만 양웅은 허락하지 않았다.⁷ 진수陳壽가 『삼국지三國志』를 편찬하면서 정의丁儀의 자제에게 "쌀 천 곡을 구해오면 존공尊公을 위해 훌륭하게 입전立傳하겠소"라고 하였지만 정공丁公

---

1 반표班彪는 … 논하였고 : 반표는 사마천의 '대폐상도大弊傷道'를 논하며 사마천이 학술로는 황로黃老를 높이고 오경五經을 낮추며 『화식전貨殖傳』에서 인의仁義를 얕보고 빈천貧賤을 부끄러워하며 『유협전遊俠傳』에서 수절守節을 천하게 보고 속공俗功을 귀하게 보았다고 비판하였다.

2 반고班固는 … 비난하였다 : 반고는 『한서漢書』에서 사마천을 비평하면서 그 시비가 성인을 속였다고 하였다.

3 반표와 … 못했고 : 유지기劉知幾의 『사통史通』에는 『주서周書』에 반고가 돈을 받은 다음에야 비로소 글을 썼다는 구절이 있는데 이 사실을 고증할 수 없다고 하였다.

4 또 … 있었다 : 『후한서後漢書』 「반표반고전班彪班固傳」에 나온다.

5 비록 … 있지만 : 『후한서』 「반표반고전」에 나온다.

6 문중자文中子는 … 하였으니 : 『천지天地』 「중설中說」에 나온다.

7 양웅揚雄이 … 않았다 : 『논형論衡』 「일문佚文」에 나온다.

이 허락하지 않아 입전하지 못했다.[8] 손성孫盛이 『진양추晉陽秋』를 짓는데 시사時事를 직언하자 환온桓溫이 손성의 자제에게 "방두枋頭에서 참으로 승리를 잃었지만 어찌 존군尊君처럼 말한단 말이오? 만약 이 역사책이 끝내 유행한다면 그대의 문호와 관계될 것이오"라고 하였다. 자식들이 울부짖으며 온 가족의 계책을 내기를 청하였는데 손성이 크게 노하자 자식들이 몰래 고쳤다.[9]

위수魏收가 『위서魏書』를 찬수하는데 올리는 것은 하늘에 닿을 정도로 하고 누르는 것은 땅에 들어갈 정도로 하였다. 처음에 양휴陽休의 도움을 얻었는데 "은덕에 사례할 수 없어서 경을 위해 아름다운 전을 짓겠소"라고 하였다. 이주영爾朱榮의 자식이 돈을 바치자 악행을 지우고 선행을 늘려 왜곡된 역사책[穢史]이 되었다.[10] 오긍吳兢이 측천무후則天武后의 실록을 찬수하는데 '송경宋璟이 장열張說에게 충고하여 위원충魏元忠 사건을

---

8 진수陳壽가 … 못했다 : 『진서晉書』 「진수전陳壽傳」에 관련 내용이 전하고 있지만 유지기劉知幾의 『사통史通』에서는 진수에 얽힌 이와 같은 일화를 의심스럽다고 보았다.

9 손성孫盛이 … 고쳤다 : 손성은 동진東晉의 역사가로 『진양추晉陽秋』를 지었다. 일찍이 손성은 정서대장군征西大將軍 환온桓溫의 막하에 있었는데 후일 『진양추』를 지으면서 환온의 동진군이 태화太和 4년(369) 전연前燕을 쳤다가 방두枋頭에서 패배한 일을 사실대로 기록하였다. 이를 본 환온은 당시 국정을 장악한 권신으로서 손성의 자제를 불러 이를 고치라고 협박하였으나 손성은 이를 거부하였다.

10 위수魏收가 … 되었다 : 위수는 북제北齊의 역사가로 『위서魏書』를 지었다. 일찍이 양휴陽休의 아버지 양고陽固가 북위北魏 시절 북평태수北平太守로 학정을 저질러 탄핵을 받아 쫓겨난 일이 있었다. 위수는 양휴로부터 도움을 받은 사실을 생각해 양고가 대단히 혜정惠政이 있었는데 공사로 면관되었다고 사실을 왜곡하였다. 또 위수는 북위의 역신 이주영爾朱榮의 자제들로부터 뇌물을 받고 이주영의 악행을 줄이고 선행을 늘렸다.

증거하게 하였다'고 적었다. 장열이 몰래 몇 글자 고치기를 바랐지만 오긍이 허락하지 않고, "만약 공의 요청을 따른다면 이 역사책은 직필이 되지 않소"라고 하였다.[11]

한유韓愈가 『순종실록順宗實錄』을 짓는데 논의하는 사람이 시끄럽게 다투고 자꾸 고치기만 해서 완본이 없었다.[12] 이고李翶가 "지금의 선악은 행장行狀과 시장謚狀을 취해서 빈 말과 꾸민 말이 많습니다. 직접 사공事功을 기재하기를 청합니다"라고 아뢰었다.[13] 가위賈緯는 사관의 수찬이 되어 포폄을 하는데 애증을 마음대로 넣고 논의를 높고 강하게 해서 동료들로부터 가쇠부리[賈鐵觜]라고 지목받았다.[14] 원추袁樞가 열전을 찬수하는데

---

11 오긍吳兢이 … 하였다 : 당나라 측천무후가 연로하고 병들자 장안長安 3년(703) 무후의 권신 장역지張易之와 장창종張昌宗은 이른바 위원충魏元忠 사건을 일으켰다. 위원충이 황태자를 받들어 정변을 꾀한다는 내용의 고변으로 측천무후에게 장열張說을 불러 고변의 내용을 듣게 하였다. 장열은 장역지와 장창종으로부터 뇌물을 받았으나 송경宋璟으로부터 "사특한 무리와 당을 이루어 올바른 사람을 모함하는 것이 옳지 않다"고 충고를 들었기 때문에 측천무후에게 위원충의 반역이 사실이 아니라고 말하였고 결국 진노한 측천무후는 장열과 위원충을 멀리 유배 보냈다. 후일 유지기劉知幾, 오긍吳兢, 장열 등이 『측천실록則天實錄』을 편찬할 때, 장열은 '송경이 장열에게 충고하여 위원충 사건을 증거하게 하였다'는 기록을 발견하였다. 위원충 사건과 관련된 장열의 미묘한 위치를 암시하는 이 구절에 불만을 품고 장열은 오긍에게 이 구절을 고치기를 청했으나 거절당하였다.
12 한유韓愈가 … 없었다 : 『신당서新唐書』 권132 유지기 등의 열전의 찬문贊文에 나온다.
13 이고李翶가 … 아뢰었다 : 『구당서舊唐書』 권160 「이고전李翶傳」에 자세한 내용이 나온다.
14 가위賈緯는 … 지목받았다 : 가위는 후진後晉의 역사가이다. 후진 천복天福 6년(941) 고조高祖의 명을 받아 『당서唐書』를 편찬하였는데 오늘날의 『구당서舊唐書』이다. 또 유문과 전설을 널리 수집하여 무종武宗 이후 당말의 역사를 정리한 『당년보유록唐年補遺錄』을 지었는데 사마광司馬光의 『자치통감資治通鑑』에서 곧잘 참고하였다. 한편 가쇠부리[賈鐵觜] 관련 일화는 『속세설續世說』에 나온다.

장돈章惇에 대해서 한 마을 사람들이 그 일을 풀어줄 것을 구하였다. 원추가 "차라리 마을 사람을 저버릴지언정 천하 후세의 공의를 저버릴 수는 없다"고 하였다.[15] 소성紹聖 연간의 사관은 오로지 왕안석王安石의 『일록日錄』에 의거해 시비의 변란이 일어났다.[16] 진회秦檜는 야사를 금하였다.[17]

이로써 보건대 이른바 역사라는 것은 모두 돈을 받고 쌀을 구하고 위세를 보이고 안정顏情을 씀으로써 부림을 받아왔다. 비록 중간에 허락하지 않은 사람도 몇 사람 있었지만 몰래 고치고 자꾸 고쳤던 일도 또 얼마나 많이 있었는지 모른다. 그러니 선악과 시비가 혼란스러운데 무엇을 통해 그 진실을 얻을 수 있겠는가? 나는 그러므로 '역사책을 읽는 사람은 참으로 고사故事를 갖추어 박람博覽의 밑천으로 삼는 것은 괜찮지만 그것이 모두 진실하다고 말하면 옳지 않다'고 생각한다.

---

15 원추袁樞가 … 하였다 : 원추는 『통감기사본말通鑑記事本末』을 지은 남송의 역사가이다. 국사원國史院에서 『송사宋史』 열전 부분을 편수하는데 장돈章惇의 지손들이 장돈의 전기를 좋게 꾸며줄 것을 청탁하자 원추는 장돈이 나라를 저버리고 임금을 속였음을 강조하면서 들어주지 않았다. 장돈은 북송 철종哲宗 대 중흥 명신의 한 사람으로 왕안석王安石의 신법을 지지하였는데, 이로 인해 남송 대에 들어와 많은 비판을 받았다. 원추가 장돈을 비판한 것 역시 구법당 계열의 신법당 인식에 기반한 것이었다.

16 소성紹聖 … 일어났다 : 왕안석은 북송 신종神宗 희령熙寧 연간 집정하고 있을 때에 군신 간에 나눈 말을 기록하여 『일록日錄』을 지었다. 북송 철종哲宗 소성紹聖 연간 채변蔡卞이 이 『일록』을 사국史局에 바쳐 『신종실록神宗實錄』을 중수하게 하였다. 이후 『일록』이 세상에 널리 유포되어 신법당의 당론적 근거가 되었고 북송 정치사에 미친 영향이 지대하였다.

17 진회秦檜는 … 금하였다 : 남송 고종高宗 소흥紹興 14년(1144) 진회가 야사 금지를 청하는 상주上奏를 올리자 고종은 야사가 국사에 해롭고 정강靖康 이래의 야사를 극히 믿을 수 없다며 이를 허가하였다. 이후 사대부 가문에 소장된 사찬 사서들이 많은 수난을 당하였다.

잠깐 내가 몸소 친히 본 것으로 말해보겠다. 내가 일찍이 정조의 실록을 등수謄修하는 작업에서 기주記注의 본초本草 및 재상들의 찬정竄定을 보았는데, 권세 있는 사람은 오로지 포장을 일삼아 찬양하는 말이 아님이 없고 비록 한만하고 긴요하지 않은 말이라도 모두 자세히 적었다. 한미한 사람은 전혀 삭제하기도 하고 대충 적기도 하였다. 그러니 그것이 변화와 가감을 받아 참된 자취를 잃어버렸을 것임을 미루어 알 수 있다. 내가 과거에 합격하고 입시入侍했을 적에 임금께서 들려주신 잊지 못할 은혜로운 말씀이 거의 세상에 드문 것이었는데 하나같이 생략되었다. 다른 사람은 이와 같은 일이 없었는데 도리어 성대하게 일컬었다. 하나를 들면 나머지 셋을 돌이켜 알 수 있는 법이다.

또, 정조 대에 『태학은배시집太學銀杯詩集』[18]을 간행하라 명하였는데, 임금으로 등극한 후 응제시應製詩에서 우등優等 및 사제賜第에 해당하는 작품들을 모두 연도별로 기록하여 각각에게 하사하도록 한 것이다.[19] 어명을 받은 신하가 내각에 소장된 『어제윤발御製綸綍』,[20] 『일성록日省錄』, 『임

---

18 『태학은배시집太學銀杯詩集』: 정조 22년 정조가 성균관 유생에게 시험을 치르게 하고서 효종조의 고사를 본받아 정조가 평상시 사용하던 은배를 하사한 일이 있었다. 이때 정조는 응제한 유생들에게 시를 지어 이를 기념하게 하였는데 이를 모아 시집으로 엮은 것이 『태학은배시집』이다.

19 임금으로 … 것이다 : 현전하는 『태학은배시집』의 내용과는 다른 설명이다. 윤기가 착각한 것인지 아니면 이러한 성격을 지닌 별도의 문헌이 있었는지는 미상이다.

20 『어제윤발御製綸綍』: 조선 후기 국왕의 재위 기간 중에 내린 각종 전교傳敎와 상소초기上疏草記에 대한 비답批答을 정리한 책자이다. 현재 규장각에 정조, 순조, 헌종, 철종, 고종의 윤발이 전해지고 있으며 이 가운데 정조의 윤발은 254책이다.

헌공령臨軒功令』,²¹ 『임헌제총臨軒題叢』,²² 『육영성휘育英姓彙』,²³ 『어고은사절목御考恩賜節目』,²⁴ 『태학응제어고안太學應製御考案』²⁵ 등의 책들을 꺼내서 참조하여 편집하기를 청하였는데 임금이 인가하였다. 후에 그 책을 차례로 살펴보았는데 도리어 크게 그렇지 않았다. 자기에게 아첨하고 사정私情을 주면 크게 적고 거듭 적어 번다해도 줄이지 않았으며 장원이 아니라도 모두 초출해서 특별히 표장하였다. 이른바 인구에 회자된 시구는 대수롭지 않게 보고 쉬지 않고 칼질을 했으며 모르는 시가 나오면 줄이거나 뽑아버렸다. 과거 시험에 참여해서 처음 벼슬한 사람들의 경우에도 누구는 취하고 누구는 빼는 차이가 있었다.

시험 삼아 신해년(1791) 한 해를 말하자면 나는 응제應製하여 누차 장

---

21 『임헌공령臨軒功令』: 조선 후기 정조 때에 우수한 과거 시험 답안지를 선별하여 책자로 만든 것이다. 정조 스스로 '시문時文의 보고'라고 자부하였던 책이다. 전체 156권으로 정조 즉위년부터 몰년까지 전 기간이 망라되어 있다.

22 『임헌제총臨軒題叢』: 조선 후기 정조 때에 정조가 조정 신하들과 성균관 유생들에게 출제했던 문제를 수집하여 책자로 만든 것이다. 정조 즉위년부터 정조 23년까지의 모든 문제를 문제별로 망라하였다.

23 『육영성휘育英姓彙』: 조선 후기 정조 때에 과거 시험 응시자들의 인적 사항과 합격 사실을 정리하여 책자로 만든 것이다. 정조 즉위년부터 정조 19년까지 매년 응제방안應製榜眼을 정리한 것으로 전체 29권이다.

24 『어고은사절목御考恩賜節目』: 조선 후기 정조 때에 정조가 과거 시험 답안지를 점고點考하고 합격자들에게 시상하는 규정을 정리하여 정조 18년 절목으로 만든 것이다.

25 『태학응제어고안太學應製御考案』: 조선 후기 정조 때에 성균관 유생들의 응제應製를 정조가 직접 점고하여 관련 사실을 정리한 문서철로 생각된다. 이 문서철을 살펴서 전체 성적이 1등, 2등, 3등으로 산출되는 유생은 태학太學 재천齋薦의 규정에 따라 전조銓曹에서 의망擬望할 때 단망單望으로 주를 달아 어람御覽에 대비하게 하였다.

원이 되고 늘상 포상을 입으며 이어서 급제자로 발탁되었지만 하나도 실리지 않았고 하사받지도 못했다. 저 수십 년간 매년 크고 작은 방목榜目에서 절로 이미 그런 명백한 흔적이 있으니 오래되어 증빙할 것이 없는 일로 귀결될 수는 없으며 또 잃어버렸거나 잊어버렸다고 변명할 수는 없다. 그러니 비록 더하든 덜하든 남기든 없애든 그 사이에 자기 생각을 허용해서는 안 될 듯한데 이와 같이 어그러지고만 있으니, 모르겠지만 이 사람은 여기에서 따로 필삭筆削과 여탈與奪의 권한을 사용하고 싶어 하는데 보통 마음으로는 헤아리기 어려운 것이 아닐까? 이런 일도 이러할진대 하물며 역사책을 짓는 붓 아래에서 생기는 생각이랴!

출전_ 윤기, 『무명자집無名子集』 책12 「정상한화井上閒話」

🍂해설 —— 역사는 옛날이야기이다. 옛날의 범위가 확장되고 이야기의 방식이 변화하였다는 차이가 있을 뿐 옛날의 역사나 오늘날의 역사나 한결같이 옛날이야기라는 본질을 공유하고 있다. 옛날이야기 중에서 역사가가 관심을 기울이는 부분은 주로 옛날이다. 역사학의 전공 분야가 옛날에 의해서 편제되어 있기 때문이다. 고려시대 전공, 조선시대 전공이라는 말이 상식 아닌 상식이 되어 역사학을 지배하는 관념이 되어 있다. 하지만 역사학이 옛날의 종류에 따라 전공이 분화되어야 할 근본적인 이유가 있는 것일까?

반면 이야기에 관심을 기울이는 역사가는 드물다. 이야기에 주목하기 위해서는 똑같은 옛날이라도 서로 다른 수많은 이야기가 난립하고 경쟁하고 있음을 자각할 정도로 풍부한 이야기의 전통이 축적되어 있지 않으면 안 된다. 어떤 옛날이 하나의 이야기로 전달된다면 그 이야기는 신화가 되고 그 이야기에 대한 의심은 신성모독이 된다. 하나의 옛날에는 반드시 하나의 이야기가 있다고 믿는 구도, 옛날의 총체성이 단 하나의 진실한 이야기에 의해 독점적으로 확보될 수 있다고 믿는 구도, 그런 구도에서는 역사는 언제나 옛날에 머물러 있을 뿐이다. 옛날은 신성해지고 그것에 비례하여 이야기는 빈곤해지는 상황, 이러한 상황에서 역사학이 이야기의 종류에 따라 전공이 분화될 수도 있다는 상상은 처음부터 한가한 몽상이다.

물론 이야기 그 자체가 역사인 것은 아니다. 역사학의 궁극적인 관심사는 이야기 안에 있으면서도 이야기를 초월하는 인간의 삶이다. 하지만 이야기를 통하지 않고 과연 삶과 대면할 수 있는 것일까? 삶과 이야기는 서로 섞일 수 없지만 또한 서로 떨어질 수 없는 관계인 법. 마치 성리학에서 말하는 이기불상잡理氣不相雜과 이기불상리理氣不相離의 철학적 명제에 빗댄다면 삶은 이치[理]이고 이야기는 기운[氣]에 해당한다고 볼 수 있지 않을까? 기운을 떠난 이치가 존재할 수 없듯 이야기를 떠난 삶이 존재할 수 있을까? 삶의 진실성은 이야기의 순수성에 의해 비로소 발현되는 것이 아닐까?

이야기의 관점에서 볼 때 조선시대에 통용된 역사란 도덕주의의 관점에서 한 사람의 삶의 옳고 그름을 판단하고 평가하는 방식으로 만들어진 옛날이야기였다. 이것은 옛날을 전달하는 이야기의 한 가지 양식에 불과한 것이지만 그 시대에 가장 표준적이고 가장 정통적인 것으로 간주되었다. 이와 같은 이야기 양식과 이야기 문화에서 재현되는 옛날이 역사였기에 역사가가 되기 위해 중요한 것은 무엇보다 그와 같은 양식을 배우고 문화를 배우는 것이었다. 춘추사관에 입각해 산출된 강목체 역사는 무엇보다 성리학적 이야기 양식과 이야기 문화를 가장 훌륭하게 드러낸 것이었으리라.

윤기의 비판은 바로 이 지점에 있다. 어떤 책이 역사인지 아닌지를 변별하는 기준을 성리학의 전형적인 이야기 양식과 이야기 문화에서 구하는 것이 과연 올바른 것일까? 진실을 기록함으로써 선악의 평가가 달성되는 것이지 진실을 기록하는 이외에 다른 표준과 준칙, 곧 양식과 문화가 필요한 것일까? 공자의 위대한 책『춘추』는 어쩌면 공자가 전달하는 이야기 양식과 이야기 문화의 순정함에서 나왔다기보다 그것이 토대로 하는 역사적 문헌들의 진실성에서 나왔다고 보는 것이 합리적이지 않을까? 하지만 역사를 구성하는 문헌들은 과연 얼마나 진실을 드러내고 있을까? 윤기는『정조실록』과『태학은배시집』에서 문헌이 산출되는 과정에 개입하는 권력의 문제를 관찰하였다. 권력에 의해 문헌의 진실성이 약화된다면 아무리 공자가 붓을 쥐어도『춘추』가 나올 수는 없으리라.

윤기는 역사의 진실성이라는 측면에서 역사의 표준성을 의심하였다. 그것은 역사가 단 하나의 신성한 옛날이야기라는 통념을 부인한다는 측면에서 역사 인식의 새로운 지평을 열었다고 볼 수 있다. 그러나 사람마다 삶이 다르듯 진실은 다를 수밖에 없고, 권력에 의해 표준으로 흡수된 진실과 그렇지 못한 진실 사이에도 양자택일의 구도를 넘어서는 다양한 스펙트럼이 존재한다. 삶의 세계에서 진실과 표준은 유동적이다. 표준성의 진실성을 의심하는 전략보다 더 급진적인 것은 표준성의 다원성을 제기하는 것이다. 결정론의 시각에서 옛날을 시비하는 전략보다 더 효율적인 것은 과정론의 시각에서 이야기를 경합시키는 것이다. 하지만 그렇게 가기에는 윤기의 학풍도 윤기의 스승 이익李瀷의 학풍도 아직은 유학 사상의 전통 안에 놓여 있는 것이었다.

원문　作史之法 要在記其實而已 記實則人之善惡 事之是非 世之治亂 可按而知也 不然則黑白易幻 朱紫相混 後世之人 何由而驗當時之眞面目哉 孔子作春秋 其文則史 其義則取寓褒貶之旨 行天子之事於記實之中 苟非魯史之記實 安能如是 然則不過因其實記而筆削之耳 非於實記之外 別有權衡繩墨也 後之濡筆蟻坳者 縱不能學聖人微顯婉辨之法 獨不可師魯史之記實乎 司馬遷稱良史材 而班彪論其大弊傷道 班固譏其繆於聖人 然班生亦不免受金之名 而又有排死節否正直之譏 雖曰比良遷董 兼麗卿雲 文中子謂史之失 自遷固始 自此以下又何誅焉 楊雄作法言 蜀富人賫錢千萬 願載於書 雄不許 陳壽撰三國志 謂丁儀子曰 覓千斛米來 當爲尊公立佳傳 丁不與而不立傳 孫盛作晉陽秋 直書時事 桓溫謂盛子曰 枋頭誠爲失利 何至如尊君言 若此史遂行 關君門戶事 諸子號泣 請爲百口計 盛大怒 諸子竊改之 魏收修魏書 擧之使上天 抑之使入地 初得陽休之助 曰無以謝德 爲卿作佳傳 納爾朱榮子金 沒其惡增其善 號爲穢史 吳兢撰武后紀 書宋璟激張說 使證魏元忠事 說陰祈改數字 兢不許曰 若徇公請 此史不爲直筆 退之爲順宗實錄 議者閧然 竄定無完篇 李翶奏 今善惡 取行狀諡議 多虛美 請直載事功 賈緯爲史館修撰 爲褒貶 愛憎任情 議論高強 目賈鐵觜 袁樞修列傳 章惇以同里求釋其事 樞曰

寧負鄕人 不可負天下後世公議 紹聖史官 專據安石日錄 變亂是非 秦檜禁野
史 以此觀之 所謂史者 皆受金求米 威勢顔情之所使耳 雖間有不許者 能有
幾人 而竊改者竄定者 又不知其幾多 則其善惡是非治亂 何由而得其實乎 余
故曰讀史者 苟以備故事資博覽則可也 謂之皆實則未也 姑以親見於吾身者
言之 余嘗與於正宗朝實錄謄修之役 覽其記注本草及諸宰相所竄定者 蓋勢
家則專事鋪張 無不贊揚 雖閒漫不緊之語 亦皆悉書 孤寒者則或全沒之 或略
書之 然則其變幻增損 失其眞跡 可推而知 余之登第而入侍也 恩敎眷眷 殆
世之所無而一並略之 他人則未嘗如此而乃盛稱之 擧一可反於三 又正宗朝
命刊行太學銀杯詩集 凡登極後應製優等及賜第者 皆令逐年錄之 以賜各人
受命之臣 請出內閣所藏御製綸綍日省錄臨軒功令臨軒題叢育英姓彙御考恩
賜節目太學應製御考案諸書 參伍裒輯 上可之 後歷攷其書 乃大不然 於其所
阿私 則大書屢書 繁而不殺 雖非居魁 皆拈出特表 其所謂膾炙之句 無甚異
焉而刺刺不已 於其所不識 則略之拔之 至於決科筮仕 亦有偏取獨刪之異 試
以辛亥一年言之 余之應製 累次居魁 每被褒賞 仍擢上第 而一不載之 亦不
霑賜 夫數十年之間 每歲大小榜目 自有已然明白之迹 不可歸之於久遠無憑
又不可諉之於遺失忽忘 則雖欲增減存拔 似無可以容意於其間 而乖盭如此
未知此人於此 別欲用筆削與奪之權 而非常情之所可測耶 此猶如此 況作史
之筆下生意乎

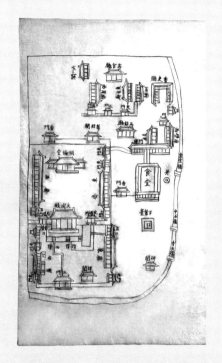

『태학지太學志』에 실려 있는 성균관의 모습

●

만년 성균관 유생이었던 윤기는 『정조실록』에서
문헌이 산출되는 과정에 개입하는 권력의 문제를 관찰하였다.
권력에 의해 문헌의 진실성이 약화된다면
공자가 붓을 쥐어도 『춘추』가 나올 수 없을 것이다.

11

경포대의 관물법

유난히도 폭염이 심했던 올 여름도 이제 말복이 지나고 썰물로 바뀔 형세이다. 휴가 기간에 산으로 바다로 여행을 떠났던 사람들도 이제 그 여행이 추억으로 바뀔 때가 되었다. 여행 중에 들렀던 매력적인 곳이 있었다면 돌아와 여행을 정리하면서 그곳에 얽힌 글을 차분히 읽어보는 것은 어떨까? 현지에서 미처 보지 못했던 것을 찾아내는 묘미도 있고 이미 보았던 것을 새롭게 보는 재미도 있을 것이다. 아, 어떤 사물을 본다는 것은 얼마나 무궁무진한 일인가? 아래에 이만수李晩秀(1752~1820)가 전하는 경포대 이야기를 소개하면서 사물을 보는 관물법觀物法을 전하고 싶다.

❧번역── 내가 일찍이 바다를 따라 동녘을 유람하며 원화동천元化洞

天¹을 두루 구경하였다. 구룡연九龍淵²에서 갓끈을 씻고 삼일호三日湖³에서 배를 당겼다. 왕명으로 떠난 일정이라 기한이 있어 아홉 고을⁴의 여러 명승을 차례로 탐승探勝하지는 못했다. 임영臨瀛(강릉)의 경포대鏡浦臺는 아홉 고을에서 으뜸이지만 멀어서 가지 못했다. 해 뜨는 지방을 한껏 구경하지 못했다는 아쉬움이 항상 마음속에서 맴돈 지가 또 10년이었다. 하루는 관동의 조 감사監司(조홍진趙弘鎭)가 내게 편지를 보내 "경포대에 최근 화재가 일어나 강릉부사 윤영尹令(윤명렬尹命烈)이 재목을 모아 공사를 일으켜 옛 경관을 회복하려 하는데, 저도 봉급을 덜어 그 공역을 돕고 있습니다. 이 일에 글이 없어서는 아니 되니 그대가 기술해주오"라고 하였다. 나는 그때 시골에서 숨어 살고 있었는데 뛸 듯이 기뻐하며 말했다. "훌륭하도다, 공이 하는 정치여! 물건이 완성되고 망가지는 것은 운수에서 기인하지만 사업이 일어나고 없어지는 것은 사람에게 달려 있다. 정치를 잘 하는 사람은 낡은 정치를 이어받아 그것을 잘 고칠 뿐이

---

1 원화동천元化洞天 : 일반적으로 원화元化는 천지의 조화를 뜻하고 동천洞天은 신선이 사는 곳을 뜻한다. 그런데 조선시대 양사언楊士彦이 회양부사로 재임 중에 금강산에 와서 만폭동의 큰 바위에다 '봉래풍악원화동천蓬萊楓嶽元化洞天' 여덟 글자를 새겼기 때문에 이후 자연스럽게 금강산 일대의 명승을 연상시키는 말이 되었다.

2 구룡연九龍淵 : 금강산 구룡폭포 아래에 있는 연못이다. 외금강 구역의 절경 중 하나로 꼽는다.

3 삼일호三日湖 : 고성군에서 5리쯤 떨어진 바닷가에 있는 아름다운 호수이다. 신라 때 영랑永郎, 술랑述郎, 안상安詳 등이 사흘 동안 여기에서 노닐며 돌아가지 않았기 때문에 삼일호라는 이름이 생겼다.

4 아홉 고을 : 관동팔경으로 이름난 고을들이다. 흡곡(시중대), 통천(총석정), 고성(삼일포), 간성(청간정), 양양(낙산사), 강릉(경포대), 삼척(죽서루), 울진(망양정), 평해(월송정)이다.

다. 잘 고쳐서 꼭 알맞게 되었다면 어딜 가든 거침이 없을 것이다. 하물며 누대이겠는가?"

임영부臨瀛府는 아득히 대관령의 바깥 깊은 바닷가에 처해 있다. 백성의 풍속이 순박하고 시정과 여염이 부유하며 집집마다 덕행이 있었다. 예부터 예국穢國의 고도라 일컬었고, 땅이 교남嶠南과 접하였다. 풍기가 따사로워 소나무 천 그루, 감나무 천 그루, 대나무 천 그루가 자라고 메벼가 구름처럼 널려 있고 물고기와 게는 부르는 게 값이다. 지방관이 풍속을 따라 다스리니 백성이 삼고三古[5]의 세상을 만난 것처럼 스스로 만족해한다. 옛날 우리 두 임금님의 행차[6]가 관동으로 와서 은택이 민간에 남아 있다. 또한 선정 문성공文成公 이이李珥가 이 땅에서 밝게 태어났다. 지금의 오죽헌烏竹軒이 이것인데 우리 정조께서 발문을 붙인 『격몽요결擊蒙要訣』이 여기에 있다.[7] 때문에 선비 된 자는 대개 모두 몸을 깨끗이 하고 행실을 가다듬어 시례詩禮를 공부하여 왕왕 조정에 천거되어 나라의 정간楨幹이 되었다. 대개 조종祖宗 400년 이래 전국에서 땅 좋고 사람 좋은 곳으로 유명하기가 임영만 한 데가 없으니 호수와 바다의 누대는 단지 그 한 가지이다.

---

5 삼고三古 : 상고上古, 중고中古, 하고下古를 아울러 일컫는 것인데 그것이 가리키는 시기는 동일하지 않다. 예컨대 복희伏羲의 시기를 상고, 신농神農의 시기를 중고, 오제五帝의 시기를 하고 라고 보는 견해가 있다.

6 옛날 … 행차 : 조선 태조와 세조의 행차를 가리킨다.

7 정조께서 … 있다 : 강릉 오죽헌에는 이이의 친필 『격몽요결』이 보관되어 있었는데 정조가 1788년 이를 가져와 열람한 뒤 제사題辭를 적어 다시 오죽헌에 보냈다.

아, 지금의 임영은 옛날의 임영이 아닌 지가 오래이다. 백성이 날로 더욱 초췌해지고 풍속이 날로 더욱 투박해진다. 비축된 물자가 날로 다하고 백성의 고혈도 날로 다한다. 고을의 사방이 텅 비어 마치 상전벽해를 겪은 것 같다. 이 고을에 부임한 사람은 신음하는 백성들을 안도시키느라 겨를이 없으니, 귀인들 마냥 가죽옷에 넓은 띠 하고 문사들 마냥 거문고에 술동이 갖고 호수와 바다의 누대에서 노래하고 잔치하며 영랑永郎의 아득한 자취[8]를 탐방하고 홍장紅粧의 옛 일[9]을 이어가고 싶어도 어찌 마음껏 뜻을 세워 온전하게 즐길 수 있겠는가? 지금 윤영尹令은 여기에 온 지 얼마 안 되어 개연히 이 대를 다시 빛내는 것을 급선무로 삼았고 강원감사도 기꺼이 이를 돕고 있는데, 이것이 어찌 단지 경치 구경하며 즐겁게 노는 도구로 삼아 한때의 사치스런 구경거리를 만들려는 것이겠는가? 그 뜻은 성조의 덕의德義를 드날리고 선철先哲의 유풍遺風을 당겨서 경經을 강학하고 시詩를 현송하며 농경과 잠상蠶桑을 권하여 일으키고 사민士民과 부로父老와 부유婦孺와 어초漁樵가 모두 생업을 편안하고 즐겁게 여겨 임영부의 반짝반짝 달라진 모습이 이 대에서부터 시작

8　영랑永郎의 … 자취 : 영랑은 술랑, 남랑南郎, 안상 등과 더불어 신라 사선四仙의 한 사람인데 경포대에서 노닐었다고 전해진다. 영랑의 자취를 기념하여 1326년 박숙朴淑이 경포대에 정자를 세우자 안축安軸이 그 기문을 지었다.

9　홍장紅粧의 … 일 : 강릉 기생 홍장에 얽힌 일화이다. 강원도 안렴사 박신朴信이 홍장을 끔찍이 아꼈는데 강릉 부사 조운흘趙云仡은 홍장이 죽었다고 거짓말을 한 후 박신을 위하여 경포대 뱃놀이를 베풀었다. 신선이 탄 것처럼 꾸며진 배에 홍장을 태웠는데 박신은 죽은 홍장이 신선이 되었다고 생각해 눈물을 흘렸다. 뱃놀이가 끝나고 홍장과 만난 박신은 비로소 이것이 조운흘의 장난임을 알았다.

하기를 원하는 것이다. 이 대는 비록 작지만 세운世運의 승강과 치도治道
의 성쇠와 관계된 것이 크다. 「운주계당기鄆州谿堂記」에서 '옛날에는 이것
을 무엇이라 하였고 지금에는 이것을 무엇이라 하는가?'라고 한 것[10]이
바로 이것을 이르는 것이니 또한 좋지 아니한가?

　나는 늙고 병들었다. 이미 한 번도 이 대에 오르지를 못했다. 해와 달
이 뜨고 지는 것을 보고, 물고기와 용이 변화하는 것을 보며, 연무와 구
름과 물고기와 새가 표표히 오고가는 것을 보아서 때 묻은 흉중을 쓸어
내고 묵은 빚을 갚아버리는 것은 다행히도 계로谿老와 녹옹鹿翁의 뒷면
지를 받아 이름을 의탁한다.[11] 마침내 사양하지 못하고 글을 쓴다.

출전_ 이만수, 「극원유고屐園遺稿」 권20 「경포대중수기鏡浦臺重修記」

　ᗜ해설 —— 여름은 관물觀物의 계절이다. 산과 바다에서 온갖 경물景物
이 우리를 기다린다. 하지만 관물에도 노하우가 있는 법. 이에 관해 조
선 말기 실학자 최한기崔漢綺는 사물로서 사물을 보는 무아無我의 관물법
과 나로서 사물을 보는 궁리窮理의 관물법을 거론한 바 있다. 적합한 예
일지 모르나 번역은 사물로서 사물을 보니 하면 할수록 내가 지워지는

---

10 「운주계당기鄆州谿堂記」…한 것 : 한유韓愈의 「운주계당시서鄆州谿堂詩序」에서 '옛날에는 사
　람들이 무엇이라 하였고 지금은 사람들이 무엇이라 하는가?' 라는 말이 있다. 이는 당 헌종憲宗
　14년 동평東平 지방이 평정된 후 동평의 핵심 지방인 운주鄆州의 인심이 이곳에 출진出鎭한 지
　방관의 선정善政으로 인해 '옛날' 보다 '지금' 이 크게 좋아진 사실을 가리킨다.

11 계로谿老와…의탁한다 : 계곡谿谷 장유張維의 「경포대기鏡浦臺記」와 귀록歸鹿 조현명趙顯命의
　「경포대중수기鏡浦臺重修記」를 참고하라는 뜻이다.

무아의 관물이요 연구는 나로서 사물을 보니 하면 할수록 내가 채워지는 궁리의 관물이 아닐까 싶다.

최한기는 무아와 궁리의 관물을 말했지만 어쩌면 관찰과 상상의 관물이 조금 더 알기 쉬울지 모르겠다. 관찰이란 글자 그대로 눈에 보이는 형상을 자연학적으로 보는 것이고 상상이란 눈에 보이지 않는 형상을 인문학적으로 보는 것인데 어떤 사람이 관찰을 좋아하고 어떤 사람이 상상을 좋아하는지는 고궁에 가면 금방 알 수 있다. 여기 경복궁 근정전이 눈앞에 있다고 했을 때 전각 안을 들여다보며 거기에 놓인 옥좌와 〈일월오봉도日月五峯圖〉를 열심히 구경하는 사람은 관찰을 하는 사람이다. 반대로 전각에 올라 마당의 품계석과 더 멀리 광화문 쪽으로 시선을 주는 사람은 상상을 하는 사람이다.

상상이라는 것이 꼭 자기 혼자 하는 외로운 공상일 필요는 없다. 사실 상상도 앞선 사람들의 매력적인 관물을 배우는 데서 시작한다. 인왕산의 경물이야 언제 보든 정선鄭敾의 〈인왕제색도仁王霽色圖〉의 모습으로부터 확연한 차이가 나는 것은 아니지만, 인왕산에 대한 관물은 사람들마다 각양각색일 수 있다. 이를테면 김상헌金尙憲(1570~1652)이 그랬듯 인왕산에 올라 산 위에서 폐허로 남은 경복궁을 내려다보며 수심에 젖어보는 것도 인왕산의 관물이고, 또 김동인金東仁(1900~1951)의 소설『광화사狂畵師』를 떠올리며 인왕산의 깊은 숲속에서 발산되는 식민지 조선의 유미주의적 광기를 살펴보는 것도 인왕산의 관물이다. 관물이란 단지 경물을 구경하고 마는 것이 아니라 수심에 젖을 줄 알고 광기를 살필 줄 아는 단계까지 가야 하는 것이다.

그렇다면 관동팔경의 하나로 손꼽히는 경포대는 어떠한가? 동해 바다를 보러 여행을 떠난다면 혹시 경포대와 마주칠지 모르는데, 이 경포대에 대한 훌륭한 관물법 하나 소개받을 수는 없을까? 만일 경포대에 올라 호수와 바다의 경물을 진지하게 감상하고 싶다면 고려 후기 안축安軸(1282~1348)의 「경포신정기鏡浦新亭記」를 권하고 싶다. 「관동별곡關東別曲」의 작자답게 경포대의 경물과 총석정叢石亭의 경물을 비교해서 총석정의 기암괴석보다 경포대의 산수에서 지극한 맛을 느낄 수 있다고 평하였다. 만일 경포대에 올라 조선 후기 강릉의 애환을 상상하고 싶다면 조선 후기 이만수李晚秀의 「경포대중수기鏡浦臺重修記」를 권하고 싶다. 이만수는 옛날의 강릉과 오늘날의 강릉, 특히 정조 대의 강릉과 순조 대의 강릉을 현격하게 대비시킨 다음 강릉이 현재, 곧 순조 대의 역경을 극복하고 다시 번영하는 새로운 시작의 거점으로 경포대가 중요한 역할을 담당하기를 희구하였다. 안축의 경포대는 호수와 바다를 향하고 있는 반면 이만수의 경포대는 강릉 읍성을 향하고 있다는 차이점은 있지만, 둘 다 고려 후기 경포대와 조선 후기 경포대를 상상하는 유익한 관물법을 제시하고 있다는 점에서는 소중한 가치가 있다.

끝으로 한 가지 팁! 요즈음에는 경포대 바닷가 백사장에서 동해 바다 위로 떠오르는 해돋이를 감상하는 것도 일품이지만, 고려 후기 사람들의 기분을 느껴볼 생각이라면 경포대에서 정동진 가는 도중에 있는 등명사燈明寺에 오르는 것도 한 가지 방법이다. 이곡李穀(1298~1351)은 1349년 금강산과 동해안 일대를 유람하고 「동유기東遊記」를 남겼는데, 이를 보면 그가 강릉에서 뱃놀이를 하다가 경포대는 해 질 무렵 올라가 일몰을 감상하였고 일출을 감상한 곳은 등명사였던 것으로 나와 있다.

余嘗遵海東遊 周覽元化洞天 濯纓九龍之淵 挐舟三日之湖 王程有

期 不能歷探九郡諸勝 臨瀛之鏡浦臺 甲於九郡 而遠莫之至 未窮扶桑之恨

常往來于中者且十年 關東伯趙公貽書于余 曰鏡浦臺新經回祿 府使尹令鳩

材董工 圖還舊觀 不佞捐廩以相其役 是不可無述 子其記之 余時屛居田間

蹶而起 曰善乎公之爲政也 夫物之成毀迫於數 事之興廢存乎人 善於政者 仍

其舊而修明之而已 修明之得其宜 則無適而不沛然 況於臺乎 臨瀛之府 邈然

處大嶺之表窮海之澨 而民俗淳厖 井閭殷富 比屋可封 從古稱穢國古都 壤接

嶠南 風氣暄姸 千章松千樹柿千本竹 秔稻如雲 魚蟹不論錢 長吏因俗而治

其民皥皥 若三古之世 昔我兩聖祖 翠華東臨 遺澤在民 亦粤先正文成公 降

彩于是地 今之烏竹軒是也 而我正廟御跋擊蒙要訣在焉 故爲士者 率皆澡躬

砥行 誦習詩禮 往往多賓于王廷 爲國楨幹 盖祖宗四百年來 樂土善俗之著於

域中者 莫如臨瀛之美 則湖海亭臺之勝 特其一耳 噫 今之臨瀛 非昔之臨瀛

也久矣 民日益悴 俗日益渝 儲胥日匱而膏澤日竭 四境蕭然 如閱滄桑 涖是

邦者 恤恤乎撫字殿屎之不暇 雖欲以裘帶琴樽嘯咏燕敖於湖海亭臺之間 訪

永郎之遐躅 續紅粧之故事 顧安得肆其志而全其樂乎 今尹令下車未幾 慨然

以斯臺之輪煥爲先務 而東伯公又樂爲之助者 豈豈爲登臨遊衍之具 侈一時

之觀瞻哉 是其意將欲揚聖朝之德意 挹先哲之遺風 講明絃誦 興勸農桑 使士

民父老婦孺漁樵 咸得以安其生而樂其業 而臨瀛一府之煥然改觀 權輿於

斯臺也 斯臺雖小 其有關於世運之升降治道之污隆大矣 鄆州谿堂記所云 昔

謂斯何 今謂斯何 此之謂也 不亦善乎 余老且病 旣不得一登斯臺 觀日月之
出沒 魚龍之變化 烟雲魚鳥之容裔往來 以盪塵胷而酬宿債 竊幸托名於谿老
鹿翁之後塵 遂不辭而書

허필許佖의 〈관동팔경도〉 중 〈경포대도〉

•

이만수는 정조 대와 순조 대의 강릉을 현격하게 대비시킨 다음,
경포대가 순조 대의 역경을 극복하고 다시 번영하는
새로운 시작의 거점으로 중요한 역할을 하기를 희구하였다.

12

아름다운 활래정

　가족과 함께 보내는 여름 휴가, 만약 행선지를 강릉으로 정했다면 선교장처럼 매력적인 집도 없을 듯하다. 어스름하고 고즈넉한 새벽녘, 뒷동산의 솔숲을 가만가만 걸으며 태곳적 자연의 신비를 느낄 수 있다. 아침식사를 마친 후 작은 도서관으로 개조된 열화당悅話堂에 들어가 물끄러미 서가를 보다가 한 권 툭 꺼내 정말 오랜만에 달콤한 독서를 할 수 있다. 중간에 바람 쐬러 잠시 고택을 거닐면 아름다운 정자 활래정活來亭과 만나게 된다. 활래정에 올라 송화밀수를 마시며 연못 가득 채운 홍련을 보노라면 세상에 이보다 호사스런 일도 없겠지 싶다.

　선교장은 열린 집이다. 영조 때 집주인 이내번李乃蕃이 처음 염전을 경영해 가업을 일으킨 뒤 순조 때 집주인 이후李垕는 열화당(1815년)과 활래정(1816년)을 건립해서 저택을 일신하였다. 선교장은 관동팔경을 탐승하러 온 많은 시인묵객이 드나들며 교류하던 살롱 같은 곳이 되었고, 외국인들의 발걸음도 이어져 한말에는 러시아 공관으로부터 차양 시설을 선물받아 열화당에 입혀졌는가 하면, 얼마 전에는 동계올림픽 개최지 선정을 위해 내한한 IOC 위원들을 위해 활래정에서 다회가 열렸다.

선교장의 아름다운 정자 활래정, 문득 이 정자의 이름 활래의 뜻이 궁금해진다. 다행히 정자에는 활래정의 초건 기문과 중건 기문이 모두 걸려 있다. 아래에서는 조인영趙寅永(1782~1850)이 집주인 이후李垕를 위해 지은 초건 기문을 보기로 하자.

🖋번역── 영동은 물이 많다. 바닷가에 있는 호수가 열 군데 있는데 경호鏡湖가 최고이다. 경호를 둘러싼 삼십 리는 마디마디 난간과 층층이 정자가 우뚝 서서 즐비하다. 그런데, 임천林泉이 족히 성품에 맞고 전원에서 족히 삶을 즐길 수 있어 물을 기다리지 않아도 절로 하나의 구역을 이룬 것으로 말하자면 다시 오죽헌과 해운루海雲樓을 꼽는다. 이것들은 경호에서 몇 리 떨어진 곳에 있다.

오죽헌과 해운루 사이에 사문斯文 이백겸李伯兼[1]의 선교장仙橋庄이 있다. 멧부리와 시냇물이 굽이굽이 이어지고 토양이 비옥해 곡식에 적당하며 과일이 썩고 물고기가 거칠면 보내고 값을 받지 않는다. 산과 바다의 아름다움을 모두 갖고 있다. 옛날 내가 금강산에서 돌아오는 길에 호수를

---

1 이백겸李伯兼 : 오은거사鰲隱居士 이후李垕이다. 그는 1815년 선교장에 열화당을 짓고 이듬해 활래정을 지어 현존하는 선교장의 규격을 갖추었다.

지나는데 백겸과 만나 술병을 쥐고 달밤에 배를 띄웠다. 이어서 선교장을 두드리고 즐겁게 놀았다. 매번 여기에 집터를 정하고 동도주인東道主人이 될 것을 기약하였다. 비록 세상의 흙먼지 속에 출몰하느라 능히 스스로 이루지는 못했지만 마음은 언제나 호수와 바다 사이에 있었다.

금년 가을 백겸이 와서 말했다. "선교장 옆에 둑을 쌓아 물을 가두어 전당연錢塘蓮²을 심고 그 위에 정자를 두어 주자의 시구 '활수래活水來'³의 뜻을 취해 '활래活來'라고 편액을 걸었네. 아침저녁으로 산책하며 스스로 즐거워하는데 내가 사는 곳은 그대도 감상한 적이 있으니 나를 위해 기문을 짓지 않겠는가?"

내가 말했다. "주자는 마음을 물에 비유하였는데 물은 본디 허경虛境일세. 지금 그대는 참으로 이렇게 맑고 잔잔한 물을 활력 있는 물이라고 하는가? 더구나 물이라 이름 붙인 것은 모두 활력 있는 것일세. 샘물은 쉬지 않고 흘러가고 우물물은 길어도 마르지 않네. 강과 바다처럼 큰 것도 물결치는 온갖 모양이 활력이 없으면 물이라 하기 어렵네. 하물며 경호와 동명東溟(동해)은 그대의 집 정원에 있는 것일세. 천만 골짜기의 시냇물이 함께 흘러가 호호浩浩하고 왕왕汪汪하여 늘어남도 없고 줄어듦도

---

2 전당연錢塘蓮 : 중국 명나라 남경 전당지錢塘池에 있는 수련이다. 강희맹姜希孟이 전당연을 조선에 들여와 재배에 성공한 후 점차 전국에 퍼졌다고 한다.

3 주자의 … 활수래活水來 : 『주자대전朱子大全』 권2 「관서유감觀書有感」 제1수에 "반 이랑 네모난 못 거울처럼 열리니 / 하늘 빛과 구름 그림자가 함께 배회하네 / 묻노니 어이하여 이다지도 해맑을까 / 근원에서 활수活水가 솟아나기 때문이지[半畝方塘一鑑開 天光雲影共徘徊 問渠那得淸如許 爲有源頭活水來]"라는 시구가 있다.

없어 그 끝을 알지 못하네. 곧 천하에 빼어난 특이한 볼거리이며 물의 활력도 이보다 더하지 않거늘 하필 집 아래 우묵한 동이 같은 데서 떨어지는 물에 구구하게 마음 쓰는가?

그러나 사람의 마음은 본디 활력이 없지 않으나 활력이 없음을 근심하는 것은 외물이 누를 끼치기 때문이네. 벼슬하는 사람은 총애를 잃을까 근심하고 서민은 이문을 쫓아다니고 선비는 옷과 음식을 마련하고 배와 수레를 탈 만한 돈이 없지. 백겸은 그렇지 않네. 거듭 춘관春官에 올라 비록 합격하지 못해도 태평하게 마음에 두지 않았네. 낙토에서 살고 명소에 자리 잡아 이미 스스로 쇄락灑落하여 구애받을 것이 없네. 그래서 영동의 여러 명승을 능히 마음껏 유람하고는 높은 산과 큰 바다도 도리어 싫증이 나자 여기 이 정자에 자취를 거두고 기심機心을 없애[4] 자기 마음에 활력을 부치기를 원한 것이라네. 그러니 마음에 맞는 곳이 정히 멀리 있지 않으며 작은 연못의 조그만 물도 호수와 바다가 될 수 있다네. 꽃나무가 햇빛을 가리고 삼단이 어지럽게 늘어서고 우거진 갈대에 이슬이 내리고 물고기와 새가 사람을 가까이하는 풍경이 곧 대강의 구경거리가 되겠지만 아직은 글로 적지 않으니 잠시 내가 다시 동해 바닷가에 놀러 올 날을 기다리게."

출전_ 조인영, 『운석유고雲石遺稿』 권10 「활래정기活來亭記」

---

4 기심機心을 없애: 『장자』에 "내가 우리 스승에게서 들으니, 기계가 있으면 반드시 꾀를 부리는 일이 있게 되고, 꾀를 부리는 일이 있으면 반드시 꾀를 부리는 마음이 생기게 된다고 하였다〔吾聞 之吾師 有機械者 必有機事 有機事者必有機心〕"라는 말이 있다.

◗ 해설 —— 강릉은 아름답다. 비 갠 이른 아침 대관령 바우길, 그 감미로운 공기와 우렁찬 냇물 소리가 어우러진 수풀의 총체성이 아름답다. 비바람이 부는 동해의 바닷가, 그 기기괴괴한 암석과 형형색색의 파도가 어우러진 바다의 총체성이 아름답다. 수풀의 총체성과 바다의 총체성을 온전히 표현하기엔 인간의 언어가 얼마나 유한한가? 자연의 총체성이 드러내는 무한의 세계는 차라리 심미적인 깨달음의 대상이 아닐까?

구극究極의 경지는 같다. 심미적인 깨달음은 꼭 자연을 보아야만 얻는 것은 아니다. 책을 읽고서도 만날 수 있다. 송대 성리학을 집대성한 주희朱熹는 일찍이 책을 읽고 환히 깨달은 바가 있어 시를 지었다. 첫 수를 소개하면 이렇다.

반 이랑 네모난 못 거울처럼 열리니
하늘 빛과 구름 그림자가 함께 배회하네
묻노니 어이하여 이다지도 해맑은가
근원에서 활수活水가 솟아나기 때문이지

하늘 빛과 구름 그림자가 함께 배회하는 맑은 연못, 그것은 마음의 본래적인 모습을 형용하는 비유적인 실체이다. 이와 관련하여 조선시대 성리학자 이황은 이 시를 이렇게 설명한 적이 있다. '반 이랑 네모난 못 거울처럼 열리니'는 마음 전체의 맑고 밝은 기상을 말한 것이고, '하늘 빛과 구름 그림자가 함께 배회하네'는 마음이 사물에 감응하여 남김없이 비춘다는 뜻이고, '묻노니 어이하여 이다지도 해맑은가'는 마음이 어떻게 맑은 본체를 갖게 되었는가를 물은 것이고, '근원에서 활수가 솟아나기 때문이지'는 천명의 본연을 밝힌 것이라고.

그렇지만 이황은 주희가 노래한 마음의 본체를 실제 연못을 보고 구하고자 하였다. 도산서당에서 가까운 천운대天雲臺에 올라 이황은 이런 시를 지었다.

> 솟아나는 활수는 하늘 빛과 구름 그림자의 거울이라
> 주자는 독서하며 작은 못에 깊은 비유
> 내가 지금에 맑은 못 위에 서보니
> 주자의 그때와 비슷하여 길이 감탄하네

주희가 책을 읽고 마음의 본체를 발견하였다면 이황은 연못을 보고 마음의 본체를 발견한 것이다.

이후가 선교장 앞마당에 연못을 파고 정자를 세워서 활래活來라는 이름을 붙였을 때 그는 주희의 시구를 알고 있었고 아마 이황의 시도 알고 있었을 것이다. 그가 굳이 정자 이름으로 활래를 선택한 것은 그것이 방당方塘을 연상시키는 시어였을 뿐 아니라 선교장 옆에 있는 경호鏡湖의 이름 '거울[鏡]'과도 호응하는 시어였기 때문이다. 맑고 깨끗한 마음의 본체는 천지를 비추는 거울이 아니던가? 경호는 둘레가 30리인데 바다까지 보일 정도로 물이 맑아 참으로 거울 같다는 명성이 있었고 아무도 익사한 사람이 없어 군자호君子湖라는 별칭이 있었다.

활래정의 진정한 뜻은 열화당悅話堂과 비교해야 드러날 것이다. '열화'라는 이름은 도연명陶淵明의 「귀거래사歸去來辭」에서 '친척과 정담을 나눔을 기뻐하며〔悅親戚之情話〕 거문고 타고 책 읽으며 근심을 없앰을 즐거워한다〔樂琴書以消憂〕'는 구절에서 나온 것이다. 속세를 버리고 고향에 돌아와 전원에서 유유자적하겠다는 마음으로 읽힌다. 그렇게 보면 활래 역시 벼슬길에 나가지 않고 심성을 수양하며 살겠다는 뜻이나 진배없다.

그렇지만 선교장 집주인이 고향에서 유유자적하기에는 조선의 정치가 평온하지 않았다. 사실 활래정 기문을 지어준 조인영趙寅永은 혜경궁 홍씨의 오촌 친척으로 정조가 1795년 화성에 행차하여 진찬을 벌였을 때 외빈으로 참석했던 인물이고, 후일 그의 질녀가 정조의 손자와 혼인하여 헌종을 낳자 헌종에 대한 보도輔導를 자임하며 조선의 세도를 놓고 안동 김문과 격돌한 풍양 조문의 지도자였다. 선교장 집주인은 이와 같은 중앙 정국의 동향에 상당히 예민한 관심을 지녔을 것으로 보인다. 이후의 아들과 손자 모두 오랫동안 서울에 체류하느라 활래정을 돌볼 겨를이 없었고, 그 결과 이후의 증손 이근우李根宇(호는 경농鏡農)가 1906년 활래정을 중건하지 않을 수 없었다는 설명에서 저간의 사정을 짐작할 수 있다. 하지만 이 모든 사연도 활래정 앞 연못에 가득한 홍련의 아름다움 앞에서는 안개처럼 사라진 전설일 뿐이다.

嶺東多水 濱海而湖十數 鏡湖爲最 環鏡湖三十里 勾欄層榭 蔚然相望 而林泉足以適性 田園足以樂生 不待水而自成一區 則又以烏竹軒海雲樓稱 是離於湖數里地也 烏竹海雲之間 有李斯文伯兼仙橋庄 岡廻溪抱 土沃宜穀 果竄魚錯 致之不以價 兼有山海之美 昔余自楓山歸路過湖 與伯兼遇 携酒泛月 因叩其庄而樂之 每欲卜地於此 約以爲東道主人 雖塵埃乾沒 未能自辦 意未嘗不在湖海間也 今年秋 伯兼來言 於庄左築堤而貯水 以錢塘蓮種之置亭其上 取晦翁詩活水來之義 扁曰活來 晨夕逍遙以自娛 吾之居 子所賞也其爲我記之 余曰 盖晦翁以心而喩諸水 水固虛境也 今子眞以是淸澈淪漣者爲活水乎 且以水名者 皆活物也 泉流而不息 井用而不竭 江海之大 波浪萬狀 不活不足爲水 況鏡湖東溟 君家戶庭之所有耳 萬壑同注 浩浩汪汪 無增無減 不見其涯涘 乃天下絕特之觀 而水之活者 無過是也 何必規規於堂坳盆盎之涓滴者乎 然人之心 本無有不活 而患不能活者 由其有外物累之也 仕宦者 憂寵辱 庶民循利 士無以爲衣食之奉 舟車之資 伯兼則不然 屢上春官雖不中 輒夷然不以爲意 處樂土據名區 已自脫灑而無拘攣矣 故東地諸勝 能恣其遊 崇嶺巨浸 反爲之厭飫 此斯亭所以斂迹息機 欲寓其活於心者 然則會心處 正不在遠 而方塘尺水 亦湖與海也 若其花樹掩映 桑麻鋪棻 白露蒼蒹魚鳥親人 卽臨眺之縣而未之述 姑竢我復遊東海之上

선교장 활래정의 모습

•

활래活來라는 이름에는 '마음의 본체'라는 의미가 담겨 있다.
그러나 활래정 주인이 고향에서 마음만 닦으면서 지내기에는
조선의 정치가 평온하지 못했다.

13

가깝고도 먼
일본의 고학

동국東國은 우리나라의 별칭이다. 왕조 하나하나로 보면 신라도 있고 고려도 있고 조선도 있지만 우리나라 일반을 가리킬 때에는 동국이라 했다. 고조선부터 시작하는 유구한 우리나라의 역사서가 다름 아닌 '동국'통감東國通鑑이었고 삼국시대까지 군현의 연혁이 소급되는 우리나라의 지리서가 다름 아닌 '동국'여지승람東國輿地勝覽이었다. 동방에 우리나라가 있다는 의식이다.

이 의식의 연원은 오래되었다. 신라 후기 최치원崔致遠 같은 이도 동인東人 의식이 투철하였음은 잘 알려진 사실이다. 유럽의 오스트리아도 그본디 이름 Österreich가 동국이라는 뜻이니 동국이라는 관념은 아시아나 유럽이나 어디에서든 나타날 수 있는 것이다. 대한제국이 명나라를 계승하는 제국이라는 우리나라의 중화 계승 의식이 로마와 콘스탄티노

플에 이어 모스크바가 제3의 로마라는 러시아의 역사의식과 비견될 수 있음과 같은 이치이다.

우리나라의 동국 또는 동인 의식에는 많은 사연이 숨어 있다. 거기에는 주로 중국에 관심을 두고 일본에 무관심한 태도를 보인다는 특색이 있다. 신숙주의 '해동'제국기海東諸國記나 김인겸의 '일동'장유가日東壯遊歌 같은 작품의 이름에서 보듯이 일본을 동東으로 인식하는 경우도 간간이 있었지만 그것이 동국東國의 상징성을 획득하고 있는 것은 아니었다. 만일 우리나라가 중국과 일본 모두에게 관심을 두었다면 우리 스스로 동東 대신 중中을 자처했을지 모른다.

실제 근대 이후 그런 징후가 보인다. 청일전쟁을 '중동'전中東戰라고 인식하는 사고의 틀이 확장되는 가운데 식민지 시기에는 일동日東(일본)과 일서日西(중국) 사이에 있는 일중日中이라는 자아의식도 나타났다. 물론 현실의 대세는 지나支那라는 이름으로 중국을 지워버리고, 나아가 동東을 독점하여 새롭게 대동아大東亞라는 영역을 창출한 일본에게 돌아갔다. 조선의 전통적인 동東과 일본의 근대적인 동東이 습합하는 혼란스런 시기에 친일 유림은 대동大東의 이름으로 이 새로운 인식 틀에 기꺼이 동참했다.

그렇게 볼 때 조선 후기가 중요하다. 중국은 이제 전통의 중화와 일치하지 않았고 일본은 아직 근대의 대동아로 이탈하지 않았으며 느슨하지만 조선, 중국, 일본 등 동아시아를 아우르는 균질적 공간으로 동문同文이라는 관념이 형성되었다. 이러한 동문의 시야에서 중국의 유학만 주시하던 조선 학계가 일본의 유학에도 시선을 주게 되었다. 18세기 전반 일본 학계에 풍미했던 고학古學의 열풍, 조선의 성리학자 김매순金邁淳 (1776~1840)은 이를 어떻게 평가하였을까?

　❤번역—— 일본의 습속은 기교가 정밀하고 전투에 익숙하나 문학은 잘하지 못했다. 그런데 명말 이래 조금씩 조금씩 글을 읽고 경생經生으로 이름난 사람이 생겨났다 한다. 근래 태재순太宰純[1]이 지은 『논어훈전論語訓傳』[2]을 얻어 보았다. 공안국孔安國, 황간皇侃, 형병邢昺의 여러 해설[3]을 조술하되 그 나라에서 이른바 적선생荻先生[4]이라 하는 사람을 '계절복고繼絶復古'[5]의 종주로 삼아 정자程子와 주자를 남김없이 논척한 것이다.

　그 학문이 전적으로 외면과 사물을 주로 삼고 마음에서 돌이킴을 기꺼워하지 않았다. 때문에 인仁을 말할 때에는 반드시 안민安民으로 풀이

---

1 태재순太宰純 : 1680년 출생하여 1747년 타계하였다. 에도시대 중기 유학자이다. 신농국信濃国 반전飯田에서 태어났다. 자는 덕부德夫, 호는 춘대春台 또는 자지원紫芝園이다. 처음에 단마국但馬国 출석出石의 송평충덕松平忠徳에게 출사했고, 사임한 뒤 교토京都에서 주자학을 공부했으며 다시 에도江戸에 가서 적생쌍송荻生雙松의 문인이 되었다. 사숙私塾 지원芝園을 열어 학생을 가르쳤다. 조래학祖徠學 중에서 경학經學 방면의 대표적 계승자이다. 주저에는 『경제록経済録』, 『성학문답聖学問答』, 『변도서弁道書』, 『춘대문집春台文集』 등이 있다.

2 『논어훈전論語訓傳』 : 태재순이 지은 『논어고훈외전論語古訓外傳』을 가리킨다. 태재순은 처음 『논어고훈論語古訓』을 지었는데, 그 후 미진한 부분을 보완하여 별책으로 지은 것이 이 책이다. 이 책은 이등유정伊藤維禎의 『논어고의論語古義』, 적생쌍송의 『논어징論語徵』과 더불어 일본 고학파古學派의 대표적인 논어 주석서로 평가된다. 현재 국립중앙도서관과 서울대학교 도서관에 1745년 간행본이 소장되어 있다.

3 공안국孔安國 … 해설 : 공안국은 전한대前漢代에 고문古文 『논어』를 처음으로 정리하였고, 황간皇侃(488~545)은 『논어의소論語義疏』를 지었고, 형병邢昺(932~1010)은 『논어정의論語正義』를 지었다.

하고 예禮를 말할 때에는 의제儀制로 풀이하고 도道를 말할 때에는 시서예악詩書禮樂으로 풀이하였다. 『논어집주論語集註』에서 말하는 본심전덕本心全德,[6] 천리절문天理節文,[7] 자연본체自然本體[8] 등의 가르침에 대해서는 반드시 입을 다해 불교의 학문이라고 매도하였다.

　그 조잡하고 천박하고 황당하고 그릇된 것이 대개 이와 같은데 특히 이치에 맞지 않는 대목이 다음과 같다.

　"사욕을 다 정화해야 천리가 유행한다는 것은 곧 불교에서 번뇌를 끊

4　적선생荻先生 : 1666년 출생하고 1728년 타계하였다. 에도시대 중기 유학자이다. 성은 적생荻生이고 이름은 쌍송雙松, 자는 무경茂卿, 호는 조래徂徠, 본성은 물부物部이다. 에도에서 출생. 31세에 류택길보柳澤吉保에게 출사하여 류택柳澤 가문의 신하로서 『진서晉書』 등을 교정하였고, 『헌묘실록憲廟實錄』의 편찬에 참여하였다. 1709년 번저藩邸를 나와 에도 시에서 자유로운 학자로 활동하였다. 40세 전후부터 명明의 이반룡李攀龍, 왕세정王世楨의 문학 이론에 영향을 받아 중국 고대의 언어와 문장을 실증적으로 연구하였고, 이를 유교 경전의 해석학에 적용하여 고문사학古文辭學의 새로운 학풍을 수립하였다. 『원수필園隨筆』, 『변도弁道』, 『변명弁名』, 『정담政談』 등의 저술이 있다. 태대춘대太宰春台, 복부남곽服部南郭 등을 필두로 많은 문인이 배출되었다.

5　계절복고繼絶復古 : 끊어진 학문을 이어서 옛 학문을 회복한다는 뜻. 일본 에도시대 학술사적 맥락에서 복고의 의미는 고학파의 관점에서 해석될 수 있다. 일본 고학파는 크게 이등유정의 고의학古義學과 적생쌍송의 고문사학古文辭學으로 대별되는데, 전자는 정주程朱를 넘어 직접 공맹을 중심으로 하는 유학을 추구한 반면, 후자는 육경六經을 중심으로 선왕先王의 도를 추구하였다.

6　본심전덕本心全德 : 『논어』 「안연顏淵」 극기복례장克己復禮章에서 집주集註는 인仁을 '본심지전덕本心之全德'이라 풀이하였다.

7　천리절문天理節文 : 『논어』 「안연」 극기복례장에서 집주는 예禮를 '천리지절문天理之節文'이라 풀이하였다.

8　자연본체自然本體 : 『논어』 「공야장公冶匠」 성여천도장性與天道章에서 집주는 천도天道를 '천리자연지전체天理自然之本體'라고 풀이하였다.

고 보리를 닦으려는 가르침이다. 마음에 있는 사욕도 이치이다. 만약 과연 다 정화한다면 사람이 아니다."

"기질이 있은 뒤에야 성性이 있다. 송나라 유학자가 맹자의 그릇된 설을 믿어 성을 본래 선하다 하고 사람들이 모두 성인이 될 수 있다고 일렀는데, 이는 불교의 견해이다."

배우는 자는 선을 행하고 악을 없애서 성인에 이른다. 성이 본래 선하지 않고 사욕이 정화될 수 있는 것이 아니며 성인이 사람들이 될 수 있는 것이 아니라면 그가 말한 배우는 사람이란 무슨 일을 하는 사람이며 그가 머리 숙여 성인의 책을 주해한 것은 또한 무슨 의도였던가? 정자와 주자를 논척한 것도 모자라 위로 맹자까지 미치니 심한 변고라 할 것이다. 또, "송나라 유학자는 벼슬하지 않는 것을 고상하게 보았으니 곧 노장의 방외方外의 도이다"라고 했는데, 정자와 주자를 겨냥해서 발언한 것이다.

일본 서적을 나는 많이 보지 못했지만 그 학술이 모두 이와 같다면 참으로 이른바 없느니만 못한 것이다. 새처럼 지저귀는 오랑캐가 대도大道를 듣지 못해 시끌시끌 한구석에서 스스로 울어대는 것이야 참으로 말할 가치도 없는 것이지만 나는 여기에서 가만히 남몰래 걱정하는 마음이 있다. 우리나라 풍기가 천박하다 보니 선비 된 자가 진실한 견해를 가진 이가 적고 신기함을 좋아하는 것이 다른 나라보다 심하다. 다행히 역대 임금이 유도儒道를 숭상하고 여러 노선생이 힘들여 천명해서 지금까지 유지할 수 있었지만 수십 년 이래 모두 무너졌다. 귀족은 방종하게 굴며 검소함을 부끄럽게 여기고, 담론하고 저술하는 사람들은 자연에서 은거함을 커다란 사기詐欺라고 생각하며, 반액半額과 필백匹帛이라도 이를 좇아 사방에서 몰려든다. 이러한 때에 태재씨太宰氏의 책이 바다를 건너오니 그 기운이 서로 감응함이로다! 구이九夷의 땅에 문명이 오래되었다. 밝은 세상이 다시 어두워지는 것이 또한 이상한 일이 아니다. 백성이 떠돌고 고을이 떠내려가는 사태에 있어서는 아마도 개미 한 마리 물거품 하나라도 소홀히 해서는 아니 될 것이다.

출전_ 김매순, 『대산집臺山集』권8 「일본 사람이 지은 『논어훈전』에 부친다[題日本人論語訓傳]」

🐚해설 —— 1909년 「대한매일신보」 논설에는 다음과 같은 유명한 내용이 실렸다. 이화서李華西(이항로李恒老)는 한국 유가의 거장이고 산기암재山崎闇齋(야마자키 안사이)는 일본 유가의 거장인데, 학술과 문장으로 비교하면 산기山崎가 화서華西 문하의 시동侍童에도 못 미치지만 화서는 유자의 책임이 일차적으로 유교의 성쇠에 있고 국가의 존망은 그 다음의 일이라고 생각한 반면, 산기는 만약 일본을 침략하는 사람이 있다면 설령 공자가 장수가 되고 안자顏子가 선봉장이 되더라도 이들을 원수로 보겠다고 생각했다는 것이다. 한국과 일본의 유학 정신의 이러한 차이점 때문에 한국은 국력이 약해지고 일본은 국력이 강해졌다는 설명도 잊지 않았다.

국망 전야 외세에 대항하여 그토록 국가주의를 부르짖은 「대한매일신보」의 심정을 모르는 바는 아니지만 국가주의를 부각하느라 일본 유학을 칭찬하고 조선 유학을 비판한 것은 문제가 있다. 유학 사상의 본질은 일국一國, 일가一家를 위한 '충효忠孝'에 있었다기보다 작게는 한 사람에서 크게는 온 천하에 이르기까지 보편적으로 작용하는 '인의仁義'에 있었다. 『논어』와 『맹자』를 읽고 진지하게 인의를 생각한 제대로 된 유학자라면 공자가 자국을 침략하는 적군의 장수가 된다는 가설적인 상황을 상상할 수 있었을까? 인의가 충효에 굴절된 일본 유학보다는 차라리 충효에 앞서 인의를 생각한 조선 유학이 유학의 본질에 가까운 것은 아니었을까? 동시기 유교를 세계평화의 기초라고 생각한 「황성신문」이 차라리 「대한매일신보」보다는 유학에 관한 식견이 높았다고 생각된다.

그러나 중요한 것은 「대한매일신보」가 똑똑한가, 「황성신문」이 똑똑한가 우열을 가르는 문제가 아니다. 20세기 초 일본으로부터 불어닥친 급격한 지식 팽창으로 혼란과 창조의 불꽃이 찬란하게 타오르던 대한제국기는 그야말로 우리나라 지성사의 황금기였다. 조선 유학의 대표와 일본 유학의 대표를 비교한다는 발상도 그랬기에 나온 것이다. 그런 관점에서 본다면 조선 유학의 대표로 이항로를 설정한 것도 흥미로운 현상이라 할 것이다. 물론 이 시기 지성계에 불어온 외풍이 일본에 국한된 것만은 아니다.

그런데 사실은 이보다 앞서 18세기 후반에 역시 한 차례 일본으로부터 불어닥친 지식 팽창이 있었다. 직접적인 계기는 1763년의 일본 사행에서 마련되었다. 이 해의 사절단은 정사 조엄趙曮, 부사 이인배李仁培, 종사관 김상익金相翊, 제술관 남옥南玉, 성대중成大中, 원중거元重擧, 서기 김인겸金仁謙 등을 필두로 약 480명의 인원으로 구성된 대규모 사절단이었다. 에도江戶까지 방문한 마지막 조선통신사였으며 역대 일본통신사 사행록 중 가장 많은 12종의 작품이 현전하고 있다. 일본 여행기의 백미는 1719년 일본에 다녀온 신유한申維翰의 『해유록海遊錄』이 손꼽히지만 조선 지성계에 집중적으로 일본에 관한 지식을 확산시킨 것은 1763년의 여러 사행록이었다.

특히 성대중의 『일본록日本錄』과 원중거의 『화국지和國志』 등은 이들이 북학파와 연결되어 있었기 때문에 영향력이 높았다고 생각된다. 『화국지』에 영향을 받은 이덕무李德懋의 『청령국지蜻蛉國志』를 보면 일본인은 "총명하지만 식견이 편협하고 예민하지만 기상이 작고 겸손하지만 양보할 줄 모르고 은혜를 베풀지만 포용할 줄 모른다"는 일본인론까지 나와 있다. 이덕무는 일본의 유명한 학자를 거론하면서 이등유정伊藤維楨(세칭 이토 진사이伊藤仁齋)과 적생쌍송荻生雙松(세칭 오규 소라이荻生徂徠)을 소개하고 있어 18세기 전반 일본 학계를 풍미했던 일본 고학古學의 양대 산맥이 조선 지성계에 포착되어 있음을 볼 수 있다.

이 중에서 조선 사회의 비상한 관심을 끌었던 인물이 적생쌍송의 문인 태재순太宰純(세칭 다자이 슌다이太宰春台)이었다. 그는 주자학의 심성론에서 벗어나 육경을 재해석하여 선왕의 제도를 회복하고자 했던 적생쌍송의 고학을 계승하여 주자는 물론 맹자까지 격렬히 비판한 인물이었다. 과연 적생쌍송과 태재순의 고학이 마루야마 마사오丸山眞男가 해석했듯 자연과 작위를 분리한 일본 근대 의식의 기원이었는지는 논의의 여지가 있겠지만, 심성론을 부정하는 일본 고학을 접한 조선 유학자들은 큰 충격을 받았을 것이다. 정약용丁若鏞이 태재순의 문제작 『논어고훈외전論語古訓外傳』의 문제점을 비판하면서도 이 책을 통해 일본 고학의 성과를 일정 정도 비판적으로 흡수하여 『논어고금주論語古今註』의 학설사적인 가치를 높였음은 잘 알려진 사실이다.

그러나 정약용과 교유한 김매순金邁淳은 태재순의 이 책에서 동아시아 주자학의 붕괴를 예감하고 있었다. 중국에서는 완원阮元이 이고李翱의 『복성서復性書』를 비판하여 주자학의 본연지성本然之性 개념을 허물고 있었고, 일본에서도 역시 태재순이 주자학의 본연지성 개념을 허물면서 맹자까지 비판하는 상황이었다. 이것은 단순히 본연지성 개념이 옳은가 그른가를 따지는 문제가 아니었다. 문제의 심각성은 완원의 고증학과 태재순의 고학이 다 같이 언어학에 도취되어 있었고 언어학의 실증주의적인 파괴력으로 육경에 관한 도덕학을 붕괴시키고 있다는 점이었다. 조선은 18~19세기 중국 및 일본과 느슨하게나마 비로소 동아시아 권역을 형성하고 있었는데, 조선이 학술적으로 만난 중국과 일본은 정작 조선이 원하는 학술에서 이탈하고 있었다. 일본의 고학은 중국의 고증학과 더불어 가깝고도 먼 존재였다.

김매순과 정약용은 일본의 고학을 읽고 서로 다른 예측을 했다. 김매순은 일본의 고학이 커다란 외풍이 되어 조선 사회를 흔들어낼 것을 근심하였다. 세도정치기 도덕이 붕괴하는 현실에서 도덕학까지 부정된다면 희망이 없다는 생각이었다. 정약용은 일본이 전례 없이 유교적으로 계몽되었기 때문에 결코 조선을 침략하지 않을 것이라는 일본론을 피력하였다. 부질없는 낙관이었다. 메이지 이전 일본 사회는 정약용의 생각과 달리 그다지 유교 도덕으로 훈육되지 않은 사회였다. 역사적으로 적중한 것은 정약용의 낙관이 아니라 김매순의 비관이었다. 가깝고도 먼 일본의 고학, 정약용은 가깝다고 느꼈기에 낙관한 것이고 김매순은 멀다고 느꼈기에 비관한 것이다. 그리고 역사는 가깝고도 먼 동아시아에서 머나먼 동아시아로 이행하고 있었다. 서양 근대 앞에 동아시아의 동문同文은 해체되었다. 하지만 이제 머나먼 동아시아에서 가깝고도 먼 동아시아로 역사가 회귀하고 있다. 전환기이다. 작년(2010년)에 정약용의 『논어고금주』와 적생쌍송의 『논어징論語徵』이 국역된 것이 전환기의 한 가지 징표인지 모르겠다. 이 막중한 시기에 우리는 일본 유학을 독해하는 키워드를 얼마나 갖고 있는가?

원문 日本之俗 精技巧 習戰鬪 文學非其長 而明季以來 稍稍有讀書稱經生者云 近得太宰純所著論語訓傳而觀之 盖祖孔安國皇侃邢昺諸解 而以伊國所謂荻先生者 爲繼絶復古之宗 詆斥程朱 不遺餘力 其學專以外面事物爲主 而不肯反之於內 故凡言仁 必以安民釋之 凡言禮 必以儀制釋之 凡言道 必以詩書禮樂釋之 遇集註本心全德 天理節文 自然本體等訓 必極口罵詈以爲浮屠之學 其粗淺荒謬 大槩如是 而尤乖悖者 有曰私欲淨盡 天理流行 乃釋氏斷煩惱修菩提之敎 心之有私欲亦理也 若果淨盡則非人也 又曰 有氣質然後有性 宋儒信孟軻謬說 以性爲本善 而謂人皆可以爲聖人 此佛氏之見也 夫學者 將以爲善去惡而至於聖也 性非本善 欲非可淨 聖非人所能爲 則彼所以爲學者何事 而所以屈首註聖人書者 又何意也 詆斥程朱之不足 上及孟氏 則可謂變異之甚矣 又曰 宋儒以不仕爲高 乃老莊方外之道 亦爲程朱而發耳 日本書籍 余不能多見 而使其學術皆如此 則眞所謂不如亡也 蠻夷鴂舌 不聞大道 啁啾咿嚘 自鳴一隅 誠若無足道者 而余於是竊有隱憂焉 我國風氣浮淺

爲士者少眞實見解 而好新慕奇 甚於他方 幸賴列聖崇儒重道 諸老先生 辛勤
修闢 得以維持到今 數十年來 撞壞盡矣 貴遊豪擧羞薄繩檢 而脣舌筆札之徒
遂以丘園爲巨詐 半額匹帛 中外靡然 於斯時也 太宰氏之書 踰海而來 其聲
氣之感歟 九種之地 文明久矣 明而復晦 亦非異事 流民漂邑 恐不可以蟻溜
而忽之也

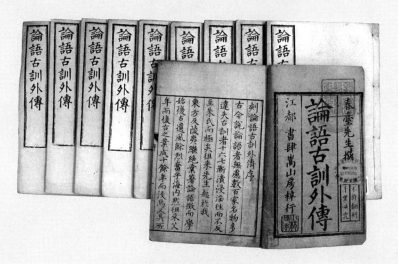

태재순의 『논어고훈외전』

·

김매순은 『논어고훈외전』에서 동아시아 주자학의 붕괴를 예감했다.
조선의 주자학자에게 일본의 고학은 청의 고증학과 더불어 가깝고도 먼 존재였다.

古典通變

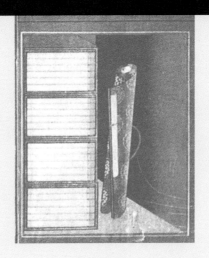

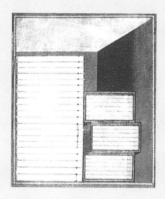

2

19세기 지성사

1

바둑
잘 두는 법

    2010년 11월 27일 폐막된 제16회 광저우아시안게임에서 우리나라는 종합 전적 2위를 달성하였다. 한국 선수들은 많은 경기에서 출중한 기량을 보여주었지만, 특히 처음으로 채택된 바둑 종목에서 남자단체전, 여자단체전, 남녀혼성전 모두 금메달을 따내 한국 바둑이 아시아 최고, 즉 세계 최고임을 보여주었다.

    돌이켜보면 20세기의 마지막 20년은 한국 바둑이 욱일승천하는 한 편의 드라마였다. 조치훈 9단은 일본 바둑계의 삼대 기전을 평정하고 본인방 10연패를 달성하였다. 특히 1986년 교통사고로 중상을 입은 몸으로 목숨을 걸고 기성전 타이틀전에 임해 분전했던 휠체어 대국은 잊혀지지 않는 감동으로 남아 있다. 국내의 기사들은 1989년 제1회 응창기배 세계바둑대회 우승을 시작으로 수많은 세계대회를 석권하였고 한국을 명실상부한 바둑 강국으로 올려 세웠다.

새로운 현실은 새로운 전략을 필요로 하는 법. 이제 우리나라는 바둑 실력은 물론 바둑 문화에서도 크게 도약할 때가 왔다. 실천적인 대국은 물론 이론적인 학문에서도 바둑학을 수립할 때가 왔다. 이 점에서 조선 시대에 산출된 다양한 바둑 관련 문헌들은 한국 바둑학의 기초적인 문화 콘텐츠로 주목된다. 과연 전통 시대 우리나라 사람들은 바둑에 관해 무엇을 생각하고 있었을까? 바둑을 어떻게 즐기고 있었을까? 조선시대 삼대 천문학자이자 세도정치기 정치가였던 남병철南秉哲(1817~1863)의 글을 보도록 하자.

◐번역── 바둑의 길은 삼백예순한 곳인데, 한 곳에서 승패가 난다. 대개 바둑은 작은 기예이나 그 술법이 매우 심오하고 은미하니 그 지극한 경지에 이르는 것은 천하의 고요한 자가 아니면 할 수 없다. 나는 바둑을 아주 좋아해서 때때로 잘 두는 사람에게 내기 바둑을 두게 시키고 구경한다. 포진에 성세가 있어 기진箕陣과 익진翼陣이 펼쳐진 것은 학정옥郝廷玉[1]이 하나같이 이임회李臨淮[2]의 유법遺法을 사용한 것과 같고, 법칙

---

1 학정옥郝廷玉 : 당나라 중기의 명장. 이광필李光弼의 막하에서 성장하여 안사安史의 난이 일어나자 전공을 세웠다. 이광필 사후 동돌궐의 부고부은仆固懷恩이 토번吐蕃과 회흘回紇의 기병을 이끌고 장안을 침입하자 이를 막아냈다.
2 이임회李臨淮 : 임회군왕臨淮郡王에 봉해진 당나라의 명장 이광필을 말한다. 곽자의郭子儀와 함께 안사의 난을 평정하여 그 전공으로 말미암아 중흥中興 제일로 일컬어졌으며, 뒤에 곽자의를 대신해 삭방朔方을 맡으면서 천하병마도원수天下兵馬都元帥로 명성을 떨쳤다.

과 궤도를 따르지 않고 임기응변하는 것은 곽거병霍去病[3]이 조박糟粕[4]을 스승으로 삼지 않은 것과 같고, 보루와 참호를 지켜 적이 먼저 침범하지 못하게 한 것은 진의 양羊·육陸[5], 명의 유兪·척戚[6]이 혁혁한 공은 없으나 스스로 패배하지 않은 것과 같다.

　　그러나 술수는 재주에서 나오고 품격은 성질에서 나온다. 세력을 넓히는 자는 간혹 자잘한 것을 빠뜨리고 약삭빠르게 따먹는 자는 대부분 대체를 모르니 커다란 것과 세세한 것을 모두 요구한다면 그런 사람은 드물 것이다. 설령 왕적신王積薪, 축불의祝不疑[7] 같은 고수가 있어도 방금 바둑이 시작되면 눈이 피로하고 마음이 타들어가 치고 지키고 빼앗는 중에 시달리다가 고아하고 청적한 취향이 대국 밖에 있는 사람에게 완전히 옮겨지고 있음을 스스로 알지 못한다. 더욱이 대국을 하는 사람은 착각에 빠지지 않음이 드물어 길은 가까운 곳에 있는데 멀리서 구하기

3　곽거병霍去病 : 한나라 무제 때의 명장. 무제의 명을 받아 여러 차례 흉노와 싸워 막남漠南과 하서河西에서 무공을 세웠다.

4　조박糟粕 : 선인이 남긴 학문의 찌꺼기. 여기서는 용병과 관련된 병서나 병학을 가리킨다.

5　양羊·육陸 : 진나라 장수 양호羊祜와 오나라 장수 육항陸抗. 양호는 진쯥의 현사賢士, 항은 오吳의 장수로 서로 맞붙은 경계를 다스렸는데, 서로 믿어 육이 양에게 술을 보내면 양이 마셔 의심치 않았고, 육이 병이 있을 때 양이 약을 보내면 육이 고맙게 받아 마셨다. 두 사람이 임지에 있는 동안 변강邊疆이 끝내 무사했다.

6　유兪·척戚 : 명明나라 장수 유대유兪大猷와 척계광戚繼光. 명나라는 남왜북로南倭北虜에 시달리고 있었는데 유대유와 척계광은 복건성에서 왜구를 격파하여 남방을 안정시켰다. 척계광은 병서『기효신서紀效新書』의 저자로 유명하다.

7　왕적신王積薪, 축불의祝不疑 : 왕적신은 당나라의 바둑 고수로, 축불의는 송나라의 바둑 고수로 저명한 인물이다.

마련이다. 바둑판 밖에서 구경하는 저 사람들이 어째서 바둑돌을 집은 사람보다 모두 잘할 수 있을까? 가슴속에 득실의 마음이 없어서 기미를 보는 것이 명백하기 때문이다. 이래서 천하의 고요함이 아니면 그다지 지극해질 수 없는 것이다.

일행一行[8]은 "빈승이 말하는 승제어乘除語 사구四句[9]를 외우면 사람들마다 국수國手가 될 수 있다"고 했는데, 나에게도 작은 비결이 있다.

"내가 스스로 다투지 않으면 남도 해를 끼치지 못한다. 마음이 편안한 곳을 구할진대 대국 바깥만 한 곳이 없다."

감히 지극하다고는 못하겠으나 신수愼修의 열 가지 요점[10]에 보탬이 될 수 있을 것이다. 옛날 육씨陸氏는 옥을 다스려 가업을 이룩하였고 하씨何氏는 인장을 새겨 양생하였다.[11] 천하의 이치는 하나이다. 이 때문에 작은 술법이라도 묘함에 진입하면 신통해져 이것을 미루어 저것에 더하고 비슷한 것을 유추해 풀리는 것이 있다. 하물며 바둑과 같이 심오하고

---

8 일행一行 : 당나라 중기의 승려. 천문학자. 선무외善無外로부터 밀교를 전수받아 『대일경大日經』을 번역하였다. 현종의 부름을 받고 장안에 가서 역법을 개편하여 『대연력大衍曆』을 완성하였다.

9 승제어乘除語 사구四句 : 수학의 승제법에 관한 네 구의 구결. 당 현종 대의 명승 일행이 수數에 뛰어났는데 수학의 구결을 바둑의 비결로 내세운 것이다. 그러나 그 실체는 분명하지 않으며 후대인의 논의도 분분하여, 왕세정王世貞은 일행의 바둑에 승제어 구결이 무관하다 보았고 반대로 전겸익錢謙益은 관계가 있다고 보았다.

10 신수愼修의 … 요점 : 송나라 반신수潘愼修는 바둑을 잘 두어서 송 태종이 자주 불러 대국을 벌였는데, 이로 인해 반신수가 기설棊說을 바치고 열 가지 요점을 들어 그 뜻을 밝히자 송 태종이 이를 보고 칭찬하였다.

11 옛날 … 양생하였다 : 미상이다.

은미한 술법이랴! 고군高君 낙여樂汝는 바둑을 잘한다. 또 나와 사이가 좋다. 육씨와 하씨의 설을 주노니 원컨대 군은 이것으로 부유하고 창성하라. 나도 이것으로 장수하고 건강하겠다. 을사년(1845) 9월 고진풍高鎭뿔 군에게 써서 준다.

출전_ 남병철, 「규재유고圭齋遺藁」 권5 「바둑에 관한 설[奕說]」

⟋해설 —— 한국에서 바둑의 역사는 오래되었다. 『삼국사기』에 따르면 백제 개로왕은 바둑을 몹시 좋아했는데 고구려에서 잠입해온 승려 도림道琳과 바둑 친구로 지내면서 도림의 말을 믿고 무리한 토목공사를 감행하다 결국 장수왕에게 도성을 빼앗기고 죽음을 당했다고 한다. 적어도 5세기 고구려와 백제에서 바둑에 능통한 불승들이 있었고 바둑을 매개로 국왕과 불승의 친밀한 인간관계가 형성되었음을 알 수 있는 예화이다. 신라에도 바둑을 잘 두는 고수들이 많았다. 신라 성덕왕이 승하하였다는 소식을 들은 당나라 현종은 신라에 사신을 파견하면서 특별히 바둑에 능한 양계응楊季膺을 보내 신라의 고수들과 바둑을 겨루게 하였다 하는데 『삼국사기』에 따르면 신라 고수들이 모두 그를 당하지 못했다고 한다.

당나라 현종은 바둑을 몹시 좋아한 임금이었다. 중국의 오랜 바둑책 『망우청락집忘憂淸樂集』에는 당 현종이 바둑을 두었다는 기록과 함께 기보가 전해오고 있으며, 현종은 안사安史의 난이 일어나 서촉으로 피난을 가면서도 당시 최고의 바둑 고수였던 왕적신王積薪이 자신을 수행하게 하였다. 그런데 사실은 왕적신보다 한 수 위였던 인물이 밀교 승려 일행

一行이었던 것 같다. 어느 날 현종이 왕적신과 바둑을 두고 있는데 일행이 현종을 찾아와 대국을 구경하였다. 일행은 본디 수학과 천문학에 조예가 깊었지만 바둑은 둘 줄 몰랐는데, 현종과의 대국을 마친 왕적신에게 대국을 청하였다. 그 결과는 막상막하였다. 깜짝 놀란 현종에게 일행은 현종과 바둑을 두는 왕적신의 행마를 관찰하고 그 법칙을 깨달아 네 구로 구결을 만들어 마음에 두고 대국한 결과 성공할 수 있었다고 밝혔다. 이후 왕적신은 일행에게 그 네 구의 구결을 가르쳐달라고 청하였고, 거기에 자기의 경험을 결합하여 그 유명한 '위기십결圍棋十訣'을 만들 수 있었다.

일행의 예화는 바둑을 두는 두 사람보다 그 옆에서 바둑을 구경하는 사람이 더 수읽기를 잘 할 수 있다는 가능성을 암시한다. 그래서일까? 남병철이 자기가 직접 바둑을 두지는 않고 남에게 바둑을 두게 시킨 다음 구경하기를 즐긴 것도, 그렇게 바둑을 구경하면서 자기의 마음을 고요하게 정돈하여 바둑을 두는 자기만의 비결을 계발한 것도, 모두 그가 일행의 예화를 의식한 행동으로 해석되는 면이 있다. 그러고 보니 일행과 남병철은 비록 불교의 승려와 유교의 사대부라는 차이점은 있으나 바둑도 좋아하고 천문학에도 조예가 깊은 공통점이 발견된다.

하지만 조두순趙斗淳(1796~1870)은 남병철의 그러한 바둑관에 동의하지 않았다. 자신이 직접 바둑을 두지는 않고 단지 대국을 구경하면서 자기 마음을 고요하게 정돈하여 바둑에 능통할 수 있다는 것이 과연 이치에 닿는 주장일까? 그는 남병철이 고진풍에게 준 앞의 글을 입수해서 읽은 다음 곧장 이를 반박하는 글을 지었다. 즉, '마음의 고요함이 깨지면 대국하는 사람도 바둑통에 손을 넣어 바둑알을 집고 행마하는 사이에 실착할 수 있지만, 구경하는 사람도 마치 한량처럼 승패에는 관심이 없이 단지 깔깔 웃으며 지나칠 수 있다. 마음의 고요함이 이루어진다면, 구경하는 사람도 팔짱 끼고 어깨 너머 승패의 귀착을 엿볼 수 있지만, 대국하는 사람도 착수의 선후를 연구하고 세밀한 수읽기를 할 수 있다. 남병철의 바둑관은 어쩌면 객관 세계에 대한 격물치지를 수행함이 없이 주관적인 마음의 수련만으로 이치에 도달하려는 육왕학陸王學의 오류를 내포하고 있는 것은 아닐까?'

　남병철이나 조두순이나 19세기 중엽 조선의 걸출한 사대부 가문의 정치가들이었다. 이들의 저택에는 전국에서 몰려든 많은 문객이 있었고, 사실 서울의 바둑 문화는 그들 중에 바둑을 잘하는 기객棋客들이 형성한 부분이 적지 않았을 것이다. 남병철의 바둑 비결과 이에 대한 조두순의 비평은 서울의 사대부와 그의 기객 사이의 애틋한 정이 담겨 있는 당시의 풍속 세태, 또 서울의 사대부와 사대부 사이에 바둑에 관한 자기주장을 주고받는 당시의 풍속 세태를 읽을 수 있는 자료로 의미가 있다. 남병철이 이 글을 지은 지 170여 년이 지난 지금 우리 사회의 바둑 풍속, 우리 사회의 바둑 철학은 어떻게 묘사될 수 있을까? 한국 바둑사와 한국 바둑 문화가 체계적으로 연구되고 정리되어 동아시아에서 한국의 바둑이 분명하게 평가될 그날이 오기를 고대한다.

奕之道 三百六十有一 一是嬴輸所由出矣 盖其爲數小數 然其術甚

深微 及其至也 非天下之靜者 莫能焉 余癖於奕 時使善之者睹賽而觀之 有

鋪列聲勢 箕張翼舒 如郝廷玉一用李臨淮遺法 不遵規矩軌度 隨機變遷 如

霍去病不師糟粕 只守壁壘壕塹 使敵不能先犯 如晉之羊陸 明之兪戚 雖無赫

赫之功 而自不見敗 然術出於才 品出於性 恢弘範圍者 或遺於瑣尾 巧點竊

偸者 多昧於大體 若備責其巨細 則鮮其人矣 設或有積薪不疑之高手 方其奕

也 目勞心焦 役役於攻守劫奪之中 而不自知其高雅淸遹之趣 全輸於局外之

人 且當局者鮮不迷 道在邇而求諸遠 彼垂手於枰外者 豈能盡勝於執碁者也

以其胷中無得失之心 故見機自明 是以非天下之靜者 不甚至也 一行曰 念貧

道四句乘除語 人人可爲國手 余亦有小訣曰 我自不競 物莫能害 求安心處

無如局外 非敢曰至也 亦可裨於愼修之十要云 昔陸氏以攻玉致家 何氏以刻

印養生 天下之理一也 是故雖小術 入其妙則通其神 有推此加彼 觸類而解者

在 況奕之爲技 深且微者乎 高君樂汝善奕 且與余好 以陸氏何氏之說贈之

願君以是富而昌 余以是壽而康 乙巳九月 書贈高君鎭豐

조선 말기 유학자 변종락邊宗洛의 초상인 〈기옹도碁翁圖〉

19세기 조선 사회에는 바둑 문화가 널리 확산되어 있었다.
한국 바둑사와 바둑 문화가 체계적으로 연구되어
동아시아에서 한국의 바둑이 분명하게 평가되기를 고대한다.

2

미래를 향한
진정한 미덕

　미래는 희미하다. 희미함이란 어두움과 밝음의 합성이다. 어두운 미래는 캄캄한 밤길과 같다. 캄캄한 밤길은 미지의 두려움으로 가득하다. 오늘 아침의 평화가 내일 아침의 평화를 약속할 수는 없다. 변화를 통찰하는 예지豫知의 눈빛이 간절하기만 하다. 밝은 미래는 해와 달의 운행과 같다. 오늘 아침에 해가 떴듯이 내일 아침에도 해는 떠오를 것이다. 불변을 기약하는 지성至誠의 힘이 미덥기만 하다.

　예지의 눈빛과 지성의 힘, 그것은 미래를 향한 두 가지 능력이다. 현재의 밝음이 끝나고 미래의 어두움이 시작될 것을 예언하는 선지자의 능력이나, 미래의 어두움에 다시 현재의 밝음을 일으키기 위해 순도殉道도 불사하는 행동가의 능력이나 모두가 소중한 미덕이다. 하지만, 둘을 비교하면 어느 쪽이 더 중요할까? 조헌趙憲(1544~1592)의 문집을 읽은 유신환兪莘煥(1801~1859)은 예지를 버리고 지성을 택한다. 그것은 무엇을 뜻하는 것이었을까?

　✑번역 — 한 번 음陰이 되고 한 번 양陽이 되는 것은 운수로 보아 그렇게 될 수밖에 없는 것이다. 음을 누르고 양을 돕는 것은 도의로 보아 그렇게 하지 않을 수 없는 것이다. 이 두 가지는 모두 자연이다. 하지만 '그렇게 될 수밖에 없는 것'은 자연일 뿐이지만 '그렇게 하지 않을 수 없는 것'은 사람을 기다려 행해진다. 사람은 천지의 중심이다. 사람이 사람이니까 천지가 천지인 것은 아닐까? 전傳에 "의지가 한결같으면 기운을 움직인다"고 했다.¹ 자연과 사람은 하나이다. 그렇게 하지 않을 수 없어서 그런 것이 그렇게 될 수밖에 없어서 그런 것을 부리는 것인 줄 누가 알까? 이 때문에 군자는 선악을 말하기 좋아하고 소인은 길흉을 말하기 좋아한다. 이를테면 음양과 복서卜筮 따위가 이것이다. 군자는 이것을 하지 않는다. 하지 않는 것은 그것이 그렇게 하지 않을 수 없는 도에 해롭기 때문이다.

　일찍이 손님에게 중봉重峯 선생이 어떤 사람인지 물어본 적이 있다.

　"도가 있는 군자입니다."

　"그러면 군자가 말하지 않는 것을 말한 것은 어째서입니까? 선생은 일찍이 하늘에 뻗쳐 있는 흰 기운 세 개를 보고는 '왜倭가 장차 세 길을

---

1 전傳에 … 했다 : 『맹자』 「공손추상公孫丑上」에 "의지가 한결같으면 기운을 움직이고〔志壹則動氣〕, 기운이 한결같으면 의지를 움직인다〔氣壹則動志也〕"라고 하였다.

나누어 우리를 공격할 것이오' 하고 사람에게 말한 적이 있습니다. 우레 같은 소리를 듣고는 '이것은 하늘이 두드리는 소리이오. 오늘 왜가 이미 함선을 출발시켰소. 여러분은 어찌 떠나지 않는 것이오?' 하고 말한 적이 있습니다. 이윽고 모두가 선생의 말대로 되었습니다. 무릇 이런 일들이 신통하다면 신통하다 하겠으나 이는 도리어 감석ㅭ石[2]의 무리들이 하는 말입니다. 어찌하여 도가 있는 군자가 감석이 말한 것을 말한단 말입니까?"

"선생은 소위 지성至誠의 도로 앞날을 알았으나 꼭 감석처럼 그 말을 교묘하게 했던 것은 아닙니다. 그대가 이를 비교해서 똑같이 보는 것은 잘못입니다."

"그렇지 않습니다. 지성이라는 것은 지극한 성인의 도입니다. 선생은 본디 도가 있는 사람입니다만, 지극한 성인인지는 모르겠습니다. 더구나 이른바 지성으로 앞날을 안다는 것은 상수象數의 설과는 다릅니다. 선생은 일찍이 정여립鄭汝立이 필시 배반할 것이라고 말한 적이 있었는데 과연 정여립이 배반하였습니다. 현소玄蘇가 돌아갈 적에 왜병이 반드시 올 것이라고 말한 적이 있었는데 현소가 돌아가자 과연 왜병이 왔습니다. 그대는 선생이 지성으로 앞날을 알았다고 생각하는 것입니까? 이렇게 보면 맞고 저렇게 보면 틀립니다. 길 중에서 세 길을 말하고 날 중에서 오늘을 말한 것은 상수의 설이 아닐까요? 나는 말을 교묘하게 하

---

2 감석ㅭ石 : 위魏의 석신부石申夫와 제齊의 감공ㅭ公이다. 두 사람이 천문을 관장하였기 때문에 천문가를 뜻하는 말로 쓰인다.

지 않고서 능히 할 수 있었다고 보지 않습니다."

손님은 대답하지 못했다. 오래 지나 선생의 문집을 읽으니 사르르 깨달음이 있다. 아, 선생에게 미치지 못하는 것이 여기에 있구나. 선생이 금산에서 싸울 적에 외로운 군사를 이끌고 강적에게 다가섰으니 그 형세가 반드시 패하리라는 것은 현명한 사람이 아니라도 알 수 있는 일이었다. 하물며 선생이 몰랐으랴? 이미 세 길로 우리를 공격할 것이라고 했고 또 오늘 함선을 출발시켰다고 했다. 앞날을 아는 것이 이처럼 신통한데 유독 금산의 전투에서 승패를 몰랐다면 어찌 그럴 리 있겠는가? 선생은 무엇 때문에 금산에서 싸우다 죽었는가? 신자臣子가 되어 그 도의로 보아 그렇게 하지 않을 수 없어서 그랬던 것이다. 자고로 싸우다 죽은 사람이 하나둘이 아니지만 선생과 같이 자기가 반드시 죽을 줄 알고 싸웠던 사람이 과연 몇 명일까? 운수로 보아 그렇게 될 수밖에 없는 것은 선생이 본디 말한 것이지만, 선생의 행동에서 보자면 하나같이 그렇게 하지 않을 수 없는 도의에서 나왔다. 그렇게 될 수밖에 없는 것이 그렇게 하지 않을 수 없는 도의에 해로운 것일까?

오호! 선생이 한번 외치니 따르는 무리가 구름처럼 모였다. 칠백 의사는 죽어도 두 마음이 없었으니 어찌 그리 장한가? 이들은 패배했지만 왜인의 사나운 기세를 충분히 꺾을 수 있었다. 왜가 감히 멀리 서쪽으로 진군하지 못한 것이 누구의 공인가? 선생의 행동에서 '그렇게 될 수밖에 없는 것'을 꼭 부리고 싶어 했다고 본다면 옳지 않다. 이것은 도리어 감석이 말한 것을 선생이 말한 것으로 만드는 셈이다. 선생에게 미칠 수 없는 것이 여기에 있구나.

오호! 세상의 군자 중에 선생의 마음을 자신의 마음으로 삼고 있는 사람이 있는가? 불행히 양구陽九³의 운수를 만났으나 또한 '그렇게 하지 않을 수 없는 것'을 생각할 따름이다. 이렇게 하지 않고 번번이 "시時라니까! 세勢라니까! 나무 하나로 대하大廈를 지탱하지 못한다니까! 손 하나로 하늘을 당기지 못한다니까!" 하고 말한다면, 아아! 이런 말을 하는 사람은 모두 선생의 죄인이로다!

출전_ 유신환, 『봉서집鳳棲集』권6 「『중봉집』을 읽고〔讀重峯集〕」

◐해설 ── 조선 중기 유학자 조헌은 친근하고 흥미로운 인물이다. 그의 문집 『중봉집重峯集』을 펼치면 권수卷首에 여덟 폭의 그림과 만난다. 즉, 몸소 밭 갈아 부모를 봉양하는 장면〔躬耕養親圖〕, 스승 성혼成渾의 노비를 손님처럼 예우하는 장면〔賓禮師奴圖〕, 도끼를 지니고 궁궐 앞에 엎드린 장면〔持斧伏闕圖〕, 도보로 마천령 고개를 넘는 장면〔徒步過嶺圖〕, 일본 사신을 목 벨 것을 청하는 장면〔請斬倭使圖〕, 청주에서 왜적을 격파한 장면〔淸州破賊圖〕, 금산에서 전사하여 절의를 지킨 장면〔錦山死節圖〕, 칠백의총이 있는 장면〔七百義塚圖〕 등을 그린 그림이다. 한 사람의 인생의 주요 장면을 이렇게 그림으로 요약하여 친근하고 흥미롭게 접할 수 있도록 만들어진 개인 문집을 다시 만나기는 어렵다.

그림의 절반이 임진왜란 당시의 활약상을 보여준 데서 알 수 있듯이

---

3 양구陽九 : 1원元, 곧 4,560년 중에서 처음 106년째와 960년째에 발생하는 9년 간의 한재旱災. 전하여 큰 재앙을 뜻하는 말이다.

조헌 하면 떠오르는 것은 임진왜란이다. 그는 임진왜란을 예언하는 많은 일화를 남긴 것으로 유명하다. 이를테면 이런 내용이다. 신묘년 7월 2일 그는 문생 박정로朴廷老와 함께 금산군수 김현성金玄成을 방문했다. 영벽루映碧樓에 올라 경치를 구경하는데 남서쪽을 보니까 홀연 붉은 기운이 동쪽에서 뻗어와 북향, 서향, 서남향의 세 갈래로 갈려 땅을 비추는 것이었다. 그는 문생에게 "풍신수길豊臣秀吉의 병사가 이미 움직였다. 내년 봄 대거 침입할 것이다. 이 기운이 가는 대로 나는 장차 모친을 모시고 공주로 피난 갈 테니 그대도 나를 따르라"고 말했다고 한다. 그는 금산군수에게도 자세히 이 사실을 말하며 충청감사를 통해 조정에 전하려고 했지만 충청감사는 당연히 이를 믿지 않아 실패로 끝났다. 이 밖에도 많은 이야기가 있다.

세월이 흐르면서 예언가 조헌의 이미지는 점점 증폭되어갔다. 유신환兪莘煥이 전하는 세 갈래 흰 기운 이야기는 『중봉집』에서 전하는 세 갈래 붉은 기운 이야기가 또다시 변용된 것으로 보인다. 18세기 이후 조선 사회에는 해도진인설海島眞人說이나 『정감록鄭鑑錄』 신앙이 확산되면서 사회적으로 예언비기가 유행하고 있었는데, 여기에 비례하여 조헌의 이미지도 예언가 쪽으로 강화된 것은 아니었을까? 19세기 중반 한양에서 주자학단을 이끌었던 유신환이 『중봉집』을 읽기 전에 만난 조헌은 바로 그러한 조헌이었다. 그러나 과연 그것이 조헌의 본모습이었을까? 유신환은 『중봉집』을 읽고 예언가 조헌에 가려진 순도자殉道者 조헌을 새롭게 발견해냈다. 예지에 열광하는 세속 사회의 감수성에 맞서 지성至誠의 길을 재조명하려는 비장한 탈세속화의 정신이었다.

정작 흥미로운 것은 유신환 이후이다. 고종 대에 들어와 조헌은 변화 무쌍한 도학자의 모습으로 환생한다. 임진왜란의 불안감을 환기하는 일본과의 위험한 수호조약 체결 당시 최익현崔益鉉은 도끼를 지니고 궁궐에 엎드려 척화를 부르짖었다. 을사늑약으로 국권이 일본에 넘어가자 일본을 성토하고 의병을 일으켰다. 도학자 조헌의 환생이었다. 임오군란 이후 고종은 조헌을 문묘에 종사하는 결단을 내리고 도학과 절의를 겸비한 거룩한 유학자로 조헌을 기념하였다. 조선 역사 최후의 문묘 종사였다. 도학자 조헌의 환생이었다. 대한제국기 박은식은 조헌이 여행 중에 길손을 만나면『격몽요결』을 권하며 적극적으로 유학을 전도했듯이 그러한 방식으로 유교의 체질을 바꾸어야 한다고 부르짖으며 대동교大同教를 창립하였다. 도학자 조헌의 환생이었다.

여기서 떠오르는 한 가지 단상. 시대 전환기 예언가 조헌에서 도학자 조헌으로의 이미지 변화를 사회적 사실로 입증할 수 있다면 근대 이행기 조선 사회의 역사적인 변화를 설명하는 인식 틀의 하나로 '유교적인 계몽주의'를 상정하는 것은 어떨까? 유교는 근대와 함께 다시 환생한 것은 아니었을까?

원문 一陰而一陽者 數之不得不然者也 抑陰而扶陽者 道之不可不然者 也 是二者皆天也 然不得不然者 天而已矣 若夫不可不然者 則待人而行 人 者天地之心也 人之爲人 斯其天地之所以爲天地乎 傳曰 志壹則動氣 天人一 也 吾安知其不可不然而然者 不使不得不然者而不然也 是故 君子喜言善惡

小人喜言吉凶 如陰陽卜筮之流是也 君子不爲也 不爲也者 爲其害於不可不
然之道也 余嘗問於客 重峯先生何如人也 曰有道之君子人也 然則君子之所
不言而言之者何也 先生嘗見白氣亙天者三 語人曰 倭將分三道攻我 聞有聲
如雷 曰此天皷聲也 今日倭已發船 諸君盍去諸 已而皆如先生言 凡此之類
神則神矣 而此乃甘石之倫之說耳 奈何以有道之君子而說甘石之所說也 曰
若先生所謂至誠之道 可以前知者也 未必工於其說 如甘石之爲 吾子比而同
之過矣 曰不然 夫至誠也者 至聖之道也 先生固有道者也 至聖則吾不知也
且所謂至誠前知者 異乎象數之說矣 先生嘗言鄭汝立必反 汝立果反 言玄蘇
歸 倭兵必至 玄蘇歸 倭兵果至 子以先生爲至誠之前知者耶 以此則可 以彼
則不可 道言三道 曰言今日者 不亦象數之說乎 吾未見不工而能之也 客未有
以應 久之 讀先生文集 渙然而悟 噫 先生之所不可及者 其在是乎 先生之戰
於錦山也 以孤軍攖强敵 其勢必敗 不待明者而後知之也 而况先生乎 旣以爲
三道攻我矣 又以爲今日發船矣 其所前知者 若是其神也 獨於錦山之戰 而不
知其勝敗 豈其然乎 何爲其戰於錦山而死之也 以爲人臣子 其道不可不然而
然耳 自古戰而死者非一 而知其必死而戰如先生者 果幾人耶 數之不得不然
者 先生固言之 而觀於先生之爲 一出於不可不然之道 其亦以不得不然 而爲
不可不然之道之害者耶 嗚呼 先生一呼 從者如雲 七百義士 有死無二 何其
壯也 其所摧敗 亦足以折倭人僄悍之勢 倭之不敢長驅而西 伊誰之功也 觀於
先生之爲 必欲使不得不然者 不然 此乃先生所以說甘石之所說者也 先生之
所不可及者 其在是乎 嗚呼 世之君子 亦有以先生之心爲心者乎 不幸而丁陽
九之數 亦思所以不可不然者而已矣 不此之爲 輒曰時也 勢也 一木不可以支
廈 隻手不可以擎天 嗚呼 爲此說者 其皆先生之罪人乎

임진왜란 당시 조헌이 금산에서 일본군과 싸워 전사한 장면을 그린
〈금산사절도錦山死節圖〉
•
조헌은 자신이 죽을 줄 알면서 왜 죽음을 피하지 않고 죽음을 택했을까?
유신환은 예언가 조헌에 가려진 순도자 조헌을 새롭게 발견해낸다.
예지에 열광하는 세속 사회에 맞서 지성의 길을 재조명하려는 비장한 정신이었다.

3

서울에 퍼진
가짜 도학의 소문

　주류 문화가 확산되는 과정에서 많은 아류 문화가 생기는 법이다. 조선시대 유교 문화도 그러했다. 홍한주洪翰周(1798~1868)는 1820년대 이래 많은 소문을 남긴 윤광현尹光鉉의 이야기를 전하며 서울에서 가짜 도학의 유행을 경계한다. 가짜 도학이란 무엇인가? 그것은 조선 후기 유교 사회의 세속화 과정의 산물이다. 주류 문화에 근접하려는 문화적 욕망을 지닌 아류 문화의 표출이다.

　🖋번역 —— 왕원미王元美[1]가 말했다.

---

1 왕원미王元美 : 명말의 문인 왕세정王世楨(1526~1590)을 가리킨다.

"자칭 도학道學이라 이름 붙인 자는 모두 비루한 유자儒者가 꾸며낸 것으로 탐욕스런 무리의 소굴이다."

이 말은 혼란스럽고 천박하니 명교名教의 죄가 되기에 충분하다. 하지만 고금에 보면 거짓 군자, 가짜 도학으로 세상을 속이고 명성을 훔친 자들도 없지는 않았다.

근세에 남성南城 밖에 윤광현尹光鉉이란 자가 있는데 가세家世가 한미하여 처음부터 어떤 사람인지 몰랐다. 그런데 경전에 통달하고 옛것을 배웠다고 자칭하고 걸핏하면 본성과 천명, 이치와 기운을 담론하는데 호학湖學을 주로 하였다. 그를 좇아 배우는 사람들이 제법 많았다.

그 처도 학식이 있어 문사에 능하고 예법을 잘 말하였다. 사족 가문에서 간혹 의심스런 예법을 갖고 와서 물으면 반드시 여러 유학자들의 예론禮論에 의거하여 이를 취해 답하였다. 그 학문이 실로 윤광현보다 나았다. 하지만 매양 본성을 논할 적에 그 처는 전적으로 낙학洛學을 주로 하였다. 때문에 부부가 서로 견해가 달라 반드시 언성을 높여 시끄럽게 다투다가 그쳤다. 부녀자가 예법을 설명할 줄 알고 본성을 설명할 줄 안다는 것은 옛날에 들어본 적이 없다. 다만 윤광현은 소략하고 괴상한데 함부로 자기를 유학자인 척하니 비웃는 사람들이 많다.

참판 유진오兪鎭五 경중景中[2]이 나이 어려 아직 과거 시험에 합격하지 못했을 때 일이다. 한번은 여름날에 젊은이들을 데리고 용호蓉湖의 읍청

---

2 참판 … 경중景中 : 유진오는 1808년생으로 1829년에 문과에 합격하였고 1865년 이조참판에 올랐다. 경중은 유진오의 자字이다.

루抱淸樓[3]에 놀러간 적이 있었다. 참외를 사서 함께 먹으며 맨발로 즐겁게 놀고 있는데, 갑자기 어떤 사람이 대나무 갓끈에 해진 갓을 쓰고 긴 도포자락을 끌고 바른 걸음걸이로 올라왔다. 따라온 선비들도 대여섯 명 되었다. 경중이 막 옷을 여미자 그 사람은 난간에서 경치를 구경하다 갑자기 손을 들고 돌아보며 말했다.

"강한호호의江漢浩浩矣[4]로다."

문생들이 손을 모아 대답하였다.

"그렇습니다."

그는 마침내 서둘러 주머니를 더듬어 종이와 붓을 꺼내 곧바로 글을 적었다. 선생이 문생들을 돌아보며 "강한호호운운江漢浩浩云云" 하며 말하자, 그가 말할 때마다 모두들 듣는 대로 즉시 글을 적는 것이었다.

경중이 이윽고 참외를 갖고 그 사람을 향해 나아갔다.

"강한호호江漢浩浩가 무어 특별한 것이 있겠소? 이것을 먹는 것만 못하오."

그 사람은 눈썹을 찌푸리고 대답하지 않았다. 문생들을 돌아보며 "여기는 오래 머무르기 어렵겠다" 하고는 황망히 정자를 내려갔다. 문생들도 생선 꿰미처럼 뒤를 따랐다.

---

3 읍청루抱淸樓 : 한양 서부西部 용산방龍山坊에 있던 정자이다.
4 강한호호의江漢浩浩矣 : '한강이 넓고 넓구나'라는 뜻이다. 진자앙陳子昻의 시에 "강한호호이장류江漢浩浩而長流, 천지거연이부동天地居然而不動"이라는 시구가 있다. 여기서는 한강을 고상하게 강한이라 표현한 것이다.

나중에 들어보니 이 사람이 윤광현이었다. 대개 거짓 학문으로 명성을 훔치는 것이 이와 같았다. 옛사람은 문중자文中子를 성인의 우맹優孟이라고 했는데[5] 윤광현 같은 자야말로 족히 학자의 우맹이라고 이를 만하니 우습지 않은가? 경중이 일찍이 이런 말을 내게 한 적이 있었는데 듣는 자가 포복절도하지 않는 이가 없었다.

출전_ 홍한주, 「지수염필智水拈筆」 권8

🍂해설 —— 흔히 조선시대 성리학의 삼대 논쟁으로 사칠四七 논쟁, 호락湖洛 논쟁, 심설心說 논쟁을 꼽는 경우가 많다. 사칠 논쟁은 인간의 도덕적 감정인 사단과 일반적 감정인 칠정을 철학적으로 해석하는 문제를 놓고 전개된 것이다. 호락 논쟁은 다양한 쟁점이 있었지만 특히 사람의 본성과 사물의 본성은 근원적으로 같다고 보아야 하는가, 아니면 다르다고 보아야 하는가 하는 문제를 중심으로 전개된 것이다. 심설 논쟁은 인간의 마음에 도덕적인 실천의 근거를 확보하기 위해서는 마음의 능동성을 강조할 것인가, 아니면 마음에 대한 규율을 강화할 것인가를 놓고 전개된 것이다.

논쟁이 중점적으로 전개된 시기와 그 시대적 함의는 서로 각각 다르다. 사칠 논쟁은 16세기 중반 혼탁한 사화士禍의 시기에 인간의 도덕을

---

5 옛사람은 … 했는데 : 문중자文中子는 수나라의 유학자 왕통王通을 가리킨다. 우맹優孟은 초나라의 악인으로 초나라 재상 손숙오孫叔敖가 죽은 뒤 손숙오의 곤궁한 자제들을 돌보려고 손숙오처럼 행세했는데 임금과 좌우 사람들이 이를 분간하지 못했다고 한다. 문중자를 성인의 우맹이라고 한 것은 공자가 육경을 산정한 것을 모방해 왕통이 육경의 속편을 지었기 때문이다.

세우려는 실천적인 문제의식과 관계있었다. 호락 논쟁은 18세기 조선 사회의 경향京鄕 분리에 조응하여 사대부적 자아를 형성하는 문제의식과 관계있었다. 심설 논쟁은 19세기 후반 민란과 양요의 혼란에 직면하여 유교적인 주체를 재건하는 문제의식과 관계있었다. 논쟁의 세부적인 내용은 달랐으나 자신의 시대를 성찰하는 진지한 물음이라는 점에서는 동일한 것이었다.

그러나 여기 홍한주洪翰周가 전하는 서울의 가짜 도학 이야기를 보면 이와는 전혀 다른 분위기의 성리학이 있었음을 알 수 있다. 그것은 조선 사회의 세속화 과정에서 나타난 겉모양의 성리학, 모방의 성리학, 연출의 성리학이다. 소문의 주인공 윤광현은 도무지 내력도 알 수 없는 정체 불명의 인물로 적어도 1820년대부터 서울에서 활동하고 있었던 것으로 보인다. 그는 유학자로 보이기 위해 대단한 열성을 기울인 듯, 한여름에 정장을 하고 자기 제자들까지 대동해서 피서객이 있는 정자에 오른다. 서울의 진짜 양반은 맨발로 참외를 먹고 있는 중이지만 도리어 그는 한강을 바라보며 근엄하게 '강한호호'라는 문자를 쓰며 제자들에게 받아 적게 한다.

이보다 더 압권은 윤광현의 집에서 벌어지는 부부싸움 이야기이다. 18세기 호락 논쟁은 어디까지나 사대부들 사이의 철학 논쟁이었는데 이제 19세기 전반에 이르면 서울에서 정체불명의 부부 사이에 이웃이 다 들을 정도로 시끄럽게 발산되는 집안싸움이 된 것이다. "부부 싸움을 하더라도 유식한 철학 논쟁으로 한다니 참으로 교양 있는 부부이구나." 당사자들은 이런 소문이 나기를 바란 것인지는 모르겠으나, 정작 서울 사대부의 눈으로 볼 때에는 전통 있는 고상한 철학 논쟁이 어쩌다 이렇게 교양 없는 부부의 언쟁으로 타락했는가 하는 생각이 들었을 것이다. 다만 모자란 남편이 호학湖學을 주로 하고 똑똑한 아내가 낙학洛學을 주로 한다는 발상은 설사 이런 소문의 내용이 진실이었다 할지라도 낙학의 본거지인 서울 사대부들의 당파적인 의식이 작용한 면도 없지는 않다.

하지만 홍한주가 개탄하는 모방의 성리학이 과연 그렇게 나쁜 현상이라고만 보아야 할까? 조선 후기 유교 교양이 확산되면서 족보가 있는 양반 계층뿐 아니라 내력을 모르는 비양반 계층도 유교를 사용해 자신의 문화적 가치를 상승시키고자 하는 열망이 타오르고 있었다. 본래적인 유교 교양을 갖추고 있던 양반 사대부들은 유교 교양의 확산 과정에서 파생되는 새로운 계층의 어설픈 모방적인 유교 문화가 '가짜 도학'으로 우려되었겠지만, 부부 싸움도 근사하게 호락 논쟁으로 하고자 하는 신흥 계층의 유교적인 문화 욕망을 그렇게 간단히 '가짜'라고만 몰아칠 수는 없는 것이었다. '가짜'의 확산은 '가짜'와 차별성을 갖는 '진짜'를 다시 정립하는 문제를 제기하는 법. 과연 홍한주를 포함한 서울 양반들은 '진짜' 유학을 어떤 문화 전략으로 만들고자 했을까? 단지 포복절도하며 '가짜'를 비웃는 것만으로는 충분치 못했을 터이다.

원문 假道學

王元美謂以道學自命者 皆陋儒之粉餙 貪夫之淵藪 此言未免淸薄 足爲名敎之罪科 而古今亦不 無僞君子假道學 以欺世盜名者矣 近世南城外 有尹光鉉

者 家世寒微 初不知何許人 而自謂通 經學古 動輒談說性命理氣 主湖學 從學者頗多 其妻亦有學識 能文辭善說禮 士族家或以疑禮 來問 必援据諸儒之論 錄以答之 其學實勝於光鉉 然每論性 其妻專主洛學 故夫婦異見 必與盛氣相爭 闃然而罷 閨閤之能說禮說性 古未聞也 但光鉉矗率崖異 妄自擬儒者 人多笑之 兪參判 鎭五景中 年少未第時 嘗於夏日 携少輩出遊 蓉湖之挹淸樓 買眂芘共喫 脫足嬉戱 忽有人 竹纓 弊笠 曳長袍矩步而上 從人士亦五六 景中方歛筯 其人當檻眺望 忽擧手顧謂曰 江漢浩浩矣 諸 生拱手對曰 然矣 遂急探奚囊 出紙筆立草 先生顧謂諸生曰 江漢浩浩云云 而其人有發言 則輒皆隨聞隨草 景中仍以眂芘 向其人進曰 江漢浩浩則有何別事 不如喫此矣 其人蹙眉不答 顧諸生曰 此難久留 遂忙下樓去 諸生亦魚貫以從 後聞之 是尹光鉉也 盖僞學之盜名 多如此 古人以文中子爲聖人之優孟 如光鉉者 足可謂學者之優孟也 不亦可笑乎 景中嘗以是語余 聞者無不絕倒

조선 후기 호락 논쟁의 양상을 보여주는 『호락문답湖洛問答』

•

사대부들 사이의 철학 논쟁이었던 호락 논쟁이
19세기에 이르면 정체불명의 부부 사이에서 벌어지기도 했다.
하지만 이러한 모방의 성리학을 나쁜 현상이라고만 보아야 할까?

4

서울의
새로운 인간 군상

시대의 변화는 인간형의 변화를 낳는 것일까? 공자의 가르침을 토대
로 형성된 전통적인 군자-소인의 인간형은 19세기 조선의 서울 양반
사회에서 더 이상 현실적인 설득력을 잃어가고 있다. 서울 양반의 한 사
람이었던 이응신李應辰(1817~1887)은 이제 서울에서는 군자와 소인이
합쳐져 모두 유속流俗이 되었다고 진단하며 차라리 소인이라도 보고 싶
다는 우울한 마음을 토로한다. 그는 무엇을 근심한 것일까?

번역—— 천하 국가를 다스림에 없애지 않으면 안 되는 것, 소인小人
과 유속流俗이 그것이다. 임금과 굳게 결탁하고 패거리를 널리 심는다.
참혹하게 남을 해치고 교묘하게 자기를 살찌운다. 독사와 맹수 같이 마
음먹고 사귀邪鬼와 요부같이 행동한다. 사이를 비집고 틈을 타서 국가에

해악을 끼친다. 음흉하고 사악하고 속 다르고 속이는 것이 비할 데가 없다. 소인의 환난이다.

나아가 군자가 될 수 없고 물러나 소인이 될 수 없다. 옳고 그름의 중간에 몸을 두고 맑고 더러움의 중간에 종적을 던진다. 집 안에서는 구속이나 검속이 없고 집 밖에서는 모나게 굴지 않는다. 패션이나 취미는 남들을 따라하고 말과 행동은 시세와 부합해서 한다. 표 나게 정직해서 명성을 취하지 않고 올바르게 행동해서 미움을 받지 않는다. 즐겁고 즐거운 듯이 친하고 사랑하며 따스하고 따스한 듯이 공손하고 삼간다. 환히 아는 듯 두루두루 통해서 비방하는 소리가 미치지 않는다. 하지만 재물의 이득을 얻으려는 욕심과 진출해서 빼앗으려는 속셈으로 밤낮으로 일을 꾸며내는 버릇이 몸에 단단히 붙어 풀리지 않는다. 심술이 망가지고 풍속이 전염되어 혼탁하고 비루해 더불어 일할 수 없다. 유속의 환난이다.

그러므로 국가를 다스리는 데 유속을 고치지 않는다면 정색하고 창언하는 신하가 조정에 없을 것이다. 영토를 방어하고 환난을 막아내는 관리가 변경에 없을 것이다. 독실하게 공부하고 힘써 실천하는 선비가 학교에 없을 것이다. 윗사람을 친히 하고 장자長者를 위해 죽는 백성이 경향에 없을 것이다. 이 네 가지가 없다면 나라가 어찌 나라가 될 수 있을까. 유속의 해로움은 물론 소인과 같은 경지는 아니지만 소인보다 심한 점도 있다. 소인은 화火라서 박멸할 수 있다. 유속은 수水라서 빠져들지 않는 사람이 없다. 소인은 구부러지고 나쁜 나무라서 가끔 나타나는 것이다. 유속은 누런 띠풀이나 하얀 갈대라서 땅을 온통 뒤덮고 있는 것이 모두 이것이다. 그 재앙이 불어나고 그 무리가 번식하는 것이 과연 얼마나 많은가?

그러나 인가人家의 부형은 자제가 소인이라는 말을 들으면 옳다고 생각하지 않지만 유속이라는 말을 들으면 그다지 마음 상하지 않는다. 그형세가 장차 온 천하가 유속이 될 것이다. 옛날에는 군자와 소인이 서로성쇠盛衰를 번갈아 하였다. 음과 양이 대대待對하는 법이라 군자가 있으니 소인이 있는 것이다. 후세에는 군자와 소인이 합쳐져 유속이 되었다. 그러니 소인이라도 나오면 그래도 볼 만한 세상이다.

출전_ 이응신, 「소산문집초고素山文集鈔稿」 「유속을 징계한다[懲俗]」

🐚해설── 군자와 소인이란 말처럼 우리 귀에 친숙한 말도 없다. 유교 문화권에서 거룩한 성인으로 추앙받는 공자는 제자들에게 곧잘 군자와 소인에 관해 말하곤 했다. 이를테면 공자는 "군자는 남과 화합하되 부화뇌동하지 않지만[和而不同] 소인은 남과 부화뇌동하기만 할 뿐 화합할줄 모른다[同而不和]"고 하였다. 공자는 제자들에게 인생의 지혜를 가르치면서 상반된 인간 유형으로 군자와 소인을 대비시키고 군자의 삶을 지향할 것을 당부한 것이다.

공자의 인간학은 그 후 세월이 흘러 철학적인 체계가 입혀져 주자의 도덕학으로 거듭나게 되었다. 이에 따라 공자의 인간학에 포섭되어 있던 군자와 소인도 도덕주의적인 관점에서 더욱 엄격한 의미를 부여받게 되었다. 즉, 자기로부터 시작해서 천하에 이르기까지 적극적으로 선을 실천해서 천리天理를 실현하는 주체가 군자라면, 소인은 이와 반대로 적극적으로 악을 실천해서 인욕人欲을 실현하는 주체로 인식된 것이다.

　모든 사람들이 본질적으로 선을 추구하는 군자와 악을 추구하는 소인으로 구성되어 있다는 것, 그런 관점에서 본다면 이상적인 도덕 사회를 만들기 위해 한 나라의 임금이 해야 할 일은 우선 임금 자신이 스스로 도덕군자가 되겠다는 확고한 목표를 세우고, 함께 나라를 다스리는 신하들 중에서 누가 군자이고 누가 소인인지 명확히 판단할 수 있도록 공부를 열심히 하는 것이었다. 조선시대에 신하들이 임금에게 자주 경연을 열어 유학을 공부할 것을 충고한 것은 대개 이 때문이었다.

　그렇게 볼 때 이응신李應辰이 살았던 19세기 조선 사회는 전형적인 조선시대를 벗어난 것처럼 보인다. 적극적으로 정치적인 선을 추구하는 군자도 사라졌고 적극적으로 정치적인 악을 추구하는 소인도 사라졌다. 그 대신 군자도 아니고 소인도 아니며 아예 군자-소인의 차원을 떠나버린 새로운 인간형으로 유속이 대두하였다. 유속은 정치에 관심이 없다. 도덕에 관심이 없다. 관료적인 처세술과 세속적인 쾌락감으로 가득차 있을 뿐이다. 서울 백악산 아래에 살며 하얀 산白岳의 뜻을 취해 소산素山이라 자호한 당대의 문인 이응신이 관찰한 이와 같은 유속은 주로 서울 양반 관료들의 행태였을 것이다. 유행에 민감하고 시세를 통찰하고 무난하게 사교생활 하면서 부와 권력을 쟁취한다는 묘사가 그러하다.

　그런데 서울에 유속이 확산되어 군자와 소인이 사라졌다는 이응신의 문제 제기가 사실이라면 과연 19세기 조선 사회의 이러한 현상에 어떤 의미를 부여할 수 있을까? 이것은 서양 중세의 보편적인 규범주의가 해체되고 세속적인 문화가 발달하는 문예부흥기의 국면과 닮아 보이기도

한다. 또는 도덕과 정치를 분리한 정약용의 근대적인 정치철학이 등장하는 사회적 배경으로 비치기도 한다. 아니면, 이와 다르게 조선시대 정치사에서 기왕에 적극적으로 도덕 정치를 추구한 붕당정치나 그것이 변용된 탕평 정치의 전통이 침체되고 세도정치의 장기적인 그림자 속에서 형성된 퇴영적이고 무기력한 정치 문화의 발생으로 읽힐 수도 있다.

그러나 그 후의 역사를 보면 이응신이 비판한 서울의 유속에 대한 낙관적이고 낭만적인 역사적 상상은 계발되기 어려울 것 같다. 1910년 1월 「황성신문」의 주필은 서울 벌열 가문의 자손들이 매국 흉당 일진회의 노예가 되어 일진회─進會가 청원한 한일합방을 찬성하였다고 극렬히 비판하면서 자신의 서울 체험을 소개한 일이 있다. 이에 따르면 그가 처음 시골에서 서울에 왔을 때에는 대개의 사대부들이 탐학했지만 그래도 남촌과 북촌에는 몇몇 어진 사대부가 있어 세리를 추종함을 개돼지처럼 보는 풍도가 있었으나 10년 후 서울에 다시 왔을 때에는 서울에서 이런 청류淸流가 전혀 보이지 않았다고 한다. 그는 이러한 풍조의 연장선상에서 국망에 관한 한 일진회의 한일합방 청원에 찬성한 서울 벌열 가문의 자손들을 매국의 유속으로 인식한 것이다. 이들은 일진회처럼 적극적으로 한일합방을 청원한 것이 아니라 '유행에 민감하고 시세를 통찰하고 무난하게 사교생활 하는' 차원에서 일진회를 찬성하여 기득권의 유지를 노린 것이다. 가히 유속다운 모습이었다. 이응신이 근심한 유속의 폐해가 현실화된 것이다.

爲天下國家 有不可不去者 小人與流俗是已 夫固結人主 廣樹朋黨 憎於傷人 工於封己 其設心如毒蛇猛獸 其行事如邪鬼艶婦 投間抵巇 禍家凶 國 陰賊秘詭 不可方物者 小人之患也 進不欲爲君子 退不能爲小人 處身於 可否之間 托迹於淸濁之中 居家則無拘檢 涉世則沒主稜 衣服玩好徇乎人 言 語動止合乎時 不標直以取名 不直諒以見忤 款款若親愛 溫溫若恭謹 了了若 周通 訾謗無所及 而貨利之欲 進取之計 晝夜營爲 膠固不解 心術壞敗 風氣 漸染 汚下卑鄙 不可與有爲者 流俗之患也 故爲國家而不革流俗 則朝廷之臣 無昌言正色者矣 封疆之吏 無禦蓄捍患者矣 庠序之士 無篤學力行者矣 都邑 之民 無親上死長者矣 無此四者 國其爲國乎 流俗之言 宜若不至如小人 而 尤有甚焉 小人火也 猶可撲滅 流俗水也 鮮不陷溺 小人曲木惡樹也 往往有 之 流俗黃茅白葦也 彌望皆是 其禍之滋蔓 其徒之寔繁 果如何哉 然人家父 兄聞子弟爲小人 則不謂之可 而爲流俗則無傷也 其勢將率天下而俗也 古者 君子與小人 相爲消長 蓋陰陽對待 有君子則有小人 後世合君子小人而爲流 俗 然則小人之出 尙可以觀其世也.

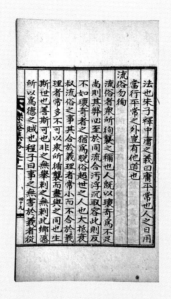

강진규姜晉奎의 『역암집櫟菴集』에 수록된 가훈家訓 중에 있는 「유속물순流俗勿徇」

•

이응신이 본 19세기 조선 사회는
군자와 소인이 사라진 유속들의 사회였다.
훗날 서울 벌열가의 유속들은 한일합방 청원에 동참했다.

5

만학에서 초학으로

한 학자의 일생에서 초학과 만학은 다르다. 학문을 시작하는 시기가 초학이라면 학문을 완성하는 시기가 만학이다. 초학과 만학의 시기는 학자마다 다를 수 있는데 아호雅號의 출현이 한 가지 준거점이 될 수는 있다. 명종 대 예안의 산중에서 비로소 '퇴계'로 거듭난 이황의 일생에서 그 이전 중종 대의 이황은 퇴계 이전의 퇴계였다. 순조 대 강진의 유배지에서 비로소 '다산'으로 거듭난 정약용의 일생에서 그 이전 정조 대의 정약용은 다산 이전의 다산이었다. 퇴계 이전의 퇴계, 다산 이전의 다산은 만학의 전형성에 가려진 초학의 신세계이다.

여기 경상도 선산 임은 출신의 유학자 허훈許薰(1836~1907)이 있다. 이황-정구鄭逑-허목許穆-이익李瀷-안정복安鼎福-황덕길黃德吉-허전許傳의 학통을 계승하는 인물로 그 문하에서 장지연張志淵이 배출되었다. 그

179

는 만년에 도산서원의 동주洞主와 병산서원의 원장院長을 지내며 퇴계학의 정점에 올라섰지만 기실 그가 초년에 몰입했던 학문은 조선시대 육경학의 주창자인 허목의 학문이었다. 아래에 허훈의 초학이 형성된 과정을 읽으며 사상사 연구의 방향성을 생각해본다.

◐번역 —— 세상에서 문집이 유행함은 옛날에 없던 일이다. 시대가 내려올수록 문화가 더욱 번성하고, 문화가 번성할수록 원기가 더욱 분열되어 예스러운 글이 나타나지 않아 그렇게 된 뒤에야 문집이 출현한 것이다. 진晉·당唐 이후 경생經生과 숙유宿儒가 각각 자립해서 자기 글을 모아 불후의 저작으로 전하기를 도모한 것이 이루 헤아릴 수 없다. 그것이 옛날과 어긋나고 도를 등졌다는 점에서는 똑같다.

송조宋朝가 되어 치교가 밝아지니 정程·주朱 노선생들이 나타나 언어를 다듬고 가르침을 세워 과거의 성현을 이어 후학을 열어주었다. 즉, 한 글자 한 마디가 모두 경전을 돕는 것이었고 천지에 영원히 전해질 문자였다. 끊어진 학문을 다시 밝히자니 주소注疏가 생기지 않을 수 없었고, 미세한 이치를 분석하자니 논변이 넓어지지 않을 수 없었다. 그러나 말류의 폐단으로 마침내 지리함과 방만함의 문제점이 발생하였고 순박하고 예스러운 글은 더욱 다시 희미하게 사라졌다.

우리나라는 도산陶山(이황) 선생이 국조國朝의 전성기에 태어나 주자가 남긴 학문을 직접 접하고 공맹으로 거슬러 올라가 근원과 소통하고 유파를 인도하여 속학의 잘못을 씻어냈다. 한강寒岡(정구) 정선생은 도산선생의 도를 전수받아 남방에서 학문을 제창하였고, 미수眉叟(허목) 허선생은 그에게 가서 종유하여 학문의 지결을 얻어 들었다. 사문斯文의 정맥이 이에 귀결처가 생겼다. 연원의 적실함과 도통의 계승됨이 환히 해와 별처럼 빛나게 되었으니 어찌 위대한 일이 아닌가?

선생은 소싯적에 고문을 독실하게 좋아하여 백수白首가 되도록 하루같았고 공력이 깊어지자 진秦·한漢 이후의 경지를 넘어섰다. 매양 글을 지음에 단어 하나 구절 하나라도 삼대가 아니면 법으로 삼지 않았다. 수천 년 후에 태어나 수천 년 전의 법과 합하려 하였으니, 이 어찌 선생이 힘써 배운 것만으로 이룩할 수 있었으리오? 실로 하늘이 우리나라를 도와 삼대의 빛나는 기상을 붙잡아 선생을 빌어 발휘케 한 것이다.

대개 선생이 태어났을 때는 명나라가 국운이 다하고 오랑캐가 차츰차츰 천하의 황제가 되려는 기상이 있었다. 하늘은 중국이 멸망하는 날 삼대의 학문을 만회하기를 원하지 않았지만, 기운과 질서는 순환하는 법이라 끝내 이 학문이 없어질 수는 없기에 필시 우리나라에서 이를 잇기 위해 선생 같은 분이 나셨으리라.

선생의 글은 간략하지만 갖추어져 있고 자유롭지만 엄격함이 있다. 마치 하늘이 낳고 땅이 기르는 것, 해와 달과 별이 운행하는 것, 비바람과 계절이 오고가는 것, 산천과 초목과 짐승과 오곡이 자라는 것, 사람의 도덕과 사물의 법칙, 시서와 육예의 가르침, 기쁘고 성내고 슬프고 즐거워하는 감정, 귀신과 요물과 괴물의 이상함, 풍기와 속요의 같지 않음, 현인과 열사와 정부貞婦와 간인과 역적을 경계함이 하나같이 글에 깃들어 있다. 그런데 선생은 언젠가 손수 스스로 글을 찬정하고 '기언記言'이라 이름 붙였다. 그 차례와 표제가 근세의 문집과는 관례가 다르다.

이어서 생각해보니 나는 늦게 태어난 후학으로 구령九嶺이나 미강湄江[1]에서 직접 가르침을 받지 못했고, 『기언』 한 질을 잡아 만의 하나라도 헤아려 몽매함을 없애려 하였으나 집에 소장한 것이 없어서 안타깝기 그지없었다. 계해년(1863) 겨울 유하柳下 정鄭 어른[2]께 한 질을 빌렸다. 정 어른은 한강 선생의 후손이다. 삼가 받아 모두 읽은 다음 사람을 시켜 전사傳寫하게 하였다. 3년이 되어서야 완성되었다. 그러나 별집에 빠진 부분이 있어서 아직 완본이라 할 수는 없었다. 금년 여름 계당溪堂 어른[3]을 뵙고 마침 말이 여기에 미치자 계당 공이 두 책을 주었다. 마침내 책을 완성하고 삼가 책 끝에 한 마디 말을 부치니 감히 함부로 논술하려는 것이 아니고 평소 공경하는 마음을 깃들이려는 것일 뿐이다.

출전_ 허훈, 『방산집舫山集』 권17 「『기언』의 뒤에 쓰다〔書記言後〕」

◐해설 —— 학문이란 무엇인가? 그것은 나의 삶을 변화시키는 것이다. 성인이 남긴 불멸의 경전은 나의 삶을 변화시키는 규범이다. 경전은 단순한 글이 아니다. 그 안에는 도道가 담겨 있다. 경전은 도를 드러낸 우주적 말씀이다. 나는 자연에서 도를 묵상하며 나의 삶을 변화시킨다.

---

1 구령九嶺이나 미강湄江 : 허목이 강학한 곳을 가리키는 것으로 보인다. 허목을 향사하는 서원이나 사우祠宇 중에서 각각 구령사九嶺祠와 미강서원嵋江書院이 있다.

2 유하柳下 ⋯ 어른 : 정구의 후손으로 호가 유하인 사람은 정삼석鄭三錫(1819~1848)이다. 그러나 계해년(1863) 당시 이미 그는 고인이 되어 있었다. 아마도 허훈은 정삼석의 아우인 정오석鄭五錫(1826~1869)에게 『기언』을 빌리고 이를 정삼석으로 착각한 듯하다.

3 계당溪堂 어른 : 유성룡柳成龍의 후손으로 19세기 영남 병파屛派의 중심 인물인 유주목柳疇睦(1813~1872)을 가리킨다.

나는 일상에서 도를 준수하며 나의 삶을 변화시킨다. 경전의 앎과 나의 삶이 도에 의하여 서로 혼연일체가 되는 과정이야말로 진정한 학문의 길이다. 그렇기에 동양/서양, 자연/역사, 불변/변화의 구도에서 유교 문화를 불변의 코드로 읽었던 유럽인의 오리엔탈리즘은 성리학에 내재한 변화의 열정을 읽지 못한 무지일 따름이다.

학문의 본질이 변화이기에 학문은 '학문學'이라는 명사형으로 존재하지 않고 '학문함爲學'이라는 동사형으로 존재한다. 나의 학문은 '학문함'의 시간적 주기에 따라 초학과 만학으로 구별될 수 있다. 초학과 만학은 학문의 내용에서 보자면 학문의 성취가 뚜렷한 만학이 학문의 성취가 미약한 초학보다 찬란하게 보인다. 그러나 학문의 마음에서 보자면 초학의 마음과 만학의 마음은 다르지 않다. 아니, 학문하는 마음을 투명하게 드러낼 수 있는 초학이 그렇지 못한 만학보다 학문의 진경眞境에 가까워 보인다.

초학의 학문함은 논문이나 저술처럼 틀에 박힌 학문 형식에 얽매이지 않는다. 이황은 열아홉의 나이에 어렴풋이 도와 만난 느낌을 네 줄짜리 간단한 시로 읊었다. 10여 년간 숲속 초당에서 만 권 책을 읽었다는 그는 어느 날 도와 만난 느낌을 '태허太虛를 본다'는 시구로 표현했다. 초학의 그 가슴 떨린 느낌은 이황의 평생을 지배했다. 생애 마지막 칠순의 나이에 자신의 학문을 회상한 그는 역시 '태허를 본다'는 시구로 자신의 학문을 요약할 수 있었다.

이이는 스무 살의 나이에 자기 인생을 새로 시작하면서 자경문自警文을 지었다. 어머니를 사별하고 금강산에 입산했다가 다시 세상 속으로 돌아온 청년은 변화와 혁신의 마음으로 가득했다. 자경문에서 첫 번째로 다짐한 것은 뜻을 크게 가져 기어이 성인이 되고야 말겠다는 것이었다. 초학의 그 확고한 의지는 이이의 평생을 지배했다. 뜻을 세우라는 것, 곧 입지立志는 훗날 자신의 삶의 변화는 물론 타인의 삶의 변화를 위한 초석으로 거듭 강조되었다. 그것은 향촌의 자제들을 올바른 사람으로 깨우치는 격몽擊蒙의 제일의 원리이자 왕도정치 실현을 위해 임금에게 요구되는 첫 번째 덕목이었다.

허훈許薰의 초학은 허목의 『기언記言』을 통독한 후 지은 간단한 독후감 위에서 빛나고 있다. 옛길〔古道〕을 걷고 싶다. 옛글〔古文〕을 짓고 싶다. 혼란한 난세에 성장한 허훈의 마음은 시속을 초월하려는 고학古學의 열정으로 가득했다. 그의 이십대는 철종 말 고종 초의 시기, 절망의 현실과 변혁의 소망이 동시에 혼재하던 시기였다. 삼남 지방을 휩쓴 임술민란(1862년)의 전야 과거 시험을 완전히 단념한 그는 스물여덟 살(1863년)에 그가 그토록 흠모하는 학자가 남긴 저술과 마주쳤다. 조선시대 육경학六經學을 수립한 허목의 『기언』 전질이었다.

허훈은 『기언』을 통독하면서 초학을 시작하였다. 그는 『기언』을 일독한 후 무려 3년에 걸쳐 필사 작업을 진행하였다. 도중에 허목의 학풍을 계술한 허전이 자신의 관향貫鄕인 김해에 부임하였다는 소식을 듣자 옛길을 행하고 옛글을 짓는 당대의 종사가 왔다는 생각에 김해에 가서 허전의 문인이 되었다. 훗날 허전이 세상을 떠나자 그는 '미수眉叟 선생이 힘껏 육경 고학을 제창하니 성호星湖, 순암順菴이 계승하고 다시 하려下廬에 왔네'라고 하여 허전의 학맥이 허목의 학풍을 계승한 것임을 분명히 하였다.

　허훈은 3년에 걸친 필사 작업을 마쳤지만 필사 저본이 불완전했기 때문에 다시 정본을 빌려 별집의 누락된 부분마저 보충하였다. 『기언』의 완본을 가장家藏하는 기쁨의 순간이었다. 그 누구의 『기언』도 아닌 허훈 자신의 『기언』이 탄생하는 순간이었다. 그는 이 순간을 영원히 간직하기 위해 『기언』의 끄트머리에 독후감을 기록하였다. 지면의 제약으로 짧은 분량 안에 최선을 다해 허목이 추구한 옛길과 옛글의 핵심을 적었다. 마지막 화룡점정이었다.

　허훈에게 『기언』의 완성은 초학의 정립을 의미했다. 그는 서른두 살 1867년 개령 지천에 이주하여 학문의 터전을 세웠고 이때부터 방산舫山이라 자호하였다. 『기언』의 완성에 용기를 얻어 자신의 기왕의 저술에 '수언修言'이라는 이름을 붙여주었다.

　허목의 만학과 허훈의 초학. 『기언』이 허목의 작품일 뿐만 아니라 허훈의 작품일 수도 있다는 것은 무엇을 말하는가? 『기언』이 허목의 빛나는 만학일 뿐만 아니라 허훈의 신선한 초학일 수도 있다는 것은 무엇을 말하는가? 만학 중심의 사상사 연구 풍토에서 초학에 대한 본격적인 연구는 어떤 기여를 할 수 있는가?

---

4 미수眉叟 … 왔네 : 허훈, 『방산집舫山集』 권4 「성재허선생만性齋許先生輓」에 '미옹역창고시서眉翁力倡古詩書, 성순상승우하려星順相承又下廬'라고 하였다.

世之行文集非古也 世降而文愈繁 文愈繁而氣愈分 古文不作 然後
文集出焉 晉唐以來 經生宿儒 各立編袠以圖不朽者 不可數計 其違於古而
佢於道均也 及夫宋朝休明 濂閩諸老先生出 而修辭立訓 繼往而開來 則雖隻
字片言 皆羽翼經旨 爲天壤間不刊文字 絕學是明 故注疏不得不作 微奧是析
故論辨不得不博 而末流之弊 遂病於支離汗漫 淳古之文 益復寢息 我東陶山
夫子 生於國朝盛時 直接考亭遺緒 泝以上乎洙泗 疏源導流 洗俗學之訛謬
寒岡鄭先生 得儔夫子之道 倡學南服 眉叟許先生 往從之遊 獲聞旨訣 斯文
正脉 於是有歸 淵源之的 道統之來 昭乎如日星之明 曷不偉矣哉 先生自少
時篤好古文 至白首如一日 用工深至 不作秦漢以下人 每爲文 一言一句 非
三代不法 生於數千載之下 而合轍於數千載之前 是豈先生力學之可辦得 實
天佑東方 把三代雍熙氣像 借先生手而發之也 蓋先生之生 皇明運否 黑漢駿
駸 有帝天下之象 天不欲挽回三代之學於神州陸沈之日 而氣機循環 又不可
終泯 故必于吾東而鍾之 有如先生者作 其文簡而備 肆而嚴 如天地之化育
日月星辰之運行 風雨寒暑之往來 山川草木鳥獸五穀之資養 民彝物則 詩書
六藝之敎 喜怒哀樂之感 鬼神妖祥物怪之異 風氣謠俗之不同 賢人烈士貞婦
奸人逆豎之戒 一寓於文 而先生嘗手自纂定 名之曰記言 其序列標題 亦與近
代文集異例也 仍念余後學晚生 既不得親承欬聲於九嶺湄江之間 欲把記言
一書 庶幾窺測其萬一以去蒙陋 而家無藏弆 區區私恨 其無窮已 癸亥冬 幸
借一袠於柳下鄭丈 鄭丈寒岡先生之後裔也 敬受而俯讀訖 倩人傳寫 歷三歲
始就 然別集有遺漏 姑未完寫 今夏往拜溪堂丈人 語適及此 溪堂公遺以二冊
遂乃了書 敬附一語於末簡 非敢妄有所論述 聊以寓平日執鞭之心云爾

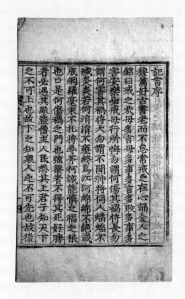

허목의 『기언』 서문

●

『기언』이 허목의 빛나는 만학일 뿐만 아니라
허훈의 신선한 초학일 수도 있다는 것은 무엇을 말하는가?
만학 중심의 사상사 연구 풍토에서 초학에 대한 연구는 어떤 기여를 할 수 있는가?

6

시대 전환기
새로운 독서 전략

　한국사는 세계사이다. 평범한 생각이지만 깨닫기 어려운 생각이다. 아니, 사실을 말하자면 지금도 세계화가 되지 못했다며 곳곳에서 글로벌을 외치며 숨 가쁘게 뛰어다니는 우리 사회 안에서 볼 때 결코 공감받지 못할 생각이다. 세계란 미국과 유럽이고 한국은 본디부터 태생적으로 세계가 아닌데 어떻게 한국사가 세계사란 말인가? 아니면 이런 생각도 있을 것이다. 우리나라가 위대한 세계 제국을 건설한 일도 없고 찬란한 세계 문명을 발명한 일도 없는 것 같은데 한글이나 거북선 같은 것으로는 세계사를 말하기 빈약하지 않은가? 하지만 오해하지 마시라. 세계사는 그런 뜻이 아니다. 이 지구에 사는 모든 사람들은 저마다 오랜 역사와 문화 속에서 독특한 생활 습관을 만들었고, 그것들은 모두 전 지구적인 차원에서 인간의 보편적인 삶의 문제로 조명될 가치가 있다. 세계사란 우리 스스로 지구인이 되기 위해 알아야 할 세계 인류의 그러한 보편적인 삶의 문제의 역사이다. 그렇게 볼 때 전통시대 한국사는 세계사적인 문제들을 적지 않게 담고 있었는데, 그중에 한 가지가 독서이다. 조선시대는 후기로 갈수록 유교 문화가 확산되면서 전 사회적인 차원에서 독서인이 되고자 하는 열망이 넘쳐났다. 개화기 서양인이 감탄했듯이 곳곳에 책이 있었고 곳곳에서 글 읽는 소리가 들렸다. 이러한 삶의 외양 때문에 조선시대 사람들은 독서에 관한 남다른 안목이 있었는데, 아래에 예시할 이상수李象秀(1820~1882)의 글은 조선 후기 독서의 역사에서 시대 전환적인 생각을 피력하고 있어 주목된다.

◑번역——

1.

원래는 글을 읽은 뒤에야 글을 잘 지을 수 있는 법이다. 하지만 나는 글을 지은 뒤에야 글을 잘 읽을 수 있다고 생각한다. 어째서인가? 무릇 글[文字]에는 모두 법이 있다. 단지 글자만 알고 법을 알지 못한다면 옛사람의 묘한 곳을 모르는 것이다. 이를 일러 촌학구村學究라고 한다. 무엇을 글의 법이라 하는가? 장章에는 장법이 있고 구句에는 구법이 있고 자字에는 자법이 있다. 육경六經은 법으로 논할 수 없지만 후세의 글짓기는 법에서 나오지 않음이 없다. 『좌전左傳』, 『장자』, 『한서漢書』, 『사기』에서 한유韓愈, 유종원柳宗元, 구양수歐陽脩, 소식蘇軾에 이르러 그 법이 비로소 구비되고 규승糾繩과 척도尺度가 엄정하여 구차하지 않게 되었다.

글을 읽는 사람은 먼저 종지宗旨를 구하고 다음으로 결구結構를 찾아

야 한다. 결구를 찾지 못하면 종지의 중요한 곳이 어디에 있는지 나오지
않는다. 포치布置의 차례, 맥리脈理의 단락, 지분枝分의 마디를 요연히 밝
게 분석해야 마침내 전체를 관통하고 작자의 묘한 곳이 비로소 드러난
다. 이를테면 땅을 보는 사람은 그 용세龍勢와 국체局體를 알아 모두 법
에 들어맞아야 정혈正穴을 얻을 수 있다. 집 짓는 것을 보는 사람은 그
결구와 승척繩尺을 알아 모두 도에 합해야 장인의 솜씨를 알 수 있다. 이
것은 불변의 이치이다. 지금 글을 읽는 것은 단지 시문時文을 짓기 위해
서인데, 시문을 짓는 자는 글을 읽으면서 법을 구할 필요가 없다. 대략
피상적으로 글자 뜻만 얻으면 이미 그 문구를 따서 충분히 편장篇章을
이루게 되니, 결구를 찾지 않아도 과거 시험 합격에 장애가 되지 않기
때문에, 글의 법은 말하지 않아도 되는 것이다.

하지만 반고·사마천·한유·구양수의 글은 아이들부터 노인까지 그
것이 어째서 묘하냐고 물으면 대답하지 못한다. 이미 한유·구양수·반
고·사마천이라서 자연히 묘할 것이고 옛사람이 이미 모두 추앙하였고
온 세상이 모두 외워 익히니까 나도 그들이 묘하다고 한다. 이것은 난장
이가 공연을 구경하는 것이다. 난장이가 공연을 구경하다 나중에 온 키
큰 사람이 앞을 가려 보지 못하는데 이윽고 관중들이 크게 웃으면 난장
이도 웃는다. 너는 무엇을 보았기에 웃었냐고 물으면 키 큰 사람이 모두
웃으니 필시 웃을 일이 있을 것 같아서 나도 웃었다고 대답한다. 이치로
보면 본디 맞는 말이나 그것이 자기에게 무엇이 있었는가? 때문에 글을
지은 뒤에야 글을 잘 읽을 수 있는 것이다. 심하다, 시문의 폐단이여!
하물며 육경六經과 사서四書도 그들의 인정을 바라야 얻음이 있을까? 그

러나 반고·사마천·한유·구양수를 읽을 줄 알아 그들의 묘한 곳을 알아야 육경과 사서에 대해서도 맹랑함에 이르지 않을 것이다.

2.

글을 읽을 때 단지 종이 위에 씌어 있는 것만 구하면 글을 잘하는 사람이 아니다. 어째서인가? 우리나라[東國] 사람이 읽는 것은 모두 중국의 글이다. 중국의 글은 모두 중국 사람의 말이다. 중국은 말이 곧 글이다. 우리나라는 말과 글이 두 가지라서 본디부터 판연히 같지 않다. 그러니 중국의 글을 일절 우리나라 말뜻으로 구하면 어찌 어긋남이 없겠는가. 촌학구들은 중국의 말이 우리나라와 같을 것이라고, 또 중국에서 글을 읽을 때도 우리나라와 같이 이른바 구결이 있을 것이라고, 또 중국에 언문이 있을 것이라고 생각하는 사람이 많은데, 대단히 어리석다. 어떻게 글을 짓겠는가? 이는 단지 종이 위에서만 구했기 때문이다.

더욱이 말이란 것은 시간으로 천 년이 되면 변하고 공간으로 천 리가 되면 변한다. 때문에 진한秦漢의 말이 삼대三代에서 변하였고, 당송唐宋이 진한에서 변하였고 명청明淸이 다시 당송에서 변하였으니 이는 시대가 달라졌기 때문이다. 진秦나라 사람의 말이 오吳·월越과 같지 않고, 초楚나라 사람의 말이 제齊·노魯와 같지 않으니 이것은 지방이 다르기 때문이다. 말이 달라진 것을 생각지 않고 장구만 묵수하면 또한 곤란하지 않겠는가? 중국의 풍요風謠, 피복被服, 궁실宮室이 고금에 변화가 없을 수 없고 하물며 우리나라는 일체 모두 다른데, 문자로 기재할 적에 모두가 중국인 것을 일체 우리나라에서 구하면 어찌 딱 들어맞겠는가?

그러므로 훈고訓詁에 통하지 않으면 안 되고, 형명形名을 강하지 않으면 안 되고, 자의字義를 연구하지 않으면 안 되고, 중국 풍요를 알지 않으면 안 된다. 단지 종이 위에 적힌 것만 갖고 구하면 글을 잘하는 자가 아니다.

출전_ 이상수, 『어당집峿堂集』 권17 「글읽기[讀書]」

◐해설── 독서의 역사는 오래되었다. 오래된 만큼 독서의 풍경도 많이 변하였다. 백제 사람들은 『논어』를 읽으면서 목간木簡을 매만졌고 고려 사람들은 불경을 읽으면서 두루마리를 펼쳤고 조선 사람들은 사서삼경을 읽으면서 책장을 넘겼다. 책의 형태가 달라진 탓이다. 글을 읽는 습관도 한결같지 않았다. 율곡 같은 이는 입으로 소리 내지 않고 눈으로 책을 읽었다고 하지만 대개 한적본을 읽는 조선시대 선비들의 독서는 일반적으로 음독이었다. 반면 양장본을 읽는 근대 계몽기 신사들의 독서는 묵독이었다. 이미륵 같은 이는 상해에서 마르세유로 가는 배 안에서 베트남 사람들이 한문책을 읽을 때는 음독으로, 서양 책을 읽을 때는 묵독으로 선택적인 독서를 하는 모습에 깊은 인상을 받고 베트남과 한국의 독서 방식에 비슷한 점이 있음을 기록하였다.

음독에서 묵독으로의 변화 못지않게 독서의 역사에서 중요한 포인트로 주목해야 할 현상이 집중적인intensive 읽기에서 포괄적인extensive 읽기로의 변화이다. 자기 삶의 초월적인 변혁을 위해 책을 읽었던 사람들은 단 한 권의 책이라도 천 번 만 번 집중적으로 읽었다. 성인이 남긴 육경을 자연스럽게 마치 자기 삶에서 쏟아진 자기 말처럼 능숙히 읽을 수 있는 경지에 간다는 것, 그 경건하고 치열한 과정에 취미로서의 독서는 개입할 여지가 없었다. 하지만 책이 증가하고 지식이 확장되면서 사정은 바뀌었다. 청나라 연경에서 매년 쏟아져 들어오는 간행본들, 조선 사회에서 매년 생산되는 상업적 출판물들, 그러한 사회 풍조에서 생산과 유통 속도가 더욱 빨라진 필사본들. 이제 성인의 글과 대면하는 사람들의 마음가짐은 달라졌다. 왜 글을 읽느냐는 물음 못지않게 어떻게 글을 읽느냐는 물음이 중요해졌다. 자기 삶의 현존에 비추어 글의 본질을 근원적으로 통찰하는 '깨달음의 읽기'보다는 책의 언어적 특성에 비추어 글의 구성을 과학적으로 이해하는 '눈썰미의 읽기'가 중요해졌다. 포괄적인 읽기가 확산된 결과였다.

이상수는 포괄적인 읽기의 시대에 접어들어 향촌 사회의 선비들을 위해 독서 전략을 새롭게 마련하였다. 철두철미 글이란 언어적 인공물이라는 가정을 취하고 있다. 먼저 글의 주제를 파악하라, 그리고 글의 구성을 분석하라, 그래야만 고전이 왜 훌륭한 글인지 그 이유를 알 수 있다. 이는 흡사 기초적인 현대 논술 강의를 방불케 한다. 먼저 언어를 탐구하라, 동일한 한자어라도 그것이 지시하는 사물이 중국과 우리나라가서로 다를 수 있음에 주의하라, 최초의 한자어가 지역적으로 전파되는과정에서 또 시대적으로 전승되는 과정에서 공간적·시간적 변화가 발생할 수 있음에 주목하라. 이는 흡사 학술적인 역사언어학 강의를 방불케 한다.

이상수가 살았던 시대는 서울을 중심으로 문학과 고증학이 풍미하고있었다. 조선의 학계는 경·향 간에 문학 대 도학, 고증학 대 주자학의 구도로 학문이 갈리고 있었다. 경화학계에서 향촌 사회로 이주해온 이상수가 문학과 고증학에 입각한 방법론적인 독서 전략을 마련하였을 때 과연 향촌 사회 선비들의 반응은 어떠하였을까? 성인의 글을 굳이 분석적으로 읽지 않아도 성인의 글에 진리가 담겨 있음을 믿었던 사람들, 성인이 사용한 언어를 성인의 시대에 비추어 역사적으로 재구성하지 않아도 성인의 언어에 담긴 철학적 의미를 자기 삶에서 체험할 수 있다고 믿었던 사람들, 이상수의 제안은 그런 사람들에게는 환영받지 못했을 것이다. 하지만 성인의 글을 분석적으로 읽기 전에는 성인이 추구한 진리를 확정할 수 없다고 생각하는 사람들, 성인의 글을 성인이 살았던 시대의 언어적 조건에서 역사적으로 독해해야만 비로소 성인과 자신 사이에 소통이 이루어질 수 있다고 생각하는 사람들, 이상수의 제안은 그런 사람들에게 매력적인 방법으로 다가왔을 것이다. 이상수가 제시한 독서 전략은 이후 어떻게 전개되었을까?

원문　1.

讀書而後能作文固矣 余謂作文而後乃能讀書何也 凡文字皆有法 只得其辭而不曉其法 則不知古人妙處 是謂村學究 何謂文法也 章有章法 句有句法字有字法 六經不可以法論 然後世作文無不由是而出 自左莊班馬 至韓柳歐蘇 其法始備 規範尺度森然不苟 讀之者先求宗旨 次尋結構 結構不尋 則宗旨肯綮之所在亦不出 鋪置次第 脈理段落 支分節解 瞭然昭晰 乃可以貫其全體 而作者妙處始露 如相地者 曉其龍勢局體皆中於法 乃能得正穴 相作室者

曉其結構繩尺皆合於度 乃知匠氏之能 此不易之理也 今之讀書者 只爲作時
文 作時文者 讀書不必求法 略得辭義皮膚 則已摘其文句 足以成篇 不尋結
構 未嘗有妨於取科第 故文法在所不言 然班馬韓歐之文 童習至白紛 問其何
以妙乎 則不能置對 旣是韓歐班馬 自然應妙 古人已皆推服 擧世無不誦習
我不得不謂其妙 此矮人之觀場也 矮人觀場 而後至長人蔽遮不得見 已而滿
場大笑 矮人亦笑 或問汝何所見而笑 對曰 長人皆笑 必有可笑 故吾亦笑 理
固得矣 何有於已哉 故曰作文而後能讀書 甚矣 時文之弊也 況於六經四子書
望其認而有得耶 然能讀班馬韓歐而知其妙 亦於六經四子書 必不至孟浪矣

2.

凡讀書只求之紙上 未有能文者也 何也 東國人所讀 皆中國之文也 中國之文
皆中國人言語也 中國言語卽文字 東國言語文字爲二事 已固判然不同 一切
以東國求之 豈無乖戾乎 村學多認中國言語亦如東國 又認中國讀書亦如東
國有所謂口訣 又謂中國有諺文 蒙然甚矣 何以文爲 此只求諸紙上之故也 且
言語者 竪之千歲而變 橫之千里而變 故秦漢言語有變於三代 唐宋有變於秦
漢 明淸又有變於唐宋 此以世異也 秦人言語不同於吳越 楚人言語不同於齊
魯 此以地異也 不考其遞異而株守章句 不亦難乎 中國風謠被服宮室 古今不
能無變 況東國一切皆異 而載於文字罔非中國者 一切以東國求之 豈可吻合
乎 故訓詁不可不通也 形名不可不講也 字義不可不究也 中國風謠不可不知
也 只求之紙上 未有能文者也

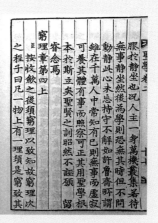

『성학집요聖學輯要』 중 독서에 관한 내용이 소개되어 있는 「궁리장窮理章」

•

독서에도 역사가 있다.

『성학집요』의 독서 전략은 자기 삶의 초월적인 변혁을 목표로 하는 독서였다.

그러나 이상수의 독서 전략은 흡사 현대 논술 강의와 역사언어학 강의를 방불케 하는 독서였다.

7

함경도 유학자가 남긴
화려한 문집

    조선시대에 함경도는 먼 변방이었다. 새롭게 개척된 불안정한 지역이었기 때문에 조선 전기에는 지방 반란이 일어났다. 의롭지 못한 세상에 대한 울분으로 전국을 방랑했던 김시습의 발걸음조차 함경도에는 미치지 않았다. 함경도는 언제나 변방이었을 뿐이다. 그런데 함경도 길주의 유학자 임종칠林宗七(1781~1859)은 변방의 유학자로 보이지 않는 특이한 인물이다. 그의 문집『둔오집屯塢集』은 그의 삶과 학문을 기리는 경화벌열 가문의 글들로 화려하게 채색되어 있다. 안동 김문, 양주 조문, 반남 박문, 광산 김문 등의 쟁쟁한 인물들이 그를 위해 글을 지었다. 변방의 유학자로서는 보기 드문 영예, 이것은 과연 무엇을 뜻하는 현상이었을까?

✑번역 —— 관북關北은 인문人文의 열림이 다른 지방보다 뒤처지지만 풍기가 질직質直하고 후중厚重하기 때문에 성취하는 경지에 이르면 정고貞固하고 독실함이 우뚝 볼 만하니 다른 지방이 미치지 못하는 바이다. 우리나라는 유도를 숭상하여 가가호호 공맹을 읽고 정주程朱를 읽어 석담石潭(이이)과 화양華陽(송시열宋時烈) 두 선생님이 나왔다. 나의 선조 삼주三洲(김창협金昌協) 선생이 이를 전승하니 연원이 단적端的하고 문호가 순정純正하여 사방 학자가 법으로 취하였다. 이와 반대되는 것은 모두 사설邪說과 곡학曲學이다.

길주 유생 김기형金璣衡,[1] 김종선金鍾善[2]이 그 스승 둔오屯塢 처사의 유고를 지니고 나를 찾아와 서문을 청하였다. 나는 일찍이 듣건대 관북의 학문은 최학암崔鶴庵[3]에서 시작하였지만 오히려 드러나지 못했고, 삼주 선생이 외직을 얻어 북방에 노닐자 송암松巖 이장간공李章簡公[4]이 종유해

---

1 김기형金璣衡 : 1815년 함경도 길주에서 출생하였다. 동향의 징사徵士 임종칠의 문인으로 임종칠 사후 문집 간행을 주도하였다. 낙학 산림 유신환兪莘煥의 문하에 나아갔고 1876년 문과에 급제하였다.

2 김종선金鍾善 : 1813년 출생하여 1902년 별세하였다. 임종칠의 학맥을 계승한 대표적인 함경도 유학자이다. 학맥이 낙학에 속하는 관계로 김병덕金炳德, 김병국金炳國 등 안동 김문 고관의 천거를 받아 1882년에는 사헌부지평에 제수되었다. 저서에 『근재집勤齋集』이 있다.

3 최학암崔鶴庵 : 송시열의 문인 최신崔愼(1642~1708)을 가리킨다. 북관 지역 우암 학맥의 적전으로 평가받는 인물로 저서에 『학암집鶴庵集』이 있다. 함경도 종성을 중심으로 학맥이 계승되었다.

4 송암松巖 이장간공李章簡公 : 김창협의 문인 이재형李載亨(1665~1741)을 가리킨다. 북관 지역 농암農巖(김창협) 학맥의 적전으로 평가받는 인물로 저서에 『송암집松巖集』이 있다. 함경도 경성鏡城을 중심으로 학맥이 계승되었다.

서 학문을 전수받아 이 도를 구암龜巖[5]에게 전하고 구암이 둔오에게 전하니, 관북 사람이 무인에서 문인으로 변하였고 어리석은 사람에서 밝은 사람이 되었다고 한다. 아, 또한 성대하도다. 나는 둔오와 같은 세상을 살면서도 서로 만나지는 못했지만 미상불 그 풍모를 향하고 의리를 따랐다. 지금 유고遺稿를 얻어 손을 씻고 읽어보니 모두 박실樸實하게 공력을 쏟고 몸소 행동해 마음으로 터득한 것으로, 학문과 예의를 강론하는 데 때때로 전인이 발명하지 못한 것을 발명하기도 하였다. 북방의 학자가 더러 앞서는 사람이 없었고 삼주의 학문이 이에 이르러 크게 확장되었다.

"정자와 주자는 공자의 뒤에 있고, 율곡과 우암尤庵은 정자와 주자의 뒤에 있다. 공자를 배우려면 반드시 정자와 주자에서 시작해야 하고 정자와 주자를 배우려면 반드시 율곡과 우암에서 시작해야 한다. 미세한 언행이라도 반드시 정자, 주자, 율곡, 우암의 정론을 거친 뒤에야 결정하고 실천함에 의심이 없다"고 하였는데, 앎이 명확하고 믿음이 독실하다 이를 것이다. 그 명성이 더욱 높아져서 누차 임금의 소명이 있었지만 동강東岡을 고수하였다. 나이가 거의 대질大耋이 되도록 자기를 더욱 엄히 규율하고 자기를 더욱 절실히 경계하였으니 어찌 근본을 두텁게 하고 실질에 힘써서 남들에게 알려지기를 추구하지 않음을 편안히 여긴

---

5 구암龜巖 : 이재형의 학맥에 속하는 이원배李元培(1745~1802)를 가리킨다. 함경도 경성 사람으로 경학에 뛰어나서 정조에게 포상을 받았고 북관분교관北關分敎官에 임명되어 후진을 양성하였다. 저서에 『구암집龜巖集』이 있다.

사람이 아니겠는가? 지금 그가 세상을 떠난 지 10여 년, 문도가 글을 모으고 재원을 모아 천 리를 발섭해 판각할 방도를 도모하니 또한 이로써 그가 사람들에게 가르친 것이 깊었음을 징험할 수 있다.

중국에서 우리나라를 보면 작기만 하고 우리나라에서 관북을 보면 더욱 작다고 할 만하다. 하지만 둔오로부터 송암과 구암으로 소급하여 삼주를 배울 수 있고, 삼주로부터 율곡, 우암, 정자, 주자를 소급하여 공자를 배울 수 있으니, 이 책이 어찌 사문의 밀부密符요 후인의 지남指南이 아니겠는가? 참으로 이 길을 따라 쉬지 않고 힘써 행하면 그 진보를 이루 헤아릴 수 없을 것이다. 둔오를 배우는 사람들이라면 힘쓰지 않을 수 있겠는가? 삼연三淵 문강공文康公(김창흡金昌翕)은 삼주 선생의 아우이다. 송암을 보고 감탄하기를 "나의 둘째 형님의 도가 북방에 있구나"라고 하였다. 노주老洲 오문원공吳文元公(오희상吳熙常)은 둔오를 칭찬하기를 '북방 선비의 으뜸'이라고 하였다. 매산梅山 홍문경공洪文敬公(홍직필洪直弼)은 둔오에게 천 리의 신교神交를 허여하였다. 내가 비록 진실한 지견이 없지만 또한 오직 우리 선조와 선유의 말을 계술하여 이에 말한다.

대광보국숭록대부大匡輔國崇祿大夫 의정부영의정議政府領議政 겸 영경연領經筵 · 홍문관弘文館 · 예문관藝文館 · 춘추관春秋館 · 관상감사觀象監事 안동安東 김병학金炳學은 서문을 쓴다.

출전_ 임종칠, 「둔오집」, 김병학金炳學, 「둔오집서屯塢集序」

✎해설 ── 우리나라는 근대에 들어와 함경도에서 많은 인물이 나왔다. 유교적인 소양을 바탕으로 사회 활동을 활발하게 펼친 사람도 많았

다. 영흥의 김원극金源極은 대한제국기에 박은식과 더불어 유교 개혁을 제창한 일본 유학생이었다. 단천의 설태희薛泰熙는 일제강점기 물산장려 운동에 주도적으로 참여한 사회운동가였다. 회령의 김약연金躍淵은 북간 도 명동촌을 일으킨 기독교 목사였다. 그 밖에도 유교적인 소양을 바탕 으로 활약한 인물들이 많다.

어쩌면 함경도 유학자의 특징은 정주성定住性이 아닌 이동성移動性이 아니었을까 싶다. 특히 19세기 후반에는 거의 전국적으로 함경도 선비 들의 발걸음이 닿지 않은 곳이 없었던 것 같다. 함경도가 낳은 위대한 의학자 이제마李濟馬가 한때 전라도에 가서 기정진奇正鎭에게 가르침을 청한 것은 유명한 사실이지만, 그 밖에도 함경도 선비들이 충청도, 경상 도, 경기도 할 것 없이 곳곳을 누비며 흔적을 남기고 있음이 확인된다.

흥미로운 것은 함경도 선비들의 이런 노마드nomad적 성격이 강화되 는 추세 속에서도 성리학의 지역적 전통이 강화되어갔다는 사실이다. 본래 조선 후기 함경도 성리학의 중심지는 이른바 '풍패지향豊沛之鄕'의 본고장, 곧 남관南關의 함흥, 영흥 지역, 그리고 '추로지향鄒魯之鄕'의 영 예를 들었던 북관北關의 경성鏡城, 종성 지역이었다. 『조선유교연원朝鮮儒 敎淵源』 본편의 제일 마지막을 장식한 유학자 주비朱棐 · 주명상朱明相이 남 관의 유학자라면, 『패동연원록浿東淵源錄』에서 '농암문인農巖門人'으로 기 록된 이재형李載亨은 북관의 유학자였다. 김창협 · 김창흡 형제의 낙학을 전수받은 이재형의 학통은 이후 이원배李元培, 현익수玄翼洙, 임종칠林宗七 등으로 면면히 계승되었다. 이들 4인은 '북관사현北關四賢'이라는 영예를 들었고, 이를 기념하는 책자 『북관사현행적北關四賢行蹟』이 출간되었다.

임종칠은 '북관사현'의 마지막 유현이다. '관북부자關北夫子' 이재형의 학문적 종착지로서 주자학 연구에 열성을 기울여 『주자어류절약朱子語類節約』을 편찬하였고, 날마다 자기 삶을 반성한 기록 『일적日籍』을 기록하였다. 함경도 성리학의 대미를 장식하는 인물인 만큼 그의 삶과 학문을 기념하기 위해 쟁쟁한 인물이 모였다. 김병학, 박규수朴珪壽, 김낙현金洛鉉이 임종칠의 학문을 기념하는 서발문을 지었고, 조병덕趙秉悳, 조두순趙斗淳, 김상현金尙鉉이 임종칠의 삶을 기록하는 비지 문자를 지었다. 변방의 유학자를 위해 화려한 벌열 가문의 권력자와 문장가의 글이 이렇게 모일 수 있다니 유례없는 일이었다. 임종칠은 졸지에 함경도 선비에서 서울 양반으로 환생한 셈이다. 아니, 실은 그는 함경도에 살고 있는 서울 사람이었다. 그의 문집 『둔오집屯塢集』에 실린 서간문 세 권 중에 두 권이 경화사족과 왕래한 것이다.

임종칠의 학문을 바라보는 서울 사대부의 세 가지 시선은 각각 다르다. 김병학은 그의 학문에서 함경도 성리학에 서린 낙학의 전통을 강조한다. 박규수는 그의 학문에서 사士의 경세적 책임을 발견한다. 김낙현은 당세 사습士習을 개탄하며 그의 학문에서 사습을 치유할 실實과 박樸의 가치에 주목한다. 똑같은 임종칠의 문집인데 이 문집을 보는 세 사람의 시선이 각각 다름을 볼 수 있다. 박규수와 김낙현의 글은 두 사람이 지성인이었기 때문에 자신의 뚜렷한 학문관에 비추어 임종칠을 평가한 것이라 가치가 있다.

하지만 김병학의 글은 그렇지 않다. 그는 조선에서 김창협의 학문이 아니면 사설곡학邪說曲學이라고 단정한다. 함경도 성리학은 시작도 김창협의 학문이요 완성도 김창협의 학문이라 본다. 함경도 유학자와 낙학의 종장들 사이의 특별한 유대관계를 과시하기만 한다. 김병학의 글은 낙학의 선전이자 홍보일 뿐 여기에서 함경도 유학자로서 임종칠의 인간적, 학문적 면모를 찾기 어렵다. 그럼에도 김병학의 이 글을 첫 번째 서문으로 달아 문집을 출간한 함경도 유림의 정성은 대단하다고 생각된다.

거기에는 그럴 만한 까닭이 있었으리라. 대원군 집권기 함경도 지방, 특히 북관 지방의 사회적인 동요는 이루 말할 수 없는 것이었다. 러시아와 국경을 접하게 되었다는 새로운 공포감,『정감록』을 포함한 각종 예언비기류의 유행, 연이은 기근으로 두만강을 건너는 대규모 월경민들. 함경도 선비들을 향한 서울 사대부의 관심이 그 어느 때보다 절실하게 요청되는 시기였다. "함경도 선비도 조선의 선비이다! 함경도 선비는 서울 학문[洛學]을 하고 있고, 함경도 선비는 경세적 책임감을 갖고 있으며, 함경도 선비야말로 허학이 아닌 실학을 한다!" 그 어느 때보다 이런 말이 필요했을 것이다.

텍스트는 단순하지 않다. 복합적이다. 다차원적이다. 임종칠의『둔오집』에 실린 세 편의 서발문은 임종칠의 학문에 들어가는 출입구인 동시에, 임종칠의 학문을 바라보는 서울 사대부의 시선인 동시에, 함경도 유림이 서울 사대부로부터 듣고 싶어 하는 사회적인 위로인 동시에, 서울 사대부와 함경도 유림 모두 당면한 1860년대의 시대적인 상황의 반영이다. 아니, 또 다른 맥락들이 잠재해 있을 것이다. 임종칠의 '화려한' 문집을 둘러싼 역사적 진실은 어디까지 확장될 수 있는가?

關以北 人文之闢 後於他方 而風氣質直厚重 故至其成就 貞固篤實 卓爾可觀 他方所莫及也 我朝崇儒重道 家論孟而戶程朱 有若石潭華陽兩夫子出 而吾祖三洲先生 實承其傳 淵源端的 門路純正 爲四方學者所取法 反是則皆邪說曲學也 吉州儒生金璣衡金鍾善 抱其師屯塢處士遺書 謁余以弁卷之文 余嘗聞關北之學 自崔鶴庵始而猶未著 三洲先生宦遊北方 松巖李章簡公 從而受學 以是道傳之龜巖 龜巖傳之屯塢 使關北之人變弓馬爲絃誦 開蒙荒爲賁明 吁亦盛矣 余於屯塢 幷世而不相遇 未嘗不嚮風馳義 今得遺書 盥而讀之 皆樸實用功 躬行心得者 而論學講禮 往往發前人所未發 北方之學者未或之先 而三洲之學至是而大張矣 嘗曰 程朱後孔子也 栗尤後程朱也 學孔子必自程朱始 學程朱必自栗尤始 雖微言細行 必經程朱栗尤定論 然後可以夬履而無疑 可謂知明而信篤矣 及其聲聞益達 屢有徵命 而固守東岡 年幾大耋 律己益嚴 自警益切 豈非敦本務實 安於不求知者耶 今其歿十餘年 門徒裒書鳩財 裹足千里 圖所以繡梓 亦可驗其敎之入人深也 自中土而視吾邦 則可謂拘於小矣 自吾邦而視北關 則可謂愈拘矣 然自屯塢而溯松龜 可學三洲 自三洲而溯栗尤程朱 可學孔子 此書豈非斯文之密符 後人之指南乎 苟遵是路而力行不已 則其進不可量矣 凡爲屯塢之學者 可不勉哉 三淵文康公 三洲先生之弟也 見松巖而歎曰 吾仲氏之道 其在北乎 老洲吳文元公詡屯塢以北士之冠 梅山洪文敬公許以千里神交 余雖無眞知實見 亦惟吾祖與先儒之言是述 於是乎言

大匡輔國崇祿大夫 議政府領議政 兼領經筵弘文館藝文館春秋館觀象監事 安東金炳學 序

임종칠의 문집 『둔오집』

함경도 길주의 임종칠은 변방의 유학자로 보이지 않는다.
그의 문집은 그의 삶과 학문을 기리는
경화 벌열가의 글들로 화려하게 채색되어 있다.

8

서북 사람들도
기호 사람들이다

　누구나 옛글을 읽으며 글공부를 하지만 그 글 뜻을 자기 시대에 투영시켜 참뜻을 새기는 온고지신의 독서는 많지 않다. 고종 시대를 살았던 김창희金昌熙(1844~1890)는 송대의 문장가 소순蘇洵의 글을 읽고 지역 차별 극복의 보편적 메시지를 얻었다. 그는 조선 사회를 향해 물었다. 서북 사람들을 기호 사람들처럼 대우해야 옳지 않겠느냐고.

　❥번역 —— 소노천蘇老泉(소순)의 「장익주화상기張益州畵像記」에서 말한다.

　"무릇 예禮로 붙들고 법法으로 몰면 변방의 촉蜀 사람들도 다스려진다. 다그치면 변란이 생기는 것은 공맹의 고장인 제齊와 노魯도 그러하다. 우리가 촉 사람들을 제와 노 사람들처럼 대우한다면 촉 사람들도 스스로 자신을 제와 노 사람들처럼 대우할 것이다."

훌륭하다, 이 말이여! 나로 하여금 감격해 마지않게 하는도다. 무릇 우리나라에서 패수浿水 서쪽과 철령鐵嶺 북쪽은 다스리기 쉬우니 촉과 무엇이 다른가? 하지만 고을의 수령들이 서북 사람들을 기호 사람들처럼 대우하지 않으니 서북 사람들도 어찌 스스로 자신을 기호 사람들처럼 대우할 수 있을까?

아, 지금은 기호의 백성도 곤궁한데 하물며 서북의 백성이 편히 살 수 있을까? 기억컨대 옛날 십 년 전에 내가 마천령을 지나 길주, 명천에 이르러 부로父老들을 만나 근래 감사와 수령 중에 누가 선치善治를 하는지 물었다.

"어릴 적에 듣기로는 세자가 국정을 대리함에 수재水災를 깊이 진념하고 장리長吏를 가려 보내 한 사람의 백성이라도 자식처럼 보지 않은 관리가 없었습니다. 하지만 이때 이후로는 간혹 본 적도 없습니다. 오직 불법적으로 마음대로 탐학함을 볼 뿐입니다. 조적糶糴(봄가을의 환곡)에 관해 말하자면 농간을 부려 잉여를 취할 뿐이고, 채포債逋(결손된 세금)에 관해 말하자면 이징里徵과 족징族徵을 할 뿐이고, 삼용蔘茸(인삼과 녹용)·초달貂獺(담비와 수달)·포체布褫(베와 가체) 등의 물건을 수탈할 뿐입니다. 이들보다 심하지 않으면 선치善治라고 칭하지만 어찌 진짜 선치이겠습니까? 저쪽이 이쪽보다는 낫기 때문에 억지로 그렇게 칭할 뿐입니다."

나는 이 말을 듣고 슬퍼서 잊지 못하겠다. 아아! 이 어찌 먼 지방의 백성들을 도적과 금수로 대우하는 것이 아닌가? 지금 만약 이들을 기호 사람들처럼 대우해야 옳다고 말한다면 열 고을의 무과 출신 수령들이 반드시 나를 오활하다 지목하고 비웃을 것이다.

출전_ 김창희, 『석릉집石菱集』권3 「소순의 글 '장익주화상기'의 뒤에 글을 쓰다〔書老蘇文張益州畵像記後〕」

❧해설── 소순의 「장익주화상기」는 유명한 글이다. 소순 자신이 당
송팔대가의 한 사람으로 꼽히는 유명한 문인인데다 「장익주화상기」라
는 글이 『고문진보古文眞寶』에도 실려 있는 명문이기 때문에 조선시대 많
은 문인이 고문을 익히면서 이 글을 읽었을 것이다. 하지만 김창희金昌熙
처럼 이 글을 읽고 그 후미에다 위와 같은 감상을 남긴 문인은 드물다.
아니, 그것은 단순한 감상이 아니다. 차라리 고발에 가깝다. 지역 차별
이라는 사회 모순을 끝내 좌시할 수 없는 양심의 분기이다.

소순의 글은 본디 1054년 송의 인종仁宗이 장방평張方平(1007~1091)을
촉에 보내 촉의 동요를 진정시키자 장방평의 치적에 감사하는 촉의 백
성들이 정중사淨衆寺에 장방평의 화상畵像을 그려서 향사享祀하기로 하고
소순에게 기문을 부탁하여 완성된 것이다. 장방평은 당시 촉 사람들은
변란이 많다며 이들을 도적처럼 대했던 지역 차별의 결과 촉에서 항상
변란이 일어났음을 통찰하고, 촉 사람들을 제나 노와 같이 중심부의 사
람들처럼 대해야 한다고 주장하였다. 그리하여 촉 사람들의 마음을 울
린 것이다.

장방평의 마음은 800여 년의 세월이 지나 김창희의 마음에 도달한다.
김창희는 소순의 글에서 장방평의 마음을 읽고 조선 사회의 촉 사람들
을 떠올려본다. 평안도와 함경도, 통칭하여 서북 지방은 조선 후기 사회
를 주도한 기호 지방의 먼 변방이었다. 조선의 촉이었다. 오랫동안의 지

역 차별로 정치적 입신이 제한되고 사회적 성세가 미약하였으며 지방관의 자의적인 수탈이 만연한 가운데 항시 변란이 일어날 위험이 있었다. 실제로 평안도 사람들은 1810년대에 홍경래洪景來의 지휘하에 청천강 이북을 휩쓸며 중앙 조정에 저항하였고, 함경도 사람들은 1860년대 이후 두만강을 건너 대규모 월경하는 엑소더스의 물결로 중앙 조정으로부터 이탈하였다.

김창희가 함경도 길주, 명천의 부로들에게 들었다는 이야기는 아마도 그가 영흥부사가 되어 함경도 민정을 살폈던 1876년 당시 함경도 지방의 집단적인 민중의식을 반영하고 있을 가능성이 높다. 이야기 속에서 효명세자孝明世子는 함경도 사람들에게 신화가 되어 있다. 함경도 지방관들의 성격은 효명세자의 대리청정(1827~1830) 시기와 그 이후의 시기로 구별된다. 입현무방立賢無方의 정신을 강조했던 정조의 손자답게 효명세자는 변방에 대한 공평한 대우를 생각하여 지방관의 임용에도 신중하였으나, 세자 사후 함경도 민심은 지방관의 선치가 전무한 절망적인 현실을 목도하고 있었다.

효명세자 사후 세도정치기의 정치적 관성은 고종 대까지 이어져 함경도 사람들을 예와 법으로 다스리는 지방관을 창출하는 데에 실패하였다. 예로 다스린다는 것, 그것은 서북 사람들을 기호 사람들처럼 대우하는 마인드의 형성이다. 법으로 다스린다는 것, 그것은 이러한 마인드에 기초하여 항시 모든 지역 행정을 국법의 안에 두는 것이다. 법치조차 이루어지지 못하는 현실에 예치를 언급할 여력이 있을까만 오히려 법치가 이루어지지 않는 근본적 원인이 예치의 부재 때문은 아니었을까?

조선시대에 평안도는 한국 유교 문명의 원류로 소급되는 옛 기자조선의 터전으로, 함경도는 조선왕조의 뿌리라 할 수 있는 왕실의 발상지로 인식되었다. 서북 지방은 궁마지향弓馬之鄕이라는 말처럼 무武의 정체성이 강했지만 유교의 근원과 왕조의 고향에서 기인하는 문文의 자부심도 적지 않았다. 더욱이 김창희가 이 글을 지었던 1880년대에는 조선 성리학의 학적 연원을 갖춘 유림이 서북 지방에서 성장하고 있었다. 그럼에도 문무 차별에서 기인하는 서북 지방에 대한 지역 차별은 엄존하고 있었다. 서북을 기호로 대우한다는 것은 본질적으로 서북의 문文을 인정한다는 것인데, 어쩌면 대한제국기에 서북 지방에 신학문을 가르치는 학교가 급격히 확산된 것도 기호와 동등하게, 아니 기호를 추월해서 문文을 인정받으려는 서북의 오랜 열망의 발로인지도 모르겠다. 그러나 '변방'에 파견된 무과 수령들이 얼마나 이러한 속사정을 이해할 수 있었을까?

蘇老泉張益州畵像記云 夫約之以禮 驅之以法 惟蜀人爲易 至於急之而生變 雖齊魯亦然 吾以齊魯待蜀人 而蜀人亦自以齊魯之人待其身 善哉言乎 使余感激而不能自已也 夫我國之浿水以西 鐵嶺以北 其爲易治 與蜀何異 而爲守牧者 不以畿湖待西北之人 西北之人亦何能以畿湖之人自待其身也 嗚呼 今畿湖之民亦困矣 而況西北之民 其能聊生乎哉 憶昔十年前 余過摩天嶺 至吉州明川 見父老問 近來監司守令 孰爲善治者 對曰 幼時聞世子代理國政 深軫水災 擇遣長吏 無一不視民如子者 自玆以後 未之或見也 惟

見其恣意貪虐於法理之外 䍐䍐則幻弄取剩而已 債逋則徵里徵族而已 蔘茸
豹獺布毛之屬 奪之而已 有不甚者則稱爲善治 豈眞善也哉 彼善於此 故强稱
之也 余聞而悲之不忘也 嗚呼 是豈非以盜賊禽獸待遐方之民歟 今若曰可以
畿湖之人待之云爾 則十邑武倅 必目我以迂而笑之矣

소순의 「장익주화상기」가 실린 『고문진보古文眞寶』

·

김창희는 「장익주화상기」를 읽고 지역 차별 극복의 메시지를 얻었다.
그는 조선 사회를 향해 물었다.
서북 사람들을 기호 사람들처럼 대우해야 옳지 않겠느냐고.

9

식견을 기르는
글쓰기

중간고사 기간이 지났다. 여느 때처럼 책상 위에는 학생들 논술 답안지가 쌓여 있다. 좋은 글과 나쁜 글을 가리는 기준은 명백하다. 식견이 있는 글은 A, 식견이 없는 글은 C이다. 학자들의 논문도 그렇다. 식견이 있는 논문은 A, 식견이 없는 논문은 C이다. 식견이 있는 사람과 없는 사람의 글쓰기는 표정만 보아도 알 수 있다. 생각을 쥐어짜내면서 괴롭게 글 쓰느라 불행한 사람과 마음을 연주하면서 즐겁게 글 쓰느라 행복한 사람의 차이는 본질적으로 식견의 차이에서 기인하는 것이다. 여기 행복한 사람이 하나 있다. 그는 한유韓愈에서 원매袁枚까지 중국 문장가 26인의 글쓰기 철학을 살피면서 이들의 고문을 감상하고 평론하는 행복한 작업을 펼쳤다. 1885년 조선 문인 김창희金昌熙가 완성한 『회흔영會欣穎』, 과연 이 책의 진가는 어디에 있을지 한장석韓章錫(1832~1894)

의 발문을 보기로 하자.

✎번역 —— 소식蘇軾이 대나무를 그리는 것에 대해 논하기를 '완성된 대나무를 마음속에 먼저 구상해서 붓을 놀려 곧바로 완성해야 한다. 조금이라도 놓치면 사라지고 만다'고 하였다.[1] 이는 도道에 대해서도 그러하다. 묘하게 알아낸 것이 있으면 반드시 빨리 적어놓아야 한다. 이것이 『회흔영會欣穎』이 지어진 까닭이다. 문장은 깨달음[悟]을 주로 하여 말이 통달하면 이치가 나타난다. 더러 오래 씹어 터득하기도 하고 더러 대번에 달려가 만나기도 한다. 홀로 아는 신묘함의 경지가 필묵筆墨의 바깥에 있으니 『이아爾雅』의 벌레 이름에 주석이나 달고 『이소경離騷經』의 향기로운 시구를 주워 모으기나 하는 자들과 어찌 이런 이야기를 함께 하겠는가?

내가 병이 들어 기억을 잘 못해서 석릉石菱 김상서金尙書(김창희)를 찾아갔더니, 김상서는 "책을 읽고 잊어버리는 것을 근심할 게 아니라 잊어버리지 못하는 것을 근심할 뿐입니다. 샘물은 더럽고 오래된 것을 씻어내야 활수活水가 오는 것과 같습니다"라고 하였다.

석릉자石菱子는 서적을 생명처럼 여겨 총각 시절 만 권을 독파하니 축적된 지식이 이미 풍부하다. 신령하고 슬기롭고 통투通透하고 쇄락灑落

---

1 소식蘇軾이 … 하였다 : 소식의 문집에 있는 본래의 구절은 다음과 같다. "畫竹必先得成竹於胷中, 執筆熟視, 乃見其所欲畫者, 急起從之, 振筆直遂, 以追畫其所見, 如兎起鶻落, 少縱則逝矣." 소식, 『동파전집東坡全集』 권36 「문여가화운당곡언죽기文與可畫篔簹谷偃竹記」

하여 껍데기와 찌꺼기는 모조리 빼서 없애버리고, 문을 닫고 마음을 가라앉혀 서각書閣에서 고인古人과 만나 대화를 나누고는 매번 생각이 떠오를 때마다 기쁘게 기록하여 글상자에 보관한 것이 수만 개나 된다. 이를 덜어 내어 두 권으로 추린 다음에 내게 글을 구하였다.

내가 한두 가지 꾀를 내어 웃으며 말했다. "그대는 아직 깨달음이 오지 않은 것 같소. 깨달음의 지극한 경지에 가면 말이 없는 법이오. 어느 날 그대를 따라 계원溪園²에 가서 망건을 벗고 금琴을 타며 도연명陶淵明의 '구름 보니 물가에 서니[望雲臨水]'의 시구³를 읊조려 빈 마음에 진상眞想이 일고 적막한 중에 지음至音을 두드리면 토끼와 그물을 모두 잊고 물고기와 통발을 모두 잊을 게요. 이때가 되면 『회흔영』이 있는 줄이야 누가 알겠소. 하물며 내가 거기에 붙이는 군더더기 말이겠소. 그렇기는 하나 일단 그대와 껄껄 웃으며 적는다오."

출전_ 한장석, 「미산집眉山集」 권9 「발회흔영跋會欣穎」

❧ 해설 —— 우리나라 한문학의 정수와 만나려면 어떤 책을 펼쳐야 할

---

2 계원溪園 : 김창희는 『회흔영』의 출간을 앞두고 독자들에게 작자의 인생 역정을 알려주기 위해 1888년 「계원퇴사자전溪園退士自傳」을 지었다. 그는 이 글에서 자신의 인생을 호의 변천에 따라 과거의 석릉石菱, 현재의 둔재鈍齋, 그리고 미래의 계원퇴사溪園退士로 구분하였고, 계원퇴사가 되어 자유롭게 자연에서 은거하는 삶을 살기를 소망하였다.(김창희, 『석릉집石菱集』 권4 「계원퇴사자전」) 따라서 한장석이 말한 '계원'은 곧 김창희가 스스로 밝힌 바 자신이 미래에 얻고자 하는 이상적인 삶의 공간을 가리키는 것이다.

3 '구름 … 시구 : 도연명의 시에 '구름 보니 높이 나는 새에게 부끄러움을 느끼고, 물가에 서니 헤엄치는 물고기에게 부끄러움을 느낀다[望雲慙高鳥, 臨水愧游魚]'는 시구가 있다. 『도연명집陶淵明集』 권3 「사직진군참군경곡아始作鎭軍叅軍經曲阿」

까? 일단 조선시대 성종 대, 중종 대, 숙종 대 세 차례 출간된 서로 다른 『동문선東文選』이 기본 도서이다. 조선시대 관각館閣의 문장에 관심이 있다면 정조 대에 출간된 『문원보불文苑黼黻』을 보면 된다. 뚜렷한 고문古文 정신으로 만들어진 선집을 원할 경우 김택영金澤榮의 문인 왕성순王性淳이 지은 『여한십가문초麗韓十家文抄』를 보면 된다. 대한제국기 애국과 자강의 시대 의식을 느끼고 싶다면 장지연의 『대동문수大東文粹』나 박은식의 『고등한문독본高等漢文讀本』이 좋은 도서이다. 한중일 삼국의 한문학 작품을 함께 감상하고 싶다면 1918년 원영의元泳義가 편찬한 『근고문선近古文選』이라는 이색적인 책자도 있다.

그런데 이들 책자는 좋은 글을 선별하기만 했을 뿐 그 글이 왜 좋은지 감상과 평론의 포인트가 친절하게 들어가 있는 것은 아니다. 그것은 전적으로 독자의 몫일 텐데 아마 고급 독자들에게 그런 친절함은 불필요한 사족이었을지 모르겠다. 하지만 김창희가 『회혼영』에서 제기하는 일반 독자들의 상황은 이와 달랐다. 19세기 조선 사회에는 방방곡곡 숙사塾師가 양산되고 있었는데 이들은 그저 다독다작의 혹독한 훈련만 일삼으며 어린 영혼의 문학적 성장을 가로막고 있었다. '책 읽기는 식견을 구하려고 하는 건데 무엇을 구하려고 하는지 알지도 못하고 읽고만 있으니 아니 읽은 것만 못하고, 글쓰기는 식견을 드러내려 하는 건데 무엇을 드러내려고 하는지 알지도 못하고 쓰고만 있으니 아니 쓴 것만 못한' 상황이 벌어지고 있었다. 그 결과는 책 읽기를 더할수록 어리석음이 증가하고 글쓰기를 더할수록 진실성이 상실된다는 비관적인 진단이었다.

하지만 고문을 추구한 문장가들은 그렇지 않았다. 김창희는 위희魏禧

(1624~1680)의 글을 읽고 말한다. 한유는 고문古文을 창시한 사람인데, 그는 고문을 짓는 핵심적인 방법을 진부한 말을 제거하는 데서 구하였다. 진부한 말이란 무엇인가? 말은 식견에 뿌리를 두고 있기 때문에 마음속에서 남들과 부화뇌동하는 속된 식견[俗識]을 먼저 없애지 않는다면 고문이 나오지 못한다. 사실 글을 짓는 방도는 식견을 단련함[練識]에 있다. 이 명제는 송명宋明 이래 누구도 말한 사람이 없고 오직 청초淸初 삼대 문장가의 하나인 위희만이 말했는데 이야말로 한유의 고문 정신과 일치하는 것이다.

또 김창희는 방포方苞(1668~1749)의 글을 읽고 말한다. 청대 동성파桐城派 문학을 창시한 방포는 초년에 깊이 고문을 추구했지만 만사동萬斯同의 조언을 받아 경학에 잠심하였다. 후일 청대 문장을 정리한 서비연徐棐然은 방포의 문학적 성취를 위해 이를 애석하게 여겼고 사실 문학과 이학理學이 분리된 현실에서 송유宋儒의 성리性理로 당송팔가唐宋八家의 문장을 짓는 것은 무모해 보일 수 있었다. 그러나 이학과 문학이 절대로 서로 같지 않으니 겸할 수 없다는 것은 세속적인 상식일 뿐이며 오히려 절대로 서로 같지 않은 이학과 문학의 양합兩合을 통하여 창조적인 작품이 나올 수 있다. 이는 일반적인 주자학적 고문론의 재도론적載道論的 감각과는 구별되는 것이며 차라리 이학과 문학의 상이한 두 식견의 융합을 지적한 것으로 보인다.

『회흔영』에는 이 밖에도 글쓰기 철학에 관한 유익한 단상들이 많다. 김창희는 평소 '답고즉속踏古則俗, 반속즉고反俗則古', 또는 '문무고금文無古今, 지유아속只有雅俗' 등의 확고한 문학적 식견을 지니고 있었고, '속俗'에 대한 치열한 대결 의식 속에서 아무런 식견 없이 옛글을 가르치고 배우는 낡은 관습을 극복하고자 하였다. 그의 문제의식을 이어받아 오늘날 교육 현장에서도 식견을 기르는 책 읽기, 식견을 기르는 글쓰기가 활성화되었으면 좋겠다.

원문　子瞻論畫竹 曰先得成竹於胷中 振筆直遂 少縱則逝矣 其於道也亦然 有妙契者 必疾書 此會欣穎之所以作也 文章以悟爲主 達乎辭則理見焉 或久味而得之 或率然而遇之 獨知之妙 在筆蹊墨徑之外 彼註爾雅之蟲魚 拾屈騷之香草者 焉足以與語此 余病不能强記 訪諸金石菱尙書 尙書曰讀書不患忘 患不忘耳 猶井泉焉 疏穢濯故活水乃來 石菱子以書籍爲性命 束髮讀破萬卷 蓄積旣富 靈慧透灑 盡取皮毛糟粕而刊落之 閉戶潛心 撮古人於丌閣而酬酢之 每遇會意 欣然筆之 盎葉蓋屢滿矣 陶汰得二卷 索余言 余發一二策而笑曰子之悟猶未也 悟之至者無言 異日從子溪園之上 脫巾撫桐 誦淵明望雲臨水之詩 發眞想於虛襟 叩至音於寂寞 兎魚與蹄筌兩忘 當是時也 孰知有會欣穎耶 況余言之贅乎 雖然姑與子大笑而書之

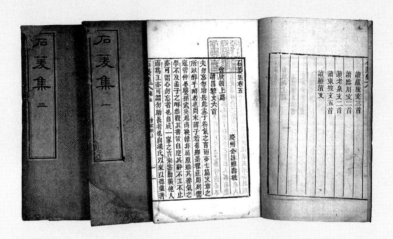

김창희의 『석릉집石菱集』에 실린 「회혼영」

•

김창희는 다독다작의 혹독한 훈련만 일삼으며
어린 영혼들의 문학적 성장을 가로막는
19세기 조선 사회의 풍토에 대해 문제를 제기했다.

10

고전 대중화의
새로운 전략

고전 인문학에 종사하는 사람들은 누구나 고전이 대중에게 더 가까이 있으면 하는 바람이 있을 것이다. 그렇지만 고전 대중화의 방법이 무엇인지는 사람들마다 의견이 다를 수 있다. 고전을 대중의 눈높이에 맞추어 친절하게 해설하는 방법도 있지만, 고전을 대중의 현실에 맞추어 새롭게 창조하는 방법도 있다. 조선 말기 박재형朴在馨(1838~1900)은 전자가 아닌 후자의 방법을 선택하여 『소학』을 조선의 새로운 고전으로 창조하였다. 그가 선택한 고전 대중화의 구체적인 내용을 아래에 소개한다.

✑번역── 김유신이 어렸을 때에 어머니가 날마다 엄한 훈계를 하여 사람을 함부로 사귀지 못하게 하였다. 하루는 우연히 여자 노예인 천관天官의 집에서 묵고 오자 어머니가 면전에서 꾸짖었다.

"나는 이제 늙어서 네가 자라 공명을 세우기를 밤낮으로 바라고 있는데 지금 어린아이들과 어울려 창녀가 있는 술집에서 놀다 온 게냐?"

그러고는 하염없이 울었다. 김유신은 즉시 어머니 앞에서 다시는 그 집을 지나가지 않겠다고 맹세하였다.

하루는 술에 취해 말이 옛길을 따라가 그만 잘못 창녀가 있는 집에 이르렀다. 공은 이를 깨닫고 타고 온 말을 베어 안장을 버리고 돌아갔다. 『동경지東京誌』에 보인다.

출전_ 박재형, 『해동속소학海東續小學』 권4 「계고稽古」

◔번역 —— 현곡玄谷 조위한趙緯韓이 한번은 옥당玉堂에서 숙직하는데 학사學士 한 사람이 책을 보다가 다 읽지 못하고 말했다. "책을 덮으면 곧 잊어버리니 책을 보아 무슨 이로움이 있겠소?" 공이 말했다. "사람이 밥을 먹으면 밥이 항상 뱃속에 남아 있지는 않아서 소화되어 변이 되지만 그 정기精氣가 절로 능히 신체를 윤택하게 하오. 독서하는 것도 이와 같아서 보고 나서 곧 잊어버려도 절로 크게 진보하는 효험이 있으니 기억이 나지 않는다고 스스로 포기해서는 안 되오." 『국조휘어國朝彙語』에 보인다.

출전_ 박재형, 『해동속소학』 권5 「가언嘉言」

◔해설 —— 먼 옛날 우리나라에는 순장의 풍습이 있었다. 부여의 순장은 『삼국지三國志』에 관련 사실이 기록되어 전해지고 있으며, 가야의 순장은 경남 창녕 고분에서 발견된 가야 소녀의 유골에서 사실로 확인

되고 있다. 순장의 풍습은 조선시대에도 있었다. 이 경우 순장의 대상은 사람이 아니라 책이었다. 1794년 어느 날 정조는 창덕궁 주합루宙合樓에 사서삼경 한 질을 특별히 잘 보관하라고 규장각 각신閣臣에게 일러놓았다. 효종의 영릉寧陵에는 『심경心經』을 순장하였고 영조의 원릉元陵에는 『소학』을 순장하였는데 자기도 그 뜻을 계승하겠다는 것이었다. 재미있다. 만일 정조의 말이 사실이라면 효종은 『심경』의 제왕이고 영조는 『소학』의 제왕이고 정조는 사서삼경의 제왕이라는 말이 된다. 그런데 효종과 정조는 조금 근사해 보이지만 영조는 약간 빈약해 보인다. 아직 『대학』 공부가 안 된 어린 사람이 공부하는 책이 『소학』 아닌가? 그래서 그런지 『소학』의 제왕이라는 발상이 조금 코믹하게 느껴지지 않는가? 아니다. 영조의 『소학』은 특별한 『소학』이었다. 영조는 서른 가까운 나이에 늦게 동궁이 되어 『소학』을 본격적으로 공부한 만학도였고, 오래 오래 살아 노년기에 자신의 입학을 회고하며 다시 『소학』을 공부하는 즐거움을 누린 노학자였다. 『소학』은 장년과 노년의 삶을 가다듬는 빛나는 책이었고 그런 의미에서 『소학』의 제왕이라는 칭호는 영조에게 영예로운 이름이 될 수 있었다.

그런데 사실 『소학』은 어려운 책이었다. 세종 대 예조 관리들은 『소학』에 이해가 안 되는 구절이 많고 참조할 해석서가 충분하지 않다며 고충을 토로한 적이 있었다. 세종 대에 많이 읽혔던 『소학』 해석서는 설장수偰長壽가 『소학』을 중국어로 풀이한 『소학직해小學直解』였는데, 이 책은 『노걸대老乞大』, 『박통사朴通事』와 함께 통역관을 양성하는 사역원에서 중국어 학습의 기본 교재로 사용되었다. 통역이라, 『소학』을 열심히 공부하면 중국어 전문가가 되는 세상이 세종 대였는가? 세종 대에 간행된 학술적인 『소학』 주해서는 하사신何士信의 『소학집성小學集成』이었는데, 중종 대에 완성된 『번역소학飜譯小學』은 이 책을 저본으로 삼아 비록 의역 중심의 불완전한 선역이었지만 최초로 『소학』을 한글로 해석하였다. 성종 대 이후 조선 사림 사회에서 인기가 있었던 『소학』 주해서는 명나라 사람 정유程愈가 지은 『소학집설小學集說』이었는데, 사림의 취향이 반영된 듯 선조 대에 출간된 『소학언해小學諺解』는 이 책을 저본으로 삼아 직역 중심으로 『소학』을 완역하였다. 선조 대에 출현한 이이의 『소학집주小學集註』는 기왕의 『소학』 주해서를 종합적으로 검토한 끝에 나온 조선 『소학』의 대표적인 작품이었는데, 조선 후기 점차 『소학집주』가 널리 확산됨에 따라 『소학집주』와 『소학언해』가 서로 일치하지 않는 문제점이 드러나게 되었고, 마침내 영조는 『소학집주』에 훈의와 언해를 가하여 『소학훈의小學訓義』를 제작함으로써 조선 『소학』의 종결자가 되었다. 그러고 보면 영조는 단순히 『소학』을 공부만 했던 인물이 아니라 조선의 『소학』 전통을 완성한 인물이었고 그렇게 볼 적에 『소학』의 제왕이라는 이름은 더욱 그에게 합당하다.

그런데 한 가지 의문이 든다. 조선 전기 성리학이 정착하던 시기에 김굉필金宏弼 같은 학자가 소학동자小學童子를 자처한 것은 시대의 전위에 섰다는 비장한 기운마저 전해주는 면이 있지만, 조선 후기 성리학이 이미 완숙해서 무언가 변화가 요망되는 시기에 영조 같은 제왕이 소학동자를 자처한 것은 완고한 보수를 고집하는 답답한 느낌을 전해주는 면이 있지 않은가? 하지만 『소학』은 이념의 책이기에 앞서 실천의 책이었고, 실천이란 불변의 사회에서 나무처럼 서 있는 정적인 것이 아니라 변화하는 사회에서 깃발처럼 펄럭이는 동적인 것이었다. 영조가 『소학』을 중시한 것도, 영조 대 이후 이익의 학맥에서 안정복의 『하학지남下學指南』이나 황덕길黃德吉의 『동현학칙東賢學則』이 나와 끊임없이 하학下學의 문제를 탐구했던 것도 변화하는 세상에 대응하여 이상적인 일상을 창조하고자 하는 실천적인 노력이었다. 그렇게 볼 때, 황덕길의 손제자에 해당하는 박재형朴在馨이 『해동속소학海東續小學』을 지은 것은 『소학』의 의미를 연구하고 그 가치를 실천해왔던 조선의 주자학 전통에서 상당히 중요한 사건이었다고 생각된다. 『소학』이 중국의 고전이라면 『해동속소학』은 우리나라 사람들의 가언선행嘉言善行으로 구성된 조선의 고전이었기 때문이다. 하지만 그 문제의식은 그 이상으로 남다른 데가 있다.

시험 삼아 『해동속소학』을 펼쳐보라. 어머니의 훈계를 듣고 창가娼家에 가지 않겠다고 맹세했는데 이를 어기게 되자 가차 없이 타고 온 말을 베어버렸던 김유신의 일화는 어떠한가? 이 이야기는 조선 후기 이익의 『해동악부海東樂府』, 오광운의 『해동악부海東樂府』, 이학규李學逵의 『영남악부嶺南樂府』에 실렸던 유명한 일화이지만 그것은 어디까지나 영사詠史의 세계에 머물렀을 뿐 일찍이 소학적 지식이 된 적이 없었다. 그런데 박재형은 이를 해냈다! 또, 홍문관의 동료가 책을 읽어도 항상 잊어버린다고 자책하자 책 읽기를 멋들어지게 밥 먹기에 비유한 조위한趙緯韓의 일화는 어떠한가? 이 이야기 역시 조선 후기 야담집에 실려 있던 유명한 일화이지만 그것은 어디까지나 야담의 세계에 머물렀을 뿐 일찍이 소학적 지식이 된 적이 없었다. 그런데 박재형은 이를 해냈다! 변화하는 사회의 새로운 도덕을 창조하는 과업에 조선의 역사도『소학』이 될 수 있고 조선의 야담도『소학』이 될 수 있다는『소학』대중화의 전략. 이러한 전략 위에서 삼국시대와 고려시대의 역사 이야기가『소학』의 창을 열고 들어와 더욱 활성화될 수 있었으며, 조선시대의 여러 가지 야담이 수신 교과서의 문을 열고 들어와 새롭게 국민 도덕으로 합류할 수 있었다. 전자의 경우 3.1운동 직후 김로수金魯洙가 지은『소학속편小學續編』이, 후자의 경우 애국 계몽기에 휘문의숙徽文義塾에서 편찬한『고등소학수신서高等小學修身書』가 대표적인 사례일 것이다.

박재형의 마인드로 우리 시대의『소학』을 다시 만들 수 있을까? 〈지금은 라디오 시대〉, 〈인간극장〉, 〈아고라〉 등등 일상적인 미디어에서 만나는 온갖 한국 사람의 애환이 담긴 우리 시대의 야담으로『소학』을 다시 만들 수 있을까?『해동속소학』이 조선광문회朝鮮光文會에서 조선의 고전으로 평가받아 출판되었듯 그렇게 만들어진 우리 시대의『소학』역시 훗날 훌륭한 고전이 되어 있으리라.

원문 金庾信爲兒時 母日加嚴訓 不妄交遊 一日偶宿女隸天官家 其母面數之曰 我老 日夜望汝成長立功名 今與小兒遊戲淫房酒肆耶 號泣不已 庾信卽於母前誓不復過門 一日 被酒 馬遵舊路 誤至娼家 公悟 斬所乘馬 棄鞍而返 見東京誌

玄谷趙緯韓 嘗直玉堂 有學士看書未竟 日捲卷輒忘 見之何益 公曰 人之喫

飯 不能恒留腹中 消化爲糞 而其精靈之氣 自能潤澤身體 讀書亦類此 見雖

輒忘 自有長進之效 不可以不能記自棄之 見國朝彙語

박재형의 「해동속소학」
•

『해동속소학』에는 변화하는 사회의 새로운 도덕을 창조하기 위해
조선의 역사도 『소학』이 될 수 있고 조선의 야담도 『소학』이 될 수 있다는
고전 대중화의 새로운 전략이 담겨 있다.

11

나는 새로운 인문학을
꿈꾼다

요즈음 우리 사회에서 통합 또는 융합에 대한 사회적 기대가 작지 않다. 거기에는 세부적인 분과 학문에 갇혀 이른바 '전문 바보'처럼 지냈던 스페셜리스트의 한계를 극복하고 인류의 문명사적 전환기에 인간과 사회를 새롭게 전망하려는 제너럴리스트의 열망이 담겨 있다.

말하기와 글쓰기는 인간의 중요한 언어 능력이고 사고 행위이지만 말과 글은 본질적으로 다르다. 말은 요동치고 유동하는 삶의 한가운데에서 삶과 함께 격류하지만 그러한 격류를 초월하여 삶의 법칙적인 궤적을 사유하는 것이 글이다. 변화하는 말과 불변하는 글은 우리 삶을 표현하는 두 기둥이지만, 범인의 삶은 주로 말로 표현되고 말과 함께 스러져 가는 반면, 성인의 삶은 글로 표현되고 글 속에서 영원히 살아 숨 쉬고 있다.

조선시대 인문학과 인문 교육의 중심은 항상 성인의 글에 있었다. 하지만 성인의 글도 인간의 언어 행위에 의해 발생한 글이다. 과연 인간의 언어 행위는 우주의 보편적인 진리를 포착할 수 있을까? 영원불변의 진리를 함유하고 있다고 주장할 수 있을까? 이건창李建昌(1852~1898)은 조선시대 오랜 인문 전통의 중심이었던 성인의 글을 회의한다.

✎번역── 천지의 마음은 사람의 마음과 같은가, 다른가? 군자는 반드시 영화롭고 존귀하고 부유하고 장수하지만 소인은 이와 반대임을, 옛날 『시詩』, 『서書』, 『역易』과 같이 성인이 지은 글에서 많이 말했는데 과연 그러한가? 중세 이후 재주 있고 변론에 기이한 선비들은 왕왕 분한 마음이 가득차면 발설해 외쳐서 천리天理가 항상스럽지 않음을 비난하였고, 심지어 더욱이 하늘과 사람은 좋아하고 미워하는 취향이 다르다고 하였는데 또한 어째서 그런 것일까? 저들도 일찍이 성인을 공부하고 사모해서 성인을 배반하지 않을 정도는 알고 있을 텐데 어쩌다 졸지에 괴상하고 경서에 어긋난 담론을 지어내 성인을 비난함에 힘쓰는 것인가? 어쩌면 성인의 말이 과연 미친 사람의 말일까? 아니면 어쩌면 저들의 소견이 그런 것인가? 지금의 시대에 천하에서 떼 지어 함께 원망하고 미워해서 소인이라고 지목하여 바뀔 수 없는 자는 누구일까? 나는 알지 못하겠다. 내 마음으로 참으로 의심 없이 감복해서 군자에 합당한 사람은 누구일까? 나는 또한 많이 보지 못하겠다. 그가 영화롭고 존귀하고 부유하고 장수하는지 혹은 이와 반대인지 내 어디에서 천지의 마음을 예측할 수 있을까?

다만 나의 정원에 있는 풀을 보니 그것이 내가 사랑하고 기뻐하는 바가 되어 그것이 번성하기를 바라면 반드시 살아가기가 어렵다. 살아가면서 비바람이 불시에 닥치는 환난도 있고, 마소에게 짓밟히기도 하고, 종년의 자식이나 동자 머슴에게 더럽혀지기도 하여 초췌하고 편안하지 못하다. 내게 미움을 받아 속히 뽑혀버렸던 것은 하룻밤 지나 보면 다시 싹이 터서 며칠도 안 되어 노한 듯이 뽐내고 기쁜 듯이 자라고 마치 믿는 데가 있는 듯 왕성히 커져서 거침없이 두려워하지 않는다. 이는 누가 그렇게 시킨 것인가? 장차 천지의 마음을 그 때문에 믿지 않을 것인가? 옛 성인의 말은 과연 모두 미친 사람의 말인가? 그리고 중세 이후 재주 있고 변론이 기이한 선비들은 그 말이 옛 성인보다 훌륭하다 이를 것인가?

또, 내가 일찍이 초나라 굴평屈平의 『이소離騷』를 읽은 적이 있는데, 그 사람은 향기로운 좋은 풀을 군자에 빗대 그것이 번성함을 바라고 그것이 초췌함을 마음 아파하여 그 정이 은연殷然히 그치지 않았다. 어찌 그 성품이 가까워 취할 바가 있어서가 아니겠는가? 대개 공자는 일찍이 향기로운 난초[猗蘭]를 탄식한 적이 있었지만 공자 이상 주공周公으로 거슬러 올라가 순舜, 고요皐陶에 이르기까지 이들이 지은 시가詩歌나 다른 곳에 기록된 말에서 향초를 좋아하여 취했다는 것을 듣지 못했으니 또 어째서인가? 어쩌면 옛 성인의 군자와 같은 성품이 또한 그렇기도 하고 그렇지 않기도 해서인가?

또, 내가 듣건대 봉황은 상서로운 새이고 지극히 귀중하다 하는데, 주周의 삼세三世에는 봉황이 울며 떠나가지 않았다. 권아卷阿의 시詩에는 무성한 선비들을 빗대어 봉황이 많은 것이 선비가 많은 것과 같다고 하였다.¹ 순舜의 백공百工은 상서로운 별과 경사스런 구름을 노래하되 "아침이구나, 다시 아침이구나"라고 하였는데² 별과 구름을 아침마다 보았던 것이다. 그런즉 그것이 시가인 것은 또한 지금 시가인 것과 같으니 봄에 꾀꼬리를 읊고 가을에 매미를 읊고 밤에는 달을 노래할 뿐이라 어찌 족히 이상할 것 있는가? 그러므로 후세의 이른바 희귀한 물건은 모두 삼대 지치至治의 나라에서는 항상 보던 것이니 하물며 향초처럼 구구한 것이랴! 공자와 굴평은 향초를 항상 보지는 못했기 때문에 번성함을 사랑하고 초췌함을 애석해하는 정이 있었던 것이니, 만약 그것이 쑥대나 쑥처럼 쉽게 살아나 많이 번성한 것이라면 뽑아버리지나 않을 뿐 무어 그리 칭찬할 것이 있었을까? 사람에게 군자가 있는 것도 또한 이러할 뿐이다.

대개 천지는 마음이 없고 운화運化가 있다. 운화가 왕성하면 천지의 마음이 거의 마치 사람의 정보다 넘치는 것 같고, 하강하여 쇠퇴하면 취향을 달리하는 것 같아 보인다. 『시詩』, 『서書』, 『역易』을 지은 성인이나

---

1 권아卷阿의 … 하였다 : 『시경詩經』 「대아大雅·권아卷阿」에서 봉황의 날아감을 보고 임금의 길사가 많음에 비유했다.

2 순舜의 … 하였는데 : 『상서尙書』에 전하는 「경운가卿雲歌」의 노래 가사의 일부이다. 원래 '경운卿雲'은 상서의 징조인 '채색 구름'인데, 양梁나라 심약沈約이 주를 단 『죽서기년竹書紀年』에 보면 순 임금 재위 14년에 경운卿雲이 나타나자 우禹에게 명하여 정사를 대신하게 하였다는 기사가 있다. 「경운가」는 『상서대전尙書大傳』에 보면 순 임금과 신하들이 서로 수창酬唱한 노래인데, "아침이구나, 다시 아침이구나" 구절은 『명미당집』 원문에서는 '朝復朝兮'라고 되어 있으나 원래 『상서』 원문에서는 '旦復旦兮'라고 되어 있던 것으로 조선 태조의 이름인 '단旦'을 휘諱하여 이를 '조朝'로 바꾼 것으로 보인다.

중세 이하 사람들이나 각각 자기가 만난 시대가 그러했음을 말한 것뿐이다. 미친 것도 아니고 기궤한 것도 아니다. 성인은 공자부터 시작해서 천지에 의혹이 없지 않았다. 이에 헛된 글을 지어 곤룡포로 삼고 도끼로 삼아 사람의 마음을 위로하였다. 아아! 곤룡포로 삼고 도끼로 삼으면 과연 사람의 마음을 충분히 위로할 수 있는가? 아니면 그 마음을 스스로 쓸 곳이 없어 우선 이것으로 발분하려는 것인가? 그것이 내가 내 정원에서 풀을 뽑는 것보다 오히려 나은 것인가?

출전_ 이건창, 『명미당집明美堂集』 권12 「풀을 뽑는다(除草說)」

🐚해설 —— 유교적인 인문 전통에서 복선화음福善禍淫에 대한 성찰은 오래되었다. 복선화음이란 착한 사람에게 복을 주고 나쁜 사람에게 재앙을 내린다는 뜻으로 하夏나라 걸왕桀王의 학정을 미워한 하늘이 복선화음의 천도를 발휘하였다는 이야기가 은殷나라 탕왕湯王의 고문誥文에 나온다. 우리나라에서는 정도전鄭道傳이 고려 우왕 원년 「심문心問」과 「천답天答」을 지어 고려 말기 지배층의 공리功利 풍조를 비판하면서 왜 하늘이 적시에 복선화음의 권능을 발휘하지 않는가를 성찰한 일이 있다. 박은식도 서간도에 망명한 후『몽배금태조夢拜金太祖』를 지어 한국 독립의 의지를 불태우면서 왜 하늘이 매국과 애국의 두 부류에 즉각 복선화음의 권능을 발휘하지 않는지 하늘의 본뜻을 성찰한 일이 있다.

복선화음에 대한 지식인들의 관심과 접근은 서로 달랐지만 어느 쪽이든 유교의 인문 전통 내부에 있는 복선화음의 관념을 통해 자기 시대에서 요청하는 인간의 윤리적 자각과 수신의 요체를 얻으려는 생각에는 변함이 없었다. 성인이 남긴 글, 곧 경서經書는 인문적 가치의 원천이 되는 것이었고 그것에 대한 철학적 해석학이 시대마다 다를 뿐이었다.

하지만 아무리 성인이 경서에서 군자는 복을 받고 소인은 재앙을 받는다고 말했어도 우리의 삶에서 체험하는 사실과 성인의 글에서 전달하는 말씀 사이는 쉽게 좁혀지지 않는다. 경서에서 언어상으로 존재하는 소인이 또 군자가 삶에서 어떻게 경험적으로 확인되는가? 그리고 그들을 대상으로 작용되는 복선화음은 또 어떻게 발견할 수 있는가? 아마도 문제는 우리의 삶에 있을 것이다. 우리의 삶과 성인의 글 사이에 발생하는 간극은 일차적으로 우리가 성인의 글을 열심히 읽지 않았기 때문이다. 조선 후기 호학의 군주였던 영조는 경서를 읽을 때마다 '책은 그대로 책이 되고 나는 그대로 내가 되는' 일이 일어나지 않도록 스스로 경계하였다. 진정한 인문학은 성인을, 아니 성인의 글을 끝까지 믿으며 우리의 삶에 합치시켜 나가는 것이 아니던가?

그렇지만 성인의 글에 문제는 없는 것일까? 성인은 하늘의 도를 보았을 것이다. 성인은 분명 복선화음의 엄숙한 하늘의 도를 보았을 것이다. 하지만 성인의 언어 능력에 의해 발생한 성인의 글에는 인간의 고유한 언어적 한계가 내재한다. 공자와 같은 성인조차 군자에 대한 비유적 실체로 향초라는 언어를 제시하였을 때, 그 비유는 아득한 지치至治 시대의 감각, 곧 잡초의 감각을 회복하지 못하고 지치 시대에서 추락한 역사 시대의 감각에 머물러 있는 것이었다. 우주의 진리는 천지의 운화와 더불어 영원하지만 성인은 자기 시대의 언어로 그것을 표현했을 뿐이다.

아, 사람들이여! 이건창은 마음속으로 묻는다. 인문학은 사실 성인의 글을 연구하는 경학이 아니다. 그럼에도 훈고와 의리를 반복하며 끝없이 가지치기를 하고 있는 이 거대한 분과 학문들을 보라. 이 협소한 스페셜리스트들을 보라. 태초에 성인의 글이 있었던 것은 아니지 않은가? 성인의 글이 아닌 성인이 있었고, 그에 앞서 천지의 도가 있었던 것이다. 나는 성인의 글이 부과하는 언어적 질서에서 벗어나 직접 천지의 도와 만나겠다. 성인의 글에서 향초의 군자를 읽느니 천지의 운화에서 잡초의 군자를 뽑으련다. 19세기 후반 문명사적 전환기를 맞이하여 나는 새로운 인문학을 꿈꾼다. 진정한 인문학은 성인의 글을 외우는 스페셜한 글공부가 아니라 인간의 삶에서 체험되는 제너럴한 마음공부인 것을!

원문 天地之心 與人之心 其同耶 其不同耶 君子必榮尊富壽 小人反是 古詩書易聖人之書 多言之 其果然耶 而中世以下 負材奇辯之士 往往憤盈發呼咎天理之不常 甚且謂天與人好惡異趣 又豈然耶 彼其人嘗誦慕聖人 知足以弗畔 奈何卒爲恠詭拂經之談 務與聖人難哉 豈聖人之言 果誑人耶 彼豈其有所見者然耶 今之時 天下羣共怨嫉 目爲小人 而不可易者 誰歟 吾未之識也 吾心所誠服無疑 可以當君子者 誰歟 吾又未之多見也 其或榮尊富壽 其或反是 吾何從以卜天地之心哉 獨見草之在吾庭者 其爲吾所愛悅 欲其蕃者必難生 生則有風雨不時之患 及爲牛馬所踐 婢子僮豎所褻 悴焉而不寧 其爲吾所憎嫉而亟鉏之者 一宿而視則復芽焉 不數日則挺然若怒 茁然若喜 若有所憑恃而王張肆大 怏然無所畏也 是則誰使之然歟 將非天地之心之爲之信歟 古聖人之言 果皆誑人歟 而中世以下 負材奇辯之士 其言賢於古聖人謂歟

抑吾嘗讀楚屈平之離騷 其人好草之芳馨者 輒比之君子 望其蕃而傷其悴 其
情殷然不能已 豈非其性之近而有所取耶 盖孔子亦嘗歎猗蘭云 然溯孔子以
上周公 以至舜皋陶 其所爲詩歌及他所紀言語 未聞有芳草之類 爲所好所取
者 又何歟 豈古聖人君子之性 亦有然有不然耶 抑吾聞鳳凰 鳥之瑞也 至可
貴也 而周之三世 鳳凰鳴而不去 卷阿之詩 以比藹藹之士 謂鳳凰之衆多 如
士之衆多也 舜之百工 歌景星慶雲 而曰朝復朝兮 謂星雲朝朝而見也 然則其
爲詩歌也 亦如今之爲詩歌者 春賦鶯 秋賦蟬 夜則詠月而已 曷足異也 故後
世所謂希貴之物 皆三代至治之國 所常見耳 况如芳草之區區哉 孔子與屈平
惟不常見夫芳草也 故有愛蕃惜悴之情焉 如其易生而盛多若蕭艾然 則不鉏
之而已 奚其稱焉 人之有君子 亦若是而已 盖天地無心而有運化 運化之盛
則天地之心 殆若有蹟於人之情也 及其降而衰 則又若異趣也 詩書易聖人 以
至中世以下之士 各道其所遇之時然耳 非誑與詭也 聖人自孔子而始 不能無
惑乎天地 於是而爲空文 以袞焉鉞焉 以慰夫人之心焉 嗚呼 袞焉鉞焉 其果
足以慰夫人之心耶 其亦無所自用其心而姑爲是以發其憤耶 其猶愈於吾之
芸吾庭者耶

「학변學辨」이 실린 정제두鄭齊斗의 『하곡집霞谷集』 권8

•

정제두는 「학변」에서 분열되어 있는 성인의 글들을 마음의 천리로 통합하고자 하였다.
이건창은 성인의 글에서 향초의 군자를 읽으니
천지의 운화에서 잡초의 군자를 뽑겠다고 다짐하였다.
둘 다 양명학의 인문 정신이었다.

12

고려는
조선의 타자인가?

　조선시대 선비들은 고려를 어떻게 보았을까? 안에서 보는 고려도 있지만 밖에서 보는 고려도 있다는 사실을 알고 있었을까? 사람들은 대개 안에서 보는 시선에 익숙하기 때문에 바깥에서 보는 시선과 만나면 신기함을 느끼기 마련이다. 가령 7세기 비잔틴제국의 역사가 시모카타Simocatta가 무클리Moukli(고구려)의 강인한 정신력과 높은 투지를 소개하고, 9세기 이슬람 학자 이븐 후르다드비Ibn Khurdadhbih가 알 실라al-Shila(신라)의 풍부한 금과 쾌적한 환경을 소개한 사실을 생각해보라. 비잔틴의 고구려, 이슬람의 신라라니! 또 1755년 프랑스의 작가 볼테르가 칭기즈칸의 위협에 시달리는 중국의 왕실을 고려가 구원할 것이라고 기대하는 작품을 발표하고, 1817년 세인트헬레나 섬에 유폐된 나폴레옹이 장죽을 물고 있는 조선 노인의 모습을 그림으로 구경한 사실을 생각해보라. 볼테르의 고려, 나폴레옹의 조선이라니! 아마도 조선 말기 유학자 김평묵金平默(1819~1891)이 고려의 풍속을 논한 주자의 글과 마주쳤을 때의 기분도 처음에는 이와 비슷했을지 모른다. 주자의 고려라니! 하지만 서세동점西勢東漸의 시대를 만나 물밀듯이 서양 세력이 조선에 들어오는 상황에서 고려를 돌아보는 그의 마음은 심각하기만 하다. 고려에서 문명을 발견할 수 있을까? 주자가 밖에서 본 고려는 고려의 본질과 부합하는 것이었을까?

◐번역 —— 고려 태조는 신라·백제 말기에 삼국을 통합하고 사방을 진무하였다. 광종은 송나라가 처음 일어나자 조금 사모하고 신복할 줄 알아 중화의 문물로 오랑캐의 풍속을 변화시켰다. 그 이름에 사실 칭찬할 만한 것이 있었다. 이 때문에 풍속이 좋다고 주자의 문하에서 칭찬을 받았다. 그러나 역사책에 실린 내용을 살펴보면 열에 다섯, 일곱은 풀뿌리와 풀 껍질의 더러움을 벗어나지 못했다. 주자가 아직 만이蠻夷의 풍속을 띠고 있다고 한 것은 알맞은 말이다. 이른바 문교文敎의 모방模倣이라 한 것은 대저 쌍기雙冀가 들여온 사장詞章의 습관, 곧 수당隋唐에 시행된 과거科擧의 폐단에서 나온 것이고, 요순삼왕堯舜三王이 돈전惇典과 용례庸禮[1]를 가르치고 덕행德行과 도예道藝의 선비를 선발했던 것은 의구히 몽매하여 무슨 일인지 몰랐다. 따라서 고려가 국토를 겨우 보존한 것은

---

1 돈전惇典과 용례庸禮 : 돈독한 오전五典과 떳떳한 오례五禮. 고요皐陶가 순舜에게 아뢴 말에서 유래하는 것인데, 오전은 곧 인간의 오륜五倫을 말하고 오례는 오륜에 대한 예절을 말한다.

결국 새는 데를 막고 터진 데를 기우며 구차하게 시간을 때운 것을 넘어서지 못했다. 이른바 백성으로 하여금 효제孝悌에서 일어나 용기가 나게 진보시켜 친상사장親上死長[2]의 마음과 정달진초挺撻秦楚[3]의 기운이 있도록 하는 것에 있어서는 털끝만큼이라도 비슷한 것을 보지 못했다.

이 때문에 천리가 밝지 못하고 인심이 바르지 못하여 국력을 떨치지 못해 천 리나 되는 땅을 갖고서도 남을 두려워하였다. 거란이 강하면 거란의 신첩臣妾이 되고 여진이 강하면 여진의 신첩이 되며 몽고가 강하면 몽고의 신첩이 되었으니, 이는 이른바 사람들마다 모두 남편이 될 수 있다는 것이다. 무릇 송宋의 동쪽 번국으로 신자臣子의 절개를 지키지 못하고 다시 세 오랑캐를 섬겨 조빙朝聘하며 왕래했으니, 이를테면 어물전에 들어간 지 오래되면 비린내를 맡지 못함과 같은 것으로, 그 풍속이 좋다고 할 만한 것이 거의 남아 있지 않았으며 머리끝부터 발끝까지 모두 오랑캐였던 것이다.

심지어 몽고가 중국의 전체를 차지하자 몽고를 천지와 부모처럼 보았다. 몽고에서 왕비를 맞이해 들이고 몽고에 딸을 시집보내고 몽고에서 과거에 급제하고 몽고에서 관리가 되어 의기양양하게 영광으로 알고 신나게 국인에게 뽐내었고 사람 사는 세상에 수치스런 일이 있음을 알지 못하였다. 정동행성征東行省을 세워 다루가치가 고려를 감독하려 했던 일

---

2 친상사장親上死長 : 나라의 백성이 윗 사람을 친애하고 어른을 위해 목숨을 바치는 것을 말한다.

3 정달진초挺撻秦楚 : 약한 나라의 백성이 진나라와 초나라 같은 강국의 침입에 맞서 싸우는 것을 말한다.

도 이 때문에 일어난 것이다. 군신장상君臣將相이 크고 작은 일에서 제어를 받고 뭇 백성이 모두 도탄에 추락하는데도 뉘우칠 줄 몰랐다. 심한 경우엔 자식이 자기 부모를 송사하고 신하가 자기 임금을 송사하고 아내가 자기 남편을 송사하였다. 이는 천지의 지극한 변고이고 고금의 지극한 역리逆理인데, 편안히 별 일 아닌 것으로 여겼다.

다행히 천운은 순환하여 어디에 가든 돌아오지 않음이 없어 명나라가 한낮에 떠오르니 공민왕이 삼가 제후의 법도를 받들어 일변一變의 시기가 있을 줄로 기대했건만 폐왕 우와 그의 간사한 신하들이 북원北元에 납공하고 천조天朝(명나라)에 대항하였다. 당시 포은圃隱(정몽주鄭夢周) 같은 현인들이 존왕양이尊王攘夷와 배음향양背陰向陽의 대의를 진언하자 원수 같이 미워해 유배를 보내고도 혹 약하게 다스렸나 두려워하였고⁴ 심지어 병사를 일으켜 반역을 저지르는 일⁵까지 있었다. 이는 자잘한 소인과 추한 오랑캐의 행실이요 귀방鬼方 북적北狄의 등속이니 주자가 이 때 있었다면 또 어떻게 생각했을까?

고려의 처음과 끝을 고찰하건대 불과 이런 정도이니, 고려가 오백 년이나 오래 이어진 것은 단지 『역易』에서 이른 바 정질불사貞疾不死⁶이고 공자가 이른 바 망생행면罔生幸免⁷일 뿐이다. 지난날 우리 태조가 위화도에

---

4 당시 … 두려워하였고 : 고려 말 우왕 대에 권신 이인임李仁任이 북원 사신 영접을 반대하는 정몽주, 박상충朴尙衷 등을 박해한 일을 가리킨다.

5 심지어 … 일 : 우왕 대에 착수된 요동 정벌을 말한다.

6 정질불사貞疾不死 : 고질병이라서 죽지 않는다는 뜻이다. 『역易』「예괘豫卦」에 나온다.

서 회군하여 대의를 바루고 위로 천자의 총애를 받아 국조國朝의 문명을 열지 않았더라면 우리 동방은 비록 기자箕子의 옛 나라이지만 사해四海 바깥 온갖 종류의 오랑캐와 어떻게 구별이 되었을 것이며 인류와 금수 사이의 존재를 어떻게 면했겠는가? 이것이 태조의 위대한 업적이 고금에 탁월할 수 있는 까닭이 되는 것, 그것이다. 그러므로 우재尤齋(송시열) 선생이 천지가 뒤집히고 효종이 승하한 세상을 만나 지성으로 간절하게 태조의 휘호를 더하여 일시의 이목을 새롭게 하기를 청했던 것은 일식고폐日食鼓幣[8]의 설에서 나온 것이니 그 마음이 참으로 슬퍼할 만한 것이었다.

그러나 세상의 유자들은 화가위국化家爲國[9]의 설로 이를 막아내고 전혀 거룩한 태조의 마음을 알지 못한다. 설령 여기에서 나왔다 할지라도, 제 환공이 이적夷狄을 물리치고 주실周室을 존숭했던 것, 한 고조가 의제義帝를 위해 항적項籍을 토벌했던 것에 대해 『춘추』와 『강목』에서는 칭찬하는 말이 있고 폄하하는 뜻이 없다. 이는 곧 해와 별 같이 빛나는 대의로 이른바 우주를 부지하는 동량棟樑이고 인생을 편안히 하는 주석柱石인 것이다. 식견이 이러하니 곧 난장이가 공연을 구경함[10]과 같은지라 어찌 천하의 의리를 말할 수 있을까?

출전_ 김평묵, 『중암별집重菴別集』 권5 「고려의 처음과 끝[高麗始終論]」

---

7 망생행면罔生行免 : 정직하지 않은 삶은 요행히 면한 것일 뿐이라는 뜻이다. 『논어』 「옹야雍也」에 나온다.

8 일식고폐日食鼓幣 : 일식이 있으면 천자는 사직에서 북을 치고 제후는 사직에서 폐백을 사용하는 것이 예라는 뜻이다. 즉, 북을 치고 폐백을 사용하여 구식救蝕하는 실천을 한다는 의미이다.

9 화가위국化家爲國 : 자기 집안을 일으켜 새 왕조를 만들었다는 뜻이다.

🅑해설── 포은 정몽주는 고려 말기 삼은三隱의 한 사람이다. 정몽주 하면 선죽교의 핏자국이 떠오를 정도로 그는 고려왕조를 위해 충절을 바친 충신으로 기억된다. 하지만 그는 고려의 충신으로 생을 마감했지만 출중한 능력과 탁월한 업적으로 그의 생애에 많은 일화를 남겼고, 그러했기에 사람들이 정몽주를 기억하는 방식 역시 한결같지는 않았다.

조선 전기 사대부는 정몽주를 '동방 성리학의 원조[東方理學之祖]'라고 추앙하였는데, 이것은 정몽주가 고려 사회에서 처음으로 정주학의 방식으로 유교 경전을 해설했던 교육자였기 때문에 붙여진 이름이었다. '횡설수설橫說竪說'이라는 별명의 본뜻에 걸맞게 그의 성균관 강의는 이지적이고 논리적인 명품 강의로 정평이 있었다.

조선 후기 사대부는 정몽주의 반원친명 활동을 중화와 오랑캐의 분별에 투철한 존화양이의 정치적 실천으로 주목하고 성리학자 정몽주의 이념적 색채를 강화하였다. 원명 교체기 고려 앞에 놓였던 갈림길은 어떤 문명을 선택하느냐는 문제였다고 보고 중화 문명을 선택한 조선왕조의 이념적 선구자로 정몽주를 승화한 것이다.

문명의 선택. 그렇다. 조선시대의 개막이란 이 땅에서 획기적인 문명화가 시작하는 대사건이었다는 것. 조선왕조의 건국은 단순히 고려에서 조선으로 왕조가 교체된 일국사적인 사건으로 볼 것이 아니라 동아시아

---

10 난장이가 … 구경함: 난장이가 공연을 구경할 때 키가 큰 사람이 앞을 가려 공연을 잘 보지 못하는데도 사람들이 웃으면 덩달아 웃는 것을 뜻한다. 즉, 실체를 모르면서 다른 사람들을 따라한다는 의미이다.

에서 명과 함께 중화 문명이 출현한 세계사적인 사건으로 보아야 한다
는 것. 처음 조선 태조의 휘호 지인계운至仁啓運이 일국사적 건국사관에
입각한 것이었다면 숙종 대에 추시된 휘호 정의광덕正義光德은 세계사적
건국사관에 입각한 것이었다.

조선 건국의 역사적 의의가 문명화에서 두어질수록 이에 비례하여 고
려는 문명화 이전의 존재로 비추어지기 십상이었다. 특히, 19세기 성리
학적 근본주의의 시각에서 보건대 고려의 시작에 유교적인 문치가 없었
던 것은 아니지만 고려 유학은 철학이 아닌 수사학에 머물러 있는 것이
었고, 고려가 세계 질서에 참여하지 않았던 것은 아니지만 그것은 요,
금, 원의 북방 세력에 강하게 속박되어 있는 것으로 본질적으로 문명의
바깥이었으며, 더구나 고려의 끝은 정치와 도덕이 모두 실종된 왕조 말
기의 총체적인 혼란이었다. 주자가 원 간섭기의 고려를 보지 못한 것은
고려로서는 다행스런 일이었을지 모른다.

김평묵의 고려시대 비평은 철두철미 문명 의식 위에 있다. 하지만 일
제강점기 식민지 조선인 혹은 해방 후 현대 한국인이 조선시대를 비평
하면서 구사하는 문명 의식과는 성격이 다르다. 20세기 한국의 조선시
대 비평의 기본적인 관심사는 근대의 시선에서 전통을 투시하는 것이
다. 조선시대를 근대와 현격히 대비되는 암흑의 구체제로 채색하는 전
략이나 조선시대를 근대와 닮은 새로운 전통으로 발명하는 전략이나 모
두 전통-근대의 구도 위에 있다.

반면, 19세기 조선의 고려시대 비평의 기본적인 관심사는 고려적인
과거의 전통을 투시한다는 것이 아니었다. 조선왕조는 건국한 지 500년

이 다 되고 있었고 긍정적이든 부정적이든 고려시대는 전통으로 의식되지 않았다. 문명화된 조선은 이미 고려가 아니었다. 그럼에도 조선은 문명이 탈각되는 순간 언제든지 문명화 이전의 존재, 즉 고려가 될 수 있었다. 고려는 조선의 타자였다.

김평묵이 살았던 시대는 성리학의 시선에서 보면 조선에서 문명이 탈각되는 과정이었다. 조선이 고려가 되는 과정이었다. 19세기 조선과 청의 밀착은 14세기 고려와 원의 유착에 버금가는 상황이었다. 19세기 한양漢陽이 연경燕京에 열중했던 상황은 14세기 개경開京이 대도大都에 열중했던 상황과 별반 다르지 않았다. 19세기 청의 원세개袁世凱가 조선 정부를 간섭했던 상황은 14세기 원의 정동행성이 고려 정부를 간섭했던 상황과 크게 다르지 않았다. 조선 말기는 갈수록 고려 말기가 되고 있었다. 역사는 문명화 이전으로 후퇴하고 있었다.

여기서 김평묵의 문명 의식이 과연 올바른 것인지 시비를 논하지는 않겠다. 하지만 서양 문명에 심취하여 새로운 문명 의식으로 거듭난 '문명개화' 현상이 있었던 것과 같이 이에 앞서 중화 문명에 심취하여 역시 새로운 문명 의식으로 거듭난 '문명개화' 현상이 있었음을 충분히 고려할 필요가 있다. 김평묵도 문명인이었고 서재필도 문명인이었다. 그렇기에 김평묵의 고려 비판이나 서재필의 조선 비판이나 다 같이 문명론에 수렴된다는 공통점이 있음을 볼 수 있다. 하지만 대한의 타자로서 조선이 존재한 것이 아니듯 고려 역시 조선의 타자로서 존재한 것은 아니다.

高麗太祖 當羅濟之季 統合三國 撫綏四境 至光宗而當宋興之初 稍

知慕嚮臣服 用夏以變夷 其名實有足稱者 是故 以風俗之好 見詡於朱子之門

然夷考其史牒所載 十之五七 猶不脫於荑甲之陋矣 朱子謂尙帶蠻夷風者 稱

停之語也 其所謂文敎之模倣者 大抵出於雙冀詞章之習 隋唐科擧之累 而堯

舜三王惇典庸禮之敎 德行道藝之選 依舊懵然 不知爲何事 則其僅保邦域 不

越乎架漏牽補 苟且挨過之歸而已 其所謂使民興於孝弟 進於有勇 有親上死

長之心 有挺撻秦楚之氣者 則未見有一毫之依俙者 是以 天理不明 人心不正

國力不競 而不免於千里畏人 契丹强則爲契丹之臣妾 女眞强則爲女眞之臣

妾 蒙古强則爲蒙古之臣妾 此所謂人盡夫者也 夫以宋之東藩 不能守臣子之

節 更事三虜 朝聘往來 如入鮑魚之肆 久而不聞其臭 則所謂風俗之好 存者

無幾 而頂踵毛髮 幾皆蠻夷矣 至於蒙古據有神州之全幅 則視之如天地父母

於是乎娶妃 於是乎嫁女 於是乎擢第 於是乎臚仕 揚揚焉以爲榮耀 施施然以

驕國人 而不知人間復有羞恥之事 征東之立省 達魯之監國 因是而作 使君臣

將相 大小受制 羣黎百姓 悉墜塗炭 而不知所以悔之 甚則子訟其父 臣訟其

君 妻訟其夫 是天地之至變 古今之至逆 而恬然以爲薄物細故 尙幸天運循環

無往不復 大明中天 恭愍恪承侯度 則庶幾其有一變之候矣 而廢主禑與其倖

相 延納北元 以抗天朝 當時如圃隱諸賢 一陳尊王攘夷背陰向陽之大義 則仇

嫉竄逐 如恐不及 而甚至有擧兵犯順之事 則是索性醜虜之行 鬼方玁狁之屬

晦翁而在者 又當以爲如何也 考觀麗氏之終始 不過如此 則其能綿延於五百

年之久 特易所謂貞疾不死 孔子所謂罔生幸免耳 向非我太祖威化回軍以正

大義 而上蒙天子之寵光 啓佑國朝之文明 則我東雖曰殷師舊邦 何以別於四

海之外百種之夷 而免爲人與禽獸間一物哉 此太祖之大烈 所以度越今古者

然也 故尤齋先生 當天地翻覆之世 寧陵徂落之後 至誠懇懇 請加太祖徽號
以新一時之耳目者 盖出於日食鼓幣之說 其心誠可悲矣 而世儒乃以化家爲
國之說 爲之防塞 殊不知聖祖之心 設出於此 齊桓之攘夷狄尊周室 漢祖之爲
義帝討項籍 春秋綱目 有褒辭而無貶意 此乃日星大義 所謂扶持宇宙之棟樑
奠安人生之柱石也 見識如此 直類矮人觀場 烏足以語天下之義理哉

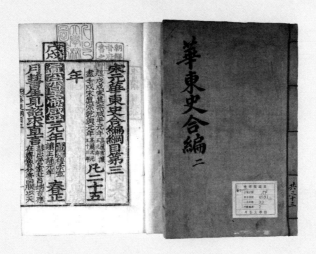

이항로李恒老의 주도로 편찬된 고려·송·원의 역사서
「송원화동사합편강목宋元華東史合編綱目」

•

물밀듯이 서양 세력이 조선에 들어오는 상황에서
고려를 돌아보는 김평묵의 마음은 심각하기만 하다.
과연 고려에서 문명을 발견할 수 있을까?

古典通變

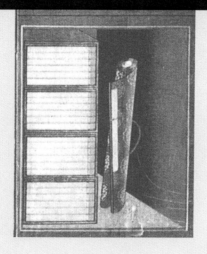

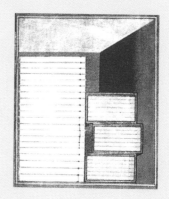

3

전환기 지성사

1

임오군란,
그리고 한중 교류

　예나 지금이나 외국 사람과 만나 학문적인 대화를 나눈다는 것은 뜻 깊은 일이다. 진지한 학문적인 대화는 가벼운 날씨 이야기와는 차원이 다른 법. 오늘만 지나가면 곧 잊혀질 무상한 날씨 이야기와 달리 신실하게 교감을 나눈 학문 이야기는 언제나 마음에 남아 영원한 현재를 살아간다. 하물며 역사와 문화가 다른 외국 사람과 주고받는 학문 이야기의 여운은 더 짙고 더 깊을 것이다.

　조선시대 선비들이 외국 사람과 학문적인 대화를 나누었던 공간은 주로 우리나라 바깥이었다. 중국과 일본에 파견된 조선의 사절단은 현지에서 여러 지식인들과 만나 주자학, 양명학, 한학漢學, 고학古學 등을 주제로 많은 대화를 나눌 수 있었다. 동아시아의 공동 문어였던 한문을 이용해 나눈 필담은 섬세하고 정밀한 학술적 대화를 담을 수 있는 유리한 장치였다.

그런데 외국인과의 학술교류가 항상 우리나라 바깥에서 이루어졌던 것은 아니다. 특히, 1882년 임오군란 이후 1894년 청일전쟁이 발발하기 전까지 청나라 세력이 장기간 조선에 정치적 영향을 미침에 따라 서울에서는 조선과 청 사이의 문화·학술교류가 활발히 일어났다. 조선 선비 박승동朴昇東(1847~1922)이 1889년 서울에서 청나라 선비 손경종孫慶鍾을 만나 필담을 나눈 것은 이러한 교류의 한 장면이었다. 둘은 무슨 대화를 나누었을까?

&번역—— 청나라 사람 손경종孫慶鍾은 호는 근당勤堂으로 손규孫揆의 후손이다. 옛 제나라 도읍 남문 밖에 거주한다고 한다. 원세개袁世凱의 막료로 우리나라에 와서 계속 머무르고 있다. 기축년己丑年(1889) 봄 내가 서울에서 관상현觀象峴에 숙소를 잡았는데 근당이 찾아와 필담한 것이 이와 같다. (중략)

손경종 : 육경六經과 백가百家는 제가 이미 대략 섭렵했습니다. 공부하지 못한 것은 조선 유학자의 이론입니다. 오늘 조선 선유들의 경의설經義說을 듣고 배움을 더하고 싶습니다.

박승동 : 우리나라 선유들의 경의와 예설을 실은 현전 문적들이 문원文苑에 쌓여 집집마다 보장된 지 지금 500년이 더 됩니다. 그 법칙적이고 논리적인 논의가 천하에 전파되어 갈 만도 하지만 단지 우리나라가 구석에 위치해서 널리 퍼지지 못했을 뿐입니다. 하늘이 감춘 곳의 지극한 보배가 천하에 천명될 기약이 없었던 것이 여러 번이었습니다. 지금 천

하의 선비께서 다행히 한두 가지 논의하시니 제가 비록 노망하지만 질문의 조항에 응해 대답하겠습니다. 모두 말씀하시면 좋겠습니다. (중략)

손경종 : 제가 제나라에서 태어나 제齊와 노魯 사이에서 노닐며 조금 학문하는 방도를 압니다. 지금 멀리 다른 나라에 와서 외롭고 쓸쓸해 다시 공부하지 못하고 있습니다. 다른 것은 걱정되지 않으나 이것이 걱정입니다.

박승동 : 우리나라 이문순李文純(이황) 선생은 이렇게 말했습니다. "도道는 일상에서 유행한다. 어디에 가든 없는 곳이 없다. 따라서 이치가 없는 곳이 한 자리도 없으니 어느 곳인들 공부를 그만둘 수 있겠는가? 경각이라도 혹여 쉬는 때가 없다. 따라서 이치가 없는 때가 한 순간도 없으니 어느 때인들 공부하지 않을 수 있겠는가?" [1]

손경종 : 거경居敬과 궁리窮理, 두 가지 설은 정주씨程朱氏가 창립한 큰 가르침입니다. 배우는 사람이 거경과 궁리 중에 우선 어느 것을 먼저 해야 하겠습니까?

박승동 : 퇴옹退翁(이황)이 율옹栗翁(이이)에게 답한 편지에서 이렇게 말했습니다. "궁리와 거경은 비록 서로 수미首尾가 되지만 사실은 두 가지 공부입니다. 절대로 둘로 나누었다고 근심하지 말고 반드시 상호간에 진보하는 것으로 법칙을 삼으세요. 기다리지 말고 지금 곧장 공부하세요. 주저하지 말고 처한 곳에 따라 즉시 힘을 쏟으세요. 마음을 비우

---

1 도道는 … 있겠는가: 『퇴계집退溪集』 권7 「진성학십도차進聖學十圖箚」에 있는 구절이다.

고 이치를 보되 먼저 자기 생각으로 고집해 정하지는 마세요. 점점 쌓여 순결히 익어가리니 세월을 책하지 마세요. 생각하지 않을지언정 생각했다면 터득하지 못했거든 그만두지 말지니 평생의 사업으로 삼으세요. 이치[理]가 융회함에 이르고 경건[敬]이 전일함에 이르는 것은 모두 조예가 깊어진 뒤 스스로 터득할 뿐입니다."[2]

손경종 : 아아! 책을 끼고 학업을 행한 지 20년 동안 사무에 통달하지 못했고, 해외에서 병기를 잡으며 다시 책 속의 성현과 접하지 못했습니다. 군문軍門 침상에서 엄한 스승의 훈계를 추념하니 거의 아주 먼 꿈속의 일 같습니다. 존양存養의 공부와 격치格致의 정성에 관해 질의할 곳이 없었는데 뜻하지 않게 해외에서 이렇게 훌륭한 스승을 얻었으니 부유하는 인생이지만 낙심하지 않을 것 같습니다.

박승동 : 옛날 현인은 '자기 마음이 엄한 스승'이라고 말했습니다. 이를 통해 말한다면 다니는 곳마다 절로 엄한 스승이 있을 것이니 하필 해외의 구구한 곳에서 훌륭한 스승을 구하겠습니까? 하물며 저는 스승이되기 부족한 사람인데요? 그렇지만 저도 한마디 하고 싶은 말이 있습니다. 일상의 사물이 마음으로부터 명령을 좇아 공사公私, 시비是非를 살펴 행한다면 어찌 스승이 없음을 근심하겠습니까? 이 때문에 자기 마음이 스승이라고 하는 것입니다. (중략)

손경종 : 옛 사람은 독서를 부지런히 해서 군자가 될 수 있었습니다.

---

2 궁리와 … 뿐입니다 : 『퇴계집』 권14 「답이숙헌答李叔獻」에 있는 구절이다.

지금 사람은 옛 사람처럼 독서하지 못합니다. 따라서 도학이 옛날처럼 밝지 못합니다. 도학을 밝히고 싶으면 단지 독서를 부지런히 할 따름입니다. 그래서 '근당勤堂'이라고 호를 지었는데 어떻게 생각하십니까?

박승동 : 이문성李文成(이이) 선생이 이렇게 말했습니다. "후세에 도학이 밝혀지지 않고 행해지지 않았는데, 독서를 널리 하지 못함을 근심할 것이 아니요 이치를 정밀하게 살피지 못함을 근심할 일이다. 지견이 넓지 못함을 근심할 것이 아니요 실천이 독실하지 못함을 근심할 일이다. 정밀하게 살피지 못하는 것은 요점을 헤아리지 못함에서 연유하고, 실천이 독실하지 못한 것은 정성을 다하지 못함에서 연유한다. 요점을 헤아린 뒤에야 그 맛을 알 수 있고 그 맛을 안 뒤에야 그 정성을 다할 수 있다."[3] 지금 길손의 '부지런함'을 통해 이치를 살핌이 정밀하고 실천이 독실하며 요점을 헤아리고 정성을 다하는 사람임을 알 수 있겠습니다. 그러니 부지런할 근勤의 뜻이 아주 좋으니 노력하시지요.

손경종 : 제가 듣기로는 조선은 예의지방禮義之邦이라 하는데, 이른바 예의는 남녀의 구별이 첫 번째입니다. 지금 서울의 거리를 보면 남녀가 어깨를 스치고 걸어갑니다. 이와 같은데 예의가 어디에 있습니까? 중국은 그렇지 않습니다. 남녀가 어지럽게 섞이는 일이 없습니다. 길가에서 구경하고 노는 사람도 남자는 남자와 있고 여자는 여자와 있어서 원래부터 어깨를 나란히 하고 서 있지 않습니다. 시장과 거리에는 여인이 나

---

3 후세에 … 있다 : 『율곡전서栗谷全書』 권19 『성학집요聖學輯要』 「진차進箚」에 있는 구절이다.

가지 않습니다.

　박승동 : 서울 거리에 이른바 여자가 얼굴을 드러내고 팔을 휘저으며 오고 가는 사람은 모두 천한 아랫사람의 식구인데 예의가 미치지 못합니다. 장옷을 뒤집어쓰고 다니는 사람도 모두 천한 무리입니다. 어찌 논할 가치가 있겠습니까? 남녀의 구별은 전적으로 사족士族에게 있습니다. 안의 말은 문 밖으로 나가지 않고 바깥 말은 문 안으로 들어오지 않습니다. 상복을 입는 삼 년 동안은 부부가 서로 대면하지 않습니다. 이 때문에 예의지방이라 칭찬하는 것입니다. 옛날 우리 조문정趙文正(조광조) 선생이 대사헌이 된 지 사흘 만에 서울 거리는 천한 무리들도 남녀가 기꺼이 다른 길을 걸었는데 지금껏 칭찬하고 있습니다. 회전會典은 곧 중국에서 예를 제정한 책인데 지금 듣기로 부모상이 먼 곳에 있으면 사람을 시켜 부음을 통하는 일이 없고 관아에 있는 벼슬아치들은 상을 당한 지 백 일이 지나면 공무를 본다고 합니다. 그렇다면 회전에서 예를 제정한 뜻이 어디에 있는 것입니까?

출전_ 박승동, 「미강집渼江集」 권8 「영해필瀛海筆」

　✎해설 —— 1882년 조선 군인들의 봉기, 세칭 임오군란은 한국 근대사의 원초적인 비극을 마련한 운명적인 사건이었다. 그것은 무장한 군인들이 서울에서 일어나 대신들을 살상하고 궁궐에 난입하여 왕후를 수색했던 사건, 군인 세력을 적절히 이용한 홍선대원군이 입궐하여 새로운 정권이 수립된 사건, 바다 건너 서울에 들어온 청나라 세력에 의해 다시 홍선대원군 정권이 무너진 사건이었다. 임오군란의 비극은 김동인의

소설 『젊은 그들』에서 묘사한 것처럼 흥선대원군을 추종하는 비밀결사체의 몰락으로 그치고 만 것이 아니었다. 1894년의 갑오변란과 1895년의 을미사변은 모두 임오군란의 재연再演이자 재현再現이었다. 10여 년이 지나 궁궐은 또다시 난입당했으며 흥선대원군은 또다시 입궐했으며 왕후는 또다시 수색되었고 끝내 시해되었다. 임오군란을 벤치마킹한 일본의 정치적·군사적 공작이었다.

임오군란은 정치적 재앙이었지만 이를 배경으로 청나라 세력이 조선에 들어옴에 따라 서울에서는 문화적인 한중 교류의 새로운 시대가 열렸다. 오장경吳長慶, 원세개 등 청군의 우두머리 밑에는 한인漢人 출신 문사들이 막료로 봉직하고 있었고, 이들 한인 문사들과 조선 사대부 사이의 학술적·문예적 교류가 지속적으로 서울에서 펼쳐지고 있었던 것이다. 1880년대 서울에서 조선과 청의 교류는 1590년대 서울에서 조선과 명의 교류가 다시 환생하는 기운마저 없지 않았다. 임진왜란기 조선의 문인 이정구李廷龜가 명나라 송응창宋應昌과 더불어 『대학』을 강론하고 그 결과물을 『대학강어大學講語』로 정리했던 것은 조선 사대부의 성리학적 『대학』 이해와 명나라 문사들의 양명학적 『대학』 이해가 학술적으로 만난 중요한 사건이었다. 마찬가지로 1880년대에도 이러한 학술교류가 형성될 수 있는 여건은 충분히 조성되어 있었다.

서울에서 청의 문사들과 만나 교류했던 사람들은 대개 서울에 사는 경화사족京華士族과 그들의 문객이었다. 청군과 군함을 함께 타고 조선에 들어왔던 김윤식金允植, 청군을 공식적으로 영접하였고 청군 내부의 많은 문사들과 교유했던 김창희金昌熙, 시에 약한 김창희를 위해 많은 시를 대작하며 김창희의 교유를 지원했던 조면호趙冕鎬, 김윤식의 주선으로 청의 문사 장건張謇과 만나 훗날 청나라에 망명하여 장건의 고향에서 문필 생활을 하는 김택영金澤榮 등이 우선 눈에 띄지만 이보다 훨씬 많은 사람들이 교류에 동참했을 것이다. 그리고 당시는 과거 시험이 자주 시행되어 어느 때보다 지방 사족의 서울 체류가 빈번했기 때문에 경화사족뿐만 아니라 지방 사족도 청나라 문사들과 만날 수 있는 기회가 많이 있었을 것이다.

1889년 박승동과 손경종의 만남은 조선의 지방 선비와 청나라 문사의 교류라는 점에서 상당히 주목되는 사건이다. 박승동은 경상도 대구에서 서찬규徐贊奎(1825~1905)를 사사한 선비였는데, 서찬규가 헌종·철종 대 조선 낙학洛學의 종장인 홍직필洪直弼(1776~1852)의 유력한 문인이었기 때문에 그는 서울 사정에 밝았고 서울에 자주 체류하였다. 그가 손경종을 어떤 경위로 만났는지는 미상이지만 지방의 평범한 선비인 그가 공맹의 고향에서 온 중국인과 만나 학술적인 필담을 나눈 것은 그 자체로 전례 없는 일이었다. 필담의 내용도 손경종에게 조선 성리학을 대표하는 이황과 이이 등의 가르침을 전해주면서 손경종을 위로하고 격려하는 것이라, 말하자면 중국의 학문을 배우는 자리가 아니라 조선의 학문을 가르치는 자리로서의 성격이 짙은 것이었다. 이 점은 중요하다. 조선과 중국의 교류에서 항상 조선이 중국에 가서 무엇을 배워오는 상황만 있었던 것이 아니라 그 반대 상황도 있었음을 보여주기 때문이다. 끝에 가서 조선과 중국의 풍속이 과연 문명의 본질이라 할 예의를 실현하고 있느냐는 문제로 신경전이 있었지만 전체적으로 우호적인 필담이었다.

이들의 필담은 과연 이 시기 조청 학술교류의 전체적인 흐름 위에서는 어떤 위치에 있는 것이었을까?

清國人孫慶鍾 號勤堂 孫揆后孫 居古齊國都南門外云 以袁世凱幕賓 東來留連 己丑春 余在京 館于觀象峴 勤堂來訪 筆談如此 (중략)

六經百家 吾已略涉 所不講者 東儒義理 今日願聞東國諸先儒經義說以益焉 我東諸先儒經議禮說之遺文往蹟 積在文苑 寶藏家家者 迄于今五百年而益袤矣 其法言理論 雖播底天下 惟可往也 特所處僻隅 未能廣布 歎其天藏至寶 闒無期於天下者 屢矣 今因天下士 幸論其一二焉 則余雖鹵莽 第應其條問以對矣 願其殫竭焉 (중략)

余生於齊 而遊於齊魯之間 稍知爲學之方 今來遠涉 他邦踽踽凉凉 更不得下工夫矣 他非可憂 是可憂也

我東李文純先生曰 道之流行於日用之間 無所適而不在 故無一席無理之地 何地而可輟工夫 無頃刻之或停 故無一息無理之時 何時而不用工夫

居敬窮理二說 程朱氏之創立大訓 而學者於居敬窮理 何先造次

退翁答栗翁書曰 窮理居敬 雖相首尾 而實是兩端工夫 切勿以分段爲憂 惟必以互進爲法 勿爲等待 卽今便可下工夫 勿爲遲疑 隨處便當着力 虛心觀理 勿先執定於己見 積漸純熟 未可責效於時月 弗得弗措 直以爲終身事業 理至於融會 敬至於專一 皆深造之餘自得之耳

嗟乎 挾册學業 二十年不能通達事務 執戈海外 更不接卷中聖賢 轅門枕上 追念嚴師誡責 殆同天涯夢事 存養之工 格致之誠 無處可質 不意海外得此良

師 浮踵浪迹 庶不落莫

昔賢有言 以己心爲嚴師 由是言之 則行處自有嚴師 何必於海外區區求得良
師爲 況我不足爲師乎 雖然 余有一言 蓋日用事物 從令於天君 察其公私是
非而行之 則何患乎無師 是故曰 己心爲師 (중략)

古之人 讀書勤篤 能爲君子人 今之人 讀書不如古之人 故道學之明不如古
欲明道學 只是讀書勤苦 故曰勤堂 以爲何如

李文成先生曰 後世之道學不明不行者 不患讀書不博 而患察理不精 不患知
見不廣 而患踐履不篤 察之不精者 由乎不領其要 踐之不篤者 由乎不致其誠
領其要然後能知其味 知其味然後能致其誠 今客子之勤 可以知察理精而踐
履篤 領其要而致其誠者也 然則勤之義甚善 勉之哉

余曾聞朝鮮禮義之邦 所謂禮義 男女之別居先 今見國都街上 男女磨肩而行
如此而禮義安在 中國則不然 男女無雜亂之事 雖道傍觀玩者 男與男居 女與
女居 元無幷臂而立 市場街路 女人不出

國都街上 所謂女子之露面投臂而往來者 盡是下賤人之家屬 禮防不能及 以
長衣蒙被而行者 亦皆賤屬也 何足論乎 男女之別 專在士族 內言不出于閫
外言不入于閫 執喪三年 與夫婦不相面 所以稱禮義之邦 昔我趙文正先生爲
都憲之三日 都下街路 雖賤屬男女 恰然異路而行 至今稱之 會典卽中國之一
部制禮之書 而今聞父母之喪在遠 則無專人通訃之事 在官者 遭喪過百日行
公云 然則會典制禮之義安在

임오군란을 배경으로 한 김동인의 소설 「젊은 그들」

•

임오군란은 정치적 재앙이었지만 청나라 세력이 들어옴에 따라
서울에서는 새로운 한중 교류의 시대가 열렸다.

2

조선은
부국강병을 해도 좋은가?

삼국지는 재미있다. 내용도 재미있지만 서로 다른 방식으로 내용에
몰입할 수 있다는 사실이 더 재미있다. 전국시대 일본의 감각으로 삼국
지를 읽는다면 단연코 주인공은 조조이다. 위로 천자를 끼고 사방의 영
웅들을 격파해 제국의 통일을 눈앞에 두고 있는 조조의 활약이야말로
각지의 다이묘大名들을 굴복시키고 일본 열도를 제패하여 마침내 막부를
건설하는 쇼군將軍의 모습이다. 명청 교체기 조선의 감각으로 삼국지를
읽는다면 단연코 주인공은 유비이다. 한나라 황실의 후예로서 유비가
고난의 여정을 밟으면서 끝내 중흥의 터전을 마련하고 유비의 충직한
신하 제갈량이 마침내 출사표를 던져 한나라 황실을 멸망시킨 위나라를
향해 쳐들어가는 장면은, 조선이 병자호란의 고통에 좌절하지 않고 와
신상담하며 때를 기다리다 명나라를 멸망시킨 청나라에 언젠가 감행할

북벌의 전주곡이다. 어느 쪽이든 천하 통일의 감각이다. 치고 나가는 한 수이다. 하지만 1892년 김윤식金允植(1835~1922)이 조선 사회를 위해 들려주는 삼국지의 교훈은 정반대로 천하삼분의 감각이었다. 지키는 한 수였다. 그는 당대의 역사에서 과연 무엇을 보고 있었던 것일까?

  ◐번역—— 옛날 사마휘司馬徽는 한나라 소열제昭烈帝에게 "유생과 속된 선비는 시무時務를 모릅니다. 시무를 아는 자, 훌륭한 인물이겠지요!"라고 하였다.[1] 시무라고 하는 것은 무엇인가? 즉 어떤 때를 당해 마땅히 해야 하는 일이다. 병든 사람이 약에 대해 모두 자기에게 맞는 조제가 있으니 비록 신기한 처방이 있더라도 사람들마다 다 복용할 수는 없는 것과 같은 것이다. 소열제의 시대에 천하 대세는 열에 여덟, 아홉이 모두 조조曹操에게 돌아갔다. 웅거해서 천하삼분天下三分의 터전으로 삼을 만한 곳은 형주荊州와 익주益州뿐이었다. 그래서 제갈량諸葛亮과 방통龐統이 급급히 도모하기를 권하여 때를 놓칠까 근심해서 끝내 이것으로 천하의 전력全力에 대항할 수 있었다. 이들을 일러 시무를 아는 훌륭한 인물이었다고 할 것이다. 만약 천명에 따라 역적을 토벌하되 강약은 관계없다고 하여 한 자 한 치의 땅도 없이 일거에 한漢나라의 역적을 멸망시킬 수 있고 중원을 회복할 수 있고 동오東吳를 병합할 수 있다고 한다면,

---

1 옛날 … 하였다 : 사마휘가 유비에게 제갈량諸葛亮과 방통龐統의 등용을 권하면서 건넨 말이다. 『삼국지三國志』 「제갈량전諸葛亮傳」의 배송지裴松之 주에 습착치習鑿齒의 『양양기襄陽記』를 인용하여 이 말이 기록되어 있다.

들어보면 아주 좋은 말이지만 기실 부응하기 어려울 것이니 이 어찌 속된 선비의 의견이 아니겠는가?

　지금 논하는 사람들은 태서泰西의 정치제도를 모방하는 것을 시무라고 이르고는 자기 역량을 헤아리지 않고 남들만을 보고 있다. 이것은 기품과 병증을 따지지 않고 다른 사람이 경험한 약을 복용하여 확연한 효과를 얻으려는 것과 같으니 매우 어려운 일이다. 대저 만난 시대가 제각각이고 나라의 국무가 제각각이다. 한 사람의 사욕을 깨뜨리고 상공업의 길을 넓혀서 사람들이 각자 자기 힘으로 먹고 살아 모두 자기 권리를 지켜 나라가 이로써 부강해지는 것, 이것은 태서의 시무이다. 법을 세우고 기강을 베풀며 사람을 골라 관직에 임명하며 병졸을 훈련하고 기계를 다스려 사방 오랑캐의 외침을 막는 것, 이것은 청淸나라의 시무이다. 청렴한 관리를 높이고 탐학한 관리를 내치며 백성을 구휼하기를 힘쓰며 조약을 신중히 지켜 우방에게 틈을 열어주지 않는 것, 이것은 우리나라의 시무이다. 만약 우리나라가 갑자기 청나라의 일을 본받아 병졸과 기계에 전력한다면 백성이 곤궁해지고 재정이 궁핍해져 반드시 흙이 무너지는 환난이 있을 것이다. 만약 중국이 갑자기 태서의 제도를 본받아 명분이 엄해지지 않으면 기강이 풀어져 반드시 하극상의 우환이 있을 것이다. 만약 태서 여러 나라가 동양의 법규를 본받아 윗사람의 호오에 따라 정령을 시행한다면 국세가 약화되어 반드시 강한 이웃에게 병탄될 것이다.

　이렇게 본다면 아무리 좋은 법이 있어도 하루아침에 지구地球에 통행할 수 없음이 명백하다. 지금 국세를 고려하지 않고 멀리 태서가 하는 것을 사모한다면 이 어찌 한 자의 땅도 없이 조조와 칼끝을 다투려는 것과 다름이 있겠는가? 이 때문에 나라를 잘 다스리는 자는 시대에 따라 알맞게 조처하고 국력을 헤아려 대처하며 재정을 상하게 하지 않고 백성에게 해를 끼치지 않으며 그 뿌리를 굳건히 해서 가지와 이파리가 차례로 무성해지는 데 힘쓴다. 지금 이른바 시무라 하는 것은 모두 태서의 가지와 이파리이다. 그 뿌리를 굳건히 하지 않고 먼저 다른 사람의 말단을 배우면 지혜롭다 할 수 있겠는가?

지금 시무를 알기로는 북양대신北洋大臣 소전少筌 이공李公(이홍장李鴻章)만한 사람이 없다. 아시아처럼 넓은 지역과 청나라처럼 큰 나라에 어찌 시무를 말할 수 있는 사람이 부족할까만 그 사리를 깊이 통달해 적절히 완급을 조절할 줄 알며 그 역량과 지모가 그 말한 바에 충분히 부응할 수 있으려면 훌륭한 인물이 아니면 안 된다. 그래서 오직 이공만이 족히 여기에 해당한다고 말한 것이다. 그렇지만 단지 이공을 사모할 줄만 알아 사사건건 본받고자 한다면 천진天津이라면 몰라도 우리나라의 오늘날 급무는 아닐 것이다. 하물며 태서의 가지와 이파리 같은 말단이랴! 『시詩』에서 이르기를 "동문을 나가니 여자들이 구름처럼 많도다. 비록 구름처럼 많으나 내 마음 그들에게 있지 않도다. 흰 옷에 쑥색 수건을 두른 여인이여. 애오라지 나를 즐겁게 하는도다"라고 하였다.[2] 『역易』에서 이르기를 "동쪽 이웃 마을에서 성대하게 소를 잡아 제사 지내는 것이 서쪽 이웃 마을에서 조촐하게 제사 지내고 실제로 복을 받는 것만 못하다"라고 하였다.[3] 그러므로 군자의 도리는 자신을 돌이켜 요약됨을 지키는 것을 귀중하게 여기는 것이니 어찌 수신修身만 그러하겠는가.

육군陸君 성대聖臺(육종윤陸鍾允)는 평소 당세를 향한 포부가 있었다. 그 대인 의전宜田(육용정陸用鼎) 선생은 글을 읽고 이치를 밝히는 선비인데 집 밖을 나가지 않아도 천하의 사리를 알았다.[4] 성대는 가훈을 받들어 익혀 고금의 시의時宜에 대해 대략 취사해서 본디 이미 가슴 속에 환히 알고 있는데 다시 나그네가 되어 천진에 가서 견문을 넓히려 한다. 나는 이번 여행이 공연한 것이 아님을 알고 있으니 육군은 힘쓸지어다. 천진은 내가 왕년에 갔던 곳으로 북양아문北洋衙門의 소재지이다. 천하에서 시무를 말할 줄 아는 자가 모두 여기에 모여 있으니 육군이 가서 두드리면 반드시 내 말과 서로 들어맞는 자가 있을 것이다.

출전_ 김윤식, 『운양집雲養集』 권8 「시무설을 지어 천진에 가는 육종윤을 보낸다[時務說送陸生鍾倫遊天津]」

❧해설 ── 조선왕조의 전통은 유구하다. 김윤식金允植이 천진으로 떠나는 육종윤陸鍾允을 위해 시무설時務說을 지었던 1892년은 조선왕조가

---

2 『시詩』에서 … 하였다 : 『시경詩經』 「정풍鄭風」 출기동문出其東門 편 제1장이다. 밖에 있는 아름다운 여자들을 돌아보지 않고 집에 있는 누추한 부인을 생각한다는 내용이다. 『시경집전詩經集傳』에서는 이를 음풍淫風의 유행에도 불구하고 지조를 지켜 습속에 물들지 않는 도덕적인 태도로 해석하였다. 김윤식이 이 시를 인용한 것은 조선 선비가 태서 시무설의 유행에도 불구하고 지조를 지켜 습속에 물들지 않기를 바랐기 때문이다.

3 『역易』에서 … 하였다 : 『주역周易』 「기제괘旣濟卦」 구오九五의 효사爻辭이다. 김윤식이 이 구절을 인용한 것은 조선 선비가 태서의 부강함에 도취되지 말고 조선의 분수를 지켜 현실적인 이득을 꾀하기를 바랐기 때문이다.

4 그 대인 … 알았다 : 육용정陸用鼎은 1880년대 조선의 경세와 시무 전반을 논한 『의전기술宜田記述』이라는 책자를 지었는데, 김윤식은 육용정의 이 저술이 '천하사天下事'를 논한 역저라고 높이 평가하였다.(김윤식, 『운양집雲養集』 권10 「의전기술서宜田記述序」)

건국한 지 500주년 되는 해였다. 이해 일본은 메이지유신 24주년 되는 해였고, 중국은 후금 건국 276주년 되는 해였으며, 베트남의 경우 프랑스의 식민 지배에 들어가기 시작하였지만 최후의 왕조 완조阮朝 건국 90주년 되는 해였다. 여기서 확연히 볼 수 있듯 조선왕조의 유구한 역사적 전통은 동아시아의 다른 국가들에 비해 유례가 없는 것이었다. 14세기에 존재했던 모든 왕조가 쓰러졌지만 조선만은 남아 있었다. 1892년 조선의 정치가 김윤식이나 1392년 조선의 정치가 정도전이나 다 같이 '조선'을 살고 있었고 그런 의미에서는 500년을 하룻밤처럼 넘어 서로 대화할 수 있는 동시대적인 사람이었다.

한편으로 달라진 점도 있었다. 1892년은 조선왕조가 미국과 수호 통상 조약을 체결한 지 10주년 되는 해였고, 미국을 필두로 영국, 독일, 러시아, 프랑스 등 서양 여러 나라와 조약을 체결하고 항구를 열었다. 열려진 항구로 서양 사람들이 조선에 들어왔다. 1886년 미국인 교사 헐버트H. B. Hulbert, 길모어G. W. Gilmore, 벙커D. A. Bunker 등이 육영공원 교사로 초빙되어 서울 정동에서 신식 교육을 담당하였고, 1889년 미국인 선교사 언더우드H. G. Underwood(신랑)와 호튼L. S. Horton(신부)이 서울에서 결혼식을 올린 뒤 관서 지방으로 신혼여행을 떠났다. 항구와 학교와 교회를 중심으로 조금씩 조금씩 서양 문화가 퍼져나갔다.

오래된 조선과 새로운 조선이 섞여 있는 혼란한 시대에 사람들은 조선의 앞날을 근심하였다. 젊은 사람들은 마음이 급했다. 서양은 부유하고 강성하다. 청나라도 서양을 본받아 부강의 길을 찾고 있단다. 한시가 급하다. 어서 농장을 만들자. 어서 광산을 개발하자. 어서 공장을 세우

자. 해외무역을 확대하자. 신식 무기를 들여오자. 군사들을 조련하자. 이것은 거의 역사 시뮬레이션 게임 삼국지를 방불케 한다. 주인공을 조조로 잡아도 좋다. 유비로 잡아도 좋다. 맹획으로 잡아도 좋다. 열심히 부국강병을 추구하면 누구에게나 천하 통일의 길은 열려 있다. 게임 삼국지에서는 조조의 시무와 유비의 시무와 맹획의 시무가 다를 수 있다는 사실이 고려되지 않는다. 어떤 캐릭터를 주인공으로 취하든 언제나 동일한 부국강병의 시무이다!

그러나 김윤식이 보기에 조선의 현실은 게임 삼국지가 가정하는 무차별적인 부국강병의 공간에 위치해 있지 않았다. 매우 평범하게 들릴지 모르지만 그가 절급하게 추구한 조선의 시무는 청렴한 관리를 높이고 탐학한 관리를 내치는 것, 백성의 구휼에 노력하는 것, 조약을 신중히 지켜 우방에게 틈을 보이지 않는 것, 그것이었다. 극도로 내정이 부패해 있고 백성들이 동요되어 있던 시기, 부국강병과 같은 '가지와 이파리'보다 중요한 것은 민유방본民惟邦本의 '뿌리'였다. 조선의 '뿌리'를 외면하고 서양의 '가지와 이파리'에 몰입한다면 조선에 어떤 일이 일어날 것인가? 적어도 김윤식이 강조한 '뿌리' 중심의 시무는 그 자체로만 보면 밋밋할지 모르나 2년 후 동학농민운동이 왜 일어났는지 생각한다면 섬뜩한 느낌과 더불어 그것이 글자 그대로 '시무'였음을 부인할 수 없을지도 모른다. 그러나 김윤식의 설법이 천진으로 떠나는 젊은 육종윤에게는 과연 어떻게 다가왔을까?

　昔司馬德操謂漢昭烈曰 儒生俗士 不識時務 識時務者 其惟俊傑乎 夫所謂時務者何也 卽當時所當行之務也 猶病者之於藥 皆有當劑 雖有神異 之方 不可人人服之也 當昭烈之時 天下大勢 十之八九 盡歸曹氏 其可據而 爲三分之基者 惟荊益是已 故孔明士元汲汲勸圖 猶恐後時 終能以此抗天下 之全力 此謂識時務之俊傑耳 如以爲仗順討逆 不係强弱 雖無尺寸之資 一擧 而漢賊可滅 神州可復 東吳可並 聽之甚美 其實難副 此豈非俗士之見乎 今 之論者 以傚效泰西之政治制度 謂之時務 不量己力 惟人是視 是猶不論氣稟 病症而服他人經驗之藥 以求其霍然之效 蓋甚難矣 夫遇各有時 國各有務 破 一人之私 擴工商之路 使人各食其力 盡其能 保其權 而國以富强 此泰西之 時務也 立經陳紀 擇人任官 鍊兵治械 以禦四裔之侮 此淸國之時務也 崇廉 黜貪 勤恤斯民 謹守條約 無啓釁於友邦 此我國之時務也 若我國遽效淸國 之事 專力於兵械 則民窮財匱 必有土崩之患 若中國遽效泰西之制 名分不嚴 則紀綱解紐 必有陵替之憂 若泰西諸國效東洋之規 政令施爲 係於在上之好 惡 則國勢委弱 必爲强隣所幷 由是觀之 雖有善法 不可一朝通行於地球之上 明矣 今不顧國勢 而遠慕泰西之所爲 是何異於不資尺土而欲與曹操爭鋒哉 是以善爲國者 因時制宜 度力而處之 不傷財 不害民 務固其根本 則枝條花 葉 將次第榮茂 今之所謂時務 皆泰西之枝條花葉也 不固其本而先學他人之 末 可謂知乎 當今識時務者 宜莫如北洋大臣少荃李公 夫以亞洲之廣 淸國之 大 豈乏能談時務之人 惟深達其故而知其緩急之宜 其力量智謀又足以副其 所言 非俊傑不能也 故曰惟李公足以當之 雖然 但知慕李公而欲事事傚效天 津 則已非吾國今日之急務 況泰西枝葉之末乎 詩云出其東門 有女如雲 雖則 如雲 匪我思存 縞衣綦巾 聊樂我員 易曰東隣殺牛 不如西隣之禴祭 實受其

福 故君子之道 貴乎反躬而守約 奚獨修身爲然乎哉 陸君聖臺 素有當世之志 其大人宜田子 讀書明理之士也 不出戶而知天下之故 聖臺承習家訓 於古今 時宜 大畧取舍 固已曉然於胸中 而又將客遊天津 以擴其見聞 吾知此行非徒 然也 陸君勉乎哉 天津吾舊所遊也 北洋衙門之所在也 天下之能談時務者 咸 聚於斯 陸君其往而叩之 必有與吾言相合者

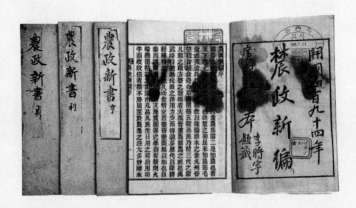

고종이 부국강병을 추구한 시기에 나온 우리나라 최초의 근대적 농서
안종수安宗洙의『농정신편農政新編』
•

김윤식이 보기에 조선에서 가장 중요한 것은
부국강병과 같은 '가지와 이파리'가 아니라 민유방본과 같은 '뿌리'였다.

3

단발령 전야

우리나라에는 일기 자료가 많다. 『승정원일기』나 『동궁일기東宮日記』
처럼 정부 관서에서 기록한 일기도 있고, 『난중일기』나 『계축일기癸丑日
記』처럼 개인이 기록한 일기도 있다. 일기는 근대에 들어와 개인의 내면
세계를 독백체로 서술한 문학 장르로 받아들여지고 있지만, 긴 역사의
흐름에서 볼 때 이것은 근대에 시작된 특이한 현상으로 생각된다. 일기
는 본래 나의 심리적인 내면을 기록하기보다 나를 둘러싼 세상과 세태
와 세도를 기록하는 경우가 많았다. 이를테면 18세기 호남 실학의 일인
자 황윤석黃胤錫이 남긴 거질의 『이재난고頤齋亂藁』를 보면 당시의 시대상
이 한 사람의 일기 안에 얼마나 상세히 담겨 있는지 경이로움을 느낄 수
있을 것이다. 그런데 사실 일기 자료가 중요한 까닭은 일기에 담긴 세상
이 다름 아니라 개인이 경험한 세상이기 때문이다. 동일한 세상, 동일한

사건이라도 사람들의 경험은 천차만별일 수밖에 없고, 어쩌면 역사학의 진정한 탐구 대상은 개인의 경험을 초월한 사회의 구조라기보다 사회의 구조가 개입한 개인의 경험일지도 모른다. 아래에 소개할 안효제安孝濟 (1850~1912)의 「아관일기俄館日記」는 조선 말기 단발령이 내려진 사건을 기록한 글이다. 단발령에 관한 교과서적 지식과 다른 그의 독특한 경험 은 무엇이었을까?

✎번역 ─ 을미년(1895) 10월 어느 날 상경하였다. 수감된 아우를 보기 위해서였다. 길에서 들으니 왕후께서 해를 입으셨고 또 왕후를 폐한 다는 명령이 있었다 한다. 천하 만고에 어찌 이런 변이 있는가? 가는 길에 정산定山에 들어가 참판 민종식閔宗植을 찾아가 서로 보고 통곡하였다. 이튿날 청양青陽에 들어가 판서 이용원李容元에게 인사 드렸다. 그리고, 국태공國太公(흥선대원군興宣大院君)의 편지를 보고 같은 날 나란히 도성에 들어가 태공을 알현하고 곤전坤殿이 복위되어야 한다고 울며 고하였다. 이 대감 집에 행적을 감추고는 명분이 바르지 않으면 일이 이루어지지 않는다는 뜻으로 태공에게 편지를 올렸다. 가까스로 복위된 데에는 이 대감의 힘이 크다. 상공相公 조병세趙秉世를 만나 뵈었다. 조병세가 판서 조병직趙秉稷을 돌아보고 말했다.

"내가 독상獨相으로 있던 25일 동안 이른바 재상 일이라고 한 것은 안효제의 유배를 풀어준 일 한 가지일 뿐이오."

내가 말했다.

"재상 일에 어찌 한량이 있겠습니까만 불초한 안효제의 유배를 풀어준 것을 재상 일이라고 이르겠습니까? 그러나 감히 우러러 경하하지 못하는 것은 그것이 공公을 위해서였지 사私를 위해서가 아니었기 때문입니다."

이때 단발한다는 소문이 자자하였다. 하루는 이 대감(이용원)이 사람을 시켜 나를 초청하였다. 내가 가서 보니 태공의 편지를 꺼내 보이며 말했다.

"지금 임금께서 정부의 협박으로 단발하는 지경에까지 왔네. 그래서 구전口傳으로 태공에게 하교하여 우리 두 사람이 아관俄館에 들어가 위패韋貝(웨베르Karl Ivanovich Weber) 공사를 만나 단발을 정지하게 하려 한다네. 그대 생각은 어떤가?"

나는 대답했다.

"나라의 존망이 걸려 있습니다. 감히 명을 따르지 않겠습니까?"

이날이 곧 11월 13일이었다. 다시 참봉 장지영張志永을 불러 대의로 깨우치니 개연히 응낙하였다. 세 사람이 함께 아관에 갔다. 통사 김홍륙金鴻陸을 통해 들어가 위패 공사를 만났다. 문자와 언어가 서로 통하지 않아 흙과 나무로 만든 인형과 대면한 것 같았다. 피차간에 믿는 사람은 오직 김홍륙뿐이었다. 인사를 마치자 각각 명첩을 주었다.

위패가 물었다.

"무슨 일로 여기에 왔습니까?"

이 대감이 소리 내어 크게 울었다. 나와 장지영도 소리 내어 크게 울었다. 아침부터 저녁까지 울음소리가 그치지 않았다. 위패는 크게 놀라 잡아 말리고는 우는 까닭을 물었다.

내가 대답했다.

"나라가 장차 망할 것입니다."

위패가 말했다.

"무엇 때문입니까?"

"정부의 역적들이 우리 군부를 협박하여 단발하려고 합니다. 단발하면 우리 임금은 반드시 죽을 것입니다. 우리 임금이 죽으면 나라가 망할 것입니다."

위패가 말했다.

"개화開化하는 데 단발이 무슨 관계가 있습니까?"

또 말했다.

"정부는 본국인 아닙니까?"

"본국인입니다."

"본국인이 본국의 정치를 하는데 외국인이 어찌 간여할 수 있겠습니까? 또 우리나라에는 황제가 있고 나는 일개 공사인데 어찌 이웃 나라의 큰 정치에 간여해서 따질 수 있겠습니까? 괜찮다면 전보를 해도 되겠습니까?"

세 사람이 울며 고하였다.

"일이 아침저녁으로 박두하여 만약 전보를 주고받는다면 하루이틀은 걸릴 텐데 어찌하겠습니까?"

위패는 끝내 흔쾌히 수락하지 않았다.

이 대감이 눈을 부릅뜨고 크게 외쳤다.

"공이 이 땅에 거주한 지 이미 몇 년 지났습니다. 이런 큰 일을 경시

하고 구원하지 않는단 말입니까?"

위패가 쌍심지 같은 눈빛으로 탁자를 치며 크게 외쳤다.

"지난날 청일전쟁에서 청인이 거듭 패배하자 아라사가 일본을 쫓아냈습니다. 하지만 귀국은 처음부터 한 차례의 전투도 없이 속수무책으로 여기까지 왔으니 어느 겨를에 남을 책하겠습니까?"

장지영이 말했다.

"이는 이 두 분의 잘못이 아닙니다. 두 분은 직간直諫을 해서 당시 먼섬으로 쫓겨났다가 이제 겨우 용서받아 돌아왔습니다."[1]

위패가 마침내 기운을 누그러뜨리고 말했다.

"이 두 분을 이른 것은 아닙니다. 정부에 있던 사람들을 이른 것입니다."

또 물었다.

"신표가 있습니까?"

왕명이 없이 사적으로 찾아오지 않나 의심한 것이다.

"없습니다."

"신표를 갖고 다시 오십시오."

우리는 감히 사양하지 못하고 물러났다. 하지만 신표를 어디에서 얻어 올 수 있을까? 때에 임금과 국태공은 함께 건청궁乾淸宮의 윗방과 아랫방에 계셨다. 그래서 즉시 군복을 입고 만 번 죽음을 무릅쓰고 건청궁에 들어가 국태공을 알현하고 대략 일의 기미를 아뢰었다. 그랬더니 태

---

1 두 분은 … 돌아왔습니다 : 고종에게 상소를 올려 국정을 논한 일 때문에 각각 이용원은 흑산도에 유배되고 안효제는 추자도에 유배되어 있었다가 1894년 6월이 되어서야 석방되었다.

공은 담장에도 귀가 붙어 있어서 전교를 얻지 못한다며 즉시 자기 명첩名帖을 하사하고 내보냈다.

이튿날 세 사람은 태공의 명첩을 받들고 다시 아관에 들어가 위패를 만나 명첩을 전하였다. 위패는 받아서 주머니 속에 넣고 말했다.

"말씀하신 대로 구해보겠습니다."

그래서 돌아가 위패의 동정을 기다렸다. (중략)

이날(15일) 신시申時(오후 4시) 위패는 과연 외아문外衙門에 갔지만 어떤 대화가 있었는지는 알지 못한다. 그리고 이날 밤 자정 임금의 머리털이 강제로 잘렸고 단발하라는 조칙이 위협 속에 내려졌다. 인심이 들끓어 각자 달아났다. 이 대감은 내게 작별을 구하고 통곡하면서 헤어져 즉시 향제鄉第에 돌아갔다. 나도 왕옥王獄에 편지를 보내 아우 창제昌濟에게 영영 이별하고 눈보라를 무릅쓰고 돌아갔다. 장지영은 서울에서 시국의 변화를 관망하였지만 단발이 염려되어 향제鄉第에 돌아갔다. 서울의 정황은 아득히 알 수 없게 되었다. (후략)

출전_ 안효제, 『수파집守坡集』 권3 「아관일기俄館日記」

🖋해설── 1909년 안중근安重根 의사가 동양 평화를 위해 이등박문伊藤博文을 사살한 사건은 한국인의 대표적인 의혈 투쟁으로 기억된다. 그런데 최초의 의혈 투쟁은 이보다 한 해 전에 샌프란시스코에서 발생했다. 전명운田明雲과 장인환張仁煥이 스티븐스D. W. Stevens를 사살한 사건이 그것이다. 스티븐스는 1904년 내한하여 대한제국의 외교 고문으로 활동한 친일 미국인이었다. 그는 당시 수지분須知分이라고 불렸는데 이름

에 새겨진 뜻이 자신을 고용한 대한제국에 대한 흑색선전을 일삼은 그의 행적과는 어울리지 않는 것 같다.

영어 이름의 한자 표기에 담긴 묘한 뉘앙스는 모던 걸에서도 보인다. 1930년대 식민지 경성에서는 모던의 열풍이 불었고, 백화점이나 까페에서 이른바 모던 걸을 볼 수 있었다. 모던 걸은 단발머리를 하고 있었고, 그렇기에 '단발미인斷髮美人' 또는 '모단毛斷 껄'이라 불리기도 하였다. 모던의 시각적 형상화를 단발에서 추구하고 있다는 점이 의미심장하다. 어느 의미에서 단발은 모던의 첨단을 달린 근대의 중요한 이정표였고, 1935년 『조광朝光』이라는 잡지에서 「단발령후사십년斷髮令後四十年」이라는 코너를 꾸민 것도 1930년대 '모던＝毛斷'의 기원으로 한국 근대 단발의 풍경을 추억하기 위해서였을 것이다.

우리가 아는 단발은 대개 1895년의 단발령에 집중해 있지만 단발에 대한 역사적 경험은 시기별로 동일하지 않았다. 1895년 11월 16일, 한 해의 마지막 날이었던 이날 단발령이 떨어졌고, 그 이튿날인 1896년 신정부터 양력의 개시와 더불어 단발이 강행되기 시작했다. 이능화李能和의 회고에 따르면 건양 원년 1월 1일 바로 그날 조정의 관리들이 단발을 당했는데, 상투를 종이에 들고 가는 사람, 상투를 들고 통곡하는 사람 등 각양각색이었다고 한다. 이윽고 폭압적인 단발이 전국 각지에 퍼져 나갔다. 양력 새해를 축복 속에 맞이하지 못하고 통곡 속에 맞이하였던 조선 사회의 비극을 어찌 이루 형언할 수 있을까?

단발의 국면이 바뀐 것은 1904년이었다. 러일전쟁을 배경으로 결성된 일진회─進會는 스스로 단발로 무장한 가운데 조선 관리들의 수탈을 비판하고 일본군을 위해 봉사하였다. 8년 전에는 백성들이 단발을 한 관리를 무서워했다면, 이제는 관리들이 단발을 한 백성들을 두려워하였다. 일진회의 극적인 순간은 을사늑약 전야 발표한 매국적인 성명이었고, 단발은 이 시점에서 근대와 더불어 매국의 함의를 얻게 되었다. 폭압적인 근대와 부정적인 매국의 굴곡을 넘어 단발에 애국 계몽의 열기가 결합된 것은 1906년 이후였다. 특히, 1909년 순종 황제의 서남 순행은 그 정치적 의도야 어떠했든 지방 사회에서 자율적인 단발의 확산을 초래하였다. 그러나 대한제국기까지의 단발은 주로 근대와 매국과 애국이 착종된 정치 담론의 문화적 구현이었으며 그 주체는 남성에 한정된 것이었다. 이와 달리 식민지 시기의 단발은 이제 여성의 단발이 주된 논제가 되는 것이었고, 도시적 풍경 속에서 형성된 '모단毛斷'에 시선이 집중되었다.

그렇게 보면 안효제의 「아관일기」는 단발의 근대사 중에서 초창기에 있었던 한 가지 에피소드라 이를 만하다. 때는 바야흐로 단발령이 공포되기 사흘 전. 흥선대원군의 밀서를 받고 러시아 공사관에 찾아가 단발령의 강행을 막아달라고 호소한 세 사람, 이용원·안효제·장지영의 비장한 목소리가 아직도 귓전에 맴도는 것 같다. 세 사람이 공사관에 간 것은 무엇보다 국가의 지존인 임금의 상투를 보호해야 한다는 절박한 생각 때문이었고, 고종이 끝내 단발을 당하고 단발령이 반포됨으로써 이들은 소기의 목적을 이루지 못하고 낙향하고 말았다.

이윽고 시간이 흘러 음력 연말이 되자 아관파천이 일어났고 상황은 반전되기 시작하였다. 일본의 지배 하에 있던 친일 내각은 붕괴하였고 폭압적인 단발령은 더 이상 강제성을 유지할 수 없었다. 1896년 양력 새해가 시작할 무렵 단발의 재앙이 들이닥쳤다가 음력 새해가 시작할 무렵 이를 걷어낼 계기가 마련되었다는 것은 무척 흥미로운 일이다. 양력의 한파로부터 음력의 춘풍으로 변화가 일어난 격이라고나 할까? 지금도 신정에는 소한 추위가 기승을 부리지만 구정에는 입춘의 따스함이 다가온다. 하물며, 단발령 직후의 신정은 얼마나 추웠겠으며 아관파천 직후의 구정은 또 얼마나 따스했을까?

안효제의 문집에는 「아관일기」 외에도 여러 가지 다른 일기가 수록되어 있다. 「추도일기楸島日記」, 「곡강일기曲江日記」, 「창안일기昌犴日記」, 「요하일기遼河日記」가 그것이다. 안효제는 1893년 고종과 명성왕후의 총애를 받는 무당 진령군眞靈君을 참하라고 상소를 올렸다가 추자도로 유배된 용기 있는 관리였다. 또 나라가 망한 후 총독부의 은사금을 거부하고 서간도로 망명하여 철저히 항일 의식을 지킨 올곧은 선비였다. 단발령을 저지하려고 투쟁하였던 행적은 그간 잘 알려져 있지 않았지만 어쩌면 한국 근대사에서 잊지 못할 한 장면이 아닐까?

원문 乙未年十月日 上京 爲見在囚弟也 路聞皇后之遇害 又有廢后之令 天下萬古 寧有是變乎 歷入定山 訪閔參判宗植 相對痛哭 翌日入靑陽 拜李 判書容元 而見國太公書 同日聯轡入闈 直謁太公 哭告坤殿復位之事 韜跡於 李台家 以名不正事不成之意 上書於太公 僅得復位 李台之力居多也 往見趙 相公秉世 秉世顧謂趙判書秉稷曰 吾獨相二十五日 所謂相業 解配安孝濟一

事而已 余答曰 相業何限 而以無似安孝濟解配謂相業乎 然無敢仰賀者 出於
爲公 非爲私也 是時削髮之聞 藉藉人口 居一日 李台使人請余 余往見 則出
示太公書曰 今上爲政府脅迫 至於斷髮之境 故口傳下敎於太公 使吾二人 入
俄館 見公使韋貝 使停止斷髮云 於君意何如 余答之曰 國之存亡係焉 敢不
惟命乎 是日卽十一月十三也 又招張參奉志永 喩以大義 慨然應諾 三人同往
俄館 因通辭金鴻陸 入見公使韋貝 文字言語 不能相通 如對土木偶人 彼我
所恃 惟金鴻陸而已 慰勞纔畢 各授名帖 韋貝問曰 何以來此 李台放聲大哭
余與張志永 亦放聲大哭 自早至昏 不止哭聲 韋貝大驚 抱而止之 問所以哭
之之由 余答曰 國將亡矣 韋貝曰 何故 曰政府諸賊 脅吾君父而欲斷髮 斷髮
則吾君必死矣 吾君死則國亡矣 韋貝曰 於開化斷髮何關 又曰 政府非本國人
乎 日本國人也 日本國人爲本國之政 外人何可干預乎 且我國有皇帝 余以一
公使 豈可預論於隣國大政也 無已則電報可乎 三人哭告曰 事迫朝夕 若來往
電報 則動經一二日 何哉 韋貝終不快諾 李台張目大叫曰 公居住此地 已經
數載 岸視此等大事而不救乎 韋貝目光如炬 拍案大呼曰 向者淸日開仗 淸人
累敗 故自俄逐日 然貴國初無一戰之事 束手至此 何暇責人耶 張志永曰 此
非二人之罪 二人直諫時政 竄逐絶島 今纔宥還 韋貝乃下氣而言曰 非謂此二
人也 謂政府諸人也 又問曰 有信的否 蓋疑其私行而未有王命也 曰無有 曰
持信的而更來也 余等不敢言辭而退 然信的從何以得來乎 于時上與國太公
同居于乾淸宮上下房 故卽著軍服 冒萬死 入乾淸宮 得謁國太公 畧陳事機
則太公以耳屬于垣 未得傳敎 卽賜自己名帖出送 翌日三人奉太公名帖 更入
俄館 見韋貝 傳名帖 韋貝授而入于夾帒中曰 依敎救之云 故歸而第俟韋貝之
動靜 (중략)

此日申時 韋貝果至外衙門 縱不省有何酬酌 而是夜子正 勒削上髮 脅降勒削 詔勅 人心波動 各自逃散 李台要余叙別 痛哭而分手 卽還鄕第 余亦致書王獄 永訣昌濟 冒雪而歸 張志永在京 以觀時變 然斷髮可慮也 歸到鄕第 都下景槪 漠然不知矣 (후략)

안효제가 단발령을 막기 위해 찾아갔던 러시아 공사관의 모습

·

단발령을 저지하려고 투쟁했던 안효제의 행적은 그간 잘 알려져 있지 않았지만
어쩌면 한국 근대사에서 잊지 못할 한 장면이 아닐까?

4

외국 유학은
불가하다

　우리나라는 근대에 들어와 외국으로 나가는 사람들이 비약적으로 증가하였다. 교통과 통신의 혁명적인 변화 덕분이다. 외국으로 나가는 사람들은 새 시대를 꿈꾸고 새로운 삶을 원했던 사람들이다. 신출귀몰하고 변화무쌍한 이들의 인생 역정은 이 시대 역사를 읽는 즐거움을 더해준다. 어쩌면 우리나라 근대사는 이들의 꿈과 야망을 그려낸 한 편의 대하소설일지도 모른다. 하지만 떠난 이들의 설렘도 있었지만 떠나보낸 이들의 아픔도 있었다. 떠난 이들이 많았던 만큼 보낸 이들도 많았다. 아래에 소개할 육용정陸用鼎(1843~1917)의 글은 이 시기에 급격히 늘어난 '떠나보낸 이의 시선' 중의 하나이다. 그는 자녀를 외국에 유학 보내지 말아야 한다고 힘주어 말한다. 무엇이 문제였을까?

◟번역── 방금 서구西歐 각국이 학술과 기예가 흥성하여 동하東夏 여러 나라에 와서 통하고 있다. 동방 여러 나라가 만약 여기에 대응하여 눌러 제어할 방책을 마련하지 못했다면 또한 마땅히 그 학술과 기예를 맞이하고 이어받아 역으로 서구의 법을 써서 제어하는 것도 안 될 것은 없다. 비록 옛 사람이 혁신을 생각한 것은 아니지만 시대를 따라 변통하는 것은 성인이 권도를 사용한 한 가지 방법이었다. 동하東夏 여러 나라에서 연소하고 총명한 자제를 보내 서구 각국에 가서 배우게 하는 것도 이 때문이다. 그런데 그중에 가장 어리고 철없는 아이들이 출세하는 데 열중하여 간혹 부모의 말을 듣지 않고 임금의 명이 없는데 함부로 날뛰기만 한다. 배운 것도 거의 일컬을 게 없다.

가만히 생각건대 도에는 근본과 말단이 있고 학문에는 먼저 할 것과 나중 할 것이 있다. 덕행은 근본이고 학술과 기예는 말단이다. 근본을 버리고 말단을 따른다면 나는 그것이 옳은 줄 모르겠다. 덕행은 오직 효가 먼저 할 것이고 충은 그 다음이다. 효를 잘한다면 충은 절로 그 안에 있다. 따라서 왕자王者가 인정仁政을 행할 적에도 효를 일으키는 것을 먼저 할 일로 삼았다. 저들 나이 어린 무리들이 자기 한 몸의 출세를 위해 임금의 명도 없는데 그 부모를 가볍게 저버리고 다시 돌아보지 않는다면 그것이 효도하는 방법에 있어 얼마나 어긋나는 일인가?

무릇 사람들이 자식을 아끼는 정에는 마음에 맺힌 사연들이 다반으로 있어 이루 표현할 수 없는 것이 한두 가지가 아니다. 자식 된 자가 어찌 차마 이를 저버리는가? 이것을 차마 저버릴 수 있다면 천륜으로 맺어진 부모도 그러하니 하물며 의리로 합쳐진 임금이겠는가? 저들 중에는 이렇게 말하는 사람이 있을 것이다. "큰일을 도모하는 사람은 작은 의절에 구애받지 않는다. 부모를 위해 뜻을 받들고 몸을 받드는 것은 효의 작은 것이다. 입신양명해서 한 나라에 공훈을 세워 부모를 빛내는 것은 효의 큰 것이다."

또한 서법西法의 기술에 현혹되어 이렇게 생각하는 사람도 있을 것이다. "선왕先王의 도는 말할 게 없다. 이것은 옛날 도이다. 동하東夏의 법은 본받을 게 없다. 이것은 옛날 법이다. 옛날은 오늘날과 부합하지 않으니 하나같이 쓸어버리고 혁신해야 옳다." 그러고는 서로 격려하고 분기하여 온 세상을 떠들썩하게 하는데 이를 금지할 수 없다.

아! 저들은 철이 없고 무식하도다! 설령 학문이 완성되어 부모를 빛낸다 해도 그간 부모에게 근심을 끼친 것을 이루 형언할 수 없다. 또, 오래 떨어진 동안 부모가 곤경에 빠졌을지도 모르는 일이다. 만약 이 지경이 되었다면 하늘을 다해도 그치지 않을 원통함이 얼마나 크겠는가?

또, 뜻을 받들고 몸을 받드는 게 효의 작은 것이 아니다. 효에 어찌 크고 작음을 분간하겠는가? 크고 작음을 가릴 것 없이 시작이 있으면 끝도 있어서 온전하게 성취해야 옳다. 근본에 어둡고 먼저 할 일을 모르니 당연히 큰 것을 작은 것이라 하고 한갓 말단을 따르기만 하는 것이다. 아, 뜻을 받들고 몸을 받드는 한 가지 일이 작은 의절이 아니다.

또, 기술에는 본디 동서고금의 차이가 있지만 도에 언제 동서고금의 차이가 있었던가? 시대를 따라 변통하는 것이 법이다. 옛날이 지금과 맞지 않는 것은 당연한 일이지만, 시대를 따라 변통하는 법이 또한 도에 근본을 두고 있다는 뜻을 끝내 저들은 모르는 것이다.

서구의 법은 참으로 신이하고 정묘해서 오늘날 반드시 행해야 한다. 그러나 이렇게 철없고 역량 없는 무리들로서는 결코 이를 배울 수 없을 줄로 나는 안다. 어째서인가? 이 무리들은 우선 기국器局이 깊지 않고 취향趣向이 정해지지 않아 각각 자기 나라에 있는 큰 줄기 보통 학문도 대충 통하지 못했거늘 하물며 다른 나라에서 평소 알지 못하는 신묘한 기술을 어찌 대번에 논의할 수 있단 말인가?

반드시 먼저 동하東夏의 경서와 역사책을 대략 통하게 하고 선왕의 정도를 대략 들려주어 부모를 섬기고 임금을 섬기는 큰 근본을 알게 하며 겸하여 역대 치란과 사변의 원인이 되는 큰 단서를 통하게 하여 근기를 세운 연후에 마침내 서구의 기술에 미쳐서 확충하고 채색하게 한다면 그 기술이 근본이 있는 기술이 될 터이고, 말단이 되는 일에서 조처한다면 끝내 임금과 부모를 겸하여 지키고 집과 나라를 아울러 구원하는 큰 업적이 될 터이니, 이 어찌 근본과 말단에 순서가 있고 큰 것과 작은 것을 겸하여 아우르며 먼저 할 일과 나중 할 일에 착오가 없는 것이 아니겠는가?

만약 그렇지 않고 대번에 말류 기술에 미쳐서 단지 출세하기를 노릴 뿐이라면 자기 부모를 저버리는 저들의 소행으로 보건대 어찌 다시 임금에게 미치는 의리가 있겠으며, 필시 변란을 따라 뜻을 바꾸고 세력을 좇아 이익을 다투어 한갓 나라를 혼란에 빠뜨릴 뿐이니 자기가 입신해서 부모를 빛내는 일이 된다는 게 도대체 어디에 있단 말인가? 그러니 자식 된 자가 유학하는 일은 반드시 부모가 허락하고 임금이 보낸 연후에야 가하다. 또, 부득이한 까닭으로 차마 취학하려는 마음이 있는 연후에야 가하다.

출전_ 육용정, 『의전문고宜田文稿』 권1 「자식 된 사람이 외국에 유학 가서는 안 된다〔爲人子者不可以遊學外國論〕」

    ❧해설 —— 우리나라 외국 유학의 역사는 길면서도 짧다. 긴 역사에 눈길을 준다면 삼국시대, 그리고 후삼국시대에 불법을 찾아 중국에 건너갔던 승려들을 떠올릴 수 있을 것이다. 삼국시대 말기 의상義湘과 원효元曉가 당나라에 가는 도중 서로 운명의 엇갈림을 겪었던 일은 7세기 당나라 불교학의 번영을 배경으로 도당渡唐 유학 붐이 일어났던 신라 불교계의 작은 일화였다. 당나라에서 화엄 교학의 2대 종사인 지엄智嚴에게 화엄을 배우고 귀국해 화엄을 강학했던 의상, 당나라에 유학을 가지는 않았으나 한마음 사상으로 동아시아 불교학의 과제를 해결하고자 했던 원효, 이 두 인물은 당시 신라 불교계의 거인이었던 동시에 한국 해외 유학의 역사에서도 서로 비교되는 지성이었다.

    당나라를 중심으로 동아시아 문화권이 성립된 이래 한국의 해외 유학 행선지는 항상 중국이었다. 중국은 학술과 문화의 중심지였다. 삼국시대 말기에 신라 승려들이 중국에서 교학을 배웠다면 후삼국시대 신라 승려들은 중국에서 선종을 배웠다. 불교를 공부하는 승려들 못지않게 유학을 강마하는 선비들도 유학의 본고장인 중국을 보고 싶어 했다. 조선시대 사대부는 비록 명나라나 청나라에 유학 가서 당대 유학儒學의 종장으로부터 직접 유학을 배울 기회는 없었지만 그 대신 정기적인 사행을 통해 중국을 '관광觀光'할 수 있었다. 북학파가 성장하는 정조 시대 이후부터는 느슨하게나마 양국 간의 학술적 네트워크가 만들어졌고, 그러한 네트워크 위에서 김정희金正喜가 옹방강翁方綱으로부터 고증학을 전수받을 수 있었다. 중국 현지에서 정기적으로 이루어지는 조청 학술·문화 교류는 후지쓰카 치카시藤塚鄰(1879~1948) 같은 학자가 고백했듯 에도시대 일본 한학자들로서는 상상하기 어려운 선망의 대상이었을는지 모른다.

근대 이후 우리나라 외국 유학의 새로운 역사가 시작되었다. 갑오경장을 배경으로 조선 정부에서 일본에 관립 유학생을 파견한 뒤부터 해외 유학이 본격화되었다. 해외 유학 행선지는 거개 일본이었다. 중국이나 미국으로 유학 가는 경우도 있었지만 일본 유학의 대세를 막을 수는 없었다. 유학의 목적은 개인마다 달랐지만 적어도 초기 관비 유학생들의 꿈은 속히 신학문을 배운 뒤 귀국해 본국 관리에 임용되는 것이었다. 근대 국가 초기 개화파 정부 하에서 새로운 관직 수요가 발생할 것을 기대한 출세욕이었다. 당시 게이오의숙慶應義塾 설립자인 후쿠자와 유키치福澤諭吉(1835~1901)가 조선 유학생 중에 농업, 상업, 공업 분야를 희망하는 사람이 없음을 보고 놀랐던 일은 유명한 일화로 전해온다.

이렇게 볼 때 육용정陸用鼎이 한국 해외 유학생들의 퇴영적인 출세욕을 비판한 것은 당시 역사적 정황에서 어느 정도는 충분히 이해할 수 있는 일이다. 하지만 그가 제기한 쟁점들은 비단 이 당시뿐만 아니라 오늘날에도 여전히 공감되는 면이 있는 것이 사실이다. 공부를 하지 않고 정치를 하는 유학생, 고국에 남아 있는 부모에게 근심을 끼치는 유학생, 큰일을 해내겠다고 과잉 의식에 젖어 있는 유학생, 이런 유학생도 문제이겠지만 가장 큰 문제는 육용정이 지적한바 유학생들이 현지 유학 생활에서 쌓은 제한적인 경험에 사고가 막혀 보편적인 사유를 상실한다는 것이다. 이것은 슬픈 역설이다. '동서고금의 차이가 없는' 보편적인 도를 깨닫고 세계 평화와 인류 공영의 메시지를 담당해야 할 해외 유학생이 도리어 동과 서를 차별하고 고와 금을 차별하는 데에 열중하는 것이다.

진정한 의미에서 보편적인 사유의 회복! 이 막중한 사명은 해외 유학생이 증가하는 19세기 말 20세기 초 한국 근대 사상계의 중요한 과제의 하나였고, 지금도 여전히 중요하다.

원문　方今西歐各國 盛興術學技藝 來通東夏諸邦 東諸邦如未有對舉壓制之策 則亦當延接襲循 以其法反制之 亦未爲不可 就新雖非古意 而隨時處變 亦聖人用權之一道也 所以東夏諸邦 舉遣年少聰俊子弟 就學于西歐各國 而就中最少沒覺惟事進取之輩 或不聽父母之言 未有君上所命 而徑自奔就學亦鮮有可述焉 竊以爲道有本末 學有先後 德行本也 術學技藝末也 捨其本而就其末 吾未知其可也 德行惟孝又爲其先 忠次之 能孝則忠自在其中 故王者之行仁政 亦以興孝爲先焉 彼少年輩 爲一身之進取 未有君上所命 而輕棄其父母 蔑復有顧 則其於孝之道 爲何如哉 凡人愛子之情 有多般緒結 不可名狀 非止一二矣 爲人子者 其何忍負之 此若忍負於天倫其親 則況於其以義合之君上哉 彼爲說者曰 圖大事者 不拘小節 爲親之養志養口體 卽孝之小者也 立身揚名 樹勳業于一國 以顯父母者 爲孝之大者 且眩惑于西法之技術以爲先王之道不足道也 此古道也 東夏之法不足法也 此古法也 古於今爲未

合 一掃就新可也 相與鼓勵奮起 擧世喧動 莫可禁止焉 噫彼之沒覺無知也
借使學成顯親 其間貽憂父母 不可形言 又或遭艱于久離之餘 亦未可知也 如
到此境 則其爲窮天之痛 尤當何如哉 且志體之養 亦非孝之小者也 孝豈有大
小可揀 當無大無小 有始有終 而全就之可也 昧乎其本 不知所先 宜其認大
爲小 徒趍其末 噫 養志體一事 此非小節也 且技術固有東西古今之有異 而
道亦安有東西古今之有異乎 隨時而處變者法也 古於今未合固也 而終不知
其法之隨時處變者亦本乎道之意也 西法固是神異精妙 可爲當今之必行者
而然以若輩之沒知力量 吾知其爲斷不能學也 何者 此輩爲先器局未深 趣向
無定 而各其邦所有大經平常之學 猶未能略通 而況乎他國素昧神妙之術 何
可遽議乎 必也早先略通東夏經史 使略聞先王之正道 知其事親事君之大本
兼達于歷代治亂事變所以然之大端 以立其根基 然後乃及乎西歐技術 擴充
而文飾之 則其技術可爲有本之技術 而措之於末流事爲 終當爲君親兼保家
國竝濟之大勳業矣 此豈不爲本末有序大小兼竝先後不舛者乎 如其不然 而
遽及乎末流技術 只謀進取而已 則以若遺其親之彼輩所爲 豈復有及君之義
而必隨變易志 逐勢爭利 徒亂人國矣 烏在其爲立身顯親者哉 然則爲人子遊
學之事 必當父母許之 君上送之 然後乃可也 又有以不得已之故 當有忍就之
心 然後乃可也

일본 도쿄의 한국 유학생 모임인 태극학회에서 1906년 창간한 월간지 「태극학보」

·

진정한 의미에서의 보편적인 사유의 회복은
해외 유학생이 증가하던 한국 근대 사상계의 중요한 과제였으며 지금도 중요하다.

5

대한제국의
석고

우리나라 역사상 '해동성국海東盛國'이라는 영예를 얻은 나라의 이름은 무엇일까? 대조영大祚榮이 세운 나라 발해이다. 하지만 발해에 '해동성국'의 영예를 선사한 주인공은 대조영의 아우 대야발大野勃의 후손인 발해 10대 임금 선왕宣王이었다. 그는 발해의 정치적 혼란을 수습하고 발해를 다시 강국으로 중흥시킨 인물인데, 창업의 제왕이 아닌 중흥의 제왕에게 '성국盛國'의 칭호가 돌아갔다는 점이 흥미롭다. 그는 왕호부터가 중국 주周나라를 중흥시킨 선왕宣王과 똑같은데 어쩌면 발해 사람들이 그를 사후에 중흥의 제왕으로 적극적으로 인식했기에 그랬을지도 모른다. 그런데 우리나라 임금 중에는 생전에 자신의 왕업을 주 선왕의 중흥에 비견하여 이를 시각적으로 구현한 인물이 있다. 아래에 신기선申箕善(1851~1909)이 대한 고종에게 올린 「석고송石鼓頌」을 보자.

◑번역── 우리 임금님께서 등극하신 34년 정유년丁酉年(1897)은 개국開國 506년이다. 중흥하는 운세가 되어 국보國步가 융성해졌다. 천관千官과 육군六軍과 만민이 일제히 청하기를 황제의 대위에 올라 명나라의 이미 끊어진 정통을 이어 조종의 마치지 못한 뜻을 이룩하시라 하였다. 지구상의 여러 나라도 한결같이 똑같은 말을 하였다. 임금님께서는 거듭 사양하다 마지못해 9월 16일 원구단圜丘壇에 하늘과 땅을 합해 제사지내고 황제의 자리에 올랐다. 나라 이름을 정해 대한大韓이라 하였고 연호를 세워 광무光武라 하였다. 3년이 지나 사세四世를 추존하여 태조太祖에 미쳤고, 이어서 태조 고황제高皇帝를 원구단에 배향하였다. 아, 성대하도다! 원구단을 세우는 역사役事를 마친 다음에 온 나라의 신사紳士들이 장차 돌에 새겨 사적을 기록하려 하니 임금님께서 거듭 타일러 그만두게 하였다. 그러자 신사들이 서로 함께 의논하였다.

"우리 한국은 단군檀君과 기자箕子 이래 동방에 도가 있는 나라였지. 거룩한 우리 왕조가 일어나 태평성대가 계속되니 교화와 문물이 중화와 어깨를 나란히 했네. 우리 임금님께서 불세출의 바탕을 타고나서 천명에 응하고 인심을 좇아 찬란하게 제왕의 이름을 받아서 제도를 일신하고 예악을 밝게 갖추니 아름다운 은혜가 만백성에게 전해지고 커다란 복이 억만 년 이어가리라. 성대한 공덕은 옛날에도 없던 일이나 천지에 제사를 지내는 것은 본디 임금님께서 탐탁찮게 여기는 일이네. 하지만 송가頌歌를 지으려는 생각이 뭉게뭉게 마음에서 피어나니 어찌 임금님의 겸손한 마음 때문에 끝내 그칠 수 있으랴. 주周나라에 석고石鼓가 있음은 대개 사냥하러 갔다가 선왕의 공적을 기록한 것이니 비록 오늘날에 빗대기는 부족하지만 애오라지 이를 고사故事로 원용할 수는 있으리라."

이에 돌을 벌채하여 석고를 만들고 신臣에게 글을 짓기를 부탁하니 신이 감히 사양하지 못하고 감히 두 손 모아 머리를 조아리며 송頌을 바친다.

출전_ 신기선, 『양원유집陽園遺集』 권10 「석고송병서石鼓頌并序」

🐚해설 —— 나라가 흥하려면 도읍을 옮겨야 하는가? 태조 이성계가 건국한 조선은 천도를 통해 만들어진 새 나라였다. 태조는 처음 개경 수창궁壽昌宮에서 즉위했지만 마침내 결단을 내려 새 수도를 한양으로 정하고 경복궁으로 옮겨갔다. 비록 2대 임금 정종이 개성으로 후퇴했지만 3대 임금 태종은 다시 한양으로 진출하였고, 이로써 개성의 조선에서 한양의 조선으로 조선의 정체가 확정될 수 있었다. 한양이 새 왕조의 터전이 된 후 다시 천도는 없었다. 임진왜란이 끝난 뒤 광해군이 교하로 천도할 것을 검토해보았지만 성사되지는 않았다.

조선 말기가 되어 사정은 달라졌다. 안팎의 위기로부터 왕국을 구원해야 한다는 절박한 현실 인식이 제고되면서 왕국의 새로운 터전을 마련하는 것이 중요한 문제로 떠올랐다. 이에 따라 제2의 건국을 위한 천도 아닌 천도가 추구되었다. 그것이 경복궁을 중건한 뒤 이루어진 창덕궁에서 경복궁으로의 '미니 천도'였다. 흥선대원군 덕분에 고종은 임란 이후 경복궁에 들어온 최초의 국왕이 되었다. 조선을 복원하자! 경복궁의 새 아침으로 돌아가자! 영조도 정조도 갖지 못한 경복궁의 새 권위는 고종에게 태조의 조선, 태종의 조선, 세종의 조선을 어른거리게 하였으리라.

하지만 건국보다 중요한 것이 중흥이었다. 조선에 필요한 것은 과거 회귀적인 건국의 회고가 아니라 미래 지향적인 중흥의 달성이었다. 이에 다시금 왕국의 중흥을 위한 새로운 '미니 천도'가 단행되었다. 경복궁을 나온 고종은 경운궁에 들어갔다. 그가 경복궁을 나온 것은 명성왕후를 일본에게 잃은 뒤 감행된 불가피한 탈출이었지만 그가 경운궁에 들어간 것은 제국의 새 아침을 열기 위한 중흥의 결단이었다.

고종은 제국의 새 이름을 대한大韓으로 정하였고 자신의 중흥 의식을 두 개의 연호, 곧 건양建陽과 광무光武에 차례로 담아냈다. 음陰으로 가득한 조선의 천지에 한 줄기 양陽을 세우는 일, 그것이 경운궁에 들어가기 전 반포한 건양의 뜻이라면, 왕망王莽의 찬탈에 따른 천하의 혼란을 수습하고 한漢 제국을 재건한 광무제光武帝의 길을 걷는 일, 그것이 경운궁에 들어간 후 반포한 광무의 뜻이었다.

고종 이전에도 조선의 많은 임금이 중흥을 자처했지만 고종의 중흥은 남다른 데가 있었다. 중흥은 계술繼述과 달리 앞선 시기를 혼란스런 쇠망의 시기로 전제하는 정치적 함의가 내포되어 있다. 고려 공양왕 때에 창왕을 폐하고 이성계 등이 중흥공신이 된 일, 조선 태종이 다시 한양으로 천도하자 하륜河崙이 주周 선왕宣王의 중흥을 생각하고 한강시漢江詩를 헌정한 일, 무신란을 겪은 영조가 중흥의 책임이 자신에게 있다고 강조한 일 등 여러 가지 사례에서 이러한 뜻을 볼 수 있다. 마찬가지로 신기선이 주 선왕의 중흥을 떠올리며 고종에게 「석고송石鼓頌」을 헌정한 것은 조선 말 대한 초 경복궁에서 경운궁으로 오는 암흑의 터널에서 만난 온갖 시련을 이겨내고 고종이 중흥을 성취하였음을 찬양한 것이라 하겠다.

하지만 「석고송」에서 말하는 고종의 중흥에는 그 이상의 의미가 있다. 송명宋明을 끝으로 화운華運이 다하여 천하의 도가 동으로 넘어와, 이제는 화하華夏의 문물을 우리 황제가 보존하고 예악禮樂과 정벌征伐을 우리 황제가 내고 있으니, 우리 황제가 바로 '정통천자正統天子'라는 생각이 그것이다. 대한의 수립을 조선 국가의 중흥이라는 일국사적인 사건뿐만 아니라 동아시아 중화 문명의 중흥이라는 세계사적인 사건으로 기린 것이다. 따라서 대한제국의 역사적 의미를 오직 '독립'의 키워드로 독해하는 시각은 완전하지 않다. 조선 후기 지성사의 맥락에서 '중흥'의 키워드로도 읽을 것이 요청되는 셈이다. 독립문도 대한의 작품이지만 석고도 대한의 작품이 아니던가?

원문　我聖上御極之三十四年丁酉 寔開國五百有六年也 運値中興 國步隆旺 千官六軍萬民 齊請進登皇帝大位 以紹有明已絶之統而成祖宗未卒之志 環球列邦 亦翕然同辭 上屢讓不獲 以其九月十六日 合祀天地于圜丘 卽皇帝位 定國號曰大韓 建元曰光武 越三年追尊四世 以及於太祖 仍配太祖高皇帝于圜丘 猗歟盛哉 圜丘役訖 一國紳士將刻石以紀其事 上屢諭止之 紳士相與謀曰 惟我韓自檀箕以來 爲東方有道之國 逮我聖朝 重熙累洽 聲敎物采 並駕於中華 我聖上挺不世之姿 應天順人 光膺大號 制度改觀 禮樂明備 流嘉惠於黎元 綿洪籙於億禩 功德之盛 古未有也 封泰山禪梁父 固聖上之所不

屑 然頌歌之作 油然由中 詎可以聖衷之撝謙而遂已哉 周有石鼓 盖因田獵而
紀宣王之功 雖不足擬倫於今日 然聊可援爲故事 迺伐石作鼓 屬臣爲文 臣不
敢辭 敢拜手稽首獻頌

조선호텔 안 원구단 옆에 있는 석고

·

대한제국의 역사적 의미를 '독립'의 키워드로만 독해하는 것은 완전하지 않다.
조선 후기 지성사의 맥락에서 '중흥'의 키워드로 읽을 것이 요청된다.

6

우산국과 폴란드와
청나라의 공통점

어떤 사물을 바라보는 인간의 앎은 단층적인 경우가 많다. 한번 층이
바뀌면 그 층 안에 있던 앎도 바뀌어버린다. 역사학자가 할 일은 시대마
다 서로 다른 인간의 앎을 탐사하는 것이다. 오늘날의 층과는 서로 다른
층에 있는 앎의 유적을 발굴하는 것이다. 이를테면 우산국과 폴란드와 청
나라의 공통점이란 무엇일까 하는 물음을 생각해보자. 이 물음은 2010년
현재의 감각으로 보자면 이해할 수 없는 낯선 내용이다. 폴란드와 청나
라의 공통점도 막연하기만 한데 폴란드와 청나라, 그리고 신라와 동시대
에 있었던 우산국의 공통점을 생각해낼 수 있을까? 하지만 우리에게는
낯설기만 한 이 물음이 1901년을 살았던 장지연張志淵(1864~1921)에게는
익숙한 물음이었다. 우리의 앎과 층을 달리하고 있었던 그의 앎은 무엇
이었을까?

✎번역 —— 우리나라 역사를 살펴보건대 신라 지증왕 33년 우산국于山國을 정복하였다. 우산국은 명주溟洲에서 정동으로 바다 한가운데 있는데 곧 지금의 울릉도이다. 지방은 백 리에 불과하나 험준함을 믿고 복종하지 않았다. 이찬伊飡 이사부異斯夫가 갑병 10인을 이끌고 나무 사자 100두를 만들어 금색으로 색칠하고 전함에 실어 섬에 도착하자, "너희들이 항복하지 않으면 이 짐승을 풀어놓아 너희들을 밟아 죽일 것이다"라고 속였다. 우산국 사람들이 크게 두려워하고 마침내 항복하였다.

험준함을 믿고 복종하지 않다니 처음에는 어찌 그리 강경했으며, 크게 두려워하고 마침내 항복하다니 나중에는 어찌 그리 유약했는가? 적의 침입을 받지 않을 만큼 산하가 아주 단단한지, 견고하게 수비할 수 있을 만큼 성지가 아주 튼튼한지 헤아려보고, 인민과 전사가 제대로 막을 수 있는지 그 많고 적음과 강하고 약함의 형세를 살펴보아 저들이 침공할 수 없음을 안 뒤에야 복종하지 않을 수 있는 것이다. 해상의 외로운 섬이 먹으로 찍은 점처럼 작기만 하니 믿을 것이 무엇이 있었을까만 한갓 험준함을 믿기만 했으니 그 백성의 어리석음을 알 만하다.

병사들이 함부로 짓밟아올 만큼 사나운지, 전함이 부딪쳐 공격해올 만큼 많은지 보고, 그 진짜와 가짜, 속임수와 정수의 흔적을 연구해서 저들을 제어할 수 없음을 안 뒤에야 항복할 수 있는 것이다. 눈을 현혹시키는 기괴한 물건으로 협박하는 말 한마디 한 것이 두려울 게 무엇이 있었을까만 크게 두려워하고 마침내 항복했으니 그 백성의 어리석음을 알 만하다. 백성이 어리석은데 망하지 않는 나라는 옛날부터 지금까지 있지 않았다.

지금 세계에 비교해본다면 대국과 소국, 강국과 약국이 서로 나란히 늘어서 있는데 백성이 어리석지 않으면 처음에 믿지 않으면서 서로 화호和好를 맺고 나중에는 두려워하지 않으면서 서로 기각掎角을 이룬다. 따라서 소국과 대국이 서로 맞서고 약국과 강국이 서로 자립한다. 백성이 어리석으면 처음에는 믿지 않음이 없다가 나중에는 두려워하지 않음이 없게 되어 소국이 대국에 병탄되고 약국이 강국에 병탄된다. 백성이 심하게 어리석으면 소국과 약국뿐만 아니라 대국과 강국도 병탄을 당한다. 멀리 구할 것 없이 태서泰西의 파란波蘭(폴란드)은 대국이고 강국이라 할 수 있지만 백성이 어리석었기 때문에 끝내 아국俄國(러시아), 보국普國(프러시아), 오국奧國(오스트리아)에 병탄되었다. 현금 지나支那(중국)의 청나라도 대국이고 강국이라 할 수 있지만 백성이 어리석기 때문에 연합군에게 패배하여 누구 손에 병탄될지 모른다. 백성이 어리석으면 나라가 반드시 망한다는 증거를 밝게 댈 수 있는 것이다.

지금 나무로 만든 사자의 협박이 전후로 늘어서 있는 것이 한두 가지가 아닌데 백성의 어리석음이 우산국보다 심하니 근심하지 않을 수 있겠는가? 나라를 가진 자 서둘러 먼저 백성을 가르쳐서 어리석음을 깨우쳐 나무 사자가 진짜인지 가짜인지 속임수인지 정수인지 알 수 있도록 한다면 어찌 나라가 보존되고 나라가 흥성하는 큰 기본이 아니겠는가?

출전_ 장지연, 『위암문고韋庵文稿』 권9 「독사유감讀史有感」

🌶해설 —— 우리나라 역사상 많은 국가들의 흥망성쇠가 있었지만 우산국의 망국사는 조금 특별한 데가 있다. 고구려와 백제가 나당 연합군

에 의해 멸망을 당한 것처럼 망국사의 기본적인 형태는 대외적인 전쟁에서 패배한 결과로 나타난다. 또는 신라가 지방 세력인 왕건에게 항복하거나 고려가 무장 세력인 이성계에게 찬탈된 것처럼 대내적인 도전에 굴복한 결과로 나타난다. 그러나 우산국이 신라에게 복속한 것은 신라와 국운을 건 일전을 벌인 결과도 아니었고 우산국 내부의 지방 세력의 소요 때문도 아니었다. 적어도 역사 기록에 의하면 우산국은 나무 사자를 싣고 온 신라 이사부의 협박에 두려움을 느끼고 항복하였다. 이사부는 나무 사자를 이용한 것이지만 사자와 나무 사자를 분별할 능력이 없었던 우산국에게 그것은 액면 그대로 사자로 보일 수밖에 없었을 것이다. 자신을 둘러싼 공포의 실체를 알지 못할 때 공포를 헤쳐나갈 행동의 반경은 그만큼 좁아질 수밖에 없다. 중요한 것은 사자와 나무 사자의 사이를 통찰하는 민지民智의 개명이다.

민지의 중요성을 일깨우는 역사적 사실은 이처럼 우산국의 역사에서 마련된 것이지만, 민지의 중요성을 인식하는 역사적 감각이 전통적인 관념 체계에서 충분히 표현된 적은 드물었다. 유교적인 왕정 이념에서 볼 때 왕조를 지탱하는 기본적인 원리는 천명과 민심이었고, 특히 민심은 천심이란 말이 있듯이 백성에 대한 국가의 본질적인 관심사는 백성이 얼마나 슬기로운가 하는 민지의 문제가 아니라 백성의 마음을 어떻게 얻을 수 있는가 하는 민심의 문제에 있었다. 그렇게 보면 우산국의 역사에서 민지의 문제를 제기한 장지연의 역사 비평은 유교 전통에 입각한 오래된 앎이었다기보다 그가 이 글을 지은 1901년 당시 호흡하고 있었던 새로운 앎이었다고 보아야 할 것이다. 그렇다면 중요한 것은 우산국의 역사 그 자체가 아니라 우산국의 역사에서 민지를 읽어내는 그의 앎이 어떠한 역사적 환경에서 조성되었는가 하는 물음일 수도 있다.

　민지에 주목하는 장지연의 앎은 독서와 견문의 두 가지 방향에서 나왔으리라. 독서의 방향이란 그가 『파란말년전사波蘭末年戰史』를 읽고 발견한 폴란드 백성의 어리석음이다. 한때 발트해에서 흑해에 이르는 광활한 영토를 차지했던 동유럽의 패자霸者 폴란드-리투아니아 연방은 18세기에 들어와 러시아, 프러시아, 오스트리아 삼국에 영토가 분할되어 끝내 독립을 잃고 말았다. 외세를 등에 업은 귀족 세력의 내부적인 정쟁이 초래한 폴란드 망국의 사태는 대한제국을 살아가는 지식인들에게 타산지석이 되었다. 실은 한국도 그러하지 않은가? 한국도 러시아와 일본의 외세에 의해 폴란드의 전철을 밟고 있지 않은가? 견문의 방향이란 그가 청에서 일어난 의화단 운동을 보고 발견한 중국 백성의 어리석음이다. 서태후西太后를 중심으로 집권 세력이 의화단의 무술과 권법을 이용해 서양 세력을 구축하려 하였다가 8개국 연합군에게 북경이 함락된 사건은 이웃 나라 대한제국의 지식인들이 보기에 도저히 믿기지 않는 어이없는 역사의 실패였다. 무술과 권법으로 총포를 물리치겠다고 나선 것도 그렇지만, 무모하게 배외주의에 불을 지폈다가 중국 각지를 서양 세력이 잠식하여 제국의 분열과 쇠망이 임박하였다는 것은 경악할 일이었다. 하지만 한국 역시 그러한 실패를 경험하지는 않았는가? 동학 운동과 의병 운동이 의화단 운동에서 얼마나 멀리 나아갔는가? 그러하므로 장지연은 우산국의 역사를 읽으면서 차례로 폴란드의 실패, 청나라의 실패를 연상할 수 있었고 한국의 다가올 실패를 우려하고 있었다. 전혀 관계가 없어 보이는 우산국과 폴란드와 청나라는 장지연의 인식 체계에서 공통점이 있었다.

원문　按東史 新羅智證王十三年 討服于山國 于山在溟洲正東海中 卽今鬱陵島 地方不過百里 恃其險不服 伊湌異斯夫率甲兵十餘人 以木造獅子百許頭 塗飾金彩 載之戰船 抵其島誑之曰 汝若不降 卽放此獸蹯殺之 國人大懼乃降 恃險不服者 始何强項 大懼乃降者 終何柔腸耶 料其山河之固 足以不受敵 城池之壯 足以堅其守 人民戰士之能作捍禦者 審其衆寡强弱之勢 知其不能攻 然後可以不服 海上孤島小如點墨者 所恃維何 而徒恃其險 可知其民之愚也 見其甲士之猛 足以蹂躪 戰船之多 足以衝擊 金毛獅子之能售悍獰者 究其眞假詐正之跡 知其不能制 然後可以乃降 幻目奇怪 一言威嚇者 所懼維何 而大懼乃降 可知其民之昧也 其民愚且昧 而其國不亡者 自古及今未之有也 比今世界以觀之 大小强弱相與聯肩 其民不愚昧 則始而不恃 相與和好 終而不懼 相與椅角 故小與大相抗 弱與强相立 其民愚昧 則始而未嘗不恃 終而未嘗不懼 小爲大呑 弱爲强幷 其民愚昧之甚 則不惟小者弱者 大者强者亦至呑幷 不必遠求 泰西之波蘭可謂大者强者 其民愚昧 故終爲呑幷於俄普奧 現今支那之淸國 亦可謂大者强者 其民愚昧 故方見敗陷於聯合軍 未知幷呑於誰手 其民愚昧而其國必亡之證 昭然可據 如今木造獅子之威嚇 羅列前後 不啻一二 民之愚昧甚于于山 可不憂哉 有國者急先敎民 開其愚昧 能知木獅之眞假詐正 豈非存國興亡之大基本哉

장지연이 폴란드 백성의 어리석음을 읽어냈던 『파란말년전사』

·

장지연은 폴란드의 실패에서 청나라의 실패를 연상했고
다가올 한국의 실패를 우려하고 있었다.

7

자주의 마음,
자강의 기운

2011년 새해가 밝았다. 새해에는 이 땅에 생명과 평화가 흐르는 참다운 문명의 세계가 펼쳐지기를 소망한다. 참다운 문명이 무엇인지 주체적으로 판단할 줄 아는 자주自主의 마음과 참다운 문명을 향해 한 걸음 한 걸음 진보해나가는 자강自强의 기운이 가득하기를 소망한다. 문득 20세기 벽두에 자주자강의 마음가짐을 강조했던 박은식朴殷植 (1859~1925)이 떠오른다. 그가 지은 편지 하나를 펼쳐보며 신년을 시작하는 마음을 다잡아본다.

🌿번역—— 선생은 천하의 일에 대해 근심이 은은殷殷하고 언론이 간간懇懇한데, 특히 '마음이 죽었고 기운이 쇠약해졌다心死氣弱'는 것이 더욱 오늘날에 들어맞는 문제점입니다. 대개 나라가 나라인 것은 자주自主

의 마음이 있기 때문이요, 자강自强의 기운이 있기 때문입니다. 따라서 능히 자주자강해서 다른 나라에 의지하지 않는다면, 나라가 비록 작아도 남에게 굴복하지 않을 것입니다. 백이의白耳義(벨기에)와 서사瑞士(스위스) 같은 나라가 이렇습니다. 능히 자주자강하지 못해서 다른 나라에 의지하려 한다면 나라가 비록 커도 끝내 남의 속국이 될 것입니다. 인도와 안남安南(베트남) 같은 나라가 이렇습니다. 그러니 병사가 많지 않다고 근심할 것이 아니요, 재정이 넉넉하지 않다고 근심할 것이 아니요, 기계가 비축되어 있지 않다고 근심할 것이 아니요, 제조업이 왕성하지 않다고 근심할 것이 아닙니다. 오직 인민의 마음이 가라앉아버리고 인민의 기운이 시들어버린 것이 가장 근심스런 일입니다.

지금 우리 한국은 열강의 사이에 처해서 교제함은 옳으나 의지함은 옳지 않습니다. 기술은 배워도 좋으나 세력은 빌려서는 안 됩니다. 만약 의지함을 적절한 계책이라 여기고 세력을 빌려도 좋다고 여긴다면 이는 자기 나라를 다른 나라 사람에게 맡겨버리는 것입니다. 파란波蘭(폴란드) 정당을 보면 전철이 명백합니다. 아! 나라가 보존되지 못하는데도 자기 당만 돌아보고 나라를 구하지 않았던 저들 정당이 과연 혼자서 이익을 차지했습니까? 노예가 되고 원숭이가 되고 벌레가 되었으니 곧 이른바 '자기가 만든 재앙은 모면할 길이 없게 된다'는 것입니다. 어리석지 않습니까?

우리 한국은 평소 예의가 있는 나라라고 알려져 있습니다. 윗사람에게 친히 하고 어른을 위해 죽는 의리가 본디 사람들의 마음에 굳게 결합되어 있으며 사적인 이해관계 때문에 없어지는 일은 없었습니다. 어째서 근일에는 북쪽[러시아]을 향해 당파 짓는 무리는 북쪽에 의지해서 권세를 얻고 동쪽[일본]을 향해 당파 짓는 무리는 동쪽에 의지해서 권세를 얻는 것입니까? 각국의 당파도 모두 그러하지 않음이 없습니다. 벼슬이 있는 자는 입으로는 복수설치[復雪]를 말하나 몰래 무리를 심어 훗날 재앙을 모면하려 하고, 벼슬이 없는 자는 행여 천하에 변란이 있으면 외국인에게 의지해서 자기 사욕을 채우려 하니 파란(폴란드) 정당의 소행과 가깝지 않습니까? 아, 이들은 모두 우리 임금의 신하이고 우리 임금의 인민인데, 어쩌다 타락해서 이 지경이 되었습니까?

아아! 의리의 회색晦塞이 오래되었습니다. 사욕의 횡류橫流가 극에 달했습니다. 심지어 임금을 잊고 나라를 저버리는 일이 있어도 돌아보지 않을 것입니다. 그 이유를 연구한다면 '마음이 죽었고 기운이 쇠약해졌다'는 것이 크다 하겠습니다. 참으로 능히 사기士氣를 진작시키고 민지民智를 개도하여 사람들마다 자주와 자강의 의리를 가슴속에 붙이고 오늘 한 걸음 진보하고 내일 한 걸음 진보하여, 하던 대로만 하고 편안히 놀려는 생각이 없게 되고 두려워하고 주저하는 습관이 없게 된다면 자강의 방도가 이로 말미암아 생길 것입니다. 하지만 이것을 이룩하고자 한다면 오직 교육의 흥왕興旺에 달려 있을 뿐이니 어찌 다른 데서 구하겠습니까? 아아! 천하에 동일한 것이 마음입니다. 한번 각성시키면 어찌 이로부터 깨닫는 사람이 없겠습니까? 이것이 제가 선생의 그침 없는 고언을 찬탄하는 바입니다.

출전_ 박은식, 『겸곡문고謙谷文稿』 「문산 손정현에게 보낸 편지〔與孫聞山-貞鉉-書〕」

🖎해설 ── 법제가 먼저일까, 사람이 먼저일까? 개혁을 논하는 자리에서 의례히 제기되는 물음이다. 처음에는 사람을 생각한다. 법제가 미비한 것이 아닌데 사람이 운용을 잘못하고 있는 것이리라. 하지만 사람을 바꾸었는데 상황이 계속 악화된다면? 그렇다면 법제를 생각한다. 법이 오래되면 폐단이 생기기 마련이니 법을 변통해야 마땅하리라. 하지만 법을 바꾸었는데도 상황이 계속 악화된다면?

법제의 개혁조차 쉽지 않은 보수적인 풍토에 이 물음은 조금 생경한 감이 있다. 하지만 1906년 「황성신문」에서는 이런 말을 한 적이 있다. 갑오년(1894) 이래 몇 년간 경장更張 운운했지만 단지 겉으로만 경장을 해서 내용의 속병은 전혀 고쳐지지 않았다고. 법이 변해도 사람이 변하지 않으면 법이 행해지지 않으니 매일 변법을 해도 계속 그 사람이면 아무 소용이 없다고.

「황성신문」의 이 말은 대한제국을 살았던 지식인들의 고뇌를 집약해 보여주는 면이 있다. 대한은 갑오년(1894)의 경장更張과 정유년(1897)의 유신維新으로 국제를 개혁하고 국체를 일신하여 탄생한 새로운 국가였다. 대한의 서울 황성皇城에는 경운궁을 중심으로 학교, 교회, 신문사, 출판사, 호텔, 공원 등이 착착 만들어졌다. 가로에는 전등이 가설되어 밤하늘이 밝아졌고 궁궐 옆에서는 교회 종소리가 아름답게 울려 퍼졌다.

하지만 조선의 안이 변한 만큼이나 그 이상으로 조선의 바깥도 변하였다. 1894년 청일전쟁 이후 일본군이 조선에 진주한 이래 1896년 아관파천과 1901년 북청사변을 배경으로 러시아 세력도 한반도와 만주에 들이닥쳤다. 일본과 러시아 사이에 한반도와 만주를 둘러싼 세력 다툼이 진행되는 가운데 만주에 진입한 러시아 세력에 대항하기 위해 영국과 일본은 1902년 각각 청국과 한국의 '보호 유지'를 내용으로 하는 영일동맹을 체결하였다. 대한으로서는 사실상 대외적인 독립을 부정당한 충격적인 수모가 아닐 수 없었다.

대한제국의 새 아침은 금세 러일전쟁 전야의 황혼이 되고 말았다. 일본은 한반도 남부에 수많은 일본인을 거주시켜 착착 식민을 시작하였고 러시아는 한반도 북부에 수많은 간첩들을 잠입시켜 군사 활동에 들어갔다. 제국은 무엇 하나 이를 막아낼 힘이 없었다. 제국이 침몰하고 있음을 외치는 목소리가 신문 지면에 가득했지만 제국은 달라지지 않았다. 외세에 압도된 정부는 일본당과 러시아당으로 분열되었고, 이 와중에 세워진 고종 즉위 40주년 칭경稱慶 기념비는 결코 경사가 될 수 없었다.

박은식이 손정현孫貞鉉에게 편지를 보낸 것은 이 무렵이었다. 대한은 불과 4,5년 만에 왜 이렇게 되었을까? 그는 문제의 핵심을 역동성의 상실에서 보았다. 마음이 죽었고 기운이 쇠약해졌다는 것, 그것은 신생 제국의 활력을 상실한 제국의 신민이 역동성을 상실하고 제국 이전의 에토스로 후퇴하고 있음을 뜻하는 것이었다. 아니, 유교적인 국가 관념조차 희박해진 가운데 망국이 찾아오고 있는 것이었다. 갑오년의 경장도, 정유년의 유신도 거쳤지만 달라진 것은 없었다.

정확히 이 지점에서 자주와 자강의 새로운 마음가짐이 요청되었다. 법제를 고치고 국체를 일신했지만 그렇게 달라진 형체적 국가에 걸맞은 정신적 국가가 마련되지 않으면 안 되었다. 현상적으로는 일본과 러시아의 외압으로 대한이 멸망하는 일이 일어나지 않도록, 궁극적으로는 근대 문명국가를 경영하는 근대적 에토스를 확립할 수 있도록 모두들 주체적으로 자기로부터의 혁명을 수립하지 않으면 안 되었다.

자주의 마음과 자강의 기운, 그것은 대한제국의 위기를 계기로 각성된 신도덕의 소박한 표현이었다. 비록 백 년 전의 특수한 역사적 상황에서 제기된 것이지만, 그것은 신년을 맞이하면서 새롭게 한 해를 시작하는 마음가짐으로도 여전히 의미가 있다.

원문 竊以先生於天下之事 可謂憂之殷殷 言之懇懇 而心死氣弱一段 尤爲切中今日之病 盖國之爲國 以其有自主之心也 以其有自强之氣也 故能自主自强而不依附於他 則國雖小而不屈於人 如白耳義瑞士是也 不能自主自强而欲依附於他 則國雖大而終屬於人 如印度安南是也 然則兵之不多 非所憂也 財之不贍 非所憂也 器械之不備 非所憂也 製造之不旺 非所憂也 惟是人心之陷溺 民氣之萎薾 最爲可憂耳 今我韓處在列强之間 交際則可 而依附則不可也 藝術則可學 而勢力則不可借也 若以依附爲得計 以勢力爲可借 則是委其國於他人也 觀於波蘭政黨 覆轍昭然 嗚呼 國之不存 彼政黨之但願其私不恤其國者 果能獨饗其利乎 爲奴爲隷爲猿鶴爲虫沙 卽所謂自作孽不可逭也 不亦愚乎 我韓素稱秉禮之國 親上死長之義 宜其固結於人心 不奪於利害之私也 奈至近日 黨於北者 欲依北以得權 黨於東者 欲附東以得權 各國之黨 無不皆然 有位者口言復雪 而陰樹朋比 以爲後日免禍之地 無位者幸天下之有變 欲賴外人 逞其自己之私 得無近於波蘭政黨之所爲乎 噫 此皆吾君之臣吾君之民 而何淪胥之至此也 嗚呼 義理之晦塞久矣 私欲之橫流極矣 雖

至忘君負國 而有不顧焉 苟究其由 則心死氣弱 爲之崇也 誠能振勵士氣 開
導民智 人人以自主自强之義 着在肚裏 今日進一步 明日進一步 無因苟玩愒
之意 無畏難越趑之習 則自强之道由是而生 然欲致此 則亦惟在於教育之興
旺而已矣 寧可他求哉 嗚呼 天下之所同者心也 一有喚醒 豈無從而覺者 此
區區有所讚歎於先生之苦言不已也

을사늑약 이후 사회적으로 자강 사상이 확산되면서 결성된
대한자강회의 월보 창간호

•

자강의 마음은 대한제국의 위기를 계기로 각성된 신도덕의 소박한 표현이었다.
백 년 전 특수한 역사적 상황에서 제기되었지만 지금도 여전히 의미가 있다.

8

일본은 우리에게
무엇이었나?

어제 8월 29일은 한일 간에 병합조약이 공포된 지 꼭 100년이 되는 날이다. 금년 2010년부터 시작해서 8.15 해방 100주년이 되는 2045년까지 앞으로 35년 동안 일본이 식민지 조선을 지배하면서 일으킨 많은 사건들이 끊임없이 100주년이라는 기억의 힘으로 다시 분출하여 한일 양국의 역사 인식의 진보를 시험할 것이다. 일본은 우리에게 무엇이었나? 하지만 일본과 식민지 조선만이 문제의 전부는 아니다. 대한제국의 문제도 있다. 대한제국을 살았던 당대의 지식인들에게 이 문제는 현재 시제의 물음으로 첨예하게 다가왔다. 아래에 이기李沂(1848~1909)의 두 작품을 통해 20세기 초 한국의 일본관을 살펴보자.

❧번역── 시국을 즐겨 논하는 길손이 지나가다 내게 물었다.

"일본이 동양의 패자霸者가 될 수 있겠습니까?"

"될 수 없습니다."

"지금 동양에서 정치가 융성하고 병력이 막강하기로는 일본 같은 데가 없는데 선생은 어째서 그들이 패자가 될 수 없다고 단언하는 것입니까?"

"그들이 천하의 인심을 잃었기 때문입니다. 무릇 패자가 왕자보다 못한 것이 만 리나 되지만 그래도 반드시 인의仁義를 빌려 천하를 오게 합니다. 때문에 옛날 제齊 환공桓公이 형邢나라와 위衛나라를 구원함¹에 힘과 비용을 아끼지 않고 오직 존망계절存亡繼絶²과 구재휼린救災恤隣³의 도리에 힘썼습니다. 그가 어찌 토지를 개척하고 부고府庫를 빼앗는 것이 이로운 줄 몰랐겠습니까? 다만 이로움이 있는 곳에 해로움도 돌아간다는 것을 염려했던 것입니다. 지금 일본은 우리에게 그렇지 않습니다. 망명한 자들을 받아들여 나라의 원수가 아직도 건재합니다. 병참을 설립하여 이미 근심거리가 만들어졌습니다. 전선과 철도를 세우면서 우리를 욕설하고 짓밟은 것이 너무나 심합니다. 광산과 어장도 점탈한 것이 많습니다. 기타 자잘한 것들은 하나하나 셀 수도 없습니다. 지난 6,7년간 그들의 위세는 보았으나 그들의 인덕은 보지 못했고, 그들의 속임수는

---

1 옛날 … 구원함 : 적인狄人이 위나라를 침략해 위 의공懿公이 전사하고 위 대공戴公이 동으로 달아나자 제 환공은 군사와 물자를 보내 위나라를 보존시켰다. 또, 적인이 형나라를 침략하여 수도를 폐허로 만들자 제 환공은 적인을 몰아내고 형나라 사람들에게 이의夷儀에 성을 쌓아 나라를 보존하게 하였다.

2 존망계절存亡繼絶 : 멸망한 나라를 보존해주고 끊어진 왕실을 이어준다는 뜻이다.

3 구재휼린救災恤隣 : 재난을 구원해주고 이웃을 보살펴준다는 뜻이다.

보았으나 그들의 식견은 보지 못했습니다. 그러니 전국의 인심과 이미 어긋난 것입니다. 한 사람의 인심은 곧 천하의 인심입니다. 때문에 영국이 비록 이미 일본과 협약을 맺었지만 오히려 관망하고 있고, 청나라도 일본을 원조하려다 다시 의구심을 품고 있습니다. 모두들 일본은 미덥지가 않다고 여기는 것은 곧 우리나라에서 거울삼을 만한 일이 있기 때문입니다. 일본의 강성함은 러시아에 미치지 못하면서 우리에게 잘못한 것은 러시아보다 더합니다. 이렇게 하고도 패자가 될 수 있겠습니까? 맹자가 말하길 '오패五覇는 삼왕三王의 죄인이고, 지금의 제후諸侯는 오패의 죄인이다'라고 했는데[4] 지금 나는 일본에 대하여 그렇다고 말합니다."

출전_ 이기, 『해학유고海鶴遺稿』 권3 「일본은 패자인가(日覇論)」

✎번역 —— 무릇 동아시아를 연합하여 황인종을 부식하는 것, 이것이 일본인의 의무이다. 때문에 만주에서 전쟁이 발발한 것은 이치상 반드시 그렇게 될 일이었다. 하지만 전쟁이 끝난 뒤에 어떻게 조처해야 할지가 더욱 어려운 문제이다. 어째서 그런가? 동양 삼국의 형세는 세 발 달

---

4 맹자가 … 했는데 : 오패五覇는 제齊 환공桓公, 진晉 문공文公, 송宋 양공襄公, 진秦 목공穆公, 초楚 장왕莊王이고, 삼왕三王은 하夏 우왕禹王, 상商 탕왕湯王, 주周 문왕文王과 무왕武王이며, 지금의 제후는 맹자 당시 전국시대 열국의 국왕이다. 오패가 삼왕의 죄인이라는 뜻은 오패가 주나라 천자의 명을 받들지 않고 제후를 정벌했음을 가리키는 것이고, 제금의 제후가 오패의 죄인이라는 뜻은 제 환공이 채구蔡丘의 회맹에서 제후들에게 명한 5가지 맹약을 지금의 제후들이 지키지 않고 있음을 가리키는 것이다. 『맹자』 「고자하告子下」

린 솥과 같아서 발이 하나 빠지면 기울어진다. 반드시 세력을 고르게 한 뒤에야 어떤 일을 해볼 만하다. 그러나 우리 한국은 땅이 작고 백성이 적어 자립할 수 없다. 이것이 청나라와 일본이 근심하는 바이다. 가만히 생각건대 만주 삼성三省은 모두 우리 한국의 옛 강토였다. 전조前朝에 속한 일은 말을 못한다고 해도 청초淸初 목극등穆克登이 분수령分水嶺으로 국경을 정할 때 억지로 제정하여 잃어버린 땅이 아주 많으니 이것이 천하의 의사義士가 공분하는 까닭이다. 언젠가 일본인이 만주를 가진다면 이것은 러시아한테 빼앗은 것이지 청나라한테 빼앗은 것은 아니니 재할宰割의 권한이 그들의 수중에 있는 것이다. 반드시 만주를 셋으로 나눠 동쪽은 일본에 속하게 하고 남쪽은 한국에 속하게 하고 서쪽은 청나라에 속하게 하여 삼국의 정예부대와 우수한 화기가 모두 여기에 모여 나가면 번갈아 싸우고 들어오면 함께 지켜 러시아가 감히 오랄령[烏拉嶺] 바깥으로 한 발자국의 땅도 넘보지 못하게 할 수 있을 것이다. 그러니 선후책善後策으로는 이보다 나은 것이 없다. 어떤 사람은 일본이 전승하는 날 반드시 만주를 청나라에 돌려줄 것이고, 천하의 의리가 본디 이러함이 마땅하다고 말하기도 한다. 하지만 만약 우리 한국의 옛 강토까지 아울러 그 속에 섞여 들어가게 된다면 공안公案이 아니다. 또 청나라는 정치가 너무나 부패해서 지금까지 변함이 없으니 북경 부근도 지키지 못할 텐데 하물며 만주를 지키겠는가? 옛날 오吳의 손권은 형주荊州를 유비에게 빌려주어 마침내 병립並立의 공적을 세웠다. 이렇게 본다면 청이 비록 만주의 삼분의 이를 버린다 해도 괜찮은 일이다. 나는 한국 사람이다. 이 말이 사심으로 한국을 편애하는 것처럼 들릴지도 모른다. 하지만 천하에 형세를 아는 군자라면 반드시 헤아려 조처하는 사람이 있을 것이다.

출전_ 이기, 『해학유고海鶴遺稿』 권3 「만주를 셋으로 나눈다(三滿論)」

　◐해설 —— 일본은 우리에게 무엇이었나? 금년이 일본의 한국 강제 병합 100주년이 되는 해라서 그런 것일까? 한일 양국이 서로 협력하고 서로 존중했던 선린의 추억거리는 잘 상상되지 않는다. 일본에 억류되어 있던 신라 왕자 미사흔을 탈출시키고 박제상朴堤上이 일본에서 처연히 죽음을 당했던 일, 삼국을 통일하고 당군까지 축출한 신라 문무대왕이 죽어서 동해 바다를 지켜 일본을 막아내려 했던 일, 그것은 차라리 너무 오랜 고대의 기억이라 치자. 하지만 왜구와 왜란은 어떠했는가? 14세기 일본인이 고려인을 살육하고 16세기 일본인이 조선인을 살육했던 그 끔찍한 장면들은 세종 대에 제작된 『삼강행실도三綱行實圖』와 광해군 대에 제작된 『동국신속삼강행실도東國新續三綱行實圖』를 보는 것으로도 충분하다. 그래도 14세기의 왜구는 일본의 국가적 침략이 아니라 일본인 해상 무사단의 노략질이었기에 고려 정부와 일본 무로마치 막부가 협력하여 고려인을 송환하고 왜구를 퇴치하는 공동 전선의 가능성이라도 모색할 수 있었다. 그러나 16세기의 왜란은 중국 침입을 목적으로 하는 일본이라는 국가의 조선 침략이었고, 가톨릭 포교를 위해 일본의 승리를 염원하는 서양 세력이 관심 있게 지켜보고 있던 동아시아 국제전이었으며, 불행히도 그 전장은 온통 조선의 땅이었다.

　왜란이 종결된 뒤 조선과 일본은 천천히 평화로운 교역관계를 향해 움직였지만 진정한 의미에서 두 나라가 사귄 적은 없었다. 조선 전기 조선 정부와 무로마치 막부의 교린관계는 어디까지나 양국이 명나라에 조공관계를 맺고 있다는 외교적인 질서를 전제로 해서 유지된 것이었지만, 조선 후기 조선 정부와 에도 막부의 교린관계는 전후 일본이 명나라와 공식적인 조공관계를 맺는 데 실패한데다 이후 조선이 인정할 수 없는 청이 중국의 주인이 됨으로써 조선은 일본과 어떤 관계로 만나야 하는지 준거점을 상실하게 되었다. 더구나 조선 정부는 조선 전기부터 일본의 막부 정권과는 별도로 대마도 도주를 대일 무역의 카운터파트로 삼아 일본의 영주들을 통제해왔는데, 조선 후기에도 대마도는 조선 정부와 일본 막부 사이의 외교적인 중개를 자처하며 양국의 직접적인 통교를 사적으로 디자인하고 있었다.

그렇게 볼 때 근대 한일관계는 중국의 중화 질서를 전제로 하지 않는 양국의 직접적인 외교, 대마도를 매개로 하지 않는 양국의 직접적인 외교가 실현될 중요한 자리였고 동아시아 지역 공동체를 만들어나갈 초석을 다질 수 있는 소중한 자리였다. 하지만 일본이 몰두했던 것은 청일전쟁과 러일전쟁을 거치면서 확장해갔던 거대한 제국의 꿈이었고, 그 제국의 관심사는 동양의 평화가 아니라 동양의 패권에 있었다. 일본에 있어 한일관계라는 것은 동양의 패권을 만들어나가는 과정에서 필요한 전략 시뮬레이션 게임 같은 정도에 지나지 않는 것이었다. 음모와 공작은 있었으나 외교는 없었다. 1894년 이후 일본이 조선에게 보여준 것은 왕궁의 점령, 왕후의 살해, 이권의 점탈, 민중의 학대, 그리고 강제 병합이었다.

1905년 운명의 을사늑약 직전에 한국 지식인 이기李沂는 일본이 과연 한국에게 무엇이었는지 성찰해보았다. 그렇지만 일본에게서 동양의 패권 국가로서 갖추어야 할 도덕을 전혀 발견할 수 없었다. 그럼에도 일본의 부상은 한국에게 한중관계의 난국을 타개할 수 있는 기회로 인식되는 면이 있었다. 미해결 현안으로 교착 상태에 있는 간도 문제는 어쩌면 일본이 러시아 세력을 만주에서 몰아낸 뒤 전향적으로 해결될 여지가 있다고 그는 보았다. 한국, 일본, 중국이 동양을 포위한 서양 세력에 맞서 모두 생존하기 위해서는 한국에 힘을 빌려주어야 한다는 것, 그러기 위해서는 삼국이 만주를 삼분하여 각각 소유하되 한국은 간도가 들어간 남만주를 차지한다는 것, 그는 이것이 동양을 위한 원려遠慮이지 결코 한국을 위한 사심이 아니라고 확신하고 있었다. 그러나 이기가 일본에게 희망했던 동양의 평화와 삼국의 공존은 그가 우려했던 한일관계의 현실 아래에 잠겨버렸다. 일본은 만주 철도 이권을 얻기 위해 간도협약을 체결해버렸으며, 끝내 '동양 평화'를 구실로 한국을 병합해버렸다.

원문　日霸論

客有喜論時局者 過問於余曰 日人其能霸東洋歟 曰不能 曰今東洋政治之隆 兵力之强 莫日人若 而先生斷其不能霸何歟 曰以其失天下心故耳 夫霸之去 王者猶萬里也 猶必假借仁義以來天下 故昔齊桓之救邢衛也 不愛其力 不惜 其費 惟務於存亡繼絶救災恤鄰之道 彼豈不知拓土地取府庫之爲利哉 但恐 利之所在 害亦歸也 今日之於我則不然 受納亡命 國讐尙在 設立兵站 世累

已成 電線鐵道 凌踏太甚 礦産漁採 占奪亦多 其他瑣屑不可枚擧 六七年間 見其威而不見其德 見其詐而不見其誠 則全國之心 已與左矣 夫一人之心 卽天下之心 故英人雖已協約 而猶在觀望 淸人亦欲爲援 而復懷疑懼 皆以日爲不足信者 是乃有鑑于我爾 夫日人之强 不及于俄 而其失事於我則過於俄 以此而霸 其可得乎 孟子曰 五霸三王之罪人 今之諸侯五霸之罪人 吾於日人亦云

三滿論

夫聯合東亞 扶植黃種 此日人之義務也 故滿洲開仗 理所必至 然戰罷之後 措置尤難何也 盖東洋三國之勢 有似鼎足 缺一則傾矣 必須均其勢而後 可以有爲 但我韓地小民寡 不能自立 此日淸之所憂也 窃念滿洲三省 皆我韓舊疆 而事屬前朝 雖不得言 至於淸初 穆克登之以分水嶺定界時 出於强制 所失已多 此天下義士之所共憤者也 他日日人之有滿洲 此乃取諸俄而非取諸淸 則宰割之權 在其掌握矣 必三分滿洲 東屬於日 南屬於韓 西屬於淸 三國之精兵利器 皆集於此 出則迭鬪 入則共守 使俄人不敢窺烏拉嶺外一步之地 則善後之策 莫愈於此矣 或者謂戰勝之日 日人必以滿洲還付淸國 天下之義 固當如是 然若幷以我韓舊疆 混入其中 則亦非公案也 且淸國政治 腐弊已甚 由今不變 則雖北京附近 猶不能守 而況滿洲邪 昔吳孫權以荊州借劉備 卒成位立之功 以此觀之 淸雖損滿洲三分之二 而未爲不可耳 僕固韓人 斯言也 似涉乎私韓 然天下識勢之君子 其必有諒處者矣

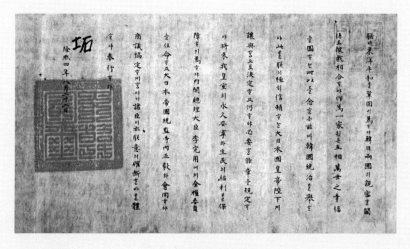

1910년 한일병합조약 문서

•

1894년 이후 일본이 조선에게 보여준 것은
왕궁의 점령, 왕후의 살해, 이권의 침탈, 민중의 학대, 그리고 강제 병합이었다.

9

지나간 미래

지나간 미래처럼 흥미로운 것도 없다. 한 사람의 인생사는 끊임없이 삶의 갈림길에서 무엇인가를 선택해온 이야기이다. 그의 경험은 그가 선택한 것으로 짜여진 것이지만 그의 기대는 그가 선택한 것과 선택하지 않은 것으로 가득 차 있다. 한 사람을 제대로 알려면 경험만 알아서는 안 된다. 기대를 알아야 한다. 비록 실현되지는 않았지만 지나간 미래로 남아 있는, 사실fact이 아닌 반사실counterfact에까지 귀를 기울여야 한다. 그 흥미진진한 가상의 세계에 푹 빠져 새로운 리얼리티를 추구할 줄 알아야 한다. 역사도 마찬가지이다. 만약 이성계의 고려군이 위화도를 넘어 요동에 들어갔다면? 만약 제2차 세계대전에서 독일이 승리했다면? 이러한 반사실적 질문이야말로 경험에 한정된 사안史眼을 고쳐 시대의 기대 지평을 통찰하게 인도하는 훌륭한 길잡이가 되어줄 것이다. 다음에 유인석柳麟錫(1842~1915)이 전하는 우리나라 역사의 어떤 지나간 미래 이야기를 한 토막 적어본다.

◐번역── 아아! 원통하다. 분하다. 하찮은 섬나라 오랑캐가 중국과 우리나라에 해를 끼친 것은 예부터 그랬지만 근래 이른바 개화란 것이 생긴 후에는 설쳐대는 것이 더욱 끝이 없다. 우리나라로 말하자면 저들이 갑신년(1884)에 옥균玉均(김옥균), 영효泳孝(박영효) 등 역적들과 모의하여 변란을 일으켜 우리 임금을 협박하고 귀척과 근신을 많이 죽였다. 화변이 어찌될지 예측할 수 없었는데 다행히 중국 대인 원세개袁世凱가 구원하러 와서 모면할 수 있었다. 갑오년(1894)에는 군사를 이끌고 와서 종묘의 중요한 보물을 훔쳤고, 을미년(1895)에는 홍弘(김홍집), 길吉(유길준) 등 역적들과 결탁해 우리 국모를 시해하고 우리 군부를 욕보이고 우리 조종의 법제를 모조리 멸하고 우리 인민의 의발을 서둘러 훼손하였다. 화변이 다시 이르지 않는 곳이 없었는데 다행히 의병이 일어나고 조신朝臣 두세 사람이 이로 인해 계책을 내서 역적 몇몇을 죽여 형세가 변해 조금 편안해졌다. 하지만 저들 두세 사람은 충신으로 역신을 토벌한 것이 아니라 이익을 탐해 권세를 빼앗은 것이었다. 더욱이 나라의 충신은 당시 모두 조정에 용납되지 못하고 조정에 있는 신하들은 모두 부끄러움도 없이 이익을 탐하는 무리들이었다. 저들에게 복수하기는커녕 도리어 더욱 힘껏 저들에 붙어 오늘의 큰 화를 키웠다. 오늘 저들은 먼저 일국의 동학東學 비류匪類[1]를 선동하여 우리 정부를 흔들고 이권을 빼앗았다. 이미 흔들고 빼앗더니 마침내 군신을 억눌러 손 쓸 데가 없었다.

정령과 관작, 재리와 민사를 하나같이 아울러 자기들이 주관하고 본국인은 간여하지 못하게 하였다. 기타 간악하게 굴고 흉악하게 굴었던 것이 끝이 없어서 일일이 거론할 수 없으며 형세가 장차 전국을 빼앗고야 말 것 같다.

중국으로 말하자면 갑오년(1894) 저들은 명분 없는 전쟁을 일으켜 중국을 침범하더니 끝내 화약을 이루어 배상금 4억을 징수하고 대만 수천리 땅을 할양받았다. 이후 모욕하고 경멸하고 다시 중국을 넘볼 뜻을 가졌다. 저들은 항상 동양 삼국이 함께 바깥의 침입을 막아야 한다고 말하지만 하는 짓이 이러하니 이 어찌 반 푼이라도 신의와 법리를 말할 게 있겠는가? 저들은 임금부터가 아비를 죽이고 자립한데다[2] 다시 대국과 친한 이웃에게 끝없이 악독한 짓을 하여 죄악이 가득하니 장차 반드시 천지와 귀신에게 주살되고 진멸될 것이다.

우리나라는 나라가 작고 힘이 약해 오랫동안 제어를 받아왔다. 비록 임금이 마음속 깊이 원통해하고 일국의 신민이 분해서 죽고자 하나 점점 수치가 깊어지고 화변이 커지는 것을 보기만 할 뿐 혼자서는 계책을 낼 수 없다. 중국 같은 나라는 수십 배나 되는 땅과 4억이나 되는 인민으로 사람과 물자가 많고 무비가 튼튼한데 만고에 드문 치욕을 당하고

---

1 일국의 … 비류匪類 : 1904년 이용구李容九, 송병준宋秉畯 등이 조직한 일진회一進會를 가리킨다.

2 저들은 … 자립한데다 : 일본 명치천황明治天皇의 아버지 효명천황孝明天皇이 1867년 1월 사망한 후 명치천황이 즉위한 사실을 가리킨다. 효명천황의 사인은 천연두로 알려져 있으나 독살설도 있는데 유인석은 독살설을 믿었던 것 같다.

도 아직껏 무엇을 해보려고 하지 않으니 참으로 알지 못하겠다. 내가 근래 중국 소식을 들으니 원대인袁大人(원세개)이 지금 북양대신이 되어 위망이 혁혁하고 백만 군대를 호령하며 마대인馬大人(마건충馬建忠)이 군사를 잘 거느려 명성이 화동華東에 진동하는데 지금 역시 대병을 옹위한다. 또, 장지동張之洞, 이병형李秉衡 등 순수한 충성과 달통한 식견을 지닌 분들이 있고, 게다가 천하의 선비들이 대부분 강개한 의논을 꺼내고 있으며 병제를 새롭게 경장해 아주 정예롭고 튼튼하게 되었으니, 만약 중국이 수치를 씻는 일을 한다면 우리나라도 영향을 받아 다시 나라를 보존할 수 있지 않을까? 하물며 원공은 일찍이 흠차관欽差官으로 오랫동안 우리나라에 머무르며 군신과 두터운 안정顔情을 쌓았고 난리(임오군란)를 구원해 큰 은혜를 미쳤으니 우리나라의 위급한 형세를 들으면 어찌 측은히 여겨 구해주려는 마음이 없겠는가? 우리나라의 위아래 인심이 오직 원공을 사모하고 원공에게 희망을 건다.

　나 같은 사람은 본디 임하林下의 천품賤品으로 지난 을미년(1895) 통분을 이기지 못해 의병을 창도하였다가 필경 낭패가 되어 원통함을 참으며 지낸 것이 이제 십 년이다. 국사가 망극한 데 이른 것을 목도하고 죽고자 하였으나 죽을 데가 없고 또 임금과 팔도 사민이 은연중에 미천한 이 몸에 희망을 두고 있는데 형세가 어찌할 수 없어서 한 마음으로 단지 원하는 것은 속히 원공의 휘하에 가는 것이지만 형적에 혐의가 있어 갈 수 없다. 백경원白景源 군은 나와 친하고 미더우니 보내서 호소할 만하다.

　무릇 전쟁은 때를 기다리고 형세를 타고 명분을 쥐는 것이 중요하다. 지금 저들이 막강한 나라(러시아)와 상대하며 서로 버틴 것이 해를 넘겼고 밖으로는 억지로 힘이 있음을 보이지만 안으로는 사실 병사와 돈이 바닥나 오직 우리나라를 빼앗아야만 계속 갈 수 있다. 만약 중국의 대군이 우리나라에 오면 저들은 병사도 늘릴 수 없고 재물을 장만하지 못해 스스로 무너질 것이니 이때야말로 정히 놓쳐서는 안 된다. 지금 중국은 저들의 용병과 술수가 어디에 있는지를 깊이 알고 있으니 쉽게 제어할 수 있다. 만약 비축한 정예부대로 저들 갈라진 약병을 눌러주고 거기에 더하여 우리나라가 함께 온 힘을 다하면 형세를 타는 것에서 어찌 현격한 차이가 나지 않겠는가? 비록 때와 형세가 있어도 명분이 없으면 어렵다. 지금 중국이 씻어야 할 수치를 씻는 것인데 누가 안 된다고 하겠으며, 저들이 이미 조선을 중국과 둘로 나누어 자주독립이라 했다가 마침내 다시 저들의 속국으로 삼았고 단지 속국으로 삼는 것이 아니라 아예 모두 빼앗으려 하니 이와 같은 것으로 명분을 삼을 만하다. 이것으로 전쟁을 일으키는데 어찌 일이라고 하겠는가? 세상에 드문 큰 공을 이루어 중국과 동국에 경사가 전해져 만세토록 죽백竹帛에 빛날 것이다. 만약 그 명분을 쥐지 않고 형세와 때를 버려 행하지 않는다면 이전의 수치를 무릅쓰고 영영 안고 가는 것이며 후일의 근심을 길러 스스로를 버리는 것이니 사태가 과연 어떠한가? 나는 원공의 현명함을 알고 있으니 반드시 선택이 있을 것이다. 나는 비록 늙었고 또 지모도 없지만 장차 일국의 충신 의사와 더불어 원공의 하풍下風을 극력 주선하고자 한다.

출전_ 유인석, 『의암집毅庵集』 권41 「중국에 가는 백경원을 보낸다[送白景源入中國]」

🍃해설 —— 강원도 춘천에는 의암호가 있다. 춘천 출신 의병장 유인석

柳麟錫의 아호 의암毅庵을 기린 것이다. 호수 의암은 잔잔하다. 하지만 의병장 의암은 질풍 같다. 시대의 격류와 씨름하며 그는 달리고 또 달렸다. 건너고 또 건넜다. 나라를 구원하기 위해. 유교를 재건하기 위해. 그는 처음 제천에서 복수보형復讐保形의 깃발을 올렸다. 명성황후가 시해되고 단발령이 포고된 바로 그 때, 그는 김평묵金平黙과 유중교柳重敎가 차례로 세상을 떠난 화서학파의 중심인물이 되어 신사년(1881) 위정척사 운동의 불꽃을 기억하며 힘을 모아 거병하였다. 일진일퇴 공방을 벌이며 세를 확장했으나 끝내 제천성을 잃은 그는 서북으로 달려 압록강을 건넜다. 회인懷仁에서 중국 관원에게 무장 해제를 당하는 비극을 겪었으나 좌절하지 않고 통화通化에 정착하여 한인 교민 사회에 유교를 부식하였다. 오늘날 글로벌과 디아스포라의 감각에서 보면 그는 초창기 해외 한국 유교 지도자였다. 의화단의 난이 일어나자 다시 압록강을 건너 양서 지방을 순회하며 평안도와 황해도에서 화서학파의 결집력을 다졌다. 유인석의 제천 의병이 대의를 밝힌 이야기『소의신편昭義新編』이 출간되어 대한제국에서 그의 명망을 높였다. 1905년의 을사늑약과 1907년의 고종 퇴위는 그를 다시 해외로 내보냈다. 이번엔 러시아의 블라디보스토크, 그는 다시 항일의 깃발을 올렸다. 십삼도의군十三道義軍이 결성되었고 그는 도총재로서 전국 동포에게 엄숙한 항일의 메시지를 전달하였다. 1896년의 제천과 1910년의 블라디보스토크, 그곳엔 다 같이 의병이 있었고 의병의 최고 지도자는 유인석이었다.

우리나라는 독립을 회복할 수 있을까? 유인석의 기대는 그의 생전에 경험으로 실현되지 않았지만 그는 그 기대를 평생 버린 적이 없었다. 그것은 그가 지향하는 미래였으며 그의 기대는 결코 그의 경험에 압도되지 않았다. 그럼, 언제 어떻게 할 것인가? 1905년 입동이 지난 어느 초겨울 한밤중에 일어난 을사늑약은 끊임없이 역사의 트라우마가 되어 후인들을 괴롭히고 있었지만 그는 독립을 잃은 이때가 도리어 독립을 회복할 적기라고 보고 있었다. 중국에 가자. 원세개를 설득하자. 일본은 러일전쟁으로 지쳐 있다. 한중 연합군이 일본과 싸우면 된다. 청군이 들어오고 의병이 일어나면 된다. 물론 이 미래는 끝내 실현되지 않았지만 많은 유학자들이 유인석과 같은 기대를 공유하고 있었다. 그런 의미에서 그의 기대는 개인적인 기대를 넘어선 집단적인 기대였다. 한 가지 예를 들어보자. 당시 호서 산림 송병선宋秉璿의 문인으로 경상도 삼가三嘉 지역의 유학자였던 권명희權命熙(1865~1923)는 노사학파의 정재규鄭載圭(1843~1911)와 만나 의병 항쟁을 논의하였다. 논의의 내용은 이렇다. '민영익閔泳翊이 상해에서 10만 대군을 길렀고 원세개 휘하에 40만 중국군이 있으며, 이용익李容翊이 민영익과 연계해서 시베리아에 갔다. 청일전쟁에서 청군이 패배한 원인이 청군을 도울 조선의 의병이 없었기 때문인데 이번에는 꼭 청군의 진입과 의병의 내응으로 일을 성사시켜야 하니 유인석과 합심하여 동서에서 기각지세掎角之勢를 만들고 청병이 오기를 기다려야 한다.' 유인석의 기대나 권명희의 기대나 서로 다르지 않음을 볼 수 있다. 유인석이 자신을 대신할 밀사로 백경원白景源을 선택했듯 권명희 역시 중국에 떠날 밀사를 생각하고 있었고 특히 밀사의 손에 쥐어줄 공신력 있는 편지를 계획하고 있었다. 이 경우 율곡의 봉사손으로 명망 있는 이종문李種文의 편지가 유력하게 고려되고 있었다.

하지만 원세개는 움직이지 않았다. 중국군은 오지 않았다. 이듬해 의병이 일어났고, 최익현崔益鉉은 태인에서, 민종식閔宗植은 홍주에서 거병했지만 그것은 한국의 의병이었지 한중 연합군은 아니었다. 한중 연합군이 일본과 싸워 승리한다는 기대는 그렇게 덧없이 스쳐 지나가는 듯이 보였다. 그러나 그 이상理想은 쉽사리 꺾이지 않았다. 20세기 전반 중국에서 활동한 한국 독립운동의 깊은 내면에는 한중 연대가 숨 쉬고 있었다. 1909년 하얼빈의 총소리와 1932년 상해의 폭탄 소리는 한중 연대 의식의 중요한 에너지가 되었다. '1905년 한중 연합군이 일본과 싸워 승리하였다'는 진술은 반사실counterfact이겠지만, 그 역사적 반사실의 이면에는 20세기 전반 한국 독립운동의 어떤 정신적 원천을 읽어내는 힌트가 담겨 있다.

원문　嗚呼痛矣憤矣 藐玆島夷 加害中國我東 自古然矣 挽近有所謂開化以後 跳踉陸梁 尤無極也 以我東言之 甲申謀合玉均泳孝諸逆而起亂 劫持吾君 多殺貴戚近臣 變將不測 幸賴中國袁大人世凱赴救而免焉 甲午以兵至 盜遷宗廟重器 乙未彼結弘吉諸逆 弑我國母 辱我君父 盡滅我祖宗法制 急毁我人民衣髮 禍且無所不至 幸義兵起 而朝臣二三人 因又生計殺數逆 變得少弭 然彼二三人 非以忠討逆 乃以利奪權 且國之藎臣 時皆不容於朝 而在朝者擧 皆嗜利無恥之輩 不讎彼而反從彼愈力 馴致今日之大禍矣 今日彼盖先惹起一國東學匪類 撓我政府 奪取權利 旣行撓奪 遂操切君臣 無所措手 政令官爵 財利民事 一並自主 不令本國人干預 其他行奸肆凶 罔有紀極 不可枚擧

勢將全奪乃已 以中國言之 甲午彼興無名之兵而犯之 終乃得計成和 徵四萬

萬賠償 割取臺灣數千里之地 自此凌侮輕蔑 且將有窺伺之志 彼恒言東洋三

國 同禦外侮 而所爲若是 是豈有一半分信義法理之可言哉 彼旣弑父自立 又

於大國親鄰 加毒罔極 罪惡貫盈 將爲天地鬼神之所誅殛殄滅也必矣 夫我國

國小力弱 久爲見制 雖君上深懷痛寃 一國臣民莫不憤惋欲死 而宛見深恥大

禍 不能自以爲謀也 若中國以數十倍地方 四百兆人民 民物之盛 武備之壯

遭萬古所罕之恥辱 而尙莫之有爲 誠所未曉也 吾近聞中國消息 袁大人今爲

北洋大臣 威望隆赫 領百萬重兵 馬大人善將兵 名震華東 今亦擁大兵 又有

張公之洞李公秉衡之純忠達識 且天下之士 多發慷慨議 于以兵制新更張而

極精極壯 其將有事於雪羞恥 而我東蒙其施爲而得復存國乎 況袁公曾以欽

差 久留我國 有厚顔情於君臣 旣又救亂而遺大恩矣 聞我國危急之勢 豈無惻

然救援之心哉 我國上下人情 惟袁公是思是望 而若麟錫本林下賤品也 曩在

乙未 不勝痛憤 起倡義旅 竟致狼狽 而忍痛含寃 十年于茲 目見國事罔極 欲

死無地 且君上與八路士民 隱然有望於賤身 而勢顧無奈 一心只願亟赴訴袁

公轅下 而有嫌形跡 不可爲也 白君景源 與余親信 可以行而有訴也 夫兵貴

待時乘勢而執辭 今彼敵莫强之國 相持踰年 外雖强示有力 內實兵與費盡

竭 惟將取辦我國而繼之 若大軍臨我國 則不惟彼無兵相加 財失辦而自潰 時

正不可失也 今中國深知彼用兵用術之所在 將易以得制 以若蓄銳之盛兵 壓

彼分披之弱 加之我一國之合同盡力 則勢之所乘 奚啻懸殊也 雖有時勢 無辭

可執則亦難矣 今中國雪當雪之恥 夫孰曰不可 且彼旣以朝鮮貳於中國而爲

自主獨立 乃更爲渠屬國 非直爲屬 爲將盡奪 辭爲可執 有如是也 以是而兵

焉 事何足爲 成不世之大功 而慶流中東 有光萬世竹帛矣 若有其辭而不執

棄勢與時而不爲 冒前羞而永包 養後患而自遺 事果何如哉 吾知袁公之賢 必有取擇也 麟錫雖老且無謀 將與一國忠臣義士 盡力周旋於袁公下風也

의암 유인석의 초상

반사실에도 역사의 리얼리티가 존재한다.
1905년 원세개의 중국군과 유인석의 한국 의병이 연합하여
일본군과 싸워 승리했다는 진술은 반사실이지만
그 이면에는 한국 독립운동의 정신적 원천을 읽어내는 힌트가 담겨 있다.

10

꿈의 시대

김시습金時習의 이미지는 다양하다. 전통적인 이미지는 박세당朴世堂의 김시습에서 출발하는 것 같다. 박세당은 수락산에 김시습의 영당을 건립하고 김시습이 백이伯夷의 마음으로 길재吉再의 충절보다 더한 절개를 지녔다고 추앙하였다. 하지만 김시습이 본 김시습은 의외로 소박하다. 그가 붙인 스스로의 이름 중에는 몽사로夢死老가 있다. 취중醉中에 살다 몽중夢中에 죽은 늙은이, 몽사로. 과연 그는 몽중에 있었다. 폭압적인 세조 정권은 조선의 한 세상을 몽중夢中으로 만들었고, 그 아픈 트라우마를 배경으로 『남염부주지南炎浮洲志』와 『원생몽유록元生夢遊錄』이 나와 환상적인 꿈 이야기를 만들어나갔다. 그런 의미에서 세조 시대는 꿈의 시대였다. 여기 20세기 벽두에 또 다른 꿈의 시대가 있다. 그리고 김광수金光洙(1883~1915)의 『만하몽유록晩河夢遊錄』이 나와 또 다른 꿈 이야기를 전하고 있다. 그것은 무엇을 의미하는 것이었을까?

🐚번역── (전략) 말을 마치고 두 분[1]과 헤어져 다시 어느 문에 이르렀다. 편액의 제목이 '대한大韓 의사義士 송병선宋秉璿 최익현崔益鉉의 문'이었다. 무지개가 만 길이나 솟구치고 눈보라가 오뉴월에 날리는데 당실에 가득한 늠름한 모습이 절로 열사烈士의 기풍이 있었다. 가운데에 두 사람이 유의儒衣와 유관儒冠을 하고서 춘추春秋 의리를 강론하고 사직의 존망을 근심하며 당실 위에 앉아 있었다. 누가 보아도 송宋과 최崔 두 선생임을 알 수 있었다. 나는 일찍이 연재淵齋 송병선 선생 문하에 출입한 적이 있었기 때문에 이에 당실에 올라 재배再拜하고 말했다. "한번 선생님과 작별한 후 생사의 두 길이 갈려[2] 가르침을 받들지 못해 그저 늘 사모하는 마음이 간절했습니다. 뜻하지 않게 오늘 선생님께 절을 올릴 수 있게 되어 소자의 마음이 더욱 기쁩니다."

선생이 말했다. "구원九原 만 리를 지나 나를 찾아오다니 흔연한 마음이 전일보다 갑절은 되오." (중략)

최선생이 말했다. "생각해보니 세 가지 계책이 있소. 지금의 때에 일본은 영국, 미국과 틈이 생겼고 청국, 러시아와는 원한이 얽혔소. 먼저 공법公法을 어긴 죄로 천하에 포고하고 다시 의병을 일으켜 성토하는 일

---

1 두 분: 민영환閔泳煥과 조병세趙秉世를 가리킨다.
2 생사의 … 갈려: 송병선이 을사늑약의 소식을 듣고 상경하여 고종에게 늑약의 파기와 오적의 참수를 청했으나 뜻을 이루지 못하고 음독 자결한 사실을 가리킨다.

로 사방의 이웃 나라에 도움을 구한다면 저들은 응당 죄 방석에 앉는 것이고 우리들은 의리를 펼치는 것이오. 그러면 칼에 피 한 방울 묻히지 않고 화살 하나 쏘지 않고 강력한 오랑캐를 쫓아내 비린내를 죄다 쓸어 버릴 터이니 이것이 상책이오.

그렇지 않으면 일은 신속하게 처리하는 것이 중요하니 전선을 끊고 철도를 거두어 원근의 소식을 두절시킨 다음 정예로운 사졸을 거느리고 밤낮으로 계속 달려 수륙으로 함께 진격해 뜻하지 않은 곳에서 나와 대비하지 못했을 때에 습격한다면 반드시 파죽지세를 얻으리니 이것이 중책이오.

그렇지 않으면 군량을 쌓고 병사를 모아 요해처를 막아 끊고 험준한 곳을 굳게 지켜 이로움을 보면 진격하고 해로움을 보면 퇴각하여 주인으로서 편안하게 피로한 원정군을 상대하는 것이오. 저들이 전진할 때 우리는 퇴각하고 저들이 퇴각할 때 우리가 전진하면 저들은 진격해도 싸울 수 없고 퇴각해도 돌아갈 수 없게 될 터이니 그렇게 오래 버티다 보면 저들은 실책이 있을 것이고 우리는 필시 손해가 없을 것이니 이것이 하책이오."

내가 대답하였다. "반드시 선생님의 말과 같이 한다면 만에 하나 잘못이 없을 것입니다. 하지만 소생의 얕은 생각으로는 지금 의병은 아무래도 성사될 리가 없겠습니다. 어째서일까요? 현금 일본인이 한국으로서 한국을 빼앗은 것은 마치 옛날 제齊나라 사람이 연燕나라로서 연燕나라를 쳤던 것과 같습니다.[3] 이것이 첫 번째 근심입니다. 뿌리가 없는 나무는 혼자 서기 어렵고 장수가 없는 병졸은 오래 가지 못합니다. 이것이

두 번째 근심입니다. 더욱이 천시를 헤아리고 인심을 살핀다면 재변災變
이 속출하고 강상綱常이 파괴되고 있습니다. 이는 참으로 국운이 옮겨가
는 것이라 대한大韓의 복을 끝내 회복하기 어려워 장차 영웅의 눈물로
옷깃을 가득 적실 때가 올 것입니다. 이것이 세 번째 근심입니다. 또 권
신이 발호해 국명國命을 독점하여 무릇 관료를 올리고 내릴 적에 오직
이利를 보고 어질고 능력 있는 사람을 쓰지 못합니다. 그래서 방백과 수
령에 임명된 자들이 거개 백성을 병들게 하고 자기를 살찌우니 백성은
편안히 지내지 못합니다.⁴ 이 때문에 국민이 각자 마음을 먹어 더러 가
족을 데리고 나라를 떠나 서간도에 가고 북간도에 가는 자가 몇 천 호가
되는지 모르고 더러 임금을 배반하고 적에게 나아가 녹을 구해 먹고 살

3 현금 … 같습니다 : 제나라 사람이 연나라로서 연나라를 쳤다는 것은 원래 제나라가 연나라와 다
를 바 없는 나라인데 연나라를 쳤음을 뜻하는 것으로 『맹자』 「공손추하公孫丑下」에 나오는 말이
다. 그러나 여기서는 일본이 한국의 친일파를 동원하여 한국의 국권을 강탈했다는 뜻으로 사용
된 수사이다.

4 또 … 못합니다 : 『만하유고晚河遺稿』에 수록된 「몽유록」의 이 부분은 본래 문집에 실리기 전의
가전 친필본에 다음과 같이 기록되어 있었다. '무릇 우리 임금님은 선도善道를 행할 수 없다고
말하는 사람을 일러 적賊이라 합니다. 하지만 사람들마다 제각각 속마음에 춘추가 있으니 춘추
의 정론으로 논한다면 우리 광무 황제의 유약함은 주周 난왕赧王이나 촉한蜀漢 유선劉禪보다 과
하고 명성황후의 음란함은 포사褒姒와 달기妲己보다 심하니 망국의 모양이 이미 뚜렷해져 지자
智者를 기다리지 않아도 논변할 수 있습니다. 게다가 처를 시켜 아버지를 거부해 인륜이 멸망하
고 벼슬을 팔아 재물을 취해 국정이 무너졌으니 그러하도고 망하지 않은 나라는 없습니다.[凡吾
君不能謂之賊 然人各有彼裏春秋 若以春秋正論論之 則惟我光武皇帝之柔弱 過於周赧漢禪 明成皇后之淫
亂 甚於褒姒妲己 亡狀已顯 不待智者而辨也 且使妻拒父 人倫減矣 賣官取財 國政頹矣 然而不亡者未之有
也] 고종과 명성황후를 매우 극렬하게 비판한 표현인데 친필본을 문집으로 출판하면서 표현의
수위를 조절한 것으로 보인다. 박종훈, 서신혜 역 『만하몽유록』, 한양대학교출판부, 2005년

려는 자가 몇 백 명이나 되는지 모릅니다. 그렇다면 백성은 나라의 근본이니 근본이 어지러운데 말단이 다스려지는 일은 없습니다. 오늘의 의병은 비유컨대 큰 집이 기울어 나무 하나로 떠받치기 어렵고 상천上天이 홀연 붕어하여 손 하나로 돌이키기 어려운 것과 같습니다. 형세에 미치지 못해 필시 성공하지 못하고 부질없이 백성에게 참화만 남길 것입니다. 이를 장차 어찌하겠습니까? 만약 강약의 형세로 논한다면 방금 천하 만국에서 일본보다 강한 군대를 가진 나라도 없습니다. 갑오년(1894)[5] 일청전쟁日淸戰爭 때에 청나라가 땅을 할양해 강화하였고, 갑진년(1904) 일로전쟁日露戰爭 때 러시아 사람들의 시신으로 땅이 뒤덮였습니다. 러시아와 청은 천하에서 강대한 나라이지만 이렇게 당해내지 못했거늘 하물며 천하에서 약소한 한국이겠습니까? 적은 수로 많은 수에 맞설 수 없고 약한 힘으로 강한 힘에 맞설 수 없다는 것은 성인의 말입니다. 성인이 어찌 우리를 속이겠습니까?"

선생이 말했다. "지금 그대의 말을 들으니 스스로 논한 삼책三策이 하나도 쓸 데가 없고 조국의 멸망을 곧 보겠소. 이를 어찌할지 탄식하오."

말을 마치고 두 선생과 작별하였다. (하략)

출전_ 김광수, 『만하유고晩河遺稿』「만하몽유록」

🐚해설 ── 음력 7월 어느 날. 천상의 옥좌 한가운데에 단군이 앉아

---

5 갑오년(1894): 원문은 병신丙申인데 갑오甲午의 잘못으로 보고 수정하였다.

있었다. 왼쪽 첫 번째 자리에는 광개토대왕이, 오른쪽 첫 번째 자리에는 연개소문이, 왼쪽 두 번째 자리에는 을지문덕이, 오른쪽 두 번째 자리에는 이순신이 앉아 있었다. 이때 신라 충신 박제상이 나와 통곡하고 아뢴다. 신성지존神聖至尊한 대동제국大東帝國이 오늘 참담한 지경에 이른 것은 누구 때문입니까! 그는 하나하나 한국의 국가사상國家思想을 해친 고인의 죄를 거론한다. 김부식, 최치원, 고려 명종, 고려 원종, 설인귀, 쌍기, 최영의 반대파, 조선시대 당인들. 이윽고 자리에 있던 사람들이 모두 일어난다. 박수 치고 찬성하며 대한제국 만세를 외친다. 꿈에서 깨어나니 새벽닭이 울고 있었다. 1908년, 대한제국은 그렇게 「대한매일신보」 지면에서 꿈의 시대를 살고 있었다.

꿈의 시대! 그렇다. 20세기 벽두 한국 근대사를 읽는 키워드를 꼽으라면 나는 주저 없이 꿈이라는 단어를 고르고 싶다. 얼마나 많은 사람들이 꿈을 꾸었던가? 몽견夢見, 몽배夢拜, 몽유夢遊의 이름으로 얼마나 많은 사람들이 꿈속에서 새로운 미래를 소망했던가? 몽견의 자취로 말하자면 밀아생蜜啞生이 꿈에 무하선생無何先生을 만나 태서泰西와 중국의 문명적 격차를 토론한 일, 역시 밀아자蜜啞子가 꿈에 제갈량을 만나 고금의 정치와 천하의 대세를 토론한 일, 소요자逍遙子가 꿈에 창해역사滄海力士를 만나 무도한 진시황에게 철퇴를 가한 의기를 경청한 일이 있었다. 조선시대 같으면 몽견의 대상으로 상상하기 어려운 인물들이다.

몽배의 자취로 말하자면 「황성신문」 주필이 꿈에 백두산령白頭山靈을 만나 한국이 실력을 양성하지 못해 퇴보하고 있음을 훈계받은 일, 역시 무치생無恥生이 꿈에 백두산에서 금태조金太祖를 만나 한국의 망국을 통한해하고 독립의 방략을 경청한 일, 대치자大痴子가 꿈에 을지문덕을 만나 속히 한국 청년을 교육하여 무수한 을지문덕을 배출시키라고 훈계를 받은 일이 있었다. 역시 조선시대 같으면 몽배의 대상으로 상상하기 어려운 인물들이다.

몽견과 몽배의 작품들은 대개 대한제국의 신문과 잡지에 실렸던 소품들이지만 그 이상의 묵직한 작품들도 있다. 밀아자가 꿈에 제갈량을 만난 이야기와 무치생이 꿈에 금태조를 만난 이야기는 각각 유원표劉元杓의 『몽견제갈량夢見諸葛亮』과 박은식의 『몽배금태조夢拜金太祖』를 가리킨다. 제국의 현실을 개탄하고 난관을 극복하고자 하는 열망이 담겨 있다.

하지만 대한제국기의 꿈 이야기가 신학新學 하는 사람들의 독점물은 아니었다. 구학舊學 하는 사람들도 '몽유夢遊'라고 하는 전통적인 서사 방식으로 꿈 이야기를 전하고 있었다. 김광수金光洙의 『만하몽유록晩河夢遊錄』은 꿈에 병자호란 삼학사의 인도를 받아 민영환과 조병세 같은 '충신忠臣'과 송병선과 최익현 같은 '의사義士'를 만나고 다시 '조선사흉朝鮮四凶'의 굴과 '대한오적大韓五賊'의 굴을 둘러보며 충의를 격발하고 있어 흥미롭다. 나라의 운세가 이미 끝났다는 비관적인 인식과 그럼에도 충의를 돌아보지 않을 수 없는 윤리적인 의무감이 잘 드러나 있다.

그러나 몽견이든 몽배든 몽유든 그것은 문학적 서사로서의 꿈 이야기에 머물러 있었지 그 자체가 실제로 당대인이 꾼 꿈을 기록한 것은 아니었다. 그러면 실제 대한제국 사람들이 꾼 꿈 이야기는 어떠했을까? 격동의 세월 그 꿈들을 모두 모으면 어떤 이야기가 나올 수 있을까? 나치의 억압에 시달리던 독일 사람들의 실제 꿈 이야기를 채록해 『꿈의 제3제국』이 나왔듯 시대에 고통받은 대한제국 사람들의 실제 꿈 이야기를 채록한 책이 나온다면, 우리는 그 꿈 이야기를 분석해 그 시절의 역사적 무의식까지 규명할 수 있을까?

원문　(전략) 言畢 辭別二公 更到一門 題其額曰 大韓義士宋秉璿崔益鉉之門 虹起於萬丈 雪飛於五月 滿堂凜凜 自有烈士之風 中有兩人 儒衣儒冠 論春秋之義理 憂社稷之存亡 而坐於堂上 不問可知宋崔二先生也 余曾出入於淵齋先生之門下 故於是升堂再拜而言曰 一自違德之後 幽明二路 未承教誨 只切羹墻之慕 不圖今日獲拜先生 小子之喜滋甚 先生曰 九原萬里 爾來訪我 其所欣慰 倍於前日矣 (중략)

崔先生 曰於料則有三策矣 當今之時 日本有釁於英米 構怨於淸俄 先以違公法之罪 布告於天下 更以擧義聲討之事 求援於四隣 彼應坐罪 我必伸義 然則劒不血刃 弓無遺矢 驅除强胡 掃盡腥穢矣 是爲上計 不然事貴迅速 斷其電線 捲其鐵道 以絕遠近之消息 乃率精銳之士卒 日夜長驅 水陸並進 出其不意 襲其不備 則必有破竹之勢矣 是爲中計 不然積粟聚兵 拒絕要害之處 堅守險隘之地 見其利則進就 見其害則退守 以主待客 以逸待勞 彼進我退 彼退我進 進不得戰 退不得歸 與敵持久 則彼將有失 我必無損矣 是爲下計也哉

對曰必若先生之言 萬無一失 然小生之淺慮 則當今義旅 終無成事之理也 何者 現今日人之以韓取韓 猶似昔日齊人之以燕伐燕 是爲一憂也 盖無根之木 難可獨立 無將之卒 未得久全 是爲二憂也 且推度天時 細察人心 則灾變疊

出 綱常壞亂 此誠運移 韓祚終難復 將使英雄淚滿衿之秋 是爲三憂也 且權臣跋扈 而擅執國命 凡黜陟官僚 惟利是視 不能任賢使能 故是任方伯守令者 擧是療民而肥己 居民不能安堵 是故國民各自爲心 或率家去國 往西間往北間者 不知幾千戶 或背君赴賊 干祿以求生者 不知幾百人 然則民惟邦本 本亂而末治者否矣 今日之義旅 譬如大廈將傾 一木難支 上天忽崩 隻手難擎 勢無可及 功必不成 而空遺生民之慘禍矣 此將奈何 若以強弱之勢論之 則方今天下萬國兵强 莫如日本 丙申日淸戰爭時 淸國割地而講和 甲辰日露開杖時 露人肝腦塗地 盖露與淸 天下强大之國 然如是莫能當 而况天下弱小之韓國乎 寡固不可以敵衆 弱固不可以敵强 聖人之語也 聖人豈欺我哉

先生曰 今聞君言 則自家之所論三策 一無可用 而祖國之亡 可立而見矣 歎如之何

言畢 辭別兩先生 (하략)

유원표가 지은 신소설 『몽견제갈량』

•

20세기 벽두 한국 근대사를 읽는 키워드는 단연 '꿈'이다.
『몽견제갈량』은 꿈에 제갈량을 만나
고금의 정치와 천하의 대세를 토론한 내용을 담고 있다.

11

구학이 신학에게
묻는다

한국 사회에서 1909년은 구학과 신학이 맞붙은 역사적인 해였다. 1909년 1월 「황성신문」은 구학 개량改良의 기치를 들었고, 동년 3월 「서북학회월보西北學會月報」에서는 유교 구신求新을 선언하였다. 구학이 기반한 유교 전통에 대한 신학 측의 대대적 공세였다. 그러나 구학 측의 반격도 만만치 않았다. 동년 4월 조선 낙학洛學의 마지막 종장 전우田愚는 군산도群山島에서 친히 양계초梁啓超의 『음빙실문집飮冰室文集』을 조목조목 비판하는 학술 문자를 지었다. 동년 5월 전우의 활동에 고무되어 전우의 고족 유영선柳永善(1893~1961)도 군산도에서 전우의 신학 비판에 가세하는 문자, 곧 「신서론新書論」을 지었다. 신학이 기반한 양계초의 학술에 대한 구학 측의 대대적 반격이었다. 사실 구학과 신학의 대결은 처음부터 미디어를 등에 업은 신학의 일방적 우위로 귀결할 것이라 예단하기 쉽지만 속단은 금물인 법. 신학을 비판하는 구학의 핵심적인 주장은 무엇이었는지 「신서론」에 담긴 유영선의 주장을 들어보기로 하자.

　🔖번역 —— 세상에서 신학新學을 하는 사람은 입만 열면 보신保身과 복국復國을 말한다. 나는 평소 그것이 진정한 학문으로 우리 성인의 가르침과 같은 것이 있는지 의심하고 있었고 그 이름을 왜 신학이라 하는지 이상하게 생각하였다. 금년 봄 소위 양계초梁啓超의 『음빙실문집飮氷室文集』을 얻어 대충대충 읽어보았다. 이는 신학 하는 사람들이 조종祖宗으로 떠받드는 것이다. 그 책에서는 '인류는 평등하다. 신하는 임금에 대해 감제하고 감독하며 제거하고 멸절한다. 그러나 임금은 민권을 침탈하지 못한다'고 말한다. 또, '자제는 부형의 압제를 받지 않는다. 은혜는 낳아줌에 있지 않다. 효노하지 않아도 책망하지 않는다. 그리고 부모가 자식을 부용附庸으로 보아서는 안 된다'고 말한다. 또, '아내가 스스로 남편을 버려도 정부에서 금하지 않는다. 딸이 스스로 배필을 선택해도 부모가 간여하지 않는다'고 하고, 형제가 처를 공유하는 것이 사람들 처지에 알맞은 일이라고 칭찬한다. 또, '공자의 가르침은 지킬 필요도 없고 지켜서도 안 된다'고 하고, 부모를 무시하는 묵자墨子를 추존하여 천고의 위대한 실천가라고 하며 야소교耶蘇敎는 더욱 떠받들고 사모한다. 또 분서갱유焚書坑儒를 저지른 광포한 진秦나라를 유문儒門의 공신이라 칭찬하고, 난신적자亂臣賊子를 철후哲后의 치신治臣이라 존경한다.

　내가 이에 나도 모르게 후유 탄식하고 번쩍 놀라 말한다.

　"천하 고금의 난리는 인류의 불명不明에서 연유하지 않음이 없다. 성인의 도가 행해지지 않으면 의리와 이욕이 서로 섞이고 자식과 도적에 분별이 없어 마침내 멸망에 이르는 것이다. 어찌 이러하고도 보신하고 복국할 수 있는 이치가 있겠는가? 천고 만고에 어찌 다시 이런 엉터리 책이 있단 말인가? 참으로 신학이라 할 만하다.

무릇 강상綱常은 근본이다. 기예는 말단이다. 근본이 어지러운데 말단이 다스려지는 일은 없다. 지금 근본이 붕괴되었는데 어떻게 말단을 다스릴 것인가? 지지地誌, 역사, 체조, 산수 따위는 이 책도 밖에 붙들어 매고 중요하게 보지는 않는다. 단지 이런 종류만 배울 뿐 강상을 타파하고 성현을 모멸하는 종류는 취하지 않는다고 하지만 그럴 수 있겠는가? 더구나 소소한 기예가 어찌 국가의 흥성과 회복에 보탬이 되겠는가? 가령 이와 같이 해서 자신과 가족을 지키고 종국宗國을 복원한다 하더라도 군자는 귀하게 여기지 않을 것이다.

이 책은 또 '정부에서 육영원育嬰院(고아원)을 설립해 나라 안의 아이들을 거두어 길러 국가의 소유로 삼고 부모가 사적인 권한을 얻지 못하게 한다'고 한다. 그러면 이 제도가 있기 전에는 사민과 군졸이 모두 한 사람도 나라를 위해 목숨을 바치지 않고 국가를 군더더기와 사마귀처럼 보았다는 말인가? 어찌 '효를 옮겨 충으로 하라, 윗사람을 친히 하고 어른을 위해 죽으라'는 우리 성인의 가르침을 버리고 이처럼 스스로 수고하는가?

이 책은 무엇보다 '이利'라는 한 글자를 학문의 전체 강령으로 삼고 일본의 부강을 칭찬하여 '아! 인생 세간에 세위勢位와 부후富厚를 어찌 소홀히 할 수 있을까?'라고 했다. 이는 참으로 양씨梁氏가 속내를 토해낸 말이다. 이것으로 사람을 이끈다면 윗사람과 아랫사람이 이익을 다투어 빼앗지 않으면 만족하지 못하리니 나는 천하의 난리가 언제 그칠 수 있을지 모르겠다. 맹자가 양梁 혜왕惠王이 나라를 이롭게 하는 물음에 대해 답변한 것을 유독 보지 못했단 말인가?

아! 저 고슴도치와 이리 같은 것이 금전을 지원해 세력을 굳히고 권유하고 찬성贊成한 것이 불과 저들 오랑캐에게 아양을 떠는 것이었다. 슬프다. 우리의 원기가 미망迷罔에서 병들어 고개 숙여 가르침을 듣고 흑칠한 통 속에 기어들어가는 이가 많으니 탄식하지 않을 수 있겠는가? 이것이 진정 백성의 지혜를 발달시키고 나라의 살림을 증익하는 것이라면 저들이 어째서 금지하지 않고 도리어 억지로 가르치게 하는 것일까? 저들이 진정 우리 백성을 사랑하는 것인가? 이것은 천하에서 쉽게 알 만한 이치인데 다만 눈 먼 사람만 보지 못할 뿐이다. 세상에서 신학 하는 사람은 이에 대해 어찌 한마디 전어轉語를 내리지 않는가?"

기유년 단오날에 구학舊學 하는 사람 유영선柳永善 희경禧卿은 신치동臣癡洞 해상에서 글을 쓴다.

출전_유영선, 『현곡집玄谷集』 권9 「신서론新書論」

🔖해설 —— 현대 한국 사회의 시간적 감수성을 가장 잘 드러내는 말은 무엇일까? 새로움이 아닐까? '새'마을, '신'도시, '뉴'타운, 이렇게 지역 개발의 욕망은 항상 새로움으로 표상되어 왔다. 일상생활에서도 새로운 제품, 곧 신품을 원하고 새로운 방식, 곧 신식을 원하는 풍조로 가득 차 있다. 정치적, 사회적 모임에서도 끊임없이 새로운 계파, 곧 신

파가 성장해간다. 의주가 있지만 여기에 신을 붙여 신의주新義州를 부르고, 여성이 있지만 여기에 신을 붙여 신여성新女性을 부르고, 한이 있지만 여기에 신을 붙여 신한新韓을 부르는 식의 언어 습관이 과연 옛날에도 있었던가?

한국에서 근대는 곧 신新이다. 신新이 아닌 것은 구舊로 타자화된다. 신이 문명의 세계, 곧 신문명이라면, 구는 관습의 세계, 곧 구관습이다. 구문명, 신관습이라는 말은 상상할 수 없다. 오직 신문명, 구관습의 일방통행이 있을 뿐이다. 이제 신新은 신神이나 다름없는 최상의 경지가 되었다. 하지만 존재를 규정짓는 신구 관념이 과연 존재의 본질을 올바르게 전하고 있는 것인가? 학문만 하더라도 그렇다. 학문은 단지 학문이었을 뿐 신구의 수식어가 필요 없었다. 신학이니 구학이니 하는 것이 실체가 따로 있는 것이 아니었다. 소년신학少年新學, 연원구학淵源舊學이라는 말처럼 단지 시간의 선후에 따라 이따금 신구를 사용했을 뿐이다. 퇴계와 율곡의 시절에 학문은 구학과 신학으로 분열되지 않았다.

신新을 지향하는 광풍이 전사회적으로 몰아치는 근대에 들어와 학문은 비로소 구학과 신학으로 분열되었다. 「만국공보萬國公報」를 보거나 강유위康有爲와 양계초를 읽는 사람들, 「황성신문」과 「대한매일신보」를 보는 사람들은 문명과 애국에 몰입하며 신학을 자처한다. 혁구도신革舊圖新을 부르짖는 그들은 신학으로 전향하지 않는 사람들을 구학이라 부르며 깨우쳐준다. 지금 때가 어느 때인가? 신학은 항상 시대를 묻는다. 그리고 시대에 맞추어 가치의 변화를 요구한다. 하지만 구학은 항상 가치를 물었다. 그리고 가치에 맞추어 세상의 변화를 요구했다. 시대인가? 가치인가? 한국 근대 신구학 논쟁은 오늘날에도 충분히 토론거리가 된다.

하지만 신학과 구학은 서로를 충분히 설득시킬 무기를 지니지 못했다. 신학은 자신이 추종하는 시대를 구학에 설득시키지 못했고, 구학은 자신이 신봉하는 가치를 신학에 설득시키지 못했다. 과연 지금이 문명의 시대인가? 제1차 세계대전의 발발이 몇 년 남지 않은 끔찍한 제국주의 세상, 이러한 세상을 '허위 문명'이라 비판하는 문명 비판론이 나오는 이 시절에 신학은 충분히 자기 시대를 직시하지 못했다. 하지만 과연 구학의 가치는 세상의 변화를 위한 언어로 기능할 수 있었는가? 그것은 세상의 안으로 나아가는 목소리가 아니라 세상의 밖으로 물러서는 목소리는 아니었던가? 유교 전통의 혁신을 요구하는 유교 개혁론이 나오는 이 시절에 구학은 유교 덕목의 자기 성찰적인 재정립에 적극적이지 못했다. 유영선柳永善의 신학 비판이 황성皇城의 한복판이 아니라 서해 바다 외로운 섬에서 일어난 것은 여러 모로 시사하는 바가 크다.

원문 世之爲新學者 開口便說保身復國 余尋常疑其眞正學問 有如吾聖人之教 而竊怪其名爲新學矣 今春得其所謂梁啓超飮氷集 草草看過 此則新學者之所祖宗也 其書曰 人類平等 臣之於君 可以箝制監督 屛除永絶之 而君不得侵奪民權 又曰子弟不受父兄之壓制 恩不在生 不孝無責 而父不當視子爲附庸 又曰妻自棄夫 政府無禁 女自擇婿 父母無關 而稱兄弟共妻 爲人地之宜 又曰 孔教不必保不當保 而推尊無父之墨子 爲千古大實行家 而耶教則尤爲宗慕 又稱焚經坑儒之狂秦 爲儒門功臣 而尊亂臣賊子 爲哲后治臣 余

於是乎不覺喟然歎駭然驚曰 天下古今之亂 未有不由於彝倫不明 聖道不行
義利相混 子賊無分 而遂至滅亡矣 安有如此而能保身復國之理乎 千古萬古
豈更有如許謬妄之書也 眞可謂新學也 夫綱常本也 技藝末也 未有本亂末治
者 今旣壞其本矣 將何以治其末耶 如地誌歷史體調算數之類 彼書亦繫之外
而不重焉 若曰只學此類而其打破綱常侮慢聖賢之類不取 其可乎 且小小技
藝 究何補國家之興復也 假使如此而保全身家復完宗國 君子不之貴也 彼書
又曰 政府設育嬰院 收國中兒子而養之 以爲國之所有 而使父母不得私 然則
未有此制之前 士民軍卒都無一人 爲國盡瘁而視國家如贅疣耶 何舍吾聖人
移孝爲忠親上死長之教而自苦如此也 彼書最以利之一字 爲學問全體綱領
稱日本之富强曰 嗚呼人生世間 勢位富厚 豈可忽乎哉 此眞梁氏吐出肝肺之
言也 以是率人 上下征利 不奪不饜 吾未知天下之亂何時而可已乎 獨不看孟
子對梁王利國之問歟 噫彼犺狼者助金而重其勢 勸誘而贊其成 不過是納媚
於彼虜也 哀我元元病於迷罔 俛首聽教 多匍匐於黑漆箇中 可勝歎哉 此眞發
達民智 裨益國計 則彼何不禁止 而反使勒教之也 彼眞仁愛我民者歟 此是天
下易知之理 而特瞽者不見耳 世之爲新學者 於此盍下一轉語 己酉端陽 舊學
中人柳永善禧卿 書于臣癡海上

조선 성리학의 마지막 종장 전우田愚가 양계초의 신학을 비판한
「양집제설변梁集諸說辨」

•

양계초의 신학은 시대를 물었고 시대에 맞추어 가치의 변화를 요구했다.
그러나 전우의 구학은 가치를 물었고 가치에 맞추어 세상의 변화를 요구했다.

12

자유란 무엇인가?

　학문이란 내용도 중요하지만 형식도 중요하다. 학문의 형식은 곧 글쓰기 형식을 말한다. 근대 학문의 글쓰기는 비록 인문학과 사회과학, 자연과학 사이에 분야별 특수성이 존재하기는 하지만 대체로 어떤 주제에 대한 논문 형식을 지향한다. 근대 이전의 학문에도 시대에 유행하는 학문 풍조에 따라 특정한 유형의 글쓰기가 있었다. 성리학이 지배적인 학문이었던 조선시대에는 기본적인 유가 경전을 합리적인 주석으로 해설하는 주석학적 글쓰기가 있었고, 성리학의 특정한 개념이나 주제를 명징하게 도표로 해설하는 도설적 글쓰기도 있었다. 고려 말기 권근權近이 지은 『입학도설入學圖說』은 도설적 글쓰기의 대표작이라 할 텐데, 이 밖에도 천명天命, 인심도심人心道心, 사단칠정四端七情 등 다양한 개념에 대한 도설이 출현하였다. 이와 같은 도설적 글쓰기는 성리학의 시대가 지나가고 서양 철학이 유입되는 20세기에 들어와서도 신학문을 하는 학문 형식으로 활용되었다. 아래에 소개할 이상룡李相龍(1858~1932)의 「자유도설自由圖說」은 자유란 무엇인지 도설로 설명하는 독특한 작품인데, 전통적 학문 형식으로 새로운 학문 내용을 담은 이 글에서 과연 그가 자유에 관해 어떤 사색을 하고 있는지 살펴보기로 하자.

🖋번역—— 서양 사람은 "자유가 없다면 차라리 죽는 것이 낫다"고 말한다. 자유란 천하의 공공 의리이고 인생의 중요한 도구이다. 사람들마다 자유가 있으니 내가 남의 자유를 침해하지 않고 남도 나의 자유를 침해하지 않으면 인의와 도덕이 그 속에서 행해질 것이다. 사민평등四民平等이란 평민이 귀족에 대하여 자유를 보장받는 것이다. 참정권이란 국민 전체가 정부에 대하여 자유를 보장받는 것이다. 속지자치屬地自治란 식민지가 모국에 대하여 자유를 보장받는 것이다. 종교신앙宗敎信仰이란 신도가 교회에 대하여 자유를 보장받는 것이다. 민족건국民族建國이란 본국인이 외국에 대하여 자유를 보장받는 것이다. 생계노동生計勞動이란 빈민이 부자에 대하여 자유를 보장받는 것이다.

그러나, 자유에는 참[眞]과 거짓[僞], 부분[偏]과 전체[全], 문명과 야만의 구별이 있다. 정신상의 자유는 참 자유이고 형식상의 자유는 거짓 자유이다. 사회의 자유[群體自由]는 전체적인 자유이고 개인의 자유는 부분적인 자유이다. 법에 복종하고 규약을 지키는 것은 문명적인 자유이고 공의를 해치고 사익을 꾀함은 야만적인 자유이다. 사랑과 이익과 쾌락의 주의에 관한 학설로 말한다면, 사회[群體]를 사랑하고 사회에 이익을 주

진자유 眞自由 (정신精神)	정욕의 노예가 되지 말라	남보다 더한 재주가 있는 자는 남보다 더한 욕망이 있으니 만약 남보다 더한 도덕심으로 주관하지 않으면 그 재주가 욕망의 노예가 된다. 따라서 극기 공부를 잠시라도 그만두어서는 안 된다.	
	상황의 노예가 되지 말라	사람 마음이 만물이 경쟁하는 세계에 서면 내 곁을 둘러싼 상황[境遇]과 밤낮으로 서로 싸우는데, 상황과 싸워 승리하면 일어서고, 싸우지 않고 상황에 압도된 자는 망한다.	
	세속의 노예가 되지 말라	시속은 변화무쌍하니 사나이는 자립해야 마땅하다. 어찌 남들만 쳐다보고 따라갈까. 능히 시대를 주조하는 사람이 최상이다. 그러지 못한다면 구시대에 삼켜져 골몰하지 않음이 그 다음이다.	
	고인의 노예가 되지 말라	고인도 설법에 지나지 않는다. 시대의 폐단을 개혁함에 있어 사서육경이 결코 오늘날에 하나하나 적용될 수 없다. 나에게 이목耳目이 있으니 나의 문제는 내가 발견하고 나에게 심사心思가 있으니 나의 이치는 내가 연구한다. 고인은 스승으로 삼아도 좋고 친구로 삼아도 좋고 라이벌로 삼아도 좋다.	
전자유 全自由 (군체群體)	정치 (사민평등, 참정권, 속지자치)	인민이 다른 나라에서 번식해 스스로 정부를 세우면 본국에 있을 때 누렸던 권리와 서로 같다.	
	종교 (신앙)	인민이 어떤 종교를 믿든 모두 스스로 선택하는 것이지 정부에서 국교로 간섭하지 못한다.	
	민족 (민족건국)	국인이 족속을 모아 살면서 자립하고 자치하며 다른 나라의 다른 족속이 내치를 간섭하고 토지를 침탈함을 허락하지 않는다.	
	생계 (사회노동)	노동자는 자기 힘으로 먹고 지주와 자본가는 이들을 노예로 기르지 않는다.	
문명자유 文明自由 (복법수약 服法守約)			

고 사회에 쾌락을 주는 것은 참된 자유이고 전체적인 자유이고 문명적인 자유이다. 나 하나를 사랑하고 나 하나에 이익을 주고 나 하나에 쾌락을 주는 것은 거짓 자유이고 부분적인 자유이고 야만적인 자유이다. 자유의 반대는 노예이다. 자유의 능력을 완전하게 보장받고 싶으면 반드시 먼저 노예의 습관을 고쳐야만 옳다.

자유란 손을 놓고 다리를 풀고 길거리에서 팔을 흔드는 것, 구속받지 않고 관리받지 않고 하고 싶은 만큼 뜻대로 하는 것, 하늘을 두려워하지 않고 땅을 두려워하지 않는 것을 이른다. 자유에 관한 학설은 프랑스에서 나왔다. 영문으로 '프리덤freedom'이라 하는데 곧 개방이란 뜻이다. 대개 프랑스는 당시에 압제가 너무 심했기 때문에 개방을 상위의 뜻으로 삼고 그 가운데 은연 중 법률에 복종한다는 뜻을 함축하였다. 일본에서 자유 두 글자로 번역하자 마침내 함부로 행동함을 무한의 자유로 삼게 되었다. 몽테스키외는 자유에 관해 말하기를 '칼을 찰 자유, 수염을 기를 자유, 폭군의 전제에 대항하고 민권의 공론을 열 자유, 혁명의 자유' 등을 말했다. 자유의 앞에 칼을 찬다, 수염을 기른다 등의 글자를 사용했으니, 이는 유한의 자유이지 무한의 자유가 아니다. 곧 지금 각국 헌법에서 말하는 언론의 자유, 종교의 자유, 이사의 자유, 출판의 자유가 모두 한 가지 일의 자유를 말한 것이지 보편적인 자유가 아니다.

비유컨대 오랫동안 감옥에 갇혀 있던 사람에게 조금 개방을 허락해 칼을 벗기고 사슬을 풀어 정원에서 거닐게 하고, 간혹 여전히 발에 족쇄를 채우면서 손에 수갑을 풀어 음식을 얻게 하는 것을 감옥을 탈출해 어지럽게 달아나 함부로 미쳐 날뛰는 것이라고 말할 수는 없는 것이다. 대개 사람이 태어나서 손발을 놀리지 못하고 몸을 뒤집지 못하고 코와 입으로 숨 쉬지 못하게 하면 갓난아기 때에 이미 죽어버려 살지 못한다. 그러나 만약 어린 아이들의 자유를 들어주어 칼을 쥐고 불장난을 하게 놓아둔다면 또 어찌 죽지 않을 수 있겠는가? 따라서 그들의 자유를 들어줄 때도 있고 예법으로 구속할 때도 있으니 자유를 말하는 자는 불가불 깊이 이 뜻을 유념해야 한다.

무릇 자유의 정의는 공자 문하에서 이미 맨 먼저 제창했다. 자공子貢은 "나는 남이 내게 가하기를 원하지 않는 것을 나도 남에게 가하고 싶지 않다"고 하였는데, '남이 내게 가하기를 원하지 않는 것'이란 나의 자유를 침해받지 않음이요, '나도 남에게 가하고 싶지 않다'란 남의 자유를 침해하지 않음이다. 남과 나의 경계에서 각각 자기 분수를 완전히 한다는 말뜻이 완벽하고 지극하나 대동大同의 세상에 이르지 않으면 실행하기 쉽지 않다. 그래서 공자는 "네가 미치지 못한다"고 한 것이다. 지금 우리나라는 산만하고 기율이 없어서 정히 법률의 복종에 전력해야 마땅한데 만약 자유로서 구원하기를 원한다면 이는 소갈병을 앓는데 독주를 마시는 것이나 다름없다. 죽지 않으려 해도 그럴 수 없을 것이다.

출전_ 이상룡, 『석주유고石洲遺稿』 권5 「자유에 관한 도설[自由圖說]」

🖋해설── 자유라는 말은 쉬우면서도 어렵다. 말뜻은 쉽지만 말의 풍경은 시대에 따라 계속 변화를 겪어왔다. 인천 자유공원에서 자유의 풍경, 정비석鄭飛石의 『자유부인』에서 자유의 풍경, 이해조李海朝의 『자유종』에서 자유의 풍경은 서로 다르다. 오늘날 자유는 특정한 개념을 내

포하는 명사이지만 이 말은 본래 명사가 아닌 동사였다. 동사로 쓰일 때 이 말은 마음대로 한다는 의미를 띠고 있었다. 위복자유威福自由,[1] 백사자유百事自由[2] 등 여러 가지 용례를 찾아볼 수 있다. 사실 오늘날 전문가들이 지적하고 있듯이 현대 한국어에서는 이음절의 한자어가 명사로 쓰이지만 동일한 한자어가 전통 한국어에서는 동사로 쓰이는 경우가 비일비재하였다. 자유 역시 이러한 상황에 있었던 이음절 한자어의 하나였다.

자유라는 말이 오늘날과 같은 개념을 내포하는 명사로 확정된 것은 일본의 사상가 나카무라 마사나오中村正直가 영국의 철학자 밀의 『자유론On Liberty』을 1872년 『자유지리自由之理』로 번역한 것이 주된 계기가 되었던 것으로 이해된다. 자유는 영어 단어 liberty의 번역어로 정착되면서 비로소 오늘날의 말뜻을 갖추게 된 것이다. 자유 이외에도 liberty에 대응하는 번역어로는 자주自主, 자재自在, 임의任意 등 여러 가지 단어가 경합했던 것으로 알려져 있다. 가장 유력했던 단어는 자주였지만 자주는 영어 단어 independence의 번역어로도 쓰이고 있었다. 예컨대 중국에서 서양 선교사가 발행한 월간지 「만국공보萬國公報」에서는 우리나라 독립협회의 활동을 전하면서 독립협회를 자주회自主會라고 표기하고 있음을 볼 수 있다.

자유가 liberty의 번역어로 정착함에 따라 자유라는 말뜻은 liberty에 구속받았지만 자유라는 말의 풍경과 liberty라는 말의 풍경 사이에는

1 위복자유威福自由: 위복을 마음대로 한다는 뜻이다.
2 백사자유百事自由: 온갖 일을 마음대로 한다는 뜻이다.

역사적 환경의 이질감이 남아 있었다. 밀의 『자유론』은 개인의 자유로운 의견과 활동을 최대한 보장하여 창조적인 성취를 기한다는 것으로 19세기 중엽 영국의 자유주의 조류 속에 있었다. 자유주의는 내부적으로 다양한 계열이 있었지만 구체제의 전제 왕권의 정치적 억압으로부터 벗어난다는 정치의식을 기반으로 여기에 더하여 경제적 특권, 신분적 차별, 문화적 억압으로부터 벗어난 자유로운 개인을 추구한다는 지향성이 담겨져 있었다.

반면, 20세기 초 한국 사회가 당면하였던 자유는 이와 같은 자유주의의 자장 속에 완전히 들어 있었던 것은 아니었다. 당시 한국 사회에 지대한 영향을 미쳤던 청말 양계초梁啓超의 저작물에서 자유는 서양 근대 문명의 역사적 진보 과정의 척도로 설명되었으며, 동시에 서양과 경쟁할 수 있는 근대 국민국가의 주체를 만들기 위해 중국인 하나하나에게 요구되는 내면적인 자기 혁신으로 설명되었다. 자유의 설득력은 자유의 본질적 가치로서 제시된다기보다 서양의 역사적 경험으로서 먼저 정당화되었다. 또한, 국가를 떠난 개인, 국민에 앞선 개인은 자유의 주체로 상정되기 어려웠다.

양계초의 자유론은 한국 사회에 많이 읽혔지만 그것을 도설로 나타낸 사람은 이상룡李相龍이었다. 이 점에서 이상룡의 이 글 「자유도설」은 한국 근대 양계초 사상의 수용 과정에서 독특한 위치에 있다. 양계초 사상을 이론적인 차원보다는 실천적인 차원에서 접근했던 한국 근대 사상계의 분위기를 반영한 듯 이 글 역시 양계초의 자유론을 충실히 재현하였다는 점이 큰 특징이다. 이 글의 도圖 전체와 설說의 전반부는 전적으로 양계초의 자유론을 옮겨온 것이다.

　하지만 이상룡의 독특한 관심이 전혀 없는 것은 아니다. 유심히 살펴보면 도圖에 있는 진자유眞自由의 네 가지 항목이 양계초가 제시한 본래 항목의 역순으로 되어 있음을 볼 수 있다. 또, 설說의 후반부에서 강하게 피력한바 전면적인 자유의 유보 내지 제한에 관한 주장은 양계초의 전체 자유론에서 중심적인 주장은 아니었다. 그는 양계초가 제시하는 자유론의 이론적 구조에 대해서는 공감했지만, 김흥락金興洛을 통해 정통 퇴계 학맥에 입지해 있었던 안동 출신 유학자답게 자유와 질서의 관계에 대해 무관심할 수는 없었던 것이다. 그가 이 글에서 언급한 질서는 예와 법이지만 전통 유학에서 질서의 근원으로 중시된 것은 인륜이었다. 사실 보수 유림에서 양계초를 비판했던 최대의 논점이 양계초의 사상이 인륜을 부정하고 있다는 것이었다. 이상룡은 과연 자유와 인륜의 관계에 대해서는 어떻게 생각하고 있었을까?

원문　西人有言曰 不自由 無寧死 自由者 天下之公理 人生之要具也 人人自由 我不侵人之自由 人不侵我之自由 而仁義道德 行於其中 四民平等 是平民對於貴族 保其自由也 參政權 是國民全體對於政府 保其自由也 屬地自治 是植民地對於母國 保其自由也 宗教信仰 是教徒對於教會 保其自由也 民族建國 是本國人對於外國 保其自由也 生計勞働 是貧民對於富人 保其自由也 然自由有眞僞偏全文野之異 精神自由 眞自由也 形式自由 僞自由也 群體自由 全自由也 個人自由 偏自由也 服法守約 文明自由也 害公謀私 野

蠻自由也 以愛主義利主義樂主義之學說言之 則愛群體利群體樂群體者 眞自由全自由文明自由也 愛一己利一己樂一己者 僞自由偏自由野蠻自由也 自由之反對曰奴隷 欲完保自由之能力 須先革改奴隷之習慣方可 自由是放手放脚 掉臂淤行 無拘無管 任情肆意 不怕天不怕地之謂也 自由之說 出於法國 英文謂非里泵 卽開放之義 蓋法國當時壓制太甚 故以開放爲上義 而其中隱然含有服從法律之意 日本譯以自由二字 則遂恣行妄動 爲無限之自由矣 孟德斯鳩之言自由曰 或帶刀自由 或有鬚自由 或抗暴主之專制 開民權公議之自由 或革命之自由 夫於自由之上 用帶刀留鬚等字 則是有限之自由 而非無限之自由也 卽今各國憲法所云 言論自由 宗教自由 遷徙自由 出版自由 亦皆言一事之自由 非普通之自由也 譬之久囚囹圄者 稍許開放 釋枷解鎖 使得遊園 或仍有足鐐而放手枷 使得飮食耳 非謂出獄亂走 任自猖狂也 蓋人之生也 若手足不能舒放 身體不得反側 口鼻不許呼吸 則孩提已死 不得生矣 然若聽孩提之童自由 任其持刀弄火 則又安得不死 故有聽其自由之時 亦有禮法拘束之時 爲自由之說者 不可不深念此意也 夫自由之義 孔門已先倡之 子貢曰 我不欲人之加諸我也 吾亦欲無加諸人 其曰不欲人之加諸我 不侵我之自由也 吾亦欲無加諸人 不侵人之自由也 人己之界 各完其分 語意周至 然未至大同之世 則尙未易行 故孔子以爲非爾所及也 今我國之散漫無紀 正宜專力於服從法律 苟欲以自由救之 是無異於病渴而飮酖 其不至死不得矣

정비석의 소설을 바탕으로 각색한 영화 〈자유부인〉의 포스터

•

자유의 말뜻은 쉽지만 말의 풍경은 시대에 따라 계속 달라져왔다.
정비석의 『자유부인』에서의 자유의 풍경과
이해조의 『자유종』에서의 자유의 풍경은 서로 다르다.

古典通變

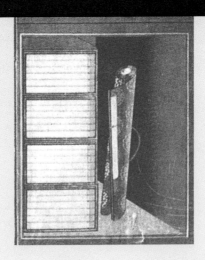

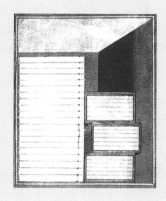

4

20세기 지성사

1

공화국의 미래

  이틀 후면 대통령 선거이다. 곧 제10공화국이 저물고 제11공화국이 떠오를 것이다. 공화국? 그렇다. 우리나라는 공화국이다. 대한민국의 영문 이름은 Republic of Korea, 곧 코리아 공화국이다. 일본의 영문 이름이 국체를 드러내지 못하고 단지 Japan이라고 되어 있음과 달리 공화국이라는 국체를 분명히 표현하고 있다. 하지만 공화국의 시대를 살면서도 정작 일상에서 공화를 실감하지 못하는 것은 어째서일까. 모레 선거를 앞두고 조긍섭曺兢燮(1873~1933)의 공화론共和論, 아니 비공화론非共和論을 소개하며 공화의 의미를 생각해본다.

  ❧번역—— 지금 세상에 소위 공화국共和國이란 게 있다. 무릇 공화의 도가 일반적인 원리가 될 수 있을까? (중략) 지금 공화를 말하는 자들은

'똑같이 사람인데 임금이랄 게 뭐가 있는가?'라고 한다. 하지만 이렇게 말하는 자들도 우두머리가 없을 수는 없어서 중간에 한 사람을 추대해 장자長者로 삼아 대통령大統領이라 한다. 장자로 섬길 때에는 허명을 빌려주고 떠날 때가 되면 평민과 똑같이 본다. 허명을 빌려주는 모양새가 마치 도적에게 수괴가 있음과 같고 떠나보내는 모양새가 마치 제사를 지내며 추구芻狗[1]를 쓰는 것과 같다. 선유先儒는 부처에게 제자가 있음을 논하여 거짓으로 합한 사이라고 하였다. 하지만 그래도 그것은 종신토록 감히 변하지 않는 관계였으니 어찌 이렇게 대통령과 같이 아침에는 임금으로 보고 저녁에는 동료로 보았겠는가? (중략)

말하는 사람들은 '공화의 도를 따르면 두 가지 좋은 점이 있으니 위로는 폭군이 전제專制하는 폐해가 없을 것이고 아래로는 재지材智 있는 사람들이 모두 자기를 다할 수 있을 것이다'라고 한다. 하지만 이것도 통하지 않는 의론이다. 임금이 임금인 것이 언제 전제를 원해서였는가? 요순의 성대에도 악목岳牧[2]과 백관이 서로 정사를 토의하였고 후세에 지치至治의 군주도 모두 간언을 좇아 하지 말아야 할 일을 그만두고 감히 마음대로 하지 않았다. 쇠란한 세상이 되어서야 내 말대로만 따르고 감히 나를 어기지 못하는 일이 있게 되었고 스스로 옳다 여기는데 아무도

---

1 추구芻狗 : 고대 중국에서 제사를 지낼 때 사용한 풀로 만든 개를 가리킨다. 제사를 지낸 후에는 쓸 데가 없어서 미천하고 쓸모없는 사물을 뜻하는 말이 되었다.

2 악목岳牧 : 사악四岳과 십이목十二牧을 줄인 말이다. 사악은 요堯 임금 때의 지방관을 통칭하고, 십이목은 순舜 임금 때 지방관을 통칭한다.

감히 그 잘못을 바로잡지 못하는 일이 있게 되었다. 성인은 법을 둘 때에 그 도로 잘 다스리고자 했을 뿐 나중에 혼란이 없고자 한 것은 아니었다. 우禹, 탕湯, 문文, 무武[3]의 도를 수십 년, 수백 년 전할 수야 있지만 그렇다고 어찌 걸桀, 주紂, 유幽, 여厲[4]가 없게 할 수야 있겠는가? 걸, 주, 유, 여가 우, 탕, 문, 무의 십 분의 일이라도 지켰다면 어찌 그 지경이 되었겠는가? 그러나 그들이 그 지경이 된 것은 우, 탕, 문, 무로도 어찌할 수 없었을 뿐만 아니라 하늘도 그런 일이 없도록 할 수는 없었던 것이다.

이상하다. 양계초는 '서양인의 법으로 치治는 있고 난亂은 없게 할 수 있으니 맹자가 일치일란一治一亂이라고 말한 것은 잘못이다'라고 말했다. 내가 일찍이 이를 보고 '하늘에 낮이 있고 밤은 없으며 봄 여름이 있고 가을 겨울은 없게 한다면 그 말은 믿을 수 있겠다. 이렇게 어린아이 같은 식견으로 천하의 일을 함부로 논한단 말인가?'라고 비웃은 적이 있다. 난세가 없을 수는 없고 폭군이 일어나지 않게 할 수는 없다. 그러나 성인이 도를 행하는 것으로 혼란을 늦추고 폭정을 약화시킬 수는 있다. 가의賈誼가 일컬었던 삼대의 태자 교육이 그 요점이다. 사람의 본성은 서로 아주 차이가 나지는 않으니 걸, 주, 유, 여가 어찌 세세로 나오는 임금의 자품이겠는가? 재주가 보통인 자도 더불어 향상시킬 수 있으니

---

3 우禹, 탕湯, 문文, 무武 : 하夏의 우왕禹王, 은殷의 탕왕湯王, 주周의 문왕文王과 무왕武王을 가리키는데 중국 고대의 성군을 대표한다.

4 걸桀, 주紂, 유幽, 여厲 : 하夏의 걸왕桀王, 은殷의 주왕紂王, 주周의 유왕幽王과 여왕厲王을 가리키는데 중국 고대의 폭군을 대표한다.

그 임금에 그 신하가 있는 법이라 인재야 그다지 근심할 바가 아니다. 삼대 이후 교육의 도가 행해지지 않고 태자 교육하는 법이 특히 무너졌기 때문에 비록 한漢 문제文帝가 어질고 한漢 무제武帝가 뛰어났지만 그 자식들은 도박을 하고 사람을 죽였으며 박망원博望苑[5]이 열려 빈객이 섞여 나왔으니 그것이 혼란을 빠르게 하고 폭정을 열었던 것이 당연하지 않은가? 지금 구미歐美에서 공화를 한 지 아직 백 년이 되지 않으니 그 운세가 한창 상승하는 중에 있다. 그래서 그 법이 그나마 지탱될 수 있는 것이다. 만약 한漢, 당唐, 은殷, 주周처럼 오래간다면 그 법이 혼란을 초래하고 폭정을 일으킬 텐데 막아낼 수 있겠는가?

재지가 있는 사람은 본디 다 쓰이기를 원한다. 그러나 세상이 흥성할 때에는 재지 있는 선비가 모두 현달하여 모두 쓰이지만 세상이 쇠퇴할 때에는 숨어 지내며 쓰이지 못한다. 하지만 현달해서 쓰이지는 못해도 반드시 숨어 지내면서 자기 뜻을 실현할 수 있고 현재에 쓰이지는 못해도 반드시 훗날이 되면 이로움이 있을 것이다. 만약 사람들마다 반드시 현달해서 현재에 쓰이기를 원한다 해도 이치로 보아 그렇게 될 수는 없다. 더구나 자리에는 귀천이 있고 책임에는 대소가 있어서 귀한 자는 명령하고 천한 자는 명령을 받들며 책임이 큰 자는 만 가지를 담당하고 책임이 작은 자는 한 가지를 담당하여 감히 서로 어긋나지 않아 이렇게 해서 치治가 이루어진다. 지금 천한 자가 귀한 자를 능가하고 책임이 작은

---

[5] 박망원博望苑 : 한 무제가 태자를 위해 세운 궁원으로 태자가 여기서 빈객을 접할 수 있도록 하였다.

자가 책임이 큰 자를 침범해서 시끄럽게 다투고 분분하게 바꾸면 이름은 치治이지만 실제는 난亂이다. 난이라는 이름이 어찌 쟁탈을 벌여 서로 죽이며 분열되어 서로 무관한 사이가 되는 것을 이르는 것이겠는가? 공자는 '자리에 상하가 없으면 자리에서 난이 있는 것이고 수레에 좌우가 없으면 수레에서 난이 있는 것이다'⁶라고 하였다. 이 말을 미루어 보건대 귀천이 없고 대소가 없으면 이는 나라에서 난이 있는 것이니 어찌 치治를 보겠는가? 그래서 '그 자리에 있지 않으면 정사를 도모하지 않는다'⁷, '천하에 도가 있으면 서인庶人이 국정을 논하지 않는다'⁸고 하는 것이다.

지금에는 의원議院을 만들고 의원議員을 두어 사람들마다 국정을 논할 수 있다. 또 그렇게 하지 않아도 각자 정당을 만들어 연설로 고취하고 신문으로 전파하여 마치 장작더미를 쌓듯이 다시 의원에 나아가기를 구하고 마치 땅벌이 봉기하듯이 나중에 온 자가 윗사람이 된다. 모두들 남을 물어뜯는 마음이 있는데 이를 일러 각각 그 재지를 다한다고 하니 또한 각박하지 아니한가? 더구나 큰 재주는 스스로 팔지 않는 법이고 큰 지혜는 스스로 쓰지 않는 법이다. 어진 이는 공경과 예의를 다하지 않으면 오지 않고 마음을 비워 찾아가지 않으면 대답하지 않는다. 지금 봉기하는 사람들과 섞여 나오게 하여 천하의 큰일을 논하게 한다면 손숙오

6 자리에 … 것이다: 『예기禮記』「중니연거仲尼燕居」에 있는 말이다.
7 그 자리 … 않는다: 『논어』「태백泰伯」에 있는 말이다.
8 서인庶人이 … 않는다: 『논어』「계씨季氏」에 있는 말이다.

孫叔敖와 백리해百里奚의 무리[9]도 더러 부끄럽게 여길 터이니 하물며 이윤伊尹과 태공太公의 무리[10]이겠는가? 이렇다면 이른바 자기를 다하는 자는 작은 지혜나 한 가지 재주를 지닌 경박하고 자잘한 부류일 따름이고 크고 온전한 자는 본디부터 나아갈 길이 없는 것이다. 행여 재주가 온전하고 지혜가 큰 선비가 추천을 얻어 통령統領이 되어도 아래로 자잘한 무리에게 견제를 받아 필시 큰일을 하려는 뜻을 행하지 못할 것이고 다시 몇 해 되지 않아 떠난다면 비록 깊은 계책과 좋은 정치가 있어도 겨우 말단을 시험해보고는 바뀐 사람이 다시 올 것이다. '잔혹한 사람을 교화시켜 사형이 없는'[11] 세상, '한 세대 지난 뒤에 인仁이 실현되는'[12] 세상을 이룩한 공로가 있기를 구하고 싶겠지만 어찌 바랄 수 있겠는가? 더구나 통령이 되어 권력이 없으면 제대로 뜻을 펼치지 못하게 되고 권력이 있으면 사람마다 그것을 갖고 싶어 해서 갖고 싶어 하는 곳에서 다툼이 일어나는 바이다.

중국이 공화를 행한 지 며칠 안 되는데 통령이 다시 바뀌어 정해지지

---

9 손숙오孫叔敖와 … 무리 : 손숙오는 중국 춘추시대 초楚의 재상으로 부국강병을 이룩하여 초 장왕莊王을 천하의 패자로 만들었다. 백리해는 중국 춘추시대 진秦의 재상으로 주변 국가에 덕정을 펼쳐서 진 목공穆公 때에 진시황에 의한 통일의 기초를 닦았다.

10 이윤伊尹과 … 무리 : 이윤은 탕왕湯王을 보필하여 하나라를 멸하고 은나라를 일으킨 인물이고 태공은 무왕武王을 보필하여 은나라를 멸하고 주나라를 일으킨 인물이다.

11 잔혹한 … 필요 없는 : 『논어』 「자로子路」에 있는 말이다. 선인善人이 백 년 나라를 다스렸을 때의 경지를 가리킨다.

12 한 세대 … 실현되는 : 『논어』 「자로」에 있는 말이다. 왕자王者가 나타났을 때의 경지를 가리킨다.

못했고 여론이 한창 비등하여 이를 넘보는 자가 부지기수이다. (중략) 통령의 선출은 투표의 많고 적음으로 한다. 비록 공정한 것 같지만 백성들이 살아가는 방법에는 좋아하고 싫어함에 불변의 성질이 없다. 홀로 서서 별로 인정받지 못하는 사람도 있고 헛된 명예로 군중을 얻는 사람도 있다. 공자와 맹자는 천하를 돌아다녔지만 종신토록 임금과 통하지 못했다. 하지만 진항陳恒은 온 나라에서 모두 임금으로 삼고 싶어 했고 왕망王莽에게 송덕문을 지은 사람은 사십구만 명이나 되었다. 이런 자들을 장차 어찌 취해서 절충할 것인가. 선주先主가 공명孔明을 등용하고 부견苻堅이 경략景略[13]을 천거할 때에 좌우의 신하들이 모두 기뻐하지 않았다. 만약 투표를 했더라면 몇 표를 얻었을까?

하늘에서 만물이 열릴 때에 반드시 제때가 있고 땅에서 풍속이 이루어질 때에 각기 적합한 곳이 있는 법이다. 삼황三皇 이전의 풍속을 오늘날에 돌이키고 구미 여러 나라의 법을 중국에 옮기니 이는 술잔을 버리고 다시 술을 마시는 것과 같고 오월吳越의 문신文身을 보고 노송魯宋의 봉장縫章과 바꾸는 것과 같다. 따를 수 없을 뿐만 아니라 따르더라도 잘못이다. (중략) 그러면 그 도는 아무래도 행할 수 없는 것일까? 순舜과 같은 사람이 일어나 통령이 되고 공자가 임금을 섬기는 방식으로 그를 섬겨 종신토록 변하지 않으며 그가 노쇠하면 우禹와 같은 사람을 구해

---

13 경략景略 : 전진前秦 부견의 재상 왕맹王猛을 가리킨다. 부견을 보필하여 유교 교육과 내정 안정에 기반하여 전연前燕을 격파하고 북중국을 통일하였다. 평소 부견에게 유비의 제갈량과 같이 소중한 존재로 대우받았다.

서 후계자로 삼아 죽은 후에 통령으로 세우고 순의 적자嫡子에게는 녹을
준다. 이렇게 한다면 행할 수 있을진저!

출전_ 조긍섭, 『암서집巖棲集』 권17 「비공화론非共和論」

◐해설 —— 대한민국은 민주공화국이다. 대한민국 헌법에 명시된 이
조항은 1919년 대한민국 임시헌장 제1조에서 유래하는 오랜 헌정사적
전통 위에 있다. 세계 헌정사에서 보아도 헌법에 민주 공화제democratic
republic를 명시한 것은 1919년까지 다른 나라에서 유례가 없는 특별한
사건이었던 것으로 평가된다. 이후 민주공화국이라는 자기규정은 중경
임시정부까지 계속되었고 중경 임시정부의 삼균주의三均主義는 공화국
이 추구하는 정치적 공동선의 성격을 띠고 있었다고 하겠다.

그런데 우리나라는 오랜 왕정 국가였다. 따라서 왕정을 부정하는 공
화정이 이렇듯 쉽사리 임시정부의 헌정으로 채택된 것은 어찌 보면 놀
라운 일이다. 사실 이에 앞서 1917년의 그 유명한 대동단결선언大同團結
宣言에서 한국의 독립운동가들은 1910년 융희 황제가 국가 주권을 포기
한 그 순간 그것이 일본에게 돌아간 것이 아니라 한국의 국민에게 돌아
간 것으로 보고 우리나라 공화제의 기원을 여기에서 구하였다. 망국의
충격과 더불어 신해혁명 후 공화주의의 정치적 당위성이 한국 독립운동
에 확산된 결과였다.

아시아에서 중국의 공화 혁명이 미친 정치적 파장은 유럽에서 프랑스
혁명이 미친 그것과 방불한 데가 있었다. 조긍섭曹兢燮이 혁명 이후 중국
공화정의 정치적 혼란을 바라보며 이를 비판했을 때에 기실 그것은 조

선의 미래에 공화정이 도래할지 모른다는 두려움에서 나왔다. 그가 들은 공화정의 미덕은 전제정치의 극복과 정치 참여층의 확대였지만, 그가 우려한 공화정의 현실은 대통령직을 둘러싼 무한 정쟁과 정치 참여층의 수준 하락, 이에 따른 국정의 타락이었다. 과연 공화정 체제에서 공자 후보, 맹자 후보, 제갈량 후보가 선거에서 몇 표를 얻을 수 있을까? 시민적 덕성이 없는 황건적의 무리가 정권을 잡으면 어찌할 것인가?

시민적 덕성의 문제는 중요하다. 공화주의의 시각에서 본다면 이웃 나라 임금에게 충성을 맹세한 세력, 국가의 헌정을 파괴한 세력, 국가의 국가國歌를 거부하는 세력, 국가 재정을 자기 집 금고로 아는 세력은 결코 국가 공동체를 위한 정치 세력이 될 수 없다. 유가적 덕성에 기반한 정치와 시민적 덕성에 기반한 정치가 동일할 수는 없겠지만 조긍섭이 당대 중국 공화제를 비판한 핵심을 '덕성 없는 정치'로 요약할 수 있다면 어쩌면 이 문제는 대통령 선거를 앞둔 지금에도 다시 돌아볼 가치가 있는 것이 아닐까? 우리가 선택할 공화국의 미래는 무엇인가?

원문 　今之世有所謂共和之國者焉 夫共和之道 其可以爲常乎哉 (중략) 今之言共和者 曰鈞是人也 何君之有 然爲此說者 又不能無其帥也 則間推一人焉以爲長 曰大統領 方其長之也 借之以虛名 及其去之也 等之於平民 其借之也如盜賊之有渠魁 其去之也如祭祀之用芻狗 先儒論佛氏之有師弟子 而謂之假合 然且終身不敢變焉 豈若是大統領者之朝君而夕儕之也 (중략) 然說者之言則 以爲從共和之道 蓋有二善焉 上而無暴君專制之害也 下而有

材智者皆得自盡也 是又不達之論也 夫君之爲君 何甞欲其專制哉 唐虞之盛
岳牧百官 相與吁咈 後世知治之主 皆必從諫替否 不敢自肆 至其衰亂之世
然後有惟其言而莫予違 自以爲是而莫敢矯其非者 聖人之設法也 爲其道可
以治者而已 不能爲其終無亂也 禹湯文武其道可以傳於數十百年 然寧能使
桀紂幽厲而無之 使桀紂幽厲而守禹湯文武之什一 豈至於是哉 然而至是者
非獨禹湯文武之不能也 天亦不能使之無也 異哉梁啓超之言 曰西人之法 可
以有治而無亂 孟子之言一治一亂非也 吾甞笑之 曰使天有晝而無夜 有春夏
而無秋冬 則其言可信也 若是乎其爲孩童之見而安議天下事哉 夫亂不可使
無 暴君不能使之不作 而聖人之爲道則有可以遲亂而弛暴者 賈誼所稱三代
之教太子其要也 人性不甚相遠 桀紂幽厲豈世出之資哉 中材者可以與之上
也 有其君則有其臣 人材之不足非所憂也 三代以下 教道不擧 而教太子之法
尤壞 故雖以漢文武之仁英而使其子博局而殺人 開博望苑而雜進賓客 其速
亂而啓暴 不亦宜哉 今歐美之爲共和者 未及百年也 又其運之方昇也 故其法
猶可以支持 使如漢唐殷周之久也 則其法之召亂而興暴 可以防也哉 夫人之
有材智者 固欲其用之盡也 然世之興也則材智之士畢顯而盡其用 其衰也則
有屈伏而不見用者矣 然不有用於顯 必有施於隱 不有用於時 必有益於後 若
人人而必欲其顯而有用於時 理之所不能然也 且夫位有貴賤 任有大小 貴者
令之 賤者承之 大者萬之 小者一之 不敢相違越 斯之爲治 今也使賤者加其
貴 小者侵其大『然而議之 紛紛然而更之 名雖爲治 其實則亂 夫亂之爲名也
豈爭奪相殺流離不相屬之謂哉 孔子曰席而無上下 是亂於席上也 車而無左
右 是亂於車也 推此言也 無貴賤無大小 是亂於國也已矣 惡睹其爲治哉 故
曰不在其位 不謀其政 天下有道則庶人不議 今也設院置員 使人人得以議之

又不得則各自爲政黨 演說以皷之 新報以播之 求其更進 如積薪然 後者欲
其爲上也 如地蜂之起也 皆有螫人之心焉 謂之各盡其材智 不亦銳乎 且大材
不自衒 大智不自用 賢者不致敬盡禮則不至 不虛心延訪則不答 今使雜沓於
蜂起之中 使論天下之大事 叔敖里奚之徒 猶或羞之 而况伊尹太公之倫哉 如
此則其所謂自盡者 小智一材浮薄瑣瑣之流爾 其大而全者則固無路可進也
幸有全材大智之士得推擧而爲統領 下爲瑣瑣者之所牽制 必不能行其有爲
之志 又不數歲而去之 則雖有深猷美政 纔試其端而更之者又至矣 欲求其有
勝殘去殺 世而後仁之功 何可望哉 且統領而無權也則不足以行其志矣 其有
權也則人人得以欲之 欲之所在 爭之所起也 中國之行共和幾日矣 統領再易
而未定 輿論方騰 覘覦者不知其數也 (중략) 統領之選也 以投票之多寡 雖若
公矣 而民之爲道也 好惡無常性 盖有特立而寡與者 亦有虛譽而得衆者 孔孟
轍環天下 終身無上下之交 而陳恒一國皆欲以爲君 王莽頌其德者至四十九
萬人 若是者將安所取衷哉 先主之用孔明 符堅之擧景畧 左右諸臣皆不悅 若
用票焉 其得之幾何 天之開物也 必有其時 地之成風也 各有其宜 以三皇以
前之俗 反之於今日 以歐美諸邦之法 移之於中國 是猶棄罍爵而更事抔飲 見
吳越之文身而欲易魯宋之縫章也 不惟不能從 雖從亦非也 (중략) 然則其道
終不可行歟 曰有如舜者立以爲統領 以孔子之所以事君者事之 終其身而不
易 其老也則求如禹者而爲貳 沒則立焉 其嫡嗣則祿及之 若是其可以行也歟

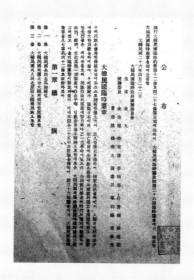

1919년 4월 11일 공포된 대한민국 임시정부의 첫 헌법

●

조긍섭이 신해혁명 직후 중국 공화제를 비판한 핵심은
'덕성 없는 정치'로 요약될 수 있다.
이 문제는 공화국 체제를 살아가는 오늘날 대한민국에서도
돌아볼 가치가 있는 것이 아닐까?

2

양명학의 전설

혹시 양명학의 전설을 들은 적이 있는가? 하나는 핍박의 전설. 조선 시대에는 책상 위에 양명학 책만 있어도 잡혀가서 처벌되었고, 양명학 자는 목숨을 잃지 않으려면 겉으로 주자학자 행세를 했다는 내용이다. 또 하나는 복음의 전설. 우리나라도 조선시대에 주자학을 하지 말고 양 명학을 했더라면 일본처럼 일찌감치 근대화에 성공했을 텐데 지긋지긋 한 주자학을 하는 바람에 근대화에 뒤처졌다는 내용이다. 핍박과 복음, 그야말로 전설이다. 식민지 시절과 냉전 시절, 그리고 조국 근대화 시절 을 살았던 우리 사회의 짓눌린 역사의식이 그려낸 빈곤한 허상이다. 오 늘날에도 치유되지 않고 우리의 마음을 유령처럼 배회하는 20세기의 구시대적인 그림자이다. 하지만 실제로 조선시대 선비들은 양명학을 어 떻게 생각했을까? 그들도 이런 전설에 중독되어 있었을까? 1917년 왕양명王陽明의 문집을 정선해서 『양명집초陽明集鈔』를 편찬한 황병중黃炳中 (1871~1935)의 글을 보자.

🖋번역── 내가 근고近古 문자를 보니 도학과 문장의 두 길로 나뉘어 있다. 완전하지 않음을 근심하고 이를 하나로 합하고 싶었지만 배우려 고 해도 입두처入頭處를 얻지 못했다. 간옹艮翁(전우田愚)에게 물었더니 "나도 이런 내용을 들어 계전桂田 신상공申相公(신응조申應朝)에게 물었는 데 왕양명王陽明의 문집을 읽게 하였네. 그래서 이 책을 구해보고 평생의 저작著作을 여기에서 많이 얻었네"라고 하였다. 내가 이로부터 구하려 하였지만 얻지 못하였다.

13년 뒤 갑인년(1914년)에 서울에 가서 이것을 사와 수시로 열람하였 는데 그 격조와 음운이 맑은 물에 핀 부용芙蓉과 같고 선부仙府에서 들리 는 아악과 같았다. 읽을수록 아름답고 아름다워 심지어 침식을 잊기까 지 하였다. 문득 만약 고문에서 구해본다면 소식蘇軾과 구양수歐陽脩와 가깝지만 말과 이치가 모두 도달하고 꽃과 열매가 모두 구비된 경지에 있어서는 이 두 사람도 거의 미치지 못한다.

다만 논의가 주자학과 배치되는 것이 참으로 옥의 티이다. 그 심즉리 心卽理, 치양지致良知, 지행합일知行合一, 미발즉이발未發卽已發, 본체즉공부本 體卽工夫, 그리고 『대학』에 관한 여러 학설은 육구연陸九淵을 조술하고 다 시 신기한 학설을 창도한 것이니 독자가 취사할 줄 모르면 점점 해로움 이 생길 것이다. 또, 위衛나라 임금 추輒의 일[1]을 논하며 기미를 덮어주 는 것이 올바른 이치가 아니니 추로서는 마땅히 아비를 맞이하여 나라를 바칠 뿐이지 따지고 헤아릴 필요가 없다. 공자의 정명正名의 의리가 마땅히 직직실실直直實實하고 명명백백明明白白하니 어찌 그렇게 임기응변을 쓸 것인가? 이런 종류는 양명의 마음 씀씀이가 순수하지 않은 것이다.[2]

그러나 후에 이 글을 읽는 자 또한 이 때문에 그 글을 모두 버리는 것은 옳지 않다. 먼저 정주程朱의 법문을 세워 우뚝 흔들림이 없는 연후에 장래에 이해하도록 하고, 법도를 연구하되 단지 온후하고 자상하며 평이하고 간명하며 선명하고 통창하며 복잡하고 곡진한 문체를 배운다면 거의 삼대의 글 짓는 법이 음악 속의 기상에 근본하고 있음을 엿볼 수 있을 것이다. 옛날 주자는 소식의 글이 이치와 어긋난다고 배척했지만 도리어 맏아들에게는 배워 읽게 하였다. 모르겠지만 이치에 어긋나지 않은 것을 고른 것인가? 그렇지 않으면 어째서 이미 배척하고는 다시 읽으라고 시켰을까? 가만히 이를 본받고 싶어 함부로 설을 짓는다.

을묘년(1915년) 한겨울 11월 회산檜山 황병중黃炳中은 적는다.

출전_ 황병중, 『양명집초陽明集鈔』, 「독왕양명집讀王陽明集」

---

1 위衛나라 … 일 : 위衛나라 영공靈公이 세자인 괴외蒯聵를 내쫓았는데 영공이 죽자 국인國人이 괴외의 아들 추輒를 세웠다. 이때 진晉나라에서 괴외를 본국에 들여보내니 추가 이를 막았다.

2 양명의 … 것이다 : 왕수인王守仁은 『전습록傳習錄』에서 추가 위나라 임금이 되어야 합당하다고 생각했다. 이미 공자가 추를 도와 정치를 하려는 상황에 있으니 공자의 덕에 감화된 추가 임금이 되어야 한다는 것이다. 추가 아비인 괴외를 맞이하고 천자와 제후에게 나라를 줄 것을 청하면 괴외 역시 여기에 감동을 받아 천자와 제후에게 추가 위나라 임금이 되어야 한다고 청하고 결국 추가 마지못해 위나라 임금이 되어 괴외를 태공太公으로 높이는 것이 바람직한 절차라고 보았다. 그리고 이것을 진정한 정명正名이라고 설명했다.

◔해설 —— 황병중黃炳中은 전라도 광양 선비이다. 신미양요가 일어난 해에 태어나 이십대에는 동학농민운동의 격류에 휩쓸렸고 삼십대에는 을사늑약의 충격과 의병운동의 불길 속에 있었으며 사십대에는 식민지 치하에서 통곡과 독서로 세월을 보냈다. 신득구申得求, 송병선宋秉璿, 최익현崔益鉉, 전우田愚의 문하에 출입한 도학자였고 황현黃玹에게 아낌을 받은 문인이었다.

그는 1917년 『양명집초陽明集鈔』를 편찬하였다. 1914년 서울에서 왕양명의 문집을 구매해서 1년 만에 모두 완독하고 독후감을 지은 후 다시 왕양명의 시문을 정밀하게 선별하여 2년 만에 선집을 만든 것이다. 그가 왕양명의 글에 관심을 갖게 된 것은 1901년 전우의 조언에 힘입은 것이다. 도학은 물론 문장까지 모두 겸비하고 싶었던 그의 마음을 알아본 전우는 조언을 구한 그에게 자신의 경험담을 일러주며 작문의 힘을 얻으려면 왕양명의 글을 읽으라고 충고하였다.

전우 같은 조선 성리학의 종장이 황병중에게 왕양명의 글을 읽으라고 추천하다니! 물론 이 사실을 밝힌 황병중의 위 글은 그의 문집 『고암집鼓巖集』에는 수록되어 있지 않다. 또한 전우의 『간재집艮齋集』에는 전우가 『명유학안明儒學案』을 읽고 왕양명의 학설을 비판한 '양명심리설변陽明心理說辨'이라는 문자가 눈에 띈다. 황병중과 전우의 문집에 보이지 않는 흥미로운 사실이 『양명집초』에 담겨 있는 셈이다. 설마 전우 같은 도학자가 정말 작문의 비결로 왕양명의 글을 추천했을지 미심쩍게 느껴질 수도 있겠지만 도학으로 보는 왕양명과 문장으로 보는 왕양명은 충분히 구별될 수 있는 것이었다.

사실 황병중이 『양명집초』를 편찬한 가장 큰 이유는 문학에 있었다. 자신이 명청明淸의 글을 읽어보았는데 모두 수준 미달이었고 오직 양명의 문체만이 순수하더라는 것이다. 왕양명의 글이 명청 제일의 글인지는 이론의 여지가 있겠지만 정조 같은 도학 군주도 「일득록日得錄」에서 왕양명이 학술은 달라도 문장은 명대 제일인자라고 극찬한 적이 있었다. 김시민金時敏(1681~1747) 같은 사람은 왕양명의 문집을 읽고는 한유韓愈의 벽불 문자나 육지陸贄의 경세 문자보다 더 탁월한 작품이 있다고 칭찬하였고, 그 밖에도 왕양명의 문학을 높이 평가하는 사람이 적지 않았다. 심지어 조재도趙載道(1724~1749) 같은 사람은 왕양명의 도가 올바른 것이라고 단언하며, 주자의 도를 상실하고 훈고에 빠져버린 지금의 주자학을 하느니 차라리 양명학을 해야 오히려 위기지학爲己之學을 회복할 수 있다고 주장할 정도였다.

조선 후기에는 왕양명의 학술과 문장을 비평했던 오랜 전통이 있었다. 그것이 20세기 전반에도 이어져 황병중의 『양명집초』가 출현할 수 있었다. 양명학에 관한 '전설'과 달리 조선 후기에 책상 위에 양명학 책이 있다고 잡혀가 목숨을 잃은 사람도 없었고 양명학에서 근대화를 예감하고 열광했던 사람도 없었다. 조선 사회에서 양명학은 그다지 위험하지 않았고 그다지 특별하지 않았다. 도학도 잘하고 싶고 문장도 잘하고 싶은 소박한 마음, 중국 문학사에서 왕양명을 평가하고 싶은 거창한 마음, 왜 황병중 같은 사람의 그런 마음을 그리도 몰라주고 우리는 양명학에 관한 수입된 문제의식 속에서 엉뚱한 전설을 만들어왔던 것일까?

余見近古文字 道學文章 分爲二途 病其未備 欲求一致者 而學之不得入頭處 問于艮翁 則曰吾亦擧此 問於桂田申相公 使讀王陽明集 故求見此書 一生著作 多得於此 余自此求之不得 後十三年甲寅 上京買來 隨時展閱 則其體調音韻 如淸水芙蓉 仙府雅樂 讀之娓娓 至忘寢食 闖然若有見求之於古 近乎蘇長公歐陽少師 而辭理該到 華實具備 二公殆不及也 但議論與朱門背馳 誠是拱璧之瑕 其心卽理 致良知 知行合一 未發卽已發 本體卽工夫 大學諸說 是祖述象山 而又倡新奇 使讀者不知取舍 則恐有駁之害 而又論衛輒事 帶雜回互氣味 不是正理 在輒當迎父納國而已 不須計較論量 夫子正名之義 當直直實實 明明白白 何用如彼機變也 間有此類 是陽明心功未純處 然後之讀此者 亦不可因此而盡廢其文 先立程朱法門 卓然無擾 然後將來理會研究軌範 只學其溫厚慈詳 平易簡切 鮮明曉暢 紆餘宛轉之體 則庶乎窺得三代作者法 本諸音樂中氣像也 昔朱夫子斥蘇文之倍理 而却使長子受之讀之 未知揀其不倍於理者乎 不然則何旣斥之而復使之讀耶 竊欲效嚬而謾爲之說 歲乙卯仲冬 檜山黃炳中書

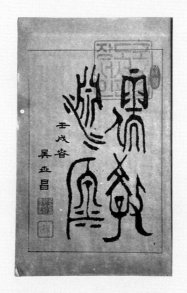

우리나라 유학사를 다룬 최초의 근대 학술 서적 『조선유교연원朝鮮儒敎淵源』

·

양명학이 조선시대 줄곧 핍박받았다는 사회적 통념의 기원은
『조선유교연원』으로 거슬러 올라간다.

3

허생 이야기,
박씨 이야기

한국에서 담배의 문화사를 처음으로 정리한 사학자는 문일평文一平으로 알려져 있다. 그는 조선인의 애연벽愛煙癖이 중국인의 애차벽愛茶癖 이상의 민중적 습성이 되었다고 보고 「담배고考」를 지었다. 하지만, 「담배고」의 기본적인 뼈대는 장지연張志淵이 만들어놓은 것이다. 그는 1915년 「매일신보」의 연재물 「여시관如是觀」에 특유의 박학다식을 십분 발휘하여 담배의 문화사에 관한 흥미로운 소품을 발표하였다. 이 중에 눈길을 끄는 것은 담배 무역이다. 정묘호란 이후 후금이 담배 맛을 알게 되어 거금을 주고 조선에서 담배를 구입하였다는 이야기인데, 병자호란 이후에는 아예 담배 종자를 사들여가는 바람에 예전과 같은 담배 특수(!)는 사라졌지만 이 당시 청역淸譯들은 한몫 단단히 챙겼을 것이라는 예상이다. 이 시기에는 일본과 교역했던 왜역倭譯들 중에도 어마어마한 부자가 많이 나왔다. 임진왜란 이후 중국과 일본 사이에 공식적인 외교 통상 관계가 수립되어 있지 못했기 때문에 17세기 조선은 양국 사이의 중개무역으로 많은 소득을 올렸다. 『열하일기』에 담긴 허생許生 이야기에 장안의 부자로 왜역 변승업邊承業이 나오는 데는 그 만한 역사적 배경이 있었던 것이다. 그런데 허생의 시대에 민중에게 베풀기를 좋아했고 이완 장군에게 인정을 받았다는 또 다른 왜역 박씨가 있다. 아래에 박씨 이야기를 소개해본다.

❦번역── 옛날 사법史法에는 기록할 만한 사적이 있으면 기록하였고 사람의 귀천에 차이를 두지 않았다. 하지만, 항상 공경대부公卿大夫는 상세히 기록하고 필부필부匹夫匹婦는 소략하게 기록하기 마련이었다. 여항閭巷의 필부에게 비록 기록할 만한 선행이 있어도 누가 전해주고 누가 들려주어 표장할 것인가? 이리하여 한유韓愈가 흙손질하는 사람을 기록하고[1] 유종원柳宗元이 목수와 나무 심는 사람을 기록한 것[2]이 모두 감춘 것을 드러내고 비천한 것을 드날려 전해짐이 있기를 원한 것이다. 이것이 외사外史가 일어난 까닭이다.

내가 듣기로 역관 박씨는 사람은 한미하지만 사적은 충분히 일컬을 게 있다. 역관 박씨는 밀양 사람이다. 이름은 기재하지 않는다. 일본어

---

1 한유韓愈가 … 기록하고: 한유韓愈의 「오자왕승복전圬者王承福傳」을 가리킨다.
2 유종원柳宗元이 … 것: 유종원柳宗元의 「재인전梓人傳」과 「종수곽탁타전種樹郭橐駝傳」을 가리킨다.

를 배워 설관舌官(역관)이 되어 다른 나라에 물화를 유통해 많은 이문을 취하는 게 일이었다. 아주 걸출하고 커다란 모습이었고 베풀기를 잘하고 약속이 무거웠다. 일찍이 관은官銀을 수송해 호조戶曹에 왔는데 마침 여자가 호조 문 밖에서 울부짖고 있었다. 그 까닭을 물으니 남편이 호조에 은 천여 냥 빚이 있어서 결국 자살했고 지금 뒤따라 자신도 여기서 죽는다고 말하는 것이었다. 역관은 이를 듣고 불쌍히 여겨 마침내 호조 안에 들어가 소지한 은을 도로 내주었다. 곧 그 남편의 이름은 채안債案에서 삭제되었고, 이윽고 여자는 석방되었다.

역관은 본래 산업이 웅장했지만 어려운 사람들을 베푸는 데 전념하다 보니 이 때문에 재물이 거듭 바닥났다. 사람들은 역관의 의로움이 쇠하지 않음을 더욱 칭송하였다. 역관이 한번은 군문軍門에 은 십만 냥을 빌리고 갚지 못했다. 정익공貞翼公 이완李浣이 대장이었는데 장부를 조사하고 이를 발견해 궁궐에 가서 임금께 아뢰었다. "박 아무개는 작은 역관으로 감히 나라 재물을 훔쳤으니 청컨대 기한을 두어 은을 납부하지 못하면 그 머리를 베도록 하소서." 임금이 이를 재가하자 이완은 군문에 출좌出坐해서 박 아무개를 체포해 앞에 무릎 꿇려 앉혔다. "네게 열흘의 말미를 주겠다. 은을 마련하지 못하면 참형에 처하겠다. 문서에 서명하라." 역관은 즉시 서명하고 총총걸음으로 나왔지만, 사실 은을 감추고 있는 것이 아니었다.

역관이 일찍이 친하게 지낸 벗이 있었는데 여기 와서 지나가던 참이었다. 역관은 벗에게 말했다. "술을 많이 사오게. 내가 오늘 머리를 벤다는 문서에 서명하였으니 우선 여기서 함께 이별을 고하네." 그리고 벗에게 자세한 사정을 말했다. 벗이 말했다. "은 때문에 어찌 자네가 죽어서야 되겠는가? 우선 술을 들게." 술자리가 파한 뒤 벗은 역관의 팔을 잡았다. "약속한 날 아침 일찍 오게." 약속한 날이 되어 역관이 벗에게 갔다. 벗이 말했다. "내게 자네를 살릴 수 있는 은이 있네. 내가 예전에 아들과 손자가 내 일을 흔들까 염려해서 시골집에 셈해서 보낸 것이 있었지." 이어서 속히 은을 출납해 역관에게 주었다. 은을 바친 역관은 죽음을 면했다.

이 일로 인해 이공은 역관을 훌륭한 사람이라 생각하고 다시 들어가 임금께 아뢰었다. "박 아무개가 열흘을 기한으로 은 십만 냥을 납부했습니다. 남들보다 재의才義가 출중하지 않았으면 불가능한 일이었습니다. 청컨대 왜역 훈도訓導를 오래 맡겨 장려하소서." 임금이 이 말을 따랐다. 몇 년 지나 역관은 은 이십만 냥을 가져와 벗에게 보냈다. 벗은 화가 나서 꾸짖었다. "너는 내가 이자 때문에 도왔다고 보느냐?" 그 절반을 돌려주고는 절대로 통교하지 않았다.

역관은 훈도가 된 뒤 재물이 다시 넉넉해지자 남들에게 더욱 잘 베풀었다. 천성이 그랬던 것이다. 지금 그 후손이 번창해 사적仕籍에 올라 군현을 다스리는 벼슬아치도 몇 사람이나 된다. 어찌 음덕의 보답이 아니겠는가? 아아! 역관도 훌륭하지만 벗의 성명이 전해지지 않음이 애석하다. 역관이 훌륭한 사람이 아니라면 어찌 그런 사람과 벗이 될 수 있었겠는가? 세상의 사대부들 중에 자기는 기장밥에 비단옷이 넉넉하면서 남에게는 손톱만큼도 재물을 아끼는 자, 아침에는 간담을 토해냈다가도 저녁에는 배신하는 자, 아직까지도 부끄러워 죽지 않을 것인가?

출전_ 유주목, 『계당집溪堂集』 권11 「역관 박씨의 사적을 기록한다(記朴譯事)」

╰해설 —— 흔히 조선 후기 실학 하면 박지원朴趾源과 정약용을 떠올리기 쉽다. 두 사람은 사후에 더 유명해졌다. 박지원의 대표작 『열하일기』와 정약용의 대표작 『목민심서』가 공간된 것은 20세기 벽두였다. 이 가운데 사회적인 관심이 집중된 쪽은 상대적으로 정약용이었다. 1930년 대에는 정약용의 전집이 '여유당전서與猶堂全書'의 제목으로 출판되는가 하면, 1950년대에는 남북한 모두 정약용에 관한 전문적인 연구서가 최초로 출간되었다. 최익한崔益翰의 『실학파와 정다산』(북한, 1955년), 그리고 홍이섭洪以燮의 『정약용의 정치경제사상 연구』(남한, 1959년)가 그것이다. 이 가운데 최익한은 1930년대 『여유당전서』가 출간되자 그것을 읽고 그 독후감을 「동아일보」에 장기간 연재했던 인물이다. 1930년대 조선학 운동이 1950년대 북한학계에 이어지는 흐름을 최익한을 통해 볼 수 있다.

그런데 최익한은 본래 20세기 영남의 대유 곽종석郭鍾錫(1846~1919)의 문하에서 한학을 수학했고 문리가 트일 무렵 박지원의 『열하일기』, 그중에서도 「허생전」을 애독하였다. 허생이라는 인물에 매혹된 그는 허생에게서 선류仙流의 품격과 노장老莊의 사상과 유사儒士의 지행과 정가政家의 재략을 모두 발견할 수 있었다. 하지만 허생이 문학작품의 작중 인물로 그치고 마는 것이 그를 슬프게 했다. 1916년, 아니면 1917년의 어느 날 그는 경상도 지례知禮의 어느 한학자 집에서 하룻밤 유숙하다 우연히 『후산집后山集』에 실린 「와룡정유사臥龍亭遺事」를 읽었다. 「유사」의 주인공 와룡정 허호許鎬의 행적이 허생과 너무나 흡사하다는 사실에 충격을 받았다.

최익한은 즉시 곽종석을 찾아가 사실 여부를 확인하였다. 곽종석은 와룡정이 자신의 이웃 고을에 있어서 어려서부터 허호의 비상한 사적을 동네 장로들로부터 들었고, 「허생전」은 시휘문자時諱文字라서 오랫동안 간행되지 못했기 때문에 영남 인사들이 「허생전」을 알지도 못했으며, 「유사」를 지은 허유許愈(1833~1904)가 자신의 오랜 친구인데 그가 가전 일화를 바탕으로 「유사」를 지은 것으로 안다고 답하였다. 최익한은 자신이 흠모한 허생이 조선에 실재한 인물임을 확신하고 너무나 기뻤다. 그가 표현한 대로 "근대 조선이 이만큼 한 인격과 사상을 실제로 산출하였다는 것"에 대한 감격이었다. 조선의 역사에도 식민지 청년에게 빛이 되어줄 수 있는 위대한 인물이 '실재'했던 것이다. 식민지적 결핍이 야기하는 위대한 실재에 대한 끝없는 갈망, 그 원초적 정서 위에서 그는 다시 정약용을 읽었으리라.

그런데 한 가지 의문이 있다. 영남 사족들이 정말 지역 내에서 전해지는 허호 이야기만 알고 서울에서 전해지는 허생 이야기는 몰랐을까? 박지원이 지은 「허생전」은 『열하일기』가 공간되기 전까지 완벽하게 영남 사족들에게 차단되어 있었을까? 곽종석의 설명은 조금 의심스런 데가 있다. 영남 사족들은 영남 지방에 부임하는 경화사족 수령들과 친밀한 관계를 형성할 수 있었고, 사실 곽종석 자신도 도학자로 좌정하기 전에는 개항 후 김택영金澤榮과 노닐며 문인들과 어울렸던 적이 있었다. 김택영이 박지원을 추종하여 최초로 『열하일기』를 공간한 주역이었음은 잘 알려진 사실이다.

유주목이 전하는 효종 대 왜역 박씨 이야기는 설사 허생에 관한 이야기는 아니라 해도 이완 장군에게 주목받은 여항인의 활약상을 전달하고 이를 통해 조선 사대부의 위선적인 세태를 비판하고 있다는 점에서 「허생전」과 중요한 서사 구조를 공유하는 작품이다. 적어도 영남 지방에서 반드시 「허생전」은 아니라 해도 「허생전」과 유사한 서사를 지닌 문학 작품들은 전승되고 있었다. 그런데 한 가지 수수께끼가 있다. 유주목의 『계당집溪堂集』에 전하는 이 글과 똑같은 글이 오재순吳載純의 『순암집醇庵集』에도 전한다. 이것이 어찌된 영문인지는 본격적인 문헌 연구를 해야 알겠지만 「허생전」과 유사한 서사를 지닌 18세기 경화사족의 작품이 19세기 영남 사족의 작품으로 환생하는 모습을 보노라면 박지원의 「허생전」이 철저하게 영남 지방에 차단되어 있었을 것이라는 생각이 오히려 무언가 부자연스럽게 느껴진다. 끝으로 한 가지 팁! 최익한에 의하면 조선 속담에 성명 미상인 사람을 골계적으로 허생원이라 부른다는데 이러한 언어 습관도 허생 이야기와 관계있는 것일까?

원문　古者史法 事有可書則書 不異乎其人之貴賤也 然其書也 常詳於公卿大夫而略於匹夫匹婦 亦其勢也 閭巷匹夫 雖有善可書 孰傳孰聞而表章之哉 是以韓子書圬者 柳氏書梓人種樹 莫不發潛揚陋而欲其有傳 此外史之所由作也 以余所聞 朴譯人雖微 其事有足述者 朴譯密陽人也 名不記 習日本

語 屬舌官 通貨異邦 取奇贏爲業 貌甚魁偉 輕施重然諾 嘗輸官銀至戶曹 會
女子哭曹門外 問之故 言其夫負曹銀千餘竟自斃 今追妾至此且死矣 譯聞之
愍然 乃入曹中 還以所持銀 卽注削其夫名債案 已而女得釋 譯故雄產業 然
專事施人窮急 由是訾屢匱 人益誦其義不衰也 譯嘗貸軍門銀十萬兩未還 李
貞翼浣爲大將 按簿覺之 詣闕白上 曰朴某以小譯 敢竊弄國貨 請置期不納銀
可梟其頭 上可奏 李遂出坐軍門 拿某跪前 謂曰與爾期十日 銀不辦當斬 署
其狀 譯卽署趨出 然實無藏銀 譯嘗有所善友人 至是行過之 謂其友曰 多市
酒 吾今日署斷頭狀 且與若訣 具語其友 友曰銀豈足死爾也 且飲酒 酒罷友
捉臂 謂曰第期日早來 及期譯造其友 友曰吾有銀可生若 然吾儻者恐吾子與
孫之撓吾事也 已計送之鄉廬 因亟以銀出付譯 旣納銀得不死 由是李公賢之
復入白上 言朴某期旬日納十萬銀 非才義有過人者固不能 請久任倭譯訓導
以獎之 上從之 居數歲 譯齎二十萬銀 送之其友 友怒罵曰 爾視我爲利息者
耶 還其半 絕不與通 譯旣爲訓導 財復饒 益喜施 蓋其天性然也 今其後孫蕃
衍登仕籍 至郡縣官者亦且數人 豈非陰德之報耶 嗚呼譯可謂賢矣 而惜其友
不傳其名姓 微某之賢 何以友其人哉 若世之士大夫 身餘粱帛而吝錐針末 朝
吐膽肝而夕背之者 其尙不愧而死耶

이광수李光洙가 쓴 『허생전』의 서문

•

최익한은 허호의 행적이 허생과 너무나 닮았다는 사실에 충격을 받았다.
조선 역사에도 식민지 청년들에게 빛이 되어줄 수 있는 인물이 '실재'했던 것이다.

우리나라 최초의
중화민국 여행기

　우리나라는 중국과 인접해 있기에 중국 여행기가 많다. 원나라 여행을 기록한 고려시대 여행기를 꼽으라면 이제현李齊賢의 『서정록西征錄』이 있다. 명나라 여행을 기록한 조선시대 여행기를 꼽으라면 최부崔溥의 『표해록漂海錄』이 있다. 청나라 여행을 기록한 조선시대 여행기를 꼽으라면 우선 조선 삼대 연행록으로 꼽힌다는 김창업金昌業의 『노가재연행일기老稼齋燕行日記』, 홍대용의 『을병연행록乙丙燕行錄』, 박지원의 『열하일기』부터 시작하고 싶다. 그러면 이와 같은 문학 전통에 비추어볼 때 중화민국 여행을 기록한 우리나라의 여행기로는 무엇이 있을까? 아래에 우리나라 최초의 중화민국 여행기로 손색이 없는 이병헌李炳憲(1870～1940)의 『중화유기中華遊記』를 소개한다.

◎번역── 7일. 밤에 기도를 고하는 글 한 편을 쥐고 공자의 신위神位 앞에서 읽었다.

"… 아, 소자가 천지의 마음을 받고 부모의 형체를 전해 받아 세상에 태어난 지가 마흔 하고 일곱 해입니다. 명색이 사람이니 천지에 효도하고 부모를 본받는 일을 잠시라도 그만둘 수 없습니다. 참으로 천지와 부모의 정에 순종하여 사람의 본분을 다하려 한다면 우리 선생님의 도가 아니면 불가능합니다. 때문에 스스로 사람의 일을 조금 알고부터 선생님의 도를 배우고 싶었지만 그 문장門墻 밖을 엿보지 못했습니다. 하지만 천지간에 하루라도 없을 수가 없는 것이 선생님의 도임을 알고 있습니다. 가만히 생각하건대 이천수백 년 사이에 이것이 동아東亞 여러 나라에 보급되어 시대에 치란이 있기도 하였고 교화에도 성쇠가 있기도 하였지만 우리 선생님의 지선至善의 목표에 귀일하기를 힘썼던 것은 틀림없는 사실입니다.

아, 원통합니다. 동방과 서방이 개통하고 유럽과 아시아가 이어져 예양禮讓은 경쟁競爭으로 변하고 제기祭器는 포화砲火로 변하였습니다. 우내宇內의 사람들이 날로 진화론의 공례公例를 향하자 우매하고 약소한 자가 점점 도태되고 있습니다. 불행히 우리 조선은 유교국으로 유명한데 이미 다른 종족에게 침몰되었고 중화도 유교국으로 저명하지만 또 강한 이웃 나라가 잠식해 들어오기 시작했습니다. 그래서 세상의 평론하는 사람들이 마침내 유교로는 나라를 다스릴 수 없다고 말하게 되었습니다.

아, 애석합니다. 조선이 망하고 중국이 약해진 것은 유교를 잘하지 못해 변통하는 권도權道에 어두웠기 때문입니다. 종교로 나라를 구원할 생각은 하지 않고 종교 때문에 나라가 망했다고 하니 또한 유독 무슨 마음입니까? 병헌炳憲은 창해蒼海의 조그마한 나라에서 태어나 종교가 밝아지지 못해 나라가 망하였음을 스스로 슬퍼하고 있습니다. 그런데 나라는 곧 자신의 천지요 부모입니다. 따라서 천지가 비록 넓어도 나라를 버리면 갈 수 있는 곳이 없고, 부모가 비록 계시지 않아도 차마 부모를 생각하는 마음까지 사라지게 할 수는 없습니다.

날마다 생각하건대 우리 동문同文 동교同敎의 중화 대국이 우뚝 떨쳐 일어난다면 지리 관계나 민족 역사로 보아 서로 연결이 되니 조선도 마비가 풀어져 깨어나서 혼을 부를 희망이 있을 것입니다. 하지만 위로는 지사志士의 당견黨見이 더욱 깊어지고 아래로는 국민의 공덕公德이 부진하여 조국祖國 이천사백 년 성인의 가르침에 대하여 신중히 지킬 줄 몰라 점점 조선이 이미 거친 중세와 거의 닮아가지 않을까 염려되는 것은 어째서입니까? 그러나 선생님의 도는 천지에 세우고 귀신에 질정해도 어긋남이 없으며 의심이 없을지니 마땅히 사억 인심을 붙들어서 중국이 결코 석가모니가 열반한 석란錫蘭과 예수 그리스도가 태어난 유태猶太가 되지 않게 해야 할 것입니다.

비록 어리석고 불초하지만 병헌炳憲은 선생님의 도를 배워 동방으로 돌아가 유교를 배워 묵수하는 사람들을 구원하여 다시 천지 중에 온전한 사람이 되고 부모에게 순종하는 자식이 되어 조국의 혼을 부르기를 다시 구합니다. 삼가 생각건대 성령께서는 묵묵히 도와주소서."

출전_ 이병헌, 「중화유기」 권2 「중화재유기中華再遊記」

🪝해설 —— 1916년 8월 7일 한밤중 중국 산동성山東省 공묘孔廟에서 조선 선비 이병헌李炳憲은 기도문을 읽었다. 시절은 팔월이라 한가위 다가오고 한밤중 사당 위엔 반달이 희미했을 그때 공자에게 드리는 그의 기도는 비장했다. 아, 부자夫子이시여! 여섯 해 전 조선은 일본에게 나라를 빼앗겼고 지금은 중국마저 일본에게 국토를 잠식당하고 있습니다. 조선과 중국의 문제는 무엇입니까? 유교가 잘못입니까? 유교 때문에 망국이 들이닥친 것입니까? 하지만 나라를 구원하는 것이 유교 아니겠습니까? 조국의 혼을 부르는 것이 유교 아니겠습니까? 아, 부자夫子이시여! 소자 고국에 돌아가면 꼭 나라 구원하고 국혼 부르는 새 유교를 일으키리이다. 성령께서는 묵묵히 도와주소서.

엄혹하고 혼란스런 현실이었다. 1910년 대한大韓이 동양 평화의 이름으로 일본에게 멸망당하였다. 1912년 청나라 마지막 황제 선통제宣統帝가 퇴위하고 중국의 수천 년 왕정이 멸망하였다. 1915년 중국 정부가 일본에게 굴욕적으로 21개조 요구를 수용하여 마침내 일본 세력이 산동성까지 잠식해 들어왔다. 역사의 거대한 파도는 조선을 쓰러뜨린 데 이어 다시 중국을 쓰러뜨릴 듯한 찰나였고, 조선과 중국의 공통된 유교 문명은 마치 노쇠한 문명의 유아적 죽음을 맞이하는 듯이 보였다.

하지만 그랬기에 간절한 기도가 나왔다. 바로 이 무렵 중국 상해에서 출간된 박은식의 『한국통사』는 한국의 '통사痛史'와 중국의 '통사痛史'를 함께 비통해한 한중韓中의 근대사이자 한국의 국혼을 절규한 간절한 기도문이었다. 마찬가지로 이듬해 이병헌이 산동성 공묘에 와서 한밤중에 공자를 향해 간절한 기도를 올렸을 때 그것은 중국에까지 임박한 한중 양국의 공통된 슬픈 운명을 극복하고자 발산된 국혼의 외침이었다. 그런 의미에서 그 외침 소리가 울려 퍼진 중국 곡부曲阜의 공묘는 한국 근대 유학사의 어떤 새로운 출발점이 되는 곳이었다고 하겠다.

먼 길을 왔다. 이병헌은 이곳에 오기까지 중국의 많은 곳을 거쳤다. 사실 그의 공묘 방문은 이번이 처음은 아니었다. 그의 첫 중국 여행은 두 해 전 1914년에 시작되었다. 유교를 종교로서 새롭게 정립하는 방안에 대한 고민을 안고 경성에서 기차를 타고 압록강을 건너 안동安東, 심양瀋陽, 북경北京, 곡부, 상해上海, 항주杭州, 향항香巷(홍콩) 등지를 다녔다. 강유위康有爲를 만나 공교孔敎에 관해 상의하려는 일념에서였다. 그 과정에서 그는 중국에서 펼쳐진 전통과 근대를 동시에 체험할 수 있었다. 상해와 홍콩에서 1910년대의 근대 문물을 직접 경험하였다면 중국 강남에서는 고전 속의 역사와 문학을 향유하였다. 박은식과 동행하여 홍콩에서 강유위를 만난 이병헌은 환대와 격려를 받았고 강유위로부터 윤종의尹宗儀의 『벽위신편闢衛新編』을 처음 알게 되어 이를 차람借覽하기도 하였다. 그로서는 중국에서 발견한 조선의 학술이었다.

두 해 후 이병헌은 다시 중국으로 떠났다. 박은식과 함께 다시 강유위를 만난 그는 곡부와 태산泰山에 오래 머무르며 최대한 공자에게 집중하였고 공자에게 본심을 기도하였다. 두 번째 여행의 마지막 종착지는 김택영金澤榮이 살고 있는 남통南通이었다. 남통은 두 번째 여행의 종착지인 동시에 두 차례 중국 여행의 총결산이었다. 김택영의 도움으로 그곳 한묵림서국翰墨林書局에서 그의 여행은 『중화유기中華遊記』라는 이름으로 출판되었다. 중화민국을 체험한 조선 유학자의 여행으로 말한다면 이병헌에 앞서 이상룡李相龍, 장석영張錫英, 이승희李承熙 등의 여행도 있었고 관련 작품도 현전하고 있지만 최초의 출판물로 말한다면 『중화유기』가 단연코 선하先河의 위치에 있다. 『중화유기』를 필두로 우리나라의 중화민국 여행 문헌이 체계적으로 연구되어 근대적인 지知의 동아시아적인 복합성이 규명되기를 바란다.

七日夜操禱告文一篇 讀于孔子神位前 曰云云 嗚呼 小子受天地之中 傳父母之形 以生于世者 爾來爲四十有七年矣 旣名爲人 則孝天地而體父母 不可須臾廢者也 苟順天地父母之情而盡人之分 則舍吾夫子之道末由也 故自稍知人事以來 欲學夫子之道 而不得窺其門墻之外 然知夫天地之間 不可一日無者 夫子之道也 竊念二千數百年之間 普及乎亞東諸國 時或有治亂 敎亦有隆替 而務圍乎吾夫子至善之鵠 則不可誣矣 嗚呼痛哉 東西開通 歐亞接踵 禮讓變作競爭 俎豆化爲砲火 宇內之圓顱方趾者 日趨天演之例 而昧弱者漸就淘汰之科 不幸而吾朝鮮以儒敎國稱 而已淪于他族 中華以儒敎國著 而又啓强隣之蠶食 以致世之論者 遂謂儒敎不可以爲國 嗚呼惜哉 朝鮮之亡 中國之弱 以不善儒敎之故 而昧乎通變之權也 不念敎之可救國 而謂由敎而亡 抑獨何心哉 炳憲以滄海鰕生 竊自悲國之亡由敎之未明 而國者乃自身之天地也父母也 故天地雖廣 舍國而無可往之處 父母雖亡 尤不忍有死其親之念 日眄吾同文同敎之中華大國勃然振興 則於地理之關係 民族之歷史 互有聯絡 庶幾有摩擦痿痺醒呼皐復之望矣 奈之何上焉而志士之黨見愈深 下焉而國民之公德不振 於祖國二千四百年聖訓 猶不知愼重而保守之 則駸駸然

懼夫與朝鮮已經之崇殆同症也 然夫子之道 建天地質鬼神而不悖不疑 則當
維持四萬萬人心 而中國決不爲釋迦牟尼之錫蘭 耶蘇基督之猶太矣 雖愚騃
不肖如炳憲焉 願學夫子之道 歸諸東方 以救學儒而守株者 更求爲天地之全
人父母之順子 以招祖國之魂 伏惟聖靈之默佑焉

우리나라 최초의 중화민국 여행기 『중화유기中華遊記』
•
『중화유기』를 필두로 우리나라의 중화민국 여행 문헌이 체계적으로 연구되어
근대적인 지知의 동아시아적인 복합성이 규명되기를 바란다.

5

성리학을 향한
회한의 시선

시간의 분절에서 자유로운 학문은 없다. 언제나 현재를 살아가던 학문이 역사의 노도에 휩쓸려 한순간 과거로 추방된다. 나는 현재이다, 나는 과거가 아니란 말이다! 아무리 외쳐도 현실 세계에 엄존하는 시간의 위계를 좀처럼 헤어나지 못한다. 하지만 과거가 된다는 것이 단지 불행한 일일까? 과거는 과거의 현재로서 추억할 그리운 대상이기도 있지만 현재의 과거로서 냉철하게 성찰할 대상이기도 하다. 자기 성찰의 첫걸음은 자기를 과거로 사유하는 데 있다. 조선 성리학은 1910년대에 들어와 과거가 된다. 자기 성찰을 극대화하는 근본적인 물음과 만나게 된다. 아래에 설태희薛泰熙(1875~1940)가 던지는 물음 하나를 소개한다.

☙ 번역 —— 유가儒家의 이기설理氣說은 중국 송대宋代에 시작하였다. 그

러나 그 논변이 우리나라처럼 그렇게 성행하고 그 문자가 우리나라처럼 그렇게 심하게 지리하고 장황하지는 않았다. 우리나라에서 학문을 좋아하는 사람이 다른 나라보다 뛰어난 것인가, 이치를 탐구하는 사람이 다른 나라보다 독실한 것인가? 아니, 아니다. 거기에는 까닭이 있다. 한갓 기성의 학벌學閥을 숭상하여 자득自得과 실공實工에 유감이 있었기 때문이다. 아, 주자가 말하지 않았던가. 여러분께서 공맹을 표준으로 삼는다면 전현前賢의 시비가 절로 자신의 판단에서 달아나지 않을 것이라고. 다른 나라는 비록 정주程朱를 으뜸으로 삼아도 더러 정주의 시비를 본 사람이 있었다. 하지만 우리나라 유자儒者는 오로지 정주를 으뜸으로 삼고 감히 그 시비를 말하지 않는다. 시비를 감히 말하지 않을 뿐 아니라 더러 공맹의 말을 정주의 학설에 억지로 인증하고 부합시켜 자신의 억측을 드러내니 두렵지 아니한가! (중략)

아, 중국과 동국 두 나라가 실력이 없어 패망한 이유가 참으로 이렇게 허론虛論으로 세력을 붙들었던 데 있다. 이른바 송학宋學이 어찌 그 책임을 면할 수 있을까? 한마디로 말하면 여러 학설의 문제점은 전적으로 이理와 기氣를 억지로 나누어 대거對擧하려는 생각에서 나온다. 게다가 으뜸이 되는 학벌에 재갈을 물려 신음하고 있으니 고매하고 총명한 바탕을 갖고도 남을 모방하느라 평생을 허비한다. 학문을 논함에 겹겹이 쌓인 곡절이 한없이 생기고 서로 간에 극도의 갈등을 품어, 나아가든 물러나든 모두 시비를 다투는 자리를 만들고 조정에 서든 초야에 숨든 필히 양식이 되는 규범에 의거하여, 자기와 다른 의견을 만나면 사도邪道, 이단異端이라고 매도한다. 이 때문에 걸출한 사람은 이쪽을 싫어해 저쪽으로 옮겨가고 훈고를 조금 아는 사람은 함부로 스스로 진짜 학문을 보았다고 여긴다. 도도히 공담空談을 일삼으며 날마다 쇠퇴해서 떨쳐 일어날 것을 생각할 줄 모른다. 학문은 침몰해가고 사람은 몽매해져서 문득 오늘날이 되어서는 다시는 공자의 학문이 강하고 굳세고 바르고 실한 줄 알지 못하고 다른 학문을 하는 사람에게 불굴의 수치를 받고 있으니 만약 이를 책한다면 책임을 학문에 돌려야 할까, 사람에게 돌려야 할까?

　나 또한 오래 전부터 이 문제를 개탄했지만 학문이 없고 사람됨이 비루해 입을 열 계제가 없었다. 다행히 지난여름 이래 경성의 「매일신보」 지면에서 「조선유교연원朝鮮儒教淵源」이 게재되고 있었기 때문에 대략을 보고 생각해보았는데 여러 학설이 동이同異가 어떻고 득실이 어떻든 모두 조금도 실학에 이로움이 없다. 이로움이 없을 뿐만 아니라 또 해로운 것도 적지 않을 성싶다. 그래서 분수에 넘는 죄인 줄 알면서도 함부로 위와 같이 입설해보았다. 원컨대 이에 뜻 있는 분들께서는 논박해도 좋고 옹호해도 좋다. 더러 비슷한 사례를 대서 질의할 사람이 있다면 마땅히 정성껏 답변하겠으며 오늘은 개설만 거론해서 애오라지 단초를 열려 한다.

　병진년(1916)¹ 3월 상순. 차호遮湖에서 여중旅中에 기록한다. 오촌梧村.

출전_ 설태희, 「학림소변學林小辯」 「일一. 이기변理氣辯」

---

1 병진년(1916) : 문맥상 병진년은 무오년이 아닐까 한다. 왜냐하면 장지연의 「조선유교연원」이 「매일신보」에 연재된 기간이 1917년이라서 설태희가 이를 읽고 「이기변」을 집필한 시점을 이듬해 봄으로 보는 것이 합리적이기 때문이다.

↘해설 — 장지연의 『조선유교연원』은 우리나라 유학사를 정리한 명작이다. '조선유교연원'이라는 제목부터 예사롭지 않다. '조선'이란 식민지 조선의 현재성과 조선시대의 역사성, 그리고 기자조선의 근원성이 어우러진 복합적인 표상이다. '유교'란 조선시대의 도학을 대체하고 새롭게 부상한 시대적인 표상이다. 황덕길黃德吉의 『도학원류찬언道學源流纂言』, 심기택沈琦澤의 『아동도학원류我東道學源流』, 신기선申箕善의 『도학원류道學源流』 등 기존의 여러 작품과 달리 도학의 역사 대신 유교의 역사를 선택한 것이다. '연원'이란 우리나라 유학사를 기원부터 당대까지 자신의 역사의식에 입각하여 통시대적으로 완성하겠다는 의지의 소산이다. 이와 같은 특성들이 근대에 출현한 한국 유학사로서 이 책의 고전적인 가치를 높여준다.

그런데 근대 학술사의 관점에서 「조선유교연원」의 학술사적 가치는 조금 특별한 데가 있다. 그것은 근대의 학술 공간으로 새롭게 떠오르는 미디어와 관계가 있다. 미디어는 근대에 들어와 지식을 생산하고 전파하는 강력한 기제였고, 미디어에 의해 창출된 네트워크를 타고 지식의 생산과 유통과 소비가 연쇄적으로 일어날 수 있었다. 『조선유교연원』은 책이기에 앞서 사실은 신문 칼럼이었다. 1922년 회동서관匯東書館에서 순한문체로 출간되기 앞서 1917년 「매일신보」 제1면에서 몇 달 동안 국한문체로 연재되었다. 비록 대중매체의 한정된 학술 공간이었지만 거기에 맞게 적합한 분량의 날씬한 모습으로 매회 매회 신문 독자들에게 메시지가 발신된 이 글은 독자들에게, 특히 신문을 읽는 유교 지식인에게 많은 반향을 일으켰다.

설태희의 「이기변理氣辯」은 그 반향 중의 하나이다. 설태희는 함경도 단천 출신으로 일제 식민지 시기 물산장려운동으로 저명한 인물인데, 국망 전에는 관직 생활도 하고 사회 활동도 했지만 국망 후에는 고향에 은둔하며 유교를 연구하고 있었다. 어째서 유교인가? 그는 전에는 서양이 기독교에 입각해 부강한 국가가 되었듯 한국도 유교에 입각해 부강을 추구해야 한다고 생각하였고, 후에는 자본주의와 군국주의로 가득한 서양 물질문명을 비판하면서 끊임없이 유교적 가치를 환기하였다. 그러나 유교를 당대의 현실에 끌어와 현실에 참여시키고 현실을 비판하기 위해서는 공맹의 유학에 걸린 성리학이라는 주술을 풀어야 했다. 그는 이理와 기氣의 이원적 분설分說에 갇혀버린 공맹의 본래적 심성론을 회복하고자 하였고, 정이程頤와 주희朱熹와 이황과 이이의 입설을 모두 주리主理로 보고 '주리는 허론이다主理是虛論'라고 외쳤다.

역사의 혹독한 현실은 과거를 돌아보는 근본적인 관점을 제공한다. 과거가 끝이 났음에도 불구하고 여전히 현재는 과거와 사투하며 진행된다. 그런 의미에서 장지연과 설태희의 태도가 흥미롭다. 장지연은 「조선유교연원」을 연재하여 과거가 끝났음을 보여주었다. 그러나 설태희는 이를 읽고 「이기변」을 지어 과거와 사투하며 현재를 일으키려 하였다. 근 백 년이 흐른 지금 그 과거는 어디 있는가? 누군가의 말처럼 오래된 미래에 숨어 있는가?

원문 竊惟儒家理氣之說 自中國宋代始矣 而其辯未有若我邦之盛 其文

支離張皇 亦未有若我邦之甚 抑其好學者有長於他邦歟 玩繹者有篤於他邦
歟 否否 其有故焉 徒崇旣成學閱 而有感於自得實工也 噫 朱子不云乎 諸公
以孔孟爲標準 則前賢之是非 自不逃吾鑑矣 他邦則雖宗程朱 而或有見程朱
之是非者 然吾邦之儒 則專宗程朱 而莫敢言其是非 非惟莫敢言其是非 或以
孔孟之言强引附合於程朱說 而露其臆測之見 可勝悚然哉 (중략) 噫 中東兩
邦之無實力而敗亡之由 宣在此虛論持勢之故也 所謂宋學烏能免其責乎 一
言以蔽之 曰諸說之病 專出於對擧强分之意 而且呻吟於宗閥羈絆之下 以其
豪邁聰睿 費了一生畵胡蘆 而論學則以生無限層折 互懷極端葛藤 進退皆爲
是非之場 出處必據模型之規 遇異吾見 則輒罵以邪道異端 由是之故 桀然者
厭此而就彼 粗解訓詁者 妄自以爲見得眞學 滔滔以空談爲事 日就萎靡 不知
思所以振作之 以學湮沈 以人侳侗 遽至今日 使之不復知有孔學之剛毅正實
而受他學人不屈之恥 若其責之 歸于學乎 歸于人乎 愚亦慨然乎此者久矣 然
學滅人卑 無由開口之階 幸而客夏以來 京城每日申報紙上 揭朝鮮儒敎淵源
一般 故覽得大略而思之 則諸說之異同得失 合無足分毫有益於實學 非唯無
益而又害之者 恐似不尠 故不顧僭越之罪 妄說如右 願有志于斯者 可敵之敵
之 可祖之祖之 有或觸類而質者 當可憾憾隨辯 而今纔擧槪 聊啓端倪 丙辰
三月上澣 記于遮湖旅中 梧村

「이기변」이 실린 설태희의 『학림소변』

•

설태희는 이리理와 기氣의 이원적 분설에 갇혀버린
공맹의 본래적 심성론을 회복하고자 하였다.
그는 정이와 주희와 이황과 이이의 입설을 모두 주리主理로 보고
'주리는 허론이다'라고 외쳤다.

6

영남 유학자의
만동묘 제향 투쟁

사람과 사람 사이에 도덕이 있어야 한다면 나라와 나라 사이에도 도덕이 있어야 한다. 도덕의 현실이 시대에 따라 변할 수는 있지만 도덕의 이상이 시대 때문에 변할 수는 없다. 조선 후기 만동묘萬東廟는 명나라 임금을 제사 지내는 사당이다. 이미 멸망한 이웃 나라 명나라를 생각해서, 아니 정확히 말하면 조선과 명 사이의 도덕을 생각해서 설립된 것이다. 조선은 명을 중심으로 하는 세계 질서 속에서 명과 각별한 조책朝册 부권邮欟를 맺으며 오랜 평화를 누렸고 임진왜란 때에는 명과 연합하여 일본의 침략을 막아낼 수 있었다. 명청이 교체되어 만주에서 발원한 이민족이 천하를 지배하는 세상이 되었지만 조선은 끝까지 명에 대한 도덕을 기억하면서 조선의 유교 문명을 수호하고자 하였다. 세월은 다시 흘러 이번에는 조선 본토마저 일본에서 들어온 또 다른 이민족에게 강탈당했다. 새로운 이민족은 만동묘를 위험한 존재로 생각하여 제향을 금지하였고, 중일전쟁이 발발하자 위패를 불사르고 묘정비를 쪼아버리는 만행을 저지르더니 다시 묘당을 철거하고 묘정비를 매립하여 존재 그 자체를 말살하였다. 일본은 왜 만동묘를 이다지도 두려워했는가? 경상도 합천 초계 지역 유학자 이직현李直鉉(1850~1928)의 「화양일기華陽日記」를 통해 20세기 전반 만동묘의 시대적인 의미에 관해 살펴보자.

◐번역── 우리나라 만동묘는 실로 중화를 높이는 대의와 관계된 곳이다. 천하가 혼탁해지면 주례周禮가 노魯나라에 있는 법이라 중화의 일맥이 홀로 여기에 붙었으니 우리나라의 사유물이 아니다. 나라는 망할 수 있어도 의리는 망할 수 없다. 사람은 멸할 수 있어도 화이華夷의 분수는 멸할 수 없다. 그 관계됨이 얼마나 큰가? 한번 세상이 변한 후 제향이 폐지되려 하니 팔도의 선비들이 금액을 갹출해서 제수를 바치려고 하였다. 그런데 다른 도에서는 화양華陽의 본소에 모였는데, 유독 우리 영남 우도는 본도에 계를 설치하고 매번 봄가을로 제수를 바쳐 본소와 서로 의지하는 사이가 되었다.

무오년(1918) 여름 본소에서 본도 창계滄溪 계소契所에 간통簡通이 왔다. 일본 오랑캐가 만동묘의 제향을 막으려고 괴산의 저들 경찰서에서 묘임廟任 정술원鄭述源 및 송주헌宋青憲 두 사람을 불러 소위 총독령總督令을 칭하며 봉향해서는 안 된다고 협박했고, 두 사람이 거부하고 따르지 않자 저들이 구박하는 것이 무소부지無所不至라는 내용이었다. 듣고 나서 통분함을 참지 못했다. 이것은 중화의 일맥이 붙은 곳인데 실컷 중화를 어지럽히는 저들 오랑캐가 듣고는 미워해 멸하려 하니 이는 실로 천지의 큰 변고이고 우리들이 좌시해서는 안 되는 일이었다. 나는 결국 일본 사신使臣 장곡천호도長谷川好道(즉 저들이 총독이라 칭하는 자)에게 서한을 보내 만동묘 제향을 폐지해서는 안 된다고 힐난하였지만 답장이 없었다. 이윽고 정과 송이 이미 항복의 깃발을 세웠다는 소식을 듣고 더욱 극히 통탄해하였다. 본도의 유림은 본소가 이미 멸망해서 봉향의 임무가 홀로 영남 우도에 있으니 의논이 없을 수 없기 때문에 6월 29일 삼가三嘉의 권씨 한천재寒泉齋에 모였다. 나는 족질 원택源澤을 보내 참여해서 듣게 하였다. 원택이 돌아와 선비들의 의논을 전했다. "이는 중화와 오랑캐가 혈전하는 때입니다. 참으로 굽힘 없이 의리를 지키는 사람이 아니면 오랑캐를 막아낼 수 없습니다. 그런데 촉망이 모두 숙부님께 있습니다." (중략)

9월 8일 저들이 나를 추장酋長이 있는 곳(괴산 경찰서)에 데리고 갔다.

"공이 이직현李直鉉인가? 만동묘 제향은 금령이 있는데 공이 어째서 유독 반항하는가?"

내가 말했다.

"너는 내게 원수이다. 원수는 서로 존중할 의리가 없다. 너는 나를 공이라 하지 마라. 나는 너를 너라 하겠다. 너는 비록 오랑캐이나 옛날로 말하면 한 사람 황명皇明의 신자였다. 무슨 생각으로 감히 내가 황묘皇廟에 제향하는 예를 방해하느냐?"

그가 뻣뻣한 얼굴로 비웃으며 말했다.

"공과 나는 한 나라 사람인데 어째서 원수라 하는가?"

내가 말했다.

"한 나라라고 말한 것은 황명 때문에 그런 것이냐?"

그가 말했다.

"명나라는 나는 모른다."

내가 말했다.

"그러면 나는 황명 유민遺民이고 일중日中 처사處士이다. 너는 어째서 한 나라 사람이라고 하는 게냐?"

그가 말했다.

"명이 망한 지 오래되었는데 어째서 괴롭게 명나라 명나라 하는가?"

내가 말했다.

"아침에 죽고 저녁에 잊는 것은 오랑캐의 풍속이다. 아침에는 군신이 었다가 저녁에는 원수가 되는 것은 금수만도 못한 일이다. 군자는 존망 으로 변심하지 않는다. 하물며 우리 황명이 나라를 재조한 은혜는 실로 만세에 잊기 어려운 것이다. 만약 황명이 아니었다면 네가 우리를 이미 오래전에 어육으로 만들었을 것이다. 지금 우리 종사가 이렇게 망극한 지경이 되었다만 네가 방자하고 잔폭하게 구는 것도 황명이 없기 때문 이다. 따라서 내가 황명을 추대하고 너를 원수라 하는 것이 어찌 옛날보 다 두 배, 다섯 배는 되지 않겠느냐?"

그가 무안히 한참 있었다. (중략)

그가 다시 물었다.

"총독에게 보내는 편지에 어째서 일사日使라고 했는가?"

내가 말했다.

"나는 우리 임금을 이고서 네가 그렇게 칭하는 자를 그렇게 칭하지 않는다. 그래서 일사라고 칭한 것이니 일본 사신이라는 말이다."

그가 말했다.

"누가 임금인가?"

나는 언성을 높였다.

"너는 광무光武, 융희隆熙를 모르느냐?"

그가 다시 물었다.

"일중日中 처사處士는 무슨 뜻인가?"

내가 말했다.

"일중은 조선이라는 말이다. 처사는 산림에 처한 사람을 칭한다."

그가 말했다.

"조선을 어째서 일중이라 칭하는가?"

내가 말했다.

"왜국은 일출처日出處라 하고 중국을 일입처日入處라 하고 조선을 일중처日中處라 한다. 옛날에 그런 말이 있다."

그가 말했다.

"최익현崔益鉉 씨와 서로 아는 사이인가?"

내가 말했다.

"알다 뿐인가? 도의를 강마한 지 오래요 절의에 감복하는 마음이 깊다."

그가 말했다.

"함부로 의병을 일으켜 필경 먼 섬에서 죽었으니 슬프지 아니한가?"

내가 말했다.

"의병이라 말하면서 어째서 '함부로'라는 말을 하느냐? 의롭지 않게 살면 살아도 죽는 것이요 의리를 얻었다면 죽어도 사는 것이다. 어째서 슬프다 하느냐?"

그가 말했다.

"공은 보안법을 아는가?"

내가 말했다.

"너의 법을 내가 어찌 알까?"

그가 말했다.

"이치에 닿지 않는 말로 선동해서 민심을 소란스럽게 하면 최익현처럼 먼 섬에 안치시키는 것이 이것이다. 공도 필시 이 법을 면하지 못할 것이다."

내가 말했다.

"내가 지키는 것은 의리이다. 의리가 있는 곳이라면 머리를 자르고 가슴을 뚫어도 달게 받겠다. 하물며 먼 섬이랴? 그러나 오늘 일로 말하자면 나는 모르겠다만 유민으로서 황묘를 봉향하는 것이 이치에 닿지 않는 일이냐? 아니면, 오랑캐로서 황묘를 범하는 것이 이치에 닿지 않는 일이냐? 엄숙히 모여 향사를 받드는 것이 소란스런 일이냐? 아니면, 학대하고 구박하는 것이 소란스런 일이냐? 이치에 닿지 않는 것은 너다. 소란을 일으킨 것도 너다. 너는 보안법이 있으니 스스로 죽을죄이다. 또, 네가 제향을 방해하는 것은 무슨 생각이냐?"

그가 말했다.

"쓸데없는 일에 재산을 축내고 여러 사람을 불러 모아 소란을 일으키기 때문이다."

내가 말했다.

"제사를 쓸데없다고 하는 것은 너희 오랑캐의 법도이다. 어째서 우리 소중화小中華 예의지방禮義之邦을 오랑캐 법도로 똑같이 보는가? 제사는 예의 큰 절도이고 예는 소란을 제어하는 도구이니 어찌 소란을 일으킬 것이 있겠느냐? 너의 말이 틀렸다. 또, 나는 나의 의리를 행하고 본래 너의 일을 간섭하지 않았다. 너는 속히 전죄를 회개하고 다시 이렇게 난동을 부리지 말아라." (후략)

출전_ 이직현, 「시암집是菴集」 권10 「화양일기華陽日記」

꼬해설 —— 경상도 합천 초계에 이직현李直鉉이라는 학자가 살았다. 그는 1870년대에 지리산을 넘어 호남의 대유 기정진奇正鎭에게 찾아가 말제자가 되었다. "천하에는 단지 한 개의 시是(옳음)와 한 개의 비非(그름)가 있을 뿐 다시 나머지 일이 없다. 성인이 세상에 전한 입교는 단지 시是를 찾는 것일 뿐이다"라는 가르침을 기정진에게 받은 후 20여 년이 지나 시암是菴이라는 편액을 걸었다. 시암是菴의 호에 걸맞게 평생 공력을 시是에 집중하였다. 그는 영남에서 노사 학맥을 부식한 유학자로 우리나라 독립운동에도 헌신하였다. 1919년 4월 21일 초계 독립만세운동의 정신적인 지도자였고 상해임시정부와 연결된 대동단大同團에 가입하여 동년 11월 28일 의친왕義親王을 중심으로 하는 독립선언서에도 서명했던 인물이다. 1920년대 식민지 조선의 대표적인 잡지였던 「개벽開闢」에서조차 이직현을 완고 중에서 철저한 완고라며 조변석개하는 시속의 껍데기 문명인과는 천양지차라고 극찬할 정도였다.

이직현은 강경한 항일 사상을 지녔다. 일본이 한국을 침략하는 과정에서 한국을 '독립'한다고 칭했다가 다시 '보호'한다고 칭했다가 다시 '합병'한다고 칭했던 기만의 역사를 똑똑히 보았고 '합병'의 다음 단계로 '갱륙坑戮'이 기다리고 있다며 비장한 마음을 드러냈다. 그는 이러한 마음으로 1918년 일본의 만동묘 제향 금령에 저항하여 영남 지역을 대표해 만동묘에 갔다. 조선 총독 하세가와에게 만동묘 제향 금지의 부당함을 성토하는 편지를 보냈고 조선 유림에게 목숨을 걸고 만동묘 제향을 강행하니 성원해달라는 통문을 보냈다. 그는 통문에서 만동묘의 존화 대의가 전왕을 잊지 않음[前王不忘]과 만세토록 강상을 수립함[樹綱萬世]이라고 말하였다. 정확한 말이다. 만동묘는 명의 선왕을 잊지 않기 위해, 그리고 명에 대한 조선의 도덕을 보존하기 위해 설립된 것이다. 조선 후기 사람들이 느끼는 만동묘는 그런 것이었다.

하지만 일제 강점기에 만동묘의 상징성은 달리 해석될 수 있었다. 조선 후기 사람이 앞 시대 명의 선왕을 잊지 않은 것처럼 식민지 조선 사람이 앞 시대 조선왕조의 선왕을 잊지 말아야 한다는 것, 조선 후기 사람이 명의 선왕에 대한 도덕을 보존한 것처럼 식민지 조선 사람이 조선왕조의 선왕에 대한 도덕을 보존해야 한다는 것, 조선 후기 이민족이 천하를 제패했지만 마음으로 굴복하지 않고 명의 광복光復을 기원했듯 일제 강점기 이민족이 국토를 강탈했지만 마음으로 굴복하지 않고 조선의 광복을 기원한다는 것. 만동묘에 서려 있는 추모의 마음과 광복의 의지는

20세기 전반 한국의 독립 정신의 어떤 중요한 원천을 차지하고 있었다.

이직현의 독립 정신은 만동묘의 정신이었다. 일본으로서는 만동묘라는 존재를 완전히 말살하여 만동묘의 정신을 지워버리고 싶었을 것이다. 만동묘의 정신에 담긴 존화尊華의 의미를 중국에 대한 한국의 고질적인 사대 정신이라고 애써 왜곡하고 싶었을 것이다. 오늘날에도 일본의 시선으로 만동묘의 존화를 보는 사람이 많은 것 같다. 식민지 지성사의 잔영이다. 그러나 조선의 시선으로 존화의 참뜻을 볼 때 중국의 중화국가와 도덕적으로 평화 공존했던 선린의 추억을 영원히 간직하며 이민족의 지배로부터 광복을 추구하고자 하는 간절한 소망의 마음을 곡해해야 할 하등의 이유가 없다. 어쩌면 역으로 선린의 관념이 부족한 자기 독존의 정신으로 사대와 존화를 구별할 수 없었던 과거 일본 문명의 역사적 한계를 성찰해야 할 때는 아닌가?

원문 我東之有萬東廟 實尊華大義之攸係 而顧天下腥羶 周禮在魯 則華夏一脈 獨寄於此 而非特吾東之私而已 國家亡而義理不可亡也 人雖滅而華夷之分不可滅也 其所關爲何如哉 一自世變以後 禋享將廢 八域章甫 合謀釀金以供蘋藻 而諸省則萃合於華陽本所 獨我嶺右 則設契于本省 而每春秋以供需 與本所相爲倚仗者也 戊午夏 自本所有簡通于本省之滄溪契所 而言曰 虜沮遏廟享 自槐山彼署 招廟任鄭述源及宋冑憲兩人 稱其所謂總督令 而脅以不可奉享之意 兩人拒而不從 彼拘而迫之 無所不至云 聞之不勝痛憤 蓋此華夏一脈之寄 而彼猾夏無厭者 惡聞而欲滅之 則此實天地之大變 而吾輩之

不可恬視者也 余遂以書抵日使長谷川好道卽彼所謂總督者 詰以廟享不可
廢之義而無報 旣而聞鄭宋已竪降幡云 尤極痛歎 本省諸儒 以本所旣被滅 則
奉享之任獨在嶺右 而不可無議定者 故以六月二十九日 會于三嘉權氏之寒
泉齋 余起送族姪源澤參聽 源澤還 致多士之議曰 此是華夷血戰之秋 非眞能
守義而不屈者 不能以拒夷云 而屬望皆在於吾叔矣 (중략) 八日 彼導余至酋
所 問曰 公是李直鉉乎 萬東廟享 有令禁之 而公何獨抗之 余曰 爾於吾爲仇
讎 仇讎無相尊之義 爾不當公我 我必爾汝 爾雖夷虜 以昔日言之 亦一皇明
臣子 抑何胸臆 敢沮我皇廟享禮也 彼强顏嗤笑曰 公我是一國之人 何謂仇讎
余曰 一國之稱 以皇明之故而云然耶 彼曰 明則吾不知也 余曰 然則我是皇
明遺民 日中處士 爾何云一國人 彼曰 明亡久矣 何苦苦明云明云 余曰 朝死
而夕忘 夷虜之俗也 朝爲君臣而暮爲仇讎 禽獸之不若也 君子不以存亡異心
況我皇明再造之恩 實萬世難忘者也 若非皇明 汝之魚肉我 不已久矣乎 今我
宗社之至此罔極 而爾之肆行殘暴 亦以無皇明故也 則我之追戴皇明而仇讎
爾者 豈不倍蓰於昔日乎 彼憮然良久 (중략) 彼又問曰 抵總督書 何以云日使
曰 吾戴吾君 而不以爾之稱彼者稱彼 故稱日使 日本使臣之謂也 彼曰 以誰
爲君 余厲聲曰 爾不知光武隆熙耶 彼又問曰 日中處士何義 余曰 日中朝鮮
之謂也 處士處山林者之稱 彼曰 朝鮮何以稱日中 余曰 以倭國爲日出處 以
中國爲日入處 以朝鮮爲日中處 古有其語也 彼曰 與崔益鉉氏相知否 余曰
奚啻相知 講磨道義之久 而艶服節義者深矣 彼曰 妄擧義兵 竟死絶島 豈不
悲哉 余曰 旣云義兵 則何謂之妄 不義而生 雖生而死 苟得其義 雖死而生 何
謂之悲 彼曰 公知保安律乎 余曰 爾之律 吾何知之 彼曰 煽動無理之說 騷擾
民心 則安置絶島如崔益鉉之爲者是也 公亦必不免此律矣 余曰 吾之所守者

義也 義之所在 則雖截頭穴胸 吾猶甘之 況絕島乎 雖然 以今日事言之 吾未知以遺民而尊奉皇廟爲無理者耶 以夷虜而干犯皇廟爲無理者耶 肅齊而將事者爲騷擾者耶 肆虐而驅迫者爲騷擾者耶 無理者爾也 騷擾者爾也 爾旣有保安律 則是自斃之科也 且爾之沮享禮者何意 彼曰 徒耗財爲無益之事 招集諸衆惹起鬧端故也 余曰 謂祭無益 爾之貊道也 豈以吾小華禮義之邦 而同於貊道也 祭祀是禮之大節 而禮是制鬧之具 安有鬧端之起也 爾之言誤也 且吾行吾義 本不干爾事 爾其亟悔前罪 勿復以此相亂也 (후략)

陶菴先生集 卷三十 神道碑

婿子載尚藏祿琭珮許譽鄭震螢趙復彬側出子若
女也公嘗笑謂余曰我老且死矣預其一石子其爲
我銘之公卒後十年璞來藉是以請余不能辭系以
銘銘曰。
在昔黨禍俊及可數豪傑恥免獨有皇甫林下一人
於古亦稀武夫恬退如公有幾目中義字禍福寧論
二宜之扁行能顧言天德山高家菴漢文武殊塗
出處同心鶴氅幅巾非復橐籠興造謝葬蒼非遠
有時唱酬醲醁酒往獵歸五色離披自公云潤
林泉寂寥支離不死我疾沉綿忱慨憂時有懷誰宣
屋後青山屹彼穹石孝子乞文縈公攸屬戴昭厥美
永垂無極
碑

萬東廟碑
維朝鮮國清州東八十里洛陽山下華陽之洞有廟
曰萬東。崇禎七十六年秋始成以祀我神宗顯
皇帝 毅宗烈皇帝春秋爲位薦邊豆越四十有三
年陪臣李縡刻銘於碑以頌 天子之德道邦人之
恩曰惟朝鮮爲國自箕子受封以來歷秦漢隋唐數
千年之間皆處以徼外殊俗數侵暴攻伐 明有天

조선 후기 유학자 이재李縡가 지은 만동묘 비문

•

만동묘에 서려 있는 추모의 마음과 광복의 의지는
20세기 전반 한국의 독립 정신의 중요한 원천을 차지하고 있었다.

7

해외 한국학의
열기

　요사이 해외 한국학에 관한 사회적 관심이 높은 것 같다. 1897년 러시아 상트페테르부르크 제국대학교 동방학부에서 한국어 강좌가 개설된 이래 꾸준히 확산된 해외 한국학의 규모는 한국국제교류재단에서 간행한 『해외한국학백서』에 따르면 2005년에 이미 55개국 632개 대학으로 조사되고 있다. 대개는 실용적인 한국어를 교육하는 곳이 많지만 학문적으로 주목할 만한 활동을 하는 곳도 적지 않다. 초창기 해외 한국학에도 그런 곳이 있었다. 비록 아카데믹한 대학은 아니지만 중국 남통南通에 있던 한묵림서국翰墨林書局이라는 출판사에서는 20세기 초반 박지원, 이건창李建昌, 신위申緯, 황현黃玹 등 조선 후기 한국의 유명한 문인들의 시문집을 활발히 출판하였다. 이 출판사에는 조선시대 한문학 전통에 정통한 김택영金澤榮(1850~1927)이라는 저명한 한국인 망명객이 근무하고 있었던 것이다. 본디 서울에서 뛰어난 시명詩名이 있었던 그는 1905년 을사늑약을 예감하고 중국에 망명, '문장으로 나라의 은혜에 보답한다文章報國恩'는 심정으로 역사서의 집필과 문학 작품의 출판에 힘을 쏟고 있었다. 1923년 완성된 『신고려사新高麗史』 역시 그 가운데 하나였는데, 그는 과연 이 책에서 무슨 말을 하고 싶었던 것일까.

&번역 ── 정인지의 『고려사高麗史』를 군자들이 나쁜 역사책이라고 하는 것은 어째서일까? 무릇 사람이 능히 자기 몸을 바르게 한 뒤에야 남들의 바르지 못함을 바로잡을 수 있는 법이다. 정인지는 한국韓國 단종[1]의 대신인데 배반하여 세조에게 붙었고 단종을 죽이자는 의논을 맨 먼저 세웠다. 이것은 그 여사餘事이지만 개돼지도 먹지 않을 바가 있다. 하물며 그 역사책에 휘친諱親[2]한 부분 이외에도 다시 비루하고 황탄한 잘못이 많이 있음에랴! 나는 혼잣속으로 이를 개탄한 지 사오십 년은 되었다. 어느 날 홍문관 시강侍講 왕성순王性淳[3]이 편지를 보냈다.

'『고려사』가 오랫동안 한심한 상태에 있습니다. 선생께서 무정하게

---

1 한국韓國 단종 : 조선 제6대 임금 단종을 가리킨다. 김택영이 단종을 조선 단종이라 일컫지 않고 한국 단종이라 일컬음은 조선이라는 국호가 1897년 대한으로 바뀌었기 때문이다. 대한에서 벼슬했던 사람으로서 대한이 멸망한 후에도 끝까지 한국이라는 국호를 사용한 것이다.

2 휘친諱親 : 어버이의 사적에 대해 불미스러운 일은 드러내지 않는 것이다.

3 왕성순王性淳 : 김택영의 문학 제자이다. 1868년 출생하여 1923년 타계하였다. 김택영을 존경하여 김택영이 편집한 『여한구가문초麗韓九家文抄』에 김택영의 작품을 추가해 『여한십가문초麗韓十家文抄』를 완성하였다. 김택영에게 고려사의 개작을 권했으나 김택영이 『신고려사新高麗史』를 지었던 그해 별세하여 결국 『신고려사』를 보지 못했다.

있어도 좋을까요?'

　나는 이 말에 감동을 받아 노년기의 폐락廢落한 몸을 잊고 『고려사』에 수정을 가했다. 서거정徐居正의 『동국통감東國通鑑』의 글을 인증하여 소략한 부분을 개선하였고 『공양전公羊傳』과 『곡량전穀梁傳』의 춘추대의를 인증하여 휘휘諱한 부분을 통하였으며 석지釋志, 유학전儒學傳, 문원전文苑傳, 은일전隱逸傳, 유민전遺民傳, 일본전日本傳 등을 추가로 넣어 빠진 부분을 채웠다. 그런 뒤에 구양수歐陽脩의 『신당서新唐書』의 고례를 취해 신고려사新高麗史라고 이름 붙였다. 고국의 몇몇 군자들이 이 소식을 듣고 옳게 여겨 논의를 왕복하며 격려하였다. 이것이 이 책이 나온 본말의 대강이다.

　생각건대 고려 한 시대의 사적 중에서 백대에 빛날 것이 네 가지 있다. 고려 태조는 영웅의 재주와 인의의 자질로 하늘의 부탁과 국인의 추대를 받아 올바르게 나라를 얻어 삼대와 나란하다. 이것이 그 하나이다. 전시과田柴科는 주周의 정전井田과 당唐의 조용조租庸調에 규모를 두어 녹봉을 제정하였고 겸하여 병력을 두텁게 하여 굳센 적군을 꺾고 십수만의 군중을 동원하였다. 이것이 그 둘이다. 인물을 등용함에 오직 재주와 덕으로 취하고 문벌은 묻지 않아 서리胥吏에서 경재卿宰에 오른 자도 왕왕 있었다. 서한西漢의 관대한 정사도 이보다 나을 수는 없다. 이것이 그 셋이다. 동방의 문풍은 신라 말세에 시작해서 근근이 이어지다 고려가 이어받아 왕업을 닦으니 위대한 거장들이 전후로 빽빽하게 출현하였다. 중국의 송대와 동시대에 있으면서 삼당三唐의 성률聲律을 다룰 수 있었고 말기에는 한구韓歐(한유와 구양수)의 고문과 정주程朱(이정二程과 주희)의 이학이 나왔다. 이것이 그 넷이다.

　동방의 역대를 합하여 말한다면 신라, 고구려, 백제는 질質이 문文보다 승했기 때문에 용맹이 많았는데 마치 해가 처음 돋은 것과 같았다. 한국(조선)은 문이 질보다 승했기 때문에 허위가 많았는데 마치 해가 저물 때가 된 것과 같았다. 고려의 경우 이 모든 장점을 갖추어 문과 질이 모두 승했으니 해가 중천에 있는 것과 같았다. 어찌 그리 위대한가! 고려에 동성혼同姓婚이 있어서 문과 질 둘 다 부끄러움이 된다고 생각하는 사람도 있는데 이것은 참으로 그렇긴 하다. 하지만 고려 왕실이 동성의 친족에게 장가든 것은 권력의 상실을 막으려는 것으로 신라의 옛 풍습에서 기인하는 것이지 고려가 창도한 것은 아니다. 더구나, 요순시절에도 아황娥皇과 여영女英의 동성혼[4]이 있었는데 군자는 이것으로 요순을 박하게 평가하지는 않는다. 상고시대는 후세와 같지 않았기 때문이다. 이것을 조금 헤아려줄 수는 없는 것일까?

출전_ 김택영, 「소호당속집韶濩堂續集」 권2 「신고려사 서문[新高麗史序]」

　◑해설── 흔히들 우리나라는 특히 조선시대에 국경을 닫고 나라를 잠갔던 전통이 오래 이어져오다가 20세기로 넘어가는 전환기에 항구를 열면서 비로소 세계와 만났다고 생각하는 것 같다. 물론 진실은 그렇지 않다. 동아시아가 곧 세계라고 해도 불편함이 없던 시절 우리나라는 동아시아의 이웃 나라들과 평화적인 외교 통상 관계를 유지하면서 동아시

---

4 아황娥皇과 … 동성혼 : 아황과 여영은 요堯의 두 딸로 모두 순舜과 혼인하였다.

아에 우리나라를 열어놓고 있었고, 동아시아 바깥의 지구 곳곳의 문물들은 동아시아를 통하여 천천히 우리나라에 흘러들어왔다. 하지만 어느 순간부터 템포가 빨라졌다. 1899년 우리나라의 어느 신문에서 표현한 것처럼 전 지구상에 있는 세계 각국은 이제 모두 철도, 선박, 전선으로 이어져 그야말로 '만국일통萬國一通'의 시대가 되고 말았다.

'만국일통'의 시대가 되면서 많은 한국인이 해외에 나갔다. 중국 상해와 일본 도쿄에 가는 유학생들, 러시아 블라디보스토크로 가는 독립투사들, 하와이와 멕시코에 가는 노동자들. 그중에는 『압록강은 흐른다』의 주인공 이미륵처럼 상해에서 기선을 타고 사이공, 싱가포르, 콜롬보, 지부티, 수에즈를 거쳐 마르세유에 도착, 독일에 정착했던 사람도 있었다. 그렇게 보면 김택영金澤榮 역시 20세기 초반에 한국에서 해외로 흘러나갔던 많은 사람 중 하나였지만, 그가 중국 강남에 정착해서 20년 이상 왕성하게 문화 활동을 펼친 것은 그 이상의 의미가 있는 일이었다.

김택영의 강남 체험은 당시唐詩나 송학宋學, 그 밖의 다양한 문헌으로 중국 고전학의 교양이 풍부했던 조선 사대부들의 감각에서 볼 때 책에서 보았던 중국을 눈으로 보는 감동을 뜻하는 것이었다. 정몽주와 정도전, 권근權近의 세대까지만 하더라도 가능했던 강남 체험이 명의 수도가 남경에서 북경으로 바뀌면서 역사적으로 오랜 기간 단절되어왔기에 그 감동은 특별한 것이었다. 강남을 배경으로 하는 당시를 읊조리고 회화를 감상할 수는 있어도, 강남에 고향을 둔 중국인 친구를 북경에서 만나 사귈 수는 있어도 그 이상으로 직접 견문할 수는 없었던 강남, 오랜 기간 조선 사대부에게 닫혀 있었던 강남, 그렇기에 김택영의 강남 체험은 그가 추종한 박지원의 열하 체험과 더불어 조선 후기 북학의 역사적인 중국 경험을 상징하는 두 지평이었다.

그러한 강남에서 김택영이 『신고려사』를 편찬한 것은 자못 의미심장한 일이었다. 중국에 망명하여 '한국'의 유민을 자처하며 살았지만 실은 그 마음 한가운데 '고려'의 유민 의식으로 가득했던 그는 그렇기 때문에 사실 중국에 오기 전 서울에서 활동하던 시절부터 이미 정신적인 유민이었다. 그러나 칠순이 넘는 나이에 『고려사』를 개작하여 『신고려사新高麗史』를 완성한 것은 인생의 황혼기이자 구시대의 황혼기에 다짐한 특별한 사명 의식 때문이었을 것이다. 물론 개작의 동기는 그가 사랑하는 고려의 역사를 온전하게 서술해야 한다는 신념 때문이었다. 한국사에서 고려시대를 정오의 태양으로 인식하는 역사의식이 있었기에 그는 고려시대의 빛나는 장점으로 인재 등용에 문벌을 따지지 않았다는 주장조차 역설할 수 있었다.

김택영이 『신고려사』를 지으면서 그가 존경한 김부식의 『삼국사기』를 얼마나 의식했는지는 알 수 없지만 적어도 구양수의 『신당서新唐書』를 의식하고 자신의 책 이름을 『신고려사』라고 붙였음을 밝힌 데서 볼 수 있듯 『신고려사』에는 문인으로서 김택영의 특별한 주견이 스며들어 있음을 알 수 있다. 만일 구양수가 『구당서舊唐書』를 『신당서』로 개작한 것을 중국 고문 운동의 시야에서 문학사적 사건으로 적극적으로 해석할 수 있다면, 김택영 역시 구양수의 고장인 강소성江蘇省에서 『고려사』를 개작하며 구양수의 문학 정신을 추구했다고 볼 수도 있다. 하지만 『신고려사』를 포함하여 김택영이 정성을 쏟은 많은 저술들과 출판물들, 초창기 해외 한국학의 그 불꽃들은 그의 사후 어떻게 되었을까?

　　鄭麟趾之高麗史 君子謂之非史何也 夫人能正其身 然後乃能正人之不正 如麟趾者 以韓端宗之大臣 叛附世祖 首建殺端宗之議 此其餘狗彘之所不食也 況其史於諱親之外 又多有稗陋荒謬之失者乎 余私慨於斯者 四五十年于玆矣 日王侍講原初寄書言 曰高麗史之寒心久矣 子可無情哉 余爲之感動 輒忘衰昏廢落 就加修正 引徐氏東國通鑑之文以救其疎 引公羊穀梁春秋之義以通其諱 加入釋志儒學文苑隱逸遺民日本等傳以苴其漏 然後取歐陽氏新唐書之故例以名之 故邦有數君子者聞而爲然 往復論議以鼓之 此其本末之梗槪也 惟高麗一代之事 有可以光耀於百代者四焉 高麗太祖以英雄之才仁義之資 爲天人之所付戴 以正得國 幷于三代 此其一也 田柴之科 規模乎周之井田唐之租庸調 以之制祿 而兼以厚其兵力 摧破勁敵 動十數萬衆 此其二也 用人惟取才德 而不問其地閥 由胥吏而致位卿宰者 往往有之 西漢寬大之政 不能勝之 此其三也 東邦之文風 始於新羅末世而僅僅焉 高麗承而王之 鴻工鉅匠 前後如麻 在中國之宋世 而能操三唐之聲律 而比其季則韓歐之文程朱之學亦出焉 此其四也 夫合東邦歷代而言之 新羅高句麗百濟質勝文而多勇 其猶日之初昇乎 韓文勝質而多僞 其猶日之高舂乎 至於高麗 具彼四美 文與質俱勝 則日之方中是也 何其偉矣 或者謂高麗有同姓之婚 於文質爲兩媿 是固然矣 然高麗王室之娶同姓以防失權 卽因新羅之舊而非其倡也 且唐虞之際 有娥皇女英同姓之婚 而君子不以是薄唐虞 爲邃古之時代 與後世不同故也 是不可以少原之也耶

김택영이 집필한 『신고려사』

．

김택영이 칠순이 넘는 나이에 『신고려사』를 완성한 것은 특별한 사명 의식 때문이었다.
한국사에서 고려시대를 정오의 태양으로 인식하는 역사의식이 있었기에
김택영은 고려시대의 장점으로 인재 등용에 문벌을 따지지 않았다는 주장을 역설할 수 있었다.

8

개성상인의
대만 여행

우리나라 근대는 다채롭다. 흔히들 한국 근대 하면 '국한문 근대' 혹은 '일본어 근대'를 떠올리기 쉽다. 하지만 '한문 근대'도 엄연히 존재하고 있었다. 근대를 살아간 우리나라 사람들은 여전히 하지만 새롭게 인간과 세계를 한문으로 기록하였다. 한문은 전통의 언어인 동시에 근대의 언어이기도 하였다. 우리가 경험한 근대, 우리가 관찰한 근대, 우리가 사유한 근대의 총체성을 이해하기 위해서는 만시지탄晚時之歎이 있지만 지금이라도 근대 문집을 필두로 20세기의 한문 자료들을 체계적으로 정리하고 연구할 필요가 있다. 그런 의미에서 아래에 우리가 경험한 '한문 근대' 이야기 한 토막을 소개한다. 그것은 개성상인 손봉상孫鳳祥(1861~1936), 공성학孔聖學(1879~1957) 등이 1928년 해외 홍삼 판매 현황을 시찰하러 대만에 출장을 다녀온 이야기이다. 한국-대만 교류사에서도 중요한 위치를 차지할 것이라 예상되는, 한국사에서 보기 드문 대만 여행 이야기. 과연 식민지 시기 개성 사람에게 비친 대만은 어떤 모습이었을까?

　◐번역── 5월 5일. 아침에 일어나니 묵은 비가 그치고 상쾌하게 갰다. 향기로운 바람이 사람에게 살랑댄다. 흡사 우리나라 6월 중순 기후이다. 식당에 들어갔다. 식품의 종류가 대개 윤선輪船에서 나왔던 음식과 차이가 없다. 식후에 차를 몰아 대북臺北 신사를 참배했다. 신사는 도시 북쪽 검담산劍潭山 산기슭에 있는데 북백천궁北白川宮 전하[1]를 위해 설립한 것이다. 명치明治 29년 대만 정벌의 전역에서 전하는 군사를 거느리고 싸우다가 탄환에 맞아 서거하였다. 그래서 그 혼령을 위로하는 것이다. 신사의 제도는 숭엄하다. 수풀이 우거지고 석등 수백 개가 나란히 좌우에 늘어섰는데 모두 대만 관민이 봉헌한 것이다. 담수 한 줄기가 신사 앞을 가로질러 흐르는데 이름이 검담劍潭이다. 검담 옆에 절이 있는데 이름이 검담사劍潭社이다. 옛날 정성공鄭成功이 이 땅을 개척하고 보검을 물속에 던졌기 때문에 그렇게 이름을 붙인 것이다. 일행은 신사 앞에서 기념으로 사진을 찍었다. 이어서 차를 몰아 시가를 한 바퀴 돌고 삼

---

1 북백천궁北白川宮 전하 : 북백천궁北白川宮(키타시라카와노미야)의 능구친왕能久親王(요시히사신노)을 가리킨다. 1848년 출생하여 1895년 타계하였다. 1858년 인효천왕仁孝天皇(닌코텐노)의 조카로서 11세에 친왕이 되었고 무진전쟁戊辰戰爭 때에는 막부 측에 가담하였다가 메이지 유신으로 칩거하였다. 1870년 독일에 유학, 1872년 북백천궁을 상속받고 1877년 귀국하여 일본 육군에서 근무하였다. 1895년 대만을 침략하는 일본군을 지휘하다 현지에서 죽었다.

정三井 회사 대북 지점에 갔다. 지점장 진구정성일랑津久井誠一郎 씨가 흔쾌히 맞이하고 대화를 나누었다.

대북시는 대만의 서울로 총독부 및 주청州廳, 기타 각 관아의 소재지이다. 학교, 병원, 박물관, 도서관, 식물원 등의 문화 시설이 완비되어 있지 않음이 없다. 도로는 넓고 깨끗하고 건축은 화려하고 장엄하다. 쌀과 차를 거래하는 중심지이기 때문에 점포가 번창하고 상업이 융성하다. 담수淡水가 관류하고 풍경이 수려하며 인구는 20만이라 한다.

11시경에 박물관을 관람하였다. 관내에 진열된 것은 곧 정성공이 대만에 건너오기 전후 300년 이래의 고적과 보물이다. 번인蕃人의 일용 기구, 창·칼·활·화살, 복식과 형구 등의 물건을 두루 구경하였다. 그 고대 풍속을 상상할 수 있다.

12시에 삼정三井 식당에서 점심 식사를 하였다. 차를 몰아 약 40분이 지나 담수 항구에 이르렀다. 항구는 대북 시에서 13리 떨어져 있다. 이 항구는 일찍이 지나支那와 무역하는 중요한 항구였다. 수십 년 이래 조수가 점차 줄어들고 모래톱이 고르지 않아 20톤 이상 선박은 출입할 수 없다. 그래서 무역 상황이 점점 쇠퇴하고 있다고 한다. 대둔산大屯山이 그 북쪽에 솟았고 봉래산蓬萊山이 그 동쪽을 감돌며 담수가 그 사이를 흐른다. 300년 전 화란和蘭 사람이 세운 양관洋館과 지나支那 시대에 쌓은 포대가 있어 옛날의 번영을 보는 것만 같다. 근래 대북에는 유력한 관민이 구락부를 세우고 겸하여 운동장을 설치해 일요일에 산책하고 휴양하는 장소로 만들었다.

오후 3시에 차를 몰아 초산草山 온천을 지나 북투北投 온천인 팔승원八

勝園에 도착하고 나서 숙박하였다. 이에 앞서 삼정 회사에서 우리 일행을 초산 온천에 초대하려는 생각이 있었는데, 마침 황제皇弟 고송궁高松宮 전하[2]가 초산에 왕림하여 일박한다는 소식이 있었기 때문에 북투 온천으로 변경된 것이다. 그런데 담수에서 돌아오는 길에 아직 시간 여유가 있었기 때문에 우선 잠시 초산 풍경을 탐승하고 나서 북투에 가려는 계획으로 차를 몰아 초산에 올랐는데 순경이 앞으로 가지 말라고 경계하였다. 아직 30분 여유가 있으니 마땅히 먼저 가서 북투에서 어가를 지영祗迎하겠다고 답하자, 순경이 마침내 통행을 허락하였다. 그래서 질풍처럼 고개를 내려가 산모퉁이의 돌아가는 곳에 당도했는데 뜻하지 않게 차 하나가 갑자기 올라와 서로 닿으려고 하였다. 내가 탄 차의 운전수가 급히 차의 왼쪽 바퀴를 잠깐 피하려 하다가 백 길 낭떠러지에 차체의 절반이 기울어졌다. 다행히도 덤불이 감싸서 추락할 뻔했으나 추락하지는 않았다. 일행이 놀라 차에서 내려 낭떠러지에 매달린 모습을 보니 위기일발이었다. 머리카락이 곤두서고 간담이 서늘하여 마음을 스스로 진정할 수 없었다. 급히 인부를 불러 가까스로 차를 위험에서 구하였다. 다시 탑승하여 북투에 당도해서 어가가 지나가기를 기다려 마침내 북투 온천에 도착하였다. 여기를 팔승원이라 한다. 진구정 지점장 이하 너덧 사람이 먼저 와서 기다렸는데 차가 위험했던 일을 서로 이야기하

---

2 고송궁高松宮 전하 : 대정천황大正天皇(다이쇼텐노)의 셋째 아들 선인친왕宣仁親王(부히토신노)을 가리킨다. 1905년 출생하여 1987년 타계하였다. 선인친왕은 1913년 8세의 나이에 대정천황의 특지를 받아 유서천궁有栖川宮(아리스카와노미야)의 제사를 계승하여 고송궁高松宮(타카마츠노미야)을 창설하였다.

였다. 온천에서 목욕하고 사진을 찍고 기생과 마주 보며 술잔을 잡으니 가히 '회도작소回桃作笑, 선우후락先憂後樂'[3]이라 이를 만하다. 밤이 깊어 대북반점으로 돌아가 숙박하였다. (중략)

5월 11일. 아침식사 후 삼정 회사 출장소를 찾아가 사원 길강吉岡 씨의 안내를 얻어 차를 몰아 남산에 올라 시(고웅시高雄市) 전체를 조망하였다. 시의 설치는 만을 끼고 동서로 나뉘는데 동은 기후旗後라 하여 본토인의 구시가이고 서는 신가新街라 하여 일본인의 신시가이다. 주청州廳의 소재지이다. 인구 4만여 명이고 쌀, 사탕, 철제품 등의 무역액이 1억 8천만 원이다. 남방의 유일한 양항良港으로 현재 비록 기륭基隆에 버금가지만 새롭게 일어나 발전할 희망이 있다. 만이 깊고 넓고 해안이 튼튼해서 8천 톤급 거함 10여 척이 능히 정박할 수 있다. 만의 입구가 호리병 같아 불과 60여 척이다. 확장에 착수해서 공사가 완성되면 1만 톤급 선박도 쉽게 출입할 수 있을 것이라 한다.

증기선으로 갈아타서 만의 안쪽을 일주하였다. 산수가 굽이굽이한 것이 하늘이 낸 만이다. 맑은 바람이 사람에게 살랑대고 경색이 매우 아름답다. 지금 선편 유람을 어제 승용차 드라이브와 비교하면 염량炎涼과 한망閒忙이 현격하게 달라 감흥을 일으킨다.

오후 1시 기차를 타서 2시 반 대남역臺南驛에 도착하였다. 역전 삼정 물산 회사 지점에 들어가서 점심식사를 하였다. 식후에 대만제당臺灣製糖

---

3 회도작소回桃作笑, 선우후락先憂後樂 : '돌아앉은 복사꽃 얼굴에 웃음이 피네, 근심을 먼저 겪고 즐거움을 나중에 누리네'라는 뜻이다.

회사를 시찰하고 문묘文廟를 참배하였다. 묘제廟制가 우리나라 서울 경학원經學院과 방불하고 유사한데, 예의문禮義文과 도덕문道德文 두 문 및 세수지洗手池와 문성루文星樓 등이 더해졌다. 나가서 개산신사開山神社에 이르렀다. 신사는 정성공을 위해 설립된 것이다. 정성공은 명말 때 사람이다. 그 아버지가 무역 때문에 일본 규슈九州 나가사키長崎에 건너가 일본 여자에게 장가가서 정성공을 낳았다. 그 아버지는 귀국하고 다시 오지 않았고 그 어머니가 어린아이를 데리고 명나라에 와서 거기서 살게되었다. 명나라가 망할 때가 되어 명조의 자손을 이끌고 난을 피하여 여기에 와서 먼저 살던 화란 사람과 서로 용납하지 못해 서로 싸우다가 비로소 승리를 얻어 통치권을 장악하고 이 땅을 주재하고 동평왕東平王으로 추봉되었는데 이것이 약력이다. 신사의 제도가 극히 장엄하다. 다시 나가서 대남신사臺南神社를 참배하고 곧 영천루鸎遷樓에 갔다. 삼정 회사가 초대한 연회에서 술잔을 잡고 즐겁게 놀았다. 밤이 되어 역으로 나가 대북臺北을 향했다.

출전_공성구 편, 「향대기람香臺紀覽」권1 「일기日記」

❧해설 —— 조선시대에 효종(재위 1649~1659)은 북벌의 비원을 이루지 못하고 서거한 임금으로 잘 알려져 있다. 하지만 효종의 재위 기간 중국 대륙에서 실제 북벌이 시도되고 있었다는 사실은 잘 알려져 있지 않은 것 같다. 북벌의 주인공은 하문廈門의 해상 세력인 정성공鄭成功. 그는 남명南明 영력제永曆帝의 신하로서 대군을 이끌고 양자강을 거슬러 올라가 남경을 공략하였다. 이 작전은 실패하였지만 그는 1661년 대만으

로 건너가 네덜란드 세력을 격파하였고 정씨 일가는 23년간 대만을 지배하였다.

조선 사회가 대만에 관심을 갖게 된 것은 이 무렵이다. 조선의 대만 인식은 동아시아 국제 질서의 변화에 따라 크게 숙종 대, 정조 대, 고종 대, 이렇게 약 백 년 주기로 세 단계의 변화가 있었다. 숙종 대에는 정성공의 해상 세력에 대한 사회적인 위기의식이 높았다. 정성공이 충청도에서 가까운 해도에 머무르고 있다는 소문, 정성공이 50척의 배에 병사 수만을 이끌고 한강을 거슬러 올라와 서울을 공략할 것이라는 소문, 정성공이 한반도에서 새 왕국을 건설할 것이라는 소문이 대책 없이 떠돌았다. 정조 대에는 청조 건륭제 치하의 대만에 대한 호기심이 높았다. 당시 조선 사절단은 중국의 궁궐에서 몽골, 회회, 베트남, 미얀마 등 중국 주변 각국 사절단을 볼 수 있었고 그중에는 대만의 생번生蕃도 포함되어 있었다. 또, 제주도 도민 이방익李邦翼이 해상에서 표류하다 대만에서 구호를 받고 중국을 거쳐 조선에 송환된 일이 있었는데, 어명을 받은 박지원이 청나라 사람 임겸광林謙光의 『대만기략臺灣紀略』 등을 참조하면서 이방익 사건을 기록하여 정조에게 바치기도 하였다. 고종 대에는 대만으로 뻗어가는 일본 세력의 확장에 대한 불안감이 높았다. 세칭 강화도조약 이후 일본에 개항한 조선 정부는 일본이 유구 왕국을 병합하고 이어서 청일전쟁 이후 대만을 일본의 식민지로 삼아 대만에 총독부를 세운 사건을 지켜보고 있었다. 유구와 대만은 조선의 역사적 비극의 전조가 되는 곳이었다.

그러나 조선시대 사람들이 대만에 대한 소문을 듣기도 하고, 중국에서 대만 사람을 보기도 하고, 이따금 대만에 표류하기도 하였지만, 대만에 가야겠다는 명확한 목적의식을 안고 직접 대만을 방문하여 현지에서 대만의 전통과 현대를 체험한 사람은 거의 없었다. 그렇게 볼 때 20세기 전반 식민지 조선에서 『향대기람香臺紀覽』이 출간된 것은 한국-대만 교류의 역사에서 매우 중요한 사건으로 생각된다. 이 책은 개성상인 손봉상孫鳳祥과 공성학孔聖學이 삼업조합蔘業組合의 조합장과 부조합장의 신분으로 중국에서의 홍삼 판매 현황을 시찰하러 1928년 사업차 대만과 홍콩에 다녀온 여행을 기록한 것이다. 표류기가 아닌 여행기라는 점에서, 전통 대만이 아닌 근대 대만을 보았다는 점에서, 일반 관광이 아닌 사업 출장이었다는 점에서 여러 모로 흥미로운 책이다.

이들 개성상인의 전체 여행 기간은 4월 30일부터 6월 11일까지 43일간이었고, 여행 코스는 '개성-부산-나가사키-대만-홍콩-상해-나가사키-부산-개성'이었다. 기본적으로 선편 여행이었는데, 특히 일본 나가사키에서 대만 기륭으로 가는 바닷길에서는 독일에서 제작된 고급 여객선 요시노마루吉野丸를 타고 호화 여행을 즐길 수 있었다. 대만에서의 일정은 5월 4일부터 13일까지의 열흘간이었고, 여행 코스는 '기륭-대북-담수-각판산角板山-삼협三峽-아리산阿里山-항춘恒春-고웅-대남-대북-기륭'으로 전체적으로 '대북→대중臺中→대남→대북'의 방향으로 움직였다. 열차, 자동차, 증기선이 모두 동원된 첨단 여행이었다. 당시 일본의 미쓰이三井 회사가 해외에서 홍삼 판매를 대행하고 있었기 때문에 이들은 대만 각지의 미쓰이 지점을 순회하면서 한편으로 홍삼 판매를 시찰하고 다른 한편으로 대만의 역사와 문화를 살펴보았다.

대만에는 전통과 현대가 있었지만 개성상인들의 기본적인 관심사는 현대에 있었다. 이들은 대중臺中에서 대만 원주민의 전통적인 생활을 둘러보았지만 그들이 현대 문명에 점차 적응하고 생활이 개선되어 납세자도 나오고 개업의도 배출되는 현실에 주목하고 있었다. 이들은 대중의 원시림에서 수령 3천 년 된 신목神木인 홍회목紅會木 앞에서 기념사진을 찍기도 하였지만 정작 깊은 인상을 받은 것은 원시림의 목재를 운송하려고 가설된 철도 정류장의 치밀한 설계 구조였다. 이들은 기본적으로 상인이었고 그랬기에 여행 일정에 들른 대만 주요 도시의 인구와 주요 산업들을 일일이 체크하며 기록할 수 있었다. 이들은 부산에서 순종 황제의 제사를 지내러 일본에서 귀국한 영친왕을 보며 '금석지감今昔之感'을 느꼈고, 홍콩에서 장개석의 북벌 소식을 들으며 손문의 삼민주의에 관심을 보이기도 했지만 이들의 관심사는 역시 정치보다는 경제였다. 그럼에도, 이들은 단순한 상인이 아니었고 근대 전환기 개성 유학의 흐름 위에 있던 유상儒商이었다. 동향 선진先進 김택영에 대한 존모심을 갖고 『소호당실기韶護堂實記』를 출간하는가 하면 숭양서원崧陽書院이나 두문동서원杜門洞書院의 원장을 지내기도 하였다.

끝으로 한 가지 팁! 이들 개성상인들이 대만에 체류하던 그 기간에 또 한 명의 한국인이 일본 고베에서 배를 타고 대만에 왔다. 그의 이름은 신채호申采浩. 한 달 전 중국에서 한국인 아나키스트 대회를 열었던 그는 아나키즘 운동의 자금을 확보하러 대만에 왔다가 기륭에서 즉각 체포되었다. 20세기 대만을 향한 한국인의 발걸음에는 다양한 사연이 담겨 있었다.

원문 　五月五日 朝起 宿雨快晴 薰風襲人 恰是我邦六月中旬氣候 入食堂 其食品節次 槩與輪船中所食無異矣 飯後 驅車參拜臺北神社 社在市北釼潭 山麓 爲北白川宮殿下而設立者也 明治二十九年 臺灣征伐之役 殿下統師轉 戰 中丸而逝 故安其靈而社之 制度崇嚴 林木蓊苑 石燈數百 對列左右 皆臺 灣官民奉獻者也 淡水一帶 橫流社前 名曰劍潭 潭之傍有寺 名曰劍潭寺 昔 鄭成功開拓此地 而投寶劍于潭 故名之 一同撮影于社前 爲之紀念 仍驅車 周廻市街 往三井會社臺北支店 支店長津久井誠一郎氏 欣迎敍話 臺北市是 臺灣首府 而總督府及州廳其他各官衙所在地也 其學校病院博物舘圖書舘 植物園等 文化施設 未有不完 而道路也廣而潔 建築也華而壯 米茶等取引中 心之地 故店舖繁昌 商業殷盛 淡水貫流 風景秀麗 人口爲二十萬云 十一時 頃 觀覽博物舘 舘內陳列 卽鄭成功渡臺前後三百年來之古蹟寶物也 周覽其 番人之日用器具鎗劍弓矢服飾刑具等物 可想其古代風俗矣 十二時 晝餐于 三井食堂 更驅車 畧四十分 至淡水港 港距臺北十三哩 此港曾爲對支貿易要 港矣 數十年來 潮水漸減 沙灘不均 二十噸以上船舶 不能出入 故貿易商况 漸至衰退云 大屯山聳其北 蓬萊山繞其東 淡水流其間 而三百年前和蘭人所 建洋舘 支那時代所築砲臺 如見昔時之繁榮矣 近來臺北官民有力者 共建俱 樂部 兼設運動場 以作日曜散策休養之所 午后三時 驅車 經草山溫泉 至北 投溫泉八勝園 因宿焉 先時 三井會社 意欲招我一行于草山溫泉矣 適有皇弟 高松宮殿下駕臨草山一泊之報 故變更北投 而淡水歸路 尙有時間之餘裕 故 且欲暫探草山風景轉往北投之計 驅車登草山 則巡警戒勿前行 答以尙有三 十分餘裕 則當先至頃北投 祗迎駕過之意 巡警乃許行 故疾馳下嶺 當山隅回 轉處 不意一車突然上來 勢將相觸 余所乘運轉手 急欲暫避車之左輪 半傾於

百仞斷崖 而幸因草蔓之縈纏 欲落未落 一行喫驚 下車視之 斷崖之懸 危如
一髮矣 髮竪膽寒 心不能自定 急招人夫 僅救車危 更乘到頂北投 待駕過 而
竟到北投溫泉 是謂八勝園也 津久井支店長以下四五人 先以來待矣 相語車
危之事 而浴泉撮影 對妓把盃 可謂回咷作笑先憂後樂也 夜深歸宿于臺北飯
店 (중략)

五月十一日 朝飯後 訪三井會社出張所 得社員吉岡氏案內 驅車登南山 俯瞰
全市 市之設夾灣 而分東西 東云旗後 本土人舊街 西云新街 日本人新街 州
廳所在地 人口四萬餘 米砂糖鐵製品等 貿易年額 一億八千餘萬圓 南方唯一
良港 現雖亞於基隆 而有新興發展之希望矣 灣體深廣 岸壁完固 八千噸級巨
艦十餘艘 能容碇泊 而灣口如壺 不過六十餘尺 故着手開擴 工事完成 則一
萬噸級船舶 容易出入云 換乘蒸氣船 一周灣內 山曲水廻 天成一灣 清風襲
人 景色絕佳 以今船遊 較昨車馳 其淡涼閒忙 天淵之判矣 使人興感 午后一
時 乘汽車 二時半 着臺南驛 入驛前 三井物產會社支店午餐後 視察臺灣製
糖會社 參拜文廟 廟制與我京經學院 彷彿相似 而禮義道德兩門及洗手池文
星樓等有加矣 轉至開山神社 社爲鄭成功設也 成功明末時人 其父以貿易渡
日本九州長崎 娶日女而生成功 其父歸國 不再來 其母携幼兒至明 因居焉
及明亡之時 率明朝子孫 避亂至此 與先居蘭人 不能相容相爭 有日始得勝
捷 而把握統治之權 主宰此土 追封東平王 是爲畧歷 而神社制度 極爲壯嚴
又轉拜臺南神社 卽赴鶯遷樓 三井會社招宴 把盃罄歡 入夜出驛 向臺北

1928년 개성상인의 대만·홍콩 여행을 기록한 『향대기람』

·

20세기 전반 식민지 조선에서 『향대기람』이 출간된 것은
한국－대만 교류의 역사에서 매우 중요한 사건이었다.

9

제왕의 유교에서
인민의 유교로

유교는 철학일까? 아니면 종교일까? 유교에는 인의仁義와 심성心性이 있으니 철학이라 할 수도 있겠고 예禮와 악樂이 있으니 종교라 할 수도 있겠다. 철학과에서도 종교학과에서도 유교를 공부할 수 있으니 둘 다 옳지 않은가? 그러면 공자는 철학자일까? 아니면 종교가일까? 『논어』에서 만나는 공자는, 특히 『논어집주論語集註』에서 만나는 공자는 아무래도 철학자에 가깝지 종교가에 가깝지는 않은 것 같다. 그런데 권도용權道鎔(1877~1963)은 공자는 철학자가 아니라 종교가라고 힘주어 말한다. 그것은 무엇을 뜻하는 것이었을까?

❧번역 ── 아! 공자는 만세토록 인도人道의 종주이다. 그 가르침이 충분히 천지의 질서가 되고 우주를 포괄할 만하니 백성이 있었던 이래 누

구도 이와 같은 사람은 없었다. 공자의 도를 알았던 사람은 당시에 안자顔子 한 사람이었을 뿐이다. 그 밖에는 오직 자사자子思子가 이를 알았다. 그 말에 "중니仲尼는 위로 하늘의 때를 본받고 아래로 땅의 이치를 따랐다."[1] "명성이 중국에 넘쳐나 만맥蠻貊에도 미쳤으니 배와 수레가 이르는 곳마다 사람의 힘이 통하는 곳마다, 해와 달이 비추는 곳마다 서리와 이슬이 내리는 곳마다, 무릇 혈기가 있는 것은 존경하고 친히 하지 않음이 없었다. 때문에 하늘과 짝이 된다고 말한 것이다"[2]라고 하였다. 또 그 밖에는 오직 장생莊生이 이를 알았다. 그 말에 "옛사람은 모든 것을 갖추었구나! 천지와 짝이 되어 만물을 기르고 천하를 화합하게 하며 근본을 밝히고 말단에까지 미치며 육합六合과 통하고 사시四時가 열리며 크고 작은 일과 정밀하고 조악한 일에 어디에든 그 운이 있지 아니함이 없었다.[3] 안으로 성인이 되고 밖으로 왕자王者가 되는 학문이었다"[4]라고 하였다. 지극하구나, 이 말이여! 이를 넘어설 수 없겠다.

---

1 중니仲尼는 … 따랐다: 『중용』 제30장에 있는 말이다.

2 명성이 … 것이다: 『중용』 제31장에 있는 말이다.

3 옛 사람은 … 없었다: 『장자』 「천하天下」에 있는 실제 해당 구절은 다음과 같다. '옛 사람은 모든 것을 갖추었구나! 신명과 짝이 되어 천지를 순하게 하여 만물을 기르고, 천하를 화합하게 하여 백성에게 은택이 미치며, 근본을 밝히고 말단에까지 미치며 육합六合과 통하고 사시四時가 열리며, 크고 작은 일과 정밀하고 조악한 일에 어디에든 그 운이 있지 아니함이 없었다.' 〔古之人其備乎 配神明 醇天地 育萬物 和天下 澤及百姓 明於本數 係於末度 六通四辟 小大精粗 其運无乎不在〕 실제 구절에는 '신명과 짝이 되어 천지를 순하게 하여〔配神明 醇天地〕'라고 했는데 권도용의 이 글은 '천지와 짝이 되어〔配天地〕'라고 하여 잘못 기록하였다. 또, 실제 구절에 '백성에게 은택이 미치며〔澤及百姓〕'라고 했는데 권도용의 이 글에서는 이를 빠뜨렸다.

지금 유럽과 미국 사람들은 공자를 종교가가 아니라고 하지만 종교라고 하는 것은 세계에서 익숙하게 쓰는 말이니 자기가 말하는 종교와 같아야 종교인 것은 아니다. 또, 공자를 겨우 철학자라고 하는데 모두 공자가 어떤 사람인지 모르는 것이다. 이뿐만이 아니다. 세상의 유자는 육경六經을 읽어도 반드시 성인을 완전히 알지는 못한다. 이른바 가지는 보아도 뿌리는 보지 못하는 것이다. 시험 삼아 육경의 큰 뜻을 논해보겠다. 이를테면 『역易』의 궁변窮變[5]은 알맞게 변통하여 장구하고 거대한 기업基業을 만드는 것이고, 『시詩』의 유신維新[6]은 선정을 베풀고 천시에 순종하여 낡은 것을 미루어 새로운 것을 만드는 것이고, 『서書』의 집중執中[7]은 정일精一을 구하기를 힘써서 백성에게 중中을 사용하는 것이고, 『춘추』의 삼세三世[8]는 진화進化의 공례를 밝혀서 지치至治의 세상을 보게 하

4　안으로 … 학문이었다 : 『장자』 「천하」편에는 '안으로 성인이 되고 밖으로 왕자王者가 되는 도[內聖外王之道]'에 대해 언급한 구절은 있으나 '안으로 성인이 되고 밖으로 왕자가 되는 학문이었다[內聖外王之學也]'라는 구절은 없다.

5　『역易』의 궁변窮變 : 『주역』 「계사하繫辭下」에 '易窮則變 變則通 通則久 是以自天祐之 吉无不利'라고 하였다.

6　『시詩』의 유신維新 : 『시경』 「대아大雅・문왕지십文王之什・문왕文王」에 '周雖舊邦 其命維新'이라 하였다.

7　『서書』의 집중執中 : 『서경』 「대우모大禹謨」에 '人心惟危 道心惟微 惟精惟一 允執厥中'이라 하였다.

8　『춘추』의 삼세三世 : 『춘추공양전春秋公羊傳』 「은공隱公 원년元年 12월月」에 '所見異辭 所聞異辭 所傳聞異辭'라 하였는데, 하휴何休는 여기에 주석을 달아 '소전문지세所傳聞之世'를 '쇠란衰亂'으로 '소문지세所聞之世'를 '승평升平'으로 '소견지세所見之世'를 '태평太平'으로 해석하여 삼세설三世說을 제기하였다. 청말에 강유위는 '거란세據亂世', '승평세升平世', '태평세太平世'의 삼세설을 바탕으로 역사의 진화를 주장하였다.

는 것이고, 『예기禮記』의 대동大同[9]은 천하에 공公이 실현되어 어질고 장수하는 경지에 이르는 것이고, 『논어』의 손익損益[10]은 과거를 통해 미래를 추측하여 만세토록 폐단이 없는 정책을 만드는 것이다. 이 모두 공자가 천지의 질서가 되고 우주를 포괄하는 까닭이다.

이로써 보건대 공자의 가르침은 충분히 만세의 법도가 되고도 남음이 있지 아니한가? 참으로 그 큰 뜻을 모른다면 공자의 가르침이 오늘날에 적합하지 않아 미루면 궁함이 있는 듯이 보일 것이다. 우리 유자도 그런데 하물며 유럽과 미국 사람은 어떻겠는가? 다만, 요즈음 독일 사람이 교주만膠州灣을 점령하고는[11] "중국이 공자의 육경에 중독되어 세계에서 가장 빈약하고 무능한 나라가 되었다"고 확언하고 야만으로 지목하니 무엇 때문인가? 송宋나라 가정嘉定[12] 이후 유자가 공교孔敎의 큰 뜻을 밝게 선포하지 못하고 편안하게 할거하여 한갓 실제 쓸모도 없고 결론도 나지 않을 성명이기性命理氣 등의 학설에 힘써서 기치를 높이 세우고 순

---

9 『예기禮記』의 대동大同 : 『예기禮記』 「예운禮運」에 '大道之行也 天下爲公 選賢與能 講信修睦 故人不獨親其親 不獨子其子 使老有所終 壯有所用 幼有所長 矜寡孤獨廢疾者皆有所養 男有分 女有歸 貨惡其弃於地也 不必藏於己 力惡其不出於身也 不必爲己 是故謀閉而不興 盜竊亂賊而不作 故外戶而不閉 是謂大同'이라 하였다.

10 『논어』의 손익損益 : 『논어』 「위정爲政」에 '殷因於夏禮 所損益可知也 周因於殷禮 所損益可知也 其或繼周者 雖百世 可知也'라 하였다.

11 독일 … 점령하고는 : 1897년 독일 선교사가 중국 산동성山東省에서 피살되자 이를 구실로 독일군이 산동성 교주만을 점령하고 이를 조차지로 삼은 사건을 가리킨다.

12 송宋나라 가정嘉定 : 남송南宋 영종寧宗의 연호로 1208~1224년이다. 주희의 학문을 위학僞學이라 탄압하여 '경원당금慶元黨禁'을 일으킨 권신 한탁주韓侂胄가 살해된 후 영종의 마지막 재위 기간이었다.

전히 헛된 명성을 훔쳤기 때문이다. 대개 오천 년 문명의 땅이 오늘날 윤리가 무너지고 강토가 침식되어 힘없이 설설 기며 거의 스스로를 지키지 못하게 되었기 때문에 공교의 효과가 본디 이렇다고 인식하는 것이니 어찌 원통하지 않은가?

누군가는 말하리라. "세계에서 종교라고 하는 것은 모두 미신에서 발생하여 의례가 이루어져 허무로 귀착하는 것으로 결국엔 다시 정치와 분리되었다. 공자의 도는 하늘의 드러난 도와 백성을 공경함에 근본하여 예악형정禮樂刑政을 제정하니 문물전장文物典章이 해와 별처럼 밝게 빛나 만세토록 없어지지 않을 것이다. 그런데 지금 도리어 잡교雜敎와 더불어 종교라고 병칭한다면 성인이 심하게 굴욕을 받는 것이 아닌가?"

이렇게 대답하겠다. "종교라고 하는 것은 같아도 종교가 되는 까닭이 다른 것이다. 공자는 대개 '밝은 임금이 나타나지 않으면 천하에 누가 나를 종宗으로 삼겠는가?' [13] 하였는데, 여기서 종宗으로 삼는다는 것은 높인다는 말이니 자신의 도를 높이는 것을 말한다. 자사는 말하기를 '하늘이 명한 것을 성性이라 하고 성을 따르는 것을 도道라 하고 도를 닦는 것을 교敎라 한다' [14] 하였으니 이것이 공자의 도가 역시 종교라고 부를 수 있는 까닭이다. 하물며 근세 중화민국의 대총통이 공자를 높여 호천昊天 상제上帝에 배향하고 이어서 공교를 국교로 삼았음은 세계에서 공인한 사실이 아니던가!"

---

13 밝은 … 삼겠는가?:『예기禮記』「단궁상檀弓上」에 있는 구절이다.
14 하늘이 … 한다:『중용』 제1장에 있는 구절이다.

만약 육경의 큰 뜻을 한두 마디로 다하기 어렵다면, 이 뜻은 남해南海 강선생康先生(강유위)이 창명하고 박사博士 진중원陳重遠(진환장陳煥章)이 이어받아 참으로 중국에 만 길의 빛나는 불꽃을 발산하고 있다. 근래 다시 세계종교평화대회에서 강연이 있었으니[15] 서쪽 대륙의 선비는 생각건대 능히 그 요령을 얻었다 할 것이다. 오늘날 우리 유자는 모름지기 이 점에 대해 발휘하여 발란반정撥亂反正의 입지로 삼아 공교 교과서를 편찬하고 천하에 포고하여 진상을 명시한 후에야 전 지구의 모든 부류의 사람들이 똑같이 존경하고 다른 말이 없을 것이며, 이에 성인의 신령한 교화가 크게 행해지고 성인의 후손의 말이 부절을 합한 듯 들어맞아 변하지 않을 것이다.

출전_ 권도용, 『추범문원전집秋帆文苑全集』 권2 「공교범위만세론孔敎範圍萬世論」

᭡해설── 1988년 어느 일간지를 보면 "민중 유교는 유교의 민중화를 선언한다"로 시작하는 작은 글과 만난다. 그 글에는 요순의 제왕 유교를 극복하고 민주 공화의 체제로 전환하자는 주장, 탕무湯武의 관료 유교를 극복하고 민중 자치로 전환하자는 주장, 유교의 사랑·정의·예절·지혜를 통해서 새로운 도덕을 확립해 평화 세계를 건설하자는 주장 등이 담겨 있다. 민중 유교라는 말은 낯설지만 민중이라는 말이 홍수처럼 유행하던 시기에 나온 말이니 그렇게 이상한 말은 아니다.

15 근래 … 있었으니 : 진환장陳煥章은 1926년 세계평화연합회의 초청을 받아 스위스의 세계종교평화대회에 참석하여 강연을 하였다.

그런데 이 주장을 가만히 듣노라면 마치 1909년 유교구신론儒敎求新論을 발표한 박은식의 주장이 약 80년 후에 다시 변주되고 있는 것 같아 흥미롭다. 박은식은 유교구신론에서 한국 유교계의 3대 문제점을 거론하고 그것의 개혁 방향을 제시하였는데, 우리가 흔히 알고 있는바 주자학에서 양명학으로 유교 내용을 전환하자는 논의는 그저 세 번째 항목으로 거론된 것이었고, 정작 첫 번째 항목으로 거론된 것은 다름 아니라 제왕의 유교에서 인민의 유교로 유교의 정신을 변통하여 민지民智를 개발하고 민권을 신장하자는 것이었다. 제왕의 유교에서 인민의 유교로! 역사의 운회가 민권 시대로 접어들었으니 민권 시대에 걸맞는 새로운 인도人道를 창조할 막중한 책임이 유교에 있다는 생각이었다.

1988년에도 제왕의 유교를 극복하자는 주장이 나오는 마당인데 1909년 당시 수천 년간 왕정 시대를 살아왔던 사람들에게 그것이 과연 어떤 파장을 미쳤을까 싶지만 비록 일제의 탄압으로 단명했다 할지라도 중국에서 공교孔敎가 정착하기 전에 한국에서 조금 먼저 박은식과 장지연에 의해 대동교가 창도되어 유교 종교화 운동이 추진된 것은 뜻 깊은 일이었다고 하겠다. 종교라는 제도를 통해 제왕의 유교에서 탈피하여 인민의 유교를 수립할 절호의 기회를 맞이하였기 때문이다. 뒤를 이어 식민지 조선 사회에서 공교 운동이 전개되었다. 금문경학今文經學에 입각한 새로운 교리서, 민립 문묘가 갖추어진 강학 건물, 조선 공교 운동의 제일인자 이병헌李炳憲은 한국 공교의 메카 배산서당에서 향교 유교를 넘어 교회 유교를 부르짖었다. 이병헌과 동향 사람인 권도용 역시 유교가 다른 '잡교'와 병칭되는 것을 무릅쓰고서라도 종교 제도로 성공적으로 정착하여 천하의 유교, 만세의 유교로 거듭나기를 희구하였다. 이병헌은 박은식을 추종하였고 권도용은 장지연을 추종했는데, 공교롭게 공교 1세대의 추종자로부터 공교 2세대가 출현하는 것 같아 흥미로움을 느낀다.

역사에 만약은 없지만 공교 운동이 성공했다면 동아시아에 로마 가톨릭 식의 유교 교회가 퍼져 나가 세속 국가의 제약을 받지 않는 지역사회의 유교로 기능했을지 모르겠다. 실제로 초창기 공교 운동의 열기는 대단하여 중국 전역은 물론 인도네시아 화교 사회까지 공교가 확산된 것으로 알려져 있다. 이병헌의 공교 조선 지부, 김정규金鼎奎의 공교 연길延吉 지회, 이승희李承熙의 공교 동삼성東三省 한인 지부도 넓은 의미에서 보면 20세기 공교의 동아시아적인 확산 과정이었다고 하겠다. 그러한 팽창의 열기가 있었기에 권도용은 유교를 공교로 개혁함으로써 유교가 천하에 포고되어 만세의 법도가 되리라고 꿈꾼 것은 아니었을까?

원문　嗚呼 孔子萬世人道之宗主也 其教足以經緯天地 包括宇宙 而自生民以來 未有與之齊等 知其道者 當時一顏子而已 其外唯子思子知之 其言曰 仲尼 上律天時 下襲水土 聲名洋溢乎中國 施及蠻貊 舟車所至 人力所通 日月所照 霜露所墜 凡有血氣者 莫不尊親 故曰配天 又其外唯莊生知之 其言曰 古之人 其備乎 配天地 育萬物 和天下[16] 明於本數 係於末度 六通四闢 大小精粗 其運無乎不在 內聖外王之學也 至哉言乎 蔑以加矣 今歐美之人 以孔子爲非宗教家 然所謂宗教者 世界之慣詞 非吾所謂宗教也 又僅以爲哲學

家 皆不知孔子爲何如人也 不寧唯是 世儒雖讀六經 而未必知聖人之全 殆所
謂只見繁枝不見根者也 試論其大旨 如易之窮變 所以通其變而宜之 爲可久
可大之業也 詩之維新 所以行善政而順天時 推舊以爲新也 書之執中 所以務
求精一 而用其中於民也 春秋之三世 所以明進化公例 而使見至治之世也 禮
之大同 所以使天下爲公 蹄之仁壽之域也 論語之損益 所以因往推來 爲萬世
無弊之政策也 皆孔子所以經緯天地 包括宇宙者也 由此以觀 孔子之敎 顧不
足以範圍萬世而有餘乎 苟不知其大旨 孔子之敎 似乎不適於今日 而推之有
窮矣 吾儒且然 況歐美之人乎 徂玆德人之占領膠州灣也 其執言曰 漢土中孔
子六經之毒 爲世界最貧弱最無能之國 便目以野蠻 何以故 自宋嘉定以後 儒
者不能宣明孔敎之大旨 割據偏安 徒斷斷於無實用無究竟之性命理氣等說
而高立標幟 純盜虛聲故也 蓋以五千年聲明文物之地 至於今日 倫綱陵夷 疆
土脧削 奄奄佁佁 幾不自保 故遂認以孔敎之效 本自如此 豈不痛哉 或曰 世
界所謂宗敎 皆起於迷信 成於儀式 歸於虛無 而其究也 又與政治分門 孔子
之道 本乎天顯民彝 而制爲禮樂刑政 典章文物 昭如日星 萬世不可刊 今乃
與雜敎 竝稱宗敎 無乃屈辱聖人之甚乎 應之曰 所謂宗敎雖同 而所以爲宗敎
則異 孔子蓋曰 明王不興 天下孰能宗予 宗尊也 宗予謂尊吾道也 子思子曰
天命之謂性 率性之謂道 修道之謂敎 此孔子之道 所以亦謂之宗敎也 況近世
中華大總統 尊孔子 配昊天上帝 因以孔敎爲國敎 世界之所公認者哉 假使同
其名稱 而明其敎旨 亦因勢利導之一方便耳 正如九流之中 幷數儒家 何必講

<hr>

16 和天下 : 본래의 원문에서는 '상하를 화합하게 하여[和上下]'라고 적었는데 『장자』 원문에는 '천
하를 화합하게 하여[和天下]'라고 되어 있어서 '上'을 '天'으로 바로잡았다.

之屈辱哉 至若六經之大旨 難可以一二盡之 斯義也 康南海先生倡明之 陳博
士重遠紹述之 固已放萬丈 光焰於漢土 近又講演於世界宗教和平大會 西陸
之士 想能擧其要領矣 今日吾儒 須就此點而發揮之 爲撥亂反正之地 編爲孔
敎敎科書 布告天下 明示眞狀 然後庶可使全球幽氣之類 同一尊親而無異辭
於是聖人之神化大行 聖孫之言 若合符契 而不能易矣

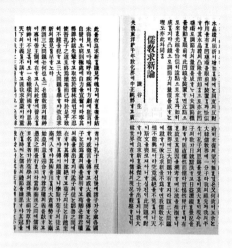

『서북학회월보』에 실린 「유교구신론」

「유교구신론」에서 첫 번째로 거론된 것은 제왕의 유교에서 인민의 유교로
유교의 정신을 변통하여 민권을 신장하자는 것이었다.

10

신사학을 읽고
구사학을 논하다

　"아빠, 역사가 뭐예요?" 작년(2010년) 이맘 때 다섯 살 꼬마의 은근한 질문이었다. 책상 위에는 E. H. 카의 『역사란 무엇인가』가 놓여 있었다. 어떻게 하나. "예전에 우리 시민의 숲에 갔었지?" "응." "예전에 우리 과학관에 갔었지?" "응." "그게 역사야." "응? 그럼, 예전에 푸르지오에서 살았던 것도 역사예요?" "그래." 겨우 위기를 모면했지만 올바른 대답이었을 리 없다. 정말 역사란 무엇일까? 자격지심이 들어 서가를 보니 서양 학자들의 책만 눈에 띄었다. 이상하다. 우리나라 선인들도 이런 생각을 하지 않았을 리가 없다. 왜 우리는 우리나라 선인들이 생각한 『역사란 무엇인가』를 갖고 있지 못한 것일까? 그런 생각으로 틈틈이 자료를 읽다가 문득 경상도 청도 유학자 박장현朴章鉉(1908~1940)의 글, 「구사학론舊史學論」과 만나게 되었다. 이 글은 청말의 사상가 양계초梁啓超의

「신사학新史學」을 읽고 조선의 구사학을 논한 것이다. 과연 박장현의 마음속에 역사란 무엇이었을까?

　ᘓ번역 —— 사학은 국민의 밝은 거울이다. 사상 진보의 원천이다.[1] 빠져서는 아니 되는 학문의 일부분이다. 오늘날 유럽 민족이 늘 진보한 것은 사학의 공이 절반이다.[2] 우리나라가 이다지도 어리석은 것은 사학이 없기 때문이다. 우리나라 역대사를 살펴 보면 위로 김부식의『삼국사기』, 정인지의『고려사』, 서거정徐居正의『동국통감』부터 아래로『국조보감國朝寶鑑』및 현재 국내에 돌아다니는 야사까지 수십 종 아래로 내려가지 않는다. 그러나 거의 모두 진부한 것을 서로 이어받아 사학계가 혁신되어 사학의 공덕이 국민에게 미치지 못한 것이 지금까지 사천 년은 된다. 문제의 근원을 찾으면 두 가지가 있다.

　첫째, 사실은 알아도 이상理想은 모른다는 것이다. 사람의 몸은 사십여 종의 원질이 합쳐 형성되었다. 하지만 사십 여 종의 원질을 채집해서 눈, 귀, 코, 입, 심장, 폐부, 살갗, 털, 뼈마디를 모두 구비해도 정신이 없으면 사람이라 할 수 없다. 역사의 정신은 무엇인가? 이상이 그것이다.[3] 서양 학자 스펜서Hebert Spenser는 이렇게 말했다. "어떤 사람이 내게 고하

<hr>

1　사학은 … 원천이다 : 양계초는 "사학은 가장 방대하고 가장 중요한 학문으로 국민의 밝은 거울이며 애국심의 원천이다"라고 했다.『음빙실문집飮氷室文集』9,「신사학新史學」p.1
2　오늘날 … 절반이다 : 양계초는 "오늘날 유럽에서 민족주의가 발달하고 열국이 날로 문명이 진보하는 것은 사학의 공이 절반이다"라고 했다.『음빙실문집』9,「신사학」p.1

기를 이웃집 고양이가 어제 새끼를 낳았다고 한다면 사실이야 참으로 사실이지만 그것이 쓸데없는 사실임을 누가 모르겠는가? 왜냐하면 그 것이 다른 일과 조금도 관계가 없어서 민족 생활상으로 조금도 영향이 없기 때문이다." 이 말을 미루어 역사를 읽는 공례를 보겠다. "○○일 일 식이 있었다." "○○일 지진이 있었다." "○○일 태자를 책봉했다." "○ ○일 비빈을 책봉했다." "○○일 대신 아무개가 죽었다." "○○일 어떤 교서가 내려졌다." 종이에 가득 찬 것이 모두 이웃집 고양이가 새끼를 낳은 사실과 같아 왕왕 책 한 권을 다 읽어도 한마디 말도 머릿속에 들 어오는 것이 없으니 얼마나 지겨운가?[4] 이른바 이상이라는 것은 거기에

---

3 첫째 … 그것이다 : 양계초는 "넷째, 사실은 알아도 이상은 모른다는 것이다. 사람의 몸은 사십 여 종의 원질이 합쳐져 형성되었다. 눈, 귀, 코, 혀, 손, 발, 장부, 살갗, 털, 근육, 뼈마디, 혈관을 합쳐 형성되었다. 그러나 사십 여 종의 원질을 채집해 눈, 귀, 코, 혀, 손, 발, 장부, 살갗, 털, 근육, 뼈마 디, 혈관을 모두 구비해도 이와 같은 것을 사람이라 할 수 있을까? 필시 불가할 것이다. 왜냐하면 정신이 없기 때문이다. 역사의 정신은 무엇인가? 이상이 그것이다"라고 했다. 『음빙실문집』9, 「신사학」 p.4

4 서양 학자 … 지겨울까 : 양계초는 "영국 학자 스펜서는 이렇게 말했다. '어떤 사람이 내게 고하기 를 이웃집 고양이가 어제 새끼를 낳았다고 한다면 사실이야 참으로 사실이지만 그것이 쓸데없는 사실임을 누가 모르겠는가? 어째서인가? 그것이 다른 일과 조금도 관계가 없어서 우리 생활상의 행위에 조금도 영향이 없기 때문이다. 그러나, 역사상의 사적 중엔 이와 같은 것이 정히 많다. 이 관례를 미루어 독서하고 만물을 본다면 생각이 과반은 될 것이다.' 이것이 스펜서 씨가 역사를 짓 고 역사를 읽는 방식을 가르쳤던 것이다. 태서泰西의 구사가舊史家도 본디 이것을 면하지 못했지 만 중국은 더욱 심하다. '○○일 일식이 있었다.' '○○일 지진이 있었다.' '○○일 황자皇子를 책 봉했다.' '○○일 대신 아무개가 죽었다.' '○○일 어떤 조서詔書가 내려졌다.' 종이에 가득 찬 것 이 모두 이웃집 고양이가 새끼를 낳은 사실과 같아 왕왕 책 한 권을 다 읽어도 한마디 말도 머릿속 에 들어올 만한 가치가 없다. (중략) 실은 중요한 일은 다 빼고 이웃집 고양이가 새끼를 낳은 일과 같은 것만 남겼으니 얼마나 지겨울까?"라고 했다. 『음빙실문집』 9, 「신사학」 p.5

사회[人羣]도 있고 시대도 있다. 사회[人羣]가 서로 마주하고 시대가 서로 이어질 때 혹은 그 원인遠因을 말하고 혹은 그 근인近因을 말하며 기왕의 큰 공례를 비추어 장래의 풍조를 보여주고 사건 A의 영향을 기록하여 사건 B에 유익한 연후에야 민지民智를 늘리는 책이 될 것이고 민지를 없애는 도구가 아닐 수 있는 것이다.[5] 오늘날 우리나라 역사를 다스리고자 해도 착수할 곳이 없다는 개탄이 없을 수 없다.

둘째, 조가朝家는 알아도 민간은 모른다는 것이다. 우리들은 항상 김부식의 『삼국사기』는 역사가 아니라 세 가문의 집안 족보일 뿐이라고 말한다. 그 말이 조금 과당한 것 같지만, 역사책을 지은 사람의 정신을 생각하면 실제로 틀림이 없다.[6] 무릇 책을 지음에 종지를 귀하게 여긴다. 전에 역사책을 지은 사람은 조가朝家를 위해 계보를 정리했는가? 약간의 대신을 위해 기념비를 지었는가? 약간의 과거사를 위해 가무극을

---

5 이른바 … 것이다 : 양계초는 "군羣과 군羣이 서로 마주하고 시대와 시대가 서로 이어짐에 그 사이에 소식이 있고 원리가 있다. 역사책을 짓는 사람이 참으로 능히 이를 간파하여 저러한 원인이 이러한 결과를 낳았다는 것을 알아 기왕의 큰 공례를 비추어 장래의 풍조를 보여준 연후에야 그 책이 세계에 유익함이 있을 것이다. 지금 중국 역사는 단지 '모일 사건 갑이 있었다. 모일 사건 을이 있었다'라고만 말하고 이 사건이 어떻게 생겼는지 그 원인이 어디에 있고 그 근인이 어디에 있는지는 말을 못한다. 그 사건이 다른 사건 혹은 다른 때에 어떤 영향을 주었는지, 좋은 결과를 얻었는지 나쁜 결과를 얻었는지 말을 못 한다. (중략) 중국사는 민지民智를 늘리는 도구가 아니라 민지를 없애는 도구인 것이다"라고 하였다. 『음빙실문집』 9, 「신사학」 p.4

6 둘째 … 없다 : 양계초는 "첫째, 조정은 알아도 국가는 모른다는 것이다. 우리는 항상 '이십사사二十四史는 역사가 아니다. 스물네 가지 성씨의 집안 족보이다'라고 말한다. 그 말이 조금 과당한 것 같지만 역사책을 지은 사람의 정신을 살펴보면 실제로 틀림없다"라고 하였다. 『음빙실문집』 9, 「신사학」 p.3

만들었는가? 아니다. 후세에 거울로 삼아 권면하고 징계하기 위함이다.[7] 이 때문에 권면하고 징계할 만한 민간의 사건을 채집하여 역사의 재료로 삼은 것이다. 그러나 역사는 영웅의 무대이다. 영웅이 아니면 거의 역사가 없다. 따라서 인물을 시대의 대표로 삼아 하나의 사회[人群]가 안정되고 회복되며 한 몸으로 진화하는 모습을 만들어 후세에 독자가 거기에서 흥기하고 진보하게 하려는 것이다.[8] 전에 역사가는 역사를 조가朝家의 전유물이라 여기고 조가가 아니면 기재할 가치가 없다고 생각하였다. 때때로 야사의 서술에 의지해 편린을 볼 수도 있지만 백에 하나도 얻지 못한다. 이것이 민기民氣와 학풍이 날로 쇠패한 까닭이다. 시 삼백 편이 주가周家의 역사인데 민풍民風이 그 절반이니 옛날 역사책도 그렇지 않던가? 우리나라가 민족 사상이 지금까지 일어나지 못하고 있는데 어찌 역사가 그 잘못을 피할 수 있을까?[9]

---

7 무릇 … 위함이다 : 양계초는 "셋째, 낡은 사적은 알아도 오늘날의 일은 모른다는 것이다. 무릇 책을 지음에 종지宗旨를 귀하게 여긴다. 역사책을 지은 사람은 낡은 죽은 사람을 위해 기념비를 지으려는 것인가? 약간의 과거사를 위해 가무극을 만들려는 것인가? 아니다. 장차 지금 세상 사람이 감계하고 재단하여 경세의 용으로 삼게 하려는 것이다"라고 하였다. 『음빙실문집』 9, 「신사학」 p.3

8 그러나 … 것이다 : 양계초는 "둘째, 개인은 알아도 군체群體는 모른다는 것이다. 역사는 영웅의 무대이다. 영웅이 아니면 거의 역사가 없다. 태서의 훌륭한 역사도 어찌 인물을 치중하지 않겠는가? 그러나, 역사를 잘 짓는 사람은 인물을 역사의 재료로 삼지 역사를 인물의 화상畫像으로 삼는다고 들어보지 못했으며 인물을 시대의 대표로 삼지 시대를 인물의 부속으로 삼는다고 들어보지 못했다. (중략) 역사에서 귀하게 여기는 것은 하나의 인군人群이 서로 교섭하고 서로 경쟁하고 단결하는 방도를 능히 서술하고 하나의 인군이 휴양하고 생식하고 한 몸으로 진화하는 모습을 능히 서술하여 훗날 독자가 군群을 사랑하고 군群을 위해 잘하려는 마음이 피어나게 하는 것이다"라고 하였다. 『음빙실문집』 9, 「신사학」 p.3

오늘날 민족주의를 제창해서 우리 동포가 능히 우승열패의 세계에 일어서게 할 수 있을까? 우리나라의 사학 한 분과는 실로 노소, 남녀, 지우_{智愚}를 막론하고 모두가 여기에 종사해서 목말라 물 마시듯 굶주려 밥 먹듯 한순간도 늦추지 말아야 한다. 그러나 수천 년간을 거쳐도 우리가 원하는 것을 길러주고 우리가 구하는 것을 제공하는 역사책이 거의 하나도 없었다. 오호! 사계혁명_{史界革命}이 일어나지 않는다면 우리 민족은 끝내 구원받지 못할 것이다. 유유만사_{悠悠萬事} 중에 이것이 중대하다. 「신사학_{新史學}」을 지은 것이 어찌 호사가의 일이겠는가? 마지못해 그런 것일 뿐이다.[10]

출전_ 박장현, 『문경상초_{文卿常草}』 권6 「구사학론_{舊史學論}」 『중산전서_{中山全書}』 下

해설 —— 역사학은 어렵다. 세월을 연구하는 학문이다 보니 세월을 아는 나이가 되어야 한다. 10대에는 역사학을 꿈꾸었다 할지라도 문학소년, 문학소녀의 감수성을 넘어서지 못하는 일이 많다. 과거를 향한 주

9 우리나라가 … 있을까 : 양계초는 "우리 중국의 국가 사상이 지금까지 일어나지 못하고 있는데 수천 년 역사가가 어찌 그 잘못을 피할 수 있을까?"라고 하였다. 『음빙실문집』 9, 「신사학」 p.3

10 오늘날 … 뿐이다 : 양계초는 "오늘날 민족주의를 제창해서 우리 사억 동포가 능히 우승열패의 세계에 강하게 일어서게 할 수 있을까? 그렇다면 우리나라 사학 한 분과는 실로 노소, 남녀, 지우_{智愚}, 현불초_{賢不肖}를 막론하고 모두가 종사해서 목말라 물마시듯 굶주려 밥을 먹듯 한순간도 늦추지 말아야 한다. 그러나 문서고에 있는 수천만 권의 저술을 두루 보아도 우리가 원하는 것을 길러주고 우리가 구하는 것을 제공하는 자격이 있는 역사책이 거의 하나도 없다. 오호! 사계혁명_{史界革命}이 일어나지 않는다면 우리 민족은 끝내 구원받지 못할 것이다. 유유만사_{悠悠萬事} 중에 이것이 중대하다. 내가 「신사학_{新史學}」을 지은 것이 어찌 남과 다르기를 좋아해서이겠는가? 마지못해 그런 것일 뿐이다"라고 하였다. 『음빙실문집』 9, 「신사학」 p.7

관적인 애증에 도취되어 그것을 역사학의 열정으로 생각하는 때가 이 시절이 아닐까? 20대에는 역사학을 수련했다 할지라도 문헌을 읽는 훈련에서 그치는 일이 많다. 문헌에 대한 객관적인 실증에 매몰되어 그것을 역사학의 전부로 생각하는 때가 이 시절이 아닐까? 아직 세월을 알지 못하기 때문에 그 시절에는 역사란 무엇인가를 묻는 근본적인 물음이 결여되어 있다. 초학의 세계에서 역사학은 문학 또는 문헌학과 구별되지 못한다.

세월을 알아도 역사학은 어렵다. 세월은 역사의 바탕이지만 세월 그 자체가 역사는 아니기 때문이다. 세월이 역사가 되기 위해서는 세월을 시대로 인식하는 역사적인 사유가 개입하지 않으면 안 된다. 세월과 시대는 다르다. 세월은 여류如流하나 시대는 변화한다. 변하는 시대 속에서도 변하지 않는 질서를 통찰할 수 있고 변하지 않는 질서 속에서도 끝내 변화를 촉발하는 에너지를 통찰할 수 있다. 시대에 내재하는 불변의 질서와 변화의 에너지를 통찰하는 역사적인 감각은 저마다 다를 수 있지만 그러한 감각으로 던지는 근본적인 물음이 곧 "역사란 무엇인가"가 아닐까? 그리고 비동시적인 역사적 감각이 동시적으로 경합하는 이 지점에서 신사학과 구사학의 충돌이 발생하는 것은 아닐까?

양계초의 「신사학」을 읽고 조선의 구사학을 논한 박장현朴章鉉은 불꽃 같은 생애를 보낸 학자였다. 그는 고향 청도淸道에서 구학과 신학을 모두 배우고 시흥始興과 일본 도쿄에서 한학을 공부한 이색적인 학자였고, 중국의 진환장陳煥章, 하성길夏成吉, 일본의 산전준山田準, 내전주평內田周平 등과 교류한 동아시아의 학인이었다. 『해동춘추海東春秋』, 『해동서경海東書

經』, 『동국사안東國史案』, 『조선사초朝鮮史草』, 『야사野史』 등의 작품에서 보듯 한국사에 학문적 열정을 쏟아부었던 1930년대의 역사가였다.

역사가로서 박장현은 조선의 구사학의 문제점을 간단히 이렇게 말했다. "구사학은 사실만 알고 이상理想은 모른다, 구사학은 조가朝家만 알고 민간은 모른다, 그래서 조선에서 민족 사상이 발달하지 못하는 것이다." 반면, 양계초는 이렇게 말했다. "구사학은 사실만 알고 이상은 모른다, 구사학은 조정만 알고 국가는 모른다, 그래서 중국에서 국가 사상이 발달하지 못하는 것이다." 양계초와 조금 다르게 박장현은 국가보다 민간과 민족을 중시했다.

박장현이 생각한 한국사는 민족이 역사의 주체가 되는 민족사였다. 그런데 식민지 조선이 그대로 민족이 되는 것은 아니었기에 식민지 조선을 민족으로 인식할 수 있는 새로운 역사관이 필요했다. 민족은 어디에 있는가? 그것은 개별 사실들을 민족의 사실로 통합할 수 있는 '이상'의 뒤편에 있었다. 민족은 어디에 있는가? 그것은 조정을 장악한 식민지 권력의 바깥에 남아 있는 '민간' 속에 있었다. 역사란 '이상'과 '민간'에서 발견한 민족의 세월이요 민족의 이야기였다.

여기서, 잠깐, '민간'이라. 설령 민수주의民粹主義까지는 아니라 해도 민족이 사는 역사적 공간으로 '민간'의 심성적 지형이 부각된 것이 흥미롭다. 그러고 보니, 식민지 시기에 주목받은 조선의 민족사적 인물들은 상당수 '민간' 속에 살면서 '조가朝家'에 고통받고 조가를 꾸짖고 조가와 대결하는 것처럼 나온다. 남산의 허생은 '민간'의 경세가로, 청석골의 임걱정은 '민간'의 의적으로, 강진의 정약용은 '민간'의 대학자로 그려졌다. 하지만, 실제로 조선시대를 살았던 사람들이 식민지 조선 사회에서 형성된 이와 같은 '민간'의 상상력과 만난다면 그들은 어떤 반응을 보일까?

원문 史學者 國民之明鏡也 思想進步之源泉也 學問上是一部分而不可闕者也 今日歐洲民族所以日進步者 史學之功居其半 而吾東之蠢蠢若是 以其無史學也 試繙我邦歷代史 上自金富軾三國史鄭麟趾高麗史徐居正東國通鑑 下至國朝寶鑑及野史之見行域內者 不下數十種 然率皆陳陳相因 未有能爲史界闢一革新而史學之功德及於國民 四千年于玆矣 推其病源有二 一日 知有事實 而不知有理想 人身者 合四十餘種原質而成者也 然使採集四十餘種原質 作爲眼耳鼻口心臟肺腑皮毛骨節 無一不具 而無精神 則不可謂之人也 史之精神維何 曰理想是已 西儒斯賓塞曰 或有告者曰 隣家之猫昨日產一子 以云 事實誠事實也 然誰不知其爲無用之事實乎 何則以其與他事 豪無關涉 於民族生活上 豪無影響也 推此言以觀讀史之例 曰某日日食也 某日地震也 某日封太子也 某日冊妃嬪也 某日某大臣卒也 某日有某敎書也 滿紙塡塞 皆隣猫生子之事實 往往有讀盡一卷 而無一語入腦之說 其可厭不更甚耶 所謂理想者 有人羣焉 有時代焉 人羣之相際 時代之相續 或言其遠因 或言其近因 鑑旣往之大例 示將來之風潮 書甲事之影響有益於乙事 然后乃益民智之書 而非耗民智之具也 今日欲治我邦史 不能無無從下手之慨焉二. 曰知有朝家 而不知有民間 吾黨常言 金富軾三國史非史也 乃三家之家譜而已 其言似稍過當 按之作史者精神 其實際固不誣也 凡著書貴宗旨 前作史者 爲朝家而修

譜系耶 將爲若干大臣 作記念碑耶 爲若干之過去事 爲歌舞劇耶 殆非也 將使
后世鑑之以爲勸懲也 是故使採集民間之事 可勸可懲 爲歷史之材料 然歷史
英雄之舞臺 舍英雄 幾無歷史 故以人物爲時代之代表 以述一輩人所以休養
生息同體進化之狀 使后世讀者 有興起焉 有進步焉 前史氏 認歷史爲朝家專
有物 舍朝家外 無可記載 時或藉野史之敍述 窺其片鱗殘甲 然百不得一 此所
以民氣學風日以衰敗也 詩三百篇乃周家之史 而民風居其半焉 古之史不其
然乎 我邦民族思想 至今不能興起者 史家豈能辭其咎耶 今日欲提倡民族主
義 使我同胞 能立於此優勝劣敗之世界乎 我邦史學一科 實爲無老無幼無男
無女無智無愚 皆所當從事 視之如渴飮飢食 一刻不容緩者也 雖然歷數四千
年間 著錄無一可以養吾所欲 給吾所求者 殆無一焉 嗚乎 史界革命不起 則吾
民族終不可救 悠悠萬事 惟此爲大 新史學之著 豈其好事哉 吾不得已也

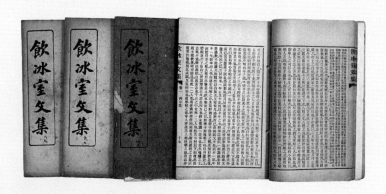

「신사학」이 실린 양계초의 『음빙실문집飮冰室文集』

•

박장현은 양계초의 「신사학」을 읽고 조선의 구사학을 논했다.
"구사학은 조가朝家만 알고 민간은 모른다.
그래서 조선에서 민족 사상이 발달하지 못하는 것이다."

11

8.15 해방, 그리고
새로운 『대학』

　우리 민족의 역사에서 1945년은 기쁨과 슬픔이 어우러진 한 해였다. 이 해는 우리 민족이 일본 제국주의의 지배에서 벗어난 8.15 해방의 해이기도 했지만, 미군과 소련군에 의해 한반도가 분할 점령된 38선 분단의 해이기도 했다. 한 해 두 해 세월은 흘러 38선은 더욱 뚜렷해졌고 급기야 1948년에는 남북분단의 선으로 1950년에는 동족상잔의 선으로 타올랐다. 이 무렵 '어서 독립국가를 세워야 할 텐데', '어서 민족 통일을 이루어야 할 텐데' 하는 마음으로 한국의 독립운동가 이관구李觀求 (1885~1953)는 『신대학新大學』을 집필하였다. 해방 3년사의 회한이 담긴 책자 『신대학』, 과연 이 새로운 『대학』이 전달하는 메시지는 무엇이었을까?

◖번역 —— 나는 이것을 보며 거듭 조선을 위해 애통해하지 않을 수 없다. 옛날 조선이 강성했을 때에는 하夏와 은殷을 뛰어넘는 문명이 있었고 수隋와 당唐을 능가하는 기세가 있었으니 참으로 당대에 기백이 웅장한 나라였지만 지금은 그 나라가 어디에 있는가? 아, 분하다! 다른 나라 사람들이 우리나라를 분단한다는 소식을 들으면 떠들썩 울부짖고 다른 나라 사람이 우리나라를 보호한다는 소식을 들으면 빙그레 웃는다. 장상관리將相官吏는 외국인의 안색을 엿보고 마치 효자가 부모를 섬기듯 먼저 뜻을 받들 생각을 한다. 사농공상士農工商은 외국인의 숨소리만 들어도 환영하고 마치 유기遊妓가 정인情人에게 아양 떨듯 뛰어나가 받들며 분주히 달린다.

이른바 정객政客의 의견이란 "우리는 자력 독립에 의지할 수 없소. 우리는 다만 미국 같은 큰 나라와 연결해서 부력富力을 빌려 점차 진보하기를 구할 뿐이오. 우리는 다만 소련 같은 큰 나라와 연결해서 그 공산주의를 빌려 점차 성장하기를 구할 뿐이오"라고 한다. 민간의 생각도 마치 바람이 불어 대나무가 흔들리고 풍랑이 일어 대나무가 흔들리듯 별로 주장하는 바가 없고 다만 생활이 안정되기를 구할 뿐이다. 이른바 지식 계급의 생각도 "오늘 우리 조선은 자력으로 스스로를 구원하지 못하니 인의仁義와 화친和親이 있는 나라가 우리를 근심하고 불쌍히 여기고 도와주면 좋겠다"라고 하여 한 사람도 독립의 좋은 계책을 내지 못한다. 더러 있더라도 세상에서 모두 그 뜻을 알지 못하고 까닭 없이 물리치니 누가 능히 선후책善後策을 내겠는가? 아, 애통하다! 우리나라의 오늘날 자격이 이와 같을 뿐이란 말인가? 우리나라 장래의 앞길도 필경 이와 같을 뿐이란 말인가? 아, 애통하다!

　옛날부터 민심이 전제專制 하에 있다가 갑자기 해방이 되니 그 민심의 문란한 상태가 마치 홍수와 풍파처럼 일어나 사람들마다 모두 자기가 영웅이고 사람들마다 모두 자기가 애국자이고 사람들마다 모두 자기가 주의사상가主義思想家라 한다. 영웅과 애국자와 주의사상가가 조선 천지에 가득 찼는데 그 사람에게 건국과 치국의 방책을 물으면 흉중에 도무지 한 가지 계책도 없고, 한두 당의 당수黨首가 각기 한 가지 계책을 제창하면 "나는 아무개를 지지한다. 나는 아무개를 지지한다"고 하기만 하고 그 계획의 좋고 나쁨을 가리지 않으며, 각기 영수가 되어 끝내 서로 맞서는 당파가 되어 당쟁과 파쟁을 일삼는다. 이것이 이른바 '농서隴西를 얻으니 촉蜀을 갖고 싶고,[1] 당黨을 이루어 나라를 잊는다'라고 하는 것이다. 아, 애통하다! 우리나라 사람들은 동포를 훼방하는 마음은 있으나 동포를 존앙하는 마음은 없다. 때문에 합하면 마치 마른 보리처럼 바람에 날리고, 흩으면 마치 굽이치는 냇가의 어지러운 돌처럼 하나도 규칙이 없다. 밖에 나가 함부로 자유를 부르짖다가 소위 암살 사건이 연이어 일어나 속정俗情을 소란스럽게 하는데, 암살이란 애국자의 미행이 아니라 속된 부류의 객기이고 건국에 방해가 될 뿐이니 삼가지 않을 수 있겠는가? 참된 수구守舊 때문에 나라를 그르쳤다면 그 나라에 그래도 해볼 만한 데가 있지만, 거짓 유신維新 때문에 나라를 그르쳤다면 그 나

---

1 농서隴西를 … 싶고 : 후한 광무제光武帝가 농서를 평정한 후 촉까지 평정하고 싶다고 말한 고사성어를 가리킨다. 사람의 욕심이 끝이 없음을 뜻하는 것이다.

라에 도리어 해볼 만한 데가 없으니니, 누가 능히 이를 알겠는가?

출전_ 이관구, 『신대학』 제3장 「신민新民」 제9절 「논자존論自尊」

   ↘해설── 말은 사회의 거울이다. 우리나라 말에 '공자 왈 맹자 왈'이 있다. 별로 좋은 뜻이 아니다. 공자와 맹자를 거론하면서 아는 척 한다는 뜻인데, 그 앎이 편협하고 고지식하고 실천이 뒤따르지 않는다는 어감이 담겨 있다. 공자와 맹자는 유가의 성현인데 '공자 왈 맹자 왈'이라는 우리말은 왜 이렇게 부정적인 뜻으로 사용되는 것일까? 이 기묘한 모순의 본질은 어디에 있는 것일까? 누군가는 말하리라. '공자 왈 맹자 왈'이란 말은 있어도 '노자 왈 장자 왈'이라는 말은 없지 않은가? 우리 전통 사회의 지식인이 너무 유가儒家 독존적인 성향이 있어서 그에 대한 반감이 스며든 것이겠지. 또, 누군가는 말하리라. '공자 왈 맹자 왈'이란 말은 있어도 '주공 왈 공자 왈'이란 말은 없지 않은가? 공맹 관념이 고려 중기 이후에 유입된 것이니까 그 전까지만 해도 우리 사회에 '공자 왈 맹자 왈'의 폐단은 없었겠지. 다시 또 누군가는 말하리라. 실제 『논어』를 보면 대개 '자왈子曰'이라고 하지 '공자 왈孔子曰'이라고는 하지 않는다. 그러니 '공자 왈 맹자 왈'은 『논어』에 대한 기초적인 소양조차 없는 일반 속인들이 유자儒者에 대한 반감을 나타낸 말이겠지.

   모두 일리가 있는 견해이다. 하지만, 어쩌면 『대학』의 학문 정신이 쇠락한 데에 문제의 원천이 있었던 것은 아닐까? 『대학장구大學章句』에 수록된 「독대학법讀大學法」을 보면, 『논어』와 『맹자』는 성현의 말씀이기는 하지만 구체적인 상황을 다룬 언설들이 무질서하게 섞여 있을 뿐 유학의 가르침을 체계적으로 전달하는 이론서는 아니다. 『논어』와 『맹자』를 읽고 구절구절 마음에 드는 것을 골라 문학적인 감동과 철학적인 깨달음을 얻을 수는 있을지언정 과학적인 사유를 얻을 수는 없다. '격물치지格物致知, 성의정심誠意正心, 수신제가修身齊家, 치국평천하治國平天下'라는 보편적인 테제를 통해 인간과 세계를 설명하는 『대학』이야말로 주자학의 학문 정신이 발산되는 핵심적인 문헌이었다. 사서四書의 첫머리에 『대학』이 놓였다는 것은 이처럼 공자와 맹자의 언설을 『대학』의 테제로 해석하겠다는 적극적인 의지의 천명을 뜻하는 것이었다.

따라서 중요한 것은 『대학』이었다. 『대학』이 스러진다면 『논어』와 『맹자』는 언제든지 '공자 왈 맹자 왈'로 돌변할 가능성이 있었다. 『논어』와 『맹자』는 과거의 고전이고 과거의 고전을 해석하는 현재의 사회과학이 곧 『대학』이었기에, 실천적인 지성인들은 자기 시대의 『대학』을 창출하는 데 노력을 아끼지 않았다. 중국에서 주희가 『대학장구』를 지어 『대학』을 표장한 이래 진덕수眞德秀가 『대학연의大學衍義』를 짓고 구준丘濬이 『대학연의보大學衍義補』를 지었던 것은, 우리나라에서도 이이가 『성학집요聖學輯要』를 짓고 권상신權常愼이 『국조대학연의國朝大學衍義』를 짓고 송병선宋秉璿이 『무계만집武溪漫輯』을 지었던 것은 끊임없이 자기 시대의 『대학』을 창조하고자 하였던 유교 사회의 오랜 열망을 보여준다. 그 도도한 흐름이 급기야 8.15 해방 후에도 이어져 이관구의 『신대학新大學』이 출현한 것이다.

『신대학』은 형식상 「총론總論」, 「명명덕明明德」, 「신민新民」, 「격물格物」, 「치지致知」, 「이재理財」, 「치국평천하治國平天下」, 「결론結論」, 이렇게 총 8장

으로 구성되어 있다. 청말민초清末民初의 사상가 양계초의 주요 저술인
『신민설新民說』과 그 밖의『음빙실문집飲氷室文集』의 주요 작품에서 내용
을 취하였다. 양계초의 입론을 해방 후 한반도의 역사적 상황에 적용하
여, 근대 국민국가 수립의 기본 전제를 민족주의의 형성에서 구하였고,
이를 위해서는 미국과 소련이라는 제국주의 국가에 의한 남북분단과 이
에 편승한 친미와 친소의 사상 분열을 극복해야 한다고 주장하였다. 남
북분단과 사상 분열의 본질이 외세에 의존하는 비주체성이라고 보고 한
반도의 전체 주민이 새로운 국민 도덕, 국민정신, 국민 지식을 갖추어
신민新民으로 거듭나기를 희구하였다.『대학』의 사유 형식과 양계초의
사상 내용으로 8.15 해방 후 한국 사회에 민족과 신민新民의 메시지를
전한『신대학』, 우리는 거기에서 우리나라 주자학 전통의 현대적인 모
습을 볼 수 있다. 1945년 이후에도 시대와 씨름하는 유학은 가능했다는
것, 진정한 유학은 어쩌면 과거를 다루는 고전 인문학의 모습보다 현재
를 다루는 사회과학의 모습을 하고 있었을지도 모른다는 것, 잃어버린
현재성을 되찾지 못하는 고전학은 언제든지 '공자 왈 맹자 왈'이 될 수
있다는 것, 그런 생각을 해보며 21세기 한국 지성사에도 다시『신대학』
과 같은 지적인 도전이 나오기를 고대해본다.

원문 吾觀於此而不能不重爲朝鮮恫矣 疇昔朝鮮盛强之世 有越夏越殷之
文明 有凌隋凌唐之氣勢 固當世之雄偉氣魄而今安在哉 嗚呼忿哉 聞他人[2]之
議中分我國也則噭然而啼 聞他人[3]之保護我國則釋然而笑 將相官吏伺外國

人之顏色 先意承志如孝子之事父母 士商農工仰外國人之鼻息 趨承奔走如
遊妓媚情人 所謂政客之意見 曰吾自力獨立不足恃矣 吾但求結一大邦之美
國 以借其富力而漸進 吾但求結一大邦之蘇聯 以借其共產主義而漸成 民間
之意別無主張 若風打之竹浪打之竹 但求其生活安定 其所謂知識階級之意
曰今日吾朝鮮非可以自力自救 庶幾有仁義和親之國 恤我憐我助我乎 無一
人出可獨立之好策者 若或有之 世皆不知其意 而無端斥之 孰能善其後哉 嗚
呼恫哉 我國今日之資格如斯而已乎 我國家將來之前途竟如斯而已乎 嗟呼
恫哉 疇昔專制下之民心 突然解放 其民心之紊亂狀態 若洪水濫波 人人皆自
英雄 人人皆自愛國者 人人皆自主義思想家 英雄愛國者主義思想家 遍滿朝
鮮天地 對其人問其建國治國之策 則胸中都無一策 有一二黨首者 各倡一計
則曰我支持某也 我支持某也 不擇其計劃之善不善 各爲其領首 終成相對之
黨派 以黨爭派爭爲事 是所謂得隴望蜀⁴ 成黨忘國者也 嗚呼恫哉 吾國人有
同胞毀妨之心 無同胞尊仰之心 故合之如乾麥隨風飛散 散之則如溪回亂石
一無規則 妄呼野出自由 所謂暗殺事件踵起而擾亂俗情 暗殺者也 非愛國者
之美行 而俗流者之客氣也 而爲建國之妨害也 可不愼哉 以眞守舊誤國 而國
尙有可爲 以僞維新誤國 而國乃無可救者 其孰能知之

2 他人 : 원문은 '吾人'으로 기록되어 있으나 의미가 통하지 않는다. 『신대학』이 참조한 양계초의
「신민설新民說」의 해당 구절을 취하여 '他人'으로 바로잡는다.

3 他人 : 위와 같음

4 得隴望蜀 : 『신대학』의 원문은 '登隴忘蜀'으로 되어 있으나 의미가 통하지 않는다. 이에 득룡망
촉得隴望蜀이라는 고사성어가 잘못 기록된 것으로 추정하여 바로잡았다.

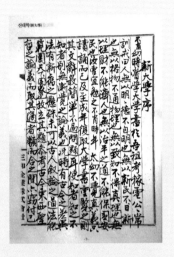

신대학(新大學) 全 ○○○

8.15 해방 후 민족과 신민新民의 메시지를 전한 『신대학』의 서문

·

진정한 유학은 어쩌면 과거를 다루는 고전 인문학의 모습보다
현재와 씨름하는 사회과학의 모습을 하고 있었을지도 모른다.

12

한글날을 앞두고
한글을 다시 생각한다

한글의 나이는 몇 살일까? 세종대왕이 한글을 반포한 해부터 셈하면 올해(2011년)로 어언 565년이다. 하지만 순한글 신문인 「독립신문」이 발간된 해부터 셈하면 115년이고, 한글 전용과 가로쓰기로 무장한 「한 겨레신문」이 발간된 해부터 셈하면 겨우 23년이다. 한글은 나이 지긋한 문자일지 모르나 정작 한글 대중은 아직 새파란 청춘이다.

한글 대중의 성장은 한문 대중의 쇠퇴를 의미한다. 카카오톡으로 전 달되는 한글 문자 메시지만 하루에 총 5억 건으로 추정된다고 하는 오 늘날 한문으로 문자는 고사하고 편지를 보내는 건수가 하루에 과연 얼 마나 될까? 한문 대중은 일상에서 사실상 소멸되었다고 해도 과언이 아 니다. 이것은 한글을 위해 비극이다. 한글은 한글 대중에게 너무나 친숙 해 있기 때문에 한글에 대한 문명사적 성찰이 한글 대중으로부터 내부적으로 나오기는 어렵기 때문이다. 이런 의미에서 20세기를 살았던 한학자들의 한글 인식은 오늘날 한글 대중의 관성적인 한글 인식을 성찰하는 지적 자극이 될 수 있을 것이다. 아래에서 김인후金麟厚의 13대손으로 송병선宋秉璿의 문인인 김로수金魯洙(1878~1956)가 해방 공간에서 지은 「경암야언敬菴野言」의 생각을 따라가보자.

🌿 번역——

1.

왜이倭夷의 시대에 우리 도가 비록 큰 재앙을 만났지만 저들은 우리와 종족이 같았고 문화가 같았고 종교가 같았기 때문에 한편으로 공자를 높이고 한편으로 한문을 배웠다. 지금 저들(미군정)은 우리와 종족도 다르고 문화도 다르고 종교도 달라 공자가 어떤 사람인지도 모르고 한문이 어떤 글자인지도 모른다. 그런데 신학新學 하는 무식한 무리가 다시 저들의 앞잡이가 되어 음만 있고 뜻이 없는 언문만 배우자고 창도하니, 한문은 금하지 않아도 절로 금해지게 되었다.

진秦나라 정政(시황제始皇帝)이 비록 시서를 불사르고 유생을 묻었어도 의약醫藥·복서卜筮·종수種樹 등의 책은 금하지 않았기 때문에 선왕의 도학이 망했어도 문자는 망하지 않았고 다시 이세二世가 몇 년 안 가 망해서 한漢나라가 일어나 곧 유교를 부흥시켰다. 그래서 중국의 유교는 지금까지 4천여 년이 된다.

지금 우리 한국은 분서갱유를 하지 않아도 가르치는 이가 없고 배우는 이가 없어 결국 무용지물이 되어 자연히 멸망할 것이다. 그 재앙이 혹독하고 매운 것이 진나라 정의 때보다 만 배는 된다. 하늘이 사문斯文을 도우사 속히 건국建國하여 거의 끊어진 문文과 거의 어두워진 도道를 다시 회복해주기를 원한다. 피눈물 흘리며 기원하는 마음을 몹시도 견디지 못하겠다.

2.

저들은 말한다. "한문漢文은 중국의 글이고 한문韓文은 우리나라의 글이다. 한문漢文은 더디고 배우기 어렵고 한문韓文은 빠르고 배우기 쉽다. 어찌 우리나라의 배우기 쉬운 글을 버리고 반드시 중국의 배우기 어려운 글을 배우려 하는가?" 이는 단지 언문諺文만 배워 진서眞書를 모르는 사람의 말이다.

한문漢文이 우리 한국에서 사용된 것이 4천여 년이나 되었으니 곧 한문韓文이 되었다. 비유컨대 물건을 사오면 내 것이 되는 것과 같으니 이와 무엇이 다른가? 또, 시조가 중국에서 온 사람도 그 후손이 모두 우리나라 사람인데 지금 우리 민족이 아니라 하고 모두 외국으로 쫓아버릴 것인가? 기계와 화물이 우리나라에서 산출된 것이 아니라 하고 모두 사용하지 않을 것인가? 이렇게 법률과 기계는 피차를 막론하고 오직 좋은 것을 취하는 때를 만나 어찌 4천 년 동안 써왔던 천하에 가장 좋은 글을 우리 글이 아니라 하고 버린단 말인가?

비록 더디고 배우기 어렵다 해도 배우는 사람의 재능에 따라 4,5년 할 수도 있고 10년, 20년 할 수도 있고 종신토록 전문으로 할 수도 있다. 어떤 학문을 막론하고 대강을 학습하면 쉽고 빠르며, 깊은 데까지 다하고 미세한 데까지 연구하면 더디고 어려운 법이다. 어찌 한문만 그렇겠는가? 언문은 세종대왕이 창제했는데 부녀와 초목樵牧에게 가르치고자 한 것으로 진서를 번역하는 도구에 지나지 않았다. 비록 배우기 쉽고 빨라도 만약 정미한 영역에 들어가려면 반드시 다년간 공부를 해야 한다. 진서를 배우지 않고 단지 언문만 배우면 음만 알고 뜻은 몰라 음 하나가 혼잡해지면 변석할 수 없다. 진서 한 글자를 언문으로 서너 글자로 풀이하면 번잡함과 혼란함이 막심하니 차라리 언문을 폐할지언정 진서를 폐해서는 안 된다.

그러나 진서는 본本이고 원源이다. 언문은 말末이고 유流이다. 본말과 원류를 겸비하고 병용한 뒤에야 문명국이라 할 수 있다. 원컨대 학무국의 대인들이 이를 통찰하고 재단하여 5천 년 문명 예의지방이 이적과 금수의 구역으로 침몰하지 않게 해준다면 몹시도 매우 다행이겠다.

출전_ 김로수, 『경암집敬菴集』 권7 「경암야언」

해설 —— 한글은 신화에 빠져 있다. 알파벳의 신화이다. 세계 언어 학자들이 한글을 세계 공용 문자로 선정했다, 영국 옥스퍼드 대학에서 한글을 세계에서 가장 우수한 문자로 뽑았다. 국제연합에서 문자가 없는 나라에 한글을 보급하고 있다, 이런 식으로 사실적 근거가 없는 유언비어가 초등학교 4학년 도덕 교과서에 버젓이 실려 있었음을 우리는 잘 알고 있다. 이 유언비어는 사실적 근거가 없다는 것도 문제이지만 한글을 알파벳의 차원에서만 본다는 것이 더 큰 문제이다.

사실 우리가 자부하는 한글의 우수성은 알파벳의 측면에 집중해 있다. 우리는 인도네시아 술라웨시주 부톤섬 바우바우시에서 현지 찌아찌아 민족의 음성언어를 표기할 문자로 한글을 선택하여 한글로 된 찌아찌아 민족어 수업을 시범 운영하고 있다는 소식에서 기쁨을 느낀다. 한글이야말로 세계의 문자 없는 민족을 구원할 소중한 알파벳이로다! 물론 이러한 생각이 결코 틀린 것은 아니다. 헐버트Homer Bezaleel Hulbert 같이 한국의 역사와 문화에 해박했던 서양인도 비슷한 생각을 한 적이 있다. 그는 1902년 중국 민중의 피폐한 문자 생활을 구원하기 위해 중국 민중에게 한글을 보급하자는 깜짝 아이디어를 제시한 일이 있었다. 이 아이디어가 실현되었다면 오늘날 중국 민중은 이를테면 자기 나라 이름을 "中国" 대신 "쭝궈"라고 기록했으리라.

　하지만 알파벳보다 중요한 것은 콘텐츠이다. 한글로 음성을 얼마나 잘 표기할 수 있느냐는 문제보다 더 중요한 것은 한글로 사물과 관념을 얼마나 잘 표현할 수 있느냐는 문제이다. 이를테면 「독립신문」을 보면 종종 '근년 써 옴으로'라는 낯선 구절이 나온다. 한문 원문의 '近年以來'를 번역한 것인데, 초창기 한글 대중에게 以來가 한글 어휘로 흡수되지 못했던 척박한 현실을 보는 것 같아 쓴웃음이 난다. 또, 이규보李奎報의 『동명왕편東明王篇』을 보면 동명왕이 하백에게 "나는 천제의 아들인데 지금 하백과 결혼하고 싶소〔我是天帝之子, 今欲與河伯結婚〕"라고 말하는 부분이 있다. 남자가 남자에게 결혼하자고 하다니! 오늘날 한글 대중이 지닌 '결혼'의 상상력으로 본다면 동명왕이 동성애자가 아닌가 의심받을지도 모른다. '結婚'이 '결혼'으로 변형된 결과이다.

콘텐츠는 궁극적으로 문명을 의미한다. 한글이 과연 한문 없이 문명을 구현할 수 있을까? 20세기 한글 전용에 반대했던 한학자의 핵심적인 물음이 이것이었다. 한글은 뜻을 분별하는 추상적 인식보다는 소리를 분별하는 음성적 인식이 강하고, 인문 전통을 구성하는 모든 콘텐츠는 그동안 한문이 제공해왔다. 오랜 직역주의 전통에 따라 한문의 훈독보다 음독이 발달했던 전통적인 어문 생활의 경험으로 볼 때 한글 전용은 한문 콘텐츠의 축소와 변형을 초래할 것이고, 한문이 폐지되면 자연히 한문을 음독해온 음성언어조차 사라져버려 결국 한문 콘텐츠 그 자체가 멸망하고 인문 전통이 단절되고야 말 것이다.

중요한 것은 표기가 아니라 표현이다. 사고 없이 표현은 불가능하다. 조선시대에는 한글로 학술적인 사고를 하지 못했다. 하지만 오늘날은 어떤가? 한글로 창조적인 학술 활동이 활발히 일어나고 있는가? 한글로 철학을 하고 있는가? 한글로 전 지구의 역사를 기록하고 있는가? 한글로 컴퓨터를 분석하고 있는가? 하지만 아직 한글은 여전히 새파란 청춘이다.

원문

1.

倭夷時代 吾道雖陽九 彼與我同種同文同教 故一邊尊孔子 一邊習漢文 今則
彼人與我 種異文異教異 不知孔子爲何許人 漢文爲何等字 而新學無知輩 又
爲侏鬼以導之 只習有音無意之諺文 而漢文則不禁而自禁 秦政雖焚詩書坑

儒生 而醫藥卜筮種樹之書不禁 故先王之道學雖亡 而文字不亡 且二世未幾

年而亡 而漢興卽復興儒敎 故中國儒敎 至今四千餘年之久 今我韓則不坑不

焚 無敎無學 歸之於笆籬邊物 而自然亡滅 其禍之酷且烈 萬倍於秦政時 惟

願天相斯文 速爲建國 更復幾絶之文 幾晦之道 不勝千萬瀝血泣祝之至

2.

彼言曰 漢文中國文 韓文我國文 漢文遲而難學 韓文速而易學 何可捨我國易

學之文 而必欲取中國難學之文耶 此只學諺文 而不知眞書者之言也 漢文用

於我韓 爲四千餘年之久 則便爲韓文 譬如物貨買受 則爲我所有 與此何異

且邦人始祖 自中國來者 其後孫皆爲邦人 今謂非我民族而盡逐乎 外國器械

物貨 謂非我出而皆不用乎 當此法律器械勿論彼此惟善是取之時 何可以四

千年所用天下莫上之文 謂之非我文而棄之乎 雖云遲而難學 隨其學者才能

或四五年可也 或一二十年可也 或終身專門可也 勿論何學問 大槩學習則易

而速 欲極甚研幾則遲而難 何獨漢文乎 諺文則世宗大王刱制 欲敎婦女樵牧

者 不過眞書翻譯之用 雖曰易學而速 若欲入精微之域 則必費多年工夫 不學

眞書 只學諺文 只知其音 不知其意 一音混雜 不能辨皙 眞書一字 諺文解以

三四字 煩亂莫甚 寧廢諺文 不可廢眞書也 雖然眞書本也源也 諺文末也流也

本末源流 兼擧幷用 然後方可謂之文明國 願學局諸大人 察之裁之 毋使五千

年文明禮義之邦 淪沒於夷狄禽獸之域 千萬幸甚

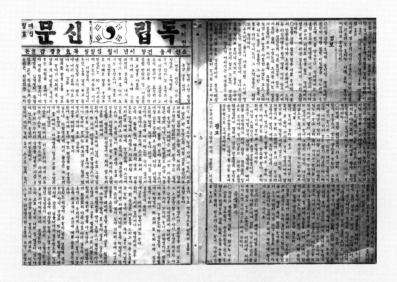

우리나라 최초의 순한글 신문「독립신문」

•

오늘날 우리는 한글로 창조적인 학술 활동을 활발히 하고 있는가?
한글로 철학을 하고 있는가?
한글로 전 지구의 역사를 기록하고 있는가?
아직 한글은 새파란 청춘이다.

13

제주에서 보는
한국사

    2004년 국립제주박물관에서 '구한말 한 지식인의 일생–심재 김석익'이라는 제목으로 특별 전시회를 개최한 일이 있었다. 김석익金錫翼(1885~ 1956)은 20세기 제주학의 거장이다. 그는 러일전쟁이 발발한 1904년 바다 건너 광주에 가서 역시 제주 출신으로 이곳에서 강학하던 안병택安秉宅(호는 부해浮海)에게 학문을 배웠다. 안병택은 19세기 호남 성리학의 종장 기정진奇正鎭의 문인이니 김석익 역시 노사蘆沙(기정진) 학맥에 속하지만 그의 관심사는 철학이 아니라 역사와 문화였다. 그는 『탐라기년耽羅紀年』, 『탐라지耽羅誌』, 『탐라인물고耽羅人物考』, 『탐라관풍안耽羅觀風案』 등 탐라에 관한 많은 저술을 완성하였는데, 한국사학사에서 이렇듯 한 유학자가 자기 고장의 지역사를 집중적으로 연구한 것은 사실 유례가 드문 일이었다. 아래에 김석익이 지은 제주사 한 토막을 소개하며 한국사에서 제주의 의미를 생각해본다.

🍃번역 —— 무자戊子 건국 준비 4년 단기 4281년

○ 이 해에 건국하니 대한大韓이다.

4월 3일. 산군山軍 소동이 발발하였다. 작년 3월 1일 이후부터 경관대警官隊가 위복威福을 자행自行하여 조금이라도 관변官邊에 의심스러운 사람이 있으면 일망타진하여 매질하고 훈도하였다. 끝내 도중에 고문을 당하다 운명하는 사람이 있자 몇 사람을 꾸며 내서 모두 병들어 죽었다고 둘러댔다. 그래서 사람들은 아침저녁도 보존하지 못할 것 같은 불안한 마음을 품었다. 이에 일종의 피의자被疑者들이 무리를 모아 이끌고 산간에 피해 들어가 몰래 공작을 행하였다. 마침 국회의원 선거를 기회로 삼아 일시에 선거 각 구역을 습격하여 인명을 살상하고 사무소를 불사르기도 하였다. 이것이 이른바 4.3사건이다. 이로부터 경관警官 지회, 혹은 면사무소, 혹은 민간 부락을 습격하지 않는 날이 거의 없었다. 정부에서 파견한 군대 중에 산군에 호응하여 산간에 투항해 들어간 자도 있었다.

○ 9월. 9연대장 송요찬宋堯讚이 촌락을 분탕질하고 크게 살육하였는데 몇 달이나 계속되었다. 유명하고 유서 깊은 마을들이 모두 잿더미가 되고 생명과 자산이 거의 몰락하였다.

○ 도청이 불탔다.

○ 12월. 2연대장 함병선咸炳善이 타고 남은 마을들을 소탕하고 서북민西北民을 본도本島 안에 옮겨 놓았다. 마침 내무부 장관 신성모申性謨가

선무하고 훈시하여 끝내 그 뜻을 이루지는 못했다.

살피건대 송요찬과 함병선의 전후 소탕은 아, 참혹했도다. 이러한 때를 당하여 둘 사이에 끼어 있는 사람들은 어찌해야 되었겠는가? 이미 산군의 공갈에 핍박을 받고 또 군경의 위협에 겁박당하고 다시 서북청년西北靑年의 발호에 협박받았다. 생사여탈은 오직 저들의 조종을 보아야 했다. 나아가고 물러나며 삼단 베듯 사람을 죽여 길가에는 검붉은 핏빛이 가득하였다. 아아! 산중의 포로가 되지 않으면 군軍·경警·청靑의 총검 아래에 모두 죽고야 말았다. 이에 사람들은 모두 벌벌 떨며 죽는 것이 잘된 일인지 사는 것이 잘못된 일인지 몰라 겁을 먹고 자꾸만 뒤를 돌아보고 숨을 죽이며 아침에 저녁을 기약하지 못했다. 대부분의 입산入山은 사실 여기에 원인이 있었으니 유사 이래 없었던 참화라 하겠다. 기축년(1949) 봄 내무장관 신성모가 와서야 비로소 살육의 정치가 멈추었다. 하지만 이어서 경인년(1950)이 되자 6.25사변이 발생하여 조금이라도 지식이 있고 명망 있는 사람들은 일제히 소탕되어 거의 모두 죽었다. 아아, 슬프도다!

출전_ 김석익, 『심재집心齋集』 책2 「탐라기년보유耽羅紀年補遺」

🐚해설 —— 산뜻한 한국사 이야기 없을까? 언제나 새 학기를 준비할 때면 일어나는 마음의 갈증이다. 언젠가 '바다로 보는 한국사'라는 주제로 수업을 한 일이 있었다. 수업 후반부에는 해양수산부 발간물의 도움을 받아 우리나라 해역을 서해 해역, 서남해 해역, 동남해 해역, 동해 해역, 제주 해역의 5개 해역으로 나누어 각 해역의 역사와 문화에 대하여

학생들이 발표하는 자리가 있었다. 나름대로 기대가 컸다. 국사와는 다른 지역사, 그것도 '해역사海域史'가 아닌가! 결과는 해역마다 제각각이었다. 이야깃거리가 가장 많은 해역은 서해 해역이었지만 서해 해역의 역사는 가장 산뜻하지 않았다. 거의 국사책을 다시 본 듯한 느낌이었다. 그럴 수밖에. 고구려, 백제, 고려, 조선의 수도가 이 근방에 있었으니 말이다. 이야깃거리가 가장 적은 해역은 동해 해역이었다. 동해 해역은 상대적으로 역사보다는 민속에 가까운 편이었다. 그러면 이야깃거리도 많으면서 산뜻한 역사 지식을 선사하는 곳은 어디였을까. 제주 해역이었다. 제주 해역은 탐라국의 고유한 지역적 전통이 있었고 한반도의 안과 연결된 역사와 한반도의 바깥과 만난 역사가 중첩해 있는 이색적인 지역이었다. 근대 국민국가를 위해 만들어진 단일한 국사 이야기가 마치 낡은 녹음테이프가 반복되는 듯 들릴 때, 제주 해역은 참으로 산뜻한 역사 자원을 풍부하게 갖추고 있는 듯이 보였다. 지방사와 국사와 세계사가 동시에 펼쳐진 국카스텐 같은 곳? 아무튼 거꾸로 읽는 역사만 재미있는 것이 아니라 쪼개서 읽는 역사도 재미있음을 발견하는 순간이었다. 로컬하게 쪼갤수록 글로벌하게 읽힌다는 역설적인 재미 말이다.

하지만 한국사에서 제주는 그 이상의 의미가 있다. 우리 역사에 제주가 포함되어 있다는 것이 얼마나 다행스런 일인지 아는 사람이 있을까? 세계사에 유례가 드물게 한반도에서는 천 년 이상 단일한 국가가 지배해왔고 그랬기에 한국사의 복수성plurality을 역사적으로 상상하기가 쉽지 않았다. 역사적 주체로서 우리가 하나가 아니라 둘 이상이라는 생각, 또는 우리 안에 또 다른 우리가 존재하고 있다는 생각을 하기가 쉽지 않왔다. 사실 한국사는 중국사나 유럽사와 달리 삼한일가三韓一家로 표상되듯 일찍부터 일가一家를 만들었던 놀라운 역사 아닌가? 하지만 그것은 어쩌면 문화적으로 균질적인 한반도 중심부 위주의 생각일 수 있다. 사실 우리나라 강역은 다원적이다. 일찍이 장지연은 19세기 말 대한제국이 왜 제국인지를 입증하기 위해 두 가지 증거를 제시한 일이 있다. 대한의 지역적 구성을 보면 이미 조선시대부터 남으로 탐라와 북으로 말갈을 아우르는 제국의 공간을 갖추었고 또 중국에서 명이 멸망한 후 대한이 진정한 역사적 계승자가 되었다는 설명이다. 우리 역사 안에 적어도 탐라와 말갈이 속해 있다는 사실, 비록 장지연은 이를 통해 단지 제국의 성립 요건을 입증한 것이지만 어쩌면 지금의 시점에서 본다면 우리 역사의 복수성, 다양성, 다원성을 사유하는 출발점이 될 수 있지 않을까? 우리 역사 안에서 제주라는 타자를 오랜 기간 품어 왔던 역사적 경험을 통해 내부적인 타자와 소통하는 방법을 배울 수 있지 않을까? 단일성에 집착하는 소국의 마인드에서 벗어나 복수성을 성찰하는 대국의 마인드를 갖출 수 있지 않을까?

하지만 다시 제주는 그 이상의 의미가 있다. 남북분단과 6.25사변을 전후한 시기 이 땅의 백성들은 체제와 이념이 다른 한 민족 두 국가에 의해 처참한 고통을 당하였다. 냉전 체제에 편승한 공산주의와 반공주의의 광신 앞에 보편적인 인도人道는 설 곳이 없었고 폭력적인 국가권력으로 인해 백성들은 자신이 입은 고통을 발설조차 못한 채 영원한 침묵을 강요당하였다. 제주의 4.3 역시 그러한 비극의 하나였다. 제주도 유학자 김석익金錫翼이 제주도 현대사에 해당하는 「탐라기년보유耽羅紀年補

遺」에 기록했듯이 당시 제주도에는 '살육의 정치'가 자행되고 있었고 제주도 도민은 '산중의 포로가 되지 않으면 군軍·경警·청青의 총검 아래에 모두 죽고야 말았다.' 그리고 반공 국가 대 빨갱이라는 인식 틀 아래 생존자들은 철저히 타자화되어 존재의 망각과 기억의 말살을 강요당하였다. 현기영의 '순이 삼촌'이야말로 냉전 체제의 반공 국가에서 양산된 우리 안의 타자를 대표하는 한 사람이었다. 하지만 현재 우리 안의 타자가 어디 그뿐인가? 멀리는 '순이 삼촌'에서 가까이는 탈북자와 다문화 가정에 이르기까지 목하 우리 사회는 내부적인 타자가 전례 없이 증가하고 있다. 타자와 소통하는 역사학이 절실히 요청되는 지금, 제주는 그러한 역사학적 성찰의 특별한 시점이 될 수 있지 않을까?

끝으로 투철한 의식으로 제주 현대사까지 한문으로 기록한 김석익의 사학 정신에 감탄을 표한다. 20세기 격동의 세월을 살았던 선인들의 치열한 '근대 한문', '근대 문집' 앞에 아무런 철학 없이 글자 뜻이나 따지는 훈고학이 행세할 수 없음은 물론이다.

원문　戊子 建國準備四年 檀紀四二八一年

○ 是歲建國大韓

四月三日 山軍騷動發生 自昨年三月一日以後 警官隊自行威福 稍有嫌疑於官邊者 一網打盡 鍛鍊醞釀 竟殞命於中途拷掠者 演出數人 而皆諉以病死故人懷疑懼 若將不保朝夕焉 於是一種被疑者 聚黨引類 避入山間 潛行工作 適以國會議員選擧爲機會 一時襲擊選擧各區域 殺害人命 或燒燬事務所 此

所謂四三事件也 自此襲擊警官支會 或面事務所 或民間部落 殆無虛日 而政府派送軍隊中 亦有呼應山軍而投入山間者

○ 九月 九聯隊長宋堯讚 焚蕩村落 大行殺戮 延至數朔 名村古里 儘爲灰燼 生命資産 幾乎沒落

○ 道廳火

○ 十二月 二聯隊長咸炳善 掃蕩餘燼 將移植西北民於本島中 適因內務長官申性謨宣撫訓示 卒未售其志

按宋堯讚咸炳善之前後掃蕩 盱其慘矣 當是之時 居於兩間者 何以則可乎 旣逼於山軍之恐喝 又劫於軍警之威脅 更迫於西北靑年之跋扈 生殺與奪 由是官邊之操縱 進退殺人如麻 朱殷載路 盱嗟乎 不作山中之俘虜 合死軍警靑鋒銃之下乃已 於是人皆重足側目 未知死者爲得乎 生者爲失乎 狼顧脅息 朝不保夕 入山之多 實由於是 可謂有史以來未有之慘禍矣 及至己丑春 內務長官申性謨之來 始停殺戮之政 然延之庚寅 六二五事變發生 稍有知識負望之人 一掃殆盡 噫嘻悲夫

제주 유학자 김석익이 집필한 『탐라기년』

·

우리 사회에서는 지금 내부적인 타자가 전례 없이 증가하고 있다.
타자와 소통하는 역사학이 절실히 요청되는 지금
제주가 그러한 역사학적 성찰의 특별한 시점이 될 수 있지 않을까?

찾아 보기

ㄱ

가위 · 103

가의 · 31, 32, 366

가짜 도학 · 164, 165, 168, 169

가치 · 26, 34, 53, 59, 64, 82, 93, 119, 136, 140, 169, 188, 202, 224, 233, 255, 348, 349, 351, 358, 372, 375, 403, 404, 452, 454

간도 문제 · 320

간도협약 · 320

간재집 · 379

갑오년(1894)의 경장更張 · 309, 310

갑오변란 · 256

강남 체험 · 423

강유위 · 348, 396, 441, 444, 457

강진규 · 178

강한江漢의 풍속 · 52

개로왕 · 150

개벽 · 413

개성상인 · 427, 434, 435, 438

개화 · 324

갱장록 · 94

거란 · 62, 239

거짓 유신維新 · 463

거짓 자유 · 353, 355

건국 · 87, 93~95, 98, 242, 243, 265, 266, 294, 295, 463, 471, 478

건국 이야기 · 87, 93

건국의 회고 · 295

건문建文의 난 · 15

건양建陽 · 295

건조한 · 6

건청궁乾淸宮 · 275

격몽요결 · 115, 161

겸곡문고 · 308

경략 · 370

경복궁 · 43, 118, 294, 295

경암야언 · 470, 472

경암집 · 472

경운궁 · 295, 309

경포대 · 113, 114, 116, 119

경포대도 · 122

경포대중수기 · 117

경호鏡湖 · 124, 128

경홍의 저택 · 92

계당집 · 387, 389

고등소학수신서 · 225
고등한문독본 · 216
고려 · 119, 132, 225, 232, 237~244, 247, 295, 302, 318, 352, 421, 422, 424, 480
고려 태조 · 238, 421
고려사 · 91, 420, 421, 424, 451
고려시대 비평 · 243
고려의 처음과 끝 · 240, 241
고문진보 · 208 212
고서 목록 · 4
고암집 · 379
고웅시高雄市 · 431
고인의 노예 · 354
고전 · 6, 768, 220
고전 대중화 · 220
고전의 향기 · 7~9
고종 · 105, 160, 161, 184, 206, 209, 270, 275, 278, 279, 292, 294~296, 310, 335, 337, 433
고종 즉위 40주년 칭경稱慶기념비 · 310
고종의 중흥 · 295, 296
고증학 · 140, 193, 194, 288
고진풍 · 150, 151
고학古學 · 132~135, 139, 140, 184, 250
고학古學의 열정 · 184
곡량전 · 61, 421
공교 운동 · 445, 446
공교孔敎 · 396, 442~446, 457
공교범위만세론 · 444
공명 · 370

공묘孔廟 · 395, 396
공민왕 · 240
공산주의 · 481
공성구 · 432
공성학 · 427, 434
공양전 · 61, 421
공자 · 40, 52, 62, 64, 65, 70~72, 100, 109, 112, 137, 138, 167, 172, 174, 199, 200, 230~233, 245, 256, 370, 378, 393, 395, 396, 402, 439~443, 464~466, 470
공자 왈 맹자 왈 · 4, 464, 466
공자의 집 · 70, 230, 231
공화 혁명 · 371
공화국共和國 · 364, 371
공화국의 미래 · 372
공화의 도 · 364, 365
공화제의 기원 · 371
곽거병 · 148
곽종석 · 387, 388
관동별곡 · 119
관동팔경도 · 122
관물법 · 113, 117, 119
관북부자關北夫子 · 202
광개토대왕 · 339
광무光武 · 293, 295, 411
광복의 의지 · 414
광해군 · 82, 294
광해군일기 · 82
광화사 · 118

교남嶠南 · 115
교육 · 218, 308
구사학론 · 450, 455
구양수 · 189~191, 377, 421, 424
구준 · 465
구학 · 340, 344, 345, 347~349, 351, 456
국교 · 443, 457
국조대학연의 · 465
국조보감 · 90, 451
국조휘어 · 221
국태공 · 272, 275
군자국君子國 · 51, 88
군자와 소인 · 172, 174, 175
군자호君子湖 · 129
굴평 · 230, 231
궁리窮理의 관물법 · 117
궁마지향弓馬之鄕 · 210
궁변窮變 · 441
권근 · 352, 423
권도용 · 439, 440, 444~446
권명희 · 329
권상신 · 465
귀거래사 · 129
규재유고 · 150
극원유고 · 117
근고문선 · 216
근대 문집 · 427, 482
근대의 학술 공간 · 403
금산사절도 · 163

금태조 · 339, 340
기객棋客 · 152
기묘당적 · 44
기묘록 · 39, 43~45
기묘록별집 · 44
기묘록보유 · 44
기묘록속집 · 44
기묘록의 후서 · 43
기묘사화 · 39, 40, 44~46
기묘제현전 · 44, 48
기언 · 181, 182, 184, 185, 187
기옹도 · 154
기유약조 · 80
기유처분己酉處分 · 35
기자 · 51, 88, 90, 210, 241, 291, 293, 403
기정진 · 201, 413, 477
길모어G. W. Gilmore · 266
김광수 · 334, 338, 340
김굉필 · 223
김기형 · 198
김낙현 · 202
김동인 · 118, 255, 260
김려 · 76, 79, 82, 83
김로수 · 225, 470, 472
김매순 · 134, 137, 140, 143
김매순의 비판 · 140
김병학 · 200, 202, 203
김부식 · 339, 424, 451
김상익 · 138

김상헌 · 118
김상현 · 202
김석익 · 8, 477, 479, 481, 482, 484
김시민 · 380
김시습 · 197, 334
김약연 · 201
김옥균 · 324
김원극 · 201
김유신 · 220, 221, 224
김육 · 44, 91
김윤식 · 256, 257, 262, 265~267, 270
김인겸 · 133, 138
김정국 · 44
김정규 · 446
김정희 · 288
김종선 · 198
김창업 · 392
김창협 · 198, 201~203
김창흡 · 200, 201
김창희 · 206, 208~210, 212~217, 219, 256, 257
김택영 · 257, 388, 396, 419, 420, 422~424, 426, 435
김평묵 · 238, 241, 243, 244, 247, 328
김현성 · 160
김홍륙 · 273
김홍집 · 324
김홍락 · 359
김희 · 79
꿈 이야기 · 334, 340, 341
꿈의 시대 · 334, 339
꿈의 제 3제국 · 340

ㄴ

나빙 · 75
나카무라 마사나오 · 357
나폴레옹 · 237, 238
낙학洛學 · 165, 169, 198, 201~203, 257, 344
낙학의 전통 · 202
남곤 · 40
남관南關 · 201
남만南蠻 · 16, 18
남병철 · 147, 150~152, 154
남세북진南勢北進 · 18
남염부주지 · 334
남옥 · 138
내부적인 타자 · 481, 482
내전주평 · 456, 457
노가재연행일기 · 392
노걸대 · 222
노마드nomad · 201
논어고금주 · 139, 141
논어고훈외전 · 134, 143
논어집주 · 135, 439
논어징 · 134, 141
논어훈전 · 134, 137
논자존 · 464

농정신편 · 270

ㄷ

단군 · 87, 88, 293, 338
단발 · 273, 274, 276, 277~279
단발령 · 271, 272, 277, 278, 282, 328
단발령 직후의 신정 · 279
단발하라는 조칙 · 276
담배고 · 383
담배의 문화사 · 383
담수 항구 · 429
담헌서 · 62
답고즉속踏古則俗 · 217
당나라 현종 · 150
대동교大同敎 · 161, 445
대동단결선언大同團結宣言 · 371
대동단大同團 · 413
대동大東 · 133
대동大同 · 442
대동大同의 세상 · 356
대동문수 · 216
대동제국 · 339
대마도 · 319
대만 여행 · 427, 428
대만기략 · 433
대북시 · 429
대산집 · 137
대원군 집권기 · 203

대체 역사alternative history · 64, 65
대통령 선거 · 364, 372
대통령大統領 · 365
대학 · 23, 256, 377, 461, 464, 465, 466
대학강어 · 256
대학연의 · 465
대학연의보 · 465
대학장구 · 464, 465
대한강역고 · 93
대한大韓 · 293, 335, 337, 395, 478
대한매일신보 · 137, 138, 339, 348
대한민국 임시헌장 · 371
대한오적大韓五賊 · 340
대한자강회 · 313
대한제국의 새 아침 · 310
덕성 없는 정치 · 372
덕천가강 · 80
도덕의 이상 · 407
도덕의 현실 · 407
도림 · 150
도설적 글쓰기 · 352
도연명 · 129, 215
도학원류 · 403
도학원류찬언 · 403
독립 · 296, 303, 310, 328, 329, 462
독립 정신 · 415
독립문 · 296
독립신문 · 469, 476
독사유감 · 301

독서 · 123, 188, 189, 192~194, 196, 206, 221, 253, 254, 303, 379
독서 전략 · 100, 194
독서당讀書堂 · 92
독서의 역사 · 192
독왕양명집 · 378
동경지 · 221
동계집東谿集 · 16
동국東國 · 55, 131~133, 327, 401
동국신속삼강행실도 · 318
동국여지승람 · 53, 55, 91
동국통감 · 22, 53, 421, 451
동명왕편 · 87, 473
동문同文 · 133, 143, 394
동문선 · 22, 216
동문휘고 · 94
동방 성리학의 원조[東方理學之祖] · 242
동방오현東方五賢 · 44
동방의 요순 · 42
동사 · 49
동서고금의 차이 · 285, 289
동성파桐城派 문학 · 217
동성혼同姓婚 · 422
동아일보 · 387
동야휘집 · 82
동양의 패권 · 319
동양의 패자覇者 · 315
동양의 평화 · 319, 320
동유기 · 119

동인도 종합상사(VOC) · 80
동주직방지 · 53, 55
동하東夏 · 284~286
동학농민운동 · 267, 379
동학東學비류匪類 · 324
동현주의 · 22
동현학칙 · 22, 224
두보 · 69, 70, 73
둔오집 · 197, 202, 205
둔오집서 · 200

ㄹ

러시아 · 133, 203, 266, 278, 301, 303, 308~310, 316, 317, 320, 326, 328, 335, 338, 423
러시아 공관 · 124
러시아 공사관 · 278, 282
러일전쟁 전야의 황혼 · 310
루벤스의 초상화 · 80

ㅁ

마건충 · 326
마루야마 마사오 · 139
마음 · 61
만국공보 · 348, 357
만국일통萬國一通 · 423
만동묘萬東廟 · 407~409, 414, 415, 418
만동묘의 존화 대의 · 414

만력제 • 82

만사동 • 217

만이蠻夷 • 238

만주 • 50, 72, 309, 310, 316~318, 320, 407

만주 삼성三省 • 317

만하몽유록 • 334, 337, 338, 340

만하유고 • 337, 338

만학 • 179, 183, 185, 187

망우청락집 • 150

매일신보 • 383, 402, 403

맹자 • 6, 40, 52, 71, 136, 138~140, 156, 316, 337, 347, 366, 370, 372, 464~466

맹호연 • 69

맹획 • 18, 21, 267

명미당집 • 231, 232

명유학안 • 379

명의 광복光復 • 414

모단毛斷 • 278

모던 걸 • 277

모방의 성리학 • 168, 169

모훈집요 • 26

목극등 • 317

목조 • 93

목호룡 • 34

몽견夢見 • 339, 340

몽견제갈량 • 340, 343

몽고 • 239

몽배금태조 • 232, 340

몽배夢拜 • 339, 340

몽사로 • 334

몽유夢遊 • 339, 340

몽테스키외 • 355

무 임금 • 59, 64

무계만집 • 465

무로마치 막부 • 318, 319

무명자집 • 107

무신란 • 24, 295

무아無我의 관물법 • 117

무클리Moukli(고구려) • 237

무한의 자유 • 355

묵독 • 192

묵자 • 345

문경상초 • 455

문명 • 55, 58~60, 64, 71~73, 75, 137, 188, 210, 228, 238, 241~244, 247, 257, 296, 306, 339, 348, 349, 353, 435, 443, 451, 462, 472, 474

문명개화 • 244

문명개화론 • 71

문명의 선택 • 242

문명자유 • 354

문명적인 자유 • 353, 355

문명화 • 242~244

문명화 이전 • 243 244

문묘文廟 • 44, 45, 161, 432

문무 차별 • 210

문무고금文無古今 • 217

문무대왕 · 318

문외파門外派 남인 · 35

문원보불 · 216

문일평 · 383

문중자 · 101, 167

문학 · 12, 134, 193, 194, 216, 217, 271, 340, 380, 392, 396, 420, 424, 456

문화의 시대 · 83

미강집 · 255

미니 천도 · 294, 295

미발즉이발未發卽已發 · 377

미산집 · 215

'미안함'의 역사학 · 83

미쓰이三井회사 · 434

민간 · 453, 454, 457, 458, 460

'민간'의 상상력 · 458

민간의 생각 · 462

민권 시대 · 445

민심 · 209, 302, 412, 463

민영익 · 329

민유방본民惟邦本 · 267, 270

민족사 · 457, 458

민족주의 · 451, 455, 466

민종식 · 272, 330

민주 공화제democratic republic · 371

민중 유교 · 444

민지民智 · 302, 303, 308, 453

민지의 중요성 · 302

ㅂ

바다로 보는 한국사 · 479

바둑 · 146~152, 154

바둑 문화 · 147

박규수 · 202

박물관 · 429

박세당 · 334

박승동 · 251~255, 257

박승동 · 255

박영효 · 324

박은식 · 161, 201, 216, 232, 306, 308, 310, 340, 395, 396, 445, 446

박은식 · 93

박장현 · 450, 451, 455~457, 460

박재형 · 220, 221, 224, 225, 227

박정로 · 160

박제가 · 68, 71~73, 75

박제상 · 318, 339

박지원 · 71, 72, 82, 83, 387, 389, 392, 419, 424, 433

박통사 · 222

박필현 · 24

밖에서 본 고려 · 238

반고 · 101, 190, 191

반공주의 · 481

반사실counterfact · 64, 323, 330, 333

반사실적 질문 · 323

반속즉고反俗則古 · 217

반신수 · 149

반중잡영 · 100
반표 · 101
발해渤海 · 89, 93, 292
발해의 건국 · 93
발해태조건국지 · 93
발회혼영 · 215
방산집 · 182, 185
방통 · 262
방포 · 217
배산서당 · 445
백경원 · 326, 327, 329
백두산령 · 339
백성의 어리석음 · 300, 301
백이의白耳義(벨기에) · 307
100주년 · 314, 318
번역소학 · 223
범인의 삶 · 228
법률의 복종 · 356
법언 · 101
벙어리저금통 · 29, 33, 35
벙커D. A. Bunker · 266
베트남 · 76, 192, 266, 307
벽위신편 · 396
변승업 · 384
변종락 · 154
병합조약 · 314
보안법 · 412
보편적인 사유 · 289
복선화음福善禍淫 · 232, 233

복수보형復讐保形 · 328
복음의 전설 · 376
본체즉공부本體卽工夫 · 377
볼테르 · 237, 238
봉서집 · 159
부국강병 · 261, 267, 270, 369
부분적인 자유 · 353, 355
북관北關 · 94, 198, 201
북관사현행적 · 201
북도능전지 · 91
북세남진北勢南進 · 18, 19
북위北魏 · 62
북적北狄 · 14, 240
북조北朝 · 62
북학北學 · 71, 72, 73, 75, 424
북학으로부터의 전환 · 73
북학으로의 전환 · 73
북학의 · 71~73
불억불역不億不逆 · 42
붕당죄朋黨罪 · 43
비공화론非共和論 · 364, 371
비잔틴제국 · 237

ㅅ

사계혁명 · 455
사기士氣 · 308
사독四瀆 · 50, 51
사마천 · 101, 109

사마휘 · 262
4.3 사건 · 478, 481
사서삼경 · 6, 222
사이四夷 · 62
사칠四七논쟁 · 167
사학 · 451
사화士禍의 군주 · 45
사회과학 · 352, 465, 466, 468
산군山軍 소동 · 478, 479
산수벽山水癖 · 53
산전준 · 456, 457
살육의 정치 · 479, 482
삼강행실도 · 318
삼국사기 · 150, 424, 451, 453
삼국의 공존 · 320
삼국지 · 4, 18, 101, 221, 261, 262, 267
삼균주의三均主義 · 371
삼세三世 · 230, 441
삼한 · 88, 89
삼한일가三韓一家 · 481
상산象山의 유지遺址 · 92
상트페테르부르크 제국대학교 · 419
상황의 노예 · 354
새로운 조선 · 266
생존의 시대 · 83
서경덕 · 42
서구西歐 · 284, 286
서남 순행 · 278
서량西涼 · 62

서북청년西北靑年 · 479
서북학회월보 · 449
서비연 · 217
서사건국지 · 93
서사瑞士(스위스) · 307
서융西戎 · 17
서재필 · 244
서정록 · 392
서찬규 · 257
서체중용西體中用 · 73
석거각石渠閣 · 61
석고石鼓 · 292~294, 296, 298
석고송 · 292, 295, 296
석고송병서 · 294
석란錫蘭 · 394
석릉집 · 208, 215, 219
석주유고 · 356
선교장 · 123~125, 128, 129, 131
선왕 · 22~26, 28, 89, 92, 135, 139, 285,
286, 292, 414, 470
선치善治 · 207, 209
설장수 · 222
설태희 · 201, 400, 402, 404, 406
섬라暹羅(시암) · 82, 89
성균관 · 43, 99, 100, 105, 106, 112, 242
성균관 유생들의 나날 · 99
성대중 · 138, 139
성덕왕 · 150
성리학이라는 주술 · 404

성인의 글 • 193, 194, 229, 233, 234
성인의 삶 • 228
성학집요 • 196, 254, 465
세 가지 계책 • 335
세계사 • 17~19, 58, 188, 189, 243, 296, 480
세계사적 건국사관 • 243
세계종교평화대회 • 444
세도정치기 • 140, 147, 209
세속의 노예 • 354
세자 • 77~79, 207
세종 • 25, 93~95, 222, 223, 294, 318, 469, 472
소순 • 206, 208, 212
소식 • 189, 214, 377, 378
소산문집초고 • 174
소의신편 • 328
소인의 환난 • 173
소자邵子 • 13
소중화광여기 • 53, 55
소학 • 220~225, 227
소학 대중화 • 225
소학동자小學童子 • 223
소학속편 • 225
소학언해 • 223
소학의 제왕 • 223, 222
소학직해 • 222
소학집설 • 223
소학집성 • 223

소학집주 • 223
소학훈의 • 223
소호당속집 • 422
속대전 • 25
속된 식견 • 217
속오례의 • 25
손경종 • 251~254, 257
손권 • 317
손봉상 • 427, 434
손성 • 102
손익損益 • 442
손정현 • 308, 310
송경지 • 91
송병선 • 329, 335, 340, 379, 465, 470
송시열 • 198, 241
송요찬 • 478, 479
송원화동사합편강목 • 247
송웅창 • 256
송주헌 • 408
송학宋學 • 401, 423
수산집 • 53
수언修言 • 185
수인씨 • 60
수입된 문제의식 • 380
수지분 • 276
수파집 • 276
숙종 • 24, 34, 92, 216, 243, 433
순교자 • 44, 45
순도자殉道者 • 160, 163

순암집 • 33, 389
순이 삼촌 • 482
순종 • 278, 435
순종실록 • 103
스위스의 건국 • 93
스페셜리스트 • 228, 234
스펜서Hebert Spenser • 451, 452
슬해瑟海 • 89
시대 • 6, 7, 18, 22, 58, 70, 73, 83, 92,
    99, 108, 167, 168, 172, 180, 188, 189,
    191, 193, 194, 203, 206, 216, 223,
    225, 229, 232, 233, 238, 243, 256,
    262~264, 266, 283~285, 299, 323,
    328, 334, 339, 341, 348, 349, 351,
    352, 354, 356, 361, 364, 384, 393,
    403, 407, 408, 414, 423, 453, 454,
    456, 465, 466
시대의 언어 • 233
시마즈 이에히사 • 80
시모카타Simocatta • 237
시무 • 262~265, 267
시무설 • 267
시민적 덕성 • 372
시암집 • 413
시황제 • 470
식견의 융합 • 217
식민지 지성사 • 415
식민지적 결핍 • 388
신고려사新高麗史 • 420~422, 424, 426
신구학 논쟁 • 349
신기선 • 4, 292, 294, 295, 403

신당서 • 103, 421, 424
신대학 • 461, 464~468
신득구 • 379
신립 • 94
신민 • 310, 325, 464~466, 468
신사학 • 450~456, 460
신서론 • 344, 345, 347
신성모 • 478, 479
신숙주 • 133
신위 • 393, 419
신유한 • 139
신응조 • 377
신증동국여지승람 • 57
신채호 • 435
신축환국辛丑換局 • 34
신학 • 340, 344~349, 351, 456, 470
신희복 • 82
실학實學 • 63, 203, 271, 387, 402
실학파와 정다산 • 387
심경 • 222
심기택 • 403
심문 • 232
심미적인 깨달음 • 127
심설心說 논쟁 • 167, 168
심재집 • 479
심즉리心卽理 • 377
십삼도의군十三道義軍 • 328
쌍기雙冀 • 238, 339

ㅇ

아관일기 · 272, 276, 278, 279
아관파천 직후의 구정 · 279
아동도학원류 · 403
아류 문화 · 164
안남安南(베트남) · 307
안로 · 44
안병택 · 477
안정복 · 29, 33~35, 179, 224
안종수 · 270
안중근 · 276
안축 · 116, 119
안효제 · 272, 275, 276, 278, 279, 282
알 실라al-Shila · 237
알렉산더 대왕 · 95
알파벳의 신화 · 472
암살 사건 · 463
암서집 · 371
애국자 · 463
야마자키 안사이 · 137
야만 · 64, 442
야만적인 자유 · 353, 355
야소교 · 345
약산만고 · 43
양계웅 · 150
양계초 · 344, 345, 348, 351, 358, 359, 366, 450~457, 460, 466, 467
양명심리설변陽明心理說辨 · 379
양명집초 · 377~380

양명학의 전설 · 376
양명학의 정감 · 55
양웅 · 101
양원유집 · 294
양집제설변 · 351
양호 · 148
어고은사절목 · 106
어당집 · 192
어제갱장록 · 26
어제상훈 · 25
어제상훈집편 · 26
어제윤발 · 105
어제조감서 · 24
언더우드H. G. Underwood · 266
언문 · 470, 471, 472
엄성 · 67
에도 막부 · 19, 319
엑소더스 · 209
여시관 · 383
여유당전서 · 387
여진 · 89, 239
여한십가문초 · 216, 420
역동성의 상실 · 310
역사란 무엇인가 · 39, 450, 456
역사언어학 강의 · 193
역사의 진실성 · 109
역사의 표준성 · 109
역사적 무의식 · 341
역암집 · 178

역외춘추域外春秋 · 62

연개소문 · 339

연잉군 · 34

열하 · 72

열하 체험 · 424

열하일기 · 72, 82, 384, 387~389, 392

열화당悅話堂 · 123, 124, 129

영국 · 266, 310, 316, 335, 357, 358, 452, 472

영남악부 · 224

영랑 · 114, 116

영력제 · 432

영웅 · 87, 337, 421, 454, 463

영조 · 22, 24~26, 32, 34, 35, 38, 45, 91, 123, 222~224, 233, 294

영종실록 · 94

영친왕 · 435

영해필 · 255

예국穢國 · 115

예언가 · 160, 161

예의지방禮義之邦 · 254, 255, 413, 472

예지豫知의 눈빛 · 155, 160

옛날이야기 · 107, 108, 109

오광운 · 39, 43, 45, 48, 224

오규 소라이 · 139

오긍 · 102, 103

오늘의 의병 · 338

오동䑝東 · 92, 93, 94

오랑캐 · 14, 15, 50, 51, 62, 64, 88, 89, 90, 136, 181, 238, 239, 240~242, 263, 324, 336, 347, 408~410, 412, 413

오래된 조선 · 266

오스트리아 · 132, 301, 303

오악五嶽 · 50, 51

오장경 · 256

오재순 · 389

오호五胡 · 17, 62

오희상 · 200

옹방강 · 288

와룡정유사 · 388

완원의 고증학 · 140

왕망 · 61, 295, 370

왕성순 · 216, 420

왕세정 · 135, 149, 164

왕안석 · 104

왕양명 · 377, 379, 380

왕유 · 69

왕적신 · 148, 150, 151

왕정王政의 군주 · 45

왜구 · 148, 318

왜란 · 318

왜역倭譯 · 383, 384, 386, 389

왜이倭夷 · 470

외국 유학의 역사 · 287

외사外史 · 384

용비어천가 · 87, 90, 91, 93, 94

우 임금 · 59, 64

우리 밖의 중국 · 72, 73

우리 안의 중국 · 72, 73
우리나라의 시무 · 263
우리의 삶 · 233
우산국 · 299~304
우산국의 망국사 · 301
우주의 진리 · 233
운석유고 · 126
운양집 · 265, 267
운화運化 · 231, 233, 234, 236
원구단圜丘壇 · 293, 298
원료준 · 89
원매 · 213
원생몽유록 · 334
원세개 · 244, 251, 256, 324, 326, 329, 330, 333, 457
원영의 · 216
원중거 · 138, 139
원추 · 103, 104
원효 · 287
웨베르Karl Ivanovich Veber · 273
웰트후레이Jan. Janse. Weltevree(박연) · 80
위기십결圍棋十訣 · 151
위서 · 102
위수 · 51, 102
위암문고 · 301
위응물 · 69
위징 · 31, 32
위희 · 216, 217
유가적 덕성 · 372

유교구신론儒敎求新論 · 445, 449
유교국 · 393
유교의 민중화 · 444
유교적인 문화 욕망 · 169
유구 · 76~83, 89, 433
유구 세자 · 78
유구국 공주 · 82
유구국 지도 · 86
유구의 조공 무역 · 81
유길준 · 324
유대유 · 148
유민 의식 · 424
유비 · 261, 262, 267, 370
유소씨 · 60
유속流俗 · 172~176, 178
유속의 환난 · 173
유신維新 · 441
유신환 · 156, 159, 160, 163, 198
유영선 · 344, 345, 347, 349
유원표 · 340, 343
유인석 · 324, 325, 327~329, 333
유종원 · 69, 189, 384
유주목 · 182, 387, 389
유중교 · 328
유진오 · 165
유태猶太 · 394
유한돈 · 95
유한의 자유 · 355
육경 · 135, 139, 140, 167, 184, 189, 190,

191, 251, 441, 442, 444
육경학六經學 · 184
육구연陸九淵 · 377
육영성휘 · 106
육용정 · 265, 283, 287, 288
6.25사변 · 479
육조六朝 · 62
육종윤 · 265, 267
육항 · 148
윤광현 · 164, 165, 167, 168
윤기 · 100, 105, 107, 109, 110, 112
윤명렬 · 114
윤종의 · 396
융희 · 371, 411
을미사변 · 256
을병연행록 · 392
을지문덕 · 339, 340
음독 · 192, 474
음빙실문집 · 344, 345, 460
의무려산 醫巫閭山 · 62, 63, 72
의산문답 · 63, 65, 67, 72
의상 · 287
의암집 · 327
의원議院 · 368
의전문고 · 287
의친왕 · 413
의화단 · 303, 328
이건창 · 229, 232, 233, 236, 419
이계집 · 92

이고 · 103
이곡 · 119
이관구 · 461, 464, 465
이광수 · 391
이광필 · 147
이근우 · 129
이기 · 314, 316, 318, 320
이기변 · 402, 404, 406
이기빈 · 82
이기설理氣說 · 400
이내번 · 123
이능화 · 277
이덕무 · 139
이등유정 · 134, 135, 139
이만수 · 113, 117, 119, 122
이미륵 · 192, 423
이방익 · 433
이병헌 · 392, 394~396, 445, 446
이병형 · 326
이복원 · 26
이븐 후르다드비Ibn Khurdadhbih · 237
이사부 · 300, 302
이상 · 46, 330, 458
이상룡 · 353, 356, 358, 359, 397
이상理想 · 451
이상수 · 189, 192~194, 196
이상주의자 · 45
이순신 · 339
이슬람 · 237

이승희 • 397, 446

이시애의 난 • 24

이언적 • 42

E. H. 카 • 39, 46, 450

이완 • 384, 385, 389

이왕 • 70

이용원 • 272, 273, 275, 278

이용익 • 329

이원배 • 199, 201

이응신 • 172, 174~176, 178

이이 • 115, 183, 184, 198, 223, 252, 254, 257, 404, 406, 465

이익 • 110, 179, 224

이인배 • 138

이인좌 • 24

이재 • 418

이재난고 • 271

이재형 • 198, 201, 202

이정구 • 256

이제마 • 201

이제현 • 392

이종문 • 329

이종휘 • 49, 53, 54

이직현 • 408, 409, 413~415

이징옥의 난 • 24

이택후 • 73

이토 진사이 • 139

이학규 • 224

이항로 • 137, 138, 247

이해조 • 356, 361

이홍장 • 264

이황 • 42, 127~180, 183, 252, 257, 404, 406

이후 • 123, 124, 128, 129

이희조 • 22

익조 • 92, 93

인간의 앎 • 299

인도 • 307

인도네시아 • 446

인도人道의 종주 • 439

인류의 불명不明 • 345

인문학 • 55, 118, 220, 228, 229, 233, 234, 352, 466, 468

인민의 유교 • 439, 445

인왕제색도仁王霽色圖 • 118

인종 • 42, 44, 208

일국사적 건국사관 • 243

일기 • 271, 432

일득록 • 380

일록 • 104

일본 • 4, 71, 76, 80~82, 89, 133~141, 146, 159, 201, 261, 288, 308, 315~320, 325, 384, 395, 407~409, 411, 415, 423, 428~435, 456, 461

일본 서적 • 136

일본 유학 • 137

일본록 • 139

일본의 감각 • 261

일성록 • 105

일중日中 • 133
일중日中 처사處士 • 410, 411
일진회—進會 • 176, 277, 325
일치일란—治—亂 • 17, 366
일행 • 149~151
임꺽정 • 458
임오군란 • 250, 251, 255, 326
임인옥사壬寅獄事 • 34
임종칠 • 197, 200, 201, 205
임진왜란 • 80~82, 159, 384, 407
임헌공령 • 105, 106
임헌제총 • 106
입학도설 • 352
입헌무방立賢無方 • 209

ㅈ

자강自强의 기운 • 306, 307, 311
자기 성찰 • 73, 349, 400
자기로부터의 혁명 • 311
자사자 • 440
자연의 총체성 • 127
자유 • 352~359, 361, 463
자유공원 • 356
자유도설 • 353, 358
자유론On Liberty • 357~359
자유부인 • 356, 361
자유종 • 356, 361
자유주의 • 358

자유지리 • 357
자주의 마음 • 306, 311
자주회自主會 • 357
자크 스펙스Jacque Spex • 80
잡초의 군자 • 234
장개석 • 435
장건 • 257
장곡천호도 • 409
장방평 • 208
장생 • 440
장석영 • 397
장익주화상기 • 206, 208, 212
장인환 • 276
장지동 • 326
장지연 • 93, 179, 216, 299305, 383,
    402~404, 446, 481
장지영 • 273, 275, 276, 278
장진부 • 94
재지材智 있는 사람 • 365
적도赤島 • 92
적생쌍송 • 134, 135, 139, 141
전명운 • 276
전우 • 344, 351, 377, 379
전자유 • 354
전제專制하는 폐해 • 365
전체적인 자유 • 353, 355
젊은 그들 • 256, 260
정감록 • 160, 203
정객政客의 의견 • 462

정구 · 179, 180, 182

정도전 · 232, 266, 423

정릉중흥靖陵中興 · 46

정몽주 · 45, 240, 242, 423

정비석 · 356, 361

정삼석 · 182

정상한화 · 107

정선 · 118

정성공 · 428, 429, 432, 433

정술원 · 408

정약용 · 139~141, 176, 179, 387, 388, 458

정약용의 낙관 · 140

정약용의 정치경제사상 연구 · 387

정여립 · 157

정욕의 노예 · 354

정유 · 223

정유각문집 · 71

정유년(1897)의 유신維新 · 309, 310

정인지 · 93, 420, 451

정재규 · 329

정제두 · 25, 236

정조 · 26, 45, 71, 79, 83, 87, 88, 94, 95, 98~100, 105, 106, 115, 119, 129, 179, 199, 209, 216, 222, 380, 433

정항령 · 26

정현 · 61

정희량 · 24

제16회 광저우아시안게임 · 146

제2의 건국 · 294

제3의 동양학 · 73

제3의 로마 · 133

제갈량 · 261, 262, 339, 340, 343, 370, 372

제너럴리스트 · 228

제왕의 유교 · 445

제주 목사 이란 · 77, 79

제주 해역 · 480

제주 현대사 · 482

제천의병 · 328

제환공 · 241

조감 · 22~26, 28

조광조 · 40, 43, 44, 46, 48, 255, 277

조구명趙龜命 · 8, 12, 16~19

조국근대화론 · 71

조긍섭 · 364, 371, 372, 375

조두순 · 151, 152, 202

조면호 · 257

조문명 · 22, 24

조병덕 · 202

조병세 · 272, 335, 340

조사의의 난 · 24

조선 건국사 · 87, 93~95

조선 국가의 중흥 · 296

조선 밖의 중국 · 72

조선 선유 · 251

조선 성리학 · 257, 379, 400

조선 안의 중국 · 72

조선과 명의 교류 · 256

조선과 청의 교류 • 256
조선광문회朝鮮光文會 • 225
조선사흉朝鮮四凶 • 340
조선유교연원 • 201, 382, 402~404
조선의 감각 • 261
조선의 고전 • 224
조선의 광복 • 414
조선의 시무 • 267
조선의 축 • 208
조선의 타자 • 244
조선중화주의朝鮮中華主義 • 55
조선태사 • 94
조수삼 • 21
조엄 • 138
조위한 • 221, 224
조인영 • 124, 126, 129
조재도 • 380
조조 • 261, 262, 264, 267
조청 학술교류 • 258
조치훈 • 146
조헌 • 155, 159~161, 163
조헌의 환생 • 161
조현명 • 24, 117
조홍진 • 114
존화양이 • 62, 242
존화尊華 • 83, 415
종교 • 353~355, 394, 396, 439, 441,
  443~445, 470
종교가 • 439, 441

주리는 허론이다 • 404
주명상 • 201
주비 • 201
주석학적 글쓰기 • 352
주의사상가主義思想家 • 463
주周 • 59
주周의 이남二南 • 52
주희 • 127, 128, 404, 406, 421, 442, 465
죽지사竹枝詞 • 21
중국 • 4, 12~14, 17~19, 21, 50~52,
  58~62, 133, 135, 140, 150, 181,
  191~193, 200, 213, 224, 237, 239,
  250, 254, 255, 257, 263, 266, 287,
  288, 292, 301, 303, 318, 319, 320,
  324~326, 327, 328, 330, 333, 339,
  358, 365, 366, 369~372, 375, 380,
  383, 384, 392~396, 400, 401, 411,
  415, 419~421, 423, 424, 432~435,
  440, 442, 444~446, 452, 453, 455,
  457, 465, 470, 471, 473, 481
중국 백성의 어리석음 • 303
중봉집 • 159, 160, 163
중봉집을 읽고 • 159
중산왕 상령 • 80
중산전서 • 455
중암별집 • 241
중종 • 40, 41, 43~46, 48, 53, 179, 216,
  223
중종보감 • 45, 94
중화 계승 • 132
중화 대국 • 394

중화 문명의 중흥 • 296
중화민국 • 392, 396, 399, 443, 457
중화민국 여행기 • 392
중화유기 • 392, 394, 396, 397, 399
중화재유기 • 394
중흥가모 • 46, 94
중흥공신 • 295
중흥의 결단 • 295
중흥의 달성 • 295
중흥의 제왕 • 292
지나간 미래 • 323
지나支那(중국) • 301
지성至誠 • 157, 160
지성至誠의 힘 • 155
지수염필 • 167
지식 계급의 생각 • 462
지식 팽창 • 138
지역 차별 • 208, 210
지유아속只有雅俗 • 217
지청지우知晴知雨 • 42
지행합일知行合一 • 377
진덕수 • 465
진량 • 71
진령군 • 279
진서晉書 • 102, 135
진서眞書 • 471, 472
진수 • 4, 101, 102
진시황 • 61, 339, 369
진양추 • 102

진자유 • 354, 359
진종동궁일기 • 26
진환장 • 444, 456, 457
진회 • 104
진흥왕 순수비 • 94
집중적인intensive 읽기 • 192
집중執中 • 441
찌아찌아 민족 • 473

ㅊ

참 자유 • 353
참된 자유 • 355
창해 역사 • 339
창힐 • 60
척계광 • 148
1910년의 블라디보스토크 • 328
천답 • 232
천도 • 294, 295
천운대天雲臺 • 128
1896년의 제천 • 328
천하 통일의 감각 • 262
천하삼분의 감각 • 262
철령鐵嶺 북쪽 • 207
철로보鐵爐步 • 51
철학자 • 357, 439, 441, 457
청구고사 • 54, 55
청구수경 • 54
청나라 • 75, 193, 251, 255~257, 260,

261, 263, 264, 266, 287, 299, 303, 304, 305, 316, 317, 338, 392, 395, 433, 457
청나라의 시무 · 263
청남淸南 · 45
청령국지 · 139
청역淸譯 · 383
청일전쟁 · 133, 251, 275, 309, 433
초계 독립만세운동 · 413
초학 · 179, 180, 183~185, 187, 456
최부 · 392
최신 · 198
최익한 · 387, 388, 389, 391
최익현 · 161, 330, 335, 340, 379, 411, 412
최치원 · 132, 339
최한기 · 117, 118
추로지향鄒魯之鄕 · 201
추로鄒魯 · 50
추모의 마음 · 414
추범문원전집 · 444
추재집秋齋集 · 21
축불의 · 148
춘천 · 9, 327
춘추 · 61, 62, 64, 100, 109, 112, 241, 441
춘추필법 · 100
측천무후 · 102, 103
치마대馳馬臺 · 92
치양지致良知 · 377

ㅌ

탁발씨拓跋氏 · 62
탐라관풍안 · 477
탐라기년 · 477, 484
탐라기년보유 · 479, 481
탐라인물고 · 477
탐라지 · 477
탕 임금 · 59, 64
탕평비 · 38
태극학보 · 291
태극학회 · 291
태서의 시무 · 263
태서泰西의 정치제도 · 263
태재순 · 134, 139, 140, 143
태재순의 고학 · 140
태조 · 14, 88, 89, 91, 92, 95, 115, 231, 240, 241, 243, 293, 294, 339, 421
태종 · 14, 24, 31, 32, 92, 95, 294, 295
태학은배시집 · 105, 109
태학응제어고안 · 106
태학지 · 112
통령統領 · 369, 370, 371

ㅍ

파란말년전사 · 303, 305
파란波蘭(폴란드) · 301, 307, 308
팔도총도 · 57
팔승원八勝園 · 429, 430

패수浿水 서쪽 • 207

8.15 해방 • 461, 465, 466, 468

포괄적인extensive 읽기 • 192

포희씨 • 60

폴란드 • 299, 301, 304, 305, 307, 308

폴란드 백성의 어리석음 • 303

표준성의 다원성 • 109

표해록 • 392

풍신수길 • 81, 160

풍패지향豊沛之鄕 • 201

프리덤freedom • 355

핍박의 전설 • 376

ㅎ

하곡집 • 236

하멜Hendrik Hamel • 80, 81

하사신 • 223

하성길 • 456, 457

하학지남 • 224

학림소변 • 402, 406

학변 • 236

학자의 우맹 • 167

학정옥 • 147

한 고조 • 90, 241

한겨레신문 • 469

한국 • 8, 71, 73, 76, 89, 93, 137, 146,
    147, 150, 152, 188, 210, 225, 232,
    243, 255, 277, 279, 282, 287~289,
    293, 303, 305, 307, 310, 314, 317,
    318, 320, 328, 330, 333, 336~340,
    343, 344, 347~349, 358, 371, 383,
    395, 396, 403, 404, 414, 415, 418,
    419, 420, 422~424, 427, 434, 438,
    445, 457, 461, 466, 470, 471, 473

한국 근대 유학사 • 396

한국 바둑 문화 • 152

한국 바둑사 • 152

한국-대만 교류사 • 427

한국사의 복수성plurality • 480

한국의 옛 강토 • 317

한국통사 • 395

한글 대중 • 469, 470, 473

한글의 나이 • 469

한묵림서국翰墨林書局 • 396, 419

한문 근대 • 427

한문 콘텐츠 • 474

한문韓文 • 471

한문漢文 • 6, 9, 250, 427, 469~474, 482

한유 • 103, 117, 189, 190, 191, 213, 217,
    380, 384, 421

한일관계 • 319, 320

한일병합조약 • 322

한장석 • 213, 315

한중 연대 • 330

한중 연합군 • 329, 330

한중관계 • 320

함경도 • 24, 89, 91, 92, 94, 98, 197~203,
    205, 208~210, 404

함병선 • 478, 479

해동명장전 • 94
해동서경 • 456
해동성국海東盛國 • 292
해동속소학 • 221, 224, 225, 227
해동악부 • 224
해동제국기 • 86
해동춘추 • 456
해 역사海域史 • 480
해외 유학 행선지 • 287, 288
해외 한국학 • 419, 425
해유록 • 139
해학유고 • 316, 318
향대기람 • 432, 434, 438
향초의 군자 • 234
허목 • 179, 180, 182, 184, 185, 187
허생 • 383, 384, 387~389 458
허생원 • 389
허생전 • 387~389, 381
허유 • 388
허전 • 179, 184
허학虛學 • 63, 203
허호 • 388, 391
허훈 • 179, 180, 182, 184, 185, 187
헌종 • 105, 117, 129, 257
헐버트Homer Bezaleel Hulbert • 266, 473
현곡집 • 347
현기영 • 482
현대 논술 강의 • 193
현소 • 157

현익수 • 201
호락문답 • 171
호락湖洛 논쟁 • 167~169, 171
호튼L. S. Horton • 266
호학湖學 • 165, 169, 233
홍경래 • 209
홍경주 • 40
홍국영 • 94
홍대용 • 59, 62~64, 67, 392
홍범구주 • 90
홍양호 • 45, 87, 92, 94, 95, 98
홍이섭 • 387
홍장 • 116
홍직필 • 200, 257
홍한주 • 164, 167, 168, 169
화국지 • 139
화서학파 • 328
화양일기 • 408, 413
화이華夷와 남북南北의 역사철학 • 18
활래정기 • 126
활래정活來亭 • 123, 124, 126, 129, 131
황덕길 • 22, 179, 224, 403
황명 유민遺民 • 410
황병중 • 377~380
황성신문 • 138, 176, 309, 339, 344, 348
황윤석 • 53, 271
황초령黃草嶺 • 94, 95
황현 • 379, 419
회혼영 • 213~217, 219

횡설수설橫說竪說 • 242

효명세자 • 26, 209

효장세자 • 25, 26, 28

효종 • 83, 105, 222, 241, 389, 432

후산집 • 388

후지쓰카 치카시 • 288

후쿠자와 유키치 • 288

휘문의숙徽文義塾 • 225

흉노匈奴 • 17, 148

흥선대원군 • 255, 256, 272, 278, 294

홍왕조승 • 87, 91, 92, 94, 95, 98

고전통변

지은이_ 노관범

1판 1쇄 인쇄_ 2014. 4. 30
1판 1쇄 발행_ 2014. 5. 7

발행처_ 김영사
발행인_ 박은주

등록번호_ 제406-2003-036호
등록일자_ 1979. 5. 17.

경기도 파주시 문발로 197(문발동) 우편번호 413-120
마케팅부 031) 955-3100, 편집부 031) 955-3250, 팩시밀리 031) 955-3111

값은 뒤표지에 있습니다.
ISBN 978-89-349-6790-3 03810

독자 의견 전화_ 031) 955-3200
홈페이지_ www.gimmyoung.com
이메일_ bestbook@gimmyoung.com

좋은 독자가 좋은 책을 만듭니다.
김영사는 독자 여러분의 의견에 항상 귀 기울이고 있습니다.

이 도서의 국립중앙도서관 출판시도서목록(CIP)은 서지정보유통지원시스템 홈페이지
(http://seoji.nl.go.kr)와 국가자료공동목록시스템(http://www.nl.go.kr/kolisnet)에서
이용하실 수 있습니다.(CIP제어번호 : CIP2014011946)

- 이 글은 한국고전번역원의 고전포럼으로 서비스된 시리즈입니다.
- 이 책은 2007년 정부(교육과학기술부)의 재원으로 한국연구재단의 지원을 받아 수행된 연구임을
  밝힙니다(NRF-2007-361-AM0001).

古典通變

고전
통변